KB246461

역주 황매천 시집 후집

譯註 黃梅泉 詩集 後集

김영붕 역주

보고사

매천거사梅泉居士 55세 소영小影. 이 독사진은 1909년에 찍었으며, 액자에 "한국 경성 천연당天然堂 사진사 김규진金圭鎭"이라 써져 있다. 해강海岡 김규진金圭鎭(1868~1933)은 조선 말기 대서화가이며 최초의 사진사였다.

본 책의 표지에 나오는 매천 선생의 초상화는 당대 최고의 초상화가 석지石芝 채용신蔡龍臣(1850~1941)의 작품이며, 선생이 순국한 다음해 1911년 5월 매천 선생이 천연당 사진관에 찍어두었던 사진을 보고 추사追寫한 것이다. 문화재청에서는 이 초상화 1점과 위 사진을 포함한 독사진 2점 모두를 2006년 12월 29일 보물 제1494호로 지정하였다.

(본서 601쪽의 해설 참조)

매천사梅泉祠 입구 창의문彰義門. 서예가 김충현金忠顯이 쓴 현판이 있다.

매천사 전경과 2010년 향사 모습. 후손 및 유림, 관민이 음력 3월 중정일中丁日에 모여 제사를 올린다.

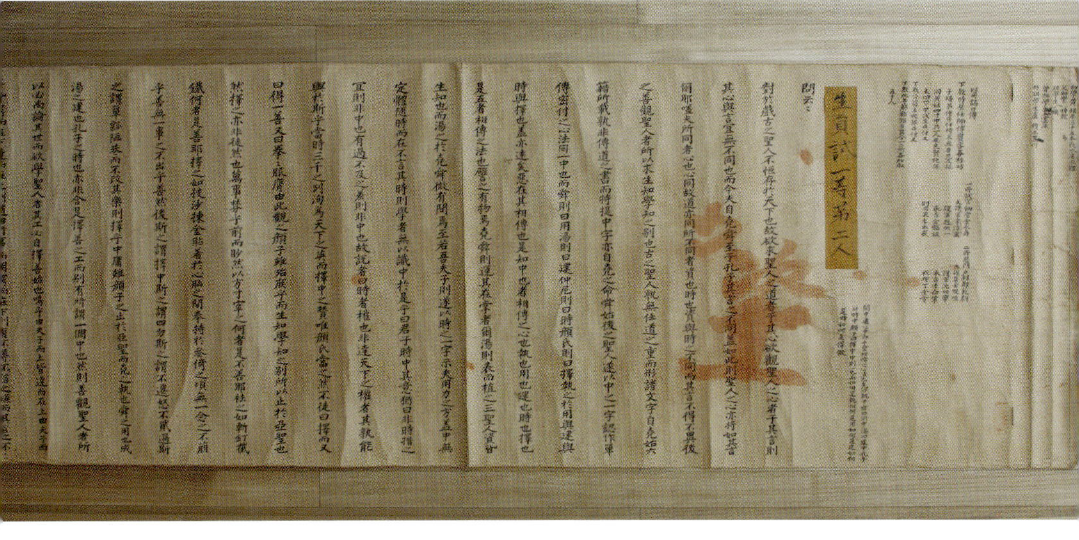

매천 선생이 1888년 무자년 2월 소과 생원과生員科 복시覆試에 응시하였을 때의 시권 試券(시험답안지). '생원시 1등 제2인'으로 시관試官의 평가를 받아 괴선魁選되었다.

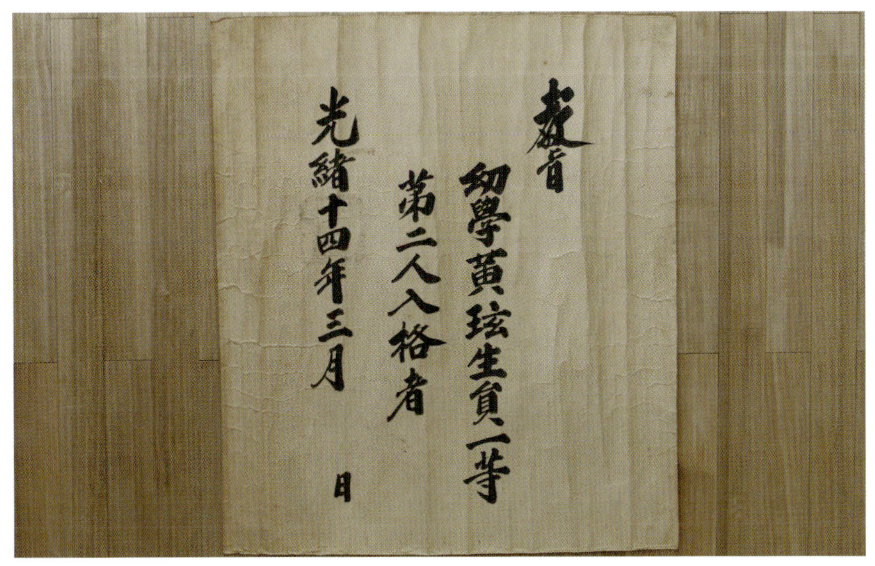

매천 선생의 생원과 합격증. 선생은 '교지 유학 황현 생원 1등 제2인 입격자, 광서 14년 3월 일'이라 써져 있는 백패의 교지敎旨를 받았다.

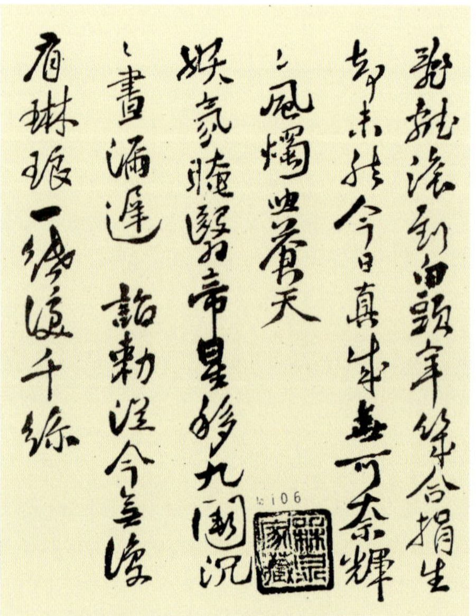

절명시 원본(본서 589쪽 해설 참조)

매천 유물관의 현판(서예가 석전 황욱의 글씨)

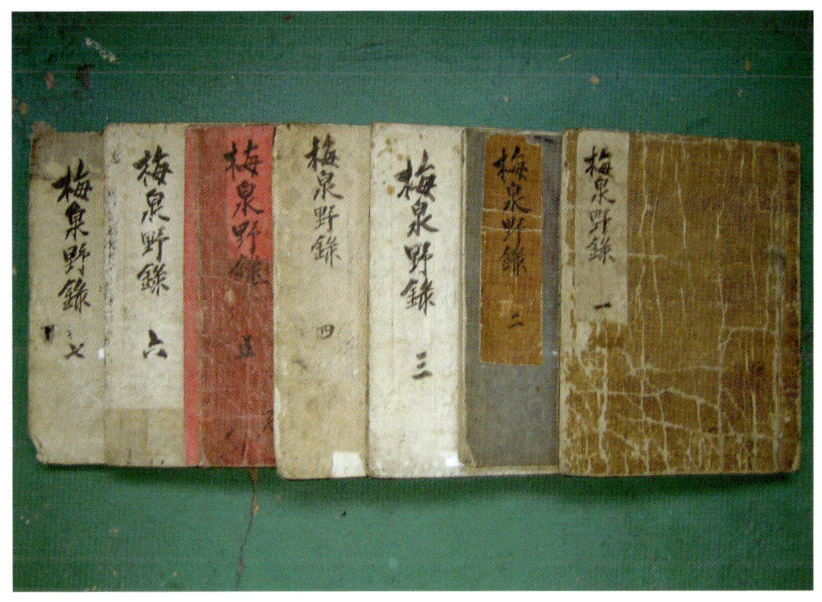

매천야록梅泉野錄. 선생은 고종 즉위부터 한일합병조약 발표 일주일 전까지 조선 후기의 역사를 기록하였으며, 1955년 최초 발간되었다.

매천 선생의 부친 황시묵과 선생의 호패. '남원 유학 황시묵 임진'(오른쪽)과 '황현 을묘생 무자 사마'라 각각 새겨져 있다.

10폭 병풍 효효병嘐嘐屛. 염재 송태회 작품. 선생은 1906년 중국 절사 10인을 추앙하는 십절도시를 지었으며, 이를 10폭 병풍으로 만들어 써넣고, 이를 둘러치고 보며 을사조약의 슬픔을 잊으려 하였다.(본서 596쪽 해설 참조)

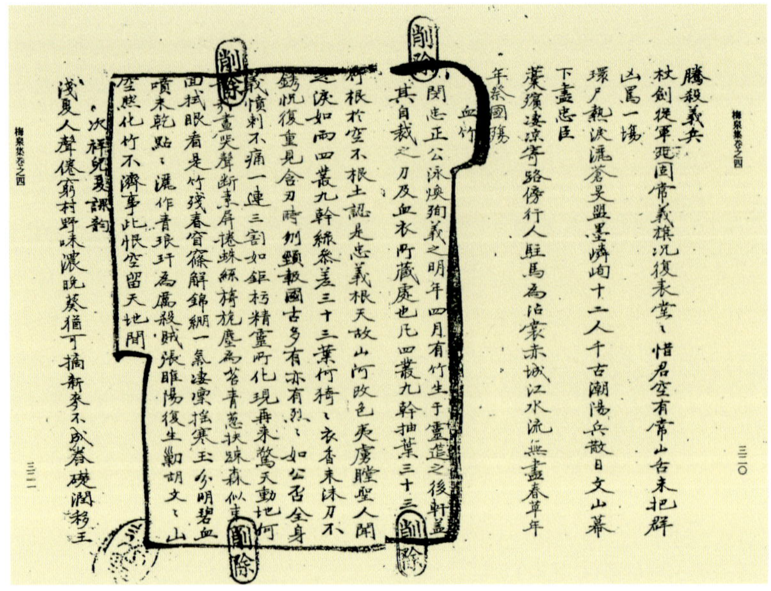

삭제된 매천 선생의 시 〈혈죽穴竹〉. 1932년 매천 선생의 친제 황원黃瑗과 난곡 이건방이 매천시집을 간행하려다 일제의 검열에 의해 간행하지 못하였다.《매천전집》1권에는 우국시憂國詩 등 85군데나 비참하게도 '삭제削除'라는 도장이 찍혀 있다.

추천의 글

　내가 김영붕 선생을 처음 본 것은 전북대학교 교육대학원 한문교육전공 석사학위 논문 심사장에서였다. 전주시내 고등학교 역사 교사로 재직하면서 꾸준히 한문 공부를 해 온 김 선생은, 매천 황현에 대한 장문의 논문을 들고 심사장에 나타났다. 그 때 김 선생의 지도 교수는 고 이병기 선생님이셨는데, 나는 이병기 선생님의 후임으로 전북대에 부임한 지 얼마 되지 않은 때였고, 같은 학과의 강봉근 선생님과 논문 심사에 임하게 되었다.

　내가 매천 황현의 한시를 처음 접한 것은 아주 오래 전인 학부 시절, 본격적으로 한문 공부를 시작했을 때였다. 임형택 선생님의 명확한 분석 논문과 더불어 특히 절명시에 나타난 작자의 심경을 헤아려보면 지금도 자못 숙연해지는 바가 없지 않다. 이후 대학원 석사 입학 시험에도 절명시가 출제되었다. 특유의 필체로 인하여 이동환 선생님 출제임을 알 수 있었고, 나름대로 비장미 어리게 번역하려고 했던 어린 시절의 치기가 지금도 어제 일처럼 생생하게 기억난다.

　내가 김 선생을 다시 보게 된 것은 전북대학교 대학원 어문교육학과에 박사학위 과정이 설치된 때였다. 여러 어려운 여건에도 선생은 계속 학업을 이으려는 강렬한 의지를 보이고 있었다. 이에 나이에는 걸맞지 않는 사제간의 인연이 본격적으로 시작되었다. 그 사이에 김 선생은 고 이병기 선생님과 《역주매천황현시집》(전3권)을 출판하였고, 이후 공부의 끈을 놓지 않고 《역주황매천시집(속집)》을 학계에 상재했다. 이제 매천 황현 선생 서거 100주년을 맞이하여 《역주황매천시집(후집)》 출간을 눈앞에 두게 되니, 김 선생의 열정과 그동안의 수고가 열매를 맺고 있는 것 같아 대단히 기쁜 마음 금할 길 없다.

내가 지금까지도 매천 황현을 강렬하게 기억하고 있는 이유는 여러 가지가 있지만, 특히 《매천야록》의 힘이 크다. 그 사이 이 책도 복수로 번역 출판되어 일반인들에게도 널리 알려져 있다. 이처럼 매천 황현은 시인으로서도 이름 드높지만, 산문 작자로서도 지고의 경지를 이루고 있다. 때문에 매천 황현의 산문도 본격적으로 우리의 논의 대상이 되어야 하겠다. 그동안 옆에서 지켜보니, 고 이병기 선생님도 그러하였지만, 이제 김 선생과 매천 황현은 뗄레야 뗄 수 없는 인연의 끈을 이은 것 같다.

내가 김 선생에게 축하의 말과 더불어 드리는 부탁의 말씀은, 이제 연구의 방향이 산문이 되어야 한다는 것이다. 한 사람의 걸출한 사상가와 그 시대를 진지하게 연구한다는 것은 무척 어려운 일이다. 그러나 그만큼 그 노정의 과정은 각별한 의의가 있다고 믿는다. 이제 매천 황현의 시를 완역한 이 시점에서, 또 다른 목표를 향해 흔들림 없이 정진하는 김 선생의 모습을 기대해 본다.

2010년 12월 23일

한창훈(전북대 국어교육과 교수)

매천후집번역시집서梅泉後集飜譯詩集序

시란 함축성 있는 글이고, 상징적인 문장으로 써지기 때문에 어렵기만하다. 국문으로 된 시도 그렇거니와 오늘날 잘 쓰지 않는 한자漢字로 되어있는 한시漢詩의 번역은 더욱 그렇다. 조선 후기의 제일 지식인이었던 매천 선생의 시문詩文에는 고금古今의 경적經籍과 역사서歷史書 등을 인용하는 많은 고사故事들이 나온다.

그렇기에 일찍이 원광대 박금규朴金奎 교수는 그의 《역주황매천시선》의 서문에서 "원문이 지니고 있는 작자의 기발한 시상詩想과 원대한 포부, 섬세한 정감을 어떻게 포착하며 또 어찌 번역으로 재현 하리오? 더구나 매천 같은 위대한 사상가의 시에서랴?"라고 표현한 바 있다. 시를 번역함에 있어 난삽한 전고典故와 용사用事를 이해해야만 하고, 당시의 시대 상황과 작자의 심중을 헤아리지 못하면 번역이 잘못되어질 수 있다는 이야기이다.

워낙 둔박鈍朴하고 비재菲才한 역자譯者이기에 매천 선생의 시를 번역한다는 것 자체가 처음부터 외람되고 버거울 뿐이었다. 그렇기에 역자는 《역주매천황현시집(상·중·하권)》이나 《역주황매천시집(속집)》시를 번역하면서 선생이 쓰신 여러 난해구難解句에 타일의 보완을 기약해야 했다. 그러면서도 매천 선생의 시 번역에 집착했던 이유는 대학을 다니면서 선생이 쓴 조선 말기의 역사책인 《매천야록梅泉野錄》을 읽고 깊은 감명을 받았기 때문이었다. 또한 선생의 부끄럽지 않은 바른 삶과 순국殉國은 나를 전율케 했으며, 내 삶에 있어서 선생을 동일시同一視할 수 있는 인물로 추앙되었기 때문이었다.

  행여 잘못된 번역이 있다면 독자 여러분의 질정을 바라며, 훗날 번역된 이 매천시梅泉詩가 다시 수정 보완이 되고 더해져 더 좋은 국문시로 번역될 수 있기를 바라는 마음 간절하다. 또한 이 책이 매천 사상思想을 연구하는 데 일익이 되었으면 좋겠다.

  그동안 역자는 인문계 고교에서 밤낮으로 학생들을 가르치느라 일상생활 속에서는 번역할 틈이 없었다. 주로 토요일 오후와 일요일에 집중적으로 《역주매천황현시집(상·중·하권)》이나 《역주황매천시집(속집)》, 그리고 이 《역주황매천시집(후집)》 시들을 번역하곤 했었다. 그러다보니 '금현로화琴絃爐火'라는 친목계의 친한 친구들과의 관계도 소원해졌으며, 여러 동창모임이나 한국고시가문학회韓國古詩歌文學會와 전북사학회全北史學會, 참여연대 등 소속된 여러 단체의 모임에 참석조차 제대로 할 수 없었다. 무엇보다도 바쁜 직장생활을 하고 있었던 집사람의 살림살이를 도와주지 못하였다. 그러다가 작년 여름에 집사람이 쓰러져 큰 수술을 2번이나 하게 되었다. 그 바람에 병원을 오고가며 장기간 투병생활 하는 과정에서 매천 선생의 시도 번역 할 수 없었다. 아내의 건강이 조금 회복되자 한동안 방치되었던 매천시를 다시 번역 할 수 있었다. 하지만 아내가 나타나면 번역하다 감추는 일이 많았고, 또 건강 회복을 위해 함께 노력해 주지 못해 무척이나 미안하기만 하였다. 그런 가운데 《매천속집》 시의 번역이 끝나 지난 6월에 《역주황매천시집(속집)》을 출판하였고, 이제 다시 《매천후집》 시가 번역되어 《역주황매천시집(후집)》으로 출간하게 되었다.

  생각해보면 1910년 8월 29일 한일합병조약韓日合拜條約 발표 이후 매천 선생의 서거 100주년을 맞이하면서 선생의 문집 가운데 운문韻文의 번역이 이제 끝나게 된 것이다. 매천 선생의 순국殉國하신 큰 뜻을 헤아려 본다면 조금은 심적으로 홀가분하고, 또 2004년도 이후 혼자서 매천시 번역과 출판 작업으로 인해 그동안 아내와 아들에게 진 마음의 빚을 조금이라도 갚을 수 있을 것 같다. 누구보다 기뻐할 아내 박순임에게 이 번역서를 드린다. 아울러 언젠가 성공적인 모습으로의 발전을 기대하는 자랑스러운 아들 김희상 군에게도 이 책을 준다.

바쁘신 가운데 추천사를 써 주신 전북대학교 한창훈 교수님, 박금규 교수님, 전 구례문화원장이며 구례향토문화연구회장이신 문승이 선생님과 김종근 선생님, 또 사진을 제공해주신 매천 선생의 현손이신 황승연 선생님께 감사드리며, 3차례에 걸쳐 매천 선생의 한시漢詩 2천여 수 이상 모두를 출판해주신 보고사의 김흥국 사장님과 김신혜 선생님에게도 고마움을 전한다.

2010년 9월 14일(음력 8월 7일)

역자譯者 김영붕

매천 선생梅泉先生 연보年譜

1) 매천의 성장과정과 국내외 정세 : 22세 이전

　매천시梅泉詩를 이해하기 위해 매천의 성장과정과 국내외 정세를 알아볼 필요가 있다.

　매천은 세종임금 때 22년간이나 재상을 지냈던 황희黃喜(1363~1452) 정승의 후손이었다. 그리고, 그의 10대 선조는 왜란 때 진주성 싸움에서 전사한 충청병사忠淸兵使 황진黃進(1550~1593)이었다. 그 후 8대조인 황위黃暐 때부터 남원에 세거世居하면서 몰락하였다. 조부祖父 황직黃樴 때 와서야 전조화식佃組貨殖으로 거금을 마련할 수 있었지만, 매천이 태어난 다음 해 타계하였다. 매천의 부친은 황시묵黃時黙이었고, 모친은 풍천노씨豐川盧氏였다. 남원에서 살다 광양으로 이사했기에 매천은 1855년 철종 6년, 전남 광양군 봉강면 석사리 서석촌에서 출생하였다. 매천은 3남 2녀의 첫째로 태어났으며, 자字는 운경雲卿, 자호自號는 매천梅泉이었다.

　매천은 조부가 모은 재산으로 공부에 전념할 수 있었다. 성장하면서 한미한 가문을 일으켜보고자 1865년 11살 때 구례로 유학하였다. 당대의 학자 왕석보의 문하생으로 들어가 과거 합격을 목표로 공부하였다. 1869년 15세 때는 남원에 있던 강백姜栢과 진사進士 김횡金鑅에게 과시科詩를 잘 짓는다는 평을 들었으며, 광양의 황동黃童으로 이름을 날렸다. 1871년 17세 때는 구례의 마산면 상사촌의 해주오씨海州吳氏 댁에 장가를 들었다. 순천영 백일장시에서 영장 윤명신이 모자를 벗은 채 맨발을 하고 걸터앉아 있음을 보고, 매천은 절하지 않고, "그대의 무례는 어찌 이와 같은가?"라고 정색하며 따지기도 했다. 1874년 20살이 되면서 비로소 공령문功令文(=과체科體의 시문) 공부에서 벗어나 근체시近體詩에 관심을 갖게 되었다.

한편 매천 성장 당시의 국내 정세를 살펴보면, 서양 제국주의 세력의 동양진출로 인한 서세동점西勢東漸의 시기였다. 매천이 태어난 시기는 대내적으로는 철종 말기로서 안동김씨 세도의 전횡으로 부패가 만연되고 있었다. 그 결과 1860년 동학東學이 최제우에 의해 창도되었고, 1862년에는 임술민란이 있었다. 1864년 흥선대원군의 집권과 1866년에는 병인박해丙寅迫害로 프랑스 군대가 강화도를 침략하여 병인양요丙寅洋擾을 일으켜 약탈을 감행하였다. 이 해는 훗날 매천과 신교神交를 맺었던 이건창李建昌이 15세로 문과文科에 급제한 해였다.

대외적으로 일본은 1868년 메이지유신으로 왕정복고가 되면서 조선에 수교를 요청해 왔으며, 조선 정부의 수교 거절에 대한 정한론征韓論이 일어나기도 했다. 1870년을 전후하여 조선에서는 박규수朴珪壽를 비롯하여 역관譯官 오경석吳慶錫, 한의사 유홍기劉鴻基(=유대치劉大致)와 개화승開化僧 이동인李東仁 등이 개항의 필요성을 느끼면서 개화사상이 싹튼 시기였다. 1871년에는 미국의 침략으로 신미양요辛未洋擾가 일어났고, 흥선대원군에 의해 척화비斥和碑가 건립되기도 하였다.

1873년 흥선대원군의 하야 후 명성황후 계통의 민씨閔氏 집권파執權派들이 득세하면서 개화정책이 추진되었다. 사상적으로 개화사상開化思想은 전통을 고수하려는 위정척사사상衛正斥邪思想과 마찰이 있었으며, 그 속에서 동학사상東學思想이 확산되어 가는 시기였다. 결국 1876년 매천의 나이 22세 때는 강화도조약으로 일본에 문호를 개방하였고, 불평등조약을 체결해 주기도 하였다. 개화파들의 개화 정책은 세도정치 때보다는 좋은 정치였지만, 여전히 부정부패가 이어지고 있었다. 그리하여 조선은 서양을 비롯하여 특히 일본日本 제국주의帝國主義 침략을 받게 되었다.

2) 22세 이후의 연보

1876년 (22세)	현존하는 매천의 최초 시詩로 보이는 〈우야雨夜〉(칠율 1수)를 쓰다. 추금秋琴 강위姜瑋의 시詩 제자弟子인 남파南坡 성혜영成蕙永과 교유하다.
1877년 (23세)	〈통영충렬사統營忠烈祠〉, 〈방성남파혜영신숙진암訪成南坡蕙永信宿陣巖〉 등을 쓰다.
1878년 (24세)	과거 합격을 목표로 상경上京하여 당대의 명사名士인 추금秋琴 강위姜瑋와 창강滄江 김택영金澤榮을 처음 만나다. 이 때 강화도 조약을 체결한 신헌申櫶과 그 아들 향농香農 신정희申正熙, 여규형呂圭亨 등과도 교유하다.
1879년 (25세)	전남 장성으로 거유巨儒 노사蘆沙 기정진奇正鎭을 찾아가다. 이때 노사는 매천에게 〈증황현삼수贈黃玹三首〉를 써 주었는데, 이 시에서 매천을 '지보至寶'라고 칭찬하다. 매천은 여기에 〈경차노사선생견증지작敬次蘆沙先生見贈之作〉 3수를 지어 화답하다.(원운 6수는 《매천전집》 3권 169쪽에 있음.)
1880년 (26세)	상경上京하여 조선시대 문과文科 최연소 과거 합격자였으며, 충청도 암행어사였던 영재寧齋 이건창李建昌을 만나려 했으나 뜻을 이루지 못하다. 금강산을 여행하고 《담풍췌묵談楓贅墨》을 짓다. 9월에 장자 암현巖顯이를 낳다.
1881년 (27세)	문단文壇의 맹주 역할을 하고 있었던 영재 이건창과 처음 상면하다. 이건창과 창강 김택영은 깊은 관계에 있었으며, 이후 매천이 가세하여 이들과 신교神交 관계를 맺다. 노사 기정진 별세함에 조만시를 짓다.
1882년 (28세)	한양에서 과거를 준비하며 호산壺山 박문호朴文鎬, 김창강金滄江과 함께 북한산성으로 놀러가 시를 짓기도 하였으며, 이건초李建初와 향농 신정희 등과 교유하다. 임오군란이 일어나다. 이건창, 경기도 암행어사로 백성들을 구휼하다.

1883년 (29세)	특설보거과에 응시, 소과小科 초시 초장에 장원하였으나 시험관 한장석韓章錫이 시골 출신이라는 이유로 매천을 2등으로 내려 평가했기에 과거의 부정을 알고 낙향하다. 임오군란의 책임으로 전남 임자도에서 적거 생활하고 있는 향농 신정희를 찾아가 위로하다. 이때 읊은 시를 《영빈창수집靈濱唱酬集》으로 묶다.
1884년 (30세)	강위姜瑋가 타계함에 이를 추숭追崇하며 조만시를 짓다. 〈이충무공귀선가李忠武公龜船歌〉를 짓다. 학동들을 가르치기 위해 중국과 조선 시인들의 연구聯句를 모아 《집련集聯》을 만들다.
1885년 (31세)	〈논시잡절論詩雜絶〉 14수를 써서 중국 시인들을 평가하다.
1886년 (32세)	12월 광양에서 구례군 간전면 만수동으로 이사하다.
1887년 (33세)	박정양朴定陽이 주미공사駐美公使로 임명되어 미국에 파견되어 가게 되었을 때 이건창이 그 수행원으로 매천을 추천하였으나 거절하다.
1888년 (34세)	소과 생원시에 장원으로 합격하여 부모의 기대에 부응하다. '무자년 이월에 생원 복시 예과에 장원으로 급제하고 지음'의 〈무자이월생원복시戊子二月生員覆試, 예괴선유작預魁選有作〉을 쓰다.
1889년 (35세)	성균관 유생이 되었지만, 중앙 정부의 부정부패가 만연하여 문과文科 응시를 포기하고 관도官途의 길을 버리고 낙향하다. 울적한 마음을 달래 보려고 3월에 경상도를 1달간 여행하고, 《천지일록天池日錄》을 남기다.
1890년 (36세)	4월에 세 칸의 초옥을 지어 구안실苟安室이라 하다. 단성으로 회당晦堂 이성렬李聖烈의 귀양지를 찾아가다. 해학海鶴 이기李沂와 처음으로 상면하다.

1891년 (37세)	차남 황위현黃渭顯 태어나다. 지음知音이었던 창강 김택영이 41세의 나이로 소과 진사과에 합격하다. 이건창, 한성부소윤이 되다.
1892년 (38세)	4월 부친 회갑연에 축시를 올리다. 6월에 부친상과 이듬해 2월 모친상으로 1895년 초까지 시를 짓지 아니하다. 이건창 보성으로 유배되다.
1893년 (39세)	전년도에 보성으로 유배 와 있던 이건창을 찾아가 위로하다. 이건창 해배되어 함흥부의 난민을 다스리기 위해 안핵사로 파견되다.
1894년 (40세)	동학東學을 동비東匪로 규정하고 《동비기략東匪記略》에 기록하다. 그즈음에 《매천야록 梅泉野錄》을 집필하기 시작하다.
1895년 (41세)	3월에 김제 출신으로 전주에서 살면서 시서화詩書畵 3절을 이루었던 석정石亭 이정직李定稷이 구례로 매천을 찾아와 처음 상면하다. 4월부터 《오하기문梧下紀聞》을 다시 쓰기 시작하다. 소천小川 왕사찬王師瓚과 문학논쟁을 하며, 〈화소천논시절구和小川論詩絶句〉 등 다량의 시를 쓰다. 10월에 명성황후가 시해되고 단발령이 강행되다. 을미의병 일어나다.
1896년 (42세)	매천의 스승이었던 봉주鳳洲 왕사각王師覺 선생 타계하다. 진도에 유배되어 있는 무정茂亭 정만조鄭萬朝를 찾아가 위로하다. 이건창 해주관찰사 제수에 사양하다가 고군산도로 2개월간 유배당하다.
1897년 (43세)	호남 3걸로 알려진 석정 이정직이 매천을 구례로 다시 찾아와 깊은 관계를 맺다. 석정이 십죽을 그려준 것을 계기로 〈석정십죽도石亭十竹圖〉를 쓰다.
1898년 (44세)	어머니로 받들던 백모伯母가 타계하다. 6월에 지음 이건창이 별세함에 통곡하고 조만시 8수를 짓다. 구례군수 박항래가 성균관에서 박사시를 시행하는 데 응시하도록 권고하였지만 거절하다.
1899년 (45세)	3월에 유당酉堂 윤종균尹鍾均과 함께 서울을 거처 강화도로 가서 이건창을 조상하고, 그 아우 이건승李建昇과 당제 이건방李建芳을 만나다. 〈언사소言事疏〉를 쓰다.

1900년 (46세)	민속시 〈원조이영元朝二咏〉, 양전의 현안 문제를 토로한 〈견양전見量田〉, 식물시 〈원식십오영園植十五咏〉, 세모에 지인들을 생각하며 〈세모회인제작歲暮懷人諸作〉 20수 등을 짓다.
1901년 (47세)	창강 김택영이 간행한 《연암속집燕巖續集》의 발문을 쓰다. 구례 석주관칠의사를 추모하는 칠의각七義閣 사당을 조성하며 〈칠의각상량문七義閣上梁文〉과 주련柱聯, 〈석주칠의각이수石柱七義閣二首〉 등을 쓰다.
1902년 (48세)	지도智島에 유배된 운양雲養 김윤식金允植 찾아가 위로하다. 11월 구례군 간전면 만수동에서 구례군 광의면 월곡月谷으로 이사하다. 당호堂號를 대월헌待月軒이라 하다.(현재 이곳에 매천사梅泉祠가 있음.)
1903년 (49세)	'유하집을 읽고 오율을 연속 차운하여 32수를 얻어 계방에게 보내다'의 〈독유하집연차오율讀柳下集連次五律一〉을 쓰는 등 친제親弟인 계방季方 황원黃瑗과 많은 화답시를 쓰다.
1904년 (50세)	창강이 매천에게 〈오십세수서五十歲壽序〉의 축사를 지어 보내오다.
1905년 (51세)	9월에 지음 김택영이 중국 상해로 망명하다. 이때 매천은 창강을 따라 망명하려다 실패하다. 11월 17일 을사조약이 체결되었다는 이야기를 듣고 〈문변삼수聞變三首〉를 지었으며, 〈팔애시八哀詩〉를 써서 애국지사를 애도하다. 을사의병이 일어나다.
1906년 (52세)	풍속시 〈상원잡영上元雜咏〉 10수를 지어 역사의식을 반영하다. 이어 〈제병화십절題屛畵十絶〉 10수를 지어 충절의 의지를 나타내다. 또한 이를 10폭 병풍 효효병嘐嘐屛으로 만들어 둘러치고 을사조약의 슬픔을 잊으려 하다. 면암勉菴 최익현崔益鉉이 대마도에서 순국했다는 소식을 듣고 〈곡면암선생哭勉菴先生〉 8수를 짓다. 지음 해학海鶴 이기李沂가 장지연張志淵·윤효정尹孝定 등과 함께 대한자강회大韓自强會를 조직하다. 지음 김택영은 《여한구가문초麗韓九家文鈔》를 편찬하다.

1907년 (53세)	헤이그 특사 파견을 구실로 7월 20일 고종황제가 강제 퇴위당하고 순종황제가 즉위하였으며, 8월 1일 군대해산으로 정미의병이 크게 일어나다. 〈독국조제가시讀國朝諸家詩〉 14수를 써서 조선 시인을 평가하다. 남원의병장이었던 양한규梁漢奎와 동복과 구례에서 활동했던 의병장 고광순高光洵을 애도하는 추모시를 쓰다. 구례 방광에 호양학교壺陽學校를 설립하여 신학문과 민족사상을 고취하다.
1908년 (54세)	호양학교가 재정으로 어려움을 겪자 모연소를 쓰다.
1909년 (55세)	귀국한 창강을 만나러 상경上京하였지만 만나지 못하다. 강화로 가서 영재 이건창 묘를 참배하고, 그의 친제親弟 이건승과 함께 다시 한양으로 와 무정 정만조鄭萬朝 집에서 환송을 받고 수창하다. 천연당天然堂 사진관에 들려 사진을 찍고 귀향하다. 호남 3걸의 한 사람이었으며, 지기知己였던 해학 이기가 서울에서 객사하다. 안중근 의거 소식을 듣고 〈합보哈報〉를 읊다. 110행의 장편 오언고시 〈애한포수哀韓砲手〉를 쓰다.
1910년 (56세)	창강에게 〈육십일세수서六十一歲壽序〉를 지어 우편으로 상해에 부치다. 8월 29일 경술국치庚戌國恥의 비보를 듣고, 4수 1편의 〈절명시絶命詩〉와 〈유자제서遺子弟書〉를 남기고 아편을 먹고 자결 순국하다. 구례 유산촌 뒷산에 안장되다.

《매천후집梅泉後集》 시詩를 역주譯註하며

1. 매천梅泉 황현黃玹(1855~1910) 선생 시詩 역주 경과

1910년 8월 29일 경술국치로 나라가 망하게 되자, 나라를 잃은 설움에 선생은 절명시絶命詩 4수 1편을 쓰고 순국殉國하셨다. 자신에게는 치욕스럽고, 위정자爲政者들에게는 망국亡國의 책임을 물으며, 일제日帝에 대한 조선 선비의 마지막 자존심을 세웠던 것이다.

그리고 선생이 타계하신 후 1911년에 창강滄江 김택영金澤榮(1850~1927)에 의해 상해 한묵림서국에서 상해본 《매천집梅泉集》이 처음 발간되었다. 역자는 이 《매천집》에 있는 매천시梅泉詩를 2007년 2월에 이병기 교수님과 함께 번역하여 보고사에서 《역주매천황현시집譯註梅泉黃玹詩集》 상·중·하 3권을 출간하였다. 1984년 1월 전주대학교 호남학연구소에서 매천의 시문을 총 망라하여 편집 책임 박완식朴完植·이정석李定錫·김현선金炫璇 교수에 의해 《매천전집梅泉全集》 5권이 출판되었다. 이 책의 1권 앞부분에는 전주대학장全州大學長 이희봉李熙鳳의 간행사刊行辭가 있으며, 호남학연구소의 오종일 교수가 쓴 〈매천집해제梅泉全集解題〉가 있어 매천의 시문 발간과정을 자세히 전해주고 있다. 《역주매천황현시집譯註梅泉黃玹詩集》 상·중·하 3권의 번역은 이 《매천전집梅泉全集》으로 보면 1권 361쪽까지 번역한 것이었다.

그 후로 역자는 《매천전집》 제3권에 있는 '매천속집梅泉續集'의 시를 틈틈이 번역하여 《역주황매천시집譯註黃梅泉詩集(속집續集)》의 이름으로 보고사에서 2010년 6월에 번역 출판하였다. 번역한 분량으로 본다면 《매천전집》 제3권의 77쪽에서 300쪽까지였다.

이번에 다시 《매천전집》 1권에 있는 '매천후집梅泉後集' 시들을 번역하였다. 이 《매천후집梅泉後集》 책은 필사본 2권으로 되어 있으며, 《역주황매천시집譯註黃梅泉詩集(후집後集)》이라는 이름으로 출판을 하게 된 것이다.

이로서 《매천전집》에 있는 매천 선생의 시들이 모두 번역이 끝나게 된 것이다. 《매천전집》에 있는 매천 선생의 시들은 내용이 같으면서도 시 제목이 다른 경우도 있고, 시 제목은 같지만 내용이 다르기도 하고, 또 시 제목도 같고 내용도 같지만 글자가 몇 자 다른 경우도 있었다. 따라서 역자가 3차례에 걸쳐 매천시를 번역하면서 가능한 앞서 번역한 시들을 배제하고, 새로운 시들만 번역하려고 했다. 1979년 《매천집梅泉集》을 발간한 권명수權明洙의 〈매천집해제梅泉集解題〉에 의하면, 《역주매천황현시집(상·중·하)》 3권에 있는 시들이 839수이고, 《역주황매천시집》의 속집에 있는 시들이 대략 635수이며, 본고 《역주황매천시집》의 후집 시가 557수 정도가 되어 매천시는 모두 2,000수 이상으로 파악되고 있으며, 이를 모두 번역한 것이다.

2. 매천시梅泉詩의 평가와 가치

창강 김택영을 비롯한 여러 선인들의 매천시에 대한 평가는 앞서 번역한 《역주매천황현시집(상·중·하)》이나 《역주황매천시집(속집)》의 서문에 서술한 바 있다. 본고에서는 이를 제외한 또 다른 사람들의 매천시에 대한 평가를 보면 다음과 같다.

중화민국직예삼하中華民國直隸三河 이태爾泰 학형지祁衡之는 〈제매천집후題梅泉集後〉에서, 매천 선생의 시에 대해서 다음과 같이 기록하였다. "조선의 매천 황 선생이 지은 시의 묘구는 천성에서 이루어진 것이었다. 분방함은 곧장 소자

첨을 따랐으며, 청원함은 다시 유장경과 유사하다. 어찌 당송시唐宋詩에 마음을 두었겠는가? 붓 따라 써낸 것이 절로 좋았을 뿐이로다. 뜬구름처럼 태공太空을 아득하게 노닐고, 가슴속의 쇄락灑落함을 남김없이 하였다. 아, 선생이 성시盛時에 나셨더라면, 의당 청묘淸廟와 명당明堂의 사詞를 이루었을 것이다. 그런데 어찌하여 백수白首로 윤곡尹穀처럼 독약을 마시고 슬프게 절명시를 읊었는가?(朝鮮梅泉黃先生, 作詩妙句如天成, 奔放直追蘇子瞻, 淸遠復似劉長卿. 何曾有心唐宋, 擬信筆拈來, 自可喜. 浮雲縹緲遊太空, 襟懷灑落無餘子. 嗟乎, 先生生盛時, 當爲淸廟明堂詞. 如何白首作尹穀, 飮酖悲吟絶命詩.)"라 하였다.

또 매천의 후학 박창현朴暢鉉은 〈평어評語〉에서, "지금 매천 선생의 시를 보니, 그 이치의 공교함은 봄누에가 고치를 짓는 것과 같고, 기력氣力의 경건勁健함은 장사가 진영을 부수는 것 같고, 성향聲響의 청량淸凉함은 슬픈 축筑의 소리가 당堂을 울리는 것과 같다.(今觀梅泉先生之詩, 其理致之工, 如春蠶之作繭. 氣力之勁, 如壯士之斫營. 聲響之亮, 如哀筑之鳴.)"라고 평가하였다.

매천 선생은 56세의 삶을 살다가 순국하셨지만, 선생이 우리에게 남긴 삶의 교훈은 무엇인가? 1864년 고종 즉위년부터 선생이 타계하기 일주일 전까지 쓴 《매천야록梅泉野錄》이라는 책을 남겼다. 조선 말기 47년간의 역사책을 개인이 써서, 일제가 1935년 3월에 가서야 간행하였던 왜곡된 《고종실록高宗實錄》과 《순종실록純宗實錄》을 보완해주는 놀라운 업적을 남기고 있다. 그리고 선생은 강위姜瑋(1820~1884), 김택영金澤榮(1850~1927)과 함께 조선 후기 3대 시인의 한사람으로, 선생이 쓴 시문詩文은 해동海東에 우뚝 솟아 마음 속 깊이 우리에게 심금을 울려주고 있다. 절명시 4수 1편을 비롯하여 주옥같은 한시漢詩 2천여 수 이상을 포함하는 시문집 《매천전집》 5권을 남겨 조선朝鮮 말기末期의 시대적 상황과 문학적 감성感性을 우리에게 풍부하게 전해주고 있다. 선생은 애국하는 마음이 남달라 우리나라 역사상 가장 많은 애국시愛國詩와 민속시民俗詩를 남긴 인물로 평가되고 있다. 그 결과 1955년 구례 매천사梅泉祠에 향사享祀 되었으며, 1962년 선생에게는 건국훈장 국민장이 추서되었다. 그리고 1999년 8월에는 문화관광부가 '문화인물'로 뽑았으며, 2005년 11월 국가보훈처에서도 '이달의 독립운동가'로 선정하였다. 2006년 12월 선생의 초상화 1점과 사진 2점이 보물 제1494호로 지정되었다. 그리고 지금까지도 뭇사람들로부터 추앙 받고 있는 인물이 되고 있으며, 창강의 말대로 그 빛이 100세에 드리울 것을 어찌 의심하겠는가!

3. 일러두기:《매천후집》의 역주 서술방식

　본서는《매천전집》1권에 있는《매천후집》시를 번역한 것이다.《매천후집》에 있는 시들은 이미 번역된《역주매천황현시집(상·중·하)》이나《역주황매천시집(속집)》의 시들과 비교하여 중복되어 있는 시가 다수 있는데, 가능한 이전에 번역된 시를 제외하고 새로운 시만 번역하려고 하였다.

　서술방식은《역주매천황현시집(상·중·하)》과《역주황매천시집(속집)》과 같은 서술 방식을 취했다.

①《매천전집》1권의《매천후집》에 있는 시들을 보면 편집상으로 시 창작 연대로 되어 있지 않다. 본고에서는 시가 창작된 연대순으로 재편집하여 번역하였다.
② 시의 제목 다음에 한시의 종류를 써놓았다. 오언고시는 '오고', 칠언절구는 '칠절', 칠언율시는 '칠율' 등으로 시를 분류하여 놓았다.
③ 한시의 종류 옆에《매천전집》1권에 있는《매천후집》원문의 페이지를 적어놓아 원문을 쉽게 찾을 수 있도록 하였다.
④ 번역된 시 뒷부분에 간혹 해설과 감상문을 곁들여놓아 한시 이해와 감상에 도움을 주고자 했다.
⑤ 시에 나오는 약자, 속자, 고자 등은 가급적 정자로 옮겨 번역하였다. 또

시에 나오는 고사와 단어는 번역한 시 뒤편에 주를 달아 정리하였으며, 시에 나오는 한자를 기록함에 있어서 '篁 대숲황(피리), 管 붓관(대롱. 피리.), 緇 검을치(검은 비단. 검은 옷. 승복.)'처럼 한자에 담긴 여러 뜻을 괄호 안에 묶어 한자 학습에 도움이 되도록 하였다.

⑥《매천후집》원문에서, 한시漢詩가 아닌 문장은 '▎*'의 기호를 사용하여 이 기호 다음에 원문을 옮기고 번역하였다.

⑦《역주매천황현시집(상·중·하)》과 《역주황매천시집(속집)》에 이미 번역되어 있는 시는 시 제목만을 적어 번역해 놓았으며, 부제副題가 있을 경우에는 제목과 부제만 옮겨 번역하였다. 그리고 해설에 《매천전집》의 원문 페이지와 이미 번역된 책과 페이지를 적고, 추가 설명하였다.

⑧ 책 뒤에 찾아보기를 2가지 방법으로 하였다. 인명·책명·용어로 찾아보는 방법과 시 제목으로 찾아보는 방법을 취하였다.

이 시집의 번역은 가능한 원문에 충실하여 직역하려 하였다. 그러다 보니 시적인 맛은 떨어질 수 있겠지만, 쉬운 한자와 한자어까지 정리해 놓았기에 이미 번역된 《역주매천황현시집(상·중·하)》이나 《역주황매천시집(속집)》과 더불어 한시漢詩 학습은 물론 매천 선생의 사상 연구에 더없이 좋은 교재가 되리라 확신한다. 끝으로 이 책을 번역하는 데 사용했던 사전의 종류로는 《동아백년옥편東亞百年玉篇》과 민중서관의 《한한대자전漢韓大字典》, 박문출판사의 《대한한사전大漢韓辭典》, 고려대 민족문화연구원의 《중한사전中韓辭典》, 대만 중화학술원인행中華學術院印行의 《중문대사전中文大辭典》과 일본판 《대한화사전大漢和辭典》을 참고하였다. 아울러 다음이나 엠파스, 네이버 또는 야후 등에 있는 사전의 도움을 받았음도 밝힌다.

목 차

정해고丁亥稿(1887년, 33세) · 161

승평의 약주 경계에 바닷가 제방이 있고, 제방 만든 곳을 경당이라
하였다. 제방 몇 리 거리에 활 쏘는 곳이 있고, 좁은 길에 바윗돌
이 모여 있었다. 돌아가신 조부님 죽계와 선친이 젊은 날에 남쪽
으로 유람할 때 항상 걸터앉아 휴식을 취하였다. 이미 늙어 이곳
을 지나가면서 번번이 문지르고 닦으며 탄식하였다.
아버님을 일찍이 모시고 가면서 친히 그렇게 하는 것을 보았으며,
지금까지 불초배들을 위해 그렇게 말하였다. 내가 신묘년 봄에
경당을 지나가다가 우연히 이 시문을 읊었다. 임진년 유월에 아
버님이 타계했으므로, 오랫동안 눈물을 흘리며 추기하여 기록하
였다.(昇平藥州之界有堰海, 作塘處曰鯨塘. 距塘數兮地, 夾路有叢
石. 王考竹溪, 府君少日, 南遊時常踞而憩. 旣老過之, 輒摩挲歎息.
家大人嘗陪行, 親見其如此, 至今爲不肖輩言之. 余以辛卯春過鯨塘
偶賦此篇. 壬辰六月大人歿, 旣久泫然追錄.) ···················· 204

을미고乙未稿(1895년, 41세) · 206

광양에 갔는데, 바야흐로 김제 이백파가 출발하려 함에 석정에게 편

정유고丁酉稿(1897년, 43세) · 275

신축고辛丑稿(1901년, 47세) · 364

병오고丙午稿(1906년, 52세) · 466

정미고丁未稿(1907년, 53세) · 500

무신고戊申稿(1908년, 54세) · 510

역주 황매천 시집 후집

병자고 丙子稿(1876년, 22세)

《매천전집》 1권에 있는 '매천후집'의 시들을 보면 시 창작 연대로 편집되어 있지 않다. 본고에서는 시 창작된 연대에 따라 번역, 편집하였다. 예를 들어 시집 첫 부분에 1880년 26세 때 지은 경진고庚辰稿가 먼저 나오지만, 1878년 무인고戊寅稿의 〈풍악기행楓嶽紀行〉 365쪽까지는 24세 때 지은 시이므로 먼저 번역, 편집하였다.

雨夜

비 오는 밤

칠율 1수 381

天色沈沈星未生	하늘빛이 침침하여 별들이 나오지 않았는데
烟中一曲夜湖明	안개 속에 한 굽이 밤 호숫가 밝아라
寥寥石逕人歸後	휭하니 쓸쓸히 돌길로 사람들이 돌아간 후에
續續花盆雨滴聲	연속으로 놓인 화분에 빗방을 떨어지는 소리
漁火照來芳草遠	고기 잡는 불빛은 방초를 멀리서 비추고
村厖嘷盡白籬橫	마을의 삽살개는 흰 울타리 좌우로 짖어대네
田間楚俗迎神重	농촌의 옛 풍속으로 영신제를 지내는데
祗記盲風定節名	거센 바람 불어오다 마침 명절에 겨우 잤네

일곡一曲 : 한 굽이. 음악의 한 곡조.   寥 쓸쓸할료(횅하다. 텅 비다. 하늘.)
요요寥寥 : 고요하고 쓸쓸함. 매우 적고 드묾.
석경石逕 : 돌이 많은 좁은 길.   嘷 짖을호(외치다)
초속楚俗 : 초나라 풍속. 형초荊楚는 호남성 지역으로 우리나라 기후의 풍토와 비슷함.
영신迎神 : 제사 때 신을 맞아들임.
맹풍盲風 : 초속 6~10미터 정도 빠르기의 바람. 흔들바람.

 해설

  땅거미가 저가고 흐린 날씨로 아직 별이 나오지 않은 초저녁이다. 사람들은 집으로 다 돌아가고 쓸쓸한데 빗방울이 비친다. 강가에서는 횃불 밝혀 고기를 잡느라 불빛이 훤하고, 밭 사이로 영신제를 지내고 있다. '재앙을 멀리하고 상서로운 일들이 들도록 제수를 마련하여 올리오니 부디 흠향하여 주시옵소서.'라는 내용의 제문일 것이다. 영신제는 주로 단오 때 지내기에 미구의 '명절'은 단오로 생각된다.

  매천은 20세에 이르러 '과체科體의 시문에서 벗어나 근체시에 관심을 갖게 되었다'라고 기술한 바 있다. 강가의 야경을 묘사한 이 시는 《매천전집》에 있는 시 가운데 약관의 나이 22세 때 지은 최초의 시이기에 의미가 있다.

정축고 丁丑稿(1877년, 23세)

통영 충렬사[1]에서

칠율 2수 381

松栢靑靑萬曆年	송백이 푸르고 푸르른 만력[2]의 해에
濤聲不死夜凄然	물결치는 소리 그치지 않아 이 밤이 처연해
將軍有國孤舟上	장군은 외로운 배 위에서 나라를 걱정하는데
行旅無歌古廟前	여행하는 객은 옛 사당 앞에 노래를 멈추었네
漢史丹靑諸葛病	한나라 역사는 제갈량[3]의 시름을 채색하였고
吳門潮汐胥山傳	오문[4]에는 오자서[5]의 이야기가 오르내리네
魚龍草木那由識	산 바다에 맹서한 장군의 충심 무엇으로 알건가
海岸垂垂星月眠	바닷가에 드리워진 별과 달빛만이 고요하도다

1) 통영충렬사統營忠烈祠 : 충무공 이순신을 기리기 위해 세워진 사당으로 경남 통영시 명정동에 있으며, 사적 제236호이다. 통영에서 가까운 한산도는 왜란 당시 이순신의 삼도수군통제사가 있었던 섬이었기에, 남해 충렬사와 함께 이곳에 위패를 모시고 제사를 지내게 되었다.

2) 만력萬曆 : 명明나라 신종황제神宗皇帝 때 사용한 연호로, 1573년부터 1619년까지이다. 신종은 1592년에서 1598년 사이에 있었던 왜란 때 조선에 군대를 파병해 주었던 황제로 그 무덤은 북경에 있으며, 명나라 13릉陵 가운데 하나이다.

행려行旅 : 나그네가 되어 다님, 또는 그 사람.

3) 제갈량諸葛亮(181~234) : 중국 촉한蜀漢의 정치가. 자는 공명孔明. 〈출사표
出師表〉, 〈양보음梁父吟〉의 글이 유명함.

4) 오문吳門 : 강소성江蘇省 소주蘇州.

조석潮汐 : 달, 태양 따위의 인력에 의하여 해면이 높아졌다 낮아졌다 하는 현상.
보통 12시간 25분 간격으로 하루에 두 번 일어남.

5) 서산胥山 : 오자서伍子胥(?~BC484)의 산. 오자서는 춘추시대 초나라 사람으
로 이름은 원員. 아버지와 형이 초나라 평왕平王에게 피살되자 오나라를 도와 초
나라를 쳐서 원수를 갚았다. 하지만 간신 백비로 인해 오왕吳王 부차夫差에게 자
살을 강요당하여 죽었다. 부차가 그의 시신을 자루에 넣어 강물에 버리자 사람들
은 그를 불쌍히 여겨 근처에 사당을 세우고 서산胥山이라고 이름을 지었다.
오자서가 죽은 후, 오는 파멸의 길을 걸었다. 오자서의 예언대로 와신상담臥薪嘗
膽한 구천의 월나라가 오를 쳐서 없앴다. 부차는 국경으로 쫓겨 가서 오자서를 믿
지 못한 자신을 자책하며 자결하였다.(《사기史記》〈오자서열전伍子胥列傳〉)

수수垂垂 : 차츰차츰, 점점. 비가 부슬부슬 내림.

2수 382

老木寒鴉江上祠	노목의 찬 까마귀 강가 사당에서 지저귀는데
南民觀感不容思	남쪽 백성들 감정을 보며 생각을 용납하지 않네
重溟風雨啼蠻鬼	큰 파도 비바람에 오랑캐 귀신이 울었고
當日旌旗嚇漢兒	그 당시 장군 깃발에 명나라 장수도 웃었네
氣數在天星已落	기수[1]는 하늘에 있어 큰 별은 이미 떨어졌고
英靈如水月應知	영령은 물과 같아 달도 응당 알도다
陽秋萬古今親見	만고의 춘추[2]를 지금에야 몸소 뵈었나니
虛宇無人再拜時	텅 빈 사당에 재배할 때 견줄 사람 없었오

1) 기수氣數 : 길흉화복의 운수.   嚇 노할혁(꾸짖어 위협하다), 웃을하
2) 양추陽秋 :《춘추春秋》의 별칭.

中秋日入轅門

한가위 날에 원문[1]으로 들어가며   칠율 1수 382

青山如戟倚秋天	푸른산 창과 같아 가을 하늘에 의지해 있고
南出轅門大海邊	남쪽으로 군영을 나오니 큰 바닷가 있네
一種羈懷鴻燕地	일종의 나그네의 회포 홍연[2]의 타관 땅인데
十分佳節稻粱年	충분히 좋은 시절 벼 기장의 풍년이로다
川含霜信流芳急	천변에 기러기 날고[3] 꽃은 급히 흘러가
日現晴餘落正圓	해 맑게 나타난 나머지 곧 둥글게 떨어졌네
爲問行程愁複嶺	가는 길 물어 근심이 겹겹 영마루에 쌓이고
羣羣搗雀已投烟	떼 지은 참새들도 저녁 안개 속에 투숙하네

1) 원문轅門 : 군영軍營이나 영문營門. 군문軍門.
2) 홍연鴻燕 : 기러기와 제비. 기러기 올 때 제비는 강남으로 돌아감.
3) 상신霜信 : '기러기가 오면 서리가 온다'는 데서 유래하여 '기러기'를 뜻함. 기
러기는 가을과 겨울 두 계절을 지낸다고 하여 '이계조二季鳥'라 하기도 함.

過鎮海縣

진해 현을 지나며   오율 1수 383

以我睛瞳古	내 눈동자로 옛 눈동자를 보았더니
隨君鬢髮蒼	그대 따라 무성한 살쩍과 머리털을 보네
岸明水翻日	언덕의 밝은 물은 햇살에 뒤집어지고
野薄雨催霜	들판에 오는 부슬비는 서리를 재촉하네
屋上棉花潔	지붕 위에는 면화가 하얗게 널려있고
藩間薏苡香	울타리 사이로 율무 향기가 나네
商聲天際急	상성[1]이 가을 하늘 사이로 급하게 나
旅鴈覺殊鄕	여행하는 기러기는 다른 향수를 느끼네

睛 눈동자정(싫어하는 눈빛)   瞳 눈동자동(어리석은 모양)
박우薄雨 : 부슬비.   薏 율무억(연밥)   苡 질경이이(율무)
1) 상성商聲 : '궁상각치우宮商角徵羽'는 동양 음악의 오음五音으로, 상성은 가을
의 서방西方의 음을 주관하고, 이칙夷則으로 칠월七月의 음률에 해당함.

訪成南坡蕙永, 信宿陣巖

성남파혜영을 방문하여 진암에서 이틀을 자다   오율 1수 383

擧手弄山海	손을 들어 바다 산을 희롱하며

來作重陽客	중양절에 와서 나그네가 짓노라
古屋有黃花	옛 집에 황국화가 피어있고
相邀看怪石	서로 맞이하며 괴이한 돌을 보네
眷言無風雨	하늘이 돌보아 비바람도 없이
明月以終夕	밝은 달만 밤새도록 떠있네
歸我橘簷燈	찾아온 나를 위해 처마에 등불 밝히고
臥摸雪鴻跡	누워 눈 속에 기러기 흔적을 찾네

권언眷言 : 돌아보며 말함. 돌이켜 봄.　眷 돌아볼권
종석終夕 : 밤새도록. 종야終夜.　摸 찾을모(베끼다)

무인고 戊寅稿(1878년, 24세)

주동 여관의 평상에서 우연히 점치다   칠절 3수 383

___

1수

紫閣峯深避暑樓	궁궐[1]의 봉우리 깊은데 피서하는 누대 있고
山根泉綠浣塵憂	산 밑의 샘물 푸르러 세속의 근심을 씻노라
羈貧不厭平原督	가난에 얽매여 평원의 독우[2]가 싫지 않고
病起還疎卽墨侯	병석에서 일어나니 다시 즉묵후[3]가 멀어지네

榻 걸상탑(평상)   평원平原 : 평탄한 들판 평야.

1) 자각紫閣 : 신선이나 은자隱者들이 사는 곳. 궁궐을 자색紫色으로 칠했으므로 궁궐을 말하기도 함.

2) 평원독우平原督郵 : 진晉의 환온桓溫이 나쁜 술을 평원독우라고 한 고사.

3) 즉묵후卽墨侯 : 벼루를 말함. 문방사우文房四友라는 말은 지필묵연紙筆墨硯을 말하며, 옛날 서방書房에 없어서는 안 되는 4가지 문방구를 의인화하여 쓴 말임. 종이는 호치후好畤侯・붓은 관성후管城侯・먹은 송자후松滋侯・벼루는 즉묵후卽墨侯라 하여 벼슬이름을 붙여 문방4후文房四侯 또는 문방4보文房四寶라고 하였음.

 해설

　주동은 한양의 지명 이름이다. 남산이나 남대문과 가까운 곳이다. 매천은 과거 합격을 목표로 청운지지靑雲之志, 등용문登龍門의 꿈을 안고 한양에 발을 디뎠다. 이 시는 이 시기 24세 때 상경하여 주동여관에 머물면서 한양 남산의 풍광을 읊은 시이다.

　매천은 그 이전 22세 때 남파南坡 성혜영成蕙永을 만나 그의 스승이었던 강위姜瑋(1820~1884)의 시문에 대해서 이야기 들었고, 이때 견문을 넓히고자 강위를 만나기도 하였다. 강화도조약 당시 통역관이었던 강위는 추사 김정희의 제자로 영재 이건창이나 조선 후기 3대 시인이었던 창강 김택영, 그리고 매천 황현에게 영향을 미친 중요한 인물이었다.

2수 383

平岡蒼翠少人還	너른 언덕이 푸르러 돌아오는 사람이 적고
蟬管冷冷六月寒	매미는 맑고 시원하게 울어 유월이 쓸쓸하네
但得醒心能內照	다만 술 깬 마음으로 안으로 비춰보니
淸凉倒是在長安	맑고 서늘함이 거꾸로 한양[1]에 있구나

냉랭冷冷 : 물이 차고 맑음. 쌀쌀함. 소리가 맑고 시원스러움.
1) 장안長安 : 원래 중국 당나라 서울이지만, 조선 왕조의 도읍지 한양을 의미함.

해설

　역시 남산의 풍광을 읊었다. 남산은 조선 왕조 500년 도읍지였던 한양의 남쪽을 수호하는 산이었다. 1882년 임오군란과 1884년 갑신정변으로 정국이 요동을 친 뒤, 1885년 지금의 예장동藝場洞 일대에 일본인 거류지가 형성되었다. 조선은 임오군란 후의 제물포조약으로 일본 군대의 한양 주둔을 인정하였고, 이어 갑신정변후의 한성조약과 텐진조약으로 조선에서의 정치적 권위를 만회하였다.

　기구起句에 나오는 평평한 언덕은 본디 남산아래 주자동鑄字洞 막바지에 있었던 평평한 넓은 잔디밭을 말하고 있을 것이다. 이곳은 조선시대 영문營門 군졸들이 기예를 연마하던 예장藝場으로, 단오절이 되면 청소년패가 씨름을 겨누던 곳이기도 하였다.

3수 384

萬綠流流霽景堆	질은 초록빛 흐르고 흐르는 비개인 언덕 햇살
芙蓉已復滿塘開	부용꽃은 벌써 다시 연못가에 다 만발해 있네
河檉六月花初結	냇가 위성류1) 유월에 꽃봉우리 처음 맺어지고
解喚團團蛺蝶來	흘어진 나비들 불러모아 둥글 둥글 날아오네

1) 위성류渭城柳 : 작은 낙엽교목으로 관상용으로 재배함.　檉 위성류정
협접蛺蝶 : 호랑나비. 봉접蜂蝶.

注洞卽事

주동에서 즉시 읊음 　　　　　　　　　　　　　　　　칠절 1수 384

壞色松乂屋半擎　　붉은 색 소나무 베어 집 반절을 떠받히고

瓦稜如地綠莎平　기와 모서리 땅 같고 푸르른 잔디 평평하네
南山門巷無車馬　남산의 대문 거리에는 차마도 없는데
只管朝朝湃澼聲　다만 아침마다 솜 표백하는 소리가 나네

괴색壞色 : 여러 색이 섞인 수행승의 옷 빛깔. 가사家事의 염색染色으로 제정한
목란 색. 자목련 빛깔.
乂 벨예 莎 사초사(모래땅에서 자라는 풀. 잔디. 향부자.)
擎 들경(들어 올리다. 떠받치다.) 壞 무너질괴
稜 모릉(모서리. 논두렁. 밭이랑.) 管 피리관, 집관(저택)
지관只管 : 오직, 다만. 湃 물결칠배 澼 빨벽(솜을 물에 빨아 표백하다.)

해설

　매천은 그가 쓴 한말의 역사책《매천야록梅泉野錄》에서, 한양 남산 주변
의 주동에 대해서 다음과 같이 기록하였다. "일본 공사 미야모토(궁본수일宮
本守一)가 녹천정綠川亭(김이양金履陽의 별장으로 서울에서 경치 좋은 곳으로 유명
했음.)을 점유했다. 그 정자가 남산 주동注洞 마루턱에 있었는데, 소나무와
천석이 그윽하였다. 일찍이 한확韓確의 별장이었고, 근래에 들어서는 전 판
서 김상현金尙鉉이 살았다. 미야모토가 마침내 이 정자를 빼앗아 일본 공사
관으로 삼은 후로, 일본인들은 점차 주동注洞·나동羅洞·호위동扈衛洞·남
산동南山洞·난동蘭洞·장흥방長興坊과 서쪽으로는 종현鍾峴·저동苧洞으로
미치고, 이현泥峴 일대까지 점거하여 온통 왜인 촌이 되었다."라고 남산의
모습을 써 놓았다.(임형택 외,《역주매천야록(상)》, 문학과 지성사, 2006, 186쪽.)
　매천이 쓴 위의 시도 역시 남산의 풍광과 역사성을 반영하고 있다.

草浦晨行

초포에서 새벽길을 가다   칠절 1수 384

橋南晨月白無痕	다리 남쪽에 뜬 새벽달은 아무 흔적도 없이
祇是鷄鳴不見村	다만 닭 울음소리만 들리고 마을은 보이지 않네
水際草泥深逕處	물가에 있는 진흙 풀은 좁은 길에 깊이 있고
驚隨人跡蟹橫奔	인적 따라 놀란 게가 옆으로 달아나고 있네

경진고 庚辰稿(1880년, 26세)

楓嶽紀行

풍악기행   고시 1수 365

▎*庚辰中秋節, 在南庠望旣望, 月連被雲掩. 時將東遊

　경진년 중추절에 남상[1]에서 16일 달을 바라보았는데, 달이 계속해서
　구름에 가려 있었다. 이때에 장차 동쪽으로 유람코자 하였다.

紫閣峰頭樹朦朧	붉은 누각[2] 봉우리 꼭대기로 나무 몽롱하고
靑鶴洞口煙濛濛	청학동[3] 입구로 안개가 흐릿하게 끼어 있네
城闉遊氣靉欲雨	성문에 떠도는 기운과 구름은 비 오려하고
酒燈近遠搖小紅	주막 등불은 가깝고도 멀리 작은 점으로 붉네
人言今夕月最好	사람들은 오늘 저녁달이 제일 좋다고 하는데
笙簫處處長安道	생소소리 곳곳마다 장안 가는 길에 있네
南山戶牖慘無眠	남산 집 들창문에서 애처롭게 잠이 없어
五更看天雙眼老	오경에 하늘을 보니 두 눈이 익어 있네
雲頹如浪散如髮	구름이 파도처럼 떨어지고 머리털처럼 흩어져
羣星小大遞現沒	크고 작은 뭇별들이 번갈아 나타났다 사라지네
時有一團微明際	때로 한번 둥글다가 희미하고 밝은 때라

輪廓潛藏餘光發	수레바퀴 둘레에 감춰져 남은 빛을 보내네
玉兔搗藥爲誰杵	옥토끼4)는 누굴 위해 절구로 약을 찧느뇨
桂花零落無尋處	월계꽃은 영락하여 찾을 곳이 없구나
恰似銀浦牛女望	은하수 포구의 견우직녀가 바라보는 것 같이
一水盈盈不得語	한 물이 찰랑찰랑하여 말도 하지 못하네
去歲中秋遊方丈	지난 해 중추절에는 방장산에서 노닐며
對月高歌意何壯	달을 대하는 높은 노래 뜻은 어찌 장했던가
今歲江漢客未歸	금년에 한강가의 나그네는 돌아오지 않고
對月還復成怊悵	달을 대하며 또 다시 초창해지네
浮生四海悲萍轉	덧없는 인생 사해에서 떠도는 부평초 슬퍼라
境隨時檀何須戀	경우는 때에 따라 바꿔지는데 어찌 사모하는가
我不怨金色蝦蟆	나는 금색의 새우 두꺼비를 원망하지 않고
能吐呑亦不恨蒼	토하고 삼켜도 푸른빛을 한하지 않노라
狗白衣相幻變	흰옷 입은 개는 서로 환상으로 변하고
衝霄願躧趙知微	하늘 향해 원하건대 조지미5)가 오르네
天柱擲杖風霆飛	천주봉에 지팡이 던져 풍정이 날리고
木落山空玉露寒	나뭇잎 떨어져 텅 빈 산에 옥 이슬 차가워라
會待毘盧頂上取次看	비로봉 정상에 모여 기대하며 차례로 보네

---

1) 남상南庠 : 조선시대 한양에 두었던 관립학교. 사학四學의 하나로 남학南學 또

는 남횡南黌이라고도 하였음. 반면에 이 사부학당四部學堂 출신자나 소과小科 합격자들이 입학하는 성균관成均館을 태학太學이라 불렸다.

기망旣望 : 음력 16일을 말함. 15일 망월望月이 지났다는 의미임.

2) 자각紫閣 : 신선이나 은자隱者들이 사는 곳. 궁궐을 자색紫色으로 칠했으므로 궁궐을 말하기도 함.

3) 청학동靑鶴洞 : 지리산에도 청학동이 있으나 이 시에서는 한양 남산 부근의 지명이다. 1905년 11월 일본은 을사조약을 강제로 체결한 뒤, 예장동에 통감부 청사를 설치했다. 초대 통감은 이토 히로부미(이등박문伊藤博文)였다. 그로 인해 일본 공사관이 있던 녹천정은 통감관저로 바뀌었다. 본래 이곳이 '청학동'이었으며, 조선시대 유명한 시인이며 청학도인 이행李荇의 집터가 있던 곳이었다.

몽롱朦朧 : 흐릿함. 희미함. 흐리멍텅함.　闉 성곽문인　霙 구름낄애

牖 담장용, 들창유(성姓의 하나. 깨우치다.)　慘 참혹할참(비참하다. 아프다.)

오경五更 : 새벽 3시부터 5시 사이를 말함.

遞 갈마들체　潛 지맥질할잠　搗 찧을도　杵 공이저(방망이)

4) 옥면玉兔 : 옥토끼. 금조옥면金烏玉兔은 금 까마귀와 옥토끼.

영영盈盈 : 물이 가득 차서 찰랑찰랑함.

방장方丈 : 삼신산의 하나인 지리산. 높은 중의 처소. 한 절의 주지.

怊 슬플초　襢 물려줄선(이어지다. 바꾸다.)　蟆 두꺼비마

柱 기둥주(거문고주. 가야금.)　霆 천둥소리정

풍정風霆 : 바람과 천둥소리.

宵 밤소　霄 하늘소　躡 밟을섭(오르다. 이르다.)

趙 나라조(걸음이 느리다. 넘다.)

5) 조지미趙知微 : 도술이 있는 술사術士. 중추 날 비 오는 밤에 조지미가 제자들에게 "오늘 밤 천주봉天主峯에 올라 달구경이나 하러 가자."라고 말했더니, 그 제자들이 반신반의 하였다. 과연 천주봉 가는 길에 비가 그쳐 달구경을 하고 놀다 내려왔다. 하지만 산 아래에는 여전히 비바람이 치고 있었다고 함. 지미력知微曆은 금나라 사람 조지미趙知微가 만들었음.

취차取次 : 한동안. 차츰.

 **해설**

매천은 26세 때 다시 상경上京하여 29세의 영재 이건창을 만나고자 하였다. 하지만 조선시대 문과文科 최연소 과거 합격자로 명망이 자자했던 영재 이건창이었고, 또 영재가 마침 압록강 부근 벽동으로의 유배를 앞두고 있었기에 매천은 영재를 만날 수 없었다. 훗날 이들의 신교神交 관계에서 첫 대면이 이뤄지지 않았다. 매천은 이에 울적한 마음을 달래려고 금강산을 여행하게 되었다.

値雨不發有懷

비를 만나 출발하지 못하고 감회가 있어 　　　　　오고 1수 366

01	聖宁十七載	성스럽게 십칠 년간 쌓아
	太歲在上章	태세[1]에 상장[2]이 있었네
	三邊休兵革	세 주변으로 전란이 그치고
	八域均雨暘	온 세상에 고루 비가 오고 해가 뜨네
	居者不閉戶	사는 자는 문을 닫지 않고
	行者不齎糧	가는 자는 식량을 지니지 않네
	每聞長老語	항상 나이 많은 어르신의 말씀이
09	中經多災傷	중간[3]에 많은 어려운 재앙을 겪었다고 들었네
	蚩蚩田野間	어리석고 어리석게 들 밭 사이에서
	畏約常蟄藏	약속이 두려워 항상 칩거하며 숨어 살았네

吾輩値泰平　　　우리들은 크게 평화로움을 만나

意舒體又康　　　뜻을 펴고 몸은 다시 평안해졌네

只取手中筆　　　단지 손에 붓을 잡으며

遊戲頌虞唐　　　놀면서 당우[4]를 칭송하였네

家山在畵裡　　　집에 있는 산은 그림 속에 있었고

昆弟守親傍　　　아우를 도우며 어버이를 곁에서 지켰네

及此無事日　　　이때에 이르러 일 없는 날 되었고

終年愧守堂　　　한 해를 마침에 집 지키는 것 부끄러웠지

旣已破萬卷　　　이미 만권을 독파했으니

亦可橫四方　　　역시 사방으로 돌아다닐 만하네

溟海絶天碧　　　망망한 바다는 푸른 하늘을 막았고

曙旭披榑桑　　　새벽의 돋는 해 둥글게 부상[5]을 헤쳐 나오네

葱龍瑞雲外　　　초목이 무성하여 상서로운 구름 밖으로

一髮來靑蒼　　　머리카락이 짙푸른 색으로 오도다

望之不可親　　　이것을 바라보아 친함이 없지만

卽此稱金剛　　　이런 것인즉 금강이라 일컬네

玉髓聯其幹　　　옥의 골수가 그 줄기를 잇닿으며

珠流滌其腸　　　진주가 흘러 그 창자를 씻네

隊隊玄麟戲　　　무리를 이루며 검은 기린이 놀고

羣羣紫鸞翔　　　떼 지은 자줏빛 난새들이 날아가네

靈藥根帶雪　　　영약의 뿌리들이 흰색을 띠고

	奇花蕊凌霜	기이한 꽃술이 서리를 능멸하도다
33	衆壑丹砂氣	여러 골짜기마다 단사 기운이 감돌고
	千峰白毫光	천 봉우리는 백호로 빛나도다
	一登諸疾已	한번 오르면 모든 질병들이 그치고
	再登百憂忘	다시 오르면 백번의 근심을 잊네
	登登不辭勞	오르고 올라 수고로움을 사양치 않고
	定可啓金箱	정하여 금상자를 열어보네
	興至不告人	일어나서 사람들에게 알리지 않고
	徑發擔一囊	지름길로 가며 한번 배낭 메네
41	知者詫我勇	아는 자에게 나의 용기를 자랑하고
	昧者嗤我狂	우둔한 자는 나의 미치광이를 비웃네
	勇固難自許	용기는 진실로 스스로 허락하기 어려우며
	狂亦未易量	미치광이도 또한 쉽게 헤아리지 않네
	終南昨夜雨	종남산에 어제 저녁 비가 오고
	萬瓦鳴淋浪	일만의 기와집에 옥소리 울려오네
	便可揷翰飛	문득 붓을 날려 써서 끼워 넣을 수 있는데
	何愁川無梁	어찌 냇가에 다리가 없음을 근심하리오
49	從我者誰子	나를 따르는 자 그대는 누구인가
	莫使成悵望	창망히 이루어졌다고 하지 말라
	異日黃初平	다른 날에 황초평이
	笑叱金華羊	웃으면서 금화산의 양에게 소리쳤네[6]

緬懷古賢達　　아득히 옛날의 현달함을 생각하며
遊覽遺躅芳　　아름다운 옛 유적을 두루 관람하였네
草史得山川　　이 산천에서 역사를 기초하며
操琴爲峨洋　　훌륭한 거문고 소리를 들었네[7]
57 仰止洙泗源　　우러러 사수[8]의 근원을 사모하여
仁智聖謨彰　　자애와 슬기 거룩하신 법이 밝게 빛났네
關河秋草遍　　황하의 관문에 가을 풀이 두루 있어
多岐歎亡羊　　여러 갈래 길 많아 양 잃음[9]을 한탄하네
拭目尋正路　　눈을 닦으며 바른 길을 찾아
努力相扶將　　노력하며 서로 마땅히 도와야 하리

宁 쌓을저(저장하다. 잠시 멈춰서다.)

1) **태세太歲** : 그 해의 간지干支. 음양가陰陽家에서 모시는 팔장신八將神의 하나. 목성木星.

목성에 붙인 이름으로 해마다 간지干支의 방향으로 운행하는데, 그 방향이 길사吉事하면 복을 받으며, 나무 베는 것을 꺼렸음.

팔장신八將神 : 음양가陰陽家에서 길흉의 방위를 맡아본다는 여덟 신. 태세太歲, 대장군大將軍, 태음太陰, 세형歲刑, 세파歲破, 세살歲煞, 황번黃幡, 표미豹尾를 말함.

2) **상장上章** : 천간天干 '경庚'의 고갑자古甲子 이름. 상上은 시작이라는 의미가 있음.

청우晴雨 : 날이 갬과 비가 옴. 暘 해돋이양(해가 뜨다. 말리다.)

병혁兵革 : 전란. 전쟁. 齎 가져올재(가져가다. 주다.)

장로長老 : 덕행이 높고 나이가 많은 중.

3) **중경中經** : 중간길. 경서經書를 분량에 따라 나눈 중간 것. 곧 시경詩經·의례

儀禮·주례周禮를 말함.   蚩 어리석을치(얕보다)

4) 우당虞唐 : 중국의 도당씨陶唐氏와 유우씨有虞氏. 요와 순의 시대를 함께 이르는 말로 이상적 태평시대임. 당우唐虞.

명해溟海 : 망망한 바다.   毘 도울비(보태다)

曙 새벽서 旭 아침해욱(돋는 해)   槫 둥글단(영구차. 상여.)

5) 부상扶桑 : 해가 뜨는 동쪽 바다. 동쪽 바다 속에 있다고 하는 나무.

총롱葱蘢 : 초목 따위가 무성함.   葱 파총 蘢 개여뀌롱(덮어 가리다)

청창青蒼 : 짙은 푸른색.   滌 씻을척 鸞 난새란(천자의 수레)

蕊 꽃술예 訑 자랑할이 詫 자랑할타, 속일타

6) 황초평黃初平과 금화산金華山 : 황초평은 단계인但谿人이었다. 15세에 양을 치고 있는데, 어떤 도사道士가 나타나 초평을 금화산金華山의 한 동굴로 데리고 간 후 돌아오지 않았다. 동생이 40여 년 동안 돌아오지 않게 되자 형인 초기初起가 찾아 나섰다. 한 도사를 따라가 금화산에 있는 동생을 찾을 수 있었다.

  초평이 동생에게 "양들은 모두 어디에 있느냐?"라고 물었다. 황초평은 동쪽 산 위에 있다고 대답했다. 형이 가보니 양들은 없고, 흰 바위들만 무수히 있었다. 형이 돌아와 양이 없다고 하자 황초평이 형과 함께 동쪽 산으로 갔다. 그는 흰 바위를 향해 큰 소리로 외쳤다. "양들아, 일어나라!"라고 말하자 흰 바위는 순식간에 수 만 마리의 양들로 변하였다.

  '질석성양叱石成羊'은 신기한 기술이나 괴이한 현상을 비유한 말로, '점석성금點石成金' 또는 '점철성금點鐵成金'과 같으며, 금화산金華山을 선계仙界로 비유하기도 한다.

緬 가는실면(멀다. 생각하는 모양.)   躅 머뭇거릴촉(자취. 행적.)

7) 백아절현伯牙絶絃 : 춘추시대 거문고의 명인 백아와 그의 거문고 소리를 잘 들어 주었던 종자기鍾子期의 고사. 종자기가 죽자 백아는 거문고 줄을 끊어버리고 다시는 거문고를 타지 않았다고 함. 유수고산流水高山의 고사.

洙 강이름수(사수의 지류. 물가.)   泗 물이름사

8) 수사洙泗 : 수洙와 사泗는 모두 노魯나라의 물 이름으로, 수사洙泗는 곧 공자와 그 제자들이 출생한 곳임. 공자가 살던 곳은 수수洙水와 사수泗水 사이였음.

9) 다기망양多岐亡羊 : 《열자列子》에 나오는 이야기로, '달아난 양을 찾다가 여

러 갈래 길에 이르러 길을 잃음'의 뜻. 학문의 길이 여러 갈래로 나뉘져 진리를 찾기 어려움, 또는 방침이 많아 할 바를 모르게 된다는 뜻. 유의어로 망양지탄亡羊之嘆이 있음.

裝成戲題

치장 하고서 우스꽝스러워 쓰다　　　　　　칠율 1수 367

吟囊緊縛小包成	배낭을 동여매고 작은 꾸러미 만들며 읊노라니
燈下傳看笑語生	등불아래 전하는 걸 보고 우스운 말 생겨나네
紙貨輕於浮海賈	종이돈은 가벼워 바다에서 장사하며 떠다니고
刀鞘橫似赴邊兵	칼집은 비껴 있어 변방의 병사가 이른 것 같네
秋來有思同潘岳	가을이 와 반악[1]과 함께하며 생각이 나지만
家累無關老向平	집안 걱정일랑 상평[2]처럼 늙어가 상관이 없네
縱未入山吾不恨	비록 입산 하지 못했어도 나를 원망하지 않아
纔能辨此已高情	겨우 이렇게 판별해 벌써 고상한 정 있노라

긴박緊縛 : 꽉 졸라 동여맴.

지화紙貨 : 지폐紙幣.

도초刀鞘 : 칼집.　鞘 칼집초

1) 반악潘岳(247~300) : 중국 서진西晉의 문인으로 자는 안인安仁. 반안潘安이라고도 부른다. '才過宋玉(재과송옥) 재능은 송옥을 넘고/ 貌賽潘岳(모새반악) 미모는 반악에 비견 된다'라는 말이 있다. 권세가인 가밀賈謐의 집에 드나들며, 그가

외출할 때를 기다리고 있다가, 수레 먼지가 일어나는 것을 보면 그때부터 허리를 굽혔다는 망진이배望塵二拜 또는 망진학사望塵學士의 고사가 있다.

삼국지에서 오나라 정승을 지낸 육손의 손자인 육기陸機(261~303)와 더불어 반육潘陸이라 부른다. 작품에 망처亡妻를 애도한 〈도망시悼亡詩〉가 유명하다.

가누家累 : 가정의 부담. 집안의 걱정거리.

縱 늘어질종(쫓다. 용서하다. 활을 쏘다.)

2) 상평向平 : 후한後漢 상장向長의 자. 또는 자평子平으로 은거불사隱居不仕하였다. 자녀의 혼인을 마치고 오악 명산을 찾아다니며 부지소종不知所終했다. 속설에 자녀 혼가의 일을 '상평지원向平之願'이라 하였으며, 혼가사필婚嫁事畢 즉 자녀의 성혼을 마치는 일을 뜻하게 되었다. (《후한서後漢書》〈일민열전逸民列傳〉)

고정高情 : 고상한 마음.

 해설

금강산 여행을 계획하면서 출발하기 직전에 치장한 꼴을 묘사한 시이다. 매천은 이후로 금강산 여행의 시문을 모아 《담풍췌묵談楓贅墨》이라 하였다. 매천은 이해 9월 이 즈음에 장자 암현巖顯이를 낳았다.

東出惠化門

동쪽으로 혜화문을 나오다

칠율 1수 368

一出都門爽欲飛	한번 도성 문을 나옴에 날아갈듯 상쾌하고
天風萬里擧霞衣	하늘 바람 만 리에 불어 하의[1]가 펄럭이네
休論較兩量晴事	둘을 비교하여 맑은 일 헤아리며 논하지 말라

且賦登山臨水歸	또 산에 올랐다가 물가로 돌아오며 부를 읊네
擔負代驢憑僕健	나귀 대신 짊어져 메고 건장한 종에 의지하며
呻吟如鶴見人稀	학처럼 신음하니 사람도 드물게 보이네
可能無負桑蓬志	가능하게도 어릴 때의 큰 뜻을 버리지 않아[2]
祗恐浮由少壯違	다만 뜬 이유로 혈기 왕성함이 달라져 두렵네

천풍天風 : 하늘 높이 부는 바람.

1) 하의霞衣 : 하늘에 있는 신선이 입는 옷.

2) 상봉지桑蓬志 : 상봉지지桑蓬之志. 남자가 사방으로 활약하려는 큰 뜻. 옛날 중국에서 남자가 태어나면 뽕나무로 만든 활과 쑥대로 만든 화살로 사방을 쏘아 웅비雄飛할 것을 빌었다고 함.(=상자지향桑梓之鄕. 상호봉시桑弧蓬矢. 청운지지靑雲之志. 능운지지陵雲之志. 청운만리靑雲萬里.)

소장少壯 : 젊고 혈기 왕성함. 젊고 씩씩함.

楊州途中

양주 가는 길에

칠율 1수 368

三山落鞭後	삼신산[1]이 말채찍으로 떨어진 후에
長向日邊東	길게 태양 주변의 동쪽으로 향하네
秋氣朝朝變	가을 기운이 아침마다 변하더니
人烟峽峽同	사람과 연기는 골짜기마다 함께 하네

露凄菘畝白　　이슬이 차갑고 배추 이랑이 흰데
風厲栗林紅　　바람이 심하여 밤나무 숲이 붉구나
信美楊州土　　참으로 아름다운 양주 땅이로다
其如逆旅中　　그것이 나그네를 맞이하는 것과 같네

1) 삼산三山 : 세 개의 산. 삼신산三神山.
일변日邊 : 해 뜨는 주변. 임금의 측근. 하루 하루의 변리邊利
신미信美 : 참으로 아름다움.　菘 배추숭
역려逆旅 : 나그네를 맞이함. 여관.

暮向東山

저물어 동산으로 향하다　　　　　　　　　칠절 2수 369

1수

荒野沈沈入暮痕　　거친 들판 침침하여 날 저문 흔적이 되었고
老牛呼犢奮枯根　　늙은 소는 송아지 부르며 고목 뿌리를 흔드네
過人秫粟山田側　　사람이 찰기장 밤 숲을 지나가며 산밭 곁으로
樵路如絲不見村　　나무꾼 길 희미하고 마을은 보이지 않네

고목枯木 : 말라 죽은 나무.　秫 차조출(찰기장. 찰수수.)

2수 369

溪雲低去淡生痕	냇가의 구름 아래로 가니 단박한 흔적 생겨나고
水落門蹊木露根	물은 지름길 문으로 떨어져 나무뿌리 이슬 맺네
較說江南魚稻地	강남을 비교해 말하면 물고기와 벼있는 땅이라
縱然無竹亦佳村	비록 대나무가 없다고 해도 좋은 마을이로다

蹊 지름길혜(기다리다)

訪薑山舊居

강산[1] 이서구의 옛 집을 찾아서　　　　　칠절 1수 369

冥鴻猶落雪泥痕	높이 나는 기러기 내려[2] 설니의 흔적 있고
此地薑山杖屨村	이 땅은 강산 이서구가 머물렀던 마을이로다
一柚四家詩草重	한 축 사가[3]들의 시는 초고가 소중하노니
夕江回棹繫楓根	저녁 강가에 돛대를 돌려 단풍뿌리에 매었네

1) 강산薑山 : 이서구李書九(1754~1825)의 호. 덕흥 대원군의 후손으로 시에 능했으며, 근세사가近世四家의 한 사람으로 꼽힌다. 대사성·대사간·이조판서·대사헌·우의정 등을 지냈으며, 문집으로 《강산집薑山集》이 있음.
2) 명홍冥鴻 : 하늘을 높이 나는 기러기. 세상을 피해 은거하는 사람.
설니雪泥 : 눈으로 뒤범벅이 된 땅.

柚 유자(나무)유, 바디축

3) 사가四家 : 근세사가近世四家. 정조 때 박지원을 스승으로 모신 청장관 이덕무
李德懋·초정 박제가朴齊家·영재 유득공柳得恭·강산 이서구李書九를 말함.
시초詩草 : 초 잡아 적은 시. 시의 초고.
회도回棹 : 가던 배가 돛대를 돌림. 병이 차차 나음.   繫 맬계

渡藥門前川

약문 앞의 개울을 건너다

오율 1수 369

束峽江初放	합쳐진 골짜기의 강이 처음으로 놓여져 있고
崩沙路不分	무너진 모랫길은 나눠지지 않았도다
樹枯鳴衆壑	고목나무 소리 골짜기마다 울려 나오고
風勁落高雲	세찬 바람이 높이 있는 구름 속에 떨어지네
遙待官船渡	멀리 관가의 배가 물 건너는 것을 기다리며
相招行旅羣	서로 여행하는 나그네는 무리지어 부르네
朝行寒滿袖	아침에 길 가는데 싸늘함이 소매에 가득
薄酒有奇勳	아무렇게나 빚은 술도 기이한 공훈이 있네

관선官船 : 관가 소유의 배.
박주薄酒 : 아무렇게나 빚은 맛이 좋지 않은 술. 남에게 대접하는 술.

西村雜詠

서촌잡영

3수 370

1수

舍北舍南蒼翠濃	집 북쪽과 남쪽으로 푸르름 짙어가고
秋溪競上玉芙蓉	가을 냇가에서 다투어 옥부용[1])에 오르네
蓬萊萬二千峰勝	봉래산 일만 이천 봉우리가 경승이라
輸與君家十二峯	그대 집에 열 두 봉우리 보내네

1) 옥부용玉芙蓉 : 아름다운 연꽃. 눈(＝설雪).

2수 370

斤斧紛紛斸石忙	도끼는 분분히 돌 새기기에 바쁜데
雲根千疊屋蒼涼	구름은 천첩으로 쌓여 푸른 집 맑아라
晝茅宵索還多事	낮에 띠집 이고 밤에 새끼 꼬고 다시 일 많아
不讀邠風第七章	시경의 빈풍 제칠장[1])을 읽지 못하네

분분紛紛 : 떠들썩하고 뒤숭숭함. 흩날리는 모양이 뒤섞여 어수선함. 의견이 많음.

천첩千疊 : 여러 겹으로 겹침.　斸 괭이촉(베다. 찍다.)

1) 빈풍제칠장邠風第七章 : 《시경詩經》의 〈국풍國風〉 가운데 '빈풍豳國'은 총 7
편 27장으로 되어 있다. 빈풍豳風과 낭발狼跋의 내용을 보면 다음과 같다.

　　빈豳은 주周의 발상지이다. 공유公劉로부터 고공단부古公亶父까지 도읍했던 빈을 중심으로 농업 관계의 노래를 묶은 것이다. 〈빈풍豳風〉에 있는 〈칠월七月〉의 내용은 다음과 같다. "…三之日于耜(삼지일우사) 정월에는 보습손질/ 四之日擧趾(사지일거지) 이월에는 밭 갈기/ 同我婦子(동아부자) 며느리와 애 데리고/ 饁彼南畝(엽피남무) 들 점심 가져가면/ 田畯至喜(전준지희) 권농도 기뻐하셔/ (중략) / 六月食鬱及薁(육월식울급욱) 유월엔 아가위랑 머루랑 먹고/ 七月烹葵及菽(칠월팽규급숙) 칠월엔 아욱과 콩을 삶네/ 八月剝棗(팔월박조) 팔월이면 대추 따기/ 十月穫稻(십월확도) 시월이면 벼 베기…"(김영붕, 〈解放以後 漢詩 盛衰樣相의 一考察〉, 《고시가연구》, 한국고시가문학회, 2007, 163쪽.)

〈낭발狼跋(=늙은 이리)〉 2장 4구의 내용은 귀인貴人을 조롱하는 노래로 내용은 다음과 같다.

"狼跋其胡(낭발기호) 늙은 이리 수염 밟고 비척비척/ 載疐其尾(재체기미) 제 수염에 제가 걸려 비틀비틀// 公孫碩膚(공손석부) 어여쁘신 우리 임의/ 赤舃几几(적석궤궤) 붉은 신은 곱기도 해// 狼疐其尾(낭체기미) 늙은 이리 꼬리 밟고 비틀비틀/ 載跋其胡(재발기호) 제 수염에 제가 걸려 비틀비틀// 公孫碩膚(공손석부) 어여쁘신 우리 임의/ 德音不瑕(덕음불하) 그 소문은 좋기도 해"(윤영춘 역, 《시경詩經》, 한국서적공사, 1983, 232쪽)

3수 370

掇取山蜂歲久馴	산벌을 주워 모아 해가 지나도록 오래 길들여
西隣家計未全貧	서쪽 인가의 살림살이 전부가 빈한하지 않네
野花一道秋陽裡	들꽃이 외길에 피어 가을 햇빛 속에 있고
採蜜群忙不螫人	꿀 따는 무리들 바쁜데 사람 쏘지 않네

掇 주을철(가리다. 선택하다.)

세구歲久 : 여러 해 지나 꽤 오래됨.　馴 길들순, 가르칠훈

가계家計 : 살림살이. 집안의 형편.　螫 쏠석, 성낼학

行霧中

안개 속을 가며

칠절 1수 370

金城城郭似村居	금성의 성곽에 마을 사람들 사는 것 같고
楡柳蕭踈映翠渠	느릅나무 버들 쓸쓸히 푸른 도랑물에 비치네
隔水相呼人不見	물 건너 서로 사람을 불러도 보이지 않고
濛濛秋霧稻黃初	자욱한 가을 운무 속에 벼가 막 누렇게 익었네

촌거村居 : 시골에서 삶. 蕭 쓸쓸할소, 맑은대쑥소
踈 트일소(멀다. 드물다. 거칠다.) 翠 물총새취(비취색) 渠 도랑거
몽몽濛濛 : 안개·연기 따위가 자욱함.

過倉都市

창도시를 지나며

칠율 1수 371

秫林橫斷徑初交	찰수수 밭 가로질러 처음 교차해 지나가고
小小人烟比屋茅	작고 작은 인가의 연기는 초가집과 비교되네
店壁縱橫南草架	주막 벽에는 남초[1]가 시렁에 종횡으로 있고
商車絡繹北魚包	장사치의 수레에 북어포의 왕래가 끊이지 않네
馬當溪口飮秋色	말은 마땅히 냇가 입구에서 가을빛을 음미하고

風捲市聲生木秒	바람이 걷혀 장바닥의 소리가 나무 끝에서 나네
頓覺關東鄕味別	갑자기 관동지방의 향미가 유별나다 깨달으며
舂粱爲酒橡爲肴	기장 찧어 만든 술에 상수리 묵으로 안주 삼네

秫 차조기출(찹쌀. 찰기장.) 徑 지름길경(지나가다)

1) 남초南草 : 가지과에 딸린 한해살이 식물. 잎을 말려서 담배를 만듦.

낙역絡繹 : 사람이나 수레의 왕래가 끊이지 않음. 낙역부절絡繹不絕.

북어北魚 : 명태를 말린 것. 包 꾸러미포, 쌀포

생목生木 : 생나무. 원래 그대로의 무명.

入馬里村

마리촌에 들어서며

오절 1수 371

百折新畲逕	백번 굽어있는 새 따비밭의 소로 길
微陽木末斜	희미한 햇빛에 나무 끝이 기울어있네
山深村更煖	뫼 깊은 마을은 다시 따뜻해지고
籬落盡秋花	울타리에 가을꽃이 다 피어 있도다

斷髮嶺憩神祠

단발령의 신사에서 쉬다   오고 1수 371

01 天際通一竇   하늘 끝은 구멍 하나로 통해 있고
   雲烟在下生   구름과 안개가 아래로 피어나네
   陰陰脩木稗   응달진 곳에서 나무 가래 씻으며
   時漏日光明   이때에 틈으로 새어난 햇빛이 밝네
   紛墜霧和露   어지럽게 안개와 이슬이 떨어지고
   濕葉飛不鳴   습한 나뭇잎은 날아가며 울지 않네
   鉤衣引藤蘿   옷을 갈고리에 걸고 등나무 당기며
   跳笠飛鼯鼪   삿갓 쓰고 뛰어 날다람쥐 족제비 날아가네
09 微逕忽有無   희미한 좁은 길 홀연히 있다 없어지고
   齒石缺刀橫   칼로 이지러진 치아 같은 돌 비껴있네
   側臨千仞壁   옆으로 천길 벼랑이 접해 있고
   滑如銅柱擎   미끄럽기가 동주[1]를 들어 올린 것 같네
   人從螺殼中   사람이 소라 껍데기 가운데를 따라
   累累如蟻行   포개고 포개져 개미가 가는 것과 같네
   相隨不相顧   서로를 따라가며 서로를 돌아보지 않고
   但聞呼應聲   그저 호응하는 소리만 들리네
17 放杖攀崖急   지팡이를 놓고서 낭떠러지 잡기에 급하고
   蹣跚手足幷   비틀거리며 손발이 함께 하네

	吓巇頤交膝	아! 험준함하네, 턱이 무릎과 교차하고
	形穹與龜爭	형세가 깊어 거북이와 함께 다투네
	促喘氣難旋	숨 가쁘게 쉬어 기운이 돌기 어렵고
	汗結綴珠纓	구슬땀 맺으며 갓끈의 구슬을 꿰매네
	長風動髮根	긴 바람에 머리털이 휘날리고
	鞵底峯漸平	가죽신 아래로 봉우리가 점점 평평해지네
25	眉巖絡枯蔓	미암에 마른 넝쿨 둘러싸여 있고
	有廟倚楓傾	사당에 단풍나무 기울어 의지해 있네
	神像一何古	귀신의 형상은 어찌 옛날과 같은가
	朱髮覆綠睛	붉은 머리는 푸른 눈동자를 뒤집네
	叱虎蹲其傍	호랑이를 꾸짖고 그 옆에 웅크리고 앉아
	攫鬼裂其吭	귀신을 붙잡고 그 목구멍을 찢네
	門看一童子	문에서 한 동자를 보았더니
	跨鶴橫吹笙	학을 타고 가로질러 쟁을 불고 있네
33	娟娟迎我笑	아름답고 예쁘게 나를 웃으면서 맞이하고
	擧手指赤城	손을 들어 적성을 가리키네
	不必窮靈源	영원동[2]이 다하여 필요하지 않아
	已有邅攣情	이미 정을 들어 멀어지더라

신사神祠 : 신령神靈을 모셔 놓고 위하는 사당祠堂. 竇 구멍두, 도랑독
脩 고기포수(마르다. 닦다. 익히다. 쓸다. 씻다.) 梩 가래리(농구 : 삼태기)

일광日光 : 햇빛.

鉤 갈고랑이구(낫. 창. 걸다. 끌어당기다.) 鼯 날다람쥐오 鼪 족제비생

치석齒石 : 이의 표면에 엉겨 붙어서 굳은 물질. 잇돌·치구齒垢.

1) 동주銅柱 : 구리 기둥. 후한의 복파장군伏波將軍 마원馬援이 교지국交趾國을 원정遠征한 뒤, 두 개의 구리 기둥 동주銅柱을 세워 한漢나라와 남방 외국의 경계 선을 표시했다는 고사가 있음.

누누累累 : 누누이. 말 따위를 여러 번 반복함.

반산蹣跚 : 비틀거리며 걷는 모양. 蹣 넘을만, 비틀거릴반 跚 비틀거릴산

穹 하늘궁(막다르다. 깊다.) 喘 헐떡거릴천(호흡)

천기喘氣 : 가벼운 천식. 천식 증세.

주영珠纓 : 구슬을 꿰어 만든 갓끈.

髮 터럭발(초목) 鞋 생가죽신혜 絡 이을락(잇다. 둘러싸다. 얽다. 헌솜.)

신사神祠 : 신령神靈을 모셔 놓고 위하는 사당祠堂.

攫 붙잡을확 蹲 웅크릴준(멈추다)

연연娟娟 : 아름답고 어여쁨. 빛이 산뜻하게 아름답고 고움. 연연姸姸.

2) 영원靈源 : 이광수의 〈금강산유기〉에 다음과 같은 글이 있다. "'지영원암십오 정至靈源庵十五町'과 '지망군대이리至望軍臺二里'라는 두개 푯말이 있고, 이 푯말 을 따라 오른쪽으로 영원동靈源洞의 협곡을 올라가면 신라 영원조사가 금강산에 처음 절을 세운 영원암이 있다."

到長安寺

장안사에 이르다   오율 1수 372

粉榜字如月   단장한 방의 글씨는 달과도 같아

皎然松柏中	소나무 잣나무 가운데 환희 비추네
拾薪僧渡水	땔나무를 주운 스님이 물 건너가고
含果鵲翔風	열매 머금은 까치가 바람 일으키네
秋日淡將暮	가을날 맑아 장차 저물어 가는데
道場祇自空	수행하는 절은 다만 고요함속에 있네
悠哉有所思	아득히 멀도다, 생각하는 것이
巖桂幾多叢	암벽의 계수나무 다수가 모여 있네

粉 가루분(단장하다. 분을 바르다.)   榜 매방(매질하다. 배를 젓다. 방. 방목.)

교연皎然 : 밝고 흼. 교교함. 당나라 승려로 사령운謝靈運의 10대손.

함과含果 : 불교에서 사과四果의 하나. 소승불교의 수도자가 증득하는 네 가지 성도聖道 체계. 육계의 사혹思惑을 끊어서 증득하는 사다함과斯陀含果와 아나함과阿那含果가 있음. 사다함과는 수혹의 구품가운데 상육품을 끊은 성자. 아나함과는 욕계欲界의 아홉 가지 번뇌를 모두 끊고, 죽은 뒤에 천상에 가서 다시 인간에 돌아오지 않은 성문聲聞의 세 번째 지위이다.

도장道場 : 무예를 닦는 곳. 부처나 보살이 도를 얻는 곳. 수행하는 곳.

祇 공경할지(마침. 이 : 是)   祇 토지신기(마침. 다만. 편안하다.)

아심자공我心自空 : 나의 마음은 자성(실체)이 비어 있음.

기다幾多 : 꽤 많이 있음.

 해설

금강산 내금강內金剛의 명승지로는 장안사長安寺, 명경대明鏡臺, 만폭동萬瀑洞, 비로봉飛盧峯 등이 있다. 장안사는 주위 경치가 빼어나 면암 최익현도 〈장안사동구長安寺洞口〉라는 시를 남겼다. "斷髮令過步屨輕(단발령과보섭경) 단발령 지나니 걸음이 가벼워/ 長安洞口夕陽明(장안동구석양명) 장안사

입구에는 석양이 밝네/ 居民不厭江山客(거민불염강산객) 사는 사람들 강산의 나그네 싫어하지 않아/ 呼應爭傳路引聲(호응쟁전로인성) 길 인도하는 소리 다투어 전하네"라 하였다.

神仙樓夜坐, 憶香農先生

신선루[1]에서 저녁에 앉아, 향농[2]선생을 생각하다   칠율 1수 372

長庚晱晱月未出	샛별이 보이는데 달은 아직 나오지 않았고
山木颼颼如有人	산 나무에 바람이 솔솔 불어 사람 있는 것 같네
風水成聲衆壑嘯	물바람 소리 이뤄져 뭇 골짝마다 휘파람소리
燭燈交映諸佛嚬	등촉 밝혀 번갈아 비쳐 여러 불상이 찌푸리네
寂然已矣若聞道	적막하게 되었도다, 도를 듣는 것 같아
達者當之應捨身	통달한 자 이를 감당하여 불문으로 응당 가네
高笑香農老居士	크게 웃고 있는 향농의 늙은 거사 있고
竹輿空掛滄江濱	대나무 수레가 창강[3] 물가 허공에 걸려있더라

1) 신선루神仙樓 : 금강산 장안사에 있는 누각. 정조 1792년 문과에 급제했던 이병렬李秉烈(1749~1808)의 〈금강일기金剛日記〉에 장안사 신선루에 대해 다음과 같은 글이 있다. "단발령을 넘어 장안사에 들어가니 바로 금강산 골짜기 입구였다. 금색의 불전이 휘황하며, 3층의 종각이 있다. 그 뒤에는 사성전四聖殿이 있고, 아래에는 신선루가 있다. 한참을 앉아 멀리 바라보니 장경산 세 봉우리가 아득하게

눈 안으로 들어왔다. 조금 북쪽으로 관음산의 세봉우리가 있는데, 매우 아름다웠다. 오후에 영원동에 들어가고 옥경대玉鏡臺에 이르렀다."
2) 향농香農 : 신정희申正熙(1833~1895)의 호. 자는 중원中元. 조선 고종 때 일본과 1876년 강화도조약을 체결했던 장군 신헌의 아들. 1880년 통리기무아문당상統理機務衙門堂上, 다음해 형조판서, 1882년에 다시 어영대장이 되었으나, 임오군란의 책임으로 전남 임자도로 유배되었다. 다음해 매천은 임자도로 가서 향농을 위로하였다. 1884년에 해배되었으며, 1894년에는 한성부판윤을 지냈다. 편서編書에 《훈련도감중기訓練都監重記》가 있다.
장경長庚 : 서쪽 하늘에 보이는 샛별. 태백성.   睽 언뜻볼섬.
수수颼颼 : 솔솔의 잘못.
胅 배가 부를앙(배꼽)   嚬 찡그릴빈(찌푸리다. 웃는 모양.)
사신捨身 : 수행과 보은을 위하여 속계의 몸을 버리고 불문에 들어감.
3) 창강滄江 : 푸른 강. 매천의 신교神交 창강 김택영의 호.

 해설

　매천은 추금 강위를 통해 강화도조약 체결 당시 조선 측 대표였던 신헌과 그 아들 향농 신정희와 그리고 창강 김택영과 교분交分을 쌓았을 것이다. 매천은 이 해 1880년 개성으로 가 인삼 재배농 출신 창강을 만난 뒤, 금강산 여행을 하였다. 그런 만큼 이 시는 금강산 장안사에 있는 신선루에 앉아서 저녁 풍광을 바라보며 향농과 창강을 생각하고 읊었다.
　창강은 17세에 성균 초시에 합격하였으며, 23세 때 이미 금강산을 유람하였기에 매천의 금강산 여행도 창강의 영향이 컸을 것이다.

樓上晚眺

누대에 올라 해질 무렵 조망하다   칠율 1수 373

千仞岡頭萬里流   천길 산등성이 위로 구름 만 리 흘러가고

振衣濯足最淸秋   옷 떨치고 탁족놀이 제일 좋은 때로다

馬卿渴飮金莖路   마경[1]이 목말라 금경 이슬 마시는 길에

李賀生登白玉樓   당 시인 이하[2]가 살아 백옥루[3]에 오르네

月夜澄澄人氣定   달밤이 맑고 맑아 사람 기운이 정해지고

靈風颯颯佛香浮   신령스런 바람은 삽삽하여 불향이 뜨네

三山五嶽家庭內   삼산과 오악이 다 가정 내에 있으니

從此騰身駕鶴遊   이렇게 좇아 몸 솟구쳐 학 타고 노니노라

岡 산등성이강

1) 마경馬卿 : 한漢나라 장경長卿 사마상여司馬相如(?~BC118)를 말함. 사마상여
는 소갈증消渴症 환자였음. 문원갈文園渴.

금경金莖 : 승로반承露盤을 받쳐 세우고 있는 구리 기둥을 말함.

2) 이하李賀(790~816) : 중국 당나라 때의 시인. 자는 장길長吉. 몽환적인 인상
과 기이한 분위기의 시로 귀재鬼才라는 평을 받았다. 저서에 《이하가시편李賀歌
詩篇》, 《창곡집昌谷集》이 있다.

3) 백옥루白玉樓 : 옥황상제玉皇上帝의 궁전宮殿, 또는 문인묵객文人墨客이 죽
은 뒤에 간다는 천상의 누각. 당 시인 이하李賀가 죽을 때 천사가 와서 '천제天帝
의 백옥루가 이루어졌으니, 이하를 불러 그것을 기록하게 하려 한다'라고 말한 데
서 유래함.

過靈源洞

영원동을 지나며

칠절 1수 373

蒼藤古木晝陰陰	푸른 등나무 고목 되어 낮에도 침침하고
雙窟靈源何處尋	영원동의 쌍굴을 어디에서 찾을 것인가
圓澤湖邊人不見	둥근 못 호숫가에 사람은 보이지를 않고
一彈指頃去來今	손가락 한번 튕기는 순간 삼세[1]가 있네

탄지彈指 : 잠깐의 시간을 비유함.

일탄지경一彈指頃 : 손가락 한번 튕기는 순간.

1) 삼세三世 : 과거, 현재, 미래의 총칭. 아버지, 아들, 손자의 세대.
전세前世, 현세現世, 내세來世의 삼계三界.

題松雲小照

송운[1]의 초상에 대해 쓰다

칠절 1수 374

雲山閱劫寶幀香	운산에서 부지런히 돌보며 보배로운 탱화 향기
燁燁丹靑尙有光	빛나고 빛나는 단청은 항상 빛이 있네
談笑滄溟重渡日	푸른 바다에서 담소하며 거듭 일본을 건너갔고
髯髭一尺不徒長	구레 나룻 콧수염 한 자는 다만 길지 않도다

1) 송운松雲 : 조선 중기의 승려 유정惟政(1544~1610)의 호. 또는 사명당四溟堂,
종봉鍾峯. 유정은 법명法名이다. 밀양 출신으로 승과에 급제했으며, 임진왜란 때
는 금강산에서 승병을 이끌고 왜군과 싸워 공을 세웠다. 1604년에 사신으로 일본
에 건너가 왜란 때 잡혀간 3,000여 명의 포로를 데리고 돌아오기도 하였다.
소조小照 : 얼굴 사진이나 그린 화상畵像이나 초상.
劫 위협할겁(겁탈하다. 부지런하다. 겁 : 가장 긴 시간.)
幀 책꾸밀정, 그림족자탱
창명滄溟 : 창해滄海. 푸른 바다.
髥 구레나룻염(수염이 많은 사람) 髭 윗수염자

歇惺樓次西坡原韻

헐성루[1]에서 서파[2]의 원운을 차운함　　　　　　칠율 1수 374

十二巡回佛手千	열두 번 순회하여 부처님 손이 천개나 되고
指端明月衆峯前	밝은 달 끝을 가리키며 뭇 봉우리 앞에 있네
世間絕筆金山寺	세간에서는 금산사[3]에서 절필 했다고 하지만
天際看花玉井蓮	하늘 사이로 옥정의 연꽃을 보네
萬劫經霜龍蛻去	만겁의 풍상을 격은 용이 허물 벗어 버리고
群星含夜水精懸	별들이 반짝이며 수정[4]처럼 달려있네
願生東國今來識	동국에 태어나기를 바라는 소원 이제 알겠고
不藉飛昇齒列仙	힘입지 않고 날아오르니 신선이 늘어 서 있네

1) **헐성루歇惺樓** : 금강산 정양사正陽寺에 있는 누각. 정양사 헐성루는 망군대와 더불어 금강산을 조망하기에 좋다고 함.

2) **서파西坡** : 오도일吳道一(1645~1703)의 호. 자는 관지貫之. 1673년 정시 문과에 급제하여 강원도관찰사에 이어 다시 부제학을 거쳐 1696년 도승지·대사헌을 지냈다. 양양부사로 좌천되었다가 1700년 대제학·한성부판윤 등을 역임하고 병조판서에 이르렀지만 1702년 민언량閔彦良의 옥사에 연루, 장성에 유배되어 죽었다.

문장에 뛰어나 동인삼학사東人三學士라 불렸다. 사후 복관되었으며, 울산의 고산서원孤山書院에 제향되었다. 문집에 《서파집西坡集》이 있음.

3) **금산사金山寺** : 전북 김제군 금산면 모악산에 있는 사찰. 대한불교 조계종 제17교구의 본사이다. 백제 법왕이 그의 즉위년(599)에 칙령으로 살생을 금하고, 그 이듬 해 금산사에 38명의 승려를 득도시켰다. 그 후 진표가 중창을 하였다. 미륵 장륙상을 주존불로 모심으로써 통일신라의 5교 가운데 하나인 법상종의 근본도량이 되었다. 후백제의 견훤에 의해 부분적인 보수가 있었으며, 견훤은 그의 장자 신검에 의해 감금당했던 절이기도 하다.

1598년 정유재란 때 왜병의 방화로 모든 건물과 산내의 40여 개 암자가 완전히 소실되었다.

금산사 미륵전은 3층탑 양식의 17세기 목조 건물이며, 혜덕왕사의 탑비 등 부도가 있다.

비승飛昇 : 하늘에 오름.   含 머금을함(품다. 드러나지 아니하다. 모두.)

4) **수정水精** : 달의 딴 이름. 수정水晶의 다른 말. 물의 정령精靈(물의 요정). 금강산에는 수정봉이 있음.

普德窟

보덕굴[1]에서 오율 1수 374

凜指攀躋處　　더위잡아 쉴 곳에 올라 두루 가리키며

窮思結搆時　생각을 다하여 새로 얽어 만들 때로다

巨靈纔擧掌　큰 신령님도 겨우 손바닥을 들어올리며

危佛未舒眉　불상이 위태롭게 있어 눈썹을 펴지 못하네

近日石應爍　근일에 비석이 호응하여 빛이 나고

抱風山欲移　바람을 안고 산이 옮겨가고자 하네

坐來神稍定　앉아 있노라니 정신이 조금 진정 되어

倚桂强題詩　계수나무에 의지해 억지로 시 지어보네

---

1) 보덕굴普德窟 : 금강산 법기봉法起峰 만폭동에 있는 절. 627년 고구려 영류왕 때 보덕普德이 수도하기 위해서 자연 굴을 이용하여 창건했다. 보덕은 나중에 연개소문이 도교를 장려하자 전주全州 고덕산 부근으로 가서 경복사景福寺라는 절을 짓고 열반종涅槃宗을 창시하였다. 경복사는 세종 6년에 36본사 가운데 하나로 지정되기도 하였으며, 왜란 이후까지 존속되었던 것으로 보이며, 현재는 폐사지로만 남아있을 뿐이다.

　한편 〈보덕굴普德窟〉에 대한 고려 이제현李齊賢의 시도 있다. "陰風生巖曲(음풍생암곡) 시원한 바람 바위틈에서 불어오고/ 溪水深更綠(계수심갱녹) 계곡물 더욱 깊어 푸르름이 더하네.// 倚杖望層嶺(의장망층령) 지팡이에 의지해 산마루를 바라보니/ 飛簷駕雲木(비첨가운목) 높다란 추녀 끝 구름 위에 떠 있네"

凜 찰름(늠름하다. 의젓하다.)　攀 더위잡을반(잡고 올라가다)

결구結搆 : 임시로 얽어 만든 집.

爍 빛날삭(태우다. 녹이다. 덥다. 끊다.), 벗겨질락

入楡岾寺

유점사[1]에 들어서서   칠율 1수 375

楓谿松齊古洞開	단풍 뚫린골에 정연한 소나무 옛 골짝을 열고
玉流淸淺錦屛回	옥 맑은 얕은 물이 비단 병풍 속으로 도네
五十三佛放光出	오십 삼개의 불상[2]이 빛을 방출해 나가고
萬二千峯換面來	일만 이천 봉우리는 모양이 바뀌어 오네
虎遶靈泉生白社	호랑이는 영천[3]을 둘러싸 백사[4]에 생기고
鳥窺殘史下蒼臺	새들은 없어진 역사를 보며 창대 아래에 있네
令人種福神應惱	사람은 여러 종의 복 있어 신이 응당 고뇌하고
幾度雲山颺劫灰	운산에서 몇 번을 헤아려 겁회[5]가 일어나네

1) 유점사楡岾寺 : 강원도 고성군 금강산에 있는 절. 신라 남해왕 때 창건하였고, 조선시대 효령대군이 중건하였다. 사명당이 왜란 때 이곳을 중심으로 승병 활동을 하였다. 느릅나무가 많아 유점사라 칭했다고 하며, 6.25때 파괴되어 터만 남아 있다.
谿 뚫린골활(뚫린 골짜기. 깨닫다. 넓다. 크다.)

2) 능인전能仁殿 : 53불이 안치되어 있었다고 함.
환면換面 : 사람을 바꿈.

3) 영천靈泉 : 유점사에는 '까마귀가 쪼는 곳을 파보니 샘물이 솟았다'는 창건 설화가 있으며, 오탁수鳥啄水라는 샘물이 있다고 함.

4) 백사白社 : 낙양성 동쪽에 있는 낙양사洛陽社. 진대晉代의 동경董京이 은거했던 장소로, 《진서晉書》에 "董京, 字威輦. 初與·西計吏俱至洛陽. 被髮而行, 逍遙吟詠, 常宿白社中."라는 내용이 있다.
颺 날릴양(일어나다. 높이다.)

5) 겁회劫灰 : 불교에서 세상이 파멸할 때 일어난다고 하는 큰불의 재.

九淵瀑

구연폭포

오율 1수 · 칠율 1수 375

1수

分明九淵上	분명히 구연폭포가 위에 있어
河落見龍門	물이 떨어져 용문을 보노라
山斷風霆急	산이 끊겨 바람과 천둥이 급하게 일며
天傾日月昏	하늘이 기울고 일월이 혼미하네
芒芒窮化跡	웅장한 모습과 무궁한 조화의 흔적
悄悄息人喧	고요히 사람 떠드는 소리 잠재우네
白雲與丹壁	흰 구름은 붉은 벽과 함께 있고
飛來何處源	어느 곳 근원에서 날아 오는가

풍정風霆 : 바람과 천둥.　芒 까끄라기망(형체가 없음.), 미숙할황(어둡다)
망망芒芒 : 지치고 싫증이 남. 어리둥절함. 잘 보이지 않음. 초목이 무성함. 넓고
큰 모양.(＝대모大貌.)
초초悄悄 : 근심 걱정으로 시름없음.　悄 근심할초(고요하다. 엄격하다.)
喧 의젓할훤(두려워하다)

2수 375

枯栢陰藤路轉幽	마른 잣나무 응달의 등나무가 길 깊이 있고
八潭鳴盡外山秋	팔담의 물소리 다 울려 가을 산 밖으로 나네
門傾禹鑿黃河怒	문 밖엔 우임금이 뚫은[1] 황하의 거센 물줄기가 기울어지고
石破媧團白雨愁	바위엔 여와씨[2]가 뭉친 우박의 시름을 깨뜨렸네
肅處龍憎人語氣	용은 엄숙한 곳에서 사람의 어기를 미워하고
飛來虹墮玉華流	무지개가 날아와 옥 꽃이 흘러 떨어지네
水風千古瑤琴斷	물바람이 천고에 불어 옥 거문고소리 끊기고
空待牙仙逗暮洲	헛되이 아선을 기다리며 저문 물가에 서성이네

禹 하우씨우(벌레) 鑿 뚫을착

1) 우착禹鑿 : 우임금이 천하의 하천을 개척할 때 용문산을 토끼로 끊었다는 전설이 있음. 우부禹斧. 媧 여신과(오)

2) 여와씨女媧氏 : 상고시대 공공共工씨라는 제후가 축융祝融과 싸워 이기지 못하자 노하여 부주산을 들이받아 기둥이 부러지고 땅이 이지러졌다. 여와씨가 오색의 돌을 갈아서 하늘을 깁고 자라의 발을 잘라서 사극四極을 세워 땅을 평정했으며, 하늘을 완전하게 했다는 전설이 있다. 결손이 있는 하늘을 기워 완전하게 했다는 고사로 어지러운 세상을 바로 잡는 것을 비유함.

백우白雨 : 소나기. 우박.

어기語氣 : 말하는 기세.

요금瑤琴 : 옥으로 꾸민 거문고. 아름다운 소리를 내는 금.

牙 어금니아 逗 머무를두

萬物肖

만물초   칠율 1수 376

爛銀堆玉白纖纖	찬란한 은빛 옥이 쌓여 흰 빛이 가냘프고
飛躍蹲奔異顧瞻	날고 뛰며 웅크리고 달려 다르게 돌아보네
萬帆舞雲秋海壯	만개 돛배에 구름이 춤춰 가을 바다 장엄하고
千鎗礪雪曉營嚴	많은 창을 눈에 씻어 새벽 군영이 엄숙하네
眼光杳似遊冥漠	안광은 어둔 사막에 노니는 것 같이 묘연하고
腕力疲於算蟲尖	팔 힘은 우뚝 솟아 있기보다 피곤하네
容有楓林粧粉本	단풍 숲이 있음을 용허해 분장하는 기본 있고
名山佳節兩相兼	명산에 좋은 절기 두 번 서로 겸했어라

섬섬纖纖 : 가냘프고 여림. 연약하고 가냘픔.   鎗 종소리쟁.

명막冥漠 : 까마득하게 멀고 넓음.

완력腕力 : 팔의 힘. 육체적으로 억누르는 힘.

溫井嶺回望外山

온정령에서 외산을 돌아보며 조망하다   오고 1수 376

01	曩別內山時	접때에 내산에서 이별할 때

謂有外山存　　　외산이 있다고 말 하였네
外山亦已別　　　외산도 역시 나누어져 있고
內山愈難諼　　　내산은 더욱 속이기 어렵구나
掛眼蒼玉屛　　　눈이 푸른 옥 병풍에 걸려있고
留夢白雲根　　　꿈속에 흰 구름이 머물러 있네
不知來路遠　　　먼 길 온 것을 알지 못하고
祗恨迷洞門　　　다만 동굴 문 헤맨 것이 한스럽네
09 洞門何所有　　　동굴 문은 어디에 있는가
萬樹霜楓繁　　　온 나무들 서리 맞은 단풍잎 무성하네
其下淸溪水　　　그 아래로 맑은 시냇물 흘러가고
曲曲鎖靈源　　　굽이굽이 영원동이 닫혔구나
丹砂永卽窟　　　단사가 오래토록 동굴 속에 있으며
靑鶴蓬萊園　　　청학은 봉래 동산에 있도다
此間未能住　　　이 사이로 능히 살지 못하고
忽忽相與還　　　문득 갑작스레 서로 함께 돌아오네
17 出山一步地　　　산을 나와 한 걸음 땅을 걸으니
依舊是湫喧　　　변함없이 시끄러운 물소리로다
招招戒童奴　　　손짓해 부르며 어린 종들 훈계하고
無疾驅行軒　　　틈도 없이 수레를 몰고 가네
靑山且可宿　　　청산에서 또 잠 잘 수 있으니
何須愁日昏　　　어찌 모름지기 황혼녘에 근심하는가

동문洞門 : 동굴洞窟 입구, 또는 문. 동네 입구에 세운 문. 曩 접때낭
의구依舊 : 옛 모양과 변함없음. 護 속일원 湫 다할추(늪. 소.)
상풍霜楓 : 서리 맞은 단풍잎. 또는 시든 단풍.
초초招招 : 손들어 오라고 부름. 招 부를초(오라고 손짓하다)

朝入山店

아침에 산점에 들어가다   칠율 1수 377

穩踏今朝露	평온한 맘으로 오늘 아침 이슬을 밟고가
吾行已嶺西	내 길을 감에 벌써 서쪽 고개를 넘어가네
逕危損紅葉	좁은 길 위태로워 붉은 단풍잎 헤치고
村小荅淸溪	마을은 작아도 맑은 냇물 소리 응답하네
累木屋如柵	동여맨 통나무집은 목책과도 같으며
困蕎田似梯	곳집의 메밀밭은 마치 사닥다리 같네
峽居良有味	좁은 산골에 살아 진실로 뜻 있으려니
秋熟散黃鷄	가을이 무르익어 누런 닭들 흩어져 있네

荅 좀콩답(팥. 대답하다. 응낙하다.) 柵 울짱책
목옥木屋 : 통나무집. 목조 가옥. 귀틀집.
蒿 쑥호 蕎 메밀교

路傍見斫楓補橋

길가에서 단풍나무를 베어 다리 보수하는 것을 보다

칠절 1수 377

錦繡粧鮮玉露凋	아름답게 수놓은 단장한 고운 옥 이슬 마르고
滿天楓氣落蕭蕭	하늘에 가득 찬 단풍 기운 소소히 떨어지네
土人慣看不相愛	토박이는 습관처럼 보며 서로를 사랑하지 않고
伐盡秋光塡野橋	벌목을 다하여 가을 빛 있는 들판 다리 메우네

凋 시들조(마르다)　斫 벨작(자르다. 찍다.)　楓 단풍풍

토인土人 : 어떤 지방에 붙박이로 사는 사람.　塡 메울전(채우다)

重陽

중양절에

칠율 1수 377

憔苹顏華荏苒光	꽃 같은 얼굴 수척한데 세월만 흘러가고[1]
天涯風雨易重陽	하늘가 비바람에 중양절이 쉽게도 오네
玉山藍水悲工部	옥산의 쪽빛 물에 공부[2]가 슬프고
白露蒼葭病少章	백로의 푸르른 갈대 소장[3]이 서럽네
歸日落於鴻雁後	지는 해 기러기 날개 뒤에 떨어지는데

醉來還是菊花傍　취하여 국화 옆으로 다시 돌아오네

登高只欠兄和弟　높은 곳에 올라 보지만 다만 형제가 없고

此地秋容似故鄕　이 땅의 가을 모습이 고향과도 같아라

荏 들깨임(잠두콩)　苒 풀우거질염(세월이 덧없이 흐르다)

1) 임염荏苒 : 세월이 천연遷延하는 모양.

임염류광荏苒流光 : 세월이 흘러감.

천연遷延 : 시일을 미루어 감. 망설임.

천연세월遷延歲月 : 세월을 늦춤. 시일만 끎음.

2) ① 공부工部 : 공부상서. 고려 육부六部 중 공장工匠 등의 일을 맡아보던 관아. 공조판서.

② 두공부杜工部 : 두보杜甫(712~770)를 말함. 두보는 48세에 관직을 버리고 처자와 함께 사천성의 성도成都 시외에 있는 완화계浣花溪에다 초당을 세웠다. 이것이 곧 완화초당浣花草堂이다. 이곳에서 청두의 절도사 엄무嚴武의 막료로서 공부원외랑工部員外郎의 관직을 지냈으므로 이로 인해 '두공부杜工部'라고 불리게 되었다. 북송北宋 왕수王洙의 《두공부집杜工部集》 20권과 1,400여 편의 시, 그리고 소수의 산문이 있다.

백로白露 : 흰 이슬. 처서와 추분 사이에 있으며, 9월 8일경임.

3) 소장少章 : 진소장秦少章을 말함. 소식이 1089~1090년에 황주지주黃州知州로 부임했을 동안 진소장秦少章과 함께 있었다.(《소동파집蘇東坡集》〈태식일수송주소장太息一首送奏少章〉)

憶二弟擬寄

두 아우를 생각하며 헤아려 부치다 오고 1수 378

01	仲氏羸比吾	중씨는 우리와 비교하여 여위었는데
	今秋得免恙	금년 가을에 병석에서 벗어났구나
	李兮髮覆額	오얏나무여, 머리털이 이마를 덮어
	髿髿想倍長	늘어지고 늘어진 모양이 더욱 길어졌도다
	乃兄愧爲兄	너의 형이 형 됨이 부끄러운 것은
	老親委弟養	늙은 부모 아우에게 봉양을 맡긴 것이다
	年來客日多	몇 해 동안 나그네로 떠도는 날 많았고
	八域橫一杖	팔도강산을 지팡이 하나로 떠돌았다
09	蓬山菊正秋	봉래산에 국화가 마침 필 때라서
	雙眸炯南望	두 눈동자 남쪽을 바라보니 빛난다
	登我仲季相	내가 둘째와 막내 모습이 떠올라
	顧作何狀高	돌아보건대 어떤 모습으로 높게 징표하는가
	居者念行者	집에 있는 자는 가는 자를 염려하고
	行者居不忘	가는 자는 집에 있는 자를 잊지 못하지
	縱是居念行	비록 머물러서 가는 것을 염려해도
	我行自佳況	내가 감에 스스로 이에 아름다워진다
17	頓頓喫旅飯	끼니때마다 마시고 여행하며 먹고
	海山極奇壯	바다 산이 지극히 기이하고 장엄하다

我觀人兄弟	내가 다른 사람들의 형제를 보면
兄賢弟有仰	형은 어질고 아우는 우러러 보더라
仲輩兄如我	중형은 나와 같은 무리들인데
柯則安所傚	가지가 어찌 모방할 바 이리오
願仲勿效兄	원컨대 둘째는 형을 본받지 말고
努力正趨向	노력하여 바르게 향하여 달려라
25 使季有觀感	막내로 하여금 눈으로 보고 느끼게 하고
毋如兄誕放	형처럼 방자한 소리를 하지 마라
使吾入門日	내가 입문하는 날
讀書聽瀏亮	책을 읽으며 맑고 밝게 듣도록 하라
徒思不濟事	무리를 생각하며 일을 구제하지 않아
羈灯耿晨幌	나그네 등불 속에 새벽의 주막 기 빛난다
出戶月如霜	대문을 나오니 달빛은 서리 내린 듯하고
連鴈空際響	연속 기러기 우는 소리만 허공에 울리더라

羕 근심양(걱정하다)　髾 늘어질담(머리털이 늘어지다)

노친老親 : 나이 많은 어버이. 늙은 부인.

백중숙계伯仲叔季 : 맏이와 둘째, 셋째, 막내를 뜻함.

頓 조아릴돈(조아리다. 번번히. 끼니마다. 갑자기.)

돈돈頓頓 : 서로 친하게 지냄. 끼니때마다.

仲 버금중(둘째. 가운데. 중간.)　傚 본뜰방(의지하다. 준거하다)

관감觀感 : 눈으로 보고 느낌

탄방誕放 : 지나치게 방자放恣함.

유량瀏亮 : 맑고 밝음. 청명함. 명랑함.   羈 나그네기, 굴레기
灯 열화(烈火)정, 등불등(=등燈의 속자)   耿 빛날경   幌 휘장황(술집에 세운 기)

 해설

이 시는 고향에 있는 두 동생을 생각하며 읊은 장편 오언고시이다.

매천 황현은 황시묵黃時黙의 5남매 중 장남으로 전남 광양군 봉강면 석현리에서 1855년 12월 11일에 태어났다. 세종 때 유명한 황희黃喜 정승의 후손이었고, 그의 10대 선조는 왜란 때 진주성싸움에서 전사한 충청병사 황진黃進(1550~1593)이었다. 그 후 8대조인 황위黃暐 때부터 남원에 세거世居하면서 몰락하였다. 조부 황직黃㮨 때 전조화식佃組貨殖으로 거금을 마련할 수 있었으며, 아버지 때 이르러 광양현으로 이거하였다.

매천은 3형제로 2명의 남동생 황련黃璉과 황원黃瑗이 있었다. 한편 매천의 장남은 암현이었고, 차남은 위현이었다. 위현은 다시 큰 작은 아버지인 황련에게 양자를 갔다.

매천은 어려서 고향을 떠나 남원이나 구례로 와서 공부하였고, 그나마 1886년 12월 32세 때 구례군 간전면 만수동으로 이사하였다. 다시 1902년 48세 때 구례군 광의면 수월리 672번지로 이사하여 1910년 8월 29일 한일합병을 맞아 순국할 때까지 살았다. 현재 이곳에는 매천 선생의 위패가 모셔져 있는 사당 매천사梅泉祠가 있다.

烘蝎

전갈[1])을 태우다   칠고 1수 379

01 峽店如拳小   골짜기의 주막은 주먹처럼 작은데

林翳散炊烟	불 땐 연기 흩어져 숲을 가리네
重重作板門	거듭 거듭 판자문을 만들어
虎綱垂其巓	용맹한 기강은 꼭대기에 드리워있네
客榻塵陷襪	객을 위한 자리는 속세의 빠진 버선
廢置已茫然	버려두어 이미 망연해지네
鈍黑塊枕罅	무디어진 흙덩이가 베개 틈에 있고
刺臭辣而羶	냄새를 자극하여 누린내가 나네
09 老蝎飢不死	늙은 전갈은 굶주려도 죽지 않고
潛聚魚於淵	자맥질해 연못가에서 고기를 모으네
蜜密積榴核	꿀벌이 석류 씨처럼 빽빽하게 있고
卵育不知年	알을 길러도 햇수를 알지 못하네
或枯殼已白	혹시 껍질이 말라 이미 흰색이고
或脹腹尚便	혹은 창자와 배가 오히려 편안하네
不枯不脹者	마르지 않고 배부르지 않은 자는
腸薄過寒蟬	굶주린 창자에 쓰르라미 지나가네
17 麁席深窟宅	거친 자리 깊이 있어 굴집이 되었고
累累相牽纏	포개져 서로 끌어 얽혀져 있네
旅困驟如雨	나그네는 피곤하여 소낙비처럼 달려가고
寧復計針氊	어찌 다시 양탄자 재봉을 계획하는가
緊緊束衣帶	단단히 조여 옷과 띠를 동여매고
抱肱擬暫眠	팔짱 끼고 잠시 헤아리며 잠을 자네

戒心終末解　　경계하는 마음 끝내 이해하지 못하고
穹縮無盤旋　　잔득 구부리고 회전하는 것이 없네
25 衣薄縫易綻　　얇은 옷을 꿰맴에 쉽게 터지고
稍稍麥芒穿　　차츰차츰 보리 까끄라기에도 뚫어지네
初比蝨差勁　　애당초 이와 비교하여 힘이 억세고
漸與蚊爭先　　점점 모기와 앞을 다투네
蚊聲猶可防　　모깃소리는 오히려 막을 만하지만
防此難防川　　이것을 막아도 냇물은 막기 어렵네
少忍待自止　　인내함이 적어도 스스로 그치기 기다려
毒螫愈攻堅　　독한 벌레 더욱 세차게 공격하네
33 要害均受敵　　요해처에 고루 적에게 공격을 받고
自足溯至肩　　자족하며 거슬러 올라 어깨에 이르네
抹殺諒非難　　없애고 보살피는데 진실로 어렵지 않고
體竦手自顚　　신체가 놀라 손이 스스로 떠네
咬牙轉復輾　　어금니를 깨물며 엎치락뒤치락하면서
蹶起就燈前　　넘어져도 일어나 등불 앞으로 가네
刀斧無所施　　칼과 도끼는 베풀 곳이 없고
奇策火攻傳　　기이한 책략은 불로 공격하여 보내네
41 巧搜極深奧　　공교하게 속 깊이 다하여 찾으며
顆顆投油煎　　낟알마다 기름을 부어 지지네
立斃誠絶快　　선 채로 죽어 진실로 통쾌한데

	蠕動良可憐	꿈틀거리고 움직여 참으로 가련하도다
	芸芸天地間	천지간에 무성하고 무성하여
	造物何其偏	조물주는 어찌하여 편애하는가
	焦螟捿蚊睫	굼벵이를 태워도 모기는 살아 깜작이고
	鵬背里幾千	붕새의 등은 몇 천리던가
49	稟性亦萬殊	품성은 또한 만 가지로 달라서
	鸞鳳與鴟鳶	난새 봉새가 올빼미 솔개와 함께 하네
	咬人乃蝎性	사람을 물어뜯어 이에 전갈의 성품으로
	此亦全其天	이 역시 천성을 온전히 했네
	世有人食人	세상에는 사람이 사람을 먹는 자 있어
	比於蝎孰賢	전갈과 비교하여 누가 현명한가

烘 불땔홍(밝다. 쬐다. 타다.)　蝎 전갈갈(동물. 도마뱀붙이.), 나무굼벵이할

1) 전갈全蠍 : 절지동물로 꼬리 부분에 독을 분비하는 독침이 있다. 야행성으로 주로 곤충과 거미를 먹고 살며, 크고 강한 각수로 먹이를 잡고 그것을 찢어 조직액을 빨아먹는다고 함.

객탑客榻 : 손님을 위한 자리.　巓 산꼭대기전　陷 빠질함

襪 버선말　罅 틈하　辣 매울랄　羶 누린내전, 향기형

한선寒蟬 : 쓰르라미. 울지 않은 매미.

窟 동굴굴(움집, 토굴 혈거하다.)　纏 얽힐전

견전牽纏 : 끌어 얽음.　旅 나그네려(군대. 무리. 군중. 자제 척추, 도로 함께)

누누累累 : 누누이. 말 따위를 여러 번 반복함.　穹 하늘궁(막다르다)

초초稍稍 : 점점.

蝨 이슬(반풍자半風子. 섞이다. 검은깨. 폐허. 관이 끼치는 폐해.)

공견攻堅 : 단단한 것을 부드럽게 하거나 어혈을 없애 단단한 응어리를 제거함.
자족自足 : 스스로 넉넉함을 느낌. 충분함.
말살抹殺 : 없애 버림. 무시함.
화공火攻 : 불로 적을 공격함.
蝡 굼실거릴윤, 꿈틀거릴연(=蠕과 동자) 芸 향초이름운(성한 모양), 재주예
운운芸芸 : 성한 모양. 많은 모양.
비난非難 : 남의 잘못이나 흠을 나쁘게 말함. 螟 마디충명(모기. 배추벌레.)
붕배鵬背 : 붕새의 등으로 거대한 것을 비유함.
품성稟性 : 타고난 성품性品.
만수萬殊 : 모든 것이 여러 가지로 다 다름. 鴟 솔개 치 鳶 솔개연

途中憶萬瀑洞

도중에 만폭동을 생각하며

칠율 1수 380

洞門初落石如氷	만폭동 문으로 처음 떨어져 돌은 얼음덩이 같고
奪眼醒心萬瀑層	눈을 빼앗고 마음이 깨어 만개폭포 층져있네
空外靈風鳴淅淅	하늘 밖으로 신령스런 바람이 쇄쇄 울려나오고
衆中華月墮澄澄	무리 중에 화사한 달빛이 맑고 맑게 부서지네
天胡不使蘇黃見	하늘은 어찌 소황[1]에게 보이지 않았는가
地亦應先永柳稱	땅도 응당 먼저 영주의 유종원[2]이 칭했네
恨殺此山兼此水	이 산과 이 물이 몹시도 한스러워
千年辨付與枯僧	천년 동안 힘써 마른 중에게 부쳐 주노라

화월華月 : 빛나는 달.

胡 턱밑살호(드리워지다)   蘇 차조기소(쉬다. 소생하다.)

1) 소황蘇黃 : 동파 소식과 그의 제자인 산곡 황정견黃庭堅(1045~1105)을 말함.

2) 유종원柳宗元(773~819) : 중국 당나라의 문인으로 자는 자후子厚. 당송 팔대가의 한 사람으로, 한유韓愈와 함께 고문古文 부흥 운동을 하였다. 왕숙문王叔文의 일에 영주사마永州司馬로 폄적되었으며, 그곳 산수를 기록한 8편의 산수기山水記인 〈영주팔기永州八記〉에서 속세와 떨어져 있는 기이한 산수에 마음의 울분을 반영했다. 시문집에 《유하동집柳河東集》이 있다.

落日有懷

석양에 감회가 있어   칠절 1수 380

古道蒼蒼日落時	옛 길은 멀리 아득히 해 떨어지는 시간인데
兩峯交綠照秋池	두 봉우리 초록빛 교차되어 가을 연못을 비추네
衆裡有人淸曠甚	무리 가운데 사람 있어 심히 맑고 밝으니
荷亭眉目茂亭詩	하정[1]의 얼굴이 어른 거리며 무정[2] 시 있네

창창蒼蒼 : 빛이 바램. 앞길이 멀어서 아득함.   曠 밝을광(환하다. 들판. 황야.)

1) 하정荷亭 : 여규형呂圭亨(1848~1921)의 호. 자는 사원士元. 1882년에 문과에 급제하여 외아문주사外衙門主事를 거쳐 교리를 제수 받았고, 1894년 승지를 지냈다. 명성황후와 마찰로 자주 귀양을 가기도 하였다. 매천과 친분이 있었으며 문집에 《하정유고荷亭遺稿》가 있다.

미목眉目 : 눈썹과 눈. 얼굴 모양.

2) 무정茂亭 : 정만조鄭萬朝(1858~1936)의 호. 강위姜瑋의 문하에서 공부했으며, 1889년 알성시謁聖試에 병과로 급제한 뒤 승지를 거쳐 1894년에는 내부참의에 이르렀다. 1896년 4월에 이르러 1895년 을미년 팔월역변八月逆變과 시월무옥十月誣獄에 관련되어 서주보徐周輔·정만조의 아우인 정병조鄭丙朝등과 구금되었으며, 15년 형에 처해져 진도에 유배되었다. 1907년 12월에 풀려났다. 후에 규장각 부제학이 되었으며, 일제시대 친일화 되어 고종과 순종 실록을 편찬하였다. 저서로는 ≪무정전고茂亭全稿≫가 있다.

戲癡僕

어리석은 종에게 장난삼아 씀　　　　　　칠율 1수 380

宜嗔宜笑亦堪嗟	화도 나고 우스워라, 역시 안타깝구나
絶稟天痴奈爾何	저 태어난 천치를 어떻게 할 것인가
瞪目不知泉石好	눈을 주시해도 돌샘물이 좋다는 걸 알지 못하고
探腸只覓果魚佳	마음속 깊이 그저 과일 고기 좋은 것만 찾네
任敎通字呼君實	가르침 맡겨 글자 통하도록 군실[1]이를 부르고
還愧緣才愛李華	도리어 재주로 인해 이화[2]를 사랑한 게 부끄럽네
一味辛勤惟主使	한결같이 오직 주인을 위해 애써 노력하며
秋風相伴遍天涯	추풍에 서로 짝지어 두루 하늘가에 있구나

戲　희롱할희(놀이하다), 탄식할호　　僕　종복(사내종. 마부. 자기의 겸칭.)
嗔　성낼질

감차堪嗟 : 아쉬움. 안타까움.

稟 줄품(녹미. 받다.)　瞪 바라볼징(주시하다)

천석泉石 : 샘과 돌. 산수의 경치. 수석水石.

1) 군실君實 : 북송의 명신 사마광司馬光의 자. 사마온공司馬溫公이라 하며,《자치통감資治通鑒》의 저자임.

2) 이화李華 : 당의 이화李華는 '옛 전장을 조문하는 글'인〈조고전장문弔古戰場文〉을 씀. 오얏꽃

신근辛勤 : 힘든 일을 맡아 애쓰며 부지런히 일함.

주사主使 : 주장되는 사신使臣. 주장하여 맡아 부림.

천애天涯 : 하늘 끝. 아득히 떨어진 타향.

抵寓拜家大人書

여관에서 삼가 아버님께 인사 올리는 편지를 보내다　오율 1수 381

發書曾幾日	편지를 쓴지 곧장 며칠이 지나갔는데
是我入山時	이때에 나는 산에 들어갈 시기였네
揷案情先怵	책상에 끼워놓고 사정이 먼저 겁이 나서
披緘眼更遲	봉한 것을 열고 눈을 다시 천천히 보네
辭詳欣室穩	기쁜 맘으로 집안이 편안한 지 상세히 말하고
字瘦恐親衰	사랑이 부족해 어버이의 늙어감이 두렵네
不知復爲客	다시 나그네 되어 오직 경계하는 것은
惟戒緩歸期	돌아갈 기약이 늦어져 알지 못할 뿐이네

抵 막을저(당하다. 이르다. 던지다.) 字 글자자(아이 배다. 양육하다. 사랑하다.)
가대인家大人 : 자기 아버지를 높여 부르는 말. 怯 겁낼겁
망운지정望雲之情 : 타향에서 고향에 계신 부모를 생각함 멀리 떠나온 자식이 어버이를 사모하여 그리는 정. 백운고비白雲孤飛.

 해설

위의 시는 아버님께 안부 편지를 쓰고 나서 읊은 시이다. 특히 시 4행의 '披緘眼更遲(피함안경지) 봉한 것 열고 눈을 다시 천천히 보네'와 관련하여 장적의 추사시에도 "復恐恩恩設不盡(부공총총설부진) 다시 총총히 할 말을 다하지 못했을까 염려하여/ 行人臨發又開封(행인임발우개봉) 행인이 길 떠남에 또 봉한 것을 열어 보네"라는 시구가 있다.

매천 당시의 통신 사정은 오늘날과 달랐다. 한번 집을 떠나오면 자신의 소식을 인편으로 밖에 알릴 수 없었다. 자꾸만 여위어가는 어버이를 생각하며 여관에 틀어박혀 빈둥거리고 있는 자신의 모습이 한심스럽기만 하다. 17세에 결혼했던 매천은 집에 두고 온 부모와 처를 생각하며, 과거에 급제하여 출세해야겠다는 희망도 절박해지고 있다. 모두가 망운지정望雲之情, 백운고비白雲孤飛의 마음이다.

매천은 그가 쓴 역사서 《매천야록》에서 조선왕조가 망한 원인의 내적 요인으로 정치의 부정부패를 지적하였다. 1885년 진사과방매進士科放賣에 대해서 다음과 같이 기록하고 있다. "을유년 식년시에 생원 진사과 회시에서 임금은 일백 명을 더하여 뽑으라고 하였다. 이만냥으로 팔았다.…야언에 말하기를 조선 말기에 촌촌마다 급제자가 나오고 집집마다 진사가 되었다.(乙酉式科生進會試, 上命加取一百人, 賣以二萬兩… 野諺曰朝鮮之末村村及第家家進士.)(黃玹, 《梅泉野錄》, 卷之一上, 國史編纂委員會, 民衆書館, 1955, p.85)

생원과와 진사과의 정원은 각각 100명이 원칙이었으나 이와 같이 돈 받고 과거를 팔고 샀으며, 이것으로부터 나라가 망하게 되었다.

村塾有律課, 依韻和之

마을의 서당에서 율과가 있었는데, 의운[1]하여 이에 화답하다

칠율 1수 506

淸明寒食雨綿綿	청명 한식날에 비가 끊임없이 오는데
無限春愁晝夢邊	봄 수심 한 없고 낮 꿈속 주변에 있네
海氣晴分玄鳥路	바다 기운이 개고 나눠져 제비 나는 길에
人間日麗杏花天	사람사이로 햇살 곱고 살구꽃이 하늘에 피었네
流光冉冉頻中酒	흐르는 빛이 약해져 자주 술 속에서

過眼紛紛摠是烟　　눈이 지나쳐 분분히 다 안개 속이로다
寂寞山陰名士老　　적막한 산음[2]에 이름난 선비 늙어가고
幽蘭惟似永和年　　숨어있는 난초는 오직 영화[3]때와 같도다

율과律課 : 율시 짓는 과제.
1) 의운依韻 : 화운和韻의 일종으로 동운同韻이라고도 함. 화운和韻은 차운次韻
과 용운用韻, 의운依韻이 있다. 차운은 앞뒤의 순서를 변경하지 않고 작시하는 것
을 말하며, 용운은 차운과 같이 엄격하지 않다. 예를 들어 2구의 운자를 4구에도
쓸 수 있으며, 의운은 더 자연스러워 원작과 같은 운자를 압押하면 된다. 위의 시
는 평기식이며 (先)자 일운도저운으로 되어 있다.
면면綿綿 : 끊임없다.　　현조玄鳥 : 제비.
염염冉冉 : 나아가는 모양이 느림. 약함.
2) 산음山陰 : 왕희지王羲之의 고향. 왕휘지의 산음승흥山陰乘興의 고사가 있음.
유란幽蘭 : 춘란은 초란草蘭, 독두란獨頭蘭, 유란幽蘭이라 함.
3) 영화永和 : 동진東晋 목제穆帝의 연호. 왕희지王羲之는 영화 9년 353년에 〈난
정기蘭亭記〉를 썼음. 이 해 3월 3일에 산음山陰의 난정에서 계연禊宴을 베풀며
읊은 시를 모아 왕희지가 서문을 쓰고 〈난정집서〉라고 하였다.

春雨

봄비

칠율 1수 506

晝雨濛濛不厭微　　낮에 오는 비는 자욱하여 조금도 싫지 않고
遠城如髮霧痕圍　　먼 곳 성은 머리털과 같아 운무의 흔적 있네

藹然解使人情滿　　성대히 사람의 따스한 정 가득 풀어 보내고
空際含將春色飛　　하늘가에 봄빛이 날려 머금고 있네
數尺桃花承竹溜　　몇 자 되는 복사꽃 대나무 방울져 이어있고
一灣溪綠助蓑衣　　한 물굽이 푸른 냇가에서 도롱이에 힘입네
東風忽猛簷端滴　　샛바람이 홀연 맹렬히 불어 낙숫물 떨어지고
疑是山禽啄板扉　　의아하게도 산새들이 외짝 널판지문을 쪼네

몽몽濛濛 : 먼지·비·안개·연기 따위가 자욱함.

애연藹然 : 기름기 있고 윤택함. 왕성함.

첨두簷頭 : 첨단簷端. 처마 끝.　滴 물방울적(물방울 떨어지다)

판비板扉 : 외짝으로 된 널 문짝.

往免洞

면동에 가다

칠율 1수 385

石路臨江逈作臺	돌길이 강에 접해져 멀리 누대를 만들었고
行行植杖且徘徊	지팡이 짚고 가고 가며 또 배회하네
麥根殘雪支離盡	보리 뿌리는 남은 눈으로 다 지리해지고
魚脊輕澌滅沒來	물고기는 가벼운 얼음덩이로 없어져가네
近市津船終日渡	가까운 시장의 나룻배 종일 건너가는데
罷儺村鼓入春催	파나[1]로 마을의 북소리 입춘을 재촉하네
湖南氣候如淮北	호남의 기후는 회수 북쪽과도 같아
已過寒天無早梅	이미 겨울이 지나도록 이른 매화 없구나

지리支離 : 따분하다.   脊 등성마루척(등뼈)

澌 성엣장시(유빙. 물위에 떠가는 얼음덩이.)

멸몰滅沒 : 망하여 없어짐. 멸하여 없앰.   罷 마칠파(내치다. 물러가다.)

儺 푸닥거리나(역귀 쫓는 의식)

1) 파나罷儺 : 악귀를 쫓는 민속행사로 '액막이 굿'이라고도 한다. 매천은 1906년
에 칠언고시로 〈파나罷儺〉라는 시를 짓기도 하였다. 이 시는 《역주매천황현시집》
하권 256쪽~259쪽에 번역이 되어 있다.

槐市曉發

괴시에서 새벽에 출발하다   오고 1수 385

01 晃晃天盡曙   밝게 빛나는 하늘 새벽이 다 되었는데
   村鷄無遠聲   마을의 닭소리 멀리서 들여오는 소리 없네
   春月猶有霜   춘삼월에 오히려 서리가 있고
   屋脊如練橫   집 용마루는 가로질러 마름하는 것 같네
   行子寒滿口   그대가 감에 쓸쓸히 할 말을 다하고
   叩扉問晨烹   사립문을 두드리며 새벽에 삶은 것 묻네
   店媼早已起   여관의 할미는 벌써부터 일찍 일어나
   軋軋繰車鳴   삐꺽거리며 고치 켜는 물레소리 울리네
09 爲言北山北   북산의 북쪽에서 이야기 하며
   豺虎牙如鎗   승냥이와 호랑이의 이빨이 창과 같네
   無事不須去   일이 없으면 모름지기 가지 않고
   有事且緩行   일이 있으면 또한 천천히 가네
   郡吏昨暮過   군 관리는 어제 날 저물어 지나가더니만
   持帖云銷兵   포고문 가지고 병장기를 녹인다고 하네
   有劍不敢佩   칼이 있어도 감히 차고 있지 않아
   浩歌傷我情   호탕한 노래가 내 감정을 상하게 하네

황황晃晃 : 황황煌煌. 밝게 빛남. 휘황하게 빛남.

만구滿口 : 한 입 가득히 말함. 할 말을 다함.
호가浩歌 : 큰 소리로 노래를 부름. 호탕한 노래.

 해설

위의 시와 같은 제목으로《매천전집》1권 119쪽에도 오율 1수의 시가 있으며, 이 시는《역주매천황현시집》상권 402쪽에 번역이 되어 있다. 1896년 매천의 나이 42세 때의 작품이다. 창강 김택영이 1911년 상해에서《매천집》을 발간할 때 선정에서 제외되었던 시로, 결국 매천은 〈괴시효발槐市曉發〉이라는 제목으로 오율 1수와 오고 1수를 읊은 셈이다.

> 谷城旬課, 其第二題曰異端迭肆甚於楊墨. 塞路繼有如
> 趙相元而來者又賦一首應之

곡성군의 열흘 과제[1]중에, 그 두 번째 시제에서 '이단이 번갈아가며 방자한 것이 양주 묵적보다 심하다'[2]라고 하는 것이었다. 막힌 길에서 계속하여 조상원과 함께 있었으며, 오는 자가 또 부 한 수를 지어 주기에 이에 응답하였다

칠율 1수 386

休論老佛與申韓	노자와 부처, 신불해, 한비자를 논하지 말라[3]
天主東來始異端	천주교가 동쪽으로 와 이단이 비롯되었구나
法斁綱淪民不怪	법 깨지고 강상이 잠겨도 백성들은 괴이치 않고
言侏服左世何寬	옷 좌임을 한다해도 세상은 어찌 관대하기만 한가
震霆燁燁滄溟渴	벼락 천둥이 번쩍 빛나 푸른 바다 갈구하고

白日陰陰鬼國寒　　대낮에도 칩칩하여 귀신나라 쓸쓸하구나
正使巖巖聖人作　　정사가 가파른 곳에 있어 성인이 만들며
此時辭鬪倍應難　　이때를 피해 말하면 더욱 응하기 어려우리라

1) 순과旬課 : 열흘마다 성균관 유생에게 글제를 주고 제술을 시키던 일.
이단異端 : 자기가 믿는 이외의 도道. 옳지 아니한 도. 전통이나 권위에 반항하는 설. 시류에 어긋나는 사상 및 학설. 기독교 중에서 카톨릭 교회로부터 공인되지 아니한 교파 및 그 교의敎義. 유교에 노老, 장蔣, 양楊, 묵墨 등의 제자백가를 일컫는 말.
迭 번갈아들질(달아나다.)　　肆 방자할사(늘어놓다. 시험하다.)
양묵楊墨 : 양주楊朱와 묵적墨翟.
2) 이단질사심어양묵異端迭肆甚於楊墨 : '이단이 번갈아 가며 방자한 것이 양주 묵적보다 심하다'의 뜻. 한유韓愈의 〈여맹간상서서與孟簡尙書書〉에 "옛날에 양주楊朱와 묵적墨翟이 정도正道를 막으므로 맹자께서 말씀하여 물리쳐서 환하게 터놓았다.(古者楊墨塞路, 孟子辭而闢之廓如也.)"라는 글이 있다. 양주와 묵적이 서로 어지럽혀 성현의 도가 밝아지지 못하였고, 성현의 도가 밝지 못하면 삼강이 매몰되고 구법이 무너지고 예악이 무너져 이적이 횡행할 것이니, 어찌 금수가 되지 않을 수 있겠는가.
3) 《사기史記》〈노장신한열전老莊申韓列傳〉 : 사기의 이 열전은 노자와 장자와 신불해申不害와 한비자의 일대기를 다룬 것이다. 노장와 장자는 도가의 대표적인 인물이었고, 한비자는 법가의 대표적인 인물이었다. 신불해는 황로사상黃老思想에 근거를 두고 형명刑名을 주장했던 사람이었다. 황로사상은 황제와 노자를 시조로 하는, 진나라 말기에서 한나라 초기에 유행했던 도교사상을 말한다. 형명은 전국시대 한비자가 주장한 학설이며, 신불해의 사상은 도가와 법가의 중간 지점을 말한다.
창명滄溟 : 푸른 바다. 창해滄海.　　斁 섞을두, 싫어할역　　侏 난장이주(광대. 무도하다. 버릇없다.)
복좌服左 : 옷을 좌임左衽함. 《논어》〈헌문憲問〉편에, "관중管仲이 없었다면 우

리는 머리를 풀고 옷깃을 왼쪽으로 하였을 것이다.(微管仲吾其被髮左衽矣)"라고
하였다. 머리를 풀고 옷깃을 왼쪽으로 하는 것은 오랑캐의 풍속이었다.
정사正使 : 사신의 수석.

 해설

　《매천전집》 3권 190쪽에 '곡성순과谷城旬課'에 대한 첫 번째 주제로 쓴
칠율 1수 시가 있다. 이 시는 《역주황매천시집》 속집 332쪽에 번역이 되
어 있다.

題金孝燦龍城吟稿

김효찬[1]의 용성음고를 제함　　　　　　　　　　칠절 1수 386

日射城南雙竹扉　　햇빛이 비치는 성 남쪽 쌍죽 사립문에서
朝醒待酒得錢遲　　아침에 술 깨고 술 기다리며 돈 얻는 게 늦네
諸君燒却無鹽券　　제군들이 불태워 도리어 소금 문서 없고
從古詩人不畏饑　　옛 시인 좇다보니 굶는 것도 두렵지 않네

1) 김효찬金孝燦 : 전남 순천 출신으로 자는 대겸大兼. 관은 중추원의관中樞院議
官으로 문집이 있다. 매천과 시문으로 사귀었던 관찰사 출신이었던 겸산兼山 백락
륜白樂倫의 시제자詩弟子였으며, 김효찬은 매천 사후死後 1911년 중국 상해上海
에서 《매천집梅泉集》을 발간했을 때 발간 연조자捐助者였다.
일사日射 : 태양 광선이 비침. 태양의 방사 에너지의 강도.

죽비竹扉 : 대를 엮어서 만든 사립문. 대사립.

 해설

위의 시와 같은 제목으로 《매천전집》 1권 156쪽에 칠절 4수의 시가 있다. 1898년 무술고로, 이 시는 《역주매천황현시집》 중권 130~133쪽에 번역이 되어 있다. 매천은 위의 시 칠절 1수와 합하여 모두 칠절 5수의 시를 읊은 것이다.

매천이 김효찬에 대해서 쓴 시로 이 밖에 1904년에 쓴 〈차김의관효찬은자하운次金議官孝燦恩資賀韻〉이라는 칠절 1수의 시가 있으며, 이 시는 《역주매천황현시집》 하권 177쪽에 번역되어 있다.

趙小雅性熹携宋上庠泰會, 將遊南岳迂路枉存. 小雅休官自京師南寓同福郡. 宋郡人也, 號念齋與余同年.

조소아 성희가 송진사 태회를 데리고 장차 남악으로 유람하고자 함에 먼 길로 굽혀 왔다. 소아는 관직을 휴직하고 경사에서 와 동복군 남쪽에 기거하였다. 송은 동복군 사람으로, 호는 염재이며 나와 함께 동년생이다

칠율 3수 386

1수 387

落日春帆亂水西　해지는 봄날 돛단배는 물 서쪽에 어지럽게 있고

吾村何似武陵溪　우리 마을은 어찌 무릉도원의 냇가와 흡사한가

烟雲松徑眠花鹿　안개 구름 속 솔밭 오솔길에 꽃사슴이 잠자고

膏雨茅簷唱竹鷄	제때에 비 내리고 띠집 처마에 대밭의 닭 우네
百里相尋勞杖屨	백리 길 서로 찾아 지팡이 신 신고 힘써 가며
四隣爭集詫輪蹄	사방 이웃이 다퉈 모여 수레 말발굽을 자랑하네
笑君詩老顚狂甚	그대의 시 쇠함을 웃노니 이마에 광기 심하고
到處名山削樹題	도처가 명산이라 나무껍질 벗기며 글 쓰노라

우로迂路 : 에돌아가는 길. 돌음 길.   枉 굽을왕(굽히다)

고우膏雨 : 농작물에 알맞도록 제때에 내리는 비.   詫 자랑할타(기만하다)

륜제輪蹄 : 차 마길.   顚 꼭대기전(이마)

해설

  매천이 조소아에 대해 쓴 시로는 《매천전집》 1권 113쪽에 〈남산방조소아藍山訪趙小雅〉라는 칠율 1수의 시가 있다. 이 시는 《역주매천황현시집》 상권 379쪽에 번역이 되어 있다.

  조소아는 동복의 남산에 살았고, 이름이 '성희性熹'라 하였다. 매천은 1900년에 〈송념재태회宋念齋泰會〉라는 오고 1수의 시를 지은 바 있다. 염재는 성균관 진사로 매천과 동년생同年生으로 16세에 등과登科하였다. 사군자를 잘 그렸으며, 매천에게 십절도 시의 '효효병'의 병풍을 그려준 인물이었다.

2수 387

吾廬解使客忘歸	내 초가집 열어 객이 돌아가는 걸 잊게 하고
千樹桃花未盡飛	나무마다 복사꽃이 피어 다 날리지 않네
雨氣易添村舍酒	빗 기운으로 쉽게 촌집에서 술맛 더하는데

春風猶薄老人衣	봄바람에 오히려 노인의 옷이 엷구나
來蘇佳話山嫌淺	소동파[1]가 와 좋은 얘기하며 산 낮아 싫고
訪戴高情古亦稀	대복고[2]를 찾는 고상한 정도 옛적에 드물었지
一任頹然相對睡	한번 퇴연히 맡겨 서로를 대하며 잠자고
午牕烟濕篆香微	낮 창가 안개가 습해 전자체 향기 미미하네

牕 창창(=窗=窓) 篆 전자전(도장의 전자체. 도장.)

1) 소동파 : 소식蘇軾(1036~1101)을 말함. 당송8대가唐宋八大家였으며, 부친 소순蘇洵과 동생 소철蘇轍과 함께 3소三蘇라 불렸다.

2) 대복고戴復古(1167~1252) : 남송 후기 강호시인江湖詩人으로 만년에 석병산石屛山에 은거하였다. 저서로는 《석병시집石屛詩集》이 있다.

3수 387

이 시는 《매천전집》 3권 285쪽에 '조소아 선생이 남악으로 유람함을 환송함'의 〈송조소아선생남악送趙小雅先生南岳〉이라는 제목으로 되어 있다. 이 시는 《역주황매천시집》 속집 611쪽에 번역되어 있다.

曦陽文星齋信宿

| 희양에 있는 문성재에서 이틀을 자다 | 칠율 1수 386 · 387 |

| 雲山西畔百花天 | 백운산 서쪽 언덕에 온갖 꽃 피어 천지인데 |

遠客開樽話舊緣	멀리서 온 객은 동이 술 열고 옛 인연을 말하네
刺眼松篁俱老大	솔 대숲에서 눈을 유혹해 함께 크게 늙어가고
破荒文物漸鮮妍	파천황[1]의 문물이 점차 산뜻하고 고와라
村筐午倦倉庚歇	마을 평상에서 낮에 나른하여 꾀꼬리도 쉬며
野笠春閒鸛鶴眠	들 삿갓은 봄에 한가하고 황새 학이 졸고 있네
愧殺幷鄕留雪爪	병주고향[2] 부끄럽기 그지없고 흰 발톱이나 남겨
溪童能鮮喚梅泉	냇가의 아이들도 능히 곱게 매천을 부르더라

선연鮮妍 : 산뜻하고 아름다움.

자안刺眼 : 눈이 부심. 눈을 자극함. 눈에 거슬림. 이목을 끌다.

1) 파천황破天荒 : 천황天荒은 천지가 아직 열리지 않은 때의 혼돈한 상태로, 이 것을 깨뜨려 새로운 세상을 만든다는 뜻. '아무도 생각하지 못한 놀라운 일' 또는 '아무도 하지 못했던 일을 성취함'의 뜻.

  당나라 때 형주에서 해마다 과거 합격자가 없어 사람들은 형주를 '천황의 땅'이 라고 불렀다. 그런데 유예劉蛻라는 사람이 처음으로 합격하자, 천황을 깬 자가 나 왔다며 '파천황'이라고 일컬었다는 고사에서 비롯되었다.

창경倉庚 : 창경鶬鶊. 꾀꼬리.

筐 광주리광(평상平床 : 네모진 침상) 雪 눈설(흰색. 고결하다. 씻다.)

2) 병향幷鄕 : 병주고향幷州故鄕. '병주竝州가 고향'이라는 뜻으로, 오래 살아서 정든 타향을 고향에 견주어 이르는 말임. 제2의 고향. 당 시인 가도賈島가 병주에 오래 살다가 떠나면서 한 말에서 유래하였음.

和善五限課

선오의 한과에 화운하다   칠율 16수 388

1수 388

簑衣掛在戶前松	도롱이 옷이 문 앞 소나무에 걸려있고
捿架殘書一兩重	서가의 찢어진 책이 한 두량으로 소중하네
止飮預愁妨養疾	술을 끊고 미리 근심하며 병 예방에 힘쓰고
假田猶喜勝無農	빌린 밭이 좋아 농사보다 뛰어난 게 없구나
竹間泉落朝殮潔	대숲 사이로 샘물 흘러 아침 저녁밥이 정결하고
戶外花明午睡濃	집 밖으로 꽃 환하게 피어 낮잠을 달게 자네
我檢我詩如攬鏡	내 시를 점검해보면 거울 잡는 것과도 같아
衰年筆筆寫癯用	늙어 붓 잡아 쓰고 베끼는 것도 힘없이 쓰네

한과限課 : 정해진 과제.　殮 저녁밥손
쇠년衰年 : 늙어서 쇠약하여 가는 나이. 쇠령.　癯 여윌구(파리하다)

2수 388

梧檟童童碧滿牕	오동나무마다 그늘져 푸르름 창가에 가득하고
嚶鳴百族摠新腔	온갖 새들이 울어 모두가 새로운 가락이로다
伯時圖畵牛兼馬	백시[1]가 그림을 그림에 소와 말을 함께 그리고
和靖門庭鶴代狵	화정[2]이 뜰 앞에 있으며 학이 개를 대신하네

漸大秧辰連夜雨	접차 모가 크게 자랄 때 밤에 계속 비가 오고
忽高草際一灣江	홀연히 키 큰 풀 사이 물굽이로 강물이 흐르네
比隣酒熟相招飮	이웃과 함께 술 익어 서로 초대해 마시니
此俗山中最信矼	이런 풍속은 산중에 제일 믿어 진실한 것이네

梧 벽오동나무오(거문고) 檟 개오동나무가
동동童童 : 나무 그늘이 성함. 나뭇가지 없는 모양. 빛나고 깨끗함.
嚶 새소리앵
1) 백시伯時 : 중국 북송의 문인·화가 이공린李公麟(?~1106)의 자. 호는 용면거
사龍眠居士. 1070년에 진사에 급제하였으나 1100년 마비병으로 관직에서 물러나
용면산龍眠山에 은거하였다. 그림은 고개지顧愷之·육탐미陸探微 등의 필법을 연
구하였으며, 특히 백화白畫(=백묘화白描畫)의 마필馬匹로 유명하였다. 소동파蘇
東坡나 화가 미불米芾 등을 비롯한 당대의 명인名人들과 사귀었다.
2) 화정和靖 : 송나라 은사隱士 임포林逋(968~1028)의 호. 서호西湖 고산孤山에
살았으며, 20년 동안이나 시정市井에 내려오지 아니하고 매화梅花를 아내로 삼고
학鶴을 아들로 여기며 살았다는 '매처학자梅妻鶴子'의 고사로 유명하다. 임포가
죽은 후 송 진종황제는 화정이라는 시호를 내렸다. 《임화정시집》이 있다.
矼 징검다리강(성실하다. 진실하다.)

3수 389

枳殼花邊一丈籬	탱자나무 꽃 주변에 한 장 길이의 울타리 있고
羸牛呼犢夕陽時	여윈 소는 송아지를 부르며 석양에 있네
烟光政好愁將暮	안개 빛이 좋아도 저물어 감에 근심스럽고
人客方稀合改詩	나그네는 바야흐로 가끔씩 고친 시를 합해 보네

無數飛蟲粘澗渡	무수하게 나는 벌레 끈끈한 계곡물 건너가고
何來噪鵲仰園枝	어데서 떠들썩한 까치 높은 뜰 가지에 왔느뇨
忽聞樵笛穿雲響	홀연히 목동의 피리소리 구름 뚫고 울려와 듣고
住杖柴門未遽移	사립문에 지팡이 멈추고 급히 옮겨가지 못하네

贏 여윌리

 해설

위의 시는 《매천전집》 3권 285쪽에 보유시補遺詩로 되어 있으며, '산촌에서 일어나는 흥취'의 〈산촌만흥山村漫興〉이라는 제목으로 되어 있다. 이 시는 《역주황매천시집》 속집 611쪽에 번역되어 있다. 다만 미구에서 '주장佳杖'이 주장拄杖'으로 되어 있다.

4수 389

이 시는 《매천전집》 3권 285쪽에, 〈산촌만흥山村漫興〉이라는 제목으로 되어 있다. 《역주황매천시집》 속집 612쪽에 번역되어 있다.

5수 389

世務元難菽麥分	세상일이란 원래 콩 보리를 구분하기 어렵고[1]
天倫粗可叙爲文	천륜이 거칠지만 베풀어 문장을 만드네
易衣遠道迎佳弟	옷 바꿔 입고 먼 길 감에 좋은 아우 맞이하고
提甕寒廚慰細君	옹기 들고 찬 부엌에서 세세히 아내를 위로하네

一塢梅林薰欲雨	촌락하나 매화 숲 향기 속에 비 오려하는데
千家柳絮白於雲	집집마다 버들 솜이 구름 속에 희구나
向夕燒畬朝灌稻	석양에 따비밭을 태우고 아침에 논에 물대며
山居幽事摠堪聞	산에 살아도 그윽한 일 다 감당하여 듣노라

1) 슉맥菽麥 : 콩과 보리. 숙맥불변不辨은 '콩인지 보리인지 불변하지 못함. 또는 어리석고 못난 사람'의 뜻.
천륜天倫 : 부자父子·형제兄弟 사이의 마땅히 지켜야 할 도리.
역의병식易衣幷食 : 옷을 바꾸어 입고 음식을 쪼개 먹음. 옷 한 벌을 바꿔 입고 하루 양식을 이틀로 나눔. 아주 가난함.
세군細君 : 자기 아내. 남의 아내.
提 끌제   塢 둑오(성채. 마을.)

6수 389

果林油實樹爲村	과일밭에 번들한 열매 있고 초목이 마을 만들어
醜石連墻各自門	추한 돌 담장으로 이어져 저절로 문 되었네
孰學廣延家有誦	누가 널리 끌어 배우며 집에서 암송 하겠는가
社醪溫克醉無痕	시사에서 막걸리 먹고도 공손히 취한 흔적 없네
興雲隨鍤春田膩	구름 이는 곳에 삽 좇다보니 봄밭이 기름지고
零雨鳴衰夕徑昏	가랑비 작게 울리더니 석양 길이 어둡네
樂土三章歌碩鼠	시경 위풍의 석서 낙토 삼장을 노래하며[1]
吾生早已厭塵喧	내가 태어나 일찌감치 속세가 시끄러워 싫도다

鍤 가래삽(농구의 한 가지). 삽.

1) 석서碩鼠 : 큰 쥐. 《시경詩經》〈국풍國風〉의 위풍魏風 석서碩鼠 첫 부분에 다음과 같은 내용이 있다. "碩鼠碩鼠(석서석서) 큰 쥐야 큰 쥐야/ 無食我黍(무식아서) 우리 기장 먹지마라// 三歲貫女(삼세관여) 삼년을 너를 지켜보았건만/ 莫我肯顧(막아긍고) 나를 돌보려 하지 않는구나/ 逝將去女(서장거여) 내가 이제 너를 떠나/ 適彼樂土(적피낙토) 저 즐거운 땅으로 가리라/ 樂土樂土(낙토낙토) 즐거운 땅 즐거운 땅이여/ 爰得我所(원득아소) 이에 내가 편히 살 곳을 얻었도다"라 하였다.

큰 쥐는 백성들을 수탈하는 벼슬아치들을 빗대어 말한 것으로, '큰 도둑아, 큰 도둑아, 제발 내가 애써 농사지은 곡식을 먹지 말라.'라는 말이다. 곧 세금이란 명목으로 다 빼앗아 가지 말라는 뜻이다. 임금이 정치를 한 지 오래되었지만 정치를 잘못하여 계속 수탈이나 해간다면 이 땅을 버리고 내가 살기 좋은 곳으로 가겠다는 의미이다.

온극溫克 : 온화하고 공손함.　膩 미끄러울니(기름. 살찌다.)

영우零雨 : 가랑비. 보슬비. 세우細雨.　塵 티끌진(속세)

喧 의젓할훤(울음을 그치지 않다. 두려워하다.)

7수 390

漸覺摧頹損五官	점점 깨달아 꺾이고 무너져 오관[1]이 줄어들고
窮廬握筆老憂團	궁벽한 집에서 붓 잡고 늙은이 모여 근심하네
後生具眼勤相待	후생이 함께 눈 갖춰 부지런히 서로를 기다리며
前輩嘔心不自寬	선배들은 노심초사 해 스스로 관대하지 못하네
使有琳琅千古在	아름다운 시문이 천고에 있어
寧愁袒褐一生寒	어찌 어깨에 엇메어 한평생 쓸쓸하게 근심하리오
丹成換骨無他法	단사를 완성하고 환골[2]하여 타인의 법이 없고
鐵硯休敎墨瀋乾	철 벼루 가는 것 가르치지 않아 묵즙이 마르네

1) 오관五官 : 오감을 맡는 눈, 코, 귀, 혀 살갗. 오감의 작용(귀, 눈, 코, 입, 마음.)
임랑琳琅 : 아름다운 구슬. 아름다운 시문. 嘔 노래할구(게우다. 토하다.)
구심嘔心 : 심혈을 토하여 냄. 심사숙고. 노심초사.
천고千古 : 먼 옛적. 영구한 세월. 오랜 세월을 통하여 그 종류가 드문 일.
단갈袒褐 : 옷을 어깨에 엇멤.
2) 환골換骨 : 인간의 속골을 선골로 바꾸어 몸에 털이 나는 일. 신선이 되는 일.
남의 글을 본 떠 지었으나 더욱 아름다운 새로운 글이 됨. 환골탈태換骨奪胎.
瀋 즙낼심, 성씨심

8수 390

小董溪邊百畝田	작은 연뿌리가 시냇가 주변의 백무 밭에 있고
雨中簑笠碧山前	빗속에 도롱이 삿갓이 푸른 산 앞에 있네
春流盎盎羣蛙動	봄물이 철철 넘쳐흘러 개구리 떼 움직이며
曠野亭亭一鷺眠	광야에 꼿꼿하게 해오리 한 마리 잠자고 있네
古俗村庄饒水竹	옛 풍속으로 촌 별장에 수죽이 풍요로워
詩人耕稼盡風烟	시인은 갈고 심어 바람 연기 속에 다 있네
眼見桑麻朝夕長	눈앞에 뽕나무 삼대를 보며 아침 저녁이 길고
百回芒屩不嫌穿	백번 돌아봐도 미투리 구멍 난 것 싫지 않네

董 동독할동(감독. 깊숙이 간직하다. 연뿌리.) 짧을종, 바로잡을독
앙앙盎盎 : 철철 넘침. 화락함.
芒 까끄라기망 屩 신교
망교芒屩 : 마혜麻鞋. 미투리.

9수 390

松閱年多臥作橋	소나무 여러 해 조사하여 눕혀 다리를 만들었고
柿從春接已抽條	감나무를 봄에 접붙여 벌써 가지가 뻗어 나왔네
舞過團蝶餘豪爽	모인 나비들 춤추며 지나가 호탕함만 남았고
啼斷流鶯倍寂寥	날아가는 앵무새 울음 그치자 적료함이 더하네
碧玉爭鳴花外筧	푸른 옥 다퉈 울리며 꽃이 대 홈통 밖에 있고
黃精初發雨中苗	죽대 뿌리 처음으로 생겨나 빗속에 싹이 트네
定知明日爲村賽	분명 내일이 마을의 굿하는 날임을 알고[1]
隔水農冠夕見招	물 건너 숨은 선녀를 저녁에 초대하여 보노라

閱 검열할열(조사하다. 뽑다. 점검하다.)

춘접春接 : 봄철에 접목하는 것.　已 여섯째지지사(삼짇날. 상사上巳의 약칭.)

호상豪爽 : 호탕豪宕하고 의지가 굳셈.

적요寂寥 : 적막함.

황정黃精 : 죽대 뿌리. 강장제로 쓰임.　苗 모묘(어린 벼. 싹.)

賽 굿할새(내기하다. 주사위.)

1) 새고賽鼓 : 농부들이 춘사 일에 농신農神에게 풍년을 기원하는 뜻으로 굿을 할 때 울리는 북소리.

10수 391

千峯蒼翠集書巢	천봉우리 푸른 비취색이 서소[1]에 모여 있고
突兀軒窓俯樹梢	높이 솟은 마루 창에 나뭇가지가 굽어있네
江上村稠多細路	강상의 촌마을은 조밀하여 좁은 길도 많고

山中地陿罕平郊	산중의 땅이 좁아 평평한 들 밖이 드물도다
懷人續賦反招隱	사람이 생각나 연속 읊조리며 반초은시[2] 짓고
憫俗重繙廣絶交	풍속이 가련해 거듭 어지러워 널리 절교 하네
近日雀羅頗習靜	근일에 참새 그물 쳐 자못 습관 되어 조용하고
風扉椓椓問誰敲	바람맞은 싸릿문 톡톡 누가 두드리는가 묻네

1) 서소書巢 : 책 둥지. 송나라 시인 육유陸游의 공부방 〈서소기書巢記〉에서 유래함. 서재書齋, 서실書室, 서옥書屋과 같은 의미.

돌올突兀 : 높이 솟아서 오똑함.

수초樹梢 : 나뭇가지.

稠 빽빽할조, 많을주   陿 고을이름섬, 좁을합, 좁을협

평교平郊 : 들 밖. 성문城門 밖의 넓고 평평한 들.

회인懷人 : 사람을 생각함.

2) 반초은시招隱詩 : 진晉 육기陸機와 좌사左思가 지은 초은시에는 산중생활의 한적한 생활에 관심을 갖고 은둔하라는 내용을 담고 있다. 하지만 진의 왕강거王康琚가 쓴 반초은시에는 "小隱隱陵藪(소은은릉수) 작게 숨는 자는 산림에 숨지만 / 大隱隱朝市(대은은조시) 크게 숨는 자는 조시에 숨네"라 하였다. '세속에 살아도 환란을 면할 수 있는데, 무엇 때문에 산림에 숨는가?'라 하며 은거하는 자를 오히려 세속으로 불렀다.

繙 되풀이할번(번역하다. 어지럽다. 풀다. 찾다.)

작라雀羅 : 새를 잡는 그물.   椓 칠탁(쪼아 먹다)   敲 두드릴고

11수 391

溪上家家匹練明	냇가 위로 집집마다 한 필 누인 명주 밝고
雛鷄相續過籬鳴	병아리 닭은 계속 울타리를 지나가며 삐약거리네

蜜脾垂滿山蜂懶	벌집이 가득 늘어져 있으며 산벌도 게으르고
桑葉重靑野繭成	뽕 잎이 짙푸르며 들꽃이 무성하게 피어있네
下若村寬頻折券	아래 마을이 넓어도 자주 문서가 끊어지고
西疇事急自看耕	서쪽 밭 일이 급해도 저절로 경작하며 보노라
朝來雨證君須記	아침에 비가 와 증험함을 그대는 기억할지니[1]
積翠半峯雲氣生	비취색 쌓인 반봉우리에 구름 기운 피어나네

필련匹練 : 한 필의 누인 비단. 필련疋練. 폭포나 호수의 표면을 비유함.

밀비蜜脾 : 밀납으로 만든 벌집. 脾 지라비, 양패(소의 밥통)

繭 번성할이(꽃이 번성하게 피다. 지치다. 고달프다.)

서주西疇 : 서쪽에 있는 밭. 전원.

1) 군수기君須記 : '그대는 마땅히 기억하라'의 뜻. 소식蘇軾의 '초겨울에 지음'이라는 〈초동작初冬作〉의 시에 나온다. "荷盡已無擎雨蓋(하진이무경우개) 연잎이 말라 비 막을 덮개조차 없고/ 菊殘猶有傲霜枝(국잔유유오상지) 국화는 시들어도 서리진 가지에 절개가 있네// 一年好景君須記(일년호경군수기) 한 해 동안 좋은 경치를 그대는 마땅히 기억하라/ 正是橙黃橘綠時(정시등황귤록시) 지금은 유자 누렇고 귤나무 푸른 때로다"

운기雲氣 : 기상이 달라짐에 따라 구름이 움직임.

12수 391

十年猶夢舊山靑	십 년 동안 오히려 꿈을 꿔 옛 산에 정이 있고
雖久棲遲始暫停	오랫동안 게을리 살면서 처음 잠시 머물렀네
僻巷無醫茶代藥	후미진 거리라 의사 없어 차가 약을 대신하고
數村同釀樹爲亭	몇 마을이 함께 양출하여 숲속에 정자 만들었네

泥牛自放安家食　진흙탕의 소 절로 방목해 편안히 집에서 먹고
風鶴相驚戒道聽　바람 탄 학이 서로 놀라 길에서 듣길 조심하네
分外漁樵隣曲厚　분수 외로 어초함에 이웃 마을의 후함이 있고
猶堪徵逐與忘形　오히려 초대하고 방문해 함께 체면을 잊네

안가安家 : 집안이 두루 평안함.
인곡隣曲 : 이웃 마을.(＝인동隣洞) 이웃 사람.
징축徵逐 : 사람을 초대하거나 방문함.
망형忘形 : 평상의 상태를 잃음. 자기의 체면을 잊어버림.

13수 392

千畝連雲麥欲登　천 이랑에 구름이 뒤덮여 보리가 패고자 하고
一林梅溽逼人蒸　숲 속의 매화가 젖어 사람을 쪄 핍박하네
團團錦籜編成席　단단한 비단 대껍질 엮어 자리를 만들고
爆爆明松點作燈　송진을 불태우며 살라 등불을 밝히네
隔日灌秧詢野叟　하루걸러 모에 물대며 촌 늙은이에게 묻고
經春飼鶴賴隣朋　봄 내내 학 기르는 것도 이웃 친구에게 힘입네
景綸頗究唐庚趣　경륜1)을 자못 연구함에 당경2)의 취미가 있고
首夏山居美不勝　첫 여름 산에 살아 즐거움을 이기지 못하네

溽 무더울욕(습하다. 젖다.)　爆 불터질폭(불사르다)　明 밝을명(새벽. 양지.)
1) 경륜景綸 : 나대경羅大經의 자. 남송南宋 때 사람으로 과거에 합격하여 용주容

州의 법조연法曹椽이 되었다. 저서로 《학림옥로鶴林玉露》가 있다.

2) **당경唐庚**(1071~1121) : 북송北宋의 시인으로 자는 자서子西, 호는 미산眉山으로 문장이 정밀하였다. 《당자서집唐子西集》이 있음.

　　당경唐庚의 시 〈취면醉眠〉에, "山靜似太古(산정사태고) 산은 태고인 양 고요하고/ 日長如小年(일장여소년) 해는 어린 시절처럼 길기도 하네// 餘花猶可醉(여화유가취) 남은 꽃도 오히려 취해볼 만하고/ 好鳥不妨眠(호조불방면) 좋은 새소리가 낮잠을 방해할리 없네// 世味門常掩(세매문상엄) 세상일 어두워 문은 항상 닫혀 있고/ 時光簟已便(시광점이편) 시절은 어느덧 돗자리가 편한 때라/ 夢中頻得句(몽중빈득구) 꿈결에 자주 시구가 떠올라// 拈筆又忘筌(념필우망전) 붓 들면 또 통발을 잊어버리네"라는 시가 있다.

 **해설**

　　경륜 나대경羅大經의 저서 《학림옥로鶴林玉露》 4권에, 자서子西 당경唐庚에 대해 쓴 다음과 같은 글이 있다.

　　"당자서의 시 〈산정일장山靜日長〉에 이르기를, '산은 태고인 양 고요하고 해는 어린 시절처럼 길기도 하다./ 내 집은 깊은 산 속에 있어 매양 봄이 가고 여름이 올 때면 푸른 이끼는 섬돌에 가득하고 떨어진 꽃잎은 길에 수북하다./ 문을 두드리는 소리 하나 없고, 소나무 그림자만 들쭉날쭉하여 오르락내리락 산새소리에 비로소 낮잠이 흡족하다.… 흥이 나면 짧은 시구를 읊조리기도 하고, 간혹 학림옥로 한두 단락을 쓰기도 한다…'라 하였다. 자서의 이 구절을 음미해 보면 가히 절묘하다고할 만하다./ 하지만 이 구절이 묘해도 그 묘함을 아는 사람은 드물다.(唐子西詩云 山靜似太古 日長如小年./ 余家在深山中 每春夏之交 蒼蘚盈堦 落花滿徑./ 門無剝啄 松影參差 禽聲上下 午睡初足.…興到則吟小詩 或艸玉露一兩段.…味子西此句 可謂絶妙./ 然此句妙矣 識其妙者蓋少.)"

14수 392

林禽喚友亦相求	숲 속의 새는 벗을 부르며 또한 서로를 찾고
栗樹花開村更幽	밤나무 꽃 피어있는 화개 마을 더욱 깊어라
傍澗田磽稀見圃	산골짝 옆 자갈밭에 포전이 드물게 보이고
帶巖泉小不成流	바위근처 작은 샘으론 물이 흘러가지 않네
還書客去松間餞	다시 편지 가지고 객이 감에 솔밭에서 전별하고
饋茗僧來月下留	차를 권함에 스님이 와 달빛 아래 머무네
料得淸閒無我敵	맑고 한가로움을 헤아려보면 대적할 자 없으니
何須卅六草堂鷗	어찌 꼭 삼십 육 초당[1]의 갈매기일 것인가

磽 메마른땅교(돌이 많은 땅. 나쁘다.)
饋 먹일궤(권하다. 먹이다.)　茗 차싹명　卅 서른삽
1) 삼육동천卅六洞天 : 신선이 사는 곳으로 도가道家에서 36곳의 동천을 설정하였는데, 그 동천은 9선仙 중에서도 가장 등급이 높은 상선上仙이 통치한다고 함.

15수 392

豹隱年來任率眞	표범이 몇 년 새 숨어 진솔함을 맡겨보며
溪山隨處藉衣巾	냇가 산 가는 곳마다 의건을 구실로 삼네
詩文元白同爲社	시문에 원진과 백거이[1]가 함께 시사를 만들고
嫁娶朱陳不出隣	시집 장가 간 주씨 진씨는 이웃에 나오지 않네[2]
福地花開千閱歲	복된 땅 꽃 핀 화개마을 천 년[3] 세월에
紅塵路阻萬由旬	속된 세상 길이 막혀 일만 번의 유순[4]일세

至今却笑楊雄耄　지금은 오히려 웃어 봐도 양웅[5]이는 늙었고
頭白何年草美新　센머리 어느 세월에 좋은 풀이 새로울 건가

1) 원백元白 : 원진元稹(779~831)과 백거이白居易(772~846).

　원진元稹(779~831)은 백거이와 함께 신악부운동新樂府運動을 주도하였다. 백거이보다 나이는 어렸지만 시가 일찍 알려져 원재자元才子 또는 원백元白으로 불렸다.

　백거이는 822년 항주자사杭州刺史가 되었으며, 문학적 지기知己로 원진元拂과 만나게 되어《백씨장경집白氏長慶集》을 썼다. 시와 술과 거문고를 삼우三友로 삼아 '취음선생醉吟先生'이란 호를 썼다. 말년에 불교에 심취했으며, 향산사香山寺를 보수 복원하여 '향산거사'라는 호를 썼다.

2) 주진朱陳 : ① 중국 서주徐州 고풍현古豐縣에 주진촌朱陳村이라는 마을이 있었는데, 주씨와 진씨가 세거하는 집성촌이었다. 다른 성씨가 없기 때문에 두 성씨만이 혼인 했다하며, 주진촌은 '평화롭고 사이좋은 마을'을 의미함. 고려 말 안축의 〈관동별곡關東別曲〉에 있는 '중국의 주씨와 진씨가 더불어 무릉의 풍물을 전하듯(주진가세朱陳家世, 무릉풍물武陵風物)'이라는 문구는 그것을 반영한다.
② 백거이의 〈주진촌朱陳村〉이라는 다음과 같은 시도 있다. "家家守村業(가가수촌업) 집집마다 촌 업을 지켜/ 頭白不出門(두백불출문) 흰머리 나도록 밖으로 나가지 않네… 一村唯兩姓(일촌유양성) 한 마을에 오직 두 성씨만 살아/ 世世爲婚姻(세세위혼인) 대대로 서로 혼인을 한다네… 生者不遠別(생자불원별) 살아서 멀리 이별하는 일이 없고/ 嫁娶先近隣(가취선근린) 시집가고 장가가는 것도 이웃에서 고르네// 死者不遠葬(사자불원장) 죽어서도 먼 곳에 장사하지 않아/ 墳墓多繞村(분묘다요촌) 옹기종기 무덤들이 마을을 둘렀네// 旣安生與死(기안생여사) 이미 삶과 죽음이 편안하고/ 不苦形與神(불고형여신) 몸도 마음도 괴롭지 않구나// 所以多壽考(소이다수고) 이런 까닭에 장수하는 사람들 많아/ 往往見玄孫(왕왕견현손) 때때로 현손을 보는 사람도 있다네"
가취嫁娶 : 장가가고 시집감.

3) 열세閱歲 : 한 해 이상 지냄.(=월년越年. 유년踰年.)

4) 유순由旬 : 소달구지가 하루에 갈 수 있는 거리. 제왕이 하루에 행군하는 거리.
5) 양웅楊雄(BC53~AD18) : 전한 말기 사상가이며 문장가.   耄 늙은이모

16수 392

僑居竹木已成林	임시로 사는 집 대나무는 벌써 숲을 이루었고
滿屋烟霞足償心	온통 집안의 연기 놀이 족히 보상하는 마음이네
春後雜花渾是白	봄이 지난 후라 잡꽃이 피어 흐릿한 흰 빛이고
山深初月易爲陰	산 깊어 초승달이 뜨고 쉽게도 응달 되었네
婦家從俗兒三往	며느리 집에 풍속 따라 셋째 아이를 보내고
古道論交友罕尋	옛 도를 논하며 사귀고 이따금씩 벗을 찾노라
多恐風塵侵畎畝	속된 세상 두려움이 많아 밭고랑 이랑을 범하고
幾回抱膝費沈吟	몇 번인가 무릎을 보듬고 깊이 읊조려 보네

교거僑居 : 우거寓居. 타향에서 임시로 몸을 붙여 삶. 또는 그런 집.
연하煙霞 : 연기와 노을. 산수의 경치.   往 갈왕(향하다. 보내다.)
견묘畎畝 : 밭고랑과 이랑.
기회幾回 : 몇 번. 몇 차례.

> 夜宿五峯書塾, 邂逅湖西客宋厚春是憲, 留與共賦. 宋爲
> 圭庵之裔, 方旅食郡衙, 與余同庚

밤에 오봉서숙에서 자며, 호서의 객 송후춘 시헌을 우연히 만나
머물러 함께 읊었다. 송은 규암[1]의 후예로 바야흐로 군아에서 타향
살이를 하고 있으며, 나와 함께 동갑이었다   칠율 1수 393

村口茅堂萬竹陰	마을 입구 모당에 칙칙한 대 숲 그늘이 있고
春來幽事管山林	봄이 와 그윽한 일로 산 숲에서 피리 부네
松花恰是生香樹	송홧가루는 흡사 나무에 향기 생긴 것 같고
黃鳥原爲得氣禽	꾀꼬리는 원래 날짐승의 기운을 얻었구나
午夜燈靑詩境苦	낮과 밤에 청등을 켜 시의 경지가 괴로웠고
庚年頭白旅懷深	경년의 흰 머리는 나그네의 회포가 깊어지네
有雲休道難持贈	구름이 있다 하지 마라, 가져다주기 어렵나니
自涉前江此見尋	스스로 앞강을 건너 이렇게 깊이 찾아보노라

해후상봉邂逅相逢 : 누구와 우연히 만남.

1) 규암圭庵 : 송인수宋麟壽(1487~1547)의 호. 자는 미수眉叟. 중종 1521년 별
시문과別試文科에 급제하였다. 대사성, 대사헌, 이조참판을 지냈으나 윤원형 등으
로부터 전라관찰사로 좌천되었다. 그 후 1545년 을사사화 때 사사賜死되었다. 저
서에 《규암집圭庵集》이 있다.

여식旅食 : 타향살이.

동경同庚 : 동갑同甲.

경년庚年 : 천간天干이 경庚으로 된 해.

 해설

구례 석주관칠의사를 모신 묘역에 1598년 정유재란 때 구례 의병장이었던 이 고장 출신의 칠의사를 추모하는 사당이 있다. 1901년 신축년에 매천 황현이 주도하여 조성된 사적지로, 이 때 매천은 칠의각 상양문과 주련 및 몇 편의 추모시를 썼다. 칠의각에 있는 시판詩板 50여수 가운데, 호서과객 湖西過客이 쓴 추모시는 매천과 관계를 맺으며, 매천시에도 언급되어 있는 송후춘시헌宋厚春是憲의 시로 보는 것이 옳다.

翌日雨中

다음날 비 오는 가운데

칠율 1수 393

泥燕雙雙冒雨還	진흙탕의 제비 쌍쌍이 비 무릅쓰고 돌아오며
幽人對睡午堂閒	조용히 사는 사람1) 낮잠을 자 집이 한가하네
黃牛臥倦渾忘草	황소는 게을리 누워 풀 뜯어 먹는 것도 잊고
白衛聲高欲破山	백위2)는 소리 높여 산을 깨뜨리고자 하네
偶事筇鞋禽向侶	우연한 일로 대지팡이 신 신고 새와 짝하며3)
君家詞賦籍咸間	그대 집에서 사부 읊으며 완적 완함 사이에 있네4)
日長惟有流鶯過	날 길어지고 오직 꾀꼬리만 날아 지나는데
松下柴門任自關	소나무 밑 사립문 스스로 맡겨 닫혀 있도다

1) 유인幽人 : 조용히 사는 사람. 속세를 피해 사는 사람.
鞋 생가죽신혜 詞 말씀사
2) 백위白衛 : 미상으로 양보다 작은 동물인 듯함.
3) ▌＊지후춘指厚春 : 후춘을 가리킴.
4) ▌＊지소천숙질指小川叔侄 : 소천의 숙질을 가리킴.
사부詞賦 : 운자韻字를 달아 지은 한시漢詩. 사詞와 부賦.

與小川厚春聯筇訪二山

소천, 후춘과 함께 잇달아 대지팡이 짚고 이산을 방문하다

칠율 2수 394

1수

白滿池塘綠滿畦	흰 꽃이 지당에 차 있고 밭두둑엔 푸르름 가득
田園如此足幽棲	전원에서 이와 같이 족히 숨어 사노라
簷高無碍春江鷰	높은 처마엔 막힘 없이 봄 강의 제비가 날며
庭豁偏稀午圃鷄	열린 정원 한쪽으로 간혹 낮에 밭 닭이 우네
孝子光陰猶皓首	효자는 세월이 지나 오히려 흰 머리 나있고
飛花門徑盡香泥	날리는 꽃은 대문 길로 꽃향기 흠뻑 젖네
風塵罕得名山伴	이 풍진 세상 명산에 짝 되는 것도 드물고
自管方壺第一溪	스스로 방호산 제일 냇가에서 노래 부르네

전원田園 : 논밭과 동산. 시골. 簷 처마첨

무애無碍 : 막힘없이 순탄함.　豁 뚫린골활
광음光陰 : 흘러가는 시간. 세월.
호수皓首 : 흰머리. 노인.

2수 394

滾滾漁樵午過門	솟아나는 물에 어초하며 낮에 대문 지나가고
淸溪一道柳絲昏	푸른 냇가 한 길에 버들가지 황혼녘에 있네
名家宦業饒書畫	명가에서는 벼슬하는 일로 책과 서화가 많아
首夏風光惱夢魂	초여름의 풍광이 몽혼 속에 괴로워라
暇日琴樽同郡友	한가한 날 거문고 동이 술을 군우와 함께 하는데
長春花木百年村	긴 봄날에 꽃과 나무가 백년 된 마을에 있네
屯田詞曲曾無敵	둔전에서 가요 불러 일찍이 맞수가 없었지만
老去何妨向我論	늙어 가며 어찌하여 나의 논함을 방해하는가

곤곤滾滾 : 흐르는 물이 세참. 펑펑 솟아 나오는 물이 세참.
유사柳絲 : 버들가지.
환업宦業 : 벼슬에 관한 사무.
수하首夏 : 초여름.
가일暇日 : 한가한 날.
둔전屯田 : 병사가 주둔하여 농사짓는 일. 또는 그 논밭.
사곡詞曲 : 가요歌謠. 악가와 속요.

錦士城主設白日場, 先期見速, 余與海鶴并赴. 因留小酌

금사성주가 백일장을 열었는데, 먼저 빨리 보기를 기대하였으므로
나는 해학과 함께 갔다. 그로 인해 머물며 조금 술을 마시다

칠율 1수 394

粉沙閃日訟庭空	하얀 모래 번쩍이는 해 송사하는 뜰 비어있고
鴈鶩齊眠柳絮風	기러기 물오리가 일제히 잠자고 버들개지 날리네
科廢政須文字會	과장이 끝나면은 정히 글 모임 필요하였고
士閒時到郡城中	선비는 한가로워 이따금씩 군성에 이르렀네
塘心荷葉層叙綠	못 가운데 연잎이 층져있어 푸르게 펼쳐있으며
墙半櫻桃淺觲紅	담장에는 한창 앵도가 좀 붉어 휘늘어져있네
土木賴君遊刃手	토목공사 그대의 칼 솜씨에 힘입어
荒春容易鼓樓雄	굶주린 봄에도 쉽게 큰 정자에 북 울렸네

粉 가루분(단장하다. 분을 바르다.)
송정訟庭 : 송사訟事 하던 뜰.　觲 휘늘어질타
유인유여遊刃有餘 : 일 처리가 매우 능수능란함.
고루鼓樓 : 북을 단 누각. 절에서 큰 북을 매달고 치는 건물.
雄 수컷웅(이기다. 우수하다. 선명하다.)

四月二十六日赴錦士華寺之約

4월 26일 금사에게 가서 화엄사로 갈 약속을 하다   칠율 2수 395

*錦士聚郡中人分隊校藝, 使余與海鶴二山小川, 分管之試, 以近體詩賭其勝負, 亦一時勝事也. 時秧雨連日

금사 박항래 군수가 군민들을 모아 대오를 나누어 교예[1]하였다. 나와 해학과 이산, 소천으로 하여금 분관하여 시험하여 근체시로 승부를 내었으니, 역시 한 때의 훌륭한 일이었다. 이때에 모를 심었는데 연일 비가 왔다.

1수

誰起時人掃境空	누가 그때 사람을 일으켜 빈터를 쓸었는가
百年無此使君風	백 년 동안 이런 사또의 바람이 없었네
童時路慣藤蘿外	어릴 때 등라 밖에서 길이 익숙해 있고
農月民閒雨露中	농사 달 우로 속에서 백성들은 한가하네
樓暗疎鐘和夢嬝	어둔 누대 드문 종소리 꿈에 가늘게 나고
夜深殘炬渡溪紅	깊은 밤 횃불 시들어 붉은 냇가 건너가네
濟南豈止多名士	제남에는 어찌 많은 명사들이 그쳤는가
友是靈山塔廟雄	벗들은 영산에서 탑묘의 영웅이었어라

분대分隊 : 부대 편성의 가장 작은 단위. 본대에서 나누어진 부대.

1) 교예校藝 : 기예를 가르침.

분관分管 : 나누어서 관리함.

승사勝事 : 훌륭한 일. 뛰어난 사적.

일시一時 : 한 때. 한동안. 같은 때. 그 당시. 동시대.

사군使君 : 지방에 온 사신의 경칭.

농월農月 : 농사일이 바쁜 달.

우로雨露 : 비와 이슬.

嫋 예쁠뇨(아리땁다. 가냘프다. 소리가 가늘고 길게 이어짐.)

영산靈山 : 참혹하고 억울하게 죽은 사람의 넋. 중국 광서성廣西省 영산현靈山縣
에 있는 산.

탑묘塔廟 : 부처님의 사리를 보관해 두는 곳.

2수 395

鞋彈草溜路痕微	짚신에 풀 물방을 튀겨 길가 흔적 희미하고
古寺荒凉衲子稀	옛 절은 황량하여 스님도 드물어라
半畝松花催客供	반이랑 송홧가루 날려 손님 받들어 재촉하고
一林梅熟證禪機	숲속의 매화 익어 선기를 증험하네
使君行李蒼驢倦	사군이 행장을 꾸림에 늙은 나귀 권태롭고
初地樓臺紫鷰飛	산기슭 누대에 자줏빛 제비가 날아오네
安得名山方外友	어찌 명산에서 사방 밖으로 벗을 얻어
殘年共保薜蘿衣	남은 나이에 벽라1)옷을 함께 보존하는가

선기禪機 : 선문禪門의 기봉機鋒.   供 이바지할공(말하다. 공손하다.)

기봉機鋒 : 날카로운 끝.   사군使君 : 지방에 온 사신使臣.

행리行李 : 행장行裝. 예전에, 군대의 전투나 숙영에 따른 물품.

잔년殘年 : 늙어 죽기까지 얼마 남지 않은 나이.
薜 맑은대쑥   薛 승검초벽(당귀. 산에 나는 삼)
벽라薜蘿 : 향기 나는 나무 덩굴 풀.   蘿 무라(미나리. 담장이 넝쿨.)
1) 벽라의薜蘿衣 : 벽라로 엮어 만든 옷. 은자의 옷.
설라薛蘿 : 덩굴이 뻗는 벽려薛荔와 여라女蘿. 전하여 은자隱者의 옷. 송라松蘿
같은 것으로 만든 옷으로 여라의女蘿衣.

   * 3수 396
   이 시는 《매천전집》 3권 267쪽에 '군후와 더불어 비속에서 화엄사에서
머물다'의 《여군후체우화사與郡侯滯雨華寺》라는 제목으로 되어 있으며, 《역
주황매천시집》 속집 564쪽에 번역이 되어 있다.

> 與善吾賦東咸. 約三日畢而頹惰不克作一日. 宋厚春見
> 訪共賦灰字而止久之始刻成之, 首尾亦纔三日

선오와 함께 동함1)에서 부를 지었다. 삼일 동안에 끝내기로 약속했
으나 해이해지고 게을러 하루에 짓지 못하였다. 송후춘이 찾아와
'회'자를 함께 읊었다. 머문지 오래되어 처음으로 시를 새겨 완성함
에 처음부터 끝까지 또한 삼일이나 걸렸다   칠율 13수 396

1수 396

村皆農戶少閒逢   촌은 다 농사짓는 집이라 한가히 만나는 게 적고
科跣林間獨放慵   숲 사이를 맨발로 다니며 홀로 게으름 피우네

泉響灑疑窓外雨	샘물소리 시원하게 울려 창밖의 비를 의심하고
篁陰墜作硯中峯	대숲 응달에 떨어져 벼루 속의 봉우리 만드네
塾童詩拙還辭批	서당 아이들의 시 서툴러 다시 비평해 말하고
債客書煩不圻封	빚진 나그네는 책이 번거로워 뜯어 보지 못하네
眼見時人騰翥去	눈으로 이 때 사람들이 날아올라 가는 것을 보고
誰知如我老龍鍾	누가 나처럼 늙고 우스운 모습을 알 것인가

1) 동함東咸 : 방수房宿. 28수의 넷째 별자리. 방수의 동쪽 사립문.

동함성東咸星 : 동함東咸과 서함西咸의 두 가지가 있는데 동함은 방수房宿의 동녘, 심수心宿의 북녘에 위치하고 있음.

《매천전집》 3권 223쪽에 〈동함체차사중제우東咸體次社中諸友〉라는 제목으로 칠율 3수의 시가 있으며, 이 시는 《역주황매천시집》 속집 426~428쪽에 번역이 되어 있다.

　한편 이병기는 그의 저서 《매천황현산문연구》에서 '동함체東咸體'는 운자표韻字表에 나타나는 106운 가운데, 상평上平의 '동東'자와 하평下平의 마지막 평성平聲을 이루는 '함咸'자의 의미를 내포하고 있어 '시를 지을 때 운자 정도는 터득하고 있다'라는 말로 이해가 된다고 하였다.(이병기, 《매천황현산문연구》, 보고사, 258쪽.)

퇴타頹惰 : 규칙 따위가 해이解弛하고 게으름.　克 이길극(능히)

농호農戶 : 농사짓는 집.

科 과목과(과정科程. 품등品等. 그루 : 초목을 세는 단위)

跣 맨발선(돌아다니다)　慵 게으를용　批 비평할비(품평하다. 비답.)

탁봉圻封 : 편지 등 봉한 것을 뜯음.　圻 터질탁

騰 오를등　翥 날아오를저

용종龍鍾 : 늙고 쇠약한 모습. 파리한 모습.

2수 396

淸溪百洗照鬚眉	맑은 냇가에서 백번 씻어 수염과 눈썹 비춰보고
滿榻松凉睡後知	가득 찬 자리 솔 밑에서 시원히 잠잔 후를 아네
菡萏送香宜在遠	피지 아니한 연꽃이 향기를 보내며 멀리 있고
芭蕉展葉不妨遲	파초 잎 펼치며 늦어짐을 방해하지 않네
牧驢岸潔雲生草	목장 나귀는 맑은 언덕 구름 핀 곳에서 풀 뜯고
飮鶴庭深石作池	물 먹는 학은 깊은 정원 돌로 만든 연못에 있네
靜裡猶驚衰白早	고요함 속에 놀라 쇠약해져 일찍 백발 되었고
一年三秀感靈芝	연중 세 가지 빼어난 것[1] 중 영지가 고마워라

菡 연봉우리함   萏 연꽃봉우리담

함담菡萏 : 연꽃 봉우리가 아직 피지 아니한 것. 미인의 용모.

쇠백衰白 : 체력이 쇠약하여 백발이 됨.

1) 일년삼수一年三秀 : 년 중 3가지 빼어난 것. 대나무와 바위, 영지를 말함.

이아二雅 : 대나무, 매화.

삼청우三淸友 : 고목, 대나무, 돌.

세한삼우歲寒三友 : 소나무, 대나무, 매화.

3수 397

羲鞭驅日不停車	희화[1]가 채찍 들고 해 쫓으며 수레 멈추지 않아
火傘當空六月初	뜨거운 날씨에 마땅히 하늘은 유월 초가 되었네
樹梢欲風奴扇倦	나무 끝에 바람 불려해도 종놈의 부채 게으르고
蟬聲如海午簾踈	매미소리 바다와 같아 낮에 주렴이 멀어지네

石間泉洌沈朱李	석간수의 샘물은 차갑고 붉은 오얏 깊이 있으며
柳外潭清洗白驢	버드나무 밖으로 물가가 맑아 흰 나귀를 씻네
賦就凌雲轉消渴	읊은 시 곧장 구름을 능가하여 소갈증 전하며
文園愁殺老相如	문원은 늙은 사마상여를 몹시 근심하였네[2]

1) 희편羲鞭 : 희화羲和는 해가 탄 수레를 몰고 다니는 자. 이백의 〈장가행〉에 "大力運天地(대력운천지) 큰 힘으로 하늘 땅이 돌아가는데/ 羲和無停鞭(희화무정편) 희화의 채찍 멎을 때가 없다네"라 하였음.

화산火傘 : 불 양산은 여름철의 뜨거운 날씨, 곧 염천炎天을 비유함.

소갈消渴 : 갈증으로 물을 많이 마시고 음식을 많이 먹으나 몸은 여위고 오줌의 양이 많아지는 병. 소갈증은 당뇨 같은 병.

2) 사마상여司馬相如(BC179~BC117) : 전한시대의 부賦 작가. 자는 장경長卿. 한나라 황제 경제景帝의 아우 양효왕梁孝王을 섬겼으나 그가 죽고 난후 유명한 〈자허부子虛賦〉를 지었다. 한 무제武帝 때는 〈상림부上林賦〉를 지었으며, 효문원령孝文園令이 되었다.

사마상여는 부호의 딸 탁문근과 결혼했으나 소갈증을 앓아 만년에는 섬서성陝西省 무릉茂陵에 칩거하였다. 29편의 부를 지었지만 4편이 남아있다. 《사마문원집司馬文園集》이 있다.

수쇄愁殺 : 매우 근심스럽고 슬픔. 쇄殺는 어세를 강조하는 조사.

4수 397

鏡裡休歎兩鬢枯	거울 속 두 귀밑털이 야위었다고 탄식하지 말게
風流猶是昔年吾	풍류는 오히려 여러해 전의 나와 같다네
疎簾凉簟招黃孀	트인 발 서늘한 삿자리는 낮잠을 부르고

古鼎幽泉試酪奴	옛날 솥으로 깊은 샘에서 차[1]를 시음하네
鐵硯逢時談詎易	철 벼루가 때를 만나 어찌 쉽게 얘기하는가
金丹却老計誠愚	금단[2]이 쇠하여 진실로 어리석게 계획하였네
却憐才盡江郎筆	도리어 가련한 재주 강랑의 붓이 다하였지만[3]
曾擧千鈞似疋雛	일찍이 천균[4]을 올리는 한 쌍의 큰새와 같네

석년昔年 : 여러해 전. 옛날. 枯 마를고(야위다) 嬭 젖내(젖어미. 낮잠.)

황내黃嬭 : 오수. 낮잠. 酪 타락낙(죽. 진한 유즙.)

1) 낙노酪奴 : 차의 별칭으로 '젖 동이'라는 뜻. 이밖에 차의 이름으로 삼백森伯 (숲에 있는 나무 중에서 가장 어른), 청우淸友(맑은 벗), 척번자滌煩子(번거로움을 털어내는 님), 소독신消毒臣(소독을 해주는 신하), 불야후不夜候(밤을 잊게 하는 군주), 감후甘候(달콤한 군주) 등의 별칭이 있음.

2) 금단金丹 : 연금술로 수은과 유황을 혼합, 열을 가하여 황금으로 변화시키는 방법. 갈홍葛洪이 지은 포박자에 "단약을 만들어 반쪽을 먹으면 1백 20년을 살고 하늘을 날 수 있다. 한쪽을 다 먹으면 지상에서 8백 80세를 살다가 하늘로 나아갈 수 있다."라 하였다. 도교道敎에서는 장기간 복용하면 영원 불사한다는 신선의 영약을 운모雲母라 믿었다. 또 단사丹砂(=환단還丹)·황금·백은 등 32종이 있는데 특히 운모와 단사를 금단이라 불렀다.

3) 강랑재진江郎才盡 : 강랑의 재주가 다함. 지궁재진智窮才盡과 같은 말이다. '학문상에 있어 한 차례 두각을 나타낸 후 퇴보함. 재주를 다 써버림.'을 비유한다. 《남사南史》〈강엄전江淹傳〉에 다음과 같은 이야기가 있다. "남북조 시대의 강엄江淹은 노력 끝에 이름난 문장가가 되었고, 광록대부光祿大夫까지 지냈다. 하지만 말년에 가서 그의 글은 차차 퇴보하여 아무리 애써도 좋은 글이 나오지 않았다. 그의 꿈에 곽박郭璞이란 자가 나타나 빌려갔던 붓을 달라고 하기에 오색이 찬란한 붓을 내주었는데, 그 때부터 강엄의 문장이 시들기 시작했다."라 하였다. 현재 자신의 모습에 만족하고 안주하면 더 이상의 발전은 없고 퇴보한다는 이야기이다.

4) 일발천균一髮千鈞 : '鈞'자는 '서른 근 균'자 이다. 그러므로 한 가닥의 머리털

로 천균, 즉 '삼만 근이나 되는 무거운 물건을 매어 끈다'는 뜻으로, 극도의 위험에 처해 있음을 비유한다. '일발인천균一髮引千鈞'이나 '위재단석危在旦夕'과 같은 뜻이다.

《한서열전漢書列傳》〈매승전枚乘傳〉에 다음과 같은 고사가 있다. 전한前漢 초의 매승은 사부辭賦에 능했다. 그는 한나라 제후국인 오왕吳王의 휘하에서 낭중朗中 벼슬을 지내고 있었는데, 오왕이 모반하려는 것을 알게 되었다. 그는 '일발천균一髮千鈞'의 비유를 들어 오왕에게 반기를 포기하도록 권고했지만 받아들여지지 않았다. 결국 매승은 오나라를 떠나 양梁나라로 가서 양효왕의 문객이 되었다. 그후 오왕은 오초칠국의 난을 일으켜 실패하여 죽었다.

詎 어찌거(적어도. 진실로.) 却 물리칠각(멎다)

疋 짝필, 발소(=족足), 바를아(=아雅) 雛 병아리추(큰새)

5수 397

綠樹滿庭蟬管催	초록나무 있는 뜨락 가득 매미 소리 재촉하고
此時敲戶儘奇哉	이때에 문 두드리니 기이함이 다 있구나
孤帆落日千江水	외로운 돛단배는 해질녘 천강 수[1]에 있고
一雨空山萬壑雷	비 한번 와 텅 빈 산에 만학의 우레소리 나네
幾罷仲宣樓上夢	중선[2]이 낌새를 그만두고 누대 위에서 꿈꾸며
應從河朔飮中回	하삭[3]에서 응당 피서의 술 마시고 돌아오도다
篳門爲愛筍香在	가난한 집 사랑하여 죽순의 향이 있고
不掃高人屐低苔	고상한 사람 쓸지 않아 나막신 아래 창태 꼈네

*贈宋厚春

송후춘에게 증정함.

146 역주 황매천 시집 후집

1) 천강수千江水 : ① 화계사에 주련에 다음과 같은 내용이 있다. "千江有水千江月(천강유수천강월) 천강의 물에 천강의 달이여/ 萬里無雲萬里天(만리무운만리천) 만 리에 구름이 없으니 만 리의 하늘이네"라 되어있다. 천강에 비친 달은 갖가지 모습이지만, 그 본질은 오직 하나 '참마음의 둥근달'일 뿐이다.
② 월인천강지곡月印千江之曲 : 조선시대 세종이 석가모니의 공덕을 찬양하여 지은 노래를 실은 책. 월인천강은 '밝은 달이 이 세상의 모든 강물에 고루 비친다'는 뜻으로, '부처님의 교화敎化가 온 세상에 가득함'을 비유함.
2) 중선仲宣 : 왕찬王粲(177~217)의 자. 건안칠자建安七子의 한 사람이었으며, 위魏나라의 문사文士였다. 채옹蔡邕이 인정한 인물로, 벼슬은 시중에 올랐다. 원래 유표劉表를 섬겼으나 형주에서 유표의 후계자 유종에게 항복을 권유해 조조에게 항복하였다. 사풍士風이 높고 문사의 묘미가 극치에 이르렀다.
3) 하삭음河朔飮 : 피서避暑의 술잔치. 후한 말 유송劉松이 원소袁紹의 아들들과 함께 하삭河朔에서 삼복三伏 더위를 피하기 위해 술을 마셨다는 고사.
筆 붓필 篳 울타리필(사립문)
필문篳門 : 싸리나 대로 엮어 만든 사립문. 가난한 사람의 집.

6수 398

匏花成子竹成孫	박꽃이 아들이 되었고 대나무가 손자 되었으며
籬落陰森霽翠繁	울타리의 응달 숲이 쾌청해 비취색 성하도다
峰好高雲留不去	봉우리가 좋아 높은 구름 머물러 가지 않고
軒凉幽鳥對相言	집이 시원하여 숲 속 새나 상대하며 말하네
送人偶出淸江上	사람을 보내며 우연히 맑은 강가로 나와
終日閒眠古木根	종일토록 한가히 고목나무 뿌리에서 잠자네
自是神淸誇食淡	스스로 정신이 맑아 담박한 밥맛을 자랑하며
三時蔥麥足盤殽	세 때 푸성귀 보리로 소반의 찬이 풍족하네

軒 추녀헌(집. 행랑. 난간. 수레.)

蔥 파총(푸성귀＝蔥) 飧 저녁밥손(간단한 식사. 밥을 말다. 익힌 음식.)

반손盤飧 : 접시에 담은 식사.

7수 398

不禁鬚髮日闌干	수염 머리털 햇빛에 번쩍이는 것 금할 수 없어
誰念雲霄羽翮殘	누가 저 하늘 향해 날개깃 헤칠까 생각하겠는가
壯士功名擲鷄肋	힘이 센 장사는 공명으로 닭갈비[1]를 던져두고
高人計活累猪肝	고상한 사람의 생활계획은 돼지 간을 묶어놓네
漸知對客嗟貧恥	점차 손님 대하는 것 알아 아, 가난이 부끄럽고
頗怪臨詩下字難	자못 괴이하게 시를 씀에 다음 글자 어려워라
兀傲傳身終未除	오만하여 정신까지 그려서 끝내 없애지 못하고
晨窓猶整切雲冠	새벽 창가에서 오히려 높은 절운관[2] 바르게 쓰네

난간闌干 : 가로 세로로 어지럽게 흩어짐. 눈물이 많이 흐름. 달빛 따위가 고움.

운소雲霄 : 구름 낀 하늘. 높은 지위.

1) 계륵鷄肋 : '닭갈비'라는 뜻으로, 큰 소용은 없으나 버리기에는 아까운 것.(《후한서後漢書》〈양수전楊修傳〉)

累 묶을루(자주. 늘리다. 포개다. 폐를 끼치다. 더럽히다.)

올오兀傲 : 고집이 세고 오만함.　전신傳身 : 숨겨져 있는 정신까지 그려내는 것.

2) 운관雲冠 : 화관花冠으로 구름과 무지개를 새겨 만든 관. 도사의 관. 절운관切雲冠은 김시습의 '용궁부연록龍宮赴宴錄'에서 용왕이 썼다는 높은 관임.

8수 398

一局棋殘永日消	바둑 한판이 다 끝나가 긴긴 해 사라져가고
沈沈雲木雨侵霄	깊은 안개 속 나무에 비가 하늘을 침범하네
燈前撲蝶何心競	등불 앞 나방이 불 치며 무슨 맘으로 다투는가
空裡遊蛛特地驕	공중 속의 거미가 놀다 특별히 땅에서 교만하네
新沐頭涼簪禿髻	새로 목욕해 머리 맑아 대머리 상투 비녀 꽂고
久疴衫潤約皺腰	오래 앓아 적삼이 거칠어 주름진 허리를 묶네
算來衰相無眠始	늙어감에 잠이 없기 시작한 지를 계산해보며
歷歷隣鷄數及朝	이웃 닭이 자주 울어 아침에 이른 것 역력하네

簪 비녀잠   禿 대머리독   髻 상투계   疴 병아(앓다. 경기驚氣.)
潤 트일활(통하다. 거칠다. 성기다. 활闊과 같음.)   皺 주름준

9수 398

念斷桑蓬解佩刀	상봉[1]을 단념하고 주머니칼 풀어 놓으니
元龍無復昔年豪	원용[2]이는 옛날의 호걸풍이 다시없네
槎枒五岳開心肺	오악에서 야자나무를 베고 심장과 폐를 열며
歷落青燈照鬢毛	푸른 등불 역락하여 귀밑털을 비추네
宿疾減增頗究藥	오랜 병 없어지다 더해져 자못 약을 궁구하고
悲謌作輟强斟醪	슬픈 노래짓다 그치며 힘차게 막걸리를 따르네
山林康濟君休問	산림 속 건강 구제 그대여 묻지 마소

至戒曾聞自煎膏　훌륭한 훈계 일찍 스스로 고약 달여 소문났네

1) 상봉桑蓬 : 뽕나무 활과 쑥대로 만든 화살. 옛날 중국에서 남자가 태어나면 뽕나무로 만든 활과 쑥대로 만든 화살로 사방을 쏘아 장차 웅비雄飛할 것을 빌었다고 함. 상봉지지桑蓬之志.(《예기禮記》〈내칙內則〉)

패도佩刀 : 칼을 참. 패검佩劍. 대도帶刀.

2) 원룡元龍 : ① 후한 진등陳登의 자. 원래 서주목 도겸의 부하로 백성을 구할 큰 뜻이 있었다. 허사許汜가 촉한蜀漢의 유비劉備와 논할 때, '하비를 지나며 진원룡을 찾아가니 자기는 큰 침상에 올라 가 자고 나를 아래 침상에 자게 하였다.'라 하였다. 원용고와元龍高臥라는 고사의 내용이다. ② 원용고와元龍高臥 : 주인인 원룡이 높은 침상에 눕는다는 뜻으로, 손님을 업신여긴다는 뜻임.

석년昔年 : 옛날. 여러해 전.

槎 나무벨사(나뭇가지. 그루터기.)　枒 야자나무야

심폐心肺 : 심장과 폐.　肺 허파폐

역락歷落 : 소탈하여 구속받지 않음.

숙질宿疾 : 오래 가지고 있는 병.

輟 그칠철　斟 술따를짐　醪 막걸리료

산림山林 : 산과 숲. 은사隱士. 안거安居.

지계至戒 : 훌륭한 훈계.　煎 다릴전　膏 살찔고(기름진 땅. 고약.)

10수 399

松下雙狵戶不扃　소나무 밑에 두 삽살개 있어 문 닫지 않고

丹藜沿溯碧溪汀　붉은 지팡이 물 거슬러 가며 푸른 물가 섬에 있네

暮年自號騎牛子　늘그막에 스스로 기우자[1]라 이름을 짓고

淸晝閒箋相鶴經　맑은 낮 한가히 상학경[2]을 주해하노라

靈藥吐花山寂寂　　영약은 꽃을 토하여 산이 적적해지고
異雲迷客樹冥冥　　특이한 구름은 객을 미혹해 초목이 어두워지네
明時才拙甘淪棄　　평화로운 세상에 졸렬한 재주 즐겨 숨기고
非是占高處士星　　옳고 그름을 따져 높이 처사성3)을 점치도다

狍 삽살개방, 별이름탁　扃 빗장경
단려丹藜 : 붉은 지팡이.　箋 찌지전(주해. 기록하다. 찌지 : 간단한 쪽지.)
부전附箋 : 글 문서 쪽지. 서류 따위에 간단하게 의견을 써 붙이는 쪽지.
모년暮年 : 늘그막. 만년晩年.
1) 기우자騎牛子 : 고려 말의 은사 두문동杜門洞 72명의 현인賢人 가운데 1명인 이행李行(1352~1432)의 호. 자는 주도周道. 고려 말의 중신重臣으로 조선 초 태조太祖·태종太宗 등이 불러도 벼슬에 나가지 않고 야은冶隱·길재吉再 등과 왕래하며 은자隱者 생활을 했다.
2) 상학경相鶴經 : 학鶴을 칭송한 경전. 학은 장수하는 동물로 사람에게 신선과 같은 분위기를 풍겨 선조仙鳥라 하였다. 장수를 나타내기 위하여 소나무와 함께 그린 그림일 경우는 '학수송령도鶴首松齡圖'라 불렸으며, 소나무 대신 돌을 그려 넣기도 했다. 벼슬이나 관직과 연관되어 입신출세立身出世를 상징하기도 하였다.
명명冥冥 : 드러나지 않아 알 수 없음. 아득하고 그윽함.
명시明時 : 평화로운 세상.
윤기淪棄 : 숨어서 세상에 알려지지 않음.　淪 물놀이륜(빠지다)
3) 처사성處士星 : 처사處士의 위치에 해당한 별로 소미성少微星이라고도 함.

11수 399

屋角蒼凉霽星昇　　집 모퉁이로 푸르고 차갑게 별 맑게 떠오르고
濛濛霧露暗垂藤　　흐릿한 안개와 이슬 속에 등나무 어둡게 있네

遠郊早出鋤禾叟	멀리 교외로 일찍 나옴에 벼 김매는 늙은이 있고
窮巷淶回乞飯僧	궁벽한 거리로 흘러와 밥 구걸하는 중 있네
霖際人家烟火短	장마 끝에 인가에는 연기와 불꽃이 끊기고
門前沙石漲痕層	문 앞의 모래 돌은 물 넘친 흔적일세
狂流直捲漁梁去	사납게 곧장 힘써 고기 잡는 어장으로 가고
銀口魚肥價日增	은어가 살쪄 값이 날마다 점점 더해만 가네

서화鋤禾 : 호미로 김을 맴.

사석沙石 : 모래와 돌.

은구어銀口魚 : 은어.

12수

溝流如湯土如鹽	해자가 흘러 넘어지는 것 같고 흙은 소금 같아
禾稼連雲日夜兼	심은 벼는 구름에 닿아 낮과 밤을 함께 하네
野務漸閒稀社鼓	들녘 일이 점점 한가해져 두레 북소리 드물고
農謳盡醉拈江帘	농부의 노래[1]에 다 취해 강 주막에서 시를 뽑네
村淳不待催科急	촌사람 순박해 기다리지 않고 급히 일 재촉하며
塾整無容教扑嚴	누가 정연하고 용서 없이 엄하게 때려 가르칠까
鋤豆偶然歸路晚	호미로 콩밭 매다 우연히 돌아오는 길 늦었고
碧梧東畔漾銀蟾	벽오동 동쪽 둑으로 출렁이는 은빛 섬진강 있네

溝 봇도랑구(해자)   湯 넘어질탕(쓰러지다. 움직이다.)
1) 농구農謳 : 농사 노래 또는 농부들의 노래. 강희맹姜希孟(1424~1483)은 세종 29년 1447년 문과에 장원 급제하여 관료로 있으면서 경기도 시흥지방의 농사법을 소개한 《금양잡록衿陽雜錄》이라는 책을 썼다. 농촌의 민요와 설화에 관심이 많아 농요를 모아 편찬한 〈농구십사장農謳十四章〉에서는 농민들의 애환과 농정의 실상을 묘사하였다. 농부들의 고됨을 잊고 힘써 농사짓도록 하는 권농의 의미가 있다.
拈 집을념   扑 칠복(때리다. 넘어지다.)   蟾 두꺼비섬(달빛. 섬진강.)

13수 400

凉飀不絶峙松杉	신선한 바람이 솔 삼나무 언덕에 끊이지 않고
靈杞泉甘可却鹹	신령스런 구기자 있는 감천에 도리어 짠맛 있네
窮蔀餱糧通菜果	궁한 덧문에 건량 있고 채과가 두루 있으며
山捿墻壁半嵯巖	산에 살아 담장의 벽은 험한 바위 반절이로다
藝防畵虎循平軌	기예는 호랑이를 그리지 못해 평평한 궤도 좇으며
書督還鴟寄遠緘	편지를 살펴 다시 소리개에게 멀리 봉해 부치네
詛鶴盟猿幽事足	학을 비방하고 원숭이에게 맹세하며 숨은 일 많아
寧愁人世有饑讒	어찌 인간세상에서 굶주려 참소함을 근심하리오

飀 신선한바람시(빠른 바람)   峙 우뚝솟을치   跱 머뭇거릴치
杉 삼나무삼   蔀 빈지문부(덧문. 작다.)   餱 건량후
후량餱糧 : 먼 길 가는 사람이 가지고 다니는 마른 양식.
산서山捿 : 산에서 살다. 은거하다.
鴟 소리개치(부엉이. 올빼미.)   詛 저주할저(맹세하다)   饑 주릴기

해설

선오善픔는 매천의 제자로 이병호(1870~1943)라는 인물이다. 호는 백촌白村이라 하였으며, 구례 용방면 두동에서 살았다. 매천이 선오와 함께 지은 시는 많다. 1898년 '선오의 과제에 화운하여'의 〈화선오과운和善픔課韻〉이라는 제목으로 칠율 13수를 읊었고, 같은 해 '선오와 함께 지음'이라는 〈동선오작同善픔作〉 칠율 9수를 또 썼다. 그만큼 제자 이선오를 배려하고 있으며 성실히 화운하고 있다. 이 시들은 《역주매천황현시집》 중권 136~149쪽과 157~166쪽에 각각 번역되어 있다. 또 매천은 앞에 나온 본고의 원문 388에 있는 '선오의 한과에 화운하다'의 〈화선오한과和善五限課〉에 칠율 16수를 썼으며, 위의 시에서도 칠율 13수나 지었다. 유당 윤종균이나 계방 황원에 버금가게끔 많은 시를 화운하였다.

> 二山次王右丞訪呂逸人詩, 爲其書樓原韻, 索余有和

이산[1]이 왕우승[2]의 '방려일인'[3] 시를 차운하였는데, 서루의 원운을 생각하여 내가 찾아 화답하다   칠절 1수 400

田無豊儉屋無塵	밭농사는 풍작 흉작이 없고 집은 티끌 없어
有此園林足隱淪	이렇게 원림 있어 족히 세상을 피해 숨었노라
頭白已辭干世志	흰 머리는 이미 세상을 구하는 뜻 밝혔고
眼明難得解詩人	밝은 눈은 시를 이해하는 사람 얻기 어렵네
花間藥白鳴山響	꽃 속에서 약 찧어 산울림소리 들려오고
月下漁舟喚水隣	달빛 아래 고깃배는 물가의 이웃을 부르네

最憶西樓留客處   제일 기억나는 것은 서쪽 누대 객 머무르는 곳
松風如雨酒生鱗   솔바람은 빗소리 같고 술맛은 물고기에 생기네

1) 이산二山 : 유제양柳濟陽(1846~1922)의 호. 자는 낙중. 쌍봉雙峰, 방옹放翁 등의 호가 있으며, 운조루 5대 주인이었다. 매천은 10여세가 지나 광양의 집을 떠나 왕씨 집안에 와서 공부하였으므로 왕석보와 그 아들 사각·사천·사찬과 사우師友 관계를 형성하였다. 그러므로 매천 또한 일찍부터 유이산과 깊은 관계를 맺고 있었다.

2) 왕우승王右丞 : 당 시인이며 화가인 왕유王維(699~759)를 말함. 자는 마힐摩詰. 벼슬이 상서우승尙書右丞에 이르렀기 때문에 왕우승王右丞이라고도 불렸음. 남종화의 창시자이며, 《왕우승문집王右丞文集》 10권이 있다.

은륜隱淪 : 세상을 피하여 숨는 것.

3) 방려일인訪呂逸人 : 왕유王維의 〈춘일여배적春日與裴迪, 과신창리방려일인불우過新昌里訪呂逸人不遇〉을 말하며, 원문과 번역은 다음과 같다. "桃源一向絶風塵(도원일향절풍진) 도원은 한결같이 단절되어 있어/ 柳市南頭訪隱淪(류시남두방은륜) 버드나무 저자 남쪽의 은자를 찾아가네// 到門不敢題凡鳥(도문불감제범조) 문에 이르러 감히 범조라 쓰지 못하고/ 看竹何須問主人(간죽하수문주인) 나무를 감상하고 어찌 주인을 물으리// 城上靑山如屋裏(성상청산여옥리) 성 밖 푸른 산은 사람의 몸처럼 보이고/ 東家流水入西鄰(동가류수입서린) 동쪽 집 옆 흐르는 물은 서쪽 마을로 들어가네// 閉戶著書多歲月(폐호저서다세월) 문 닫아 걸고 책 쓰기 수개월에/ 種松皆老作龍鱗(종송개로작룡린) 심은 나무는 모두 오래된 용 비늘이 되었네"라 되어 있다.

풍검豊儉 : 풍년과 흉년. 儉 검소할검(흉작)

서루書樓 : 서재로 쓰거나 책을 넣어 두는 다락. 余 나여(남다)

安義中山村

안의 중산촌에서

칠절 1수 400

枯株絡蔓對成扉	마른 그루터기에 덩굴 이어져 대문 만들었고
蜀黍靑黃屋四圍	청황색 옥수수는 집 주위 사방으로 둘러있네
一種名山無虎豹	한 종류 이름난 산은 호랑이 표범이 없어
夜深孤火採荼歸	밤 깊어 등불 하나 씀바귀 캐고 돌아오네

荼 도꼬마리령(복령. 씀바귀.)

 해설

위의 시와 같은 제목으로 칠절 1수의 시가 《매천전집》 1권 174쪽에 있으며, 이 시는 《역주매천황현시집》 중권 174쪽에 번역이 되어 있다. 1898년 매천의 나이 42세 때 지은 시로, 〈안의중산촌安義中山村〉 시는 결국 위의 시를 합하여 칠절 2수로 된 시이다.

西上洞

서상동에서

칠율 1수 401

黃石城前碧玉流	황석 산성[1] 앞으로 푸른 옥 물이 흐르고

金猿山北稻粱秋	금원산[2] 북쪽으로 벼 기장있는 가을이로다
居人生長不知好	사람 살아감에 생장[3]의 좋음을 알지 못하고
福地有無如可求	복된 땅이 있는지 없는지 구하는 것과 같네
屋眷川華明柿栗	집 주위 물가 꽃을 보며 감과 대추나무 밝고
路傍空翠濕羊牛	길가 하늘은 푸르고 소와 양은 습한 곳에 있네
此行未必尋眞誤	이렇게 길 감에 반드시 진오가 깊지 않아
塵世其如髮白愁	풍진 세상에 흰 머리 근심 있는 것과 같네

1) 황석성黃石城 : 경남 함양에 있는 산성.
2) 금원산金猿山 : 경남 거창군과 함양군에 걸쳐 있는 산. 소백산 줄기 덕유산 향적봉에서 뻗어 나온 금원산은 옛날 금빛 나는 원숭이가 사람을 괴롭히다가 어느 노승이 원숭이를 잡아 가두어 금원산이라 불리게 되었다는 전설이 있다.
3) 생장生長 : 나서 자람.   柿 감나무시(=柿)
진오眞誤 : 옳음과 틀림.

榘樹東塾與蕉史夜話

오수[1] 동쪽서당에서 초사[2]와 함께 밤에 이야기하다   칠율 1수 401

旅食蕭然似出家	여관에서 먹는 밥은 소연하여 집 나온 것 같고
憐君奇氣日消磨	그대의 기이한 기운 날로 소멸해져 가엾네
鬢從亂後驚秋早	귀밑털은 난리 후라 놀랍게도 세월이 빠르고

樓在村嶺喜月多	누대는 마을 꼭대기에 있으며 삼월 달[3] 밝네
廢驛西風生遠笛	폐역에서 서풍이 불어 멀리 피리소리 생겨나고
離鴻南浦動悲謌	기러기 남포를 떠나며 슬픈 노래 동하노라[4]
十年羨煞詩成集	십 년 동안 죽도록 부러운 건 시문집을 이룸이요
首首新翻艶綺羅	시편마다 새로 번역되어 비단 옷같이 고와라

1) 오수獒樹 : 충견忠犬의 고장 전북 임실군 오수면을 말함. 충견을 추도하여 심은 나무로 이름을 따서 지명을 삼았으며, 오수에는 의견공원이 있음.

2) 초사蕉史 : 미상의 인물이나 초사蕉史 홍건후洪健厚의 자는 치강穉彊, 관직은 전행화순현감前行和順縣監을 지낸 인물이 있음.

3) 희월喜月 : 음력 삼월三月의 다른 이름.(=가월嘉月)

조추早秋 : 이른 가을.

4) 남포南浦 : 특별한 의미의 정운의情韻義로 '이별'을 뜻하는 말. 남포를 주제로 쓴 유명한 시들을 모아 보면 다음과 같다.

굴원屈原은 〈구가九歌〉에서 "子交手兮東行(자교수혜동행) 그대 손잡고 동쪽으로 가서/ 送美人兮南浦(송미인혜남포) 사랑하는 님을 남포에서 보내네."라 하였다.

시성 두보는 '고상시에게 올린다'는 〈봉기고상시奉寄高常侍〉라는 작품에서, "天涯春色催遲暮(천애춘색최지모) 하늘가 봄빛은 저물기를 재촉하는데/ 別淚遙添錦水波(별루요첨금수파) 이별의 눈물 아득히 비단 물결에 더하네"라고 하였다.

고려의 정지상은 〈송인送人〉이라는 시에서, "雨歇長堤草色多(우헐장제초색다) 비 개인 긴 언덕에 풀빛이 고운데/ 送君南浦動悲歌(송군남포동비가) 남포에서 님 보내며 슬픈 노래 부르네// 大同江水何時盡(大同江水何時盡) 대동강 물이야 언제 마를까/ 別淚年年添綠波(별루년년첨록파) 해마다 이별의 눈물 푸른 물에 더하네"라 하였다.

정지상의 〈송인送人〉의 결구 '별루년년첨록파別淚年年添綠波'는 두보의 '별루요첨금수파別淚遙添錦水波'를 환골탈태한 것이고, 매천의 위의 시 전구 '이홍남포동비가離鴻南浦動悲謌'는 정지상의 '송군남포동비가送君南浦動悲歌'를 환골탈퇴한 것이다.

巓 산꼭대기전   煞 죽일살, 빠를쇄

기리綺羅 : 곱고 아름다운 비단. 비단옷.

高小山錫禹挽

고소산 석우의 만사   칠율 1수 401

公居近我水田頭	공은 내가 농사짓는 논머리 부근에 살아
農路敲門輒被留	농삿길에서 찾아와서 문득 머무르게 했네
雨巷借簑辭遠餞	비 오는 골목에 도롱이 빌려주며 멀리 전별했고
午床懸榼話閒愁	낮에 평상에서 술동이 달고 한가한 수심 말했지
寺遊已念沈疴作	절간에서 노닐며 묵은 병이 있으리라 생각했지만
客返旋驚急訃投	객은 도리어 급히 부고 던짐에 돌아오며 놀랍네
滿目斜陽山下塾	가득 찬 눈 석양 빛에 산 아래 글방 있어
敗籬枯葉晚颼颼	부서진 울타리 마른 잎에 늦바람만 솔솔 부네

고문鼓門 : 문을 두드림.

榼 통합(술통 물통. 칼집.)   疴 병아, 경기가(경기驚氣. 경풍驚風)

만목滿目 : 눈에 가득 차 보임. 눈에 보이는 데까지의 한계.

수수颼颼 : ‘솔솔’의 잘못.   颼 바람소리수

挽李君

이군의 만사　　　　　　　　　　　　　　　　　　　오율 1수 402

不謂有今日　오늘이 있다고 말하지는 말게나
如聞健勝前　소문처럼 예전에는 건강 상태 좋았지
十年勞墨突　십 년 동안 묵돌[1]의 수고로움 있었고
萬念護靑氈　수많은 생각으로 청전[2]을 보호 하였네
人服羊哀義　사람들은 양각애[3]의 의로움에 감복했고
天知伯道賢　하늘은 백도의 현명함을 알았네
山經一生癖　산길 가는 것은 일생의 버릇이었더니
丹旐向何阡　붉은 기는 어느 무덤 길 향해 가는가

건승健勝 : 좋은 건강 상태.

1) 묵돌墨突 : 묵자의 굴뚝. 후한 반고班固의 〈답빈희答賓戲〉에 나오는 말이다. "孔席不暖(공석불난) 공자가 앉은 자리는 따스해질 틈이 없었고/ 墨突不黔(묵돌불검墨突不黔) 묵자의 집 굴뚝은 검어질 틈이 없었다."

만념萬念 : 여러 가지 많은 생각.　氈 모직물전(양탄쟈)　氈 모직물모

2) 청전靑氈 : 푸른 빛깔의 전. 대대로 전해져 내려온 푸른 담요로, '가보 또는 대대로 벼슬자리를 잃지 않음'의 뜻. 《진서晉書》〈왕헌지전王獻之傳〉에 다음과 같은 고사가 있다. 왕헌지가 밤에 누워있는데, 밤에 도둑이 들어왔다. 방에 있는 모든 물건을 훔쳐가도록 가만히 있다가 '그 푸른 전은 집안 대대로 내려오는 물건이니 가져가지 말라'라고 말했다는 고사에서 유래함.

3) 양애羊哀 : 명明의 풍몽룡馮夢龍이 지은 《유세명언喩世明言》에, '양각애가 목숨을 바쳐 친구를 구명한다'는 다음과 같은 '양각애사명전교羊角哀舍命全交'의 고

사가 있다.

전국시대 친한 친구였던 양각애羊角哀와 좌백도左伯挑가 함께 초楚나라 왕을 찾아 가던 중 심한 눈보라를 만났다. 옷은 얇고 식량도 적어 둘 다 죽을 것이 분명하였다. 좌백도는 자신의 옷과 양식을 모두 양각애에게 주고 자신은 동사凍死하여 죽었다.

살아남은 양각애는 초나라에 가서 관리가 되어 출세한 후, 좌백도의 시신을 찾아서 장사 지내주었다. 양각애는 또 좌백도가 꿈에 나타나 '형가의 무리가 자신의 무덤을 파헤친다'는 말을 듣고서, 슬퍼서 죽음으로 좌백도의 은혜에 보답하였다. '친구를 위해 목숨을 버린다'는 '사명위우捨命爲友'라는 고사의 이야기이다.

산경山經 : 산줄기.

旐 기조(운구 때 앞세우는 기)   阡 두렁천(무덤길)

정해고 丁亥稿(1887년, 33세)

정해년 가을에 뽑아 풀다. 원래 향인들이 많이 와서 하례하며 데려가 밤에 머물러 이야기하다

칠율 1수 508

坐令傾郡集窮隅	앉아서 군을 다스림에 궁한 벼랑에 모여 있고
此事山村定是初	이런 일은 산촌에서 정하기로는 처음이라
有約免題門外鳳	시제를 면한다는 약속 있어 문밖에 봉황이 있고
無方辦釣座中魚	낚시에 힘쓰는 방법 없이 앉아서 고기 잡고 있네
諸公四海幾輀屨	제공들은 사해에서 몇 수레 신발이 있었겠지만
賤子十年千卷書	천박한 나는 십 년 동안 천 권 책이나 끼고 있네
羞向黃花隨世醉	부끄럽게 황국화를 향해 세상 따라 술 취하고
笑襃雲氣染君裾	웃으면서 구름 기운 펼치며 그대 옷자락 물들이네

闈 대궐작은문위(쪽문. 명당의 문.)　擢 뽑을탁(빼내다. 버리다. 제거하다.)

원향元鄕 : 지방에 붙박이로 영향력을 행사하는 토호.

輀 수레량(필적하다. 비슷하다.)

천자賤子 : 자기를 낮추어 이르는 말. 미천한 남자.

褰 걷어올릴건(펼치다. 열다. 접다. 단절시키다.) 染 물들일염

訪河東趙使君正顯東石, 信宿郡齋

하동의 조사군 정현 동석을 방문하고, 군재에서 이틀 밤을 자다

칠율 1수 508

江天水樹碧森沈	강 하늘 물가의 나무 푸른 숲속에 잠겨 있고
次第詩從曉境尋	차례로 시를 좇으며 새벽녘에 깊이 찾노라
千里海風吹月黯	천리 길 바닷바람이 어둔 달밤에 불어오고
一樽官酒入人深	한 동이 관청 술을 마셔 깊이 사람들 빠져있네
刀枹已蓄干霄氣	칼 떡갈나무 번성하여 하늘로 솟은 기운 있고
車笠相期隔歲吟	변치 않는 우정[1] 서로 기약하며 해 바뀌어 읊네
坐久不辭燈欲盡	말하지 않고 오래 앉았으니 등불이 다 타려하고
雲間日下愜初心	구름 사이 햇빛아래 상쾌한 첫 마음이로다

차제次第 : 차례.

黯 어두울암 枹 떡갈나무포, 북채부

1) 거립車笠 : 빈부귀천에 마음이 변하지 않는 우정. 《태평어람太平御覽》에 월越 나라 사람들이 처음 친구를 사귈 때 말하기를, "그대는 수레를 타고 나는 갓을 쓰고 서로 만나면 그대는 수레에서 내려 인사를 하고, 다른 날 그대가 삿갓을 쓰고 내가 말을 타고 만나면 나는 그대를 위해 말에서 내리겠다."라 하였다.

격세隔歲 : 해가 바뀜. 서로 연락하지 못함.

愜 쾌할협(상쾌하다. 맞다. 흡족하다.)

 **해설**

　위 시와 같은 제목으로 《매천전집》 1권 57쪽에 칠율 1수와 오율 1수의 시가 있다. 이 시들은 《역주매천황현시집》 상권 157쪽에 번역이 되어 있다. 매천은 위의 시 칠율 1수를 더하여 결국 칠율 2수와 오율 1수의 시를 쓴 것이다.

偕趙東石至雙溪寺, 上國師菴, 爲十日之飮宣, 悠然在 箕, 王石藍師冲鄭茶海圭錫成南坡蕙永追到共賦

조동석과 함께 쌍계사로 가서 국사암에 올랐다. 십일 동안 마시고 얘기하며 유연히 기산[1]에 뜻을 두었다. 왕석람 사충과 정다해 규석 과 성남파 혜영이 나중에 와 함께 읊다　　　칠율 7수 · 5율 2수 508

　＊ 칠율 7수와 오율 2수로 된 이 시는 거의 같은 제목 하에 《매천전집》 1권 58쪽에 칠율 2수의 시가 더 있으며, 이 시는 《역주매천황현시집》 상 권 160~162쪽에 번역이 되어 있다. 매천은 결국 조동석과 함께 국사암에 올라 모두 칠율 9수 · 오율 2수의 시를 읊은 것이다.

1수

門前山好入門遲　문 앞산이 좋아 문으로 들어가는 것 더디고

卽被挑燈覓我詩　즉시 등불 심지를 돋우며 내 시를 찾노라

僧出遙看官酒至	스님은 나가 멀리 관청 술 오는가 바라보고
客紛還使佛龕移	객은 분분히 다시 불사리 함을 옮겨 놓네
梅花時節方無事	매화 피는 시절에 바야흐로 일이 없더니만
青鶴仙人定有期	청학동의 선인은 마침 기약이 있었네
直欲凌風峰頂去	곧장 바람을 능멸코자 하며 봉정으로 가고
夜凉鐵笛滿空吹	차가운 밤에 철 피리 하늘에 가득 불어오네

1) 기산箕山 : 중국 하남성 등봉현에 있는 산으로, 요임금 때에 은자隱者인 소부
巢父와 허유許由가 숨어 살았던 곳.
철적鐵笛 : 날라리. 쇠로 만든 저.　宣 베풀선(생각을 말하다)
봉정峰頂 : 산봉우리의 꼭대기.

2수 509

四望晨光小	사방으로 바라보아 새벽빛 적어지고
天垂谺壑間	하늘이 드리워져 휑하니 골짝에 있네
溶溶雲抹海	조용히 흘러가는 구름 바다에 깔려있고
冉冉月移山	나아가고 나아가 달은 산을 옮기네
燭暗僧皆宿	촛불이 어두워 스님들 모두가 잠자고
詩成我亦閒	시가 완성되어 나 역시 한가해지네
酒溫能敵夜	술이 따뜻하여 능히 밤을 대적하다가
新自郡城還	새로 군 성 시가에서 돌아오노라

谺 골횡할하　溶 질펀히흐를용
용용溶溶 : 강물이 넓고 조용하게 흐름. 마음이 넓고 큼.
抹 바를말(칠하다. 쓰다듬다. 지나가다. 가루.)

3수 509

風鈴不斷響喦扉	풍경소리 끊임없이 바위 사립문에 울리고
樹底鴉翻夕景微	나무 밑에 까마귀 날아 저녁 풍광이 희미하네
山色證留靑拭眼	산색은 푸름이 눈 씻음을 증명하고 남으며
溪聲送到白來衣	냇물소리 흰 옷 입고 오는 것을 보내고 이르네
如何玉寶携琴往	옥보고는 거문고 가지고 왕래함이 어떠한가
從古花開見雪稀	예로부터 화개마을 흰눈 보는 것도 드물어지네
想識使君爲政易	사군은 정치가 쉽다는 것을 상상하여 알고
此間詩令任吾違	이런 사이에 시가 나의 어긋남을 맡겼어라

풍령風鈴 : 풍경風磬. 처마 끝에 다는 작은 종.　拭 닦을식

4수 509

曉天悄不遠	새벽 하늘은 근심으로 멀지 않았고
欄檻與山平	난함은 산과 더불어 평평히 있네
竹醑人人醉	대나무 거른 술에 사람마다 취하고
松風院院淸	솔바람 불어와 절마다 빛이 맑아라

鬢眉寒欲響	귀밑털 눈썹이 쓸쓸하게 울리고자 하며
星漢碧無情	은하수 푸르러 정이 없기만 하네
此境憑誰畵	이런 경지를 누구에게 맡겨 그릴 것인가
依然天未明	전과 다름없이 하늘은 밝지 못하네

檻 우리함(짐승을 가두어 두는 곳. 우리. 덫. 감옥. 난간.)
난함欄檻 : 난간欄干.　醑 미주서(거른 술)
의연依然 : 전과 다름없음.

5수 510

衆壑周遭地不空	여러 골짜기 주변에 땅은 비어 있지 않고
松梢遙過外山風	소나무 끝 멀리 산 밖으로 바람이 지나가네
神禎人物睛瞳碧	신의 상서로운 인물들은 눈동자 푸르르고
古寺門扉土墁紅	옛 절간에 사립문 있고 흙손이 붉구나
開戶納陽殘雪後	문 열고 잔설이 남아있어 햇볕을 쬐고
携僧餞客白雲中	스님 데리고 구름 속에서 객을 전별하네
天香滿室依然笑	좋은 향기 절에 가득하여 의연히 웃으며
向汝梅花第十功	그대를 향해 매화를 열 번이나 공치사 하네

梢 나무끝초　禎 상서로울정(행복)　墁 흙손만(바르다. 칠하다.)
개호開戶 : 문을 엶.
납양納陽 : 햇볕을 쬠.

천향天香 : 뛰어나게 좋은 향기. 筭 산가지산(꾀. 수효를 세다.)

6수 510

雨止旋來孰謂晴	비 그쳐 돌아옴에 누가 개었다고 말 하리오
山風撼屋已松聲	산 바람이 집을 흔들어 솔바람 소리 나네
磍磍搗紙耳便遠	바닥의 종이를 다듬이질해 귀가 곧 멀어지고
嫋嫋焚香身欲輕	바람이 산들산들 향을 살라 몸이 가벼워지네
一榻多情賢仲擧	한 자리에 정이 많아 중거[1]가 현명하였고
百盃無倦老康成	백 잔 술이 권태롭지 않아 강성[2]이 늙었구나
人間四美居然得	인간의 네 가지 아름다운 것[3]은 사는 것에 있어
難道今行枉費程	지금 가는 길이 굽어 허비함을 말하기 어렵네

撼 흔들감 磍 밑바닥당 嫋 예쁠뇨(바람에 산들산들 흔들림)

1) 중거仲擧 : 후한 말 정치가 진번陳蕃(99?~168)의 자. 후한서《後漢書》〈진번전陳蕃傳〉에 다음과 같은 '진번탑陳藩榻'의 고사가 있다. 후한시대 진번이 예장태수로 있을 때 덕행을 쌓아 사람들로부터 존경을 받고 있었던 서치徐穉(＝서유자徐儒子)가 찾아오면 평상을 내려앉게 하고, 돌아가면 다시 걸어놓아 현자를 대우했다는 고사이다.

　초당4걸이었던 왕발의 〈등왕각서〉에도 나오는 내용으로, "人傑地靈(인걸지영) 인걸은 걸출하고 땅은 영기가 있어/ 徐孺下陳蕃之榻(서유하진번지탑) 서유자는 진번이 내주는 평상에 앉았다"라 하였다.

　훗날 진번은 유명한 당인으로 이응李膺, 왕창王暢과 함께 명망이 높았다. 환제桓帝 166년에 당고지옥黨錮之獄으로 이응 등이 환관들과 대립하였을 때, 진번은 이응 일파를 변호하여 파직 당하였다. 환제의 뒤를 이은 영제靈帝 때 대장군 두무

竇武와 함께 정권을 잡았다. 횡포한 환관 세력을 제거하려 하였으나, 오히려 환관들의 역습을 받아 두무는 주살되었고, 진번도 잡혀 투옥된 후 처형당하였다.

2) 강성康成 : 후한의 경학자 정현鄭玄(127~200)의 자. 태학太學에 들어가 금문今文을 공부했으며, 장공조張恭祖와 마융馬融으로부터 고문古文을 배웠다. 그는 166년 이후 '당고지옥黨錮之獄'으로 인해 금고禁錮 14년에 처해지자 저술에 전념했다. 여러 경서에 주석을 달아 한대 경학을 집대성했으며, 정학鄭學으로 불렸다. 또한 고대의 문헌을 정리하였으며, 평생 학문을 연구하고 후학들을 가르쳐 제자가 수천 명에 이르렀다.

3) 사미四美 : 좋은 시절, 아름다운 경치, 구경하고 즐기는 마음, 즐거운 일.

7수 510

五岳筇鞵任一身	오악에서 지팡이 신 신고 한번 몸을 맡기며
白頭詞賦恨重新	흰머리 사부를 읊으며 거듭 새로움을 한하노라
江留王粲樓中月	강가에 왕찬1)이 누대의 달빛아래 머물러 있고
花老文君鏡裏春	꽃은 문군2)이 거울 속 청춘과 함께 시들어가네
吾輩近參詩弟子	우리들은 근래 시 제자에 참여하노니
使君元是故鄉人	지방에 온 사신은 원래 고향 사람이로다
安知示疾非清福	어찌 질병을 보여 청복이 아님을 알리오
去與洪厓作比隣	가서 홍애3)와 더불어 가까이 사는 이웃되었네

▋*次錦圃見贈

금포의 시를 차운하여 보이고 증정하다.

1) 왕찬王粲(177~217) : 중국 삼국 시대 위나라의 시인. 자는 중선仲宣. 건안 칠

자의 한 사람으로, 조조를 섬긴 인물이었음.

2) 문군文君 : 한나라 부호 탁왕손卓王孫의 딸. 과부가 되었는데, 사마상여에게 반하여 재혼하였음.

3) 홍애洪厓 : 고려 충렬왕 때 홍간洪侃(?~1304)의 호. 자는 평보平甫, 운부雲夫. 1266년 과거에 급제한 후 직언하다 동래 현령으로 죽었다. 고려 말 이제현이나 조선시대의 허균許筠도 홍애의 시를 높이 평가하였고, 홍만종洪萬宗은《소화시평小華詩評》에서 명나라 사신 주지번朱之蕃이 허균이 뽑아준 우리나라 사람들의 시선집을 밤새워 읽고, "이인로李仁老와 홍간의 시가 제일 좋다."라는 평가를 하기도 하였다.

비린比隣 : 가까이에서 사는 이웃. 근린近隣.

8수 510

凍雲紅樹暫相看	찬 구름이 홍수나무에 있어 잠시 서로를 보며
斗酒江亭慰一寒	말술 마시며 강가 정자에서 쓸쓸히 위로하네
甫里有松元自怪	큰 마을에 소나무 있어 원래 스스로 괴이하고
南豊如橘未全酸	남쪽의 풍성함은 귤처럼 완전히 시지 않네
漁帆載月詞招鶴	고기 잡는 돛단배는 달 싣고 학 불러 노래하고
藥舖張燈賣畫蘭	약방에서 등불을 밝혀 난 그림을 팔고 있네
誰得十年城市內	누가 십 년 동안 성곽의 시장 안에서
使君猶患見之難	사군이 오히려 근심스러움을 어렵게 보는가

*屬李雨田李名倫. 蒙隱居城市爲河陽之詩人, 是行也有事而止. 作詩寄來, 此其和也.

　　이우전, 이명륜에게 부치다. 몽은이 시가에 은거하며 하양의 시인이 되

었는데, 이번 출행에는 일이 있고나서 중지한 것이다. 시를 지어 부처
와 여기에 화운하였다.

몽은蒙隱(?~?) : 미상의 인물.
성시城市 : 성이 있는 시가市街. 도시.
하양河陽 : 경북 경산군 하양河陽을 말하는 듯함.

9수 511

官樽無底佛燈靑	관청 술은 끝도 없고 불사의 등불 푸르른데
悄見千峰拂曙星	근심으로 천봉우리 보며 새벽별1)을 떨치네
客路相尋雲作履	나그네 길을 서로 찾아 구름신을 만들었고2)
情根不斷絮爲萍	정의 근본은 끊임없으며 솜은 쑥이 되었도다
果然男子孔文擧	과연 남자는 공문거3)였었고
要得長官陳古靈	요령을 알아 장관은 진고령4)이었네
文字因緣民社寄	문자는 그로 인해 백성과 사직에 보내고
憐君勝似世人醒	가련한 그대 세인들이 술 깨는 것처럼 뛰어나네

1) 서성曙星 : 동쪽에서 뜨는 별로 샛별. 이밖에 계명성啓明星, 명성明星, 신성晨
星, 효성曉星, 태백성太白星, 장경성長庚星 등으로 불림.
2) 비운리飛雲履 : 신발 이름. 구름 모양으로 꾸민 신. 백낙천白樂天이 만들면서
"내 발밑에서 구름이 생기니 곧 하늘로 오를 것이다."라 하였다.
3) 공문거孔文擧 : 공융孔融. 자는 문거文擧. 후한 때 강직하기로 이름난 명사였
다. 권력을 독단하는 조조曹操에게 반기를 들어 원한을 사게 되었고, 208년 헌제

憲帝 때 태중대부太中大夫로 있던 중 대역부도죄大逆不道罪로 그는 물론 그의 처
자까지 사형을 당했다.
4) 진고령陳古靈 : 송나라 진양陳襄의 호. 자는 술고述古였다. 고령은 송나라 신
종神宗 때 시어사侍御史와 시독侍讀 등을 지냈다. 왕안석의 청묘법靑苗法이 옳지
않다는 것을 주장하여 왕안석 일파를 귀양 보내기도 했으며, 강연講筵에서 사마광
司馬光, 한유韓維, 소식蘇軾 등 33인을 추천하였다.

除夜

제야에 씀　　　　　　　　　　　　　　　　　　　　　칠율 1수 511

龍鐘三十餘	늙고 병든 모습으로 삼십여 년 지나
又此歲云徂	또 이렇게 한 해가 갔다고 하네
逝者尋何處	가는 자는 어느 곳을 찾아 가는가
浮生愧作吾	뜬 인생 내가 만든 모습 부끄러워라
雪晴儺鼓遠	눈이 멎고 역귀 쫓는 북소리 멀어지는데
人定竈燈孤	인정1)이 되어 부엌의 등불만이 외롭네
所過皆今夕	지나가는 것은 다 오늘 저녁이라서
原初萬衆無	원래 애당초 만 가지가 다 없음이로다

용종龍鐘 : 늙고 병든 모양. 용의 형상을 새긴 종.
徂 갈조(나아가다)　儺 역귀쫓을나
1) 인정人定 : 밤에 통행을 금하기 위해 종을 치던 일.
만중萬衆 : 많은 백성.

무자고 戊子稿(1888년, 34세)

무자년 이월 생원 복시[1]에 나아가 뜻하지 아니하게 장원으로 뽑혀[2] 감정을 적음

칠절 1수 511

詞藻取人原失策	사조[3]의 사람들 모았지만 본래 대책을 잃었고
如何大小又分歧	크고 작게 또 나눠지고 갈라지는 것이 어떠한가
縱成一命還無用	비록 한 번 명령이 이뤄졌어도 다시 쓸모없어
非謂吾能賈董奇	내 능력으로 가동[4]의 기이함을 말하지 말지어다

1) 복시覆試 : 소과小科 초시初試의 2차 시험. 초시에 합격한 사람이 다시 보던 과거.

2) 괴선魁選 : 과거科擧에서, 갑과甲科에 첫째로 뽑힘. 소과 복시에 합격한 사람은 임금 앞에서 방방의放榜儀라는 의식을 거행하여 국왕으로부터 백패白牌와 주과酒果를 하사 받았음.

3) 사조詞藻 : 시가나 문장. 문장의 수식. 시문을 짓는 재능.

취인取人 : 인재를 골라 씀.

분기分歧 : 나눠지고 갈라짐. 갈래.

일명一命 : 하나의 목숨. 한 번의 명령. 처음으로 벼슬자리에 임명된 사람.

4) 가동賈董 : 한나라 유학자인 가의賈誼와 동중서董仲舒.

① 가의賈誼(BC200~BC168) : 전한前漢 때의 학자·정치가. 유학과 오행설에 기

초를 한 새로운 제도의 시행을 주장하였다. 저서에 《좌씨전훈고左氏傳訓詁》《복조부鵩鳥賦》 등이 있다.

② 동증서董仲舒(?BC176~BC104) : 전한前漢의 유학자로 호는 계암자桂巖子. 춘추공양학春秋公羊學을 공부하여 하늘과 사람의 밀접한 관계를 강조하였다. 무제武帝로 하여금 유교儒敎를 국교로 삼도록 하였다. 저서에 《춘추번로春秋繁露》가 있다.

해설

　《역주매천황현시집》 상권 168쪽에 〈무자이월부생원복시예괴선유작戊子二月赴生員覆試預魁選有作〉이란 제목으로 1수가 번역되어 있다. 위의 시와 함께 지어진 시일 것이다.

　매천은 1883년 상경하여 29세 때 특설보거과의 소과 시험에서 초시 초장에 장원했다. 하지만 시험관 한장석이 2등으로 내려 발표한 것을 보고 실망하였다. 구례로 돌아와 더 이상 과거 시험을 보지 않으려고 맹세를 했지만, 부모의 기대에 어찌할 수 없이 1888년 34세 때 다시 생원과 시험에 응시하여 장원으로 합격하였다. 매천이 경사京師에 올라 간지 10년 만에 부모의 기대에 부응할 수 있었다. 시 제목에 ‘우연히’의 ‘偶’자를 써넣은 것은 매천 자신이 장원까지는 기대하지 않았던 모양이다. 하지만 이것은 매천 자신의 겸손한 표현일 것이다.

　황현이 받은 소과 합격증 백패 교지敎旨에는 “유학황현생원일등제이인입격자幼學黃玹生員一等第二人入格者, 광서십사년삼월일光緖十四年三月日”이라 되어 있다.

宜寗世干里訪田同年溶泰不遇

의령 세간리에 사는 동년[1] 전용식을 방문했으나 만나지 못하다

칠절 2수 512

1수

四海同年未可忘　　사해에 동년[1]이 있어 가히 잊지 못하겠더니

春風驅馬過江鄕　　춘풍에 말을 몰아 강가 마을을 지나가네

近來科宦無佳況　　근래 과거 벼슬에 좋은 근황이 없었다는데

君亦還家似我忙　　그대도 집에 돌아와 나처럼 바쁘기만 하구려

1) 동년同年 : 동방同榜(같은 해에 과거에 합격함). 같은 해. 같은 나이(=동치同齒).
강향江鄕 : 강마을. 강가의 시골 마을.

2수 512

呂安題鳳吾何敢　　여안[1]의 봉황 시제를 내가 어찌 감당할까

荷篠殺鷄情更眞　　삼태기 메고 닭 잡아 정이 더욱 진짜였네

門外桃花千尺水　　문밖의 복사꽃은 천 자나 되는 물에 떠가고

扁舟多載訪君人　　조각배에 많이 실고서 그대를 방문했노라

1) 여안呂安 : 자는 중제仲悌. 뜻이 크고 도량이 넓어 초속超俗의 기가 있었으며,
죽림칠현의 한사람인 혜강嵇康(224~263)의 친구였음. 혜강은 여안呂安이 무고
를 당하자 이를 변론하다가 종회鍾會의 음모에 빠져 사마소司馬昭에게 살해당했
다.(안길환 역,《세설신어》 하권, 명문당, 274쪽)
呂 음률려 荷 멜하(연꽃) 篠 삼태기조
군인君人 : 임금.

至淸道郡鄭雲齋基雨先生, 已移涖益山. 悵然有懷

청도군의 정운재 기우[1] 선생 집에 갔는데, 이미 익산으로 이사하였
다. 창연히 회포가 있었다   칠율 1수 512

平蕪如海日沉遲	평평한 황무지는 바다 같으며 해는 침지한데
人去惟存路左碑	사람들은 가고 길가 왼쪽에 비석만 남아있네
郡界傳生書帶草	군 경계에서 책 펴서 읽으며[2] 유생에게 전하고
居民解誦鷓鴣詩	백성들은 자고시[3]를 풀어 암송할줄 아네
那知問余求田計	어떻게 나에게 전답구할 계획을 물을지 알았으랴
政屬攀轅絕鐙時	정히 끌채 잡아 등자를 끊을 때로다
不向窮途彈熱淚	곤궁한 처지가 아니면서 뜨거운 눈물 흘렸고
萍因絮果本無期	떠돌이 몸 헌 솜옷 입으며 본래 기약이 없었소

1) 정기우鄭基雨(1832~1890) : 자는 주세周世, 호 운재雲齋. 매천이 이건창을

통해 알고 있었던 정만조鄭萬朝의 부친으로, 1880년 무렵 문음門蔭으로 익산군 수益山郡守를 지냈다. 큰 아들이 정만조鄭萬朝였고, 작은 아들이 1885년 생원시에 합격한 정완조鄭莞朝와 규원葵園 정병조鄭丙朝였다. 시문집에《운재유고雲齋遺稿》2권 2책이 있다.

정병조鄭丙朝(1863~1945) : 자는 관경寬卿, 호는 규원葵園. 판관 기우基雨의 아들이며, 만조萬朝의 아우이다. 1894년 동궁시종관이 되었다. 1896년 명성황후 시해의 음모를 알고서도 방관하였다는 탄핵을 받아 제주도로 종신 유배되었고, 다시 위도蝟島로 이배되었다가 1907년 특사로 풀려났다.

한일합병조약이후 중추원 부찬의, 취조국 위원이었으며, 중추원 참의(1923~1927년)을 거쳐 중추원 촉탁(1928~1939년)에 있었다. 식민사관과 관련이 깊은《조선사朝鮮史》편찬에도 참여하였다.

涖 다다를리(어떤 자리에 임하다)   沉 가라앉을심(=沈의 속자)

2) 서대초書帶草 : 가져온 책을 펴서 읽음.   서초帶草 : 가지고 다니는 서책.

3) 자고鷓鴣 : 자고새는 월조越鳥라고도 하며, 꿩과에 속하며 메추라기와 비슷하며, 우는 소리가 몹시 애절하다고 함.

이백李白의 '월나라 옛 터를 본다'는 〈월중람고越中覽古〉시에 에 나온다. "越王句踐破吳歸(월왕구천파오귀) 월왕 구천이 오를 치고 돌아오자/ 義士還家盡錦衣(의사환가진금의) 의사들 다 집에 돌아와 비단 옷을 입네// 宮女如花滿春殿(궁녀여화만춘전) 궁녀들 꽃과 같아 봄맞이 궁전에 가득하거늘/ 只今惟有鷓鴣飛(지금유유자고비) 지금은 오직 자고새 슬프게 울고 있네"라 하였다.

屬 엮을속(이을촉)   攀 더위잡을반(매달리다)

轅 끌채원   鐙 등자등(말을 탈 때 디디는 제구)

궁도窮途 : 곤궁하게 된 처지.

萍 부평초평(개구리밥. 떠돌다.)   絮 솜서(헌솜. 버들개지.)

 해설

정기우鄭基雨는 이건창을 통해 매천이 알고 있었던 정만조의 부친이었다. 매천 황현과 정만조는 각별한 관계에 있었고, 그 아우 정관경과도 잘

알고 있었던 처지였다. 그래서 매천의 시문에 정관경에게 주고받은 몇 편의 시가 언급되어있기도 한다.

　이런 연유로 운재 정기우를 찾아갔지만, 이미 익산 고을 원님으로 부임해갔기에 만나지 못하고 위의 시문을 남긴 것이다.

向達成擬訪奉化倅徐葆堂丙壽, 途中又聞其遞歸

달성으로 가면서 봉화의 원님 서보당 병수[1]를 찾아가다. 도중에 또 그가 역참에서 돌아갔다는 이야기를 듣다

칠율 1수 513

雲門北上問程頻	운문[2]의 북쪽에서 자주 노정을 물어보고 감에
八嶺橫天電堠新	팔영 고개 하늘에 비껴있고 새 봉화대가 빠르네
款段蕭蕭吾亦老	조랑말[3]은 쓸쓸히 가고 나도 역시 지쳤는데
桃花泛泛水知春	도화 꽃 범범하게 떠가 물가 봄임을 알겠도다
達城柳暗經寒食	달성의 버들잎 우거져 한식이 지나가고
小白山靑訪故人	소백산 푸른 빛 속으로 옛 친구 찾아가네
朱墨未諧禽向願	주묵[4]은 어울리지 않고 새는 원하는 곳 향하며
此回輸我不羈身	이번에 나를 보내니 나그네의 몸 아니었도다

---

1)　서병수徐丙壽(1853?~1906?) : 1888년 당시 봉화현감奉化縣監이었음.
擬 비길의(비교하다. 헤아리다. 본뜨다.)　　遞 갈릴체(역말. 역참.)
2)　운문雲門 : 대구 남쪽에 있는 청도군 운문면을 말함.

款 정성관(사랑하다. 두드리다. 이르다. 머무르다.)   段 빌가(빌리다)

3) 관가款段 : 관단款段(=조랑말)의 잘못인 듯함.

관단마款段馬 : 걸음이 느린 조랑말.

소소蕭蕭 : 바람소리 따위가 쓸쓸함.

4) 주묵朱墨 : 붉은색의 먹. 붉은 것과 검은 것으로 장부의 출입을 갈라 문서를 적은 데서, '관무를 보는 것'. 붉은 것과 검은 것이라는 뜻으로 긍정·부정을 이르는 말.

大邱訪鄭夏山同年載東臨別留題壁上

대구의 동년 정하산 재동을 방문하였는데, 이별할 즈음 벽 위에 남기다

칠절 1수 513

萬戶花開麗景遲　　많은 집에 꽃이 피어있고 고운 풍경 지지한데

江山平遠使人思　　강산의 평야는 멀어 사람을 생각나게 하네

風塵亦有千秋事　　이 풍진 세상에 역시 천추의 일이 있었고

心折諸君上巳詩　　성심으로 여러분을 기뻐하며 상사시[1] 읊노라

심절心折 : 마음이 꺾임. 충심으로 기뻐하며 성심을 다해 순종함.

만호萬戶 : 아주 많은 집. 조선시대 종4품의 무관벼슬.

1) 상사시上巳詩 : 음력 3월 초3일 삼짇날에 지은 시를 말함.

해설

　위의 시는 1889년 기축고로 매천의 나이 35세 때 쓴 시이다. 매천은 전년도에 소과 생원시에 장원으로 합격하여 성균관成均館 유생儒生이 되었지만 조정의 부정부패에 염증을 느끼고 성균관 생활을 버리고 낙향해 버리고 말았다. 문과 시험을 포기하고 울적한 마음을 달래기 위해 경상도 지방을 여행하였던 것이다. 이 때 대구로 가서 같은 소과 합격자인 정하산 동년을 방문하고, 이별할 즈음에 제벽시를 남긴 것이다.

　위의 시와 같은 제목으로 칠절 2수의 시가 《매천전집》 1권 62쪽에 있으며, 이 시는 《역주매천황현시집》 상권 177~178쪽까지 번역이 되어 있다. 시인은 결국 위의 시를 합하여 칠절 3수를 읊었다.

達成

달성에서

칠율 1수 513

達成風水天下無	대구 달성의 풍수는 천하에도 없으려니
盛一銀盤金鉢盂	은쟁반 하나와 금 주발에 담아 있구나
粉堞當成七里郭	성을 단장해 마땅히 칠 리의 성곽이 되었고
綠波可貯千頃湖	푸른 파도는 천경의 호수 속에 쌓여있네
一曲烟波澄苔雪	굽어진 안개 파도에 초제 삽제[1]사이가 맑고
萬家簾幕簇杭蘇	모든 집 주렴 친 막에서 항소[2]의 무리들 있네
芙蓉寶帳憑誰管	부용꽃 보옥의 장막에 누가 피리 불며 의지하리

無限東風長綠蕪   샛바람이 한없이 긴 푸른 황무지에 불어오네

澄 맑을징 苕 능소화초(완두. 갈대.) 霅 비올삽
1) 초삽苕霅 : 당나라 은사이며 연파조도烟波釣徒 장지화張志和가 안진경顔眞卿
에게 "나의 소원은 배를 집 삼아 물 위에 살면서 초계苕溪와 삽계霅溪 사이를 왔
다 갔다 하는 것이다.(願爲浮家泛宅, 往來苕霅間)"라고 말한 고사가 있다.
簇 가는대족(조릿대. 떼. 무리. 떨리. 모이다. 찌푸리다.)
2) 항소杭蘇 : 중국의 항주와 소주. 예전에 가장 번화한 도시였으며, 명승지였음.

咏歸亭

영귀정에서

칠율 1수 514

＊亭在居昌佳助里乃桐溪. 鄭先生廬墓之址, 後人想慕先生搆亭
山下, 春秋薦侑. 亭下溪磵竹石頗有幽致
정자는 거창 가조리 내동 시냇가에 있다. 정 선생 려의 묘 터에 후인들
이 선생을 추모하여 산 아래로 정자를 짓고, 봄가을로 배향하여 제사를
올리고 있다. 정자 밑으로는 석간수와 대나무 바위가 있어 자못 그윽한
경치가 있다.

廬址松荒認手栽   여지[1]에 소나무 황폐해져 손으로 심은 것 알고
先生墓道亦蒼苔   선생의 묘소로 가는 길 역시 창태가 끼어있네
春回花葉空山曆   봄이 돌아와 꽃잎 피어 빈산에서 책력 보며
溪瀉風泉百世哀   냇물이 쏟아져 물바람소리 백세에 슬퍼라

誰更不知彝性在	누가 다시 떳떳한 성품이 있는지 알지 못할까
我曾多見諫臣來	내가 일찍이 간하는 신하 오는 것 다 보았도다
世人莫謾營身後	세인들이 육신을 다스린 후 속이지 말고
此只尋常累石臺	이렇게 다만 층져진 석대를 항상 깊이 찾네

構 얽을구(집을 짓다. 이루어지다. 창작하다.)
1) 여지廬址 : 오두막집 터.
侑 권할유(종사하다. 배향配享하다. 보답하다.)
유치幽致 : 그윽한 경치景致.
瀉 쏟을사(물이 흐르다) 彝 떳떳할이
이성彝性 : 선천적으로 타고난 떳떳한 성품.

搜勝臺次退溪三淵原韻

수승대에서 퇴계[1]와 삼연[2]의 원운을 차운하다   오율 1수 514

搜之良未易	수승대 찾아가기가 진실로 쉽지 않아
無以遽稱佳	갑자기 아름답다고 말하는 것도 없네
物忌亭因廢	물욕이 꺼려져 정자는 그로 인해 황폐해지고
名騰境欲埋	명성이 날려 지경이 묻히고자 하네
近村淸使遠	가까운 마을에는 청렴한 관리 멀리 있지만
春水綠堪懷	봄물이 푸르러 회고할 만하네

難識天心巧   천심의 기교를 알기 어렵더니

高江洗絶崖   높은 강 가파른 낭떠러지를 씻어내네

1) 퇴계退溪 : 이황李滉(1501~1570)의 호.
2) 삼연三淵 : 김창흡金昌翕(1653~1722)의 호.
遽 갑작스러울거(군색하다. 절박하다.)
천심天心 : 하늘의 한가운데. 천의天意. 타고난 마음씨.
절애絶崖 : 가파른 낭떠러지. 단애斷崖.

 해설

　수승대는 경남 거창군 위천면 구연동에 있으며, 거창 제일의 명승지이
다. 수승대와 관련하여 위의 시와 비슷한 제목으로《매천전집》1권 64쪽
에 오율 1수의 시가 있으며, 이 시는《역주매천황현시집》상권 183쪽에 번
역이 되어 있다. 66쪽

　한편 면암 최익현이 쓴 '수승대에서 퇴계선생의 시를 차운함'의 〈수승대
차퇴계선생운搜勝臺次退溪先生韻〉이라는 다음과 같은 시도 있다. "嶠南饒水
石(교남요수석) 영남에는 수석도 많은데/ 搜勝擅名佳(수승천명가) 수승대가
그 이름 높았네// 石出潭因舊(석출담인구) 돌 솟아도 못을 예전과 같고/ 霞
濃逕不埋(하농경불매) 놀이 짙어도 길 묻히지 않았네// 曾誰三洞主(증수삼동
주) 일찍이 누가 삼동의 주인이던가/ 今我上淸懷(금아상청회) 이제 나는 하
늘에 오른 것 같네// 吟就翻歸去(음취번귀거) 시가 이루어지자 곧 돌아가니
/ 幽香滴斷崖(유향적단애) 깊숙한 향기 끊어진 언덕에 떴네"(《국역 면암집》
1 민족문화추진회, 1984, 166쪽.)

哭房梅屋夏圭上庠

방매옥하규 진사[1]를 곡함   칠절 5수 515

---

 * 위의 시는 《매천전집》 1권 65쪽에 〈곡방상사하규哭房上舍夏圭〉라는 제목으로 되어 있다. 1889년 매천의 나이 35세 때 지은 시이다. 칠절 4수로 된 이 시는 《역주매천황현시집》 상권 192~193쪽에 번역이 되어 있다. 매천은 결국 방진사의 죽음에 대해 위의 시 칠절 5수를 포함하여 모두 칠절 9수의 시를 읊은 것이다.

1수 515

玄駒南下憶茫然	개미 같은 집 남쪽 아래로 망연히 기억이 나
往往壚頭卽醉眠	왕왕 술집 머리에서 취해 잠이 들더라
日午長亭呼不起	한 낮에 긴 정자에서 불러도 일어나지 않고
熊津江北草連天	웅진강[2] 북쪽으로 잡초만 하늘에 잇닿았네

1) 상상上庠 : 태학, 성균관. 진사

현구玄駒 : 개미. 의蟻.

일오日午 : 한 낮. 정오.

2) 웅진熊津 : 충남 공주로 백제의 옛 수도. 웅진강 북쪽은 금강 상류를 말함.

2수 515

强爲好別已銷魂	힘써 좋은 이별을 하여 벌써 혼이 녹았고

涙貯剛腸不見痕　눈물이 쌓여 굳센 창자 흔적도 보이지 않네
更若無情催上馬　다시 정 없는 것처럼 말에 올라타 재촉하고
臥看吾去出柴門　누워서 내가 사립문 밖으로 나가는 걸 보네

3수 515

道山消息只便風　도산 소식을 다만 가는 인편으로 보냈더니
枉信情深見夢中　정 깊어 그릇되게 믿어 꿈속에서 보았네
訃處不知通父友　부고 온 곳을 알지 못해 아버님의 벗과 통했고
凄凉髶髮柩前童　처량하게 늘어진 머리 앞집 아이 널이었도다

편풍便風 : 순풍. 때마침 그곳으로 가는 인편.
왕신枉信 : 잘못 믿음. 枉 굽을왕 髶 늘어질담

4수 515

謬備三龍認弟兄　준비가 어긋나 세 마리 용은 형제임을 인식했고
千秋灰冷買山盟　천추에 아무런 욕심없이 산을 사 맹세했네
問君瞑否泉臺眼　그대에게 묻노니 소경은 저승[1]에도 눈 없는지
賴有江南老巨卿　강남에 힘입어 늙은 거경[2]이 있었네

회냉灰冷 : 재처럼 참. 아무 욕심도 없음.
瞑 눈감을명(눈이 어둡다. 소경.)

1) 천대泉臺 : 저승. 비슷한 말로 '황천黃泉, 구원九原, 명국冥國, 유계遺界, 유명
幽冥, 현택玄宅.'의 단어들이 있음.　賴 의뢰할뢰(힘입다. 마침. 운이 좋음.)

2) 거경巨卿 : 후한 범식范式의 자. 장소張劭와 신의가 두터웠다. 범식의 꿈에 친
구 장소가 나타나서 하는 말이 "나는 모일에 죽었다. 땅에 묻혀 영원히 황천으로
갈 것인데, 네가 나를 잊지 않는다면 와 주지 않겠나."라 하였다. 이에 범식이 놀
라 꿈 깨고 나서 달려갔다고 함. 절친한 친구가 죽었음을 뜻하는 말.

거경지신巨卿之信 : 거경의 신의. 굳은 약속을 뜻하며 성실한 인품을 나타냄.

5수 516

腰間靑紫別人垂	허리에 청자색 옷 입어 특별한 사람이 따랐지만
身後文章亦未知	육신이 죽은 후에는 문장도 알지 못하리라
等是蜉蝣空裏滅	하루살이도 같아 허공 속에서 죽어가니
何須費力羨期頤	어찌 마땅히 힘 허비해 기이1)를 부러워할까

신후身後 : 몸이 죽은 뒤. 사후死後.

1) 기이期頤 : 백 살의 나이. 또는 백 살에 달한 사람을 일컬음. 기이지수期頤之
壽.《예기禮記》〈곡례曲禮〉 상上에, "백세가 되면 기이(백년왈기이百年曰期頤)"라
고 하고 이때가 되면 부양된다고 하였다. 곧 사람의 수명에 있어서 100년을 1기期
로 하고 턱 '이頤'자는 양양養과 같으므로, 몸을 마음대로 할 수 없어 다른 사람에게
의탁한다는 말이다.

四月八日入桐裏寺[1]

사월 팔일 동리사로 들어가며　　　　　　칠율 2수 516

1수 516

何須玉笈與琅函	어찌 옥으로 만든 책 상자와 옥함이 있느뇨
佳處尋常在縣南	아름다운 곳은 항상 깊이 현 남쪽에 있네
洞口無人花木暗	마을 입구에 사람 없어 꽃나무가 보이지 않고
僧頭如雪水泉甘	스님 머리는 흰 눈과 같아 감천 물이 있도다
去來世轉吾原客	세상이 변전하여 내가 객을 상고해보면
歡喜山靑佛有男	산의 푸름을 환희하며 불가에 남자가 있네
步緩不知溪路黑	천천히 걷다 냇가의 깜깜한 길 알지 못하고
危樓映月鼓潭潭	위루에 뜬 달 북소리에 물깊이 비추고 있네

1) 동리사桐裏寺 : 전남 곡성谷城에 있는 절.

하수何須 : 어찌~할 필요가 있을까.

세전世轉 : 변전變轉하는 세상.

담담潭潭 : 물이 깊음.

2수 516

流流萬綠積於山	온통 푸르른 숲 흐르고 흘러 산에 쌓여있고
樹樹鸎蹄春未閒	나무마다 꾀꼬리 발굽으로 봄은 한가하지 않네
門外溪多旋渡處	문 밖으로 여러 냇가 건너는 곳 돌아보니

寺傍菴屬數峯間　절 곁으로 암자가 붙어 몇 봉우리 사이로 있네
戲抛玉帶聊成約　놀면서 옥대를 던지며 다만 약속을 하고
倩寫松箋爲解顔　빌려 솔 밑에서 기록하여 쓰며 얼굴에 웃음 띠네
携手更騎雙白鳳　함께 가며 다시 한 쌍의 흰 봉황새 타고
橫吹鐵笛月中還　철 피리 비껴 불며 달빛 속에 돌아오노라

만록萬綠 : 여름철의 온갖 푸른 숲.
箋 기록할전(주註내다. 부전附箋. 문서. 명함.)
倩 예쁠천, 사위청(빌리다. 고용하다.)
해안解顔 : 얼굴에 웃음을 띰.
휴수携手 : 함께 감. 데리고 감.
백봉白鳳 : 털이 흰 봉황으로 길조의 상징임.

出寺

절을 나오며

오율 1수 516

漸薰山入夏　점점 향기로운 산은 여름철로 들어가고
增綠去時陰　푸르름 더하여 녹음이 짙어갈 때로다
駐馬答僧餞　말이 머물러 스님에게 전별을 답장하고
拾花傷客心　떨어진 꽃 주워 나그네의 마음이 상하네
數村農雨少　몇 마을에서 농사짓는 비 적게 오고

孤棹峽江淙　　외롭게 노를 저어 협강으로 흘러가네
無限離亭柳　　한도 없이 이별하는 정자엔 버드나무 있고
其如黃鳥吟　　그와 같아 꾀꼬리는 울기만 하누나

宿舟喦李氏書塾

주암의 이씨의 글방에서 자다 칠율 1수 517

一笏山靑瓦脊平	일홀산은 푸르고 기와의 등성마루 평평한데
百年村古樹如城	백년 된 옛 촌락의 나무는 성과 같도다
冬暄催日初長候	겨울이 따뜻해 처음 길어지는 날 물어 최촉하고
酒美消人徑去情	술맛 좋아 빨리 떠나는 사람의 심정 풀어주네
驢馬互鳴嫌地小	나귀와 말이 서로 울며 작은 땅 싫어하고
兒孫能寫逼爺淸	자손들은 쓸 줄 알아 탐욕 없는 아비 핍박하네
我詩有似氋氃舞	내가 쓴 시 털이 흩어져 춤추는 것과 비슷해
難向燈前抵笑聲	등 불 앞에 웃음소리 막는 것도 어렵기만 하네

氋 털흩어질몽 氃 털흩어질동 爺 아비야(아버지)

次龍湖齋元韻

용호재의 원운을 차운함

칠율 1수 517

海上佳村世不知	해상의 아름다운 마을을 세상이 알지 못하고
稻魚無際水泉宜	벼와 물고기는 끝도 없이 나오는 물 마땅하네
數間茅竹那嫌小	몇 간의 모죽이 어찌 작다고 싫어하랴
十載琴書儘覺遲	십 년 동안 거문고 책이 다 게을렀음을 알겠도다
夜雨燈青童子集	밤비 속 등불 푸르러 동자들 모여 있고
天風濤起古人思	하늘 바람 불고 물결 일어 옛사람을 생각하네
木奴花下千觴酒	목노[1] 꽃 아래 천 잔 술이 왔다 갔다 하고
且趁春光與子期	또 봄빛을 쫓아 그대와 더불어 기약 하누나

천풍天風 : 하늘 높이 부는 바람.

1) 목노木奴 : 감귤을 말함.

次題吳老人藥軒

'오노인 약헌'에 차운하며 쓰다

칠율 1수 518

十年洗眼池上春	십 년 동안 눈 씻으며 봄 연못가에 올랐고
老去方知世味新	늙어 가며 바야흐로 세상사 새 맛을 아네

滿院花遲亭午影　　정원에 가득 핀 꽃 늦어 낮 정자에 그림자 있고
一簾山靜太初隣　　주렴 친 산 고요히 태초에 이웃이 있었네
煦噓氣暖牝爲戶　　불어온 기운 따뜻하여 계곡이 집 되었고
廣漠神遊尻作輪　　광막히 신과 놀아 꽁무니가 바퀴 만들었네
莫怪雲臺千日晩　　운대에서 천 일이 늦었다고 괴이치 말라
仙家(××)易晴晨　　선가에서는 아침저녁이 쉽게도 변화되네

噓 불허(숨을 바깥으로 내보내다. 울다. 거짓말하다.)
牝 암컷빈(골짜기. 계곡.)　戶 집호(구멍. 출입구.)
신유神遊 : 지신밝기.　尻 꽁무니고 밑바닥
輪 바퀴륜(땅 갈이. 둘레. 세로.)　輸 보낼수(나르다. 실어내다. 짊어지다.)
광막廣漠 : 넓고 아득함.　晡 신시포(해질 무렵)　晨 새벽신
신시申時 : 오후 3시부터 5시까지. 저녁나절.

 해설

　미구의 (××)로 표시된 곳은 2글자가 결자 되었으며, 제대로 번역이 되
지 않았다.

泰卿秋暯見訪, 因留樊盧相和

윤유당 태경이 가을에 저물어 방문하였다. 그로 인해 집에 머물면서
서로 화운하다

칠율 1수 518

1수

이 시는 《매천전집》 3권 276쪽에 '산 오두막집에서 가을밤에'의 〈산려추야山廬秋夜〉라는 제목으로 되어 있으며, 《역주황매천시집》 속집 590쪽에 번역이 되어 있다.

2수 518

江山淸曠薄寒時	강과 산이 맑아 환하고 조금 한기가 들때
悄倚雲屏若有思	엄히 구름 병풍에 의지해 생각하는 것과 같네
入夢關河鴻鴈遠	꿈속에 관하에 들어가 기러기 멀리 날고
比天風雨菊花遲	하늘 비바람과 비교하여 국화가 더디 피네
縱橫鬼谷談千古	종횡으로 귀곡[1]에 있어 오랜 세월 담화하고
儒雅蘭臺訪我師	맑은 선비는 난대[2]에서 나의 스승을 찾네
暫遣胸中澆磈磊	잠시 마음속으로 보내어 경박하게 불평 많고
阮生非復醉爲期	완적이 태어나 다시 취함을 기약하지 않네

관하關河 : 함곡관函谷關 등 관소와 황하黃河.
1) 귀곡鬼谷 : 귀신이 나온다는 골짜기.
귀곡자鬼谷子 : 전국 시대 초나라 종횡가. 종횡설縱橫說의 법을 기술한 《귀곡자鬼谷子》 3권을 지었다고 함.

유아儒雅 : 시문을 짓고 읊는 풍류의 도. 문아文雅. 소아騷雅.

2) 난대蘭臺 : 춘추관 또는 사관을 말함. 한나라 시대 궁중 장서를 보관하던 곳.

澆 물댈요(엷다. 경박하다.)

외뢰磈磊 : 울퉁불퉁함. 평평하지 않음. 불평이 많음.

過晋陽宿朴春圃藥軒, 諸詩人見邀

진양[1]을 지나다 박춘포 약헌에서 숙박하며, 여러 시인을 맞이하여
보다

칠율 1수 519

門外家家罨畵溪	문 밖으로 집집마다 냇가에 채색한 그림있고
藥欄燈火出城西	약초 밭 등불은 난간 성 밖 서쪽으로 나오네
廣街人定霜初白	넓은 거리에 인정[2]이 울려 서리가 처음 희고
一座詩慵月已低	한 자리 시 게을러져 달이 벌써 져가도다
戍角吹寒沙鴈動	수각소리 쓸쓸히 불고 모래펄의 기러기 움직여
江楓墜冷夜烏啼	강가의 단풍 차갑게 지고 밤 까마귀 우네
莫嗟湖海經年別	탄식하지 말게나, 호해에서 해 넘겨 이별을
終是樽前惠好携	끝내 술동이 앞에서 좋은 은혜 이어져가네

1) 진양晋陽 : 경남 진주.
약란藥欄 : 약초 밭 울타리. 약초. 약초를 심은 작은 밭.
2) 인정人定 : 통행을 금하기 위해 종을 치던 일. 새벽에 파루罷漏가 울릴 때까지
대궐문 등을 닫았음.
慵 게으를용(게으름을 피우다)　戍 지킬수(병사兵舍)　角 뿔각(뿔피리. 술잔.)

엄화罨畵 : 채색한 그림.

又集春圃所

또 춘포 처소에서 모이다   칠율 1수 519

雨牖遞明冬日遲　　두개 창문이 번갈아 밝아 겨을 날 더디 가고
憐君留客坐多時　　사랑스런 그대 객을 만류해 여러 시간 앉아있네
酒瓶臥與梅陰轉　　술병이 엎어져 매화 핀 그늘에 굴러다니고
詩籠高幷藥裹垂　　시 상자가 높이 있고 약봉지 늘어져있네
雪意巧妨尋寺去　　흰 눈의 뜻은 기교를 방해해 절간을 찾아가고
山光枉費使人思　　산 빛이 굽어 허비하여 사람을 생각나게 하네
西隣繞到東隣暮　　서쪽 마을 겨우 도달하고 동쪽 마을 저물어
滿說吾歸未定期　　가득 나의 귀향을 설명함에 정한 기약 없어라

遞 갈릴체(역말. 역참. 번갈아.), 섬제

矗石樓次板上韻

촉석루 시판의 운을 차운함 　　　　　　　　　　칠율 2수 519

1수 520

水咽城根未肯流　남강 물 목 메인 성 밑 옳게 흐르지 못하고

淡烟寒日古汀洲　옅은 안개 피어 쓸쓸한 날 옛 물가에 있네

蠻酋不過成諸老　오랑캐 두목은 다 쇠해버린 것에 불과하지만

汾晉無容認我樓　분진에서 나의 누대를 인식해 용서가 없네

彝鼎丹靑空自好　공적을 새긴 단청은 헛되이 스스로 좋으며

雲沙魚鳥至今愁　구름 낀 모래펄의 새 고기는 지금까지 근심하네

漫天風雪梅花發　질펀히 하늘가 눈바람에 매화가 피어있고

鐵笛橫江詫遠遊　쇠 피리 소리 강에 빗겨 멀리 노닒을 자랑하네

성근城根 : 성벽에 인접한 곳.

정주汀洲 : 강·못·호수 등의 물이 얕고 흙모래가 드러난 곳.

만추蠻酋 : 오랑캐 두목.　酋 두목추(묵은 술)

이정彝鼎 : 종묘에서 신주를 따르는 세발 솥. 신하의 공적을 새김.

2수 520

孤城依舊枕寒流　외로운 성 변함없이 찬 강물을 베고

折戟沙平不見洲　사평에서 창 꺾어 사주를 보지 못하겠네

關塞蕭然悲去國　국경의 변방이 쓸쓸하여 나라를 떠나가 슬프고

江山如此悔登樓	강산이 이와 같아 누대에 올라 후회스럽네
梅花遠驛生春夢	매화가 피어 멀리 역에서 봄꿈이 생겨나더니
竹雨虛汀起夜愁	죽비가 오고 텅 빈 물가에 밤 수심 일어나네
寄語昇平諸將帥	나라가 태평하다는 말 모든 장수에게 보내지만
莫專謌鼓管遨遊	마음대로 노래하며 북피리로 즐겁게 놀지 마라

관새關塞 : 변경에 있는 요새. 변새邊塞. 옥문관새玉門關塞(=옥새玉塞)

기어寄語 : 기별하여 보냄.

승평昇平 : 나라가 태평함.

오유遨遊 : 즐겁고 재미있게 놂.

丹城縣訪李晦堂閣學聖烈謫中

단성현에서 귀양 중에 있는 이회당 각학 성렬[1]을 방문함

오율 1수 520

拂窓梅影曙	창가에 스치는 매화 그림자 날이 새고
今夜幾花開	오늘 밤에도 몇 떨기 꽃이 피어 있네
店主求書上	객점의 주인은 책을 구해 올라오고
鄕人見客來	마을 사람들은 나그네를 보러 오네
豊年欺雨雪	풍년은 눈비 오는 것을 속이는 것

殘邑上樓臺　피폐한 고을에서 누대에 오르노라

不下階前地　계단 앞의 땅으로 내려오지 않아

憐君負綠苔　가련한 그대는 푸른 이끼만 짊어졌도다

녹태綠苔 : 푸른 이끼.

1) 이회당李晦堂 각학성렬閣學聖烈(1865~?) : 매천과 친분이 있었던 인물로 자는 우명愚明, 호는 회당晦堂 또는 퇴암退菴. 이조정랑과 대사성을 거쳐 직무상의 문제로 유배당하였다. 1896년 경북관찰사를 거쳐 1903년 이후에는 전북, 전남 관찰사를 지냈으며, 을사조약이후 관직을 버리고 민종식, 이시영 등과 함께 의병을 규합하여 군자금을 전달하기도 했다. 훗날 의병의 명부가 압수되자 자신의 불찰을 후회하고 단식으로 자결했다.

잔읍殘邑 : 피폐한 고을.

해설

　회당 이성렬은 1888년 별시 병과로 문과에 합격한 인물이었다. 이 해는 매천이 34세로 소과 생원시에 장원하였던 해였다.

　위의 시는 1891년 매천의 나이 37세 되는 해, 유배되어진 회당 이성렬을 위로하기 위해 경상도 산청군 단성으로 찾아가 그 근황을 읊은 것이다. 매천은 1900년에 〈이회당성렬〉이라는 제목으로 오언고시 1수를 읊기도 하였다. 18세에 관리의 명부에 올려 귀신도 적발해 내는 데 놀랐다고 회당을 찬사하였다. 회당은 1903년 이후 전북과 전남 관찰사를 지냈기에 매천과는 친밀한 관계에 있었다.

步至艾川洞叙別

걸어서 애천동에 이르러 작별을 고하다   오율 1수 520

出寺心眼爽   절을 나오니 마음속의 눈이 상쾌해지고

還似見山初   돌아오며 산을 처음으로 보는 것 같네

徑曲翻隨蝶   지름길이 굽어져 도리어 나비가 따르고

身輕不待驢   몸이 가벼워 나귀를 기다리지 않노라

僧餐飢亦好   절간의 음식은 굶주려도 좋으니

官酒醉何如   관청에서 주는 술 취하는 게 어떠한가

羨汝行吟健   그대가 부러운 건 거닐며 읊고[1] 건강하며

蒼崖信筆書   푸른 석벽에서 정확히 글 쓰는 것이네

叙 펼서(늘어서다. 쓰다. 차례. 서문.)

翻 날번(나부끼다. 뒤집다. 번역하다. 도리어.)

하여何如 : 어떠함.

1) 행음行吟 : 거닐며 읊음. 또는 귀양살이 하면서 읊음. 굴원屈原이 지은 〈어부
사漁父辭〉에도 다음과 같은 구절이 있다. "屈原旣放(굴원기방) 굴원이 쫓겨나/ 游
於江潭(유어강담) 강가에서 노닐고/ 行吟澤畔(행음택반) 못 가를 거닐며 시 읊조
림에/ 顔色憔悴(안색초췌) 안색이 초췌하고/ 形容枯槁(형용고고) 형용에 생기가
없었다."

창애蒼崖 : 아주 높은 절벽.

신필信筆 : 사실을 정확하게 기술한 문장. 또는 그런 문장을 쓰는 사람.

戊子秋訪安海史, 因招丁掾日宅

무자년 가을에 안해사를 방문하였는데, 그로 인해 아전 정일택을
초청하다

칠율 1수 521

記不分明夢到頻	분명히 기억하지 못하지만 꿈에 자주 왔었고
方簾素壁眼重新	사방의 발은 본디 벽에 눈 있어 더욱 새로워라
誰能杞菊終堪老	누가 능히 기국[1]으로 끝내 늙음을 감당하는가
自是芙蓉錯怨春	스스로 부용꽃이 어지러워 봄을 원망하도다
江路初寒賓雁節	강변 길이 처음으로 기러기 오는 시절 차갑고
村童出見載驢人	촌 애들은 나와 나귀에 실고 가는 사람을 보네
蒼苔巷曲今朝雨	창태 낀 굽은 골목길에 오늘 아침 비가 오고
爛漫從君學塾巾	난만하게 그대 따라 서당에서 유건을 배우네

掾 도울연(아전. 하급관리.)

1) 기국杞菊 : 구기자와 국화. 당 말기에 육구몽陸龜蒙은 〈기국부杞菊賦〉를 읊었
고, 소동파는 〈후기국부後杞菊賦〉를 읊었다.
감국甘菊 : 국화과의 여러해살이풀. 가을에 노란 꽃이 핌. 꽃은 약용하거나 말려
서 술에 넣어 마심. 국화菊花(＝동리군자·은군자.)
숙건塾巾 : 문 위에 걸어둔 수건.   巾 수건건(두건. 책 상자.)

해설

　위의 시 외에 안해사에 대해서 쓴 시가 있다. 《역주매천황현시집》 상권
172쪽에 1888년 무자년에 지은 〈동해사안상사중섭同海史安上舍重爕, 유도림

사이수游道林寺二首〉의 시와 역시 상권 235쪽에 1892년 임진년에 지은 〈간해사걸지簡海史乞紙〉라는 시가 있다.

贈丁掾

아전 정에게 줌   칠율 1수 521

訪我南隣酒熟初	내가 남쪽 마을 방문하니 술이 막 처음 익고
人情易感倦遊餘	인정이 쉽게 느껴져 노는 끝에 나른해지네
縣東紅樹來何處	현 동쪽의 단풍나무는 어느 곳에서 왔는가
屋裏黃花想子居	집안에 황국화 피어있어 자거[1]를 생각하네
認讀異書顔更潔	기이한 책 읽었음을 알아 얼굴 더욱 개결하고
聞刊俗事計應踈	속된 일 간행한단 말 듣고 계획이 거칠어지네
漫吟不作悲秋語	부질없이 슬픈 가을 얘길랑 읊지 마라
好是芳年爾我如	좋은 것은 꽃다운 나이에 그대와 함께 함이네

1) 자거子居 : 맹자孟子(BC371경～BC289경)의 자. 본명은 가軻, 자는 자여子與·자거子車 또는 자거子居, 시호는 추공鄒公. 공자의 유학을 계승하여 발전시켰다. 백성에 대한 통치자의 의무를 강조하였으며, 성선설性善說을 주장하였다.

 해설

위의 시는 《매천속집》의 원문 277쪽에 있는 '오동나무 농막에서 술 마

신 후, 같은 경정생들에게 주다'의 〈오서주후梧墅酒後, 증동경정생贈同庚丁生〉이라는 시와 같다. 시의 내용은 같지만 제목이 다르다. 다만 7행은 '聞刊俗事計全疎(문간속사계전소) 세속일 간행한단 말 듣고 모든 계획 소원하네'라 되어 있다.

정연丁椽은 곡성의 전리 정일택丁日宅을 말한다. 매천이 정연에 대해서 쓴 시로는 1885년 〈정연일택기칠절십사수丁椽日宅寄七絶十四首, 의기운依其韻, 희작논시잡절이사戱作論詩雜絕以謝〉라는 시를 썼으며, 이 시에서 14명의 중국 시인들을 평가하였다.

贈別申都正允祚

이별하며 도정 신윤조에게 증정하다　　　　　칠절 1수 522

短僕忽忽掃馬塵	키 작은 종은 바쁘게 말굽 먼지를 청소하고
依然來路問程新	의연히 길로 오다 새로운 노정을 묻노라
懸知回首增怊悵	헛되이 머리 돌려 더욱 슬퍼지는 것 알고서
寧作無情徑去人	차라리 정 없이 곧장 떠나가는 사람 있네

총총忽忽 : 몹시 급하고 바쁨.　홀홀忽忽 : 매우 갑작스러움.
懸 매달현(걸다. 떨어지다. 멀리. 헛되이.)

 해설

　매천이 신윤조에 대해 쓴 시로는 《역주매천황현시집》 상권 191쪽에 '함

벽정에서 신노인 윤조에게 드림'의 〈함벽정증신노인윤조涵碧亭贈申老人允祚〉
라는 시가 번역되어 있다. 이 시는 칠절 1수로 되어 있으며 1889년의 작품
이다. 도정都正은 조선시대 종친부, 돈녕부, 훈련원의 정3품 당상관 관직이
었다.

> ## 清和之吉, 半山齋釀飮

청화절 길일에 반산재에서 갹출하여 마심
칠율 1수 522

行過松間與柳間	길은 소나무와 버드나무 사이로 지나가고
西隣盡處有荊關	서쪽 이웃마을 다 한 곳에 형관[1]이 있네
供花環侍書童肅	공손히 화환을 만들어 모셔 아이들 엄숙하고
折簡相招野叟閒	접은 편지 서로 초대해 시골 늙은이 한가하네
小犢向村鳴絶磵	송아지가 마을 향함에 계곡물 소리 끊기고
流鶯終日在前山	날아가는 꾀꼬리 종일토록 앞산에 있네
春風亦解催雙鬢	봄바람에 역시 두 귀밑털을 풀어 재촉하니
誰捲天涯逝水還	누가 하늘 끝에 힘써 다시 물가로 가는가

1) 형관荊關 : 사립문.
화환花環 : 꽃과 잎으로 엮어 둥글게 만든 띠.
절간折簡 : 온 장을 둘로 접은 편지.
야수野叟 : 한적한 시골에 사는 늙은이. 야옹野翁.

천애天涯 : 하늘 끝. 먼 변방. 아득히 떨어진 타향.

 해설

《역주매천황현시집》 상권 232쪽과 233쪽에 반산재半山齋에 대한 시가 있다. 1892년 38세 때 쓰여진 시로, 칠율 1수의 〈사월일일반산재걱음四月一日半山齋釀飮〉과 역시 칠율 1수의 〈단양우회반산재端陽又會半山齋〉라는 시가 그것이다. 위의 시와 내용이 다르다.

> 昇平藥州之界有堰海, 作塘處曰鯨塘. 距塘數兮地, 夾路有叢石. 王考竹溪, 府君少日, 南遊時常踞而憩. 旣老過之, 輒摩挲歎息. 家大人嘗陪行, 親見其如此, 至今爲不肖輩言之. 余以辛卯春過鯨塘偶賦此篇. 壬辰六月大人歿, 旣久泫然追錄.

승평의 약주 경계에 바닷가 제방이 있고, 제방 만든 곳을 경당이라 하였다. 제방 몇 리 거리에 활 쏘는 곳이 있고, 좁은 길에 바윗돌이 모여 있었다. 돌아가신 조부님[1] 죽계와 선친[2]이 젊은 날에 남쪽으로 유람할 때 항상 걸터앉아 휴식을 취하였다. 이미 늙어 이곳을 지나가면서 번번이 문지르고 닦으며 탄식하였다.

아버님을 일찍이 모시고 가면서 친히 그렇게 하는 것을 보았으며, 지금까지 불초배들을 위해 그렇게 말하였다. 내가 신묘년 봄에 경당을 지나가다가 우연히 이 시문을 읊었다. 임진년 유월에 아버님이 타계했으므로, 오랫동안 눈물을 흘리며 추기하여 기록하였다.

石老荒原歲月移	오래된 바위 황폐한 들녘에 세월을 옮겨놓았고
我行經此似先碑	내가 이렇게 길 가는 것은 선친3)과 흡사하네
已違德裕傳家戒	이미 후한 덕이 없어져 가문의 규율 전하고
却憶元超灑淚時	도리어 뛰어난 걸 원래 기억하며 눈물 뿌리네
渺渺春風啼杜宇	넓고 아득히 봄바람이 불어 소쩍새는 울고
瀟瀟夜雨入棠梨	밤에 추적추적 내리는 비 팥배나무로 들어가네
人來人往成今古	사람이 오고 감에 고금을 이루었고
極目烟蕪無恨思	연무와 풀밭을 끝없이 보며 무한히 생각이 나네

협로夾路 : 좁은 길. 塘 못당(제방. 저수지.)

총석叢石 : 총총하게 서 있는 바윗돌.

1) 왕고王考 : 죽은 할아버지.

2) 선비先碑 : 부군府君. 선친先親. 선고先考. 죽은 아버지. 挲 만질사

소일少日 : 젊은 날.

배행陪行 : 모시고 따라가거나 옴. 배웅.

가대인家大人 : 자기 아버지.

불초不肖 : 불초. 어버이를 닮지 않고 못남.

현연泫然 : 눈물을 줄줄 흘림.

추록追錄 : 추가하여 기록함.

3) 선비先碑 : 남에게 자기의 죽은 부모를 말할 때 씀.(=선친先親. 선고先考.)

묘묘渺渺 : 넓고 끝이 없음.

두우杜宇 : 소쩍새. 촉觸나라 망제望帝의 이름.

소소瀟瀟 : 비바람 따위가 세참. 비가 추적추적 내림.

당리棠梨 : 팥배나무. 아가위나무 또는 아그배.

극목極目 : 먼 곳까지 봄. 한없이 봄.

을미고 乙未稿(1895년, 41세)

고시 1수 523

麥秋

보리 수확

芒種在四月	망종이 사월 달에 있어
嘗麥必先節	일찌기 보리밥은 반드시 절기보다 앞서 먹었네
值閏移在五	윤달을 만나고 오월 달로 옮겨가는데
例窖瓶罌絶	대부분이 쌀독에 양식이 떨어졌네
西舍老農髮如銀	서쪽 집 늙은 농부 머리털은 은빛처럼 하얗고
指證身經若識訣	가리켜 증거하고 몸으로 겪어 참결과도 같네
今年五月月再圓	금년 오월에 달은 다시 둥글고 밝은데
峽中尤覺天氣別	협곡 가운데 더욱 날씨가 다름을 깨달았네
酸肉尚硬梅子靑	신맛 나는 육질이 단단해지고 매실은 푸르며
怒房未綻榴花結	살찐 방엔 석류꽃 맺어 봉우리가 터지지 않네
旱風十日病揜門	가뭄바람 열흘이나 불어 문 닫기 서럽고
今朝捲笠山雨歇	오늘 아침 삿갓을 걷으니 산에 비 그치네
稻以霜熟麥雨熟	벼가 서리에 익듯 보리 때 오는 비로 익어가고
物理生成不可詰	물리의 생성은 가히 힐난할 수 없도다

昨日靑者今已黃	어제 푸른 것이 지금 벌써 누렇게 되었고
瓠子一夕洪河決	호자[1]에서 하룻밤 홍수가 나 물이 터졌네
黃雲滿屋貧暴富	익은 곡식[2] 집에 가득 가난한 집 벼락부자 되어
四隣鞭耞地欲裂	사방 이웃은 땅을 채찍해 도리깨질하네
回首前冬種麥時	머리를 돌려보면 지난 겨울 보리 심을 때
男婦埒茶縮如鼈	남자 부인네가 차를 따며 자라처럼 웅크렸네
雲屯戈甲摠何有	둔병의 창과 갑옷이 다 어디에 있는가
蟘賊已隨烟塵滅	개미 같은 도적떼는 이미 연진 따라 줄어들었네
寄語世上炎炎子	세상의 염염함을 그대에게 말 전하노니
氣焰莫誇熏天熱	불기운이 하늘을 그을려 덥다고 자랑하지 마라
太廟神靈永有賴	주공을 모신 사당[3] 신령하여 영구히 믿음 있고
萬年薦麥應無缺	만년에 보리를 천신[4]하니 응당 흠이 없도다

맥추麥秋 : 익은 보리를 거두어들이는 일. 6월.

망종芒種 : 소만과 하지 사이로 양력 6월 6, 7일경임. 특히 보리를 베고 모를 심어야 할 시기임. '보리는 망종 전에 베어라'는 속담이 있다.

窖 막힐군

병앵瓶罌 : 병과 독. 폭부暴富 : 벼락부자.

맥우麥雨 : 보리가 익을 무렵 오는 비.

1) 호자瓠子 : ① 기원전 132년 한漢 무제武帝 때 하남성 복양시 호자瓠子에서 황하의 둑이 터져 대홍수가 났다. 한 무제가 사람들을 동원하여 제방을 막았지만 계속 터져 한나라 조정이 그 공사를 포기하였다. 매년 범람하는 황하의 물로 농사를 지을 수 없었다. 그러다가 기원전 109년 한 무제가 태산에 들려 봉선을 행하고 돌아오다 호자에 들려 백성들과 관리들을 동원하여 황하의 터진 제방을 막았다. 한

무제는 그 공사를 기념하기 위해 호자의 제방 위해 궁궐을 지어 그 이름을 선방궁
宣防宮이라 부르게 했다.

② 호자가瓠子歌 : 한漢 무제武帝가 지은 노래로, 첫 부분은 다음과 같다. "瓠子
決兮將奈何(호자결혜장나하) 호자의 제방이 터졌음이여, 이를 장차 어이할까/ 晧
晧旰旰兮閭殫爲河(호호간간혜여탄위하) 호호간간 물바다여, 온 고을이 강으로 변
했구나// 殫爲河兮地不得寧(탄위하혜지부득녕) 온 땅이 모두 강으로 변했음이여,
땅 위의 백성들이 고생하는구나/ 功無已時兮吾山平(공무이시혜오산평) 공사는 언
제 끝날지 모름이여, 오산은 평평해졌구나"

2) 황운黃雲 : 누른 빛의 구름. 벼가 누렇게 익은 것을 황색 구름에 비유함.

남부男婦 : 남여.

埒 바자울날(낮은 담. 제방. 뽑다.)　挌 집어딸랄(어루만지다)

과갑戈甲 : 창과 갑옷.

기어寄語 : 말을 기별하여 보냄.

염염炎炎 : 매우 더움.

기염氣焰 : 대단한 기세. 굉장한 호기.

3) 태묘太廟 : 태묘는 노나라 시조인 주공周公을 모신 사당임.

만년萬年 : 썩 많은 햇수. 늘 한결같은 상태.

4) 천신薦新 : 새로 난 과일이나 농산물을 신에게 먼저 올리는 일. 봄가을에 신神
을 위하여 하는 굿. 여름에 보리를 수확하여 천신하게 됨.

觀移秧夜賦短句 四首

모심는 것을 보고 밤에 단구 4수를 짓다　　　　　　　　　오절 4수 524

1수

聞道田家諺　　농가에 전해오는 이야기를 듣노라니

秧時驗蜀葵	모내기할 시기에 접시꽃이 증험하네
今年花發盡	금년에 꽃이 다 피어버려
何似去年時	어떻게 지난 해 그때와 같을 것인가

문도聞道 : 도를 들음. 또는 도를 듣고 깨달음.
촉규蜀葵 : 접시꽃.

2수 524

午饁傾家出	한 낮에 들밥을 내오며 집사람들 나오고
飯白魚脯青	밥은 흰색이요 어포는 푸르도다
小婢隔溪喚	작은 계집종은 냇가의 건너편을 부르더니
踉蹌遺酒瓶	비틀거리며 걷다 남은 술병을 빠뜨렸네

饁 들밥엽(들밥을 내가다. 들에서 일하는 사람에게 보내는 음식.)
婢 계집종비(소첩小妾 : 여자가 자신을 낮추어 부르는 말.)
脯 말린고기포, 회식할보
낭창踉蹌 : 비틀거리는 걸음걸이. 허둥거리는 걸음걸이.

3수 524

今日雨妨秧	오늘 비가 와 모심기를 방해하더니만
歸人犯路黑	사람들 돌아와 어둔 길에서 만나네
臥聞亂石中	누워 들으니 흩어진 돌 가운데 있고

橐橐生牛跡　　절구질소리에 소의 흔적이 생겨나도다

탁탁橐橐 : 신발소리. 절구질소리.　橐 자루탁(전대)

4수 524
農人夏亦寒　　농민들은 여름에도 쓸쓸하기만 한데
山雨垂終日　　산에 비가 종일토록 내렸구나
爲汝穩夜眠　　너를 위해 편안히 밤에 잠을 자고
更煖喂牛堗　　다시 따뜻하게 해 부엌에서 소 먹이네

喂 부르는소리위(먹이다)　堗 굴뚝돌(부엌. 창. 구들.)

江漲

강물이 불어나다

오고 1수 524

01　皇天信莫測　　하느님은 진실로 알 수가 없어
　　何處藏許水　　어느 곳에 많은 물을 감추어 두었는가
　　雷公決河漢　　천둥이 은하수의 물을 터서
　　匐訇落萬里　　쾅쾅 큰 소리 나 만 리에 떨어졌네

	連峰谺西南	연속된 봉우리 휑하니 서남쪽에 있고
	江身始恣馳	강변으로 비로소 방자히 달리네
	老浪亘十日	약한 파도는 십일 동안 펼쳐졌고
	積勢汩南紀	쌓은 기세 남기[1]에 쏟아졌네
09	野彎一蕩滌	들녘의 물굽이 한번 쓸어 샘솟고
	孤城岌不止	외로운 성에 위태로움이 그치지 않네
	漲立魍魅愁	물이 불어 서서 도깨비를 근심하며
	泂射鰕魚死	거슬러 올라가 쏘며 새우 물고기를 죽이네
	老螭齧石壁	늙은 교룡은 석벽을 물어뜯고
	尾跋不用齒	꼬리를 밟으며 이빨을 쓰지 않네
	古樹禿枝樛	고목나무 가지가 벗겨져 휘어지고
	贔屭中江起	힘을 번쩍 써 강 가운데 일어나네
17	忽被洪濤捲	홀연히 홍수 나고 조수가 감아 말아
	衝去疾如矢	부딪혀 가니 빠르기가 화살과 같네
	水性本緩弱	물의 성질은 본래 느리고 약하지만
	大合力能爾	크게 합쳐져 힘이 이와 같도다
	我抱幽憂疾	나는 그윽이 근심과 시름 안고서
	夙訝觀濤理	일찍 놀라 조수의 다스림을 보네
	今日心眼壯	오늘은 마음의 눈이 활짝 트여
	未覺霍然已	별안간 없어져 깨닫지 못하네
25	但增杞人憂	단지 기인의 근심이 늘어나고[2]

天漏恐伊始   하늘이 뚫려 저렇게 시작됨이 두렵네

황천皇天 : 크고 넓은 하늘. 하느님.

匉 큰소리펑   訇 큰소리굉   谺 골휑할하

駛 달릴사(빠르다. 신속하다.)   夙 일찍숙   訝 맞을아(놀라다)   濤 큰물결도

곽연霍然 : 급함. 별안간 사라져 없어짐.   霍 빠를곽(갑자기)

浪 물결랑   亙 걸칠긍(펴다. 찾다.)

1) 남기南紀 : 강한江漢(양자강과 한수) 이남지방.

潏 샘솟을휼, 흐르는모양율   魑 도깨비리   魅 도깨비매

洄 거슬러올라갈회   樛 휠규(구불구불하다)

비희贔屭 : 힘을 버쩍 씀.   贔 힘쓸비   屭 힘들일희

2) 기우杞憂 : 쓸데없는 걱정. 옛날 중국 기杞나라 사람이 '만일 하늘이 무너지면 어떻게 할 것인가?'라고 걱정하였음.

천루天漏 : 구름 없는 맑은 하늘에서 내리는 비.

我屋

나의 집   오율 1수 525

有此梧桐樹   이렇게 오동나무가 심어져 있어서

村中我屋凉   마을 가운데 나의 집이 시원하구나

好山蟬亦早   산이 좋아 매미도 일찍 울어대고

積雨驚何忙   계속해서 오는 비 놀라 어찌 바쁜가

農亟騷訛斷	농촌에는 자주 와전된 소문도 단절되고
家貧飮啜長	집이 가난해 마시는 것 오래 되었네
循除掃漂麥	굴러 다니며 떠내려간 보리 쓸어 담고[1]
日再給鷄糧	날마다 두 번씩 닭 모이를 주네

적우積雨 : 계속해서 오는 비. 쌓인 걱정.

亟 빠를극(삼가다. 사랑하다.), 자주기(갑자기)

소와騷訛 : 잘못 전해서 소동을 일으킨 소문.

啜 먹을철(마시다)　循 좇을순(빙빙 돌다)　除 섬돌제(길. 뜰.)

순제循除 : 섬돌을 돌다. 돌아다니다.　漂 떠다닐표

1) 표맥漂麥 : 글을 읽는 데 몰두하여 다른 일을 다 잊어버림. 후한後漢의 고봉高鳳
이 말리던 마당의 보리가 폭우暴雨에 떠내려간 것도 모르고 독서에 몰두했다던 고사.

冉 나아갈염(부드럽다. 침범하다.)　苒 풀우거질염(세월이 덧없이 흐름)

和小川次坡詩道場山韻, 却寄

동파시의 '도장산'운을 차운하고 소천에게 화답하여 보냄

칠고 1수 525

與子同山居異麓	그대와 함께 같은 산에 살지만 기슭이 다르고
各管雲月專一谷	각자 구름 달을 관리하며 한 골짝을 오롯이 했네
王髥才緖如髯多	긴 수염은 재주의 시초라 수염이 많은 것과 같고
人所應有無不足	사람이 응답하는 것은 부족함이 없는 것이네

只是窮鬼守不去	다만 곤궁한 귀신 되어 지키면서 가지 못했고
一生蹇嶇羊腸盤	일생 동안 구불구불 구절양장 험한 길이었네
蹕屩伽倻衝饕雪	짚신 신고 가야 땅에 눈보라 거세게 치는데 갔고
操舵洌水試驚湍	키 잡아 열수[1]에서 놀란 여울을 시험하였네
妻孥挽衣笑且嗔	처자는 옷깃을 당기며 비웃고 또 성내며
僻巷依舊門敗席	궁벽한 거리 변함없이 문간 자리를 깨뜨렸네
村校琅琅俗客稀	촌 학교 낭랑한 글소리에 속세의 객이 드물며
花竹成行認手植	꽃 대나무 줄 이어 손수 심었음을 알겠네
晚復談詩鑿混沌	저물어 다시 시를 담론하며 혼돈함을 뚫고[2]
舊袖欲出高岑間	예전의 소매는 나와 높은 봉우리 사이로 있네
勸君論議毋甚高	그대에게 권하여 논의하니 심히 높게 하지 말라
未聞捨簣能成山	한 삼태기 버리고 산 만들었다는 말 듣지 못했네
丁寧此語惟我共	정녕코 이런 말은 오직 나와 함께 하였으니
沿陸溯杜思過半	육유 좇고 두보를 거슬러 생각함이 많았노라
曠代若能沾膏馥	오랜 세월동안 그대가 더하여 살쩌 향기롭고
負薪拾橡寧足嘆	상수리나 줍는 천한 사람 어찌 한탄이나 할 것인가

운월雲月 : 구름과 달. 언월偃月.

궁귀窮鬼 : 궁한 귀신. 곤궁한 사람.　蹇 절건　嶇 산굽이질산

양장羊腸 : 양의 창자. 꼬불꼬불하고 험한 길.

饕 탐할도(과하다. 사납다. 광포하다.)

1) 열수洌水 : 고조선 시대의 대동강, 조선시대의 한강을 말함.

湍 여울단(급류. 소용돌이치다.)

낭랑琅琅 : 쇠와 옥이 부딪쳐 나는 소리. 새 지저귀는 맑은 소리.

성행成行 : 줄을 잇다. 성사되다.

속객俗客 : 속세에서 온 손님. 승려가 아닌 속인.

2) 착혼돈鑿混沌 : 《장자》의 응제왕應帝王에 다음과 같은 이야기가 있다. 남해의 임금 숙儵과 북해의 임금이 흘忽과 중앙의 임금 혼돈이 있었다. 숙과 흘이 혼돈의 땅에서 만나니 혼돈이 매우 대접을 잘하였다. 숙과 흘이 혼돈의 덕을 보답하기 위해, "사람은 일곱 구멍이 있어 보고 듣고 먹고 쉬는데 이 분은 없으니 시험하여 뚫어 주자."라고 말하고, 하루에 한 구멍을 뚫으니 7일 만에 혼돈이 죽었다.

정녕丁寧 : 추측컨대. 틀림없이.

사과반思過半 : 생각하여 깨닫는 바가 많음. 사실이 상상 이상임.

광대曠代 : 오랜 세월. 광세曠世.

沾 더할첨(적시다)　膏 살찔고　馥 향기복

부신負薪 : 땔나무를 등에 짐. 비천한 태생(=부신지자負薪之資). 채신지우採薪之憂.

 해설

　소동파시의 '도장산道場山'운을 차운한 매천의 또 다른 시가 있다. 《매천전집》 1권 89쪽에, '동파의 도장산운을 이용하여 유생 고용주에게 보냄'의 〈용동파도장산운用東坡道場山韻, 기고생용주寄高生墉柱〉라 칠고 1수의 시이다. 이 시는 《역주황현시집》 상권 290～291쪽에 번역이 되어 있다.

桃源行

도원으로 가는 길

칠고 1수 526

我見桃源圖畫傳	내가 도원의 그림이 전해 온 것을 보았지만
世上何人無仙緣	세상에는 어떤 사람도 신선과의 인연이 없었네
漁釣一生妄男子	어부가 일생 동안 낚시하면 망령된 남자 이런가
溪水尋常船仍牽	냇물 깊은 곳에 흔히 배를 매어 놓았네
膩浪恬風忘遠近	미끄러운 파도 조용한 바람은 원근을 잊고
行過千山萬山盡	천산 만산의 산들을 다 지나가네
山盡一山開壺口	산이 다하면 산하나 병 입구처럼 열려있고
有路寧愁無人問	길 있는데 어찌 물어볼 사람 없는 것 근심하는가
只見桃花不見樹	단지 복사꽃만 보며 나무를 보지 못하고
花底那知更成聚	꽃은 어찌 저렇게 다시 모여 있음을 알리오
千家人情一人同	모든 집들의 인정은 한 사람과 같고
酒果顚倒村巷走	술과 과일이 전도하여 마을의 골목길을 달리네
渭水秦川說蒼茫	잠삼의 '견위수사진천'시를 창망히 이야기하며[1]
見客忽如歸故鄕	객을 보며 홀연히 고향으로 돌아오는 것 같네
蠻觸紛紛電過眼	하찮은 일 분분하여 번개처럼 눈에 지나가고
中原久已摧阿房	중원에선 벌써 이미 아방궁[2]을 꺾었네
居人歎惋未忘情	사는 사람은 한탄스럽게 정을 잊지 못하고
漁子能不塵心萌	어부는 속세의 마음이 싹튼 게 아니로다

若使當時留不返　　만약 당시에 머물러 돌아오지 않았다면3)

不過添個秦蚩氓　　낱낱이 더해 진의 어리석은 백성에 불과했으리

祗緣旋出足佳話　　단지 아름다운 이야기 인연해 돌아 나오고

苟得重尋亦凡界　　진실로 다시 찾아와도 역시 평범한 세계로다

緣溪標誌何愚哉　　냇가의 표지로 연연함은 어찌 어리석은 짓인가

此意惟有淵明會　　이런 뜻으로 오직 도연명의 모임이 있네

千載謬悠成奇蹟　　천년동안 잘못하여 기이한 자취 이뤄지고

君亦畵之張素壁　　그대 역시 이런 것을 그려 흰 벽에 펼치네

吾所愛者桃花已　　내가 사랑하는 것은 복사꽃이라

其餘計話皆瓦礫　　그 나머지 계획된 말은 다 하찮은 것이네

不與斯世通人烟　　이 세상을 인가의 연기와 함께 하지 못하고

何樂窮山作逋山　　어찌 궁벽한 산을 즐겨 산으로 달아났는가

君不見樂志論　　그대는 낙지론4)을 보지 못하였는가

此是我輩眞桃榐　　이것이 우리들의 진짜 도원이로세

망남자妄男子 : 아무 까닭이 없는 사람. 터무니없는 남자.

膩 기름질니(매끄럽다. 물리다. 때.)

1) 위수진천渭水秦川 : 잠삼岑參의 '위수를 보고 진천을 생각하며'의 〈견위수사진천見渭水思秦川〉이라는 시를 말함. 시의 내용은 다음과 같다. "渭水東流居(위수동류거) 위수는 동쪽으로 흘러가는데/ 何時到雍州(하시도옹주) 어느 때나 옹주에 이를 것인가// 憑添兩行漏(빙첨양행루) 두 줄기 눈물을 뿌려/ 奇向故園流(기향고원류) 고향을 향해 흘러 보내리라"

만촉지쟁蠻觸之爭 : 만씨와 촉씨의 다툼. 작은 나라끼리 싸움.(《장자莊子》)

2) 아방궁阿房宮 : 진시황이 함양咸陽에 세운 궁궐. BC206년 진秦을 정복한 항우項羽에 의해 전소되었으며, 3개월간 불탔다고 함. 매우 큰 집을 비유함.

電 번개전(빠름)   愡 한탄할탄

어자漁子 : 어부漁父. 어인漁人.   萌 싹맹(움)

3) 도화원기桃花源記 : 도연명이 쓴 이 글의 첫 부분과 끝부분에 다음과 같은 내용이 있다. "동진東晉 효무제의 태원(376~396) 연간에 무릉이라는 동네에 고기 잡는 어부가 살고 있었다.(晉太元中, 武陵人, 捕魚爲業) … 중략 … 어부가 무릉도원에서 실컷 놀다가 마을을 빠져 나온 후, 배를 타고서는 곧장 이전에 왔던 길을 따라 돌아가면서 곳곳에 표시를 해놓았다.(旣出, 得其船, 便扶向路, 處處誌之.)

남양이라는 동네에 유자기라는 고상한 성품의 선비가 있었는데, 이 이야기를 듣고 꼭 그곳을 가보고자 했었으나 끝내 길을 찾지 못하고, 병들어 죽고 말았다. 이후로는 무릉도원으로 가는 뱃길을 묻는 이가 없었다.(南陽劉子驥, 高尙士也. 聞之, 欣然規往未果, 尋病終, 後遂無問津者.)"

蚩 어리석을치   岷 산이름민

와력瓦礫 : 깨진 기와 조각, 또는 기와와 자갈이라는 뜻으로 '하찮은 것'.

인연人烟 : 인가에서 나는 연기.   逋 날아날포(체납하다)

4) 낙지론樂志論 : 후한 중장통仲長統(179~220)의 글. 중장통의 자는 공리公理. 벼슬을 싫어해서 〈낙지론〉을 지었으나, 후에 순욱의 부름에 응하여 조조 밑에서 일하기도 했다. 그는 전통적인 유교사상을 바탕으로 당시의 사상과 사회를 비판하였으며, 자기 분수와 천명을 알아 '나름대로의 진실한 삶을, 욕심 없이 사는 것이 진정한 기쁨이며 참다운 행복'이라고 하였다.

千秋節望闕恭紀

천추절[1]에 대궐을 바라보며 삼가 쓰다   칠고 1수 527

三角山上五色雲　삼각산 위로 오색의 구름이 펼쳐져 있고

景福宮中鳴鳥聞	경복궁의 새소리 울려 들려 오도다
二十七葉仙李花	스물일곱 잎 신선의 오얏꽃[2] 피어있고
陛下神聖追勛華	성자신손[3] 임금님들 공적의 꽃을 쫓네
殷宗周宣誰比數	은종[4]과 주선[5]의 정치에 누가 숫자를 비교하랴
大統用集中興主	임금의 계통을 모아 중흥의 주인이 되네
貫胸絡耳來于于	가슴 뚫고 귀 얽어 의젓히 부드럽게 오고
太史載筆王會圖	태사[6]가 붓으로 적으며 왕회도[7]를 그리네
八域同慶秋七月	온 세상이 함께 가을 칠월을 경축하노니
某日甲子千秋節	모일 갑자일은 천추절이로다
鳳脯麟髓出內廚	봉황의 포와 기린의 골수가 부엌에서 나오고
雲璈玉琯訇清都	징과 옥피리소리 하늘 나라에서 크게 나네
豹尾鈎陳日曈曨	표범의 꼬리 갈고리 풀어 날이 먼동이 트고
彤墀虎拜千夔龍	붉은 섬돌에 어진신하 절하고[8] 많은 현신[9]있네
聖人應辭華封祝	성인은 응당 화봉의 축하를 말하지만[10]
大臣誰抱金鏡錄	대신은 누가 금경록[11]을 안을 것인가
北望神京一千里	북쪽으로 신경[12]을 바라보니 일천리라
野老漆室芹空美	시골노인 칠실에서 미나리만 속절없이 아름답네[13]
吁嗟乎	탄식하도다
書燈照古危明時	책상 등불이 옛것을 비춰보면 임금자리 밝을 때
至今松栢無南枝	지금은 송백나무에 남쪽 가지가 없네

紀 벼리기(세월. 실마리. 법. 쓰다.)

1) 천추절千秋節 : 임금의 탄일. 중국 황태자나 황후의 탄일.

2) 이화李花 : 자두나무 꽃. 이 글에서는 '이씨의 꽃'으로 조선 마지막 제27대 순종純宗(1874~1926) 황제를 상징함. 순종황제는 고종高宗의 둘째아들로, 어머니는 명성황후明成皇后였음.

일본 통감 이토오 히로부미의 압력과 이완용 등의 강요로 고종황제가 헤이그 특사사건을 구실로 강제로 퇴위 당하자 1907년 7월 20일 즉위하였다. 곧 이어 1907년 7월 24일 '한일신협약韓日新協約'이 체결되어 차관정치次官政治를 하였으며, 그 결과 사실상 국내정치는 일본인이 좌우하게 되었다. 같은 해 8월 1일에는 또다시 일본의 압력으로 한국군이 강제 해산되어 대한제국은 군대가 없는 나라가 되었다.

폐하陛下 : 궁전에 오르는 계단 밑. 황제, 황후, 태황제, 황태후, 태황태후에 대한 경칭.

신성神聖 : 거룩하고 성스러움.

3) 성자신손聖子神孫 : 성군聖君의 자손.

4) 은종殷宗 : 은나라 고종. 학문에 치중하고, 시무時務에 힘써 삼대三代가 태평 성세를 이루게 하였음.

5) 주선周宣 : 주나라를 중흥시킨 현군賢君으로 덕을 닦아 주도周道를 다시 흥기하게 하였음. 본래 여왕厲王의 태자였는데, 여왕이 실정失政을 하다가 체彘 땅으로 쫓겨난 후 주공周公과 소공召公의 두 재상이 정권을 장악하여 14년간 공화 정치를 하였다. 여왕이 죽자 옹립된 다음 훌륭한 정치를 베풀어 주 왕조를 부흥시켰다.(《史記 周本紀》)

대통大統 : 임금이 계통. 絡 이을락, 얽을락

우우于于 : 아무 것도 개의치 않음. 의젓하고 부드러움.

6) 태사太史 : 사관史官. 역사 기록을 맡아보던 관리.

7) 왕회도王會圖 : 왕자王者와 제후가 함께 모인 모양을 그린 그림. 주무왕周武王의 왕회편王會篇과 같은 뜻임.

① 왕회王會는 천자에게 조공하기 위해 제후나 번국들이 모이는 모임을 말하며, 《주서周書》〈왕회편王會篇〉은 사방의 제후諸侯와 사이四夷가 천자에게 조회하는 것을

기술하고 있음.

② 왕회도는 당 화가 염립본閻立本(?~AD673)이 비단에 그린 그림으로, 현재 대만 국립 고궁 박물원에 있음. 총 24개국 26명의 사신이 당에 조공하는 모습과 기사가 실려 있으며 고구려, 백제, 신라의 사신 모습도 그려져 있음.

팔역八域 : 조선시대 행정구역 8도. 脯 포포(말린 고기. 말린 과실.)

봉포鳳脯 : 봉鳳은 수컷 봉새를 말하나 요리에 나오는 닭. 닭고기 말이.

운오雲璈 : 궁중에서 쓰던 구리로 만든 작은 징. 운라雲鑼.

옥관玉琯 : 옥피리.

청도淸都 : 천제天帝가 사는 곳. 하늘나라. 訇 큰소리굉

구진鉤陳 : 중국 하남河南에 있는 구진루鉤陳壘로 옛 무왕武王이 주紂를 정벌할 때 8백 제후가 모였던 곳.

曈 동틀동 曨 어스레할롱 墀 섬돌위뜰지(섬돌)

8)호배虎拜 : 어진 신하가 임금께 절하는 것. 호虎는 주周 선왕宣王 때의 어진 신하 소목공召穆公의 이름이다. 《시경詩經》〈대아大雅〉 강한江漢의 "虎拜稽首(호배계수) 소호는 엎드려 머리 조아리고/ 對揚王休(대양왕휴) 임금님 은덕을 사례했네"라는 내용이 있다.

9) 기룡夔龍 : 순舜 임금의 두 현신賢臣이다. 기는 악관樂官, 용은 간관諫官으로 명신들을 비유함. 夔 외발짐승기(조심하다)

10) 화봉축華封祝 :《장자》〈천지편〉에 나온 화봉삼축華封三祝의 고사. 화봉華封의 백성이 요堯 임금을 위하여 수壽·부富·다남多男의 세 가지를 기원하였다는 고사.

鉤 갈고랑이구(사닥다리)

11) 금경록金鏡錄 : ① 금경金鏡은 당나라 황제의 생일에 신하들이 거울(=경鏡)을 바쳐서 축하하였다. 그 예로 현종玄宗의 생일에 하지장賀知章은 '천추금경록'이란 글을 바쳤다. 국가의 흥망에 거울이 될 만한 사적을 적었음. ② 고려 말 시중侍中 이색李穡이 쓴 《금경록金鏡錄》도 있음.

12) 신경神京 : 조선 시대의 한성漢城. 명나라의 서울.

13) 칠실漆室 : 매우 캄캄한 방. 칠실지우漆室之憂는 '자기 분수에 넘치는 일을 근심함'의 뜻.

겸사謙辭 : 겸손한 말. 芹 미나리근(선물할 때의 겸사謙辭.)
명시明時 : 평화스러운 세상.

挽崔雲皐炳勛 五首

최운고 병훈의 만사   칠절 5수 528

1수 528

鄕人無目笑傖荒	향인들은 안목 없이 어지럽고 거칠게 웃지만
眉帶寧城翰墨光	미간에 영성[1]의 문필을 띠었도다
渡得淮來珍貴倍	회수를 건너오며 진귀함은 더욱 배가 되어
深深包橘發天香	깊고 깊이 싼 귤이 좋은 향기를 발하였네

傖 천할창(문란하다)

1) 영성寧城 : 최항崔恒(1409~1474)의 호. 자는 정부貞父, 호는 태허정太虛亭, 시호는 문정文靖이다. 세종 1434년 알성 문과에 장원 급제하여 세종의 명을 받아 정인지鄭麟趾·박팽년朴彭年·성삼문成三問 등과 함께 훈민정음 창제에 참여하였으며, 〈용비어천가〉·〈동국정운〉·〈훈민정음해례〉 등을 지었다. 《세종실록》·《고려사》·《문종실록》을 편찬하였다.

계유정난 때 정인지·신숙주·권람 등과 함께 수양대군을 도운 공으로 정난공신 1등이 되어 도승지에 임명되었다. 다음해 이조참판으로 영성군寧城君에 봉해졌으며, 세조 원년 1455년에 대사헌이 되어 좌익공신左翼功臣 2등에 녹훈되었다. 예문관 대제학藝文館大提學 겸 성균관 대사성成均館大司成이 되었으며, 우의정·좌의정·영의정이 되었다. 《경국대전經國大典》·《동국통감東國通鑑》·《세조실록》·《예종실록》을 편찬하였다.

한묵翰墨 : 문한文翰과 필묵筆墨. 문필.

천향天香 : 뛰어나게 좋은 향기.

회귤淮橘 : 남쪽에서 자라는 귤나무를 회수 북쪽에 심으면 탱자로 변함.

2수 528

馬癖曾同王武子	말을 좋아하는 버릇은 왕무자[1]와 같았고
詩豪又是杜樊川	뛰어난 시인으로 또 두번천[2]이었네
風流覺得無人似	풍류는 마치 사람이 없는 것처럼 느끼며
名在江湖四十年	이름이 강호에 사십 년 동안이나 있었네

마벽馬癖 : 말을 좋아하는 버릇.

1) 왕무자王武子(＝왕제王濟) : 《세설신어世說新語》〈태치汰侈〉는 교만과 사치스러운 이야기를 다루고 있다. 무제武帝(＝사마염司馬炎) 때 왕무자는 처벌을 받고 북망산 아래로 이사하였다. 당시 그곳은 주민들이 많았고, 땅값도 비쌌다. 왕무자는 말을 타면서 활 쏘는 것을 좋아했기에, 땅을 매입하자 담을 쌓고 동전을 꿰어 지경의 담에 빙 둘러 놓았다. 당시 사람들은 그것을 금구金溝라 불렀다.(유우경(안길환 역), 《세설신어世說新語》(下)〈태치汰侈〉제30, 명문당, 482쪽.)

시호詩豪 : 뛰어난 시인. 대 시인.

2) 번천樊川 : 두목杜牧(803~852)의 호. 자는 목지牧之. 만년에 중서사인中書舍人을 지내면서 장안성 남쪽의 별장 번천樊川에 살았으므로 두번천杜樊川이라 하였다. 그의 시는 웅대한 모습이 뛰어나며, 풍류남아로 유명하였다.

3수 529

千金散作路傍塵	많은 돈이 길가 옆에 티끌처럼 뿌려졌고

老氣騰騰不畏貧	늙은 기운 등등하여 빈곤함도 두렵지 않았네
一種門前秔稻地	한 대문 앞으로 벼를 재배하는 땅 있어
康成豈合假田人	강성[1]이 어찌 소작하는 사람을 합할 것인가

1) 강성康成 : 정현鄭玄(127~200)의 자. 후한 말 유학자로 훈고학訓詁學과 경학經學의 시조였다. 마융馬融에게 배워 모든 경전의 통일적 해석을 완성하여 한당漢唐 훈고학의 지표가 되었다.

정현은 훗날 하휴何休라는 학자와 교분을 갖게 되었는데, 그에게는 《공양묵수公羊墨守》와 《곡량폐질穀梁廢疾》이라는 저서가 있었다. 정현은 하휴의 글을 읽은 후, 〈묵수墨守〉와 〈폐질廢疾〉이라는 글을 써서 하휴의 견해를 반박하였다. 하휴는 정현의 글을 읽고 탄식하며 "정강성이 나의 집에 들어와 나의 무기를 빼앗고, 나를 공격하고 있다(鄭康成入吾室, 操吾戈以伐我乎.)"라고 말하였다. '입실조과入室操戈'는 남의 방에 들어가 무기를 빼앗아 공격함을 비유한 말이다.

가전假田 : 남의 땅을 소작하는 관습.

4수 529

莫恨泉臺飮墨歸	구천에서 먹물 마시며 돌아옴을 탓하지 말라
筌魚隍鹿悟眞稀	통발 고기와 해자의 사슴이 진짜 귀함을 깨닫네
君看世上千欄幞	그대는 세상의 많은 난간에서 두건을 쓰고
爭及雲山老布衣	다투어 운산에서 늙어 포의 입었음을 보게나

천대泉臺 : 구천九泉. 땅속. 저승.　幞 건복(두건)

포의布衣 : 벼슬이 없는 선비. 백의白衣. 베옷.

5수 529

幽憂近日廢撚髭	요즘에 깊은 근심 있어 콧수염 비틀어 없애고
恐負生平作此詩	평생 동안 이런 시 지어 저버릴까 두려웠네
靈若有知應快咏	신령이 만일 안다면 응당 흔쾌히 읊조리려니
秋燈想見竦眉時	가을 등불아래 높은 눈썹을 생각해볼 때이네

撚 비틀연　髭 코밑수염자　竦 삼갈송(두려워하다)　眉 눈썹미(노인)
상견想見 : 과거나 미래를 생각해 봄.　時 때시(때를 어기지 아니하다)

輓代人

대신하여 쓴 만사　　　　　　　　　　　　　　　칠율 1수 529

艾年驚見髮如銀	애년[1] 나이에 머리털이 은발과 같아 놀라 보며
秋柳蕭蕭寄思頻	가을 버드나무 쓸쓸하여 자주 마음을 보냈지
客至相傳詩筆健	나그네가 와 서로 전해주니 시필은 강해졌고
訃來忙檢姓名眞	부고가 와 바쁘게 점검해보니 성명이 진짜였네
如何地下修文職	지하에서 글 짓는 직책[2]이나 맡음이 어떠한가
選此江南未第人	강남에서 급제하지 못한 사람 이렇게 선택했네
遙想英靈雄百鬼	멀리 영령을 생각하면 모든 귀신들 중 으뜸이라
博陵門戶故嶙峋	박릉[3]의 문벌은 예로부터 첩첩 높이 솟아있네

1) 애년艾年 : 쉰 살. 50세. 머리털이 세어서 쑥 같은 나이.

건필健筆 : 시문을 잘 짓는 일. 글씨를 잘 쓰는 사람.

2) 수문전修文殿 : 고려 공민왕 때 수문전(학자가 왕에게 강론을 하던 곳)과 집현전을 설치하였음. 조선시대에도 보문각寶文閣・수문전修文殿・집현전集賢殿을 두었고, 세종이 즉위하자 이 중 집현전을 확대하였다.

3) 박릉博陵 : 평북 박천博川을 말함. 당 왕조에서 박릉최씨博陵崔氏는 막강한 관료를 배출하여 최고의 명문이었고, 우리나라에서도 명문가였다.

문호門戶 : 집으로 드나드는 문. 문벌門閥. 외부와 연락하는 문.

인순嶙峋 : 벼랑・산 등이 쌓여 한없이 깊음. 여러 계단을 이루어 높이 솟은 모양.

해설

위의 시는 죽음을 애도하는 조만시弔輓詩이다. '대인代人'이란 글자가 있어 매천이 다른 사람을 대신하여 쓴 것이다. 하지만 미구의 내용으로 보아 박릉 최씨의 만사輓詞일 것 같지만 시 제목의 글자가 선명하지 못해 확인하지 못하였다.

釋菜嘆

석채[1]를 탄식함

오고 1수 530

01	肅肅庭燎颸	엄숙 고요하게 뜰의 화톳불이 바람에 날리는데
	優優爐香泛	어렴풋이 화로의 향기 피어나네
	衿紳齊駿奔	선비와 벼슬아치 다 이리저리 분주하고
	袍韠儼寬裧	웃옷을 폐슬[2]하고 삼가하여 넓고 크게 하네

心齋寧誇夙　마음을 재계하여 어찌 일찍부터 자랑하리오
儀節頗恐欠　예절이 부족하여 자못 두려워지네
菓窮巧借代　과일이 궁하면 공교하게 대신 빌리고
牢瘠約刲刏　희생이 모자라면 베고 가를 것을 약속하네
09　筍戻籩跨豆　죽순을 대 제기에 올려놓으며
酒醱潘盈甒　술은 질그릇 항아리에 가득 찼네
例闕盥奉匜　항상 물대야 주전자 드리는 걸 빠뜨리고
矧督冰供籃　하물며 얼음을 공손히 담는 것 단속하네
興頯姿歪頗　일어나 살펴보니 자못 자세가 틀어졌고
贊擯勞噂訊　돕고 인도하며 힘써 많은 말로 수군거리네
浪傳八佾舞　팔일무3)를 함부로 전하여
孰聆朱絃氾　누가 붉은 악기 소리를 물가에서 듣겠는가
17　洋乎判不享　크도다4), 분명히 흠향하지 않으니
惕然重自賺　두렵게도 거듭 스스로를 속이네
澗毛薦猶誠　산골의 짐승을 오히려 정성스럽게 바치며
朔羊去應懺　희생 양5)을 죽여 응당 회개하네
宮墻草欲委　궁궐의 담장 풀은 시들어 가려하는데
寒水月空蘸　차가운 강물에 달이 환희 잠겨있네
仰高穆衡斗　높이 우러러 보아 북두성은 아름다운데
軹正垣鞍鞿　바로 수레바닥 말안장 언치에 자미원 있네
25　遞操頂門針　번갈아 잡아 정수리에 침을 놓으며

	普涉迷津帆	보통 나루터의 돛단배를 미혹하여 건너가네
	黜伯謹鑣鑾	패도를 물리치며 갈이틀과 고삐 끈을 삼가하고
	距淫蕩劚銛	음탕한 것 멀리하며 낫으로 베네
	董韓扶掇旒	동중서 한퇴지는 면류관 깃을 도와 가렸고
	洛建按炯鑑	정주학6)을 살펴 거울이 밝았도다
	學已牖摛埴	학문은 이미 진흙탕을 치며 인도하였고
	功亦援坎臽	공적은 역시 구덩이나 함정을 잡네
33	報祀自崇嚴	보답으로 제사 지내며 스스로 숭엄한데
	將禮奈鈌陷	예의를 가지고 어찌 결함이 있으랴
	緬懷創縣庠	멀리 현의 학교를 만들 때를 생각하며
	須制摸國監	모름지기 국감을 본떠 만드네
	獘原厚猶凉	근원이 무너져 후한 것은 오히려 엷게 하여
	物豈仁生歉	만물을 어찌 사랑하는 것이 부족한가
	撫念愧緇髡	생각하면 스님을 부끄러워하면서
	精供勤唄梵	정성스레 공양하며 범패를 부지런히 하네
41	擬答群聖誘	여러 성인들 인도하여 헤아려 대답하며
	須竭十駕軜	모름지기 열 마리 수레를 다하여 타고 가네
	三復河汾說	세 번이나 반복해 하분7)을 이야기하니
	罔極恩偏俺	어리석게 베푼 은혜 그지없어라

1) 석채釋菜 : 문묘文廟에서 공자에게 지내는 전례典禮를 말함. 음력 2월과 8월의

상정일上丁日에 거행함. 보통 석전釋奠은 소나 양을 제물로 쓰면서 음악을 연주하
지만 석채는 약식으로 나물만을 제물로 쓰고 음악을 연주하지 않음.

釋 풀석(설명하다. 석방하다. 석가모니.) 菜 나물채(푸성귀. 술안주. 반찬. 채마
밭.) 嘆 탄식할탄(읊조리다. 칭찬하다.)

숙숙肅肅 : 엄숙하고 고요함.

燎 화톳불료(밝다. 비추다.) 颺 날릴양 僾 어렴풋할애(흐느끼다)

2) 폐슬蔽膝 : 조복을 입을 때 가슴에 늘여 무릎을 가리는 것. 韠 폐슬필

襜 여물주머니암(옷이 헐렁함) 牢 우리뢰(감옥. 소, 양, 돼지의 희생.)

瘠 파리할척(여위다. 모자라다.)

刲 찌를규(베어 가르다) 剡 벨삼 芟 벨삼(제거하다)

醭 술곰팡이복 瀋 즙심(즙액) 甀 항아리담 盥 대야관(씻다. 양치질하다.)

匜 주전자이 覽 큰독함 頫 머리숙일부(살펴보다) 訊 말많을범(수다하다)

3) 팔일무八日舞 : 나라의 큰 제사祭祀 때에 추는 춤.

聆 들을령(깨닫다. 좇다.) 汜 지류사(웅덩이. 물가.)

4) 양양호洋洋乎 :《중용中庸》16장에 다음과 같은 내용이 있다. "양양洋洋히 그
위에 있는 듯하며 그 좌우에 있는 듯하다.(洋洋乎如在其上, 如在其左右)"에서 나
온 말. 귀신의 거룩한 덕德을 형용한 것으로, 마치 돌아가신 분의 귀신이 실제 계
신 듯 여긴다는 뜻이다.

5) 삭양朔羊 : 예를 보존한다는 의미가 있음.《논어論語》〈팔일장八佾章〉에서, 자
공子貢이 초하루에 조묘祖廟에 바치던 희생양(=고삭지희양告朔之餼羊)을 없애 버
리려고 하자, 공자가 "너는 그 양을 아까워하느냐. 나는 그 예를 더 아끼고 싶다.
(爾愛其羊 我愛其禮)"라고 말한 고사가 있다.

賺 속일잠(속여서 비싸게 팔다) 蘸 담글잠 軓 수레바닥나무범

자미원紫微垣 : 천제天帝가 사는 북쪽 하늘의 구역임. 垣 담원(관청. 별자리.)

안천鞍韉 : 말안장과 언치. 韉 언치천(안장 밑에 깔아주는 방석)

정문침頂門針 : 정수리에 침을 놓음. 따끔한 경계. 伯 맏백, 우두머리패(패覇와
유사함)

鏇 갈이틀선(나무를 깎는 기계. 술을 데우는 냄비. 고패 : 그릇을 만들 때 모형을
뜨는 물레.)

鑿 고삐끈쇠조 劅 깎을촉(베다) 釤 낫삼

6) 낙건洛建 : 정주학程朱學을 말함. 정자程子는 낙양洛陽에서 살았고, 주자朱子
는 복건福建에서 살며 강학하였으므로 이렇게 말한 것임.

牖 창유(남쪽으로 난 창. 바라지. 인도하다.)

擿 들출적(치다. 때리다.) 埴 찰흙식(치) 谷 헛방다리함(작은 함정. 헛방다리에
빠뜨리다.)

鈌 찌를결 陷 빠질함 緬 가늘실면(멀다)

歉 흉년들겸(부족하다) 緇 검은비단치 髡 머리깍을곤 軝 말질주할범

곤범髡軝 : 스님.

7) 하분河汾 : 황하와 분수. 수隋나라 왕통王通이 황하와 분수사이에서 1천여 명
의 제자를 가르쳤다.

하분문하河汾門下 : 하분河汾의 문하. 좋은 환경과 교사가 있어야 훌륭한 인재가
나옴. 수隋 나라 왕통王通(584~617)은 20세에 태평십이책太平十二策을 바쳤는
데, 채택되지 않자 하분河汾으로 물러나 사도師道를 자임하면서 1천여 명의 제자
들을 가르쳤다. 이름난 방현령, 위징 등이 모두 그의 제자였는데, 죽을 때의 나이
가 34세였다고 함. 그의 손자가 초당4걸의 왕발王勃이다.

罔 그물망(맺다. 없다.) 망극罔極 : 끝이 없음. 俺 나엄(자신. 크다. 어리석다.)

嘉俳曲

가배곡[1]   악부체 1수 531

嘉俳時節人人醉   한가위라 명절에는 사람마다 술 취하는데

不知嘉俳名何義   가배라는 이름이 어떤 뜻인지 알지 못하네

會蘇復會蘇   회소 다시 회소하며

哀怨千秋足影事　　슬프게 원망하며 천추에 남긴 그 역사
鷄林幾度嘆黃葉　　계림2)에서 몇 번인가 황엽을 탄식하며
文獻蕭條野老記　　문헌이 쓸쓸하여 시골 늙은이 기억하네
至今會蘇謌也無　　지금에 이르러선 회소의 노래도 없지마는
依俙但識嘉俳字　　아득히 다만 가배의 글자를 인식할 뿐이네
我家健婦勤辟纑　　우리 집의 건강한 부인은 부지런히 길쌈하고
麻枲滿筐衫與襦　　삼 모시풀 광주리에 가득 적삼과 저고리 담았네
張皇不待六部督　　장황히 육부의 감독을 기다리지 않고
拮据自足一家俱　　쉴 틈 없이 일해 일가와 함께 스스로 족하네
不止一家千家同　　한 집에 그치지 않고 천집이 함께 하며
門巷績燈通晨紅　　골목마다 길쌈하는 등불 새벽까지 붉게 켜있네
問渠勤儉何能甬　　물노니 어찌하여 근검하며 어찌 쓰지 않는가
漸潰自是東京風　　점차 이로부터 동경3)의 풍속이 무너졌도다
君不見　　그대는 보지 못했는가
汾晉猶有陶唐俗　　분진에 오히려 요임금4)시대의 풍속 있었고
蟋蟀在堂歌歲功　　귀뚜리는 대청에서 그 해 공을 노래했네
萬壽洞口秋草綠　　만수동5) 입구에는 가을 풀이 푸르르고
鷄足山前江似玉　　계족산6) 앞 강물은 옥과 같이 흐르네
黃冠嚇嚇櫟陰斜　　황관이 혁혁하며 상수리나무 그늘이 기우는데
直到東峰月如燭　　곧장 동쪽 봉우리에 이르러 달이 환희 밝았네
莫恨會蘇謌也無　　회소라는 노래가 없다고 탓하지 마라

爲君新補嘉俳曲 그대를 위해 새로 가배곡을 보충하리라

가배嘉俳 : 중추절仲秋節 또는 가위, 한가위라고도 부른다. 중추절이라 하는 것도 가을을 초추·중추·종추 3달로 나누어 음력 8월이 중간에 들었으므로 붙여진 이름이다.

1) 가배곡嘉俳曲 :《삼국사기三國史記》〈신라본기新羅本紀〉의 유리니사금儒理尼師今에 나와 있는 회소곡會蘇曲의 기원은 신라 유리왕 9년으로 되어있다. 왕이 6부를 정한 후 둘로 나누어 왕녀 2사람으로 하여금 각기 부내의 여자들을 거느리고 7月 기망旣望부터 마포麻布를 짜되 8월 보름날에 이르러 성적을 비교하여 진자가 음식을 차려 승자에게 사례하는 한편 가무와 백희百戲를 자행하였다. 그 이름을 '가배嘉俳'라고 하였다. 이 때 어떤 부가負家의 한 여자가 일어나 춤추면서 "회소! 회소!"하고 차탄을 하였는데, 그 소리가 애아哀雅하기 그지없었다. 後人이 그 소리에 비겨 노래를 짓고 이름을 회소곡이라 하였다.(이가원李家源,《조선문학사朝鮮文學史》(상책), 78쪽.)

기도幾度 : 몇 번.

2) 계림鷄林 : 신라의 다른 이름. 경주의 옛 이름.

소조蕭條 : 매우 쓸쓸함. 고요하고 조용함.

의희依俙 : 어렴풋이. 희미하게. 俙 비슷할희(희미하다)

辟 임금벽(김쌈하다) 纑 실로 枲 모시풀시

길거拮据 : 쉴 틈 없이 일함. 곤란을 당함. 생활이 어려움.

潰 무너질궤(성내다. 어지럽다.)

3) 동경東京 : 신라의 수도 금성金城을 말함.

4) 도당陶唐 : 도당씨(요임금). 천자문에 "推位讓國(추위양국) 자리를 미루어 나라를 사양한 이는/ 有虞陶唐(유우요당) 순임금(=유우有虞)과 요임금(=도당陶唐)이라"하였다.

5) 만수동萬壽洞 : 구례 간전면에 있는 매천 황현이 살았던 마을 이름.

6) 계족산鷄足山 : 중인도 마갈타국에 있으며, 낭적산이라고도 함. 가섭존자가 입적한 산으로 산봉우리가 닭발과 같이 생겼으므로 이같이 부르게 되었다 함. 우

리나라에는 대전, 영월, 순천 등 여러 곳에 있으나 이 시에서는 매천이 살았던 구
례 간전면 만수동 앞산의 이름을 말하며, 이 계족산의 높이는 730미터임.
황관黃冠 : 농부의 관. 도사道士가 쓰는 관. 도사道士를 지칭하기도 함.
嚇 노할혁(꾸짓다)

宿景韶庄

경소[1]의 별장에서 자다　　　　　　　　　　　칠율 1수 532

石梁欹側小溝西	돌다리는 옆으로 작은 봇도랑 서쪽에 기울어 있고
村徑堆堆戴漉泥	마을 길은 겹겹이 진흙이 말라 쌓여있네
鷄黍謝君先友待	닭 삶고 기장밥 지어 사례하며 벗을 기다리고
蠹椽怪此德門低	좀 서까래 괴이하여 이렇게 덕의 문이 낮네
藝依畊養須餘力	기예는 농사짓고 봉양하며 남은 여력에 의하고
詩在家庭厭俗蹊	시는 가정에서 속됨의 진부함을 싫어하네
藍水玉田秋欲暮	옥전[2]의 쪽빛 물이 가을에 저물고자 하고
黃花酒熟約重携	황국화 술 익어 중양절에 가져갈 걸 약속하네

1) 경소景韶 : 권봉수權鳳洙(1872~1940)의 자. 호는 지촌芝村. 전남 구례군 광의
면 지천리 출생으로 매천의 제자였다. 매천은 '경소'라는 자를 지어주기도 하였다.
1908년 매천과 함께 호양학교를 세우는 데 조력하였고, 한문교사로 재직하면서 학

생들을 가르쳤다. 매천시파 가운데 시재가 가장 뛰어난 인물이었다.(김정환, 《매천
시파연구梅泉詩派研究》, 경인문화사, 2007, 47쪽.)

　1911년 《매천집》 간행의 주역의 한사람으로 〈제사題詞〉를 썼고, 《구례속지求禮
續誌》를 교정 감수했으며, 구례향교求禮鄕校 전교典校를 지냈다. 《지촌유고芝村
遺稿》가 있음.

퇴퇴堆堆 : 겹겹이 쌓여 있음.　堆 언덕퇴(높이 쌓이다)

녹주漉酒 : 술을 거름.　漉 거를록(물이 마르다)

계서鷄黍 : '닭 잡고 기장밥을 짓는다'는 뜻으로, 남을 잘 대접하는 일.

蹊 이상야릇할계, 지름길혜

2) 옥전玉田 : ① 한漢나라 양공이 밭에 돌을 심어 옥과 아내를 얻은 옛일에서, 옥
이 나는 밭. 좋은 밭을 말함.

② 남전생옥藍田生玉(=남전출옥藍田出玉) : 남전에서 옥이 나옴. 현명한 아버
지가 재능있는 아들 낳은 것을 칭찬하는 의미임.

③ 남전藍田 : 마힐摩詰 왕유王維(699?~759)의 별장 망천장輞川莊이 있었다. 왕
유는 상서우승尙書右丞의 자리까지 올라갔으며, 그 때문에 왕우승이라고도 불렸
다. 맹호연孟浩然·위응물韋應物·유종원柳宗元과 함께 왕맹위유王孟韋柳로 병
칭되어 당대 자연시인의 대표로 일컬어진다.

往光陽, 方發金堤李白坡, 傳石亭書

**광양에 갔는데, 바야흐로 김제 이백파가 출발하려 함에 석정에게 편
지를 써 전하다**　　　　　　　　　　　　　　　　　　　　오율 1수 532

出門旋放杖　　문 나섬에 지팡이 놓고 돌아보며

忙捧石亭書　　바쁘게 석정에게 쓴 글 받들어 보네

眉眼千秋近　　눈과 눈썹은 천추에 가까운데

風塵一筆餘　　풍진 세상에 붓 하나 남아있네

聚看兄弟抃　　모여 보노라니 형제들이 손뼉 치고

凝想菊花疎　　생각해보니 국화 필 시기가 늦어지네

敢望羊求約　　감히 양구[1]의 약속을 희망해보지만

天心恐妨余　　천심은 두렵게도 나를 방해한다오

풍진風塵 : 바람과 티끌. 세상에 일어나는 어지러운 일.　凝 엉길응(심하다)

응상凝想 : 정신을 집중하여 생각함. 응사凝思.　抃 손뼉칠변

1) 양구羊求 : 한漢 애제哀帝때 청렴하기로 이름난 양중羊仲과 구중求仲이를 말
함. 은거하면서 이웃하여 서로 왕래하며 살았다고 함.

孤雲吹笛臺有感

최고운의 취적대에서 감회를 읊음　　　　　　칠절 2수 532

1수 532

歲晏東塘露不臣　　동당[1]에서 해 저물어 신하가 아님이 드러났고

羈禽擇木轉傷神　　새장 속의 새는 택목[2]함에 더욱 마음이 아팠네

如何解草誅巢檄　　토황소격문[3]을 초하여 주살하니 어떠했는가

甘作高騈幕裏人　　고변[4]의 막하에서 사람들 즐겨지었도다

1) **동당東塘** : 황소의 난이 일어났을 때 고변高駢이 중화 원년 881년 5월에 동당에 출진하여 최고운崔孤雲이 쓴 격문을 사방으로 보내 황소를 토벌하였음.

露 이슬로(적시다. 드러나다. 베풀다. 허무함. 보잘 것 없음.)

2) **양금택목良禽擇木** :《춘추좌씨전春秋左氏傳》〈애공哀公〉 11년조에, 공자가 인용한 다음과 같은 말이 있다. "良禽擇木而栖(량금택목이서) 좋은 새는 나무를 가려 둥지를 치고/ 良臣擇主而事(량신택주이사) 좋은 신하는 군주를 가려서 섬긴다"라는 내용이다.

상신傷神 : 정신을 해침.

3) **소격巢檄** : 881년 황소의 난이 일어났을 때 최고운이 쓴 〈토황소격문討黃巢檄文〉의 준말. 최고운이 24세 때 쓴 이 격문에, "다만 하늘 밑의 사람들이 다 드러내어 죽일 것을 생각할 뿐만이 아니라, 땅 속의 귀신들조차 이미 음주陰誅할 것을 의논하는 중이다.(不惟天下之人皆思顯戮 抑亦地中之鬼已議陰誅)"라는 말이 있어, 황소가 읽어 내려가다가 저도 모르게 상床에서 내려앉았다고 한다.

4) **고변高駢과 최치원崔致遠** : 고변은 당말 황소黃巢의 난이 일어났을 때 879년 황소를 대파하였던 절도사였음. 최치원은 874년 당 빈공과에 급제하였다. 선주宣州 율수현위溧水縣尉가 되었고, 시어사侍御史, 내공봉內供奉으로 자리를 옮겼으며, 고변의 종사관이 되었다. 고변은 881년 최치원을 종사관으로 삼아 황소의 난을 진압하였다.《삼국사기》〈최치원열전〉에는, '崔致遠高麗人(최치원고려인), 賓貢及弟爲高駢從事(빈공급제위고병종사).'라 기록하고 있다. 이후 최치원은 28세 때 신라에 귀국하였다. 정읍 태인태수를 거쳐 진성여왕眞聖女王 8년에 6두품 아찬 벼슬을 받았으나 사퇴하고 해인사로 은거하였다.

한편 장안을 점령하고 제齊나라를 세웠던 황소는 884년에 이극용李克用에게 격파당하여 자살하였고, 이후로 절도사 주전충朱全忠으로부터 907년 당나라가 멸망하는 계기가 되었다.

2수

北學翩翩艶綺羅   북학[1]이 나부끼며 비단 그물이 고운데

至今東土晚唐多   지금 조선의 영토에는 만당[2]이 많구나

論功縱合開山祖　　공을 논함에 비록 개산조[3]가 맞다해도

作法於凉可奈何　　법을 만듦에 아, 어떻게 하겠는가

1) 북학北學 : 조선 영·정조 때 실학자實學者들이 청淸의 진보된 문물 및 생활양식을 본받아 후진성을 개량하자고 주장한 학풍.
2) 만당晩唐 : 중국 당시唐詩의 4시대 구분 중 당나라 후기 약 70년간을 말함. 이 시기는 환관의 횡포가 심했으며, 천자의 권위는 떨어지고 조정은 붕괴의 위기에 있었다. 만당 시대에 활동한 시인으로는 두목杜牧·이상은李商隱·온정균溫庭筠 등의 활동이 있었다.
3) 개산조開山祖 : 개산조사. 절을 처음 세우거나 종파를 새로 연 중으로 개조開祖. 신라 말 9산 선문의 개산조의 승탑과 비가 대부분 남아있다. 의미가 변하여 처음 개척한 자를 개신開山이라 함. 강서시파의 개산조는 황정견黃庭堅이었음.

✒ 해설

　위의 시와 같은 제목으로 《역주매천황현시집》 상권 333쪽에 칠절 1수의 시가 있다. 1895년 을미고이다. 결국 매천은 위의 2수와 더불어 같은 제목으로 칠절 3수의 시를 읊은 것이다.

　매천은 《신당서新唐書》〈예문지藝文志〉나 최치원의 문집 《계원필경桂苑筆耕》이나 《삼국사기三國史記》 등을 읽고 최고운에 대해서 잘 알고 이 시를 썼을 것이다. 특히 2수의 경우는 매천 당시 조선 후기의 역사성을 반영하고 있는 시이다. 북학사상의 영향 속에 만당晩唐의 풍조가 유행하고 있음을 지적하였다. 최치원은 문장으로 이름을 날려 동방문학東方文學의 개산조로 일컬어져 왔지만 골품제도의 한계성을 극복하지 못하고 관등은 6두품인 아찬, 관직은 시랑직에 머물러 있었다.

過龍洞

용동에서   칠율 1수 533

---

*時知舊如金黃. 諸人皆以客歲避東匪, 浮海入濟州. 燹燬之餘 或折屋或新搆閭井騷. 然海船往來, 頻仍胥有荷擔之訛

이때에 옛 친구들은 김황 같았다. 모든 사람들이 다 작년에 동비[1]를 피해 바다로 떠가서 제주도로 들어갔다. 병선이 훼손된 나머지 혹은 집을 부수고 혹은 새로 얽어 만들어 마을의 우물가가 시끄러웠다. 그러나 바다의 선박들이 왕래하며, 자주 그로 인해 서로가 짐을 짊어지는 잘못됨이 있었다.

小劫雲山歲月催	소겁[2] 동안 백운산에서 세월을 재촉하였고
秋光依舊菊花開	가을빛은 의구한데 국화꽃이 피어있네
亂餘室屋紛成壞	난리 끝에 가옥은 어지럽게 파괴되어 버렸고
海外帆檣易往來	바다 밖의 돛단배는 쉽게도 오고 가네
落日禽烏爭啄果	석양에 날짐승 까마귀가 다투어 과일을 쪼고
廢園花石半成苔	황폐한 정원의 꽃과 돌은 반이나 이끼 껴 있네
諸君獨墮風塵苦	제군들도 홀로 이 풍진세상이 고달프겠지만
嗤使田疇笑不才	밭두둑에서 재주 없는 것을 비웃을 뿐이네

지구知舊 : 오랜 벗.   객세客歲 : 지나간 해. 작년.   匪 대상자비(도둑)

1) 동비東匪 : 동학의 무리. 매천은 1894년 동학농민운동 때 반봉건 기치를 들고 일어난 동학군에 대해 부정적인 시각으로 《동비기략東匪記略》이라는 책을 쓰기도

하였다.

燹 야화선(봉화. 난리로 일어난 불.) 燬 불훼(태우다)

搆 이해못할구(이끌다. 꾸미다. 얽어 만들다.)

하담荷擔 : 짐을 짊어짐. 訛 그릇될와(거짓말)

2) 소겁小劫 : 열 살에서 100년마다 한 살씩 늘어서 8만 살에 이르는 동안.

범장帆檣 : 돛대.

전주田疇 : 밭두둑.

 해설

　매천은 1892년 6월에 부친상을 당하였고, 이듬해 2월 모친상까지 겹쳐 1895년 초까지 시를 쓰지 않았다. 1894년 갑오년에 일어난 동학운동 때의 사회 혼란상을 목격하고, 그 즈음 《동비기략東匪記略》이나 《매천야록梅泉野錄》을 쓰기 시작했다. 1895년 4월부터는 《오하기문梧下紀聞》을 쓰기 시작했으며, 또 다량의 시도 창작하였다.

　위의 시는 동학의 반봉건 반침략 외세배격운동인 공주 우금치 전투가 패배 된 1년 뒤, 1895년 41세 때 가을에 쓴 을미고이다. 구례 백운산자락에서 칩거하며 동학의 후유증을 보면서 느낀 감정을 읊은 것이다. 백성은 안정을 이루지 못하고 피난 행렬이 줄을 잇고 있으며, 가옥은 파괴된 채 복구하지 못하고 있다. 또한 동학 난리로 도둑떼가 횡행하는 등 행정이 마비되었다. 청일 두 나라가 조선의 경제권 장악으로 시작된 청일전쟁에서 일본의 승리로 조선에 오고가는 일본 장사치들의 횡포도 더욱 커져가고 있다. 장차 나라의 꼴이 어떻게 될 것인지 걱정이 앞선다.

　매천은 이미 그의 나이 24세 때 '문과 급제자 방 붙인 것을 보고'의 〈간문과방방看文科放榜〉이라는 시에서, "不知雁塔留名地(부지안탑유명지) 금방에 나붙은 그 이름 가운데/ 濟得蒼生有幾人(제득창생유기인) 창생을 구제할 이 몇이나 될지 알 수가 없네"라고 읊은 바 있다. 이 시에서 본 바와 같이 젊은 날에 가졌던 '장풍파랑長風波浪, 재세이화在世理化의 홍익인간弘益人間'

의 꿈도 이루지 못하고 망가진 채 몸을 자라처럼 움츠리고 살아가고 있는 자신이 한스럽기만 하다. 세상을 구제할 재주가 없음을 자소하고 있다.

喚仙亭次兼山韻

환선정에서 겸산[1]의 운을 차운하다

칠율 1수 533

紅樹颼飀畵角淸	홍수나무 쏴쏴 소리 나고 화각소리 맑은데
日斜池館倚秋聲	지는 해 연못 객사는 가을 소리에 의지해 있네
適然勝地因人重	우연히 명승지는 사람들로 인해 소중해지고
難得新詩造境生	새로 얻은 시 경지 만든 것이[2] 어렵기만 하네
碧玉淙潺千澗合	푸른 옥 물 흐르는 소리는 천간수에 합하고
黃雲畛隰萬家平	황색 구름 두렁길이 습해 모든 집 평안하네
羈懷歷落江關暮	나그네의 회포 역락하여 강가의 관문이 저물고
袖裏春風一篴橫	소매 속 봄바람에 피리 하나가 비껴있네

1) 겸산兼山 : 남원 관찰사를 지낸 백낙륜의 호.
颼 바람소리수 飀 바람소리류
수류颼飀 : 쏴쏴 우는 소리.
화각畵閣 : 쇠뿔로 만든 관악기의 한 가지. 목기 세공품을 곱게 하는 꾸밈새의 한 가지. 채색을 칠한 누각.
적연適然 : 우연.

2) 시경詩境 : 왕창령王昌齡은 시유삼경詩有三境(시의 세 가지 경지)을 주장하였
는데, 그 내용은 "一日物境(일왈물경) 첫째는 물경이고, 二日情境(이왈정경) 둘째
는 정경이고, 三日意境(삼왈의경) 셋째는 의경이다."라 하였다.
승지勝地 : 명승지. 淙 물소리종 潺 물흐르는소리잔
천간千澗 : 많은 골짜기. 畛 두렁길진 隰 진펄습
황운黃雲 : 누런빛 구름. 벼가 누렇게 익은 것을 황색의 구름에 비유함.
만가萬家 : 매우 많은 집. 모든 집.
역락歷落 : 소탈하여 구속받지 않음. 篴 피리적(=笛)

 해설

  환선정喚仙亭은 순천에 있는 정자 이름이다. 매년은 1895년 봄에 환선정
에 관한 매천의 시로는 《역주매천황현시집》 상권 340쪽에 '환선정에서 지
봉 이수광의 원운을 차운함'의 《환선정차지봉원운喚仙亭次芝峯原韻》이라는
칠율 1수 시가 번역 되어 있다. 위의 시처럼 1895년 가을에 환선정에 올라
그 풍광을 읊은 시이다.

滯雨水德村

수덕촌에서 비에 막혀   칠절 1수 534

---

  * 이 시는 《매천전집》 1권 104쪽에도 있다. 《역주매천황현시집》 상권
343쪽에 번역되어 있으며, 같은 제목으로 오율 1수의 시가 더 있다.

謁林將軍碑閣

임장군 비각을 찾아 보다   고시 1수 534

＊卽忠愍公也. 公以仁廟初年守樂安郡, 始築城有惠政. 民至今
謌咏, 城內有遺愛碑.

즉 충민공이다. 공은 인묘[1] 초년에 낙안군을 지켰는데, 축성을 시작함
에 은혜로 베푸는 정치가 있었다. 백성은 지금까지 노래하고 읊고 있으
며, 성 안에 송덕비가 있다.

林將軍眞天人	임장군은 진짜 천인으로
生氣炯炯秋天	생기가 가을 하늘에 번쩍 번쩍 빛이 났네
晨恨不能犂	새벽에 밭 갈 수 없음을 한탄하였고
庭又不能圖麒麟	뜰에서 또 기린과 도모하지 못하였네
肉塊萬里投餒虎	고깃덩이를 만리에 굶주린 호랑이에게 던졌고
眼釘一日當賊臣	하루에 눈에 거슬리는 불충한 신하를 감당했네
古來才英難得死	예로부터 영재는 죽는 것이 어려웠고
將軍況又生不辰	장군은 또 더구나 때 아닌 때 태어나
此事久已辨	이 일을 오래도록 이미 분별하였네
不足爲悲辛	족히 고생하는 것이 슬프지 않았고
腐儒有史眼	썩어빠진 선비도 역사의 안목이 있었네
成敗聊重陳	이루고 패함에 애오라지 거듭 진술했으니
漢家不薄蘇中郎	한나라에서는 소중랑[2]을 가볍게 하지 않았네

白頭返國金章新	흰머리 고국으로 돌아와 금도장이 새로웠고
賦檜手刃武穆王	진회3)는 손에 칼 잡고 무목왕을 노래했네
二轅竟致沙漠淪	두 수레바퀴는 마침내 사막에 빠지게 되었고
恨煞皇天眼老	황제의 눈이 노쇠한 게 몹시 한탄스러웠네
直視壯士死無怪	장사의 죽음이 괴이함이 없었음을 직시하며
金繒幣玉日馱燕	황금 비단 폐옥을 날마다 잔치하는 짐 실었네
薊輪秋風欲隘浮槎郡	가을바람이 뗏목 띄우길 막으려하는데
霜晶日烈磨貞珉	깨끗한 서리 따가운 햇살에 옥돌을 갈며
龍虎山澤變化不可測	용과 호랑이 산택의 변화를 예측할 수 없었네
將軍初載己兼智勇仁	장군이 일을 시작함에 지 용 인을 겸하여
民曰召父配杜母	백성들은 아버지라 부르며 두모4)를 짝하였네
彼刀筆者嚴束薪	저 칼과 붓 가진 자들 나뭇단을 엄히 뮤었고
市童咋舌傳瓦笠	시장의 아이들은 혀 깨물며 와립을 전하더라5)
老吏猶戒腰莫伸	늙은 관리 허리 펴지 못하는 것 경계했더니
于時邑居無城郭	그 때에 읍의 집은 성곽이 없었네
百室朝夕棲海濱	백 집이 아침저녁으로 해빈에 살았고
將軍鞭石石流血	장군이 돌을 채찍질함에 돌도 피를 흘렸네
千杵登馮鐵作闉	천개 방망이 타서 오르고 철 성곽문 만들며
二百年來恃無恐	이백년 이래로 믿으며 두려움이 없었네

水旱尸祝惟明神	수해 가뭄 들어 시축6)은 오직 명신 구하고
不咸山下三千里	불함산7) 아래 삼천 리 강산에는
往往間氣多名紳	왕왕 뛰어난 이름 있는 인물이 많이 나왔네
公胡爲乎	공은 어찌하여
不爲勝國姜仁憲	고려의 강인헌8)도 되지 못했으며
不爲安市楊萬春	안시성의 양만춘9)도 되지 못하였는가
浩然獨自騎箕尾	호연히 홀로 스스로 기미성10)을 타고서
復歸上天爲星辰	다시 돌아가 하늘로 올라 성신이 되어
使我一腔熱血空輸囷	나의 한 가슴에 열혈을 부질없이 나르네

예알禮謁 : 높거나 존경하는 사람을 찾아가 뵘.

1) 인묘仁廟 : 조선 12대 왕 인종의 묘호. 능호는 효릉孝陵.

혜정惠政 : 은혜로 베푸는 정치.

謌 노래가 咏 읊을영(노래하다. 시가를 짓다.)

유애비遺愛碑 : 송덕비頌德碑를 말함.

천인天人 : 재질이 뛰어난 사람. 하늘과 사람. 도가 있는 사람.

형형炯炯 : 반짝반짝 빛나면서 밝은 모양.

육괴肉塊 : 고깃덩어리. 살덩어리. 살찐 사람을 비유함.

안정眼釘 : 눈 안에 못. 남에게 해를 끼치는 간악한 사람. 눈에 거슬리는 사람. 안중지정眼中之釘. 釘 못정(황금)

적신賊臣 : 임금에게 불충한 신하.

비신悲辛 : 견디기 어려운 큰 슬픔.

2) 소중랑蘇中郞 : 중국 한나라 소무蘇武(?BC140~BC60)가 흉노에게 사신으로 갔다 억류된 고사. 소무蘇武는 중국 전한의 정치가로 《한서漢書》〈소무전蘇武傳〉에 다음과 같은 이야기가 전해온다.

BC100년경 전한 무제武帝 때 중랑장中郞將 소무는 포로 교환 차 사절단을 이끌고 흉노 땅에 들어갔다가 그들의 내란에 말려 잡히고 말았다. 흉노의 우두머리인 선우單于는 소무를 북해北海(바이칼호)로 추방했다. 한나라 장수로 흉노의 선우에 항복한 항장降將 이릉李陵이 항복을 권유하러 찾아왔으나 소무의 절조를 꺾지 못하였다.

소무는 뒤에 자신의 생존을 알리는 글을 기러기 발에 매 보냈는데, 장안 상림원上林園에서 잡혀 생존이 알려졌다. 소제昭帝가 즉위한 후 흉노와 화해가 성립되어 BC81년 소무는 장안長安으로 돌아왔다. 19년 만에 귀국이었다.

이백은 〈인생조로人生朝露〉라는 시에서 이 소무蘇武의 고사를 인용하여 다음과 같은 시를 남겼다. "蘇武在匈奴(소무재흉노) 소무는 흉노 땅에 잡혀 있으면서/ 十年持漢節(십년지한절) 십 년 동안 한나라 사신의 부절을 지녔네// 白雁飛上林(백안비상림) 흰 기러기 상림원까지 날아와/ 空傳一書札(공전일서찰) 편지를 전했지만 헛일이었고// 牧羊邊地苦(목양변지고) 양을 치느라 변지에서 고생하며/ 落日歸心絕(낙일귀심절) 지는 해 볼 적마다 돌아가고픈 마음 간절하였지// 渴飮月窟水(갈음월굴수) 목이 타면 흉노 땅의 물 마시고/ 飢餐天上雪(기찬천상설) 주릴 때면 하늘에서 내리는 눈을 삼켰네// 東還沙塞遠(동환사새원) 고국으로 돌아가려니 사막의 변방이 아득했고/ 北愴河梁別(북창하량별) 북쪽 하수의 다리에서 이릉과의 이별을 슬퍼했네// 泣把李陵誼(읍파이릉의) 울며 이릉의 옷자락을 잡고/ 相磵漏成血(상간누성혈) 마주보며 피눈물을 흘렸네"

3) 진회秦檜(1090~1155) : 남송의 재상. 자는 회지會之. 금나라와의 외교 정책에 있어 화의를 진행하고 강화를 주창하였다. 그 과정에서 주전파인 악비岳飛를 죽였다. 후세에 매국노로 지탄받았으며, 지금까지 악왕묘에 포박되어 전시되고 있다. 駄 탈태(짐을 싣다)   燕 제비연(잔치하다)

4) 두모杜母 : 소신신召信臣은 전한 때의 양리良吏였고, 두시杜詩는 후한 때의 양리였다. 두 사람 모두 남양태수南陽太守가 되어 백성을 자식같이 사랑하여 선정을 폈으며, 백성들의 부富를 위해 힘썼다. 그리하여 백성들이 소신신을 사랑하여 소부召父라 불렀고, 두시를 소부의 대칭으로 두모杜母라 불렀다.(《한서漢書》〈곽두공장렬전郭杜孔張列傳〉)

색설咋舌 : 혀를 깨묾. 분하게 여김.   咋 깨물색, 잠간사(금새)

5) ▌*諺傳, 公在郡束吏甚嚴令, 戴瓦笠 : 속어에 전하기를, 공이 군속의 아전

을 단속함에 있어서 심히 엄한 법령으로 하였는데, 와립을 썼다.

6) 시축尸祝 : 시동尸童과 축관祝官. 시동은 고대 제사에서 신주神主의 역할을 하던 아이를 말하고, 축관은 축문을 읽는 사람을 말함.

7) 불함산不咸山 : 칼데라호 천지天池가 있는 백두산 또는 장백산長白山을 말함.

8) 강인헌姜仁憲 : 고려의 명장 인헌공仁憲公 강감찬姜邯贊(948~1031) 장군을 말함. 거란 침입을 막았으며, 특히 1018년에 있었던 귀주대첩을 승리로 이끌었음.

9) 양만춘楊萬春 : 고구려 안시성安市城의 성주城主로 645년 당태종의 침입을 막은 명장이었음.

10) 기미箕尾 : 28수의 하나인 기수箕宿와 미수尾宿. 은殷나라 재상인 부열傅說이 죽은 뒤에 기미성箕尾星을 타고 하늘에 올라 별이 되었다는 전설이 있음.(《장자莊子》〈대종사大宗師〉)

상천上天 : 하늘. 하느님. 하늘로 올라감. 겨울 하늘.   困 곳집균

공수空輸 : 항공수송.

向赤江途中

적강으로 가는 도중에　　　　　　　　　　　　칠절 1수 536

名山判不讓人登　　명산은 분명 사람 오르는 것을 사양치 않고

萬事逡巡此一能　　만사를 서성거리며 이렇게 한 재능이 있네

相外又添雲水伴　　물상 밖으로 또 구름과 물을 짝하여 더하더니

楓天菊日照孤僧　　단풍 들고 국화 피어있는 날 외로운 중 비치네

국일菊日 : 국화가 피어있는 날, 곧 9월 9일 중양절을 말함.　　逡 뒷걸음질칠준

還家, 聞西堂筮仕, 因遞却寄

집으로 돌아오며 유당[1]이 처음으로 벼슬했다는 이야기를 듣고, 그로
인해 역말로 보내다

칠고 1수 536

01	餓死事亦大	굶어 죽는 일도 큰일이었더니
	難遽責以蚓	갑자기 책임은 지렁이처럼 어려워졌네
	如被國士遇	만일 나라의 선비를 만났다면
	要有丹青信	단청하는 소식이 필요했으리라
	古人食人食	옛 사람은 사람의 밥을 먹었고
	往往甘蹈刃	이따금씩 칼날 밟기를 즐거워했네
	覬利圖苟免	이익을 바라며 구차히 벗어나기를 도모했고
	是謂貧夫殉	이것을 빈한한 지아비 목숨 바친다고 했네
09	軀命重泰山	목숨을 태산보다 중히 여기며
	亦足致悔吝	또한 족히 뉘우치고 부끄럽게 여기네
	明珠易瓦礫	진주가 쓸모없는 물건[2]으로 바뀌었어도
	能無知者哂	능히 알지 못한 자는 비웃음뿐
	撫彼畫牛圖	저 소 그림을 그려 어루만져보며
	勉斾三思愼	세 번 삼가할 것을 힘써 다짐하네

---

1) 유당酉堂 : 윤종균尹鍾均(1861~1941)의 호. 전남 순천 출생으로 자는 태경泰
卿, 관은 남원부주사南原府主事를 지냈으며, 시학詩學을 전공하였다.

서사筮仕 : 처음으로 벼슬을 얻음.   筮 점대서, 점치다
인조蚓操 : 지렁이가 오로지 흙과 물을 먹으면서 달리 구하는 것이 없는 것처럼
사람이 소절小節을 지킴.   蚓 지렁이인
왕왕往往 : 때때로. 이따금.   遞 갈마들체(전하다. 역말. 역참.)   覬 바랄기
해린海吝 : 뉘우침과 부끄러움. '길흉吉凶은 실失과 득得의 상象이요, 뉘우침과 부
끄러움은 근심과 헤아림의 상象이다.(吉凶者 失得之象也, 悔吝者는 憂虞之象也)'
2) 와력瓦礫 : 기와와 자갈. 쓸모없는 물건. 와석瓦石.   旆 기전(장막. 휘장.)

 해설

　유당 윤종균은 매천의 제자이면서 매천과 가장 가까운 인물 중의 한사람
이었다. 1890년 30세 되던 해부터 구안실에 머물면서 매천의 장자인 황암
현을 지도하는 한편 매천에게 율시를 배웠다. 1895년 잠시 남원 관찰사 백
낙륜의 막하에서 주사主事를 지내기도 하였다. 시 제목에서 처음으로 벼슬
을 하였다는 이야기는 바로 이것을 말하고 있다.

　1894년에는 이건창의 유배지인 보성으로 가서 창수하였으며, 이 인연으
로 1899년 매천과 함께 강화도에 가서 전년도에 타계한 이건창을 조문하였
다. 그리고 이때 한양에 머물며 이건방, 정만조 등과 창수하였다.

　매천은 동년배들만 사귀지 않았다. 그래서 그의 교우는 망년지교忘年之交
가 특징이다. 유당酉堂 윤종균尹鍾均(1861~1941)도 매천보다 6세 연하였다.
유당은 순천順天 출신으로 품격品格 높은 글 친구였다. 늦게 사귄 후배였지
만, 매천이 말년末年에 가장 많은 화답시和答詩를 쓰기도 했다.

有懷又寄酉堂

회포가 있어 또 유당에게 보내다   칠율 1수 536

秋冬之際已平分　　추동사이에 이미 골고루 분배하여 나눠져 있고
自是巖捿事足聞　　스스로 암혈에 살아 일이 풍족하다고 하네
瀑下碓忙翻皓雪　　폭포아래 방아 분주하고 흰 눈이 날리며
樹頭籃重墜紅雲　　나무 끝에 바구니 무겁게 붉은 구름 떨어지네
午提野酌參蒔麥　　낮에 들판에서 술잔 들고 보리모종에 참여하며
曉點書燈閱課文　　새벽에 서등에 불 붙이고 과제를 검열하네
幽夢不知叢桂晩　　깊은 꿈에 계수나무 다 늦어져 알지 못하고
家家沮溺可成羣　　집집마다 장저와 걸익[1]이 무리를 이뤘도다

과문課文 : 본문. 과업의 문장.　提 끌제(손에 들다. 들어올리다.)　蒔 모종낼시
1) 저익沮溺 : 장저長沮와 걸익桀溺.《논어論語》에 나오는 사람으로, 두 사람 다
숨어 지내는 은사隱士였음.

除夜

제야에   칠율 1수 537

立見堂堂歲又除　　서서 당당하게 보노라니 세월 또한 제야 되었고

燈前萬里鬢邊虛	등불 앞 만 리 길에 살쩍 주변이 허하도다
莫辭送客出門去	손님 보냄에 문밖에까지 나가는 것 사양치 말게
逝與至人游物初	지인[1])과 함께 가는 것은 사물의 근원과 노닒이네
星斗移纏寒未辨	북두성을 묶어 옮겨 차가움을 분별하지 못하고
春風催老近還疎	춘풍이 약해짐을 최촉하며 근래 다시 소원해지네
一年便是千年盡	일 년이 곧 바로 천년이 다 되는 것인데
西曆從今廢閏餘	태양력은 지금부터 남은 윤달을 없애더라

당당堂堂 : 위엄 있고 떳떳함.

1) 지인至人 : 덕을 닦아 지극한 경지에 이른 사람. 성인聖人.

纏 얽힐전 疏 트일소(=疎), 성길소(물건의 사이가 뜨다)

花亭渡口遇漁者

화정 나루에서 어부를 만남　　　　　칠절 1수 537

東風捲地蕩江暉　　샛바람이 땅을 감아말아 강가의 빛 쓸어가고
水冷黃魚尙未肥　　물이 차가워 황어가 아직 살찌지 않았네
物外羨君眞好古　　사물 밖으로 그대 부러워해 진짜 옛날이 좋고
浽衣權代綠簑衣　　흘러가는 옷으로 잠시 녹사의를 대신하네

도구渡口 : 나루. 배가 다니는 일정한 곳.
權 권세권(저울추. 잠시. 당분간. 임기응변.)
녹사의綠簑衣 : 푸른 도롱이 옷.

道山次題李氏永慕亭

도산에서 '이씨 영모정'의 글을 차운하여 짓다　　　　　칠율 1수 537

繞舍松林手種成　　집은 송림에 둘러있어 손수 심어 이루었고

一花一石盡家聲	꽃 하나 돌 하나 모두가 가문의 명성대로다
雲仍聚祔忘鉗記	먼 후손은 합장하여 형구의 기록을 잊으며
詩禮相傳敵宦榮	시경과 예기를 전하며 영광된 벼슬과 맞섰네
春水祭田畊候及	봄 물 제사 지내는 위토에 밭가는 때 닥치니
古莎阡路掃痕生	묵은 잔디 무덤길에 성묘하던 흔적이 있네
棠梨墟落淸明近	해당화 배꽃이 핀 허름한 마을에 청명절 가까워
卽此添君雨露情	이런 즉 그대에게 우로의 정[1] 더하기만 하네

가성家聲 : 한 집안의 명성이나 평판.

운잉雲仍 : 운손雲孫과 잉손仍孫이라는 뜻으로, 먼 후손.

祔 합사할부(합장하다) 鉗 칼겸(칼을 씌우다. 형구.)

제전祭田 : 조상의 제사를 받들기 위하여 설정한 위토位土.

허락墟落 : 황폐한 마을. 허리墟里.

1) 우로雨露 : 비와 이슬. 은혜가 골고루 미침. 큰 은혜.

宿五鳳山齋

오봉산재에서 자다

칠율 1수 538

茅堂逈似離人居	모당이 멀어 사람 사는 집이 격리된 것 같고
雪地松筠月又疎	눈 쌓인 곳에 솔 대나무 있으며 달도 성기네
境有詩情旋命韻	시의 경지[1]에 시정이 있어 운을 부르고

老無記性數抽書	늙어가며 기억이 없어져 자주 기록하네
孤燈熒綠須眉冷	외로운 등불은 초록으로 빛나 눈썹이 차갑고
雙牖通明夢寐虛	두 창가 밝게 통해 꿈속이 허망하네
領取驗豐隣叟語	증험이 많은 이웃 노인의 말 요령껏 모으고
價廉連市買靑魚	염가라서 잇달아 시장에서 청어를 사네

모당茅堂 : 모옥茅屋.

설지雪地 : 눈이 쌓인 곳.

1) 시경詩境 : 시의 경지. 시흥詩興을 불러일으키거나 시정詩情이 넘쳐흐르는 아름다운 경지境地. 시의詩意는 바꾸지 않고 다른 말로 표현하는 것을 환골법換骨法이라 하며, 또한 그 시의詩意의 범주를 살펴서 들어가 다르게 형용하면 탈퇴법奪胎法이 된다.

추서抽書 : 책을 뽑음. 熒 등불형(빛나다. 밝다.) 廉 청렴할렴(검소하다)

몽매夢寐 : 잠자며 꿈을 꿈.

청어靑魚 : 등은 짙은 청색의 바닷물고기.

 해설

미구에서 '증험이 많은 노인의 말을 요령껏 모은다'의 시구는 '노인으로부터 살아온 삶의 역사와 동학난리 때의 경험담을 전해 들었다는 이야기일 것이다. 매천은 이렇게 증거와 이야기를 수집하여 《동비기략》이라는 책을 썼으며, 이 책은 《매천야록》을 쓰는 초고가 되기도 하였다.

哭鳳洲王先生

왕봉주[1] 선생을 곡함 칠율 2수 538

1수

數滿塵間一日忙	자주 세속의 일들 많아 하루 내내 바쁘면서
丹成不許外人嘗	단사는 외인들이 맛보는 걸 허락하지 않았네
仙徵恍惚村隣夢	신선을 불러 황홀하게 인근 마을에서 꿈꾸었고
異氣昭明屋角光	기이한 기운 환희 밝아 처마 끝이 빛났네
月午春山聞謦欬	보름달이 봄 산에 떠 있고 기침소리 들리는데
天開鬼國敬文章	열린 하늘 귀신 나라에서 문장을 받들었네
如今應縱凌雲筆	지금은 응당 하늘에서 솟는 문필을 달리며
優與淵商遞作郞	도연명 상앙[2]과 짝지어 저작랑이 되었겠지

1) 왕봉주王鳳洲 : 매천 황현의 스승이었음.

謦 경계할경 昭 밝을소(환희)

옥각屋角 : 용마루 끝. 지붕의 모서리.

2) 연적淵商 : 도연명과 상앙商鞅. 상앙(?~BC338년)은 전국시대 진秦나라의 법가 사상을 펼쳤던 정치가였다. 토지제도와 군현제를 시행하는 등 중앙 집권화를 이룩하여 진나라가 전국 7웅을 통일하는 데 기여했으나 급진개혁으로 거열형에 처해졌다.

경해謦欬 : 기침소리. 헛기침. 謦 기침경

郞 사나이랑(아버지. 남편. 주인. 벼슬이름.)

2수 539

魯山死後次山悲	노산군[1]이 죽은 후에는 차산[2]이 슬퍼했듯이
此意要令衰世知	이런 뜻은 요령껏 세상이 쇠한 후에 알았네
舊客弔稀貧及骨	옛 길손은 빈한하고 강직해 조문도 드물었고
孝孤葬儉命從治	효자는 외롭게 명에 따라 검소하게 장례했네
風流蕭散陶潛誄	풍류는 도잠[3]의 공덕을 빌며 쓸쓸히 흩어졌고
名德幽貞郭泰碑	밝은 덕은 곽태[4]의 비석에 깊고 곧게 있네
黃土沈沈埋不盡	황톳길이 침침하여 다 묻히지 않았는데
寒鐙彷佛見須眉	쓸쓸한 등불은 수염과 눈썹을 방불케하네

1) 노산魯山 : 1456년 6월에 성삼문成三問 등이 수양대군인 세조를 몰아내고 단종端宗 복위를 꾀하다가 사육신死六臣이 처형되는 일이 일어났다. 그 결과 단종은 1457년 노산군魯山君으로 강등되어 영월 청령포로 유배되었다. 같은 해 숙부인 금성대군이 역시 단종의 복위를 꾀하다가 발각되어 사약을 받고 죽었다. 이 일로 단종은 다시 서인으로 강등되었고, 1457년 12월에 17살의 어린 나이로 사약을 받고 죽었다. 묘는 영월에 있는 장릉莊陵이다.

2) 차산次山 : 성삼문의 아내. 차산과 관련하여 1456년 《세조실록》 2년 9월조에는 다음과 같은 내용이 있다. "의금부義禁府에 전지하기를 박팽년朴彭年의 아내 옥금玉今은 영의정 정인지鄭麟趾에게 주고, 성삼문成三問의 아내 차산次山과 딸 효옥孝玉는 운성 부원군雲城府院君 박종우朴從愚에게 주고, 김문기金文起의 딸 종산終山은 대사헌 최항崔恒에게 주고, 김문기金文起의 아내 봉비奉非는 도절제사 유수柳洙에게 주고, 유성원柳誠源의 아내 미치未致와 딸 백대百代는 좌승지 한명회韓明澮에게 주었다."

3) 도잠陶潛 : 진사晉士 도연명을 말함.　誄 뇌사뢰(조문을 읽다. 공덕.)

4) 곽태郭泰 : 이응李膺과 깊은 우정을 맺었던 후한의 고사高士. 자는 유도有道. 박학하였고, 사리가 통랑通朗하였음.

황토黃土 : 누런 흙. 저승.

수미須眉 : 수염과 눈썹. 須 모름지기수(마땅히. 수염=鬚.) 湏 물흐물흐물할회

 **감상**

《매천전집》 1권 118쪽에 위의 시 〈곡왕봉주선생哭鳳洲王先生〉과 같은 제목으로 칠율 3수의 시가 있으며, 이 시는 《역주매천황현시집》 상권 398쪽에 번역이 되어 있다. 결국 위의 시 2수가 추가되어 〈곡왕봉주선생哭鳳洲王先生〉의 조만시는 칠율 5수가 되었다.

매천은 어려서부터 왕봉주 선생 댁에서 입신출세立身出世의 꿈을 키우며 공부하였다. 1수에서 학문이 깊었던 스승 왕봉주 선생이 타계하여 저 세상에서 도연명이나 상앙과 벗하고 있을 것이라고 읊었다. 2수에서는 성삼문이 단종을 지지하다 반역으로 죽어 그 아내 차산과 딸이 박종우朴從愚의 노비가 되어 슬픈 인생을 살아갔듯이, 왕봉주 선생의 죽음으로 인해 시인 자신의 슬픈 감정을 비유하였다. 그러면서 진晉의 은사隱士 도연명과 후한後漢의 고사高士 곽태처럼 살아간 왕봉주 선생을 추도하며 통곡하였다.

丁老人輓

정노인의 만사 칠율 1수 539

螯美那知歲月忙	아름다운 오산에서 어찌 세월의 빠름을 알리오
伯倫曠達次公狂	백륜[1]이 광달하여 공의 미치광이 삶 버금갔네
酣謌一室忘憂老	한 집에서 즐겨 노래하고 근심을 잊으며 늙었고

韻事千秋病酒亡	천추에 시 짓는 일로 술로 병들어 죽었도다
人壽極高非好命	사람의 수명이 매우 높다고 좋은 목숨이 아니요
世緣無缺卽仙鄕	세상의 인연은 흠 없는 게 신선의 고향이라네
謾從大寐悲南面	부질없이 깊은 잠을 자며 남면에서 슬펐고
風振空山碎白楊	텅 빈산 바람에 떨며 백양나무에서 부서지네

螯 차오오(게의 한가지로 대합 비슷함. 집게발.)

광달曠達 : 활달豁達함.

1) 백륜伯倫 : 유령劉伶의 자. 서진西晉 사람으로 죽림칠현의 한 사람. 〈주덕송週德頌〉이라는 글에서 음주에 대한 찬사를 아끼지 않았다. "깨달은 선비는 시끄러움과 고요함을 가리지 않으며, 또 영화로움과 쇠퇴함이 없어 가는 곳마다 유유자적한다.(唯自得之士　無喧寂,　無榮枯　無往非自適之天)"라 하였다.

운사韻事 : 운치 있는 일.

백양白楊 : 사시나무. 버들과의 낙엽 교목. 4월경에 암자색 꽃이 핌.

 해설

　기구의 오鰲는 '차오오'자가 아니라 '자라오鰲'자 인듯하다. 오산鰲山은 구례군 문척면에 있는 해발 531미터의 산으로 정상부근에 사성암이라는 절이 있다. 매천은 이곳에 올라 몇 편의 시를 남기기도 하였다.

　정노인은 오산에서 살았던 인물로 죽림칠현의 한 사람이었던 유령처럼 광달했으며, 시 짓는 일과 술로 살아갔던 정노인의 죽음을 애도하였다.

吳護軍挽

오호군[1]의 만사   칠율 1수 539

世亂曾祈死	난세에 일찍이 죽기를 기도하였고
身康不慕仙	몸 편안히 신선을 흠모하지 않았네
偶因旬日病	우연히 열흘간의 병으로 인하여
甘就夜臺眠	즐겨 곧장 밤에 누대에서 잠잤지
嘗落皤兒髮	일찍이 어린아이 머리가 세어버렸고
營阡絶巷烟	천맥을 경영하여 골목 연기 끊겼도다
善人零落盡	좋은 사람들은 다 영락해 버려
鄕里覺蕭然	향리에는 소연함만을 느끼더라

1) 호군護軍 : 조선시대 오위에 딸린 정4품 벼슬. 현직이 아닌 무관 가운데 임명됨.
皤 머리센모양파, 말옆걸음질반
만목소연滿目蕭然 : 눈에 띄는 모든 것이 쓸쓸함.

與鄕里少年入華寺, 適値七夕

향리에서 소년과 함께 화엄사에 들어갔는데, 마침 칠석이었다

칠율 2수 · 오율 1수 540

1수

林風捲袖一驢凉	숲 바람에 소매를 걷어 나귀도 맑게 가고
度野人多路不長	들 길 걷는 사람이 많아 길은 길지 않네
禾黍連雲秋更熟	벼 기장 구름 속에 가을은 더욱 익어가고
藤蘿覆木古來香	등덩굴 나무 뒤집혀 예로부터 향기로워라
濟南名士推君輩	제남 명사는 그대들을 천거하고
湖左靑山記此鄕	호남 좌도의 청산은 이런 향리를 기록하네
十載重醒塵土眼	십 년 동안 더욱 깨달아 흙먼지에 눈이 있고
峯峯依舊白毫光	봉우리마다 변함없이 백호가 빛나도다

백호白毫 : 부처의 양 눈썹 사이에 난 흰 털.

2수 칠율 1수 540

이 시는《매천전집》3권 278쪽에 있으며, '초가을에 시사의 벗을 불러 화엄사에 들어가다'의《조추초사우입화엄사早秋招社友入華嚴寺》라는 제목으로 되어 있다.《역주황매천시집》속집 594쪽에 번역이 되어 있다.

3수 오율 1수 540

問否雙星渡	두 별이 건넜는지 물어 보았는가
迢迢月已生	멀고 멀리 뜬 달도 벌써 떠올랐네
溪涼浮木末	시냇가 시원하여 나무 끝에 떠있고
樓夜散人聲	누대에서 밤에 사람소리 흩어지네
古寺悄難夢	옛 절에서 근심해 꿈꾸기 어렵고
秋山迥自明	가을 산 멀리 스스로 밝아라
坐禁風露重	금지한 자리에 이슬바람 소중하니
河漢掛西域	은하수가 서쪽 지역에 걸려있도다

悄 근심할초(조용하다) 禁 금할금(꺼리다. 규칙. 저주. 감옥.)
금좌禁坐 : 임금이 앉는 자리.

暮抵竹淵

저물어 죽연에 당도하다

칠절 2수 541

1수

灣灣野路荳花中	물굽이 마다 들길에 콩 꽃이 피어있고
樹樹漁村早柿紅	나무마다 어촌에는 이른 감 홍시 있네
頭白農人筠笠亞	흰 머리 농부는 작은 대사립을 쓰고

手牽黃犢溯江風　황송아지 끌고 가며 강바람 거슬러가네

2수 541

提携枕簞臥庭中　베개 삿자리 붙들어 끌며 마당에 누워
自爇蚊烟榾柮紅　스스로 모깃불 불살라 등걸 토막이 붉네
入夜微凉江際上　밤들자 조금 서늘해 강가로 나오니
數梢籬竹半簾風　자주 대울타리 끝 반 주렴에 바람이 부네

제휴提携 : 붙들어 도와줌.　爇 불사를설, 사를열　榾 등걸골
柮 마들가리돌(목재를 자르고 남은 토막), 가지없는올　梢 나무끝초

過大谷

대곡을 지나며　　　　　　　　　　　　　　칠율 1수 541

漕溪洞口午烟初　조계동 입구로 낮에 연기가 처음으로 피어나고
大谷村前古木疎　대곡 마을 앞으로 고목나무가 성기어 있네
數畝沙田圍玉蜀　몇 이랑 모래밭에 옥 같은 촉규화 둘러있고
一篙秋水下銀魚　상앗대 하나 있는 가을 물에 은어가 있네
俗澆不艶登科戶　경박한 풍속은 곱지 않아도 등과한 집이 있고

士拙無妨近市居　졸렬한 선비 거리낌 없이 근처 시장에 사네
趁此凉天帆未泊　이렇게 서늘한 날 좇아 돛단배는 정박하지 않고
恐君認作巨源書　그대가 거원서[1]를 지을까 두려워지네

澆 물댈요(경박하다)　拙 졸할졸(서투르다)

양천凉天 : 서늘한 날씨.

1) 거원서巨源書 : 죽림칠현의 한 사람인 혜강嵇康의 글 가운데 〈여산거원서與山
巨源書〉가 있다. 산도山濤에게 보낸 이 글에서 "강직한 성정이라 악을 미워하며,
경솔하고 방자하여 직언을 서슴지 않았다.(剛腸疾惡, 輕肆直言.)"라 하였다.

路傍困甚

길가에서 매우 피곤함　　　　　　　　　　　칠율 1수 541

問程城更遠　길을 물노라니 성은 더욱더 멀리 있고
日掛亂松西　해는 거친 솔숲 서쪽으로 걸려있네
漠漠愁經野　막막하도다, 들길로 가는 것이 시름겹고
洄洄怯犯溪　물이 흘러돌고 냇가를 침범하여 무섭네
草根微露上　풀뿌리에 서리가 조금 내려있고
竹外數峰低　대숲 밖으로 몇 개의 봉우리 낮게 있네
羨彼投林鳥　부러워라, 저 숲속에 드는 새들은
枯藤遞手携　마른 덩굴을 번갈아 가지고 오네

洄 거슬러올라갈회
회회洄洄 : 물이 흐르는 모양, 어리석음. 마음이 어두움.
투림投林 : 숲으로 들어감. 遞 갈릴체(역말. 역참. 번갈아.), 섬제

宿平化村

평화촌에서 숙박함

칠율 1수 542

天冠北麓有亭臺	천관산[1] 북쪽 기슭으로 정자와 누대가 있고
月出山南紫翠開	월출산 남쪽으로 붉은 비취색이 열려있네
濱海閭閻羣馬放	바닷가 여염집에 말 떼들이 방목해 있으며
淸秋蕭鼓遠城來	맑은 가을 퉁소 북소리 멀리 성에서 들려오네
嶺高回指盤盤路	높은 고개 돌아보아 반반한 길 가리키고
旅困頻添灩灩盃	피곤한 여행으로 자주 넘치는 잔을 첨작하네
病骨稍隨凉意建	병골이라 점점 시원한 기운 따라 정하니
蒹葭楊柳日相催	갈대 있는 양류가에 해가 서로 재촉하누나

1) 천관산天冠山 : 전남 장흥에 있는 높이 723미터의 산으로 도립공원임. 지리산,
천관산, 월출산, 내장산, 변산과 함께 호남 5대 명산의 하나이며 기암괴석이 빼어
나고, 억새가 일품임.
灩 출렁거릴염 蒹 갈대겸 葭 갈대가
양의凉意 : 시원해진 기운. 시원스런 느낌.

海南

해남에서

오절 1수 542

橘柚孤山村	굴과 유자가 고산 촌[1]에 있더니만
藤蘿大芚寺	등나무 넝쿨이 대둔사에 있구나
遙遙天一涯	아득히 멀리 하늘 한 물가 있어
人識海南地	사람들은 해남 땅을 알고 있더라

1) 고산촌孤山村 : 윤선도尹善道(1587~1671)가 살았던 곳. 윤선도의 자는 약이約而, 호는 고산孤山 또는 해옹海翁. 정철과 더불어 시조 문학가로, 전남 보길도에서 쓴 〈어부사시사〉가 유명함.

向珠島

주도로 향하며

칠절 1수 542

蜿蜿老龍脊	꿈틀 꿈틀한 늙은 용의 등골과 같고
熨斗向南傾	울두[1]는 남쪽으로 기울어 있네
碧波渺何處	푸른 파도는 어느 곳에서 아득한가
天長右水營	하늘에는 길게 우수영이 있도다

완완蜿蜿 : 꿈틀 꿈틀함. 脊 등뼈척
1) 을두熨斗 : 다리미. 渺 아득할묘(끝없이 넓다)

 해설

　주도珠島는 전남 완도읍 완도 항에서 가까운 거리에 있다. 작은 섬은 동그란 형상이 마치 구슬과 같다고 해서 붙여진 이름이며, 일명 추섬으로도 불린다. 결구에서 우수영은 전라우수영일 것이다.

大芚寺

대둔사[1]에서　　　　　　　　　　　　　　　　　　　칠율 1수 542

一澗縈回碧樹層	한번 계곡을 엉켜 도니 푸른 나무 층쳐있고
石橋秋色迢催登	돌다리에 가을 색이 멀리 산 오름을 재촉하네
寒山欲染看碑客	쓸쓸한 산에서 비석을 보는 나그네 물들어 가고
廢院時聞織屨僧	황폐한 절에서 때로 짚신 삼는 스님 소리 듣네
塵世茫然何日定	티끌진 세상에서 망연히 어느 날을 정할 것인가
叢林應亦待人興	총림에서는 응당 또한 사람을 기다리는 흥 있네
平生如有空門約	평생 동안 공문[2]을 약속한 것과 같았고
垂老商量却未能	늙어 감에 헤아려 봐도 도리어 능하지 못하네

1) 대둔사大芚寺 : 전남 해남군 두륜산에 위치한 절. 신라 때 창건된 절로 조계종

제22교구 본사이며, 일명 대흥사大興寺.
2) 공문空門 : 불도佛道.

道中仲秋節

도중에 중추절을 맞이하며　　　　　　　　　　　　칠율 1수 543

珠露金風日日秋	구슬 같은 이슬에 서풍 불어 날마다 결실하는 때
名山誓不障吾遊	명산에서 맹세는 내 유람을 방해하지 않네
天涯砧杵催佳節	하늘가에 다듬잇돌 절구질로 좋은 시절 재촉하고
海上帆檣起暮愁	해상에서 돛대 상앗대 저물어 근심이 일어나네
蓴菜留香張翰宅	순채 나물에 향기 남아 장한[1]의 집이 있고[2]
木奴催熟李衡洲	목노[3] 익기를 재촉하여 이형[4]의 물가에 있네
行人懶做還鄉夢	행인은 게을리 꿈속에 고향으로 돌아오고
樂歲家家待月樓	즐거운 해 집집마다 달 기다리는 누대가 있네

1) 장한張翰 : '순갱로회蓴羹鱸膾' 고사의 주인공. 매천은 1906년 〈제병화십절題屏畵十絶〉 제3수에 있는 〈고향순로故鄉蓴鱸〉라는 시에서 장한의 충절을 그리워하였다.
2) ▌*長興路傍有舍人亭 : 장흥 노방에 사인정이 있었음.
3) 목노木奴 : 귤의 별칭. 귤노橘奴.
4) 이형李衡 : 한漢나라 단양태수丹陽太守 이형李衡이 무릉武陵의 범주氾洲에 천

그루의 귤나무를 심었다. 훗날 임종할 때 그의 아들에게 "우리 마을에 노복 천 그루가 있어, 입고 먹여 달라고 하지 않아도 한해에 비단 한필씩을 바치니 먹고 살기에 넉넉할 것이다."라는 고사가 있다.

戲題南平倡和, 軸因其韻

남평에서 창화시[1]를 놀이하며 짓고, 그 운에 따라 시축을 만들다

칠율 1수 543

己成門逕許人尋	문전에 오솔길 이뤄져 사람 찾는 것 허락하고
妄自啁啾失雅音	스스로 새 지저귐을 망각하며 아음을 잃네
茶飯便身還忌俗	차 밥이 몸에 편해도 도리어 속물들 꺼려지고
雲霞悅眼也要深	구름 놀은 눈을 기쁘게 해 깊이 바라네
認爲磊落千秋事	뇌락함 때문에 천추의 일을 인식하며
合有敲椎一段心	망치로 두드려 일단의 마음을 합하여 보네
寄語南平賢太守	남평에서 현명한 태수님께 말을 전하노니
樽前休作洛生吟	술동이 앞에서 쉬며 낙생음[2]을 만드노라

1) **창화시倡和詩** : 한 사람이 시를 읊으면 다른 사람이 받아 노래하는 화답시.
軸 굴대축(북. 자리. 두루마리.)
주추啁啾 : 악기 소리가 뒤섞여 들림. 새가 지저귐.
아음雅音 : 정악正樂.   **아언雅言** : 정직한 말.

2) 낙생음洛生吟 : 시문을 읊는 것. 동진의 낙양 서생書生들이 시문을 읊을 때에 중탁한 소리로 시문을 읊었다고 한다. 《세설신어》〈아량雅量〉에 다음과 같은 고사가 전한다. '사안謝安이 코 메인 소리로 〈낙생영洛生詠〉을 읊조리자, 다른 사람들도 코를 가리고 그것을 모방하게 되었다.'는 '사안낙생영謝安洛生詠'이라는 고사임.

 喚仙亭

환선정에서

칠절 1수 544

崔瀣曾刪張瑄筆　　최해[1]는 일찍이 장선[2]의 붓으로 산정하였고
畢翁亦廢武靈詩　　필옹[3] 또한 무령군[4]의 시를 없애버렸네
九原欲借前人眼　　구원에서 앞 사람의 안목을 빌리고자 하며
重檢楣間絶妙辭　　다시 문미사이를 점검하니 절묘한 말씀 있네

▌＊亭有李範晉詩板

　정자에는 이범진[5]의 시판이 있었다.

瀣 이슬기운해(찬 밤기운)

1) 최해崔瀣(1287~1340) : 호는 졸옹拙翁. 최해는 고려 말 1321년 원나라에서 급제하였다. 성균관 대사성을 지내기도 하였으나 조정에서 환영받지 못하였다. 성품이 고상하고 재주가 뛰어났으며, 이제현이 그의 문학적 탁월함을 높이 평가 하였다. 《졸고천백拙藁千百》의 문집이 있으며, 동문선에도 그의 시 34수가 전한다.
瑄 도리옥선(여섯치의 큰 옥)

2) **장선張瑄** : 미상의 인물이나 충선왕 1310년 검교평리광주목사檢校評理廣州牧使가 된 인물을 말하는 듯함.

3) **필옹畢翁** : 점필재佔畢齋 김종직金宗直(1431~1492)을 말함. 김종직은 밀양 출생으로 길재, 김숙자로 이어지는 성리학자였다. 세조 5년 문과에 급제, 성종 초에 경연관이 되었으며, 함양군수와 선산부사가 되었다. 그후 벼슬은 도승지, 형조판서, 중추부지사까지 이르렀다. 문장과 경술經術에 뛰어나 영남학파의 종조宗祖였지만, 그의 제자 김효원이 김종직이 쓴 글 '조의제문弔義帝文'을 사초史草에 쓴 것이 문제가 되어 무오사화戊午士禍 때 부관참시되었다.

4) **무령부원군武靈府院君** : 유자광柳子光(1439~1512)을 말함. 본관은 영광靈光이며 자는 우복于復이었다. 예종이 남이南怡를 좋아하지 않는 것을 알고 남이가 역모한다고 무고하였다. 이 때 남이와 영의정 강순 등이 처형당했으며, 이 공으로 유자광은 익대공신翊戴功臣 1등이 되었고, 무령군武靈君에 봉해졌다.

후에 김종직이 함양군수로 부임하여 학사루學士樓에 올랐다. 남원출신 유자광이 써서 걸어놓은 시판의 시를 보고, 비루한 자의 시라고 하며 이를 떼어 불태워 버렸다. 유자광은 성종 때 일어난 이 일을 가지고 연산군을 충동질하여 1498년 무오사화을 일으켜 김종직과 그 제자들을 죽였다.

구원九原 : 구천九天. 저승.

미간楣間 : 문미 사이.

5) **이범진李範晉**(1853~1911) : 자는 성삼聖三. 1879년 식년 문과에 급제한 뒤, 1887년 협판내무부사가 되었다. 러시아 공사 베베르 및 이완용李完用 등과 함께 1896년 2월 11일 아관파천을 일으켜 법부대신이 되었다. 1897년 주미공사가 되었고, 1900년에는 주러공사로 부임하였다. 1905년 을사조약이 체결된 뒤 일제가 소환하자 이에 불응하였다.

1907년 6월 고종이 보낸 헤이그 특사 이준李儁과 이상설李相卨이 상트페테르부르크에 도착하자 만국평화회의에 보내는 문서를 번역하였다. 이때 이준과 이상설은 그의 아들 이위종李瑋鍾과 함께 헤이그에 갔으나 독립 국가의 외교관으로 대우를 받지 못하였고, 이준은 분사하였다.

그 후 이범진은 1909년 11월에 있을 만국평화회의에 특사 파견운동을 다시 계획하기도 하였으며, 1910년 한일 합병이 체결되자 권총으로 자결했다.

한편 1902년 간도관리사였던 이범윤李範允(1856~1940)은 그의 동생으로, 안중근과 함께 의병을 모아 함경도 지방의 왜군을 공격했던 항일 독립운동가였다.

宿兎洞, 仙巖月公見訪

토동에서 숙박함에, 선암사의 월공이 방문하다　　　칠율 1수 544

百畝篔簹五母鷄	백 이랑 되는 왕대밭에 오모의 닭[1]이 있고
吾家林壑白雲西	우리 집 숲속 계곡은 백운산 서쪽에 있구나
案頭歲月虫魚疏	책상머리에 세월 흘러 하찮은 동식물도 드문데
洞外風塵虎豹啼	동네 밖 풍진 세상에 호랑이 표범이 울어대네
客夜葉寒聞雨作	객은 밤에 찬 잎 새에 비 떨어지는 소리 듣고
山燈筆老讓僧題	산 등불에 붓 쓰기 지쳐 스님이 시제를 양보하네
憑君重績西庵夢	그대를 빙자해 거듭 서암[2]에서 계속 꿈꾸고
翠壁紅泉路不迷	비취색 벽 붉은 샘으로 가는 길 혼미하지 않네

운당篔簹 : 왕대.　疏 성길소(멀리하다. 드물다.)

1) 오모계五母鷄 : 《맹자》〈진심장구상盡心章句上〉 제22장에 다음과 같은 내용이
있다. "오묘의 집 담장 아래에 뽕나무를 심고 필부가 누에를 치면 늙은이가 족히
비단옷을 입으며(五畝之宅에 樹墻下以桑하야 匹婦 蠶之則老者 足以衣帛矣며), 다
섯 마리의 어미닭과 두 마리의 돼지를 길러 때를 잃음이 없으면 늙은이가 족히 고
기를 잃는 것이 없으며(五母鷄와 二母彘를 無失其時면 老者 足以無失肉矣며), 백
묘의 밭을 필부가 갈면 여덟 식구의 집이 굶주림이 없을 것이다.(百畝之田을 匹夫
耕之면 八口之家 可以無饑矣리라.)"

충어虫魚 : 벌레와 물고기. 미세한 동식물.
2) 서암西庵 : 전남 승주군 선암사에 있는 암자.   疏 성길소

向樂州

낙주로 향하며

칠율 1수 544

孤城回首雪雲間	외론 성에서 머리 돌리니 눈 구름사이에 있고
風色蕭蕭笠打顔	풍색이 쓸쓸한데 삿갓이 얼굴을 치네
歲晚耕牛爭趨市	해가 늦도록 소가 밭 갈고 다투어 시장 좇으며
天寒征馬自依山	찬 하늘에 말을 몰아 자연히 산에 의지하네
眼前白日誰能駐	눈앞으로 대낮에 누가 능히 주둔하는가
世上黃金未買閒	세상에서 황금을 살만한 틈이 없었네
愧汝橋南雙老堠	그대 부끄럽게 다리 남쪽에 두 낡은 돈대있고
年年何事一來還	해년마다 무슨 일로 한번씩 돌아오는가

백일白日 : 대낮.   堠 돈대후(흙성. 망대. 이정표.)

> 與苟安室諸友分韻. 碧桃滿樹風日水濱, 得滿字, 戲賦
> 長句贈酉堂

구안실에서 여러 벗들과 운을 나누었다. '벽도만수풍일수빈'의 글
자에서 '만'자를 얻어 놀이하며 장구를 짓고 유당에게 증정하다

오고 1수 545

---

　* 이 시는 《매천전집》 3권 252쪽에는 '유당이 벼슬이 바뀌어 지나가다
방문하였다. 운은 나누었는데 만자를 얻어 놀면서 장가로 부를 짓고 이를
주었다'의 〈유당체임과방酉堂遞任過訪, 분운득만자分韻得滿字, 희부장가증지
戲賦長歌贈之〉라는 제목으로 되어 있다. 이 시는 《역주황매천시집》 속집
518~522에 번역이 되어 있다. 원문과 비교하여 몇 글자만 달라 번역하지
않았다.

> 韶汀帶石亭書而至

소정이 석정의 편지를 가지고 오다

칠율 1수 547

我似征駒赴戰歸	나는 흡사 말 모는 것처럼 전쟁터로 돌아가고
君如秋鴈更南飛	그대는 가을 기러기처럼 다시 남쪽으로 날아 왔네
春風習習隨戶開	봄바람이 살랑살랑 불어와 문 열어 젖히며
江雨斑斑卽染衣	강가의 비는 고르지 못해 곧 옷을 적시네

文字詎能需世易	문자는 어찌 세상에 쓰이기가 쉬을 수 있으리
山林亦復見人稀	산림에서는 다시 사람 보는 것도 드믈어지네
邨雲一幅洋州竹	순운 한 폭 글씨가 양주의 대나무에 있고
歎息先生尙式微	선생이 조금 기운이 쇠퇴함을 탄식하네

韶 풍류이름소(아름답다)　汀 물가정(모래섬. 물 맑음.)　帶 띠대(데리고 다니다)

습습習習 : 산들산들 바람이 가볍게 붊.

반반斑斑 : 고르지 못함. 여러 가지 빛이나 무늬가 섞여 있음.

邨 나라이름순(산서성에 있었던 문왕의 아들을 봉한 나라.), 성씨환

식미式微 : 쇠미함. 세력이나 기운이 쇠퇴함.

送酉堂

유당을 보내며

칠율 1수 · 오율 1수 548

1수

雲衢送子筮賓王	현달한 그대를 보내며 빈왕[1]을 점쳐보고
江上離絃一兩行	강가에서 악기 줄 버리고 두 길로 가네
對酒當歌聊復甫	술 대작하고 노래하며 다시 사용하지 않고서
殺鷄爲黍此相將	닭 잡고 기장 밥 지으며 이렇게 서로 받드네
花前一夜驚風雨	꽃 앞에서 하룻밤 새 비바람에 놀랍더니
柳外長程怨夕陽	버들 밖으로 긴 노정에 석양을 원망하네

千古淮南羨桂操　천고에 회남 땅에서 월계수 잡기 부러워
康琚多事續殘章　강거[2]는 일이 많아 계속 남은 글을 쓰네

筮 점대서(점을 치다)
운구雲衢 : 구름 거리. 청운靑雲의 뜻을 펼쳐 현달顯達한 것을 가리킴.
1) 빈왕賓王 : 낙빈왕駱賓王을 말함. 왕발王勃, 양형楊炯, 노조린盧照隣 등과 함께 초당4걸初唐四傑의 인물이었음.
甭 쓰지 않을용　琚 패옥거(붉은 옥)
2) 강거康琚 : 진晉의 왕강거王康琚는 〈반초은反招隱〉 시를 지었다. '세속에 살아도 환란을 면할 수 있는데, 무엇 때문에 산림에 숨는가?'라 하며 은거하는 자를 불렀다.

2수 548

閒居亦多事　한가하게 살아도 일은 많기만 하고
日瀹灌花泉　햇볕에 삶아진 꽃에 샘물 길러 물주네
兒鈍量朝課　아이가 둔해 헤아려 아침 과제를 주고
吾衰驗晝眠　내가 약해져 낮잠을 시험해 보네
晴禽不離澗　개인 날에 새가 산골을 떠나지 않고
春草欲爭田　봄풀은 밭을 다투어 매고자 할 때라
有客如君輩　나그네는 그대 무리들과 같아서
何曾惜酒錢　어찌 일찍이 술값을 아낄 것인가

瀹 데칠약(삶다. 씻다)

輓金翁基俊

김옹 기준의 만사   칠율 1수 548

回甲元來不易過	회갑은 원래 쉽게 지나가지 않는다는데
白鷄連夢奈君何	흰 닭의 꿈 잇달아 꾸어 그대를 어찌할 것인가
靈能記我升床慟	신령이 나를 기억하며 평상에 올라 통곡하고
病未隨人執紼謌	병이 사람을 따르지 못해 얽어 잡아 노래하네
想見溪西行色倦	냇가 서쪽에서 행색이 피로함을 상상해보고
驚聞身後著詩多	죽은 후 지은 시가 많다는 말 듣고 놀랐네
春風竟是無情物	봄바람은 끝내 사물의 정이 없더니만
開遍絳桃門外花	진홍색 복사꽃만 두루 문밖에 피어있더라

백계白鷄 : 털이 흰 닭.

紼 엉킨실불(동아줄)   謌 노래가

상견想見 : 생각하여 봄.

石亭以四月上旬見訪

석정이 사월 상순에 방문하다

칠율 1수 549

陳陳光風綠映洲	진진 광풍이 불어 푸른 그림자 물가에 있고
故人携酒晚鶯流	옛사람이 술가지고 옴에 늦은 꾀꼬리 나네
如何別後詩成集	이별한 후 시집의 완성은 어떠했는가
依舊山中屋打頭	산중의 지붕머리 치는 것 여전하네
蚕戶漸忙桑葉暗	잠실은 뽕잎이 질푸르러 점점 바빠져 가고
蜂衙重沸菜花幽	벌집은 채소 꽃 한창이라 더욱 붕붕거리네
世間自欠羊裘輩	세간에서 스스로 부족한 건 양구[1]의 무리지만
不是無錢買沃州	돈도 없이 옥주[2]를 사는 것이 아니라네

봉아蜂衙 : 벌집.   沸 끓을비, 용솟음할불, 어지럽게날배

세간世間 : 세상. 의지하며 살아가는 세상.

欠 하품흠(이지러지다. 결함. 부족하다.)

1) 양구羊裘 : 양가죽으로 만든 옷. 후한의 은사 엄광嚴光이 양구를 입고 낚시하며 은거하였음. 은사의 옷.

2) 옥주沃州 : 옥 고을. 진도의 옛 이름. 발해의 지방행정구역의 하나.

해설

　석정 이정직李定稷은 김제 백산면 출생으로 매천보다 14살 연상이었다. 일찍이 북경에서 간트철학을 연구하였으며, 전주에 살면서 한약방을 운영하기도 하였고, 화가로 활동하면서 시서화詩書畫 3절을 이룬 인물이었다.

1895년에 석정이 구례로 매천을 찾아와 처음 만난 이후로 서로 친밀한 관계를 맺게 되었다. 매천이 27세 때 영재 이건창을 찾아가 만나 신교관계를 맺었듯이, 매천과 석정의 관계는 해학 이기와 더불어 깊은 관계를 맺고 호남3걸로 지칭되기도 하였다.

　이 시는 1897년 석정이 구례 간전면 만수동에 살고 있는 매천을 재차 방문하였을 때 쓴 시이다. 석정은 매천을 통해 구례의 명사名士였으며, 시인詩人이었던 왕소천이나 유이산 등과도 교제하였다.

信宿兎洞

토동에서 이틀을 자다　　　　　　　　　　　　　칠율 3수 549

1수

吟遍溪亭與野臺	냇가 정자와 들녘의 돈대에서 두루 읊다보니
枯腸常似硯初開	빈속은 항상 벼루가 처음 해갈하는 것과 같네
人閒政欲登山去	한가한 사람은 바로 산에 올라가고 싶지만
雨細猶能終日來	가랑비는 오히려 종일토록 내리네
園蝶飛粘幽處息	동산의 나비 날아 끈적이며 깊은 곳에서 쉬고
隣鷄鬪散半途回	이웃집 닭 싸우고 흩어져 반이 도중에 돌아오네
先生具有千秋事	선생은 천추의 일을 다 갖추어 놓고서
不向風騷肯盡才	풍소를 향하지 않았으니 다 옳은 재주뿐이네

고장枯腸 : 마른 창자. 빈 속. 政 정사정(법규. 임금. 바로=正.)
풍소風騷 : 시가와 문장을 지음. 또는 그런 놀이.

2수 550

위 시는《매천전집》3권 279쪽에 '석정을 모시고 오봉산재에 오르다'의 〈휴석정지오봉산재携石亭至五鳳山齋〉라는 제목으로 되어 있다. 이 시는《역주황매천시집》속집 597쪽에 번역이 되어 있다.

3수 550

日夕壺觴競款扉	석양에 술병과 술잔 가지고 문 다퉈 두드리며
窮村好客此應稀	외진 시골이라 좋은 손님 응당 드물도다
老狵臥月忽孤吠	늙은 삽살개는 달빛에 누워 홀연히 외롭게 짖고
乳鵲落松時復飛	어린 까치 소나무에서 떨어져 그때 다시 날아가네
驛路光陰花後笋	나그네 길 세월에 꽃 핀 후 대 죽순 있고
山廚風味雨餘薇	산 부엌의 풍미는 비온 끝에 산채 나물 있네
江南白苧衣如雪	강남의 흰 모시 옷은 흰 눈과도 같아라
愁見休文約帶圍	휴문1)이 허리띠 둘러2) 약속하며 시름 속에 보네

笋 죽순순(=筍), 어린대윤(대껍질)

1) **휴문休文** : ① 글 짓는 것을 그만둠. ② 중국 남조 양나라 심약沈約(441~513)의 자. 〈송서宋書〉를 기술하였으며, 그의 시풍은 정교한 대구를 사용했다. 사성팔병설四聲八病說을 제창했으며, 사조謝朓 등과 함께 영명체永明體를 창시했다. 후대 율시律詩의 형성과 변려문駢儷文의 발전에 중요한 영향을 끼쳤다.《심은

후집沈隱侯集》이 있다.

2) **대위帶圍** : 허리 띠. 사형 선고를 받은 아들 걱정에 어미의 허리띠가 한 자나 줄었다는 '대위멸척帶圍減尺'의 고사가 있음.

광음光陰 : 햇빛과 그늘, 즉 낮과 밤이라는 뜻으로, 시간이나 세월.

經宿還向兎洞

밤을 지내고, 다시 토동으로 향하다

칠율 1수 550

高臺揮手謝烟波	높은 누대에서 손 흔들어 연파에 사례하고
一路林深訝昨過	외길로 숲속 깊이 어제 지나가며 놀라웠네
石末依依僧影遠	바위 끝에 아득히 스님의 그림자 멀어지고
風前拂拂客衣多	바람 앞에 스쳐지나 나그네의 옷에 많네
賞心十步班荊話	열 보 걸며 옛정을 나눠[1] 즐거운 마음이고
遺響千峰採藥歌	천봉우리에 채약가 울려 여운이 남아있네
背後斜陽山似畵	등 뒤로 해 기울어 산은 마치 그림과 같고
浮生一宿悵如何	덧없는 인생 하룻밤 숙박에 슬픔이 어떠한가

휘수揮手 : 손짓을 하여 거절함. 손짓하여 낌새를 채게 함.

연파烟波 : 안개 물결.

강호연파江湖烟波 : 강이나 호수 위의 안개처럼 보얗게 이는 잔물결. 대자연의 풍경.

訝 맞을아(서로 만나 놀라다. 위로하다. 의심하다.)
의의依依 : 헤어지기 서운함. 연모함.
상심賞心 : 경치를 즐기는 마음. 즐겁고 기쁜 마음.
경숙經宿 : 임금이 서울 밖에서 밤을 지냄.
1) 반형도고班荊道故 : 형초를 깔고 옛날을 이야기함. 친구를 만나 옛정을 나눔.
반班은 깔다, 형荊은 모형나무 또는 형초荊草를 말함.

小川訪石亭而至共賦

소천이 석정을 방문함에 함께 가서 짓다
칠율 1수 551

草樹風熏已減香　　풀 나무 훈풍 속에 벌써 향기 줄어들어가고
旱天村日白溪長　　가뭄 든 하늘 마을 햇살에 흰 냇가 길도다
數家籬落泉常淨　　두어 집 울타리 밑으로 샘물이 항상 맑고
生客筇鞋石不方　　낯선 손님 지팡이 신 신고 옴에 돌은 모가 없네
詩到田蕪方得雋　　시는 거친 밭에 이르러 막 좋은 시구 얻으며
酒如山碧最難忘　　술은 푸른 산과 같아 제일 잊기 어려워라
主人愧乏涪翁筆　　주인은 부끄럽고 가난하지만 부옹1)의 붓 있어
安得銘君大雅堂　　어찌 그대 이름을 새겨 대아2)의 당에 있는가

난망難忘 : 잊기 어렵거나 또는 잊지 못함.　雋 영특할준　乏 가난할핍
1) 부옹涪翁 : 황정견의 호. 자를 노직魯直, 호를 산곡山谷 또는 부옹. 소동파와

나란히 '소황蘇黃'이라 불렸음.　**銘** 새길 명

2) **대아大雅** : 대단히 고상함, 또는 극히 올바름. 《시경詩經》 육의六義(=풍부비
흥아송風賦比興雅頌)의 하나로 큰 정치를 말한 정악正樂의 노래. 평교간平交間이
나 문인文人에 대하여 편지의 겉봉에 쓰는 말.

> ### 石亭留旬餘, 將還雲水, 余餞之同至兎同

석정이 열흘 남짓 머물렀는데, 장차 운수로 돌아가려 함에 내가 석정
을 전별하며 함께 토동에 이르다　　　　　　　　　칠율 1수 551

五峯秀色引歸人	오봉산의 뛰어난 풍색은 돌아가는 사람을 끌고
又此村淳使遠親	또 이런 순박한 마을에서 멀리 친함이 있네
倒屣却驚旬日久	신을 거꾸로 신고1) 열흘이나 오랫동안 놀았고
傳餐能掩四隣貧	보내온 음식 사방 이웃의 가난을 비호할 만 했네
千秋風雅皆師友	천추에 풍아는 모두가 스승과 벗이로다
一榻烟霞孰主賓	한 자리의 안개 놀은 누가 주인이며 빈객인가
芳草無情南浦綠	방초는 정도 없이 이별하는 남포에 푸르러
此時觴政莫辭頻	이럴 때는 술잔을 자주 사양하지 말기를

1) **도사倒屣** : 신을 거꾸로 신음. 손님을 대접하느라 어쩔 줄 모른다는 뜻으로, 《삼
국지위지魏志》〈왕찬전王粲傳〉에, '빈객들이 가득 앉아 있었는데 왕찬이 문에 있다
는 소리를 듣고, 채옹蔡邕이 신발을 거꾸로 신고 그를 맞이했다(賓客盈坐聞粲在門,

倒屣迎之.)'는 고사에서 유래한다. 《구당서舊唐書》〈유업전劉鄴傳〉에도 유업이 찾
아오자 이덕유李德裕가 너무 반가워 신발을 거꾸로 신고 영접했던 고사도 있다.
屣 신사 餐 먹을찬(끼니 외에 먹는 음식) 掩 가릴엄(감싸다. 비호하다.)

續賦

연속하여 읊다

칠율 1수 551

晝畫勞人債未淸	낮에 그려도 사람들 수고하여 빚 청산치 못하고
也難無負遠遊情	또한 어렵게도 멀리 노니는 정 버림이 없네
夢中自語登臨處	꿈속에 스스로 높을 곳에 올라 말하노니
吟苦惟聞謦咳聲	괴롭게 읊조리며 오직 기침소리 놀라 듣네
一鹿山靑歸小室	사슴 한 마리 푸른산 작은 집에 돌아오고
羣羊石白老初平	양 떼들은 백석에 있으며 초평1)이 늙어가네
相思不斷成虛影	서로 끊임없이 생각하며 허공 속의 그림자 되어
碧骨湖邊曉月生	김제 벽골제 호수가에 새벽달이 생겨나오네

노인勞人 : 참소를 당해서 괴로워하는 사람.

등림登臨 : 높은 곳에 오름. 등산임수登山臨水.

1) 초평初平 : 신선의 세계인 황초평의 고사를 말함. 본고 원문 366에 '비를 만나
출발하지 못하고 감회가 있어'의 〈치우불발유회値雨不發有懷〉 5)에 자세히 기록
하였다.

復拈唐詩

다시 당시를 뽑다　　　　　　　　　　　　　칠율 1수 552

滿屋山光綠映藍	집 가득 산 빛이 푸르러 쪽빛으로 비추고
槐陰千尺臥溪潭	괴나무 그늘이 매우 높아 계담에 누워있네
風騷猶見王貽上	시문을 지으면서 오히려 왕이상[1]을 보고
杖屨能來沈啓南	지팡이 신발 신고 심계남[2]이 오네
睡淺連宵茶正苦	풋잠이 밤마다 계속되어 차 맛이 바로 쓰고
情深留客菜猶甘	깊은 정 객이 머물러 나물밥도 오히려 다네
紀行旬日將成卷	기행한 지 열흘 되어 한권의 책이 되었으니
似子堪稱老學菴	마치 그대를 노학암[3]이라고 칭찬할만하네

풍소風騷 : 시가詩歌나 문장을 지음, 또는 그런 놀이. 시문을 지으며 노는 풍류風流.

1) 왕이상王貽上 : 왕사정王士禎을 말함. 자는 이상貽上, 호는 완정阮亭, 별호는 어양산인漁洋山人이다. 왕이상王貽上은 순치順治 때의 진사進士로 벼슬이 형부상서에 이르렀음.

2) 심계남沈啓南 : 명나라 문인화가 심주沈周(1427~1509)를 말함. 자는 계남啓南, 호는 석전石田, 백석옹白石翁. 산수나 화훼花卉, 금어禽魚를 즐겨 그렸음.

3) 노학암老學菴 : 육유陸游(1125~1210)의 호. 육유는 산음山陰 사람이며, 자는 무관務觀, 호는 방옹放翁·위남渭南·귀당龜堂·입택어은笠澤漁隱·구곡노초九曲老樵·심태평암心太平菴·병수서소病瘦書巢 등이 있다. 노학암이 태어난 지 2년 후 1127년에는 '정강의 변'에 의해 북송이 멸망당했다. 그래서 노학암은 조국 송나라 영토를 회복하려는 뜻이 있었다. 뜻을 이루지 못하자 늘 술로써 세월을 보

냈으며, 동료들이 그를 기롱하여 "不拘禮法(불구예법) 예법에 얽매이지 아니하고/
恃酒頹放(시주퇴방) 술기운에 의지하여 퇴폐적이고 방자하게 행동한다."라고 했으
므로 방옹放翁으로 자호自號를 삼았다고 한다.

自兎洞同至冷泉

토동에서 냉천으로 함께 오다   칠율 1수 552

出門己是麥秋天	문 나섬에 벌써 보리 수확하는 때 되었고[1]
一榻壺觴十日連	한 자리에 술병과 술잔이 열흘이나 이어졌네
設想難爲離別後	설사 이별한 후에 어려움을 상상해보며
送行遂到郡城前	전송함에 드디어 군 성문 앞에 이르렀네
明沙錦石遲携屐	밝은 모래 비단 돌 있어 나막신 끌며 늦고
細浪輕風厭下船	작은 파도 선선한 바람이 불어 하선이 싫어라
百里雲山知不遠	백리에 뻗친 구름 산이 멀리 않다는 것 알지만
老懷相憶奈茫然	늙어 생각하며 서로 기억하니 어찌 아득한가

1) 맥추麥秋 : 익은 보리를 수확하는 일.

호상壺觴 : 술병과 술잔.

하선下船 : 배에서 내림.

망연茫然 : 아무 생각 없이 멍함. 아득함.

宿海鶴庄, 海鶴客達城未返

해학의 별장에서 숙박하였는데, 해학은 객이 되어 달성에서 돌아오
지 아니하였다

칠율 1수 553

五里晴江十里山　오리에 뻗친 개인 강가에 십리 길 산이 있어
冷泉書室曠清閒　냉천의 서실은 밝고도 맑아 한가하도다
剡曲前宵乘興至　섬곡에서 지난 밤 산음승흥[1]에 이르렀고
梁園何日倦遊還　양원[2]에서 어느 날 놀기에 지쳐 돌아올 것인가
雨暘天氣黃梅後　비 오고 해 비쳐 천기가 황매 철 지난 후라
衰旺村墟細竹間　성하고 쇠함은 마을 언덕의 시누대 사이에 있네
不是留連鷄酒美　연속 머물러도 닭고기 술도 좋은 맛 아니요
近來無夢到禪關　근래에는 꿈도 없이 선관[3]에 이르노라

1) ① 승흥乘興 : 흥을 띰. 흥겨운 기운을 탐.

　② 승흥이행흥진이반乘興而行興盡而返 : 《세설신어世說新語》〈임탄任誕〉에
다음과 같은 고사가 있다. "왕자유는 산음에 살았는데, 어느 날 밤 큰 눈이 내렸다.
문득 잠에서 깨어 문을 열고 술상을 보아 오라고 이른 뒤, 사방 천지를 둘러보니
너무도 밝고 깨끗했다. 일어나 이리저리 거닐며 좌사의 초은시를 읊다가 문득 친구
인 대안도가 생각났다. 마침 대안도가 섬계에 있었기에 곧 작은 배를 타고 갔다.
날이 샐 때쯤 도착하였는데, 집에 들어가지 않고 돌아왔다. 사람들이 그 까닭을 물
으니 왕자유가 대답하기를 흥에 겨워 갔다가 흥이 다해 돌아오는데 굳이 만날 필요
있겠는가(王子猷居山陰, 夜大雪. 眠覺, 開室, 命酌酒, 四望皎然. 因起彷徨, 詠左
思招隱詩, 忽憶戴安道. 時戴在剡, 卽便夜乘小船就之. 經宿方至, 造門不前而返.
人問其故, 王曰吾本乘興而行, 興盡而返, 何必見戴.)"

2) 양원梁園 : 중국 양나라 효왕孝王이 세운 죽원竹園.

晹 해언뜻보일역(해 반짝 나다)

천기天氣 : 하늘의 기상. 하늘에 나타난 조짐.

계주鷄酒 : ① 삶은 닭고기 속에 술을 머금은 솜을 넣은 것으로 먼 길을 갈 때 가지고 가기 간편하도록 한 것. ② 척계두주隻鷄斗酒로 변변치 않은 음식.

3) 선관禪關 : 선禪에 접근하는 관문. 선禪에 이르려면 반드시 거쳐야 하는 요점. 참선만 하는 여러 곳의 사찰.

 해설

해학 이기는 원래 전북 김제 만경 사람이었다. 구례 냉천으로 이사와 살았는데 이즈음 대구로 가서 양전사업에 종사하고 있었다.

시문에 나오는 섬곡은 매천이 살고 있었던 만수동을 말하고, 산음은 해학이 살았던 냉천의 서실을, 양원은 대구 달성을 각각 말하고 있다. 《해학유서》에 권1의 내용은 갑오농민전쟁 후 탁지부대신 어윤중魚允中에게 건의한 〈전제망언田制妄言〉으로, 양전론量田論을 통해 전결제를 개혁하여 농민경제와 국가재정의 개선을 주장한 내용이다.

與塾中諸友課日次放翁集

글방의 여러 친구들과 함께 과제 날에 방옹집을 차운하다

칠율 7수 553

* 위의 시는 《매천전집》 3권 280쪽에, '긴 여름 동안 산속에서 살며, 방옹시 차운함을 과제로 삼다'의 〈장하산거일長夏山居日, 차방옹위과次放翁爲課〉라는 제목으로 되어 있다. 이 시는 《역주황매천시집》 속집 599쪽에 번역되어 있다.

2수 553

起居軒敞敞登臨	탁 트인 집에 살아가며 높이 올라 마주하고
門外溪山不費尋	냇가 산 문밖으로 어려움 없이 찾아왔네
漸老判無干世策	점차 늙어감에 세상 영합하는 책략 판별 없고
久貧還有讀書心	오랫동안 빈한해 독서하는 마음 오히려 있네
繭蛾卵嗀眞修煉	고추 나방이 알 깨고 닦아 정련함이 참이요
麥旱秧霖小古今	보리 가물고 심은 모 장마 져 고금이 작네
笑詫村盤風味絶	웃으며 촌 소반을 자랑해 풍미가 뛰어나고
朱櫻綠筍競光陰	붉은 앵두 초록 죽순이 시간 다툴 때로다

기거起居 : 살아가는 형편. 일어남.

敞 높을창　敝 해칠폐

등림登臨 : 높은 곳에 오름. 임수臨水

간세干世 : 세속에 영합함.

嗀 새새끼구, 깰각　詫 자랑할타　絶 끊을절(뛰어나다. 매우.)

광음光陰 : 해와 달. 흘러가는 시간. 세월. 때.

3수 554

硯池爲海筆爲船	연지[1] 속이 바다 되었고 붓은 배가 되어
彼岸無期欲問天	저 언덕에 기약 없이 천기를 묻고자 하네
應候虫蟬聊自好	시절 따라 곤충 매미소리 절로 좋은데
寄身嘡蠹更茫然	몸을 맡기고 좀을 삼키며 다시 망연해지네

且停五岳浮游志　또 오악에서 멈추어 부유하는 뜻이 있고
願續殘年飽喫緣　원컨대 남은 해 이어받아 물리도록 마시네
詩未加工貧照舊　시를 다듬지 않아 초라히 옛것을 비춰보고
淸風滿屋竹爲椽　맑은 바람 집안에 가득 대로 만든 지붕 되었네

1) 연지硯池 : 먹을 간 묵즙이 모아지도록 벼루 속의 오목한 곳. 묵지墨池.
聊 귀울료(의지하다. 힘입다.)　嘾 삼킬담　蠹 좀두
부유浮游 : 떠다님.

4수 554

野凉驟起晝如朝　들녘이 서늘하여 달려 일어나 낮이 아침과 같고
萬綠風漪勢忽遙　온통 푸르러 바람 물결 일어 홀연히 흔들리네
貧戶麥農偏晩熟　빈한한 집 보리 농사는 편벽되이 늦게 익고
旱天畬燒恰齊消　가문 날 새밭을 불살라 마치 다 없어진 것 같도다
緣墻蝸篆驚高古　담장의 달팽이 자국1) 고상하고 예스러움에 놀라
繞屋鶯簧伴寂廖　집 둘러 싼 꾀꼬리 소리 적막감을 더하네
省得西隣秧事起　서쪽 이웃을 살펴보아 모내기할 때 일어나고
栗花如海沸蜂潮　밤꽃이 바다처럼 피어나 꿀벌이 밀려와 들끓네

漪 물놀이의(잔물결이 일다)　蝸 달팽이와　篆 전자전(도장)
1) 와전蝸篆 : 달팽이가 기어간 자국이 전서와 닮음.
고고高古 : 고상하게 예스러움.

鶯 꾀꼬리앵   簧 혀황(피리).
적요寂廖 : 적막함. 적막하고 쓸쓸함.

5수 554
이 시는《역주황매천시집》속집 600쪽에 번역이 되어 있다.

6수 555

自從豹隱卽刑方	스스로 숨은 표범을 따르며 모난 것을 깎아도
猶向響隣遇謗傷	이웃에 울리는 소리 우연히 헐뜯는 상처로다
老去論文趨易簡	늙어가 문장을 논함에 쉽고 간단한 것 따르며
閒來構思入蒼茫	한가하게 생각을 엮어 창망히 들었네
子規啼盡聲將變	두견새 다 울어 소리가 장차 변하였고
野鷺窺深影也忘	들녘의 해오리는 깊이 찾아 그림자도 잊네
却爲羣芳能殿後	도리어 온갖 꽃이 능히 전각 뒤에 있고
一園紅葯晩生香	정원의 붉은 작약이 뒤늦게 향기 생겨나네

이간易簡 :《주역周易》〈계사전繫辭傳〉에, "하늘은 이易로써 주관하고, 땅은 간簡
으로써 능히 한다.(乾以易知 坤以簡能)"는 말에서 천지 자연의 도를 뜻함.
구사構思 : 이리저리 생각함. 구상構想.   창망蒼茫 : 넓고 푸르며 아득한 모양.

7수 555
이 시는《매천전집》3권의 281쪽 제4수에 있으며,《역주황매천시집》속
집 601쪽에 번역되어 있다.

自五鳳齋入郡城, 次齋中諸生

오봉재에서 군 성곽으로 들어오며, 재의 여러 학생 시를 차운하다

칠율 1수 555

清溪百洗石無苔	맑은 냇가에서 백번 씻어 돌에 이끼가 없고
村尾層田逆岸廻	마을 끝 층진 밭은 언덕이 거꾸로 빙빙 도네
蛙鼓怒掀全野起	개구리가 북치고 분노하며 온 들녘에서 일어나고
蟻兵散渡敗橋來	개미 병사들 흩어져 건너다 다리에서 패해오네
人魚舫小輕欹浪	고깃배는 작아 가볍게 기울어져 물결 일어나고
打麥場喧備急雷	보리타작 마당 시끄럽게 급히 우뢰를 대비하네
艸樹孤城江十里	풀 나무는 외로운 성 강가 십리에 뻗쳐있어
詩材如錦倩誰裁	비단과 같은 시재 누구에게 청해 마름할 것인가

掀 치켜들흔(높이 올리다)　倩 예쁠천(빌다. 청하다. 사위.)
시재詩材 : 시 짓는 재료材料.

夕陽還渡文江

석양에 돌아오며 문강을 건너다

칠율 1수 556

晴莎卵石坐爲菌	맑은 풀이 조약돌에 있고 앉아 하루살이 되었고

落日亭亭下水濱　　해 떨어지고 솟은 산 아래로 물가가 있구나
新占細篘經市酒　　촘촘한 새 용수 찾아 시장의 주점을 지나가고
孤舟滿載灸麻薪　　외로운 배에 가득 싣고 마 섶에서 뜸을 뜨네
泖湖髮白倪元鎭　　묘호[1]에 은일 화가 백발의 예원진[2]이 있고
烟樹山靑米友仁　　안개 낀 나무 푸른 산에 산수화가 미우인[3] 있네
歸路喜看虹截雨　　돌아오는 길에 무지개 비속에 끊겨 즐겨보며
溪東返照拕天紳　　동쪽 냇가 하늘의 큰 띠를 도리어 비치네

莎 베짱이수, 향부자사, 비빌사　菌 버섯균(무궁화나무. 하루살이. 죽순.)

정정亭亭 : 늙은 몸이 꾸정꾸정 함. 산이 솟아 우뚝함.

篘 용수추(술을 거르는데 쓰는 기구. 술.)

1) 묘호泖湖 : 강소성 송강부松江府 화정현華亭縣에 있는 호수 이름.

倪 어린이예(흘겨보다. 성가퀴.)

2) 예원진倪元鎭 : 원대의 화가 예찬倪瓚(1301~1374). 원진元鎭은 예찬의 자이며, 호는 운림雲林. 운림산장雲林山莊에서 물욕을 초탈하여 고상하게 살았으며, 시집으로 《청비각집淸閟閣集》이 있음.

3) 미우인米友仁(1074?~1153?) : 송나라 미불米芾(1051~1107)의 아들. 자는 원휘元暉, 호는 해악도인海岳道人. 미불을 대미大米라 부른 데 대하여 소미小米라 불렸다. 산수화를 잘 그렸으며, 이때 성립된 화풍을 미법산수米法山水라 하였다. 명나라 왕세정은 미우인에 대하여 '서예에 뛰어난 재주가 있었으며, 그림에 버금가는 재주가 있다'라고 평가하였다.

拕 끌타(내버려두다. 빼앗다.)

憩下坪店

하평의 점방에서 쉬며　　　　　　　　　　　　　칠율 1수 556

邱麻風過作香聞	언덕에 마파람 불어 향기 풍겨 지나가고
野樹陰低一丈雲	들녘의 나무 응달 밑에 한 장의 구름 있네
微路傍溪多斷續	작은 길 옆 냇가는 여러 번 끊겼다 이어지고
飛虫向暮最繽紛	날 벌레는 저물어 모조리 어지럽게 날아가네
筍柔只可供饞守	죽순이 부드러워 다만 탐내는 태수와 함께하고
梅熟無因喚細君	매실이 익어 원인 없이 세군[1]을 부르노라
峽裏十年來往熟	골짜기에서 십 년 동안 내왕하여 익숙해지고
土田腴瘠稍能分	논밭이 걸고 박해짐에 점점 작게 나누어지네

마풍麻風 : 마파람. 남쪽에서 부는 바람.　聞 들을문(가르침을 받다. 냄새 맡다.)

일장一丈 : 3.3미터.

토전土田 : 논과 밭.

무인無因 : 원인이 없음.

1) 세군細君 : 편지에서 자기 아내를 부르는 말. 동방삭이 그의 아내를 농담 삼아 부른 데서 유래함.

腴 아랫배살찔유　瘠 파리할척(여위다)

歸家復拈陸律爲夏課

집으로 돌아와서 다시 육율[1]을 뽑아 여름 과제로 삼다

칠율 30수 556

1수

鬘網疎疎領髮共	말갈기 망건 듬성듬성 이마의 머리칼 함께 하고
隣人相戲遽稱翁	이웃사람들 서로 웃으며 갑자기 늙은이라 하네
數家地潔惟花竹	몇 집의 땅이 정결하여 오직 꽃과 대나무 있고
自古文工卽蓽蓬	스스로 고문을 공부 한 즉 가난한 집 되었네[2]
米貴從慳裁鶴料	귀한 쌀 아끼며 학을 생각하여 옷을 짓고
松凉偏巧蔭牛宮	찬 소나무 치우쳐 공교히 소집이 그늘졌네
睡餘臥聽煎茶響	잠잔 끝에 누워 들으니 차 달이는 소리 나고
黃九多應分內窮	어린애가 아홉 명이나 많아 안으로 곤궁하도다

1) 육율陸律 : 방옹 육유의 율시. 《검남시선劍南詩選》 85권은 청나라 주준朱陵이 편선한 육유陸游(1125~1210)의 시선집이다. 육유는 남송南宋의 애국시인愛國詩人으로 자는 무관務觀이며, 방옹放翁이라 자호하였다. 1127년 정강의 변으로 북송이 멸망하기 직전에 태어나 어려서부터 중원을 회복하려는 큰 뜻이 있었다. 1154년 진사가 되어 다음해 예부에서 시험을 치르는데, 옛 영토를 회복하자는 주장을 폈다가 진회秦檜에게 제명당했다. 진회가 죽은 후 등용되었으며, 후에 범성대范成大 밑에서 참의參議가 되었다. 매천 황현이 유달리 송나라 애국시인 육유의 시문을 좋아했던 이유도 육유의 애국심에 있었다.

鬘 상투종(말갈기)

종망鬘網 : 말갈기로 만든 망건.

額 이마액(늘)   額 이마액(일정한 액수)
蓽 콩필(가시. 사립문.)   蓬 쑥봉(봉래)
2) 봉필蓬蓽 : 쑥이나 가시덤불로 지붕을 이음. 가난한 사람의 집.

2수 557

一斗菖蒲漵灩春	한 말들이 창포에 흐르는 봄물 넘쳐 출렁거리고
無何鄕里絶蹄輪	어찌 향리에 말발굽 바퀴가 끊어져 없는가
詞盟敢主衣裳會	문단[1]에서 감히 의상의 모임[2]을 주장하며
花史權勾草莽臣	화사[3]에선 세상에 서투른 신하가 저울질했네
垂地藤滨幽澗咽	땅으로 등덩굴 우거져 그윽한 시냇물 목 메이고
黃昏人倦早蜩新	황혼녘에 사람이 지치고 새벽 매미소리 새롭네
縱非鸞鳳捿無處	비록 난새와 봉황이 아니라도 깃들인 곳 없고
世路連天枳棘榛	세상 길 하늘에 이어져 탱자 가시덤불에 있네

1) 사맹詞盟 : 문단文壇. 漵 넘칠렴 灩 출렁거릴렴
2) 의상지회衣裳之會 : 춘추 시대에 국제간에 예의로써 서로 교제하던 것을 이르
는 말로, 신의와 후덕으로 하였음.(《춘추곡량전春秋穀梁傳》)
3) 화사花史 : 꽃의 역사. 조선 선조 때 임제의 한문소설. 꽃을 비유하여 국가의
흥망성쇠를 그렸으며, 망한 나라의 정치를 비판하였음.
勾 갈고리구(굽다. 잡다. 붙들다.) 莽 우거질망
초망草莽 : 풀숲. 초야. 세상 형편에 서투름.
咽 목구멍인(목메다) 蜩 매미조 棒 몽둥이봉 榛 개암나무진(덤불)

3수 557

蓬藋虛空摠可逃　봉래산 끌 허공으로 모두가 다 숨어버리고

人生憂樂幾回遭　인생의 걱정과 기쁨을 몇 번이나 만나네

一時伸屈惟存蠖　일시에 굽혔다 펴 오직 자벌레만 있고

別逕攀援莫敎猱　갈라진 길 부여잡으며 원숭이를 배우지 말라

縱得秧疇移十頃　비록 논두렁에서 열 이랑을 옮긴다고 해도

漫愁湖閘減全篙　근심 가득 호숫가 수문에서 상앗대를 멈출 뿐

紅酣綠暗增怊悵　붉은 꽃 질푸른 잎에 초창함만 늘어나

頭白江南夢釣艚　흰 머리는 강남에서 뉫싯배나 꿈꾸노라

藋 파랑명아주조(딱총나무)　蠖 자벌레확

앙주秧疇 : 논두렁.　頃 이랑경(밭 넓이. 요사이.)

굴신屈伸 : 굽혔다 폄.

漫 흩어질만(어지럽다. 질펀하다. 가득 차다.)

閘 수문갑(물문)　篙 상앗대고　酣 즐길감　艚 거룻배조

4수 557

이 시는 《매천전집》 3권 281쪽에 있으며, 《역주황매천시집》 속집 601쪽
제5수에 번역이 되어 있다.

5수 558

長子中男盡讀書　장남과 차남 모두가 책을 읽는다고 하지만

口多還欷上農夫	입이 많아 도리어 하늘이 농부를 시름겹게 하네
刪來綺語詩逾拙	깎아서 꾸민 말로 시는 점점 졸렬해지듯이
息盡機心夢亦無	자식이 다 기심인 것은 꿈속에도 없었네
李品俱宜花及實	오얏의 품격은 꽃과 열매를 의당 갖추는 것인데
鳦巢難辨母和雛	제비집에서 어미와 새끼를 구별하기 어렵네
山家夏劑多爲首	산 집에선 여름 약이나 조제하는 것이 으뜸이라
瓦作新鐺石作爐	질그릇으로 종고소리 만들며 돌화로를 만드네

중남中男 : 차남次男. 당나라 시대에 17세에서 20세의 남자.

欷 시름겨울감(서운하다. 만족하지 아니하다.)　刪 깎을산

기어綺語 : 교묘하게 꾸며대는 말. 잡예어(雜穢語). 무의어(無義語)

기심機心 : 교사한 마음.

鳦 제비을　巢 집소　劑 벨제(약 짓다)　鐺 쇠사슬당(종고소리. 노구솥.)

6수, 7수 558

이 시는《매천전집》3권 281쪽에 있으며,《역주황매천시집》속집 602~
603쪽 제6수, 제7수에 번역이 되어 있다.

8수 559

淸福如今飽一回	좋은 복 있어 지금처럼 한 번에 배부르고
白雲深處管亭臺	백운산 깊은 곳에서 정자와 누대를 관리하네
計無晚節千頭橘	계획함에 만년에는 천 개의 귤[1]도 없지만

家在仙山九里梅	집에는 신선 산의 구리 매화[2]가 피어있네
石榻微凉棋未散	돌 자리가 좀 서늘해 바둑판 흩어지지 않았고
松門半白月初來	솔 대문 반절이 희어 달이 처음으로 나오네
旱天蕉葉無奇響	가문 하늘 파초 잎에 기이한 음향이 없어도
摘作嵒泉飮水盃	가려지으며 바위샘에 물 마시는 잔 있네

1) 천두귤天頭橘 : 삼국시대 이형李衡이 재산을 증식할 목적으로 남몰래 귤나무 천 그루를 심었다는 고사가 있음.
만절晩節 : 만년晩年. 만년의 절개.
2) 구리매九里梅 : 구리매화. 신위申緯의 《경수당전고警修堂全藁》13책에, "九里梅花天下稀(구리매화천하희) 구리매화는 천하에 드물고/ 漁翁漁婦憺忘歸(어옹어부담망귀) 어옹 어부는 조용히 돌아가기를 잊네"라는 시구가 있다.
초엽蕉葉 : 파초芭蕉 잎. 벽에 현반懸盤 등을 받치려고 하는 널조각. 목각 장식물. 摘 딸적(요점만을 가려서 쓰다)   憺 편안할담

9수 559

暑令今年緩緩回	더위는 금년에 느릿느릿하게 오더니만
山寒五月懶登臺	산 추위 오월에 있어 천천히 누대에 오르네
維三有卯翻宜豆	오직 세 마리 토끼 있어 팔랑이며 콩잎 먹고
次第逢壬晚出梅	차례로 임[1]을 만나 매화가 늦게 피네
霞亦偏多當夕現	노을도 치우침이 많아 저녁에만 나타나고
雨殘終不過江來	비 남았어도 끝내는 강가를 지나가지 않네
閉門獨抱長卿渴	문 닫고 홀로 장경의 목마름을 안고서[2]

願得金莖露一盃　　원하여 금경3)의 이슬 한 잔을 얻었도다

완완緩緩 : 느릿느릿함.

차제次第 : 차례. 그 즉시. 그 다음.

1) 壬 북방임(아홉째 천간. 오행으로 수水, 방위로 북北. 간사하다. 아첨하다.)

2) 장경長卿 : 전한시대 부부賦의 작가인 사마상여司馬相如의 자. 일찍부터 소갈증消渴症을 앓아 만년에 무릉茂陵에 칩거하였음.

3) 금경金莖 : 승로반承露盤에 세우는 구리기둥. 승로반은 이슬을 받는 쟁반 모양의 그릇.

10수 559

柴門東畔碧溪回　　사립문 동쪽 물가로 푸른 시냇물 휘돌아 흐르고

隨處盤旋石作臺　　반반하게 돌아오는 곳 바위에 대를 만들었네

種就園中諸葛菜　　정원으로 나아가 제갈량1)이 채소를 심고

摘殘籬角范汪梅　　헤진 울타리 모서리에서 범왕2)이 매화를 따네

艸綿帶露村鋤出　　풀솜에 이슬 띠어 촌사람 호미 가지고 나오고

杜櫟翻風野笠來　　두력3)이 바람에 나부끼며 들 삿갓 쓰고 오네

臥想西郊龜坼久　　누워 서쪽 들 생각하니 논 갈라진지 오래되었고

一泓江淺遠如盃　　얕은 강물 한 웅덩이는 멀리 보아 술잔과 같네

1) 제갈諸葛 : 제갈량. 중국 후한 이후 촉한을 세운 유비를 도운 인물.

2) 범왕范汪 : 동진東晉 사람으로 한의학 《범왕방范汪方》의 저자. 화타, 편작과 같은 명의로 알려진 인물이었음.

杜 팥배나무두   櫟 상수리나무력(난간. 찌르다.)
3) 두력杜櫟 : 팥배나무와 상수리나무.   泓 깊을홍(웅덩이. 소.)

11수 559

百里山川眼底回	백리 길 산천이 눈 아래로 돌아오고
茅堂雖小合稱臺	모당이 비록 작아도 누대라 칭하기에 합당하네
田隨峽俗蒔南艸	밭은 두메의 습속 따라 담배 모를 모종하며
藥究鄕材曬白梅	약은 향재를 궁구하며 백매1)를 말리네
經濟多從林下老	경제가 많아 숲 아래 사는 노인을 따르며
風塵時自日邊來	덧없는 세상 때로는 날마다 물가로 오네
思量只有農家樂	생각하고 헤아림에 단지 농가도 약이 있고
濁酒連宵滿滿杯	탁주를 밤에 계속 잔에 가득 넘치게 마시네

사량思量 : 생각하여 헤아림.
1) 백매白梅 : 흰 매화. 매화나무 열매를 소금에 절인 것. 설사나 곽란, 중풍에 효과가 있음. 상매霜梅 또는 염매鹽梅라 함.

12수 560

芭蕉四展弱能持	파초는 사방으로 펼쳐져 약하게 지탱해 있고
數畝桐陰漾綠漪	몇 이랑 오동나무 음지에 푸른 물결 출렁이네
暑月難爲莊士檢	유월에는 비록 장사의 점검이 어렵다지만
旱年多說異人知	가뭄 든 해 다른 사람이 알아야할 얘기들 많고

如何俗事來相妨	세속 일 서로 방해하여 옴이 어떠한가
惟有殘書暫不離	오직 남은 책이 있어 잠시도 떠나지 않네
從此休量餐杞菊	이로부터 추측치 않고 구기자 국화차를 마시며
癡儂端合號天隨	어리석은 나는 알맞구나, 하늘 좇아 부르기에

서월暑月 : 음력 유월.
이인異人 : 재주가 신통하고 비범한 사람. 다른 사람. 외국 사람.

13수 560

少年曾許萬夫雄	소년은 일찍 많은 장정의 영웅을 허락하였고
事事筌蹄老更空	사사로이 통발을 밟으며 늙어 다시 비었네
賈誼終非王佐器	가의[1]는 끝내 왕 도울만한 그릇이 되지 못했고
莊周猶悅古人風	장주[2]는 오히려 옛사람의 풍류를 기뻐하였네
嫠緯謾添愁鬢白	나라 망하는 것 걱정하다[3] 흰 귀밑털 더하였고
仙丹能借醉顏紅	선단으로 능히 취해 붉은 얼굴 빌렸도다
先生自有居貧巧	선생은 스스로 빈한하게 살아 공교하였고
首蓿朝盤到日中	목숙[4]이 아침 소반에 있어 춘분에 이르렀네

만부萬夫 : 많은 사내. 많은 장정.

1) 가의賈誼(BC200~BC168) : 중국 전한 문제文帝 때의 학자·정치가. 진秦나라 때부터 내려온 율령·관제·예악 등의 제도를 정비하였다. 그러나 주발周勃 등 당시 고관들의 시기로 좌천되었다.

　　그 후로 문제의 아들 양왕梁王의 태부가 되었으나 왕이 낙마하여 급서하자 이를 애도한 나머지 1년 후 33세의 나이로 죽었다. 진秦의 멸망 원인을 추구한 〈과진론過秦論〉이 있으며, 자신의 불우한 운명을 굴원屈原에 비유하여 〈복조부鵬鳥賦〉와 〈조굴원부弔屈原賦〉를 지었다.　저서에 《신서新書》 등이 있다.

2) 장주莊周 : 장자莊子의 본 이름.

悅 기쁠열(심복하다)　嫠 과부리　緯 시위(피륙의 가로 짜인 실. 줄기. 짜다.)

3) 이우嫠憂 : 과부의 근심. 중국 주周나라 때 어느 과부가 길쌈은 걱정하지 않고 나라가 망하는 것을 근심하였다는 데서 온 말로, 본분을 잊고 나라 망하는 것만 걱정하는 사람을 비유함. 이불휼위嫠不恤緯, 이위지우嫠緯之憂라고도 함.

선단仙丹 : 신선이 만든다고 하는 장생불사의 영약. 먹으면 신선이 된다는 약.

4) 목숙苜蓿 : 개자리. 콩과의 두해살이풀.

조반朝盤 : 아침 소반.　일중日中 : 오정午正. 춘분春分이나 추분秋分.

14수 560

倚床時復繞欄行	책상에 의지하다 때로 다시 목란을 감싸며 가고
客至從嗔不出迎	손님이 와도 성내며 맞이하러 나가지 않네
枕下幽泉終夜咽	침상아래 깊은 샘물은 밤새도록 목이 메이고
樹頭初月配星明	나무 꼭대기 초승달은 별과 짝해 밝게 있네
千羣蚊合雷殿壁	모기떼들 합하여 전각 벽에 우레 소리 나고
萬顆螢團火綴城	만개 덩이 개똥벌레들 모여 계속 성곽 밝혔네
難道窮居無一樂	궁벽한 곳에 살아 즐거움이 없다고 하지 마라
臥聞兒子咏詩聲	누워서도 어린 아들 시 읊는 소리 들려온다네

欄 난간란(울)　欗 목란란

수두樹頭 : 나무의 꼭대기.
초월初月 : 초승달.

15수 561

隨分耕樵作世緣	직분에 따라 갈고 나무하며 세상의 인연 만들고
了知非騃亦非顚	어리석지 않음을 안다고 해도 정상이 아니네
詩篇屢改無原本	시편을 자주 고쳐서 원본이 없고
酒戶差寬勝去年	주량은 차이가 크게 나 지난해 보다 낫네
石醜自成舂麥白	추한 돌 절로 만들어 보리 찧는 절구 돌아보고
果珍能辨買魚錢	보배 같은 과일 나누며 물고기를 돈으로 사네
田家候晚憐吾拙	전가에서 늦도록 기다려 나의 졸렬함 가련하고
種稻難於上水船	벼 심는 것은 물배에 오르는 것보다 어렵네

騃 어리석을애(말이 달리다)
세연世緣 : 세상의 인연因緣.
요지了知 : 깨달아 앎. 양지諒知.
주호酒戶 : 주량酒量.
수선水船 : 물을 나르는 배. 물을 담아두는 통.
종도種稻 : 볍씨. 못자리에 뿌리는 벼의 씨.

16수 561

安石榴花紅梢殘   어찌하여 석류꽃 붉은 끝이 시들어 가는가

綠葡萄架繞欄干	초록색 포도나무가 시렁 난간에 둘러있네
旱餘雨作人皆訝	가뭄 끝에 비가 와 사람들이 다 의아해하고
石隙雲生畵亦難	돌 틈에 구름이 생겨 그리기도 어려워라
獨酌何妨終日醉	홀로 술 먹음에 어찌 종일 취함을 방해하나
新詩正好與兒看	새로 지은 시 마침 아이와 함께 보아 좋네
健鷄吪盡柴門靜	병아리 닭이 다 울어 사립문이 고요하고
陣陣松風睡興闌	솔바람이 간간히 불어 조는 흥취 가로 막네

정호正好 : 마침. 꼭 맞다.

健 쌍둥이련(병아리)　吪 부르짖을규(=叫)　陣 줄진(진영. 열.)

진진陣陣 : 자꾸 불거나 풍겨오는 모양. 이따금. 간간히.

17수 561

이 시는 《매천전집》 3권 282쪽에 있으며, 《역주황매천시집》 속집 604쪽 제9수에 번역이 되어 있다.

18수 562

夜久松燈坐不辭	밤이 깊어 솔 등불에 앉아서 말도 하지 않고
月明愁殺片雲欺	밝은 달 근심으로 슬퍼 조각구름을 속이네
忽逢鄕俗流頭節	홀연히 유두절에 향리의 풍속을 맞이하며
遙憶京塵濯足時	아득히 발 씻을 때 한양의 티끌이 생각나네

泉冽正宜釀酒用　　샘물이 맑아 술 거르는데 사용하기 딱 좋고
圃荒難定摘苽期　　포전이 황폐해 오이 딸 시기를 정하기 어렵네
閒居多愧耕耘苦　　한가히 살아도 부끄럼 많게 김매는 고통 있고
爲採農謳賦竹枝　　채약하며 농부의 노래 죽지사[1]를 읊노라

수살愁殺 : 매우 근심스럽고 슬픔.
시주釀酒 : 술을 거름. 거른 술. 술을 잔질함.　苽 오이과, 줄고(돗자리 만듦)
경운耕耘 : 밭 갈고 김을 맴.
죽지竹枝 : 대나무 가지.
1) 죽지사竹枝詞 : 악부樂府의 한 가지 체로, 남녀의 정사情事나 지방의 풍속 등
을 읊은 것이 많음.

19수 562
鍤雲鋤月往還勞　　구름 달빛 속에 호미 메고 애써 가고 오니
我屋溪南石徑高　　내 집은 냇가 남쪽으로 돌길이 높이 있구나
老犬舐氂門側睡　　늙은 개는 꼬리 핥으며 문 옆에서 잠자고
童牛奮彎樹根號　　송아지 고삐 떨치며 나무뿌리에서 낑낑거리네
課書常愛尖頭筆　　공부하고 글씀에 항상 뾰족한 붓 좋아하고
混俗新裁窄袖袍　　복잡한 풍속에 새로 좁은 소매 도포를 마름하네
志氣漸隨衰鬢退　　뜻과 기백은 점점 쇠퇴한 귀밑털을 따르고
莫將一割擬鉛刀　　한번 갈라 무딘 칼을 비교하지 말지어다

연도鉛刀 : 무딘 칼. 쓸데없는 물건.　鍤 가래삽(바늘)

20수 562

溪山窅窕儘難窮	냇가 산은 아득히 멋대로 다하기가 어렵고
山下村多大耋翁	산 아래로 마을이 많아 나이 많은 노인들 있네
俗尙何時耕鑿始	풍속은 오히려 어느 때 경착[1]을 시작했는가
人家終日樹陰中	인가는 종일토록 나무 그늘 속에 잠겨있네
經霖不患樵蘇乏	장마 지나 땔감이 부족해도 근심하지 않고
限市相誇織作工	좁은 시장에서 짠 직물 공교히 서로 자랑하네
寓此十年名已隱	십 년 동안 이렇게 머무르며 이름 숨기고
喜因霧豹託冥鴻	기쁘게 안개 속 표범으로 인해 명홍[2]을 맡기네

耋 늙은이질(일흔 살)
1) 경착耕鑿 : 밭 갈고 우물 파는 것. 요임금 때 〈격양가擊壤歌〉에, "鑿井而飮(착정이음) 우물을 파 마시고/ 耕田而食(경전이식) 농사지어 먹네"라는 내용이 있다.
초소樵蘇 : 땔감.　冥 어두울명
2) 명홍冥鴻 : 속세를 벗어나 뜻을 고상하게 가지는 사람.

21수 562

磵石堆堆不必橋	냇가 돌이 겹겹으로 쌓여 다리가 필요하지 않고
村筇晨夕破無聊	촌 지팡이 새벽과 저녁에 무료함을 깨뜨리네
樹間風斷疑增熱	나무 사이로 바람이 끊겨 열기를 더해 의심하고

天際雲奇怕易消	하늘 끝 기이한 구름이 쉽게 소멸될까 두렵네
謾道文章自憎達	부질없이 문장 말하고 저절로 통달함 미워하며
古來貧賤孰容驕	예로부터 빈천함에 누가 교만을 용납하리오
老松覆屋陰偏厚	노송이 집에 엎어져 음지쪽에 치우쳐 두텁고
已在炎蒸表後凋	이미 불타는 더위 있어 표한 후에 시들어가네

堆 언덕퇴(높이 쌓이다)　엽증炎蒸 : 찌는 더위.　凋 시들조

*22, 23수 563

위의 시 칠율 2수는 《매천전집》 3권 283쪽에는 '긴 여름 동안 산속에서 살며, 방옹시 차운함을 과제로 삼다'의 〈장하산거일長夏山居日, 차방옹위과次放翁爲課〉라는 제목으로 되어 있다. 제12, 제13수에 있는 이 시들은 《역주황매천시집》 속집 606쪽에 번역되어 있다.

24수 563

郡城還似望隣邦	군 성곽에서 돌아오니 이웃나라 보는 것 같고
夏漲連秋欲斷江	여름부터 가을까지 물 불어 강둑이 터지려 하네
晴月知應天得一	맑은 달은 응당 하늘이 하나임을 알고
高花恰是國無雙	높이 핀 꽃 흡사 두 나라가 없는 것 같네
口錢十室溪安碓	열 집의 중개료로 냇가에서 어찌 방아를 찧는가
腰鼓千郊杜建幢	넓은 들에서 장구 치고 팥배나무에 기 세우네
漸老自憐心力憊	점점 늙어가 스스로 심력이 고달퍼 가련해지고

睡魔爲敵未渠降　　졸음 마귀는 적이 되어 항복하지 않네

인방隣邦 : 이웃 나라.
구전口錢 : 매매의 성립을 중개하고 그 보수로 받는 돈. 중개 수수료.
요고腰鼓 : 장구. 국악에서 쓰는 타악기의 하나.
憊 고달플비　渠 도랑거(크다. 우두머리. 다리. 갑자기. 어찌. 그 : 3인칭.)

25수 564

巖居幽事轉悠哉　　암혈에 살아도 숨은 일들로 근심걱정 맴돌고
手擷園蔬下酒盃　　손으로 동산의 푸성귀를 따며 술잔을 내려놓네
無數草虫連夜作　　무수한 풀벌레 소리 밤에 계속하여 나고
不時山雨送凉來　　때맞지 않게 산비가 내려 서늘함을 보내네
貧猶繞屋千章木　　빈한해도 집은 천장의 나무들로 둘러있고
懶自通蹊一寸苔　　게을러도 저절로 지름길은 작은 이끼로 통했네
老境操毫嗟寡學　　늙어 붓 잡음에 배움이 적은 것을 탄식하노니
枯腸恰似渴望梅　　메마른 마음은 매화를 갈망하는 것 같도다

전유轉悠 : 돌다. 맴돌다. 어정거리다. 궁리하다.
擷 딸힐(캐다. 손으로 뽑다.)
일촌一寸 : 촌(寸). 치. 얼마 안 되는 것. 한 마디. 한 토막
고장枯腸 : 주린 창자. 빈 속. 시정詩情이 메마른 마음.

308 역주 황매천 시집 후집

26수 564

有時剝啄但隣翁	때로는 문 두드림에 단지 이웃 늙은이만 있고
積雨孤村絶澗東	계속 오는 비 외딴 마을 계곡 동쪽으로 끊기네
秋意暫生朝夕際	가을 기분이 잠시 생겨나 아침저녁으로 있고
人聲時在水雲中	사람들 소리 때맞추어 물 구름사이로 있네
天心仁愛蝗餘熟	천심은 인자하여 황충이 먹은 끝에 익어가고
世事瞢騰酒後空	세상 일에 눈멀어 술 먹은 후 부질없어라
四十爲郞成底事	사십이나 먹은 사나이 무슨 일을 이루겠는가
守玄初志愧楊雄	태현경[1] 지키며 초지일관 양웅에게 부끄럽네

박탁剝啄 : 문을 똑똑 두드림.
적우積雨 : 계속해서 오는 비. 쌓인 근심.
瞢 어두울몽, 먼눈맹 底 밑저(내부. 기초. 어찌. 왜.)
저사底事 : 어찌하여. 왜. 하사何事.
1) 태현경太玄經 : 중국 한나라의 양웅楊雄(BC53~AD18)이 지은 역서. 《주역周易》에 비겨 우주 만물의 근원을 논하고, 시始·중中·종終의 삼원론을 설명하였음.

27수 564

西風又到水邊樓	서풍이 또다시 불어와 물가의 누대에 있고
雙鬢翻驚歲月遒	두 귀밑털이 도리어 놀라 세월이 빠르구나
吉貝雨晴村婦喜	목화[1] 피고 비 개어 마을의 부녀자들 즐겁고
稻花風猛野農憂	벼꽃들 바람이 심해 들판의 농부가 걱정하네

夢淸不攝南柯守	꿈속이 맑아 남가[2] 태수가 두렵지 않고
興倦頗疎卽墨侯	흥겹고 게을러져 벼루가 자못 멀어지네
誦罷歐陽方夜賦	구양수의 방야부[3] 외우는 것을 그치니
流光終不爲人留	흐르는 빛은 끝내 사람을 머물게 하지 않네

遒 다가설주(접근하다. 씩씩하다.)

1) 길패吉貝 : 목화木花. 공예 작물로 가꾸는 한해살이풀의 하나.

2) 남가南柯 : ① 남쪽으로 뻗은 나뭇가지. ② 남가일몽 南柯一夢 : 한갓 헛된 꿈. 순우분淳于芬이 괴안국槐安國의 남가군태수南柯郡太守가 되어 20년 동안 부귀영화를 누렸다는 고사.

즉묵후卽墨侯 : 벼루.

3) 방야부方夜賦 : 구양수歐陽脩(1007~1072)의 〈추성부秋聲賦〉를 말함. 앞부분에 다음과 같은 내용이 있다. "歐陽子方夜讀書(구양자방야독서) 구양자가 밤이 되어 글 읽을 때/ 聞有聲(문유성) 들리는 소리 있더니/ 自西南來者(자서남래자) 서남에서 오는 소리더라// 悚然而聽之(송연이청지) 두려운 듯 놀라움을 지으며/ 日異哉(일이재) 이상도 하여라!"

28수 565

病起形骸强自支	병이 생겨나도 형해로 강하게 스스로 지탱하고
朝窓常得起來遲	아침에는 창가로 항상 일어나 느지막이 오네
山深無盜犬猶吠	산 깊어 도적이 없어도 개는 오히려 짖어대고
邑僻有官民不知	읍이 후미져 관청 있어도 백성은 알지 못하네
衆醉那堪吾獨醒	군중이 취했는데 어찌 홀로 술 깸을 감당하랴
士窮眞似鬼相持	선비는 궁핍해 진짜 귀신이 의지하는 것 같네

莫從蠹篋談經濟　　좀먹은 상자 가지고 경제를 담론하지 마오
小技猶難七字詩　　작은 기술로는 오히려 일곱 자 시도 어렵다네

형해形骸 : 사람의 몸과 몸을 이룬 뼈.

▌* 29수 565
　이 시는 《매천전집》 3권 283쪽 제19수에 있으며, 《역주황매천시집》 속
집 605쪽에 번역이 되어 있다.

30수 565
草樹罘罳漾晚暉　　풀 나무 있는 처마의 철망이 낙조에 출렁이고
飛虹忽墮水邊扉　　무지개 날아 홀연히 물가 사립문에 떨어지네
匏花雨歇羣春起　　비 그쳐 박꽃이 피고 무리들이 찧고 일어나며
牛背山凉一笛歸　　산이 서늘해 소 등을 타고 피리 불며 돌아오네
向暮蟬高增灑落　　날 저물어 높은 매미소리 쇄락함이 더하고
橫江鷺潔破依俙　　강을 횡단하는 깨끗한 해오리 어렴풋 갈라지네
卽聞禾稼蝗如霧　　벼 심었다는 소문을 들은즉 황충이가 안개 같고
田甫田時計已非　　포전 밭 밭가는 때를 이미 계산하지 않더라

罘 그물부　罳 면장시(담)
부시罘罳 : 새가 앉지 못하도록 전각殿閣의 처마 밑을 치는 철망.
만휘晚暉 : 해 질 무렵의 햇빛. 저녁 햇빛.

의희依俙 : 어렴풋이.
화가禾稼 : 벼를 심음.

過冷泉

냉천을 지나며

칠율 1수 565

向午天風野翠橫	낮 하늘 바람 불어 들녘의 비취색 비껴 있고
較來終是晩炎輕	비교해보면 끝내 늦더위는 가볍게 오네
遙看曖曖墟烟上	멀리 희미하게 보이는 건 옛터에 연기피어 오르고
漸近淙淙田水鳴	점점 물소리 가까워져 밭 골물 소리 울리네
兩行豆黍支離過	두 길의 콩과 기장 밭을 지리하게 지나가고
一望漁樵細瑣生	한번 바라보아 어초가 자그맣게 생겨나네
霖潦十旬江未落	장마 진지 한 열흘 되어 강이 떨어지지 않아
奔流直與岸身傾	급히 흘러가 곧장 언덕으로 몸이 기울어지네

애애曖曖 : 흐리고 어둠. 曖 가릴애 淙 물소리종(물을 대다. 폭포.)
어초漁樵 : 물고기를 잡고 나무 하는 일. 그런 일을 하는 사람.
瑣 자질구레할쇄

重陽過午循江東下

중양절 오후에 강을 따라 동쪽으로 내려감   칠율 1수 566

寒雲蔽日也妨晴	차디 찬 구름이 해를 가려 맑음을 방해하고
愁欲來時却遠行	근심이 오는 때라 도리어 먼 길을 가네
千古重陽皆影事	오랜 세월 중양절은 다 그림자의 일이요
沿江萬籟各秋聲	강 따라 온갖 울림은 제각기 가을소리로다
黃花晼晚空相憶	황국화는 해 늦어져 쓸쓸히 서로 기억하며
華髮蕭椮暗自驚	센머리 틀어지고 휘어 짐짓 저절로 놀랍네
莫笑齊山悲落照	제산[1]에서 낙조가 슬프다고 비웃지 마라
人生垂老更多情	인생은 늘그막에 더욱 정이 많기만 하여라

과오過午 : 오후午後.

폐일蔽日 : 해를 가림.

循 돌순(좇다. 미적미적하다. 어루만지다. 정연하다. 차례가 있다.)

만뢰萬籟 : 자연에서 나는 온갖 소리. 중뢰衆籟.

晼 해질원(해가 기울다)   腕 팔완(수완)

화발華髮 : 하얗게 센 머리털. 노인.

蕭 맑은대쑥소   椮 휙규(구불구불하다)

1) 제산齊山 : 지금의 안휘성 귀지현 남동쪽에 있는 산으로, 두목杜牧(803~852)
의 시 〈구일제산등고九日齊山登高〉에 나온다. "江涵秋影雁初飛(강함추영안초비)
강가에 가을 그림자 잠겨 기러기 떠나가는데/ 與客携壺上翠微(여객휴호상취미) 객
과 함께 술병을 들고 푸른 산에 올라가네// 人世難逢開口笑(인세난봉개구소) 인간
세상 입 벌리고 웃을 일 어렵기만 하고/ 菊花須揷滿頭歸(국화수삽만두귀) 국화를

머리에 가득 꽂고 돌아가야 하네// 但將酩酊酬佳節(단장명정수가절) 그저 술 잔뜩 취해 좋은 시절 주고받으며/ 不用登臨怨落暉(불용등림원락휘) 높은 곳에 올라 가 지는 해를 원망하지 말게/ 古往今來只如此(고왕금래지여차) 예나 지금이나 오로지 이와 같아/ 牛山何必獨沾衣(우산하필독첨의) 우산에서 어찌 홀로 옷깃을 적시는가"
낙조落照 : 저녁에 지는 햇빛. 지는 해의 붉은빛.
수로垂老 : 늘그막. 늙게 됨. 두보의 〈수로별垂老別〉이라는 시가 있음.

 감상

   낙조落照는 석양 곧 인생의 황혼기를 대변한다. 중양절을 맞아 강을 따라 내려가며 시인은 자신의 인생을 돌아보며 감회를 펼쳤다. 온갖 풀벌레 소리 들려오는데, 센머리로 인해 비애가 젖어든다. 하지만 낙구落句에서 시인은 나름대로의 인생의 정이 있다. 좌절과 한탄에서 벗어나 달관하고자 하는 의지를 표명하였다. 긍정적이고도 적극적인 면모가 있어 좋다.

過岳陽

악양을 지나가며   칠율 1수 566

尚覺騰騰老氣遒   아직 늙은 기운이 다가옴을 기세 높이 느끼고

清江洗筆記南遊   맑은 강에 붓 씻으며 남쪽 유람을 기억하네

湘山地號三韓外   상산[1] 땅이라 부르는 것은 삼한 밖의 일이요

湖嶺人烟一水洲   호남과 영남 사람의 연기가 한 물가에 있네

店舍壺觴輕過節   주막에서 술상으로 가볍게 시절이 지나가는데

路傍楓菊日催秋	길옆에 단풍과 국화 피어 날로 때를 재촉하네
扁舟直欲乘風去	일엽편주에 곧장 바람을 타고 가고자 하며
萬里滄浪鴈影流	만 리 푸른 물결에 기러기 그림자 흐르도다

등등騰騰 : 기세가 높음. 遒 다가설주(모이다. 씩씩하다.)

1) 상산湘山 : 지금의 호남성湖南省 악양현岳陽縣 동정호洞庭湖에 있는 산으로 군산君山 또는 동정산洞庭山이라고도 한다. 전설에 의하면 진秦나라 시황제始皇帝가 남쪽을 순수할 때 이곳에 머물렀다고 해서 군산이라 부르게 되었다고 함.
　이 시는 섬진강가의 악양을 지나가면서 중국 악양에 있는 동정호를 비유하며 섬진강가의 풍광을 읊은 것이다.

（ 水德村 ）

수덕촌에서

칠율 1수 567

秋事幽庄美不勝	추수로 깊은 농막은 자미의 슬픔 이기지 못했고[1]
蝟毛蚪卵覆簷稜	고슴도치 털 규룡의 알이 처마 모서리를 덮었네
木棉花富輕彈雪	목화 꽃 풍성하여 가볍게 씻어 솜을 타고
蘆葍根香快嚼氷	무우 뿌리 향기로워 상쾌한 빙과 씹는 맛이네
葉底山青招屐友	산 푸르러 뽕나무 아래로 나막신 친구를 부르고
潮頭魚白集簑朋	하얀 물고기 조수 앞에 도롱이 친구들 모여 있네
江南禾黍年年熟	강남의 벼 기장은 해년마다 익어 가는데

不怕人間谷變陵　　인간은 계곡이 무덤으로 변해도 두렵지 않네

1) 미불승美不勝 : '자미子美가 슬픔을 이기지 못함'의 뜻. 자미는 두보杜甫의 자이다. 두자미는 〈등고登高〉라는 시에서, "萬里愁秋常作客(만리수추상작객) 만 리에 가을을 슬퍼하니 늘 나그네의 신세라/ 百年多病獨登臺(백년다병독등대) 평생병이 많아 홀로 대에 올랐네"라 하였다.

위모蝟毛 : 고슴도치의 털. 많은 수량의 비유.　蝟 고슴도치위

虯 규룡규(양쪽 뿔이 있는 새끼 용. 뿔 없는 용.)

覆 뒤집힐복　簷 처마첨　稜 모릉

노복蘆菔 : 무우.

엽저葉底 : 차를 우려낸 후 찻잎을 말함. 엽병.

조두潮頭 : 밀물의 물마루. 바다의 위. 파두波頭.

過月坪

월평을 지나며

칠율 1수 567

數里山行卽卸衣　　몇 리 되는 산길을 가며 옷 풀어 헤치고

月坪籬落盡秋暉　　월평 마을 울타리에 가을빛이 다했어라

鷄翻吉貝明茅屋　　닭이 목화송이[1] 날려 초가집을 밝게 하고

牛載蕪菁隘竹扉　　소가 무청을 싣고 가 대 사립문이 좁구나

有此田園堪老死　　이렇게 전원에서는 늙어 죽어 갈만 하고

如今海水正群飛　　지금 바닷물엔 마침 새 떼들이 날아가네

桃源自與風塵隔　　도원은 저절로 세속과 더불어 멀리 있으니

直欲同君惠好歸　　곧장 그대와 함께 좋은 은혜로 돌아가려네

卸　풀사(떨어지다. 낙하하다.)

翻　날번(나부끼다. 뒤집히다. 번역하다. 도리어.)

1) 길패吉貝 : 목화木花.

죽비竹扉 : 대를 엮어서 만든 사립문. 대사립.　　군비群飛 : 떼 지어 낢.

해수海水 : 바닷물.　　同　한가지동(무리. 함께.)

過重峯先生遺墟

중봉[1] 선생의 유허지를 지나며

오율 1수 402

故里仍祠屋	옛 마을은 그로 인해 사당이 되었고
青楓水一灣	푸른 단풍나무 한 물굽이 물가에 있네
儒林得頗牧	유림들은 염파와 이목[2]이를 얻었고
治世有逢干	태평성대에는 관용방과 비간[3]이 있었네
天暫危宣廟	하늘은 잠시 선조 임금님[4] 위태롭게 했고
人終服錦山	사람들은 끝내 금산에서 상복 입었네
秪今良史筆	다만 지금은 좋은 역사가의 붓이 있어
位置栗牛間	위치는 율곡과 우계[5] 사이에 있었네

사옥祠屋 : 사당.

1) 중봉重峯 : 조헌趙憲(1544~1592)의 호. 칠백의총을 남긴 의병장. 왜란 때 금산에서 왜적과 싸우다 휘하의 의병 700여 명과 함께 전사하였다.

유허遺墟 : 오랜 세월 쓸쓸하게 남아 있는 역사 어린 곳.

2) 파목頗牧 : 천자문에 '起翦頗牧(기전파목), 用軍最精(용군최정)'이라는 대목이 있다. 백기白起, 왕전王翦, 염파廉頗, 이목李牧은 군사를 씀에 가장 정밀하게 하였

다는 말이다. 백기와 왕전은 진秦나라 장수요, 염파와 이목은 조趙나라 장수였다.

逢 막을방

3) 방간逢干의 직절直節 : 관용방關龍逢과 비간比干의 곧은 절개. 관용방은 하
나라의 충신으로 걸桀왕의 무도한 정사를 간하다가 죽임을 당하였고, 비간은 은나
라의 충신으로 주왕紂王의 음란함을 직언하다가 주왕이 심장을 도려 내여 죽였음.

服 옷복(복제服制 또는 상복喪服)

4) 선묘宣廟 : 조선시대 선조宣祖의 묘호廟號. 명明나라의 선조를 말함.

금산錦山 : 충남 금산군의 군청 소재지. 경남 남해군에 있는 산.

양사良史 : 훌륭한 사관.

우牛 : 견우성牽牛星. 이십팔수의 아홉째 별자리에 있는 별들.

5) 율우栗牛 : 율곡栗谷 이이李珥(1536~1584)와 우계牛溪 성혼成渾(1535~1598).
성혼은 조선 중기의 학자로 해동십팔현海東十八賢의 한 사람이었다. 이황의 주리론主
理論과 이이의 주기론主氣論을 절충, 종합하였음.

與錦士會于華嚴寺, 叙別時苦雨連旬

금사[1]와 함께 화엄사에서 만났는데, 헤어질 때 한 열흘 계속하여
궂은비가 와 정서를 펴다

칠율 1수 402

不是忘歸却未歸	돌아감을 잊은 것 아닌데 도리어 가지 못하고
雨聲連夜夢痕微	빗소리가 밤에도 계속되어 몽흔이 희미하네
竈烟鋪地蟾蜍入	부엌의 연기가 땅에 퍼져 두꺼비 들어가고
林月翳檐蝙蝠飛	숲속의 달은 처마에 가려 박쥐가 날아가네
老去宦情應易感	늙어감에 관리가 되고 싶은 뜻 쉽게 느껴지고

醉來詩令不嫌違　취해도 시짓는 규정 혐의하고 어긋나지 않네

西池荷葉飄零始　서쪽 연못에 연 잎이 날려 떨어지기 시작하고

斗覺秋凉上客衣　북두성은 귀빈의 옷에 서늘한 가을을 느끼네

1) 금사錦士 : 구례 군수 박항래朴恒來의 호.

고우苦雨 : 때 아닌 때 내리는 궂은 비.

섬여蟾蜍 : 두꺼비.　蟾 두꺼비섬　蜍 두꺼비서, 두꺼비여

鋪 펼포(베풀다)　환정宦情 : 관리가 되고 싶은 정.

표령飄零 : 흩날려 떨어짐. 이리저리 떠돌아다님.

상객上客 : 지위가 높은 손님. 상빈上賓. 귀빈.

夜投官洞鄭婆家

저녁에 관동의 정노인 집에 투숙하며　　　　칠절 1수 403

松下冷冷一眼泉　소나무 아래로 차갑게 눈만한 샘 있고

木棉花發稻田邊　목화 꽃이 피어 벗논 주변에 있네

窮山有此庄園勝　궁벽한 산에 이와 같이 장원에 승경 있고

柿栗今年獨有年　감과 알밤이 금년에는 오직 풍작이로다

장원莊園 : (귀족이나 사원에 딸린) 넓은 토지.　婆 늙은이수

 해설

《매천전집》 1권 198쪽에, ‘저녁에 관동의 정 노인 집에서 숙박함’의 《야투관동정수가夜投官洞鄭叟家》라는 제목으로 칠절 3수가 있다. 이 시는 《역주매천황현시집》 중권 269쪽에 번역이 되어 있다.

이 시는 결국 칠절 4수로 된 시이다. 3수의 시를 차례로 옮겨보면 다음과 같다.

1수 : “不出緦功自一村(불출시공자일촌) 석 달 복 입어 나가지 못하고 마을 이루더니/ 家家柿栗臥當門(가가시율와당문) 집집마다 열린 감과 밤이 문 앞에 닿아 있네// 老翁不解閒文字(노옹불해한문자) 늙은이는 한가로이 문자를 풀지 못하고/ 口授農書課子孫(구수농서과자손) 입으로 농사 글 주며 자손을 가르치누나”

2수 : “官稅粗充社酒醇(관세조충사주순) 관청에 낼 세금 대강 내고 두레 술은 독하니/ 窮廬弊褐傲簪紳(궁려폐갈오잠신) 갈대 집 헌 베옷 입은 사람도 고관 앞에 당당하네// 半生點檢風塵世(반생점검풍진세) 반평생 동안 이 풍진 세상을 점검해 보노니/ 往往山中有好人(왕왕산중유호인) 가끔 산중에도 좋은 사람이 있더라”

3수 : “斯文百代仰寒岡(사문백대앙한강) 유가들은 오랫동안 한강 선생을 우러렀지만/ 零落孫枝寄遠鄕(영락손지기원향) 후손들은 영락해져 외진 시골에 묻혀 사네// 休道渡淮風味別(휴도도회풍미별) 회수를 건너면 특별히 좋은 음식 자랑 말게나/ 枳酸終是橘殘香(지산종시귤잔향) 탱자의 신맛 속에 귤 향기는 남아 있다오”

白洞訪金世文不遇

백동으로 김세문을 찾아갔으나 만나지 못함   오고 1수 403

01	小溪三四渡	작은 냇가를 서너 번 건넜어도
	猶未盡溪長	아직도 긴 냇가 다하지 않았구나
	溪傍數村落	냇가 곁으로 두어 개 촌락이 있고
	松柳森成行	소나무 버들나무 숲이 이루어졌네
	我至疑君家	내가 온 곳이 그대 집인가 의심스러웠는데
	及門猶彷徨	문에 당도해서 오히려 방황하였네
	門內繰車鳴	문 안에서 고치 켜는 소리 울려나오고
	門外牛服箱	문밖으로는 소가 짐을 싣고 있네
09	借問子讀書	그대가 독서를 하는지 시험 삼아 물었더니
	何如勤農來	어찌 부지런히 농사만 짓고 있는가
	農來固可勤	농사는 진실로 근면해야 하거늘
	讀書安可荒	독서는 어찌하여 놓아두는가
	不見惰農者	농사에 게으른 자가 '어찌 가을 타작
	寧有秋登場	마당에 오를 수 있는지' 보지 못했네

子曾粗學詩   그대는 일찍이 대강 시를 배웠으니
爲說邠風章   시경 빈풍장1)을 말해 주겠네

소거繰車 : 고치로 실을 켜는 물레.

服 옷복(일. 직업. 수레를 끄는 말. 마소에게 멍에를 메우다.)

차문借問 : 남에게 모르는 것을 물음. 상대자 없이 가정하여 물음. 시험 삼아 물음. 그저 한번 물어봄.

하여何如 : 어떻게. 어찌(=하약何若)

등장登場 : 어떠한 사람이 나타남. 처음으로 나옴

1) 빈풍장邠風章 : 빈邠나라는 지금의 섬서성 서북쪽에 있었던 주周나라 선조인 공유公劉가 세운 나라이다. 〈빈풍〉은《시경詩經》〈국풍國風〉의 하나로 제7편으로 되어 있다. 빈땅을 중심으로 유행했던 노래로 〈빈풍〉에 있는〈칠월七月〉의 일부를 보면 다음과 같다. "三之日于耜(삼지일우사) 정월에는 보습손질/ 四之日擧趾(사지일거지) 이월에는 밭 갈기/ 同我婦子(동아부자) 며느리와 애 데리고/ 饁彼南畝(엽피남무) 들 점심 가져가면/ 田畯至喜(전준지희) 권농도 기뻐하셔/ (중략) / 六月食鬱及薁(육월식울급욱) 유월엔 아가위랑 머루랑 먹고/ 七月烹葵及菽(칠월팽규급숙) 칠월엔 아욱과 콩을 삶네/ 八月剝棗(팔월박조) 팔월이면 대추 따기/ 十月穫稻(십월확도) 시월이면 벼 베기…"라 하여 절기에 따라 농사짓는 모습을 그리고 있다. (김영봉, 〈해방이후解放以後 한시漢詩 성쇠양상盛衰樣相의 일고찰一考察〉,《고시가연구》제20집, 2007, 153~180쪽.)

🦅 해설

《매천전집》1권 151쪽에 김세문에 관한 시가 있다. 1897년의 작품으로 '부 첨산 한편을 지어 백동으로 돌아가는 김세문에게 줌'의 〈부첨산일편賦尖山一篇, 송김세문귀백동送金世文歸白洞〉이라는 시이다. 이 시는 《역주매천황현시집》 중권 108~110쪽에 번역되어 있다. 백동은 순천군 별량면에 있는 백동白洞을 말하고 있는 듯하다.

시의 끝부분에서 "不見惰農者(불견타농자) 농사에 게으른 자가/ 寧有秋登場(영유추등장) '어찌 가을 타작마당에 오를 수 있는지' 보지 못했네"는 이구법으로 구성이 되었다.

 감상

《시경詩經》의 송체頌體에 담겨 있는 시들은 대부분이 4음절로 되어 있다. 매천이 1897년에 쓴 4언시로는 '첨산 한편을 써 백동으로 돌아가는 김세문에게 주다'의 〈부첨산일편賦尖山一篇, 송김세문귀백동送金世文歸白洞〉이라는 시가 있다. 이 시는 50행으로 이루어진 장편 4언 고시이며, 제자 김세문에게 준 교훈시敎訓詩이기도 하다. 내용을 보면 "子視尖山(자시첨산) 너는 저 뾰쪽한 산을 보아라/ 厥根丘垤(궐근구질) 그 뿌리는 나직한 언덕으로부터이다// 直上不休(직상불휴) 곧장 오르기를 쉬지 않으면/ 巔摩星日(전마성일) 산꼭대기에서 별과 해를 만질 수 있으리라// 子學詞章(자학사장) 너는 글을 배우되/ 視古毋怵(시고무출) 옛 것을 보고 두려워하지 말아라// 磨杵成針(마저성침) 방망이 갈아서 바늘을 만드니/ 其來汨汨(기래골골) 그 유래를 골몰하라"라고 되어 있다.

시인은 제자 김세문과 1897년 헤어진 후로, 다시 백동으로 찾아가 위의 시 〈백동방김세문불우白洞訪金世文不遇〉라는 시를 남겼을 것이다.

시의 첫 부분은 백동으로 김세문을 찾아가는 과정을 그리고 있다. 냇가 건너 소나무 버들 숲으로 이루어진 마을이다. 물레소리 나고, 소가 수레를 끌며 바쁘게 살아가고 있는 마을의 분주한 모습이다. 김세문이 농사만 짓고, 독서를 소홀히 하고 있음을 꾸짖고 있다. 아쉽게도 김세문을 만나지 못하고 있지만, 시의 끝부분에서 게으른 농부를 볼 수 없듯, 시경 빈풍의 장을 알고 교훈을 삼도록 주문하고 있다. 매천이 평생 서당을 운영하면서 제자를 사랑하고 있는, 교육자로서의 면모를 보이고 있는 시이다.

石峴携宋生夏燮往晩峙, 午憩大方洞徐翁宅

석현에서 송생 하섭을 데리고 만치로 가서 낮에 대방동 서옹 댁에서
쉬다

칠율 1수 404

古路溪東十室村	옛 길 따라 냇가 동쪽으로 열 집 마을이 있고
樹根磊落竹林昏	나무 뿌리는 뇌락하여 대나무 밭이 어둡구나
樵人擔負各歸巷	나무꾼은 메고 지며 각기 마을로 돌아오고
童子出看還入門	동자들은 나가 보며 다시 대문으로 들어오네
壺係青絲新結識	술병은 청사[1]에 걸려 있고 새로 교제를 하며
碑模黄繭代招魂	비문은 병든 고치를 모방하여 초혼을 대신했네
主翁大有安身法	주인옹은 크게 몸을 편안히 하는 방법 있으니
織屨聲高障世喧	미투리 짜며 소리 높여 시끄러운 속세를 막네

십실十室 : 열 집.

황견黄繭 : 병으로 빛깔이 누르게 된 고치. 누렁 누에고치.

1) 청사青絲 : 버들 따위의 가늘고 푸릇푸릇한 모양. 푸른 실.

결식結識 : 교제. 屨 신구(미투리. 짚신.)

宿稠谷金祥彬書塾

조곡의 김상빈 서숙에서 자다   오율 1수 404

* 위의 시는 《매천전집》 1권 204쪽에 있으며, 《역주매천황현시집》 중
권 294쪽에 번역되어 있다.

過崔新齋遺墟

최신재[1]의 유허지를 지나며   칠율 1수 404

鳳凰飛出勸農門	봉황이 날아 농사를 권장하는 문에 나오니
百世氷壺月有痕	백세에 깨끗한 마음 달밤에 흔적 있도다
良史權衡綱目賦	좋은 역사가는 권형[2]으로 강목[3]의 부를 짓고
天荒山水翰林村	파천황[4]의 산수라서 한림촌[5]이 있구나
湖南三傑吾無間	호남지방의 삼걸[6]은 나와는 무간한 사이요
己卯諸賢未易論	기묘년의 제현[7]들을 쉽게 논하지 못하네
郡志千年邀具眼	군지는 천년의 안목 갖추어 맞이하지만
莫將名節配黃元	명예와 절조를 가지고 황원[8]을 짝하지 마오

1) 최산두崔山斗(1483~1536) : 자는 경앙景仰. 호는 신재新齋·농중자籠中子·
나복산인蘿葍山人. 매천 황현과 같은 전남 광양군 봉강면 출신으로 18세에 한양에

올라가 조광조趙光祖·김안국金安國·김정金淨 등과 교유하였다. 1513년 별시 병과에 급제하여 홍문관 수찬을 거쳐 1518년에는 보은현감이 되었다. 1519년 이조정랑이 되었으나 이해 기묘사화가 일어나 화순 동복에 유배되었다가 1533년 풀려난 후 벼슬에 나가지 않았다. 조광조 등 신진 사류와 도학정치의 구현을 위해 노력하였으며, 1666년 동복의 도원서원道源書院을 세워 제향되었다. 1687년 사액이 내려졌으며, 또 광양시 우산리 봉양사에 배향되었다. 저서로 《신재집新齋集》이 있다.

봉황鳳凰 : 봉황새. 깃털은 오색五色, 소리는 오음五音에 맞으며, 수컷을 봉鳳, 암컷을 황凰이라 함. 성인이 세상에 나타나면 이에 응하여 나타난다고 하는 서조瑞鳥.

빙호氷壺 : 얼음을 넣은 항아리. 아주 깨끗하고 맑은 마음.

양사良史 : 훌륭한 역사책. 훌륭한 역사가.

2) 권형權衡 : 저울추와 저울대. 사물의 경중을 재는 척도나 기준.

3) 강목綱目 : 사물의 대략적인 줄거리와 자세한 조목. 통감강목痛鑑綱目.

4) 천황天荒 : 천지가 미개한 때의 혼돈한 모양. 파천황은 그 반대말임.

5) 한림촌翰林村 : 고려 숙종 시기에 광양 출신의 김황원이 한림학사를 지냈음.

6) 호남삼걸湖南三傑 : 김제 백산의 석정石亭 이정직李定稷(1941~1910), 김제 만경 출신의 해학海鶴 이기李沂(1848~1909)와 구례의 매천 황현을 말함.

   이기는 중년에 구례 마산면 냉천리로 이사하였으며, 주로 한양에서 활동하였다. 한성사범학교 교사를 지내기도 하였고, 1906년에는 대한자강회를 조직했으며, 호남학보를 발간하기도 했던 애국계몽운동가였다. 을사오적을 죽이려고 하였으나 뜻을 이루지 못하고 진도로 귀양가기도 했다. 주권 회복의 뜻을 이루지 못한 채 1909년 한양여관에서 타계하였다.

구안具眼 : 옳고 그름을 가릴 수 있는 안식眼識. 안목이 있음.

명절名節 : 전통적으로 해마다 지켜 즐기는 날. 설날과 추석 등을 말하며 절기節氣와는 다름.

무간無間 : 허물이 없이 가까움.

7) 기묘제현己卯諸賢 : 1519년 기묘사화 때 조광조 이하 죽은 사림士林들을 말함.

8) 황원黃元 : 광양출신으로 고려시대 예부시랑禮部侍郎과 한림학사翰林學士를 지낸 김황원金黃元(1045~1117)을 말함. 문장으로 해동제일海東第一의 칭호를 얻

었던 김황원이 한번은 평양의 대동강 부벽루浮碧樓에 올라 멋진 시를 짓기로 하였다. 그리하여 종일토록 시상을 떠올리고자 애를 썼으나, 글로 옮길 수가 없었다. 해질 무렵에야 겨우 "長城一面溶溶水(장성일면용용수) 긴 성곽 한쪽으로 늠실늠실 강물 흐르고/ 大野東頭點點山(대야동두점점산) 넓은 들 동쪽 끝에 점점한 산들"이라는 두 구절을 생각해 냈을 뿐, 끝내 시를 완성하지 못하였다는 일화가 있다.

　한편《고려사절요》〈예종 정유 12년조〉에 다음과 같은 내용이 있다. "황원은 어려서부터 학문을 좋아하였고, 문장이 해동제일"이라 하였다. 성격이 깨끗하고 굳세어 한림원에 있으면서 이름이 높았다. 거란 사신이 왔는데, 궁궐 안 잔치에서 '有鳳含綸紱從天降(유봉함륜발종천강) 봉새는 임금님 조서를 물고 하늘에서 내려왔고, 鼇駕蓬萊渡海來(오가봉래도해래) 자라는 봉래산을 타고 바다 건너왔네'라는 글귀를 지으니, 거란 사신이 놀라고 감탄하면서 그의 시를 구해 적어갔다고 한다.

踰熊嶺

웅령을 넘으며　　　　　　　　　　　　　　　　칠율 1수 405

一回陰壑一回峯	한번 응달 골짜기 돌고 또 한번 봉우리 돌아
十里山行日已中	십리 길 산행에 해가 벌써 중천에 떠있네
松死半身初過火	소나무 절반이나 죽어 처음으로 불 지나갔고
槲懸虎葉尚號風	떡갈나무는 호피 잎 달고 오히려 바람을 부르네
衣稜瑟瑟穿林外	옷자락이 적막하여 숲 밖으로 뚫고 가며
帽影重重落磵東	갓 그림자 더욱 무겁게 계곡 동쪽으로 떨어지네
遙望桃花三兩樹	멀리 복사 꽃 바라보아 두세 그루 있고
洞깊應是晚來紅	마을 깊이 응당 저물어 붉게 피었어라

반신半身 : 몸의 절반. 온 몸의 절반. 槲 떡갈나무곡

虎 호피나무호 稜 모릉(모서리. 논두렁.) 瑟 거문고슬(많은 모양. 엄숙하다.)

슬슬瑟瑟 : 바람 불어 쓸쓸하고 적막함.

宿晚峙金翁家

만치의 김옹 집에서 숙박함

칠율 1수 405

藤可爲床竹可椽	등나무는 평상이 되었고 대나무는 서까래 되어
村閭林木共鉤連	촌마을 숲나무는 공히 갈고랑이로 잇닿았네
釣收絶澗花浮水	낚싯대를 깊은 골짝에서 거두며 꽃은 물에 떠 있고
禽入層峯鹿冒烟	새밭은 층봉으로 들어가고 사슴은 안개를 무릅썼네
靜裏厭聞山外事	고요함 속에서 산 밖의 일을 실컷 들으며
醉來惟有石頭眠	술 취해 와 석두에서 잠자는 걸 오로지 하네
我家兩世君同老	우리 집의 두 세대는 그대와 함께 늙어가고
俯仰人間一惘然	인간을 굽어보고 우러러 보아 망연히 있도다

潤 불을윤, 윤택할윤(젖다. 적시다. 은혜를 받다.)

절윤絶潤 : 높은 절벽사이 골짜기. 깊고 험한 골짜기.

층봉層峯 : 첩첩이 쌓인 높고 낮은 산봉우리. 禽 새밭여

모연冒烟 : 연기가 피어오르다.　惘 멍할망

過崔雲皐遺居, 復用前韻贈哲嗣大宇

최운고[1] 유거를 지나가며, 다시 앞의 운을 사용하여 써서 맏아들
대우에게 증정함
칠율 1수 406

入洛狂歌筆似椽	서울 가며 미친 노래 불러 붓은 서까래 같았고
公車幾度袂曾連	상소문은 몇 번이나 일찍이 소매로 이어졌는가
今來遠客驚春夢	지금 멀리서 온 나그네는 봄꿈에 놀랍더니
西望故居生午烟	서쪽으로 바라보아 옛집에 낮 연기 피어나네
零落唾珠尋蠹篋	영락하여 진주를 토하며 좀먹은 상자를 찾고
青葱寶樹證牛眠	푸른 파 보배 나무 있어 명당자리[2] 증험하네
杏花風雨慈恩塔	살구꽃이 피어 비바람 속에 자은탑[3]이 있고
撫我頭啣爲泫然	내 머리에 붙인 직함으로 눈물이 줄줄 흐르네

1) 운고雲皐 : 미상의 인물.
유거遺居 : 옛 집터.
철사哲嗣 : 남의 후사後嗣의 미칭. 대를 잇는 자식. 남의 맏아들에 대한 존칭.
입락入洛 : 입경入京. 서울에 들어가거나 들어옴.
공거公車 : 과거에 급제하는 것. 한나라 때 상소에 관한 일을 담당했던 관청.
기도幾度 : 몇 번. 몇도.

광가狂歌 : 마구 부르는 노래.

타주唾珠 : 진주를 토함.

청총靑葱 : 가을에 난 것을 겨울 동안 덮어 두었다가 초봄에 캔 파.

2) 우면牛眠 : 장사를 지낸 묘지. 명당자리. 진晉나라 때 소가 누워서 잠자는 곳을 길지라고 여겼던 고사가 있음.

3) 자은탑慈恩塔 : 서안西安 자은사慈恩寺 경내에 있는 67미터의 대안탑大雁塔. 《대당서역기》의 주인공 삼장법사가 인도에서 가지고 온 불경과 불상을 보존하기 위해 652년에 세운 탑임. 이 탑에 당나라 과거 합격자들의 명단을 붙여 유명하였음.

두어頭啣 : 직함의 첫머리. 啣 재갈함(느끼다. 마음에 품다.)

현연泫然 : 눈물이 줄줄 흐름. 泫 빛날현(이슬 내림. 눈물 흘림.)

釜嶺村贈蔡雲樵憲永, 復用前韻

부령촌에서 다시 앞의 운을 사용하여 써서 채운초 헌영에게 증정하다

칠율 1수 406

獘屋蕭蕭露禿椽	우리 집은 쓸쓸하여 서까래가 드러나고
土墻一尺斷來連	토담 한 자가 끊어졌다 다시 이어지네
醉呼債客看山月	취해서 빚 받을 손님 부르며 산달을 보고
倦載漁舟人浦烟	게을리 고깃배 싣고 사람이 안개 포구에 있네
原憲白頭春更病	원헌[1]은 흰머리 되어 봄에 병 다시 들고
邊韶晩興晝多眠	변소[2]는 늦도록 흥겹게 낮잠을 많이 자네
鹿門山水清無敵	녹문산 산수는 맑아 대적할 자 없으니

除是高人孟浩然　이게 바로 고결한 사람 맹호연[3]이로다

소소蕭蕭 : 쓸쓸함.　獘 넘어질폐(=弊)

폐옥弊屋 : 자기 집. 비제鄙第.　토장土墻 : 토담.

채객債客 : 빚쟁이. 빚 받을 손님.　債 빚채(빌린 금품)

1) 원헌原憲 : 공자의 제자. 원헌原憲이 청빈淸貧을 한 데서, 원헌빈原憲貧은 '청빈한 생활'을 이름.

2) 변소邊韶 : 《후한서後漢書》〈변소전邊韶傳〉에 다음과 같은 고사가 전하고 있다. 제자들이 '변효선邊孝先은 배가 뚱뚱하여 독서에 게으르고 낮잠만 잔다(邊孝先 腹便便, 懶讀書, 但欲眠)'라고 놀렸다. 여기에 변소가 답하기를 '뚱뚱한 배는 오경 상자다(腹便便五經笥)'라고 썼다. 배가 불쑥 튀어 나와 불편한 모양의 '대복편편大腹便便'이나, 배가 두둑한 것의 '편복便腹'이라는 고사가 생겨나게 되었다.

3) 맹호연孟浩然(689~740) : 당 시인. 장구령張九齡의 막객幕客으로 있었으며, 녹문산鹿門山에 은거하였다. 왕유王維와 더불어 산수시인으로 이름이 높았다.

寄成南坡

성남파에게 보냄　　　　　　　　　　　　　　　　칠절 2수 406

世累紛紛老轉深　세상이 분분하게 쌓여 심히 늙게 되었고

萍鄕爲客到如今　평향[1]에서 나그네 되어 지금에 이르렀네

撫琴忽動成連思　거문고 만지며 감동치 말고 성련[2]을 생각하라

其奈蓬山不可尋　봉래산이 깊지 않음을 어찌 하겠는가

1) 평향萍鄕 : 조그마한 고을. 당 나라 최동崔峒의 시에 "萍鄕露冕眞堪惜(평향로면진감석) 평향 고을 잘 다스려 황제의 하사품을 받다니 참으로 아까운 인재로다." 라는 구절이 있다.

2) 성련成連 : '지음知音'의 고사에 나오는 백아伯牙의 스승. 춘추시대 초楚나라 사람 유백아兪伯牙는 거문고의 명인 성련으로부터 거문고를 배웠다. 성련은 백아에게 거문고를 가르치기 전에 백아로 하여금 자연과 우주 만물의 생성과 소멸 해 가는 모습을 보고 깊이 느끼도록 한 뒤, 거문고를 지도하여 백아는 달인의 경지에 이르렀다.

2수 407

雲龍上下幸同時	용과 구름이 상하로 운 좋게도 함께 있고
勞燕東西足別離	제비가 동서로 날아1) 이별의 정이 많네
竹外桃花石間屋	즉림 밖으로 도화꽃이 바위 틈 집에 피어 있고
記君十載以前詩	십 년 동안 이전의 시로 그대를 기억하네

1) 노연분비勞燕分飛 : 까치와 제비가 나누어져 날아감. 사람의 헤어짐.
동비백로서비연東飛伯勞西飛燕 : 때까치는 동쪽으로 날고 제비는 서편으로 날아감.
백로伯勞 : 까치보다 좀 작은 새의 하나.
석간石間 : 바위 틈.

客中甚無憀連和宋生夏燮

나그네는 심히 무료하기에 연이어 '송생 하섭'을 화운하다

칠율 3수 · 오율 1수 407

1수

春風已見幾番回	봄바람이 몇 번이나 돌아오는 것을 보았지만
猶是杜鵑花未開	오히려 두견화는 아직 피어 있지 않네
寒食例愁明日雨	한식날 예로는 내일이 비 오는 게 근심스럽고
白頭猶有故人盃	흰 머리는 오히려 옛 사람과 술잔을 드네
海邊市與漁舟散	해변 가의 시장은 고깃배와 함께 흩어지고
城下潮隨暮角來	성곽 아래로 조수는 저물녘에 따라 오네
休怪吾詩無雋語	의심하며 나의 시를 그만두니 문장이 없고
江郞漸老舊時才	강랑[1]이 점점 늙어가 구시대의 재주뿐이로다

무료無憀 : 마음을 다잡을 수 없음. 憀 의뢰할료(의지하다. 쓸쓸하다.)

1) 강랑江郞 : 남북조시대의 강엄江淹. 강랑재진江郞才盡 : 강랑의 재주가 다함.

2수 407

村人相過日千回	촌사람들 서로 지나가고 해가 천 번이나 와도
深巷蒼苔徑漸開	깊은 거리 창태가 끼고 지름길이 점점 열려있네
遲賣薄田勞寫券	박전을 느지막이 팔며 문서를 수고하여 쓰고

每逢生客怕添盃	매일 낯선 손님 만나며 잔을 조용히 첨작하네
千家霽色耕犁動	집집마다 쾌청한 빛이라 밭가는 소 움직이고
萬國邊聲賈舶來	세계 만국의 변방 소리 장사하는 큰 배 오네
舊學漸蕪塵障裡	구학문은 점차 쓸모없어 티끌 진 구멍 속에 있고
自憐天賦是褊才	스스로 가련한 건 하늘이 준 편협한 재주일 뿐

천부天賦 : 하늘이 줌. 타고날 때부터 지님.   褊 좁을편(도량이 좁다.)

3수 408

四隣花盡發	사방 이웃에 꽃이 다 피어 있고
一雨鷰初飛	한 번 비가 오더니 제비가 처음 날아오네
客久驚寒食	나그네 된지 오래되어 한식 되어 놀라고
春深厭絮衣	봄이 깊어가 솜옷이 물리도록 싫어지네
蟹稀溪笠散	게가 드물어져 냇가에 삿갓이 흩어지고
蔬美市筐歸	채소 맛 좋아 시장 광주리에 사 돌아오네
疑有人携酒	어떤 사람이 술 가지고 오는가 의심하는데
林風動竹扉	숲 바람이 대나무 사립문을 흔들었도다

해설

위의 시와 같은 제목으로 칠율 3수·오율 2수의 시가 《매천전집》 1권 207쪽에 있다. 이 들의 시는 《역주매천황현시집》 중권 304~309쪽에 번역되어 있다. 결국 위의 시는 모두 칠율 6수·오율 2수 된 시이다.

上巳往棠川

삼짇날에 당천에 가다

칠율 1수 408

衣紋嫩摺酒痕生	옷매무새 예쁘게 접어 술 먹은 흔적 생기고
吹面風過細有聲	얼굴에 바람 불어 지나가는 작은 소리 있네
雙鷰能來天外近	한 쌍의 제비는 하늘 밖 부근에서 날아오고
萬花齊發世間明	모든 꽃은 일제히 세상에 밝게 피어 있네
江皐拾翠還相贈	강 언덕에서 풀 따기하며 다시 서로에게 주고
村壁題詩不署名	마을 벽의 제화시는 서명을 하지 않았구나
好是澄鮮楊柳水	좋은 것은 양류 물가가 맑고도 신선하여
鶏鶒鸂鷘弄新晴	해오리 비오리가 새로 비 그쳐 희롱하네

상사上巳 : 삼짇날. 음력 3월 3일.

嫩 어린눈(예쁘다)　摺 접을접(꺾다. 주름.)

습취拾翠 : 풀 따기. 봄날 교외에서 풀 따기를 하면서 상춘하는 일.

제시題詩 : 제題를 달아 시를 씀. 제목을 붙여 시를 지음. 또는 그 시.

징선澄鮮 : 맑고 고요하고 산뜻함.

교청鶏鶒 : 해오라기.

계칙鸂鷘 : 비오리.(원앙새 비슷한 물새)

翌日道中

다음날 길을 가며

칠율 1수 408

岸沙洗盡石根生	언덕의 모래톱이 다 씻어가 돌 뿌리 드러나고
野鳥驚飛曳扶聲	들녘의 새는 놀라 날며 무성한 소리 퍼지네
冷節風烟人欲老	찬 계절 안개 바람에 사람은 늙어가고자 하고
青帘籬落水偏明	푸른 주막 기 있는 울타리 물가 곁이 밝네
似菌草細憐春色	애기풀은 하루살이와 흡사해 춘색이 가련하고
如錦花繁問里名	번성한 꽃은 비단과 같아 마을 이름을 묻네
客路莫愁寒食雨	나그네 길 한식날에 비 온다고 근심하지 말라
畊人恨少一犁晴	밭가는 농부는 쟁기질하기 맑아 한이 적다오

扶 우거질부(무성하여 사방으로 퍼지다. 곁. 옆.)
菌 버섯균(무궁화나무. 하루살이.) 犁 얼룩소리(쟁기. 밭 갈다.)
일리우一犁雨 : 밭을 갈기에 적당할 정도로 한바탕 오는 비.
畊 밭갈경(＝경耕의 고자古字)

往東浦

동포에 가다

칠율 1수 409

野與潮傾勢轉渶	들녘은 조수와 함께 기울어 기세가 구르고

村如孤艇泊江心	마을은 외론 배 같아 강가에 배대는 마음이네
雲沙霽日蒸遊氣	구름 낀 모래펄에 갠 날 노니는 기운 무덥고
海水天風蕩異音	바닷물에 하늘 바람이 불어 변이음 흩어지네
古色須眉頻見怪	예스런 풍치로 수염 눈썹이 자주 괴이함을 보며
平田岐路却難尋	평지밭의 갈림 길은 도리어 찾기 어려워라
此行不管滄溟事	이렇게 가는 길은 큰 꿈의 일과는 상관없어
縱遇詩材也廢吟	비록 시재를 만난다 해도 읊는 것을 그만 두네

유기遊氣 : 놀고 있는 기운.
수미須眉 : 수염과 눈썹.
기로岐路 : 여러 갈래로 갈린 길. 갈림길.
창명滄溟 : 푸른 바다. 넓고 큰 바다.
시재詩材 : 시료詩料. 시 짓는 재료. 시를 읊거나 짓는 재료.

龍頭賣田後, 留贈村塾諸學子

용두에 있는 밭을 팔고 난후, 머물러 마을 서당의 여러 배우는 자에
게 주다

칠율 1수 409

海上龍頭十室村	바닷가 용두에 열 집 사는 마을이 있어
往來三世爲田園	삼 세대나 왕래하여 전원이 되었어라
人情慣似鄕隣厚	인정이 습관 되어 고향 이웃처럼 살뜰하고

先蹟時聞野老言	선대의 흔적이 때로는 야로의 말로 전해왔네
鐵樹居然驚歲月	소철나무 그대로 있어 흐른 세월이 놀랍고
金簒猶得到兒孫	금 광주리 얻어 아들 손자까지 이르렀네
異時篁橘籬根路	먼 훗날 다른 시절 대숲 귤과 울타리 길에
記否梅泉杖屨痕	매천의 지팡이 신발의 흔적을 기억할 건가

학자學子 : 배우는 자.

십실十室 : 열 집.　향린鄕隣 : 고향 이웃.

철수鐵樹 : 소철나무. 피화초避火蕉 또는 풍미초風尾蕉라고도 하며 관상수로 쓰임.

거연居然 : 슬그머니. 조용한 상태. 꼼짝하지 않음. 뚜렷이 나타남.

아손兒孫 : 자손.　簒 광주리영(저통)

장구杖屨 : 지팡이와 신. 오가는 흔적.

 해설

《매천전집》 1권 265쪽에 '경당 동북 일리 길가에 돌이 모이고 숲이 벌려 있어 가히 할아버지께서 걸터앉아 쉴만하였다. 급기야 선친이 일찍 좋아하며 완상했기에 길가에서 감격하고 차운하여 읊었다'의 '경당동북일리로방鯨塘東北一里路傍--'에 다음과 같은 시가 있다. "海上田園久已荒(해상전원구이황) 해변가 고향동산 황폐한 지 오래되었으나/ 路傍依舊石爲床(로방의구석위상) 길가의 넓은 반석 예나 지금이나 다름이 없네// 怳如手澤傳三世(황여수택전삼세) 바라보니 손때 묻어 삼 세대나 전해져 왔고/ 欲作銘詩刻一方(욕작명시각일방) 시 한편을 써서 한쪽에 새기고자 하네// 春色無情苔過頂(춘색무정태과정) 봄빛은 덧없어 이끼 끼어 이마를 지나고/ 潮痕有限蠣粘房(조흔유한려점방) 조수의 흔적 한을 남겨 굴 껍질이 붙어 있네/ 千秋辦作吾家物(천추판작오가물) 오랜 세월 따져보니 우리 집 물건이라// 山鳥山花帶墨香(산조

산화대묵향) 산새 산 꽃이 묵향을 띄우고 있네"라는 시이다. 이 시는 1902년
에 읊은 시로 《역주매천황현시집》 하권 64쪽에 번역이 되어 있다.

또한 매천은 〈왕고수적발王考手蹟跋〉이라는 글에서, 천권 책을 안겨주고
공부할 수 있게 해준 은덕을 할아버지에게 고맙다고 표현한 바 있다. 이렇
게 매천은 용두에 왕고와 선친으로부터 물려받은 농장이 있었고, 매천 또
한 도조하고 돈을 받아 생활해 오기도 하였다. 하지만 생활이 곤궁해지자
매천도 어쩔 수 없이 3대째 이어져 오는 농장을 팔고, 그 서운하고 아쉬운
감정을 용두마을 서당의 학생들에게 표현하였다.

次高主事光文墳菴原韻

고주사 광문의 '분암' 원운을 차운함   칠율 1수 409

石鱗春草映江渚	이끼 낀 비석들 봄 풀이 강가를 비치는데
看墓人多下有舟	성묘하는 사람들 많고 아래쪽에 배가 있네
碑面龍香誇異事	비면은 용 향기로 기이한 일을 자랑하고
松間鹿跡話新愁	솔 사이로 사슴 흔적 있고 새 근심을 얘기하네
科榮在子祥何早	과거 영광이 아들에게 있어 복이 어찌 빠른가
濡慕如君鬢已秋	흠모함이 그대와 같아 살쩍이 쇠할 때로다
窈窱一邱花木暗	깊고 먼 한 언덕에 꽃과 나무가 어둡고
路傍回首訝名樓	길가에 머리 돌려 이름 있는 누대를 맞이하네

석린石鱗 : 돌로 된 물고기 비늘.

용향龍香 : 향의 이름.　鱗 비늘린(어룡의 총칭. 이끼. 배열하다.)

과영科榮 : 과거에 합격하는 영광.

유모濡慕 : 은혜를 입어 흠모함.　濡 젖을유(은혜를 입다)

분암墳菴 : 분묘 밑에 있는 재실.

요조窈窱 : 깊고 먼 모양.　訝 맞을아(위로하다. 의심하다.)

 해설

　　매천의 고광문에 대한 시로는 《매천전집》 1권 184쪽에 '고주사 광문의 궁호신거에 화운하여 보냄'의 〈화기고주사광문궁호신거和寄高主事光文弓湖新居〉라는 칠율 1수의 시가 있다. 이 시는 《역주매천황현시집》의 중권 219쪽에 번역이 되어 있다.

中庚日携小川訪二山. 議禊事會者凡八人

중복날[1]에 소천을 모시고 이산을 방문하다. 계제의 일을 의논하러 모인 자 모두 8인이었다

칠율 1수 410

白驢跑地柳陰開	흰 나귀 땅을 후비고 버들 그늘 열려있는데
一澗冷冷淨欲苔	산골 물 냉랭하게 맑아 창태가 끼고자 하네
繞屋山從蟬際入	집을 들러싼 산은 매미 소리 따라 들어오고
渡江人逐藕香來	강을 건너는 사람들은 연꽃 향기를 쫓아오네
醵錢擬榻蘭亭帖	추렴한 돈으로 평상에서 난정 첩[2]을 견주며

斫肉先傾河朔盃	고기 썰어 먼저 하삭의 잔3)을 기울이노라
門外稻田三百畝	문밖으로 논이 삼백 무가 있어
詑君高臥了耕栽	그대 속여 높이 누워 논밭을 갈고 싶었네

1) 중경일中庚日 : 중복날. 경일庚日은 천간이 경庚으로 된 날.
禊 계제계(계제를 지내다)
2) 난정첩蘭亭帖 : 중국 진晉나라의 왕희지王羲之가 쓴 법첩法帖. 후대 서예가들의 행서를 배우는 본보기로 애호되고 모사되고 있음.
3) 하삭배河朔盃 : 후한 말 유송劉松이 원소袁紹의 아들들과 하삭河朔에서 삼복의 더위를 피하기 위하여 술 마신 옛일. 피서의 술잔치.
詑 자랑할타(속이다. 기만하다.)

是夜仍宿

이 밤에 그로 인해 숙박하다

칠율 1수 410

入夜火雲猶未晴	밤들자 불 구름이 오히려 맑게 개이지 않아
杖藜獨出水邊行	명아주지팡이 짚고 홀로 나와 물가를 다니노라
團團蚊過烟頭陣	모인 모기떼들 한바탕 연기 불로 지나가고
翕翕螢垂草未明	날아오른 반딧불 드리워져 초목이 밝지 않네
遠碓人聲傳晩食	멀리 방아 찧는 사람들 소리 나 늦은 식사 보내고
隣燈農話約晨耕	인근 등불 농민들의 얘기 새벽 농사 약속하네

怪無一點淸風發	괴이하게 한 점도 없이 맑은 바람 흩어져
起睨庭柯掌樣平	일어나 뜰 가지 흘겨보니 손바닥모양 평평하네

화운火雲 : 여름철의 구름. 仍 인할잉(거듭) 陳 늘어놓을진(넓게 깔다)

단단團團 : 둥근 모양. 이슬이 동글동글하게 맺힘. 늘어짐.

翕 합할합(날아오르다. 일다.)

흡흡翕翕 : 상대방 비위에 맞춰 말함. 간곡하게 말함.

만식晩食 : 저녁때 끼니로 먹는 밥. 때를 놓쳐 늦게 먹음.

次塾課

글방의 과제를 차운하다

칠율 1수 411

醉纔忘暑臉微痕	취해 겨우 더위 잊으며 뺨에 미미한 흔적 있고
强欲郊行不過村	애써 교외를 거닐고자 해도 마을을 지나가지 않네
睡趁凉天朝更熟	잠은 서늘한 날씨 따라 아침에 더욱 달콤하고
藥因衰候夏宜溫	약은 쇠한 징후로 인해 여름에 의당 따뜻하네
濃陰嘉木低於榻	짙은 그늘 좋은 나무는 평상보다 낮게 드리웠고
嵌竇幽泉大抵盆	산골짝 숨은 샘물가에 대강 슬동이 있네
科跌喜無門外客	과업이 지나쳐 문밖의 객은 즐거움이 없고
靑尨不動臥籬根	삽살개는 울타리 밑에서 누워 움직이지 않네

嵌 산깊을감(골짜기)   농음濃陰 : 짙은 그늘.   竇 구멍두(물길. 수도.)
대저大抵 : 대체로 보아서. 무릇. 대강.   跌 넘어질질(비틀거리다. 달리다.)

悼申農山

신농산[1]을 애도함   칠절 4수 411

1수

朱子墓奴呼不起	주자 묘를 지키는 종은 불러도 일어나지 않고
後儒弄舌競新奇	뒷날 유자들이 혀 농간하여 새로 기이함 다퉜네
恨君叫屈九原日	그대가 억울함을 호소하고 구원[2]의 날 한탄하며
倒是無人證判詞	오히려 사람 없이 사를 판별하여 증험하였네

1) 신농산申農山 : 신득구申得求(1850~1900)의 호. 자는 익재益哉. 대대로 구례에서 살았으며, 고산鼓山 임헌회任憲晦의 문인으로 도학道學과 경술經術이 뛰어났다.

1880년 남원으로 이사하여 향음주례鄕飮酒禮를 행하였다. 이발기발理發氣發을 주장하여 이황의 견해를 지지하였으며, 전우田愚·송병선宋秉璿과 서신으로 학문에 관한 토론을 하였다. 그의 천설天說은 이이의 주장과 어긋난다하여 사문난적斯文亂賊으로 몰렸으며, 많은 저술과 가산이 불태워졌다. 하지만 농산은 자기 주장을 굽히지 않았으며, 음독 자결하였다. 저서로 《농산문집農山文集》이 있다.(전라문화총서26, 《농산農山 신득구申得求의 천설天設·천인변天人辯》, 송준호·송만오, 2007.)

규굴叫屈 : 억울함을 호소하다.

2) 구원九原 : 전국시대 진晉의 경대부의 묘지 이름. 무덤 또는 저승길.

2수 411

滄海橫流可奈何　　창해가 좌우로 흘러가 어찌하면 좋을까
其如同室便操戈　　같은 방에 있는 것 같아 곧 창을 잡네
曠然一世知音少　　드넓은 한 세상 알아주는 사람 적었고
盖得棺時論更多　　관 뚜껑 닫으며[1] 다시 논함이 많겠구나

광연曠然 : 드넓음.
1) 개관사정蓋棺事定 : 관 뚜껑을 덮고 일을 정함. 사람이 죽고 난 후 정당한 평가를 할 수 있음.

3수 411

膽大於身創論開　　몸속에 큰 담력이 있어 처음 논하기 시작했고
紛紛吠影亦堪哀　　분분히 그림자 보고 짖으며 슬픔을 감당했네
天心不惡人心惡　　천심을 미워하지 않고 인심을 미워하노니
何快驅人屛裔來　　어찌 흔쾌히 사람을 몰아 후손이 옴을 막는가

개창開創 : 처음으로 열어 시작함.
분분紛紛 : 떠들썩하고 뒤숭숭함. 의견 등이 어수선함.
屛 병풍병(담. 가리어 막다.)

4수 412

破柱雷轟若不聞　기둥을 부수는 천둥소리 만약 듣지 않았더라면
徐將一筆鬪千軍　천천히 붓 한 자루 가지고 천군과 싸웠을 것을
案頭寂寞天人辨　책상 머리에 천인변[1]이 적막하구나
合待千秋後子雲　오랜 세월 흐른 뒤 양자운[2]이 기다려 만나리라

轟 울릴굉

1) ① 천인天人 : 하늘과 사람. 도道가 있는 사람. 재질이 뛰어난 사람.

　　② 천인변天人辨 : 한말의 유학자 농산 신득구의 저서인 《농산집》에 있는 〈천설天設〉과 〈천인변天人辯〉은 농산의 학문 세계를 이해하는 데 필요한 자료임.

2) 양자운楊子雲 : 후한의 양웅楊雄(BC53~AD18년)을 말함. 양웅은 전한, 신, 후한시대 살았던 사람으로, 《주역周易》을 모방한 《태현경太玄經》과 《논어論語》를 모방한 《법언法言》 등의 저술이 있다. 왕위를 찬탈하여 신新(9~25)나라를 세운 왕망王莽의 대부가 되었기에 송대 성리학性理學 이후에는 비난의 대상이 되었음.

> 末伏日邀小川赴飮, 拈柳下集. 夜因劇談詩, 不能就明
> 朝. 小川別去次夜無眠遂成之

말복 날[1]에 소천[2]을 초대하여 술 마시러가 유하집[3]을 뽑다. 밤에 그로 인해 시에 대해 별별 이야기를 하였는데, 다음 날 아침에 가지 못하였다. 소천과 이별한 후 '야무면'[4]을 차운하여 드디어 이 시를 완성하다

칠율 1수 412

夜久納涼松下亭　밤에 오랫동안 솔밭 밑 정자에서 납량함에

人人携簞出中庭	사람마다 멍석 가지고 마당 가운데로 나오네
秋光已閃雲頭電	가을빛 섬광이 비쳐 구름머리에 번쩍이고
旱氣全疎月後星	가문 기운 전부 멀어져 달 진 후 별이 있네
野炬微明何處散	들판의 횃불이 조금 밝아 어디로 흩어지는가
村謳無節亦堪聽	촌사람들의 노래는 가락 없어도 들을 만하네
忽看江霧濛濛上	홀연히 강가의 운무를 몽몽하게 보며
劃破前峯一角靑	앞 봉우리 획을 깨니 한 모서리 푸르러라

1) 말복일末伏 : 삼복 중 마지막 복. 입추가 지난 뒤 첫째 경일庚日.

극담劇談 : 과격하고 맹렬한 담판. 연극에 관한 이야기.

2) 소천小川 : 왕사찬王師瓚(1846~1912)의 호. 매천의 숙사塾師 천사川社 왕석보王錫輔의 아들로 매천이 인정한 시인詩人이었음. 매천과는 시론詩論에 대해 많은 논쟁을 벌였는데, 그 예가 1895년에 쓴 〈화소천논시육절和小川論詩六絕〉의 칠절 6수의 시가 그 예이다.

3) 유하집柳下集 : 조선 후기 유하柳下 홍세태洪世泰(1653~1725)의 문집. 홍세태는 역관 출신으로 위항문학 《해동유주海東遺珠》를 편찬하였다. 중인으로 가난하게 살았으며, 8남 2녀의 자녀가 먼저 세상을 떠나는 슬픔이 있었다.

4) 야무면夜無眠 : '밤잠이 없음'의 뜻.

節 마디절(사물의 곡조. 규칙.)

李守敦行以萬壽節約, 郡中衿紳, 行望賀禮. 因次王禹
偁壽寧節詩四絶句爲之倡. 而屬和之里友要余代構

군수 이돈행[1]이 만수절[2]의 약속으로 군의 관리와 선비들이 망하례[3]를 하였다. 그로 인해 왕우칭[4]의 '수녕절'시 4절구를 차운하여 이 때문에 창수하였다. 마을의 벗들이 화운을 재촉하고 내가 필요하여 대신 글을 지었다

칠절 4수 412

1수 413

日向金華御法筵	해가 금화를 향해 불법의 대자리에 있고
民嵓端畏視聽天	민암[5] 끝에서 하늘 보고 듣는 것이 두려워지네
千秋無逸傳龜鑑	천추에 숨은 것도 없이 귀감을 전함에
歷歷殷宗享國年	역력히 은나라가 통치했던 시대로구나

守守 : 수령守令. 고려·조선 시대에 주부군현州府郡縣에 파견된 지방관으로 고을 원님을 말함.

1) 이돈행李敦行 : 1900년 당시 구례 군수였음. 1597년 정유재란 당시 구례 의병장이었던 석주관칠의사石柱關七義士에 대한 추모시를 썼으며, 석주관칠의사묘에 시판詩板이 새겨져 있다. 그 내용은 다음과 같다. "巉巖石柱屹江城(참암석주흘강성) 가파른 바위 있는 석주관이 강성에 솟아 있고/ 亘古堂堂七義聲(긍고당당칠의성) 옛날까지 걸쳐 칠의사의 함성 당당하게 들려오네// 曬血積蹟當日事(쇄혈적거당일사) 수많은 전투에 피 말리던 그 당시의 일에/ 傷心愴目後人情(상심창목후인정) 애처로운 눈빛으로 마음 상해 후인들 정 다하네// 百年俎豆餘遺址(백년조두여유지) 백년 된 제기 그릇이 유허지에 남아있고/ 數千壇墠感孝誠(수천단선감효성) 수천 제사지내는 터에 효성도 감읍 하네// 俱死忠魂埋未死(구사충혼매미사) 충혼이 함께 죽었지만 죽지 않은 채 매장되어/ 東流不盡咽波鳴(동류부진인파명) 동으

로 흐르지 않았는데 오열하는 소리 울려오네”

2) 만수절萬壽節 : 만수성절萬壽聖節. 1897년 광무 원년에 제정된 황제皇帝 탄일誕日의 명칭.《역주매천황현시집》중권 187~196쪽에 관련된 시가 번역되어 있음.
금신衿紳 : 벼슬아치와 선비. 신은 진신搢紳, 금은 청금靑衿을 뜻하므로 관리와 사자士子를 일컬음.

3) 망하례望賀禮 : 명절에 수령이 임금이 계신 대궐을 바라보고 행하는 예.《목민심서牧民心書》〈봉공육조奉公六條〉 선화宣化에 “凡望賀之禮宜肅穆致敬(범망하지예의숙목치경) 망하례는 마땅히 경건 엄숙하고 공경을 다하며/ 使百姓知朝延之尊(사백성지조연지존) 백성들로 하여금 조정의 존엄함을 알게 해야 한다.”라는 내용이 있다.

4) 왕우칭王禹偁(954~1001) : 자는 원지元之로, 왕황주王黃州라 불렸다. 송나라 초기 인물로 진사에 급제하여 우습유右拾遺, 직사관直史館에 있었다. 직언을 잘하여 관직을 강등 당하기도 했으며, 황주黃州로 쫓겨났다. 태종실록太宗實錄 편찬에도 관여했으며, 두보시에 능했다.   望 바랄망, 보름망
構 얽을구(글을 짓다. 생각을 얽어 짜내다. 집을 짓다.)
어법御法 : ‘불법佛法’의 높임말.
법연法筵 : ① 예식을 갖추고 임금이 신하를 만나보는 자리. ② 부처 앞에 절하는 자리. ③ 불도佛道를 설하는 자리. 법좌法座 ④ 법석法席
嵒(=岩, 巖) 바위암(언덕. 벼랑. 석굴. 낭떠러지.)

5) 민암부民巖賦 : 남명 조식曹植은 다음과 같은 글을 남겼다. “灩澦如馬(염여여마) 양자강 상류에 있는 암초의 물 말처럼 세차게 밀려오네/ 不可上也不可下也(부가상야부가하야) 배가 올라갈 수도 내려올 수도 없다네// 沓꼬哉險莫過焉(답조재험막과언) 아아! 이보다 더 험난한 데는 없으리라/ 舟以是行 亦以是覆(주이시행역이시복) 배는 물 때문에 가기도 하지만, 물 때문에 뒤집히기도 한다네/ 民猶水也 古有說也(민유수야고유설야) 백성이 물과 같다는 소리, 옛날부터 있었지/ 民則戴君民則覆國(민칙대군민칙복국) 백성들이 임금을 받들기도 하지만 백성들이 나라를 뒤집기도 하네 …(중략)…自我安之(자아안지) 임금 한사람으로 말미암아 편안하게 되기도 하고/ 自我危爾(자아위이) 임금 한사람으로 말미암아 위태롭게 되기도 하네/ 莫曰民巖(막왈민암) 백성들의 마음 위험하다 말하지 마오/ 民不巖矣(민부암

의) 백성들의 마음은 위험하지 않다네"
귀감龜鑑 : 거북등과 거울. 사물의 본보기.

2수 413

金門秋柳拂鞍鞘　　금문[1]의 가을 버들에 안장과 말채찍을 떨치고
玉階香烟擁笏袍　　옥 계단 향불의 연기는 홀과 도포를 감싸네
侍臣無復東方朔　　한 무제를 모시는 신하 동방삭[2]은 다시없는데
不向瑤池問竊桃　　요지연[3] 향하지 않고 선도복숭아 훔친 걸 묻네

1) 금문金門 : 이백李白은 〈옥곤음玉壺吟〉에서, '世人不識東方朔(세인불식동방삭) 세상 사람들은 동방삭을 알지 못하고/ 大隱金門是謫仙(대은금문시적선) 크게 금문에 숨어 적선인이로다'라고 읊어 동방삭東方朔을 가리키기도 하고, 하지장賀知章이 이백李白의 〈촉도난蜀道難〉을 읽고 이백을 가리켜 '적선인謫仙人'이라 하여 이백을 가리키는 말이 되기도 하였다.
鞍 안장안　鞘 칼집초(선후걸이. 말채찍의 끝.)
향연香烟 : 담배. 향불 연기. 후손.　笏 홀홀(제후를 봉할때 쓰던 의식),　袍 도포포(예복으로 입던 남자의 겉옷, 두루마기.)
2) 동방삭東方朔 : 한漢나라 무제武帝 때 사람으로 자는 만청曼倩. 해학과 변설, 직간으로 이름이 있었다. 속설에 서왕모西王母의 복숭아를 훔쳐 먹어 오래 살았으므로, '삼천 갑자甲子 동박삭'이라는 말이 생기기도 하였다.
3) 요지瑤池 : 주周나라 목왕穆王이 서왕모西王母와 만났다는 호숫가 선경仙境으로, 중국 서쪽에 있는 곤륜산崑崙山 정상에 있다고 함. 서왕모는 반인반수半人半獸의 여신으로 '산해경'에 의하면, 서왕모가 살고 있는 곤륜산에는 불사不死의 선도仙桃가 열리는 불사수不死樹가 자라고 서왕모가 그 주인이었다.
　　주周 목왕穆王이 여덟 필의 준마가 이끄는 수레를 타고 곤륜산에 머물다가 젊고 예쁜 여신 서왕모를 만나 사랑에 빠져 고국에 돌아갈 것을 잊었다고 한다. 한무제

漢武帝 또한 서왕모의 사당을 짓고 치성을 드리자 마침내 칠월 칠석 날 서왕모가
아홉 가지 빛깔의 용이 끄는 수레를 타고 천상에서 내려왔다. 한무제는 불사약을
간청하였고, 서왕모는 불사의 선도仙桃를 주면서 한무제 곁에 있는 동방삭東方朔
을 보고 그가 자신의 궁궐에 와서 복숭아를 훔쳐갔노라고 책망했다.

3수 413

凉生仙掌三更露	서늘해 선인장에 생긴 것은 삼경의 이슬[1]이요
香浥彤墀五葉蓂	향기가 붉은 섬돌에 젖어 오엽의 명협에 있네
萬歲皇家新曆數	만세를 부르며 황가에서는 새로운 달력을 세고
祥光夜徹紫微星	상서로운 영광으로 밤 지새며 자미성[2]을 보네

1) 선장로仙掌露 : 선인장仙人掌에 맺힌 이슬. 선인장은 한무제漢武帝가 이슬을
채집하기 위해 세운 구리 기둥을 말함. 한무제는 여기에 승로반承露盤을 설치하고
이슬을 받아 옥설玉屑을 개어 마셨다고 함. 옛 사람 또한 연잎에 맺힌 이슬이 큰
약효가 있다고 믿어 이슬을 받아먹기도 하였음.
황가皇家 : 황제의 집안.
蓂 명협명(상서로운 풀), 굵은냉이멱
2) 자미성紫微星 : 자미원에 있는 별. 북두칠성의 동북쪽에 있는 15개의 별로 제
황帝皇을 상징하는 별. 천제天帝가 이곳에서 세상을 다스린다고 하는 성좌.

4수 413

重宸乾惕畏崇高	대궐에서 노력하고 조심하면[1] 숭고함이 두려 운데
婦寺微忠厭甫曹	부시[2]의 하찮은 충성도 너희 무리를 싫어했네

不識當時金鑑錄　당시에는 금감록[3]을 인식하지 못하였으니

幾人今復續抽毫　몇 사람이나 오늘 다시 연속하여 붓 뽑으리오

중진重宸 : 대궐.　宸 집신(처마. 대궐. 하늘.)　乾 하늘건(임금)

惕 두려워할척(놀라다. 걱정하다.)

1) 건척乾惕의 무구无咎 :《주역周易》 건괘乾卦 구효삼사九爻三辭에 "군자가 종일토록 부지런히 힘써 저녁까지 삼가 두려워하면 허물이 없으리라.(君子終日乾乾 夕惕若厲 无咎)"라는 말이 있음.

2) 부시婦寺 : 궁중에서 일 보던 여자와 환관.　甭 쓰지않을용, 너용

미충微忠 : 변변하지 못한 충성.

3) 금감록金鑑錄 : 당 현종 때 정승이요 시인이었던 장구령張九齡(678~740)은 천추절千秋節에 〈천추금감록千秋金鑑錄〉을 써서 바쳤다.　역사상 정치를 잘하고 못한 것을 발췌하여 임금이 참고하도록 한 책이었다. 그는 안록산의 난을 미리 예언하기도 했는데, 그가 죽은 뒤 현종이 후회를 했다고 함.

　　이황李滉의 〈진성학십도차進聖學十圖箚〉에도 '금감록'에 대해 다음과 같은 글이 있다. "장구령이 '금감록'을 올린 것과 송경宋璟이 '무일도無逸圖'를 바친 것과 이덕유李德裕가 '단의육잠丹扆六箴'을 바친 것과 진덕수眞德秀가 '빈풍칠월도豳風七月圖'를 올린 것 등은 임금을 아끼고 나라를 근심하는 깊은 충의와 선을 베풀고 가르침을 드리는 간절한 뜻이니, 임금이 깊이 생각하여 경복敬服하지 않을 수 있겠습니까?(若張九齡之進金鑑錄, 宋璟之陳無逸圖, 李德裕之獻丹扆六箴, 眞德秀之上豳風七月圖之類, 其愛君憂國拳拳之深衷, 陳善納誨懇懇之至意, 人君可不深念而敬服也哉.)"

戲次塾課

놀면서 글방의 과제를 차운함   칠율 1수 413

繞籬土石如	울타리를 둘러싸고 흙과 돌이 함께 있고
栽勤竟未林	부지런히 심었어도 끝내 숲 이루지 못했네
翻嫌爲屋淺	도리어 집 얕은 곳 되었음을 싫어하고
難道處山深	산 깊은 곳에 산다고 말하기 어렵도다
鹿豕甘頹放	사슴과 돼지는 퇴폐 방자한 것 즐기고
禽蟲耐伴吟	날짐승 벌레들이 함께 우는 것을 참노라
欣然時欲舞	흔연히 이때에 춤을 추고자 하노니
雲氣出庭心	구름 기운이 뜨락 가운데로 나오더라

난도難道 : 말하기 어려움. 걷기 힘든 길.
퇴방頹放 : 퇴폐적이고 방자함.

五鳳村庠訪小川不遇

오봉촌 학교로 소천을 찾아갔으나 만나지 못함   칠율 1수 414

紛紛黝月岸東西   어지럽게 검푸른 달이 언덕 동서쪽에 떠 있고

刜屐如船怕戀泥	닳은 나막신은 배와 같아 진흙탕이 두렵네
邏鼓不鳴人語凍	순라군[1] 북 울리지 않아 말소리도 얼어붙은 밤
績燈初亮歲華低	길쌈하는 등불 처음 밝아 세월 속에 머물렀네
驚心風鶴收邊遽	놀란 마음에 바람 탄 학은 부근에 급히 그치고
入夢梅花返舊蹊	꿈속에 매화가 피어 옛 지름길로 돌아오네
遙想故人江北夜	멀리 강가 북쪽으로 밤에 옛사람을 그리는데
誰家酒煖憶相携	뉘 집에서 따뜻이 술 먹고 끌며 기억하는가

庠 학교상 黝 검푸를유 怕 두려워할파(아마도. 대개.)
邏 순행할라(순라)
1) 순라군巡邏軍 : 조선시대 도둑이나 화재 등을 방지하기 위해 밤에 순찰하던 군인.
績 실낳을적(길쌈하다)
세화歲華 : 세월. 煖 따뜻할난

 해설

  위의 시 제목과 유사한 매천의 오율 1수의 시가 있다. 1900년 경자년에
매천은 '오봉촌 학교로 소천을 찾아갔으나 만나지 못하고, 여러 학생들과
함께 담소하고 회포를 풀며 당율을 차운함'의 〈오봉촌상방소천불우五鳳村庠
訪小川不遇――〉라는 시이다. 이 시는 《역주매천황현시집》 중권 365쪽에 번
역되어 있다.

勸塾中諸童子

서당의 여러 동자들에게 권면하다   칠율 5수 414

1수

謂將相守度殘年	장차 서로를 지키며 남은 나이 헤아린다 하더니
忽謾今朝是別筵	홀연히 부질없이 오늘 아침에 이별하는 술자리
樂土豈專生長地	낙토는 어찌하여 생장의 땅에 오로지 있는가
窮途曾共亂離天	곤궁한 길 일찍이 난리의 하늘에도 함께 하였네
會來桑宿元如寄	연연해하는 마음 모여[1] 원래 보내는 것과 같아
歸去桃源莫浪傳	도원으로 돌아가며 함부로 전하지 말게나
記得溪南耦耕處	냇가 남쪽으로 경작하는 곳을 기억하고
翩然笠影我簑前	삿갓 그림자 나부끼며 내 도롱이 앞에 있네

＊送善吾還斗洞(송선오환두동)

　제자 선오[2]를 보내며 두동으로 돌아옴.

勸 힘쓸욱(노력하다. 권면하다.)

권면勸勉 : 알아듣도록 권하고 격려하여 힘쓰게 함.

잔년殘年 : 늙어서 죽기까지 얼마 남지 않은 나이.

도원낙토桃源樂土 : 극락세계를 비유함.　離 떼어놓을리(가르다. 나누다.)

생장生長 : 나서 자람.

궁도窮途 : 곤궁하게 된 처지.

1) 상숙桑宿 : 연연해하는 마음이 남아 있음. 수행하는 스님이 뽕나무 아래에서

쉬면서 한 나무 아래에서 세 번 쉬지 않고 옮긴다고 하였는데, 이것은 연연해하는
마음이 생길까 해서 그렇게 한다고 함.

낭전浪傳 : 함부로 말을 퍼뜨림. 두서없이 전함.

우경耦耕 : 둘이서 나란히 논밭을 갊.　耦 짝우(부부. 논밭을 갈다.)

2) 선오善吾 : 이선호李善吾. 매천의 제자로 이병호李炳浩라고도 하며, 매천 말년
에 석정 이정직과 소천 사이를 내왕하며 심부름을 하였다. 매천, 석정과 함께 수시
酬詩를 짓기도 했으며, 소천의 지리산시사에서 활동하였다.

2수 414

梅花堪惱病餘身	매화는 괴로움 견디며 몸은 병든 끝인데
柳梢遙含地底春	버드나무 끝 먼 계곡 땅 밑으로 봄이 오누나
大雪欲來天更煖	큰 눈이 오고자하나 하늘이 다시 따뜻해지고
凍江齊釋水添新	언 강이 일제히 녹아 물이 더하여 새롭게
賞心稗史如逢妓	즐거운 맘으로 패사1)읽어 기생 만나는 것 같고
慣面村朋不認賓	얼굴 익은 마을의 벗들은 손님으로 알지 않네
朽葉陷深驚睡犬	썩은 낙엽에 깊이 빠져 잠자는 개 놀라고
款門時有問詩人	문을 두드리며 때로는 시인을 방문하네

제석齊釋 : 삼불제석三佛齊釋. 인간의 재복·수명·잉태를 담당하는 무신도.

상심賞心 : 즐거운 마음.

1) 패사稗史 : 패관 소설과 같은 형식으로 꾸며서 쓴 역사 이야기.

후엽朽葉 : 썩은 낙엽.　款 정성스러울관(사랑하다. 두드리다.)

관문款門 : 방문함. 따르고 복종함. 문을 두드림.

3수 415

麥畝泥瀜凍菜香　이랑의 보리 질퍽하게 있고 언 채소도 향기로워
溪唇飮啄感山梁　냇가에서 놀라 마시고 먹어 산양[1]도 감동하네
瞿瞿餓兔迷殘雪　두리번거리는 굶주린 토끼는 잔설을 미혹하고
苒苒嬌鴉下遠陽　많은 예쁜 까마귀들 멀리 태양 아래로 있네
村靜共欣官稅畢　마을이 조용해 관에 세금 다 내 함께 기뻐하고
書多如怯客程長　책이 많아 객이 먼 길을 감에 겁나는 것과 같네
春風不藉鄒生律　봄바람은 추생을 만드는 것[2]에 힘입지 않고도
已放池南柳眼黃　벌써 연못가 남쪽에는 버들눈이 움터있도다

1) 산량山梁 : 산골짜기에 있는 다리. 꿩의 딴 이름. 《논어論語》〈향당鄕黨〉에 "공
자가 말하기를 '산량의 암꿩이 제때로구나, 제때로구나.' 하자, 자로가 꿩을 잡아다
가 먹이를 주니, 세 번 날개를 펴고 날아갔다.(山梁雌雉 時哉時哉 子路共之 三嗅
而作)"라고 한 데서 온 말이다.
瀜 물깊이넓은모양융　　唇 놀랄진
구구瞿瞿 : 지조가 없음. 허둥지둥함. 두리번거림. 예절을 잘 지킴.
염염苒苒 : 부드러운 모양. 무성함. (시간이 점점) 흐름.
2) 추생율鄒生律 : 전국시대 제齊나라 변설가辯舌家 추생鄒生(=추연鄒衍)은 음
양오행설을 주창하였으며, 율律에 능하였다. 기후가 차가워 오곡이 익지 않는 북
방에 율을 만들어 따뜻하게 해 벼, 기장 곡식이 잘 자라났다고 함.(《열자列子》〈탕
문湯問〉)

4수 415

陽來又見管灰飛　태양이 떠와 또 율관의 재가 날리는 것 보고[1]

壺缺歌悲壯歲違	병 깨지는 노래 불러 한창 나이에 어긋남이 슬 펐네
土瘠松根無巨茯	메마른 흙 소나무 뿌리에는 큰 복령이 없고
山深薪束半枯薇	깊은 산에 땔나무 묶어 마른 장미 반절이네
溪江夜逈微生白	계곡 강가의 밤 멀리 흰빛이 조금 생겨나고
星斗天寒盡斂輝	북두성 하늘은 차가워 빛을 다 걷어가네
過屋嗈鳴遙認鴈	집 지나는 새소리는 멀리서 기러기임을 알고
漫漫霜月欲何歸	지루하고 긴 동짓달 어디로 돌아가고자 하는가

1) 관회管灰 : ① 사물이 점점 피어오름. 갈대 속의 얇은 막을 태워 재로 만든 뒤, 그것을 각각 율려律呂에 해당되는 여섯 개의 옥관玉琯에다 넣어 두면 그 절후에 맞춰 재가 날아간다. 이것을 보고 절후節候를 살피는데, 동지에는 황종黃鍾 율관律管의 재가 날아간다고 함.(《한서漢書》〈율력지律曆志〉)
② 관회비管灰飛 : 시기가 이미 이르렀음. 회관灰管은 고대에 절기 변화를 측정하던 기구로 율관律管에 갈대의 재를 담아 넣고 계절이 지날 때마다 날리게 했음.
瘠 파리할척(살이 썩다. 메마르다.)　嗈 기러기 짝지어울옹(새소리)
만만漫漫 : 멀고도 지리함. 지루하고 긴 밤.
상월霜月 : 서리가 내리는 달. 음력 동짓달.

5수 415

晨牕吐納試臞仙	새벽 창가에 여윈 선인을 시험하며 토납1)하고
晚計偏驚白髮邊	늦어진 계획이 백발 주변에 있어 치우쳐 놀라네
蕪岸燒過推檢墾	거친 풀 언덕을 불살라 개간할 것을 생각하고

氷簷溜決擬防川	언 처마에 물방울이 흘러 방천인가 하네
塵間煉藥功難半	속세에서 단약을 달인 공력 반도 어렵고
紙上談兵去甚懸	신문 지상에는 전쟁 이야기로 지나치게 심하네
臥向東榮勤炙背	누워 동쪽 처마로 향해 부지런히 등에 뜸뜨니
線陽已是早梅天	동짓달[2]에 벌써 일찍 매화 핀 날씨로구나

牕 창문창(=窓)

1) 토납吐納 : 묵은 기운을 입으로 내뿜고 새 기운을 코로 마셔 신선되기를 배우는 술법.

방천防川 : 물이 넘침을 막음. 물의 침범을 막고자 쌓은 둑.

榮 꽃영(지붕의 가장자리. 끝이 들린 처마. 예문 : 직어동영直於東榮)

2) 선양線陽 : 실낱같은 양기. 음력 11월. 동짓달의 이칭.

踰月出嶺向鳳溪, 連次唐詩

월출령을 넘어 봉계[1]한테 가, 연속 당시를 차운하다   칠율 1수 416

小店人喧射雉歸	작은 주점 사람들 시끄러운데 꿩 쏘아 오고
竹杪帘綠酒香微	대나무 끝의 주막 기 푸르러 술 향기 은미하네
風砧驟似輕來箭	바람에 다듬이소리 빨라 가볍게 나는 화살 같고
凍碓遲於嬾上機	얼어붙은 방아는 느릿느릿 틀 위에서 도네
哓哓暮犬和山吠	저문 개가 기진되어 산에서 짖어대고

啄啄飢烏帶麥飛　　주린 까마귀 탁탁 쪼며 보리 가지고 날아가네
認得仙庄無十里　　신선의 별장은 십리 길 없음을 인식하며
丹光如月奪西暉　　둥근 빛이 달과 같아 저녁 노을을 빼앗았네

1) 봉계鳳溪 : 박봉계라는 이름으로 《매천전집》 1권 211쪽에 〈사월구일봉계박우
四月九日鳳溪朴友, 자군성백일장왕도견존自郡城白日場枉道見存〉이라는 칠율 1수
의 시가 있다. 이 시는 《역주매천황현시집》 중권 322쪽에 번역되었다.
驟 달릴취(빠르다)　　嬾 게으를란(귀찮다)　　哫 어린아이울강(울어 기진하다)

溪行到居然亭

냇가로 거닐며 거연정에 이르다　　칠율 2수 416

1수

喬木軒然曠野晴　　교목이 헌연하게 서 있고 광야는 맑게 개어
盤鴉欲動遠風生　　돈대의 까마귀 움직여 멀리 바람 일어나려 하네
淺深一定巖渦滿　　얕고 깊음이 일정해 바위에 소용돌이 가득치고
寬狹無常野路縈　　넓고 좁은 것 무상하여 들길에 얽혀있네
愛日如春終自別　　따뜻한 햇살 봄과도 같아 끝내 스스로 떠나고
寒雲欲雪未能成　　찬 구름 흰 눈 되고자 하나 아직 되지 않고 있네
荒林纏露茅亭角　　거친 숲에 겨우 모정 끝으로 이슬 맺히고
一丈梅花眼已明　　한 장 길이의 매화에 눈이 벌써 밝더라

軒 집헌(난간. 높이 오르다.)
헌연軒然 : 풍채가 좋고 의기가 당당함.   渦 소용돌이와(소용돌이치다)
애일愛日 : 사랑스러운 해, 곧 겨울 해. 시간을 아낌. 효양孝養.
繰 겨우재(한번 물들인 명주)

2수 416

浥浥溪亭石氣清	냇가 정자에 향기가 떠돌아 돌 기운이 맑고
脩脩村境竹林生	녹음 우거진 마을의 경계는 죽림에서 생기네
斧鎌齊集殘陽捲	도끼와 낫을 한데모아 석양 빛을 걷어가고
鷄鴨紛飛細水縈	닭오리 분분하게 날아 작은 물가에 엉켜있네
飮處放談醺已退	술 마신 곳에서 방담하여 취한 것 줄어들고
歸來緩步句初成	돌아옴에 천천히 걸어 연구가 처음 이뤄지네
主人晩覺儒冠悮	주인이 유자의 관이 잘못되었음을 늦게 알고
相對霜花滿鬢明	서리꽃을 상대하며 귀밑털이 가득 밝구나

浥 젖을읍(떠돌다. 감돌다.) 흐를압
읍읍浥浥 : 향기가 떠도는 일.   脩 날개찢어질소(떨어지다), 빠를유
소소脩脩 : 깃털이 상한 모양. 녹음이 우거짐. 비 오는 소리.
잔양殘陽 : 기울어져 가는 햇볕.
방담放談 : 거리낌 없이 말함. 생각나는 대로 말함.   悮 그릇할오(속이다)
상화霜花 : 꽃같이 고운 서릿발. 상화떡. 흰머리와 흰 수염.

信宿石西老人藥軒

석서노인 약헌에서 이틀을 자며   칠율 1수 417

盎盎溝流蘸凍天	봇도랑이 철철 넘쳐흐르고 하늘이 얼어 붙었는데
一旬霖雨送寒年	한 열흘 장맛비에 쓸쓸한 해를 보내노라
雙帆遠浦青魚入	쌍 돛단배는 멀리 포구에 있으며 청어 실고 오고
一犬荒籬白練懸	개 한 마리 거친 울밑에 있고 흰 명주 걸려있네
計拙重懷生長土	졸렬한 계획 거듭 생각하며 생장의 땅이 있어
來頻不設別離筵	자주오고 베풀지 않아도 이별의 잔치 있네
江湖昨夜春風動	강호[1]에 어젯밤 봄바람이 움직이더니
北鴈紛紛起我前	북쪽의 기러기 분분히 내 앞에서 일어나네

앙앙盎盎 : 철철 넘치는 모양.   盎 동이앙(성한 모양. 가득 차다.)

생장生長 : 나서 자람.   蘸 담글잠

1) 강호江湖 : 강과 호수. 세상. 시골. 은사가 사는 곳.

해설

위의 시와 같은 제목으로 칠율 1수의 시가 《매천전집》 1권 224쪽에 있으며, 이 시는 《역주매천황현시집》 중권 371쪽에 번역이 되어 있다. 결국 이 시는 위의 시를 합하여 칠율 2수로 된 시이다.

昇州東郭訪金廷厚未遇

승주 동곽에서 김정후를 찾아갔으나 만나지 못함　　칠율 1수 417

橋臥塘心作廣衢	눕혀진 다리 연못 복판으로 큰 거리를 만들고
郡東城外最東隅	군 동쪽 성 밖으로 가장 먼저 해 뜨는 곳 있네
雪封磵曲尋梅徑	냇가 굽이 눈 쌓인 곳에서 매화 핀 길 찾으며
灰冷松根煖酒爐	솔뿌리 식은 재에서 술 화로 따뜻하게 하네
子罕已知懷我璧	자한[1]은 이미 내가 옥 가지고 있음을 알았고
長房應是隱於壺	장방[2]은 응당 단지 속에 숨어 있었도다
臨門卽返山陰棹	문 앞으로 갔다가 도리어 산음으로 노 저어오며
留寫當年訪戴圖	당년에 대안도[3]를 찾아가 쓴 것을 남겼지

광구廣衢 : 넓은 길. 큰 거리 .

동우東隅 : 동쪽 구석. 해 뜨는 곳. 일의 시초.

회랭灰冷 : 재속에서 서서히 냉각시킴.

1) 자한子罕 : ① 춘추시대 송宋나라는 주무왕周武王이 주紂를 친 후에 미자微子 계啓를 봉한 제후국였다. 자한은 이 송나라 임금 평공平公의 신하 악희樂喜의 자로 사성司城 벼슬을 했으며, 현대부賢大夫였다. ②《논어論語》〈자한편子罕篇〉은 첫머리를 따서 편명으로 삼았음.

③ 자한사보子罕辭寶 :《좌씨양십오左氏襄十五》에 다음과 같이 기록되어 있다. "宋人得玉하여 獻諸司城子罕하니 子罕弗受라. 獻玉者曰, '以示玉人하니 玉人以爲寶라. 故獻之라.' 子罕曰, '我以不貪爲寶하고, 爾以玉爲寶라.' 若以之與我면 皆喪寶也하니, 不若人有其寶라."(송나라 사람이 옥을 얻어, 사성 벼슬하는 자한에게 옥을 드리니 자한이 받지 않았다. 옥을 바친 자가 말하기를 '옥인에게 보였더니 옥

인이 보물이라고 하였습니다. 그래서 이것을 바칩니다.' 자한이 말하기를 '나는 탐하지 않는 것을 보배로 여기고, 당신은 옥을 보물로 여깁니다. 만약 옥을 나에게 준다면, 모두 자신의 보물을 잃게 되니, 사람이 자신의 보물을 가지는 것이 더 낫습니다.'라 하였다.)

2) **장방長房** : ① 길고 큰 방 ② 조선시대 각 관청에서 서리들이 있던 방. ③ 옛날 중국에서 장방長房이 환경桓景이라는 사람을 찾아가 "오는 9월 9일 당신 집에 큰 재앙이 닥쳐올 것이므로 높은 곳에 올라가 국화 술을 마셔야 화를 면할 수 있다."라고 말했다. 환경은 장방이 일러준 대로 뒷산에 올라가 국화 술을 마시고 집에 돌아와 보니, 닭과 개, 소 등이 다 죽어 있었다. 이런 이유로 '중양연重陽宴' 이 생겨나게 되었다. 이로부터 음력 9월 9일 중양절重陽節에 높은 산에 올라가 국화주를 마시게 되었으며, 국화주를 '연명주延命酒' 또는 '불로장생주不老長生酒'라 하였다.

호중천壺中天 : 별천지. 선경. 한漢나라 선인 호공壺公이 하나의 항아리를 집으로 삼고 술을 즐기며 세속을 잊었다는 고사.

3) **대도戴圖** : 중국 진나라의 학자 대규戴逵. 자는 안도安道. 칠현금의 명수였고, 글과 서화에도 능하였다. 왕희지王羲之의 아들 왕휘지王徽之의 '산음승흥山陰乘興'의 고사에 나오는 인물.

人日杜韻

음력 정월 초이렛날[1] 두시를 차운함

칠율 1수 421

新年七日無佳日	새해 들어 칠일동안이나 즐거운 날 없더니
更把床頭曆日看	다시 책상머리에서 책력의 날수를 보노라
却怪野梅猶未發	도리어 야매가 피지 않고 있어 괴이하고
知應春雪不多寒	응당 춘설이 그리 춥지 않음을 알겠도다
勝金雖巧花羞戴	금을 능가해 꽃을 머리에 꽂기 부끄럽고
羹菜頗甘鋏忘彈	채소 국물 자못 달아 협을 타는 것[2] 잊었네
一事無成空暮齒	일 하나 이루어진 것 없이 헛되이 늙어가
歲時還復遣懷難	세시에 다시 돌아오니 회포를 펴기 어렵네

1) 인일人日 : 음력 정월 초이렛날. 특히 인일人日에는 밖에서 잠을 자지 않았다.
《동국세시기東國歲時記》에 의하면, 작고 둥근 거울 모양에 자루가 달리고 뒤에
신선이 새겨져 있는 동인승銅人勝을 각신閣臣 들에게 나누어주었으며, 또 인일제人
日製라는 과거를 성균관의 문묘나 대궐 안에서 실시하기도 하였다.
鋏 집게협(가위. 칼. 장검.)

2) 협탄鋏彈 : 전국시대 제齊나라 풍훤馮諼이 맹상군孟嘗君의 식객으로 있으면서
빈궁한 신세를 탄식하며 다음과 같이 노래하였다. 검劍의 협鋏을 타면서 "긴 칼아

돌아갈 지로다. 밥 먹을 제 생선도 없네."라고 하였다.(《사기史記》〈맹상군열전孟嘗君列傳〉)

모치暮齒 : 늘그막. 만년.

 해설

　매천 시 가운데 '정월 초이렛날'의 뜻을 가진 '인일人日'이라는 단어가 들어간 시로는 《매천전집》 1권 259쪽에 〈인일우열당사人日偶閱唐史〉라는 칠절 1수의 시가 있다. 이 시는 《역주매천황현시집》 하권 37쪽에 번역이 되어 있다.

> ## 元宵次澤堂集

대보름날 밤에 택당집[1]을 차운하다   칠율 1수 421

鬢絲無那日闌干	귀밑머리 없는데 어찌 해가 난간에 있느뇨
且喜新年一室安	또 새해가 즐거워 방에 있어도 편안하네
古俗想看燈市壯	옛 풍속에 시장 등불이 성했음을 상상해보고
春風剩入酒盃寬	봄바람에 술잔이 넉넉하게 넘쳐 오네
解儺野外羣聲久	들 밖에서 역귀 쫓으며 떼 지은 소리 오래나고
候月村前兩袖寒	마을 앞에서 달 기다려 두 소매 차가워라
一望燒田千派火	한번 바라보아 불사르는 밭 천 갈래로 타고
夜深疑是渡西灘	야심한 밤에 서쪽 여울 건너는 것 의심하네

원소元宵 : 대보름날 밤.

1) 《택당집澤堂集》: 조선시대 이식李植의 저서. 자는 여고汝固, 호는 택당澤堂 또는 남궁외사南宮外史. 이정구·신흠·장유와 더불어 한문4대가漢文四大家로 꼽혔으며, 이조판서를 지냈다.

빈사鬢絲 : 귀밑에 난 흰털.   闌 차면란(=문차門遮. 늦다. 드물다. 난간.)

난간闌干 : 손잡이(=欄干). 종횡으로 얽힘. 눈물이 많이 나옴. 눈시울.

闡 열천(넓게 퍼지다. 넓히다. 분명히 하다.)

剩 남을잉(그 위에. 더군다나.)   儺 역귀쫓을나

 ### 해설

  택당澤堂 이식李植(1584~1647)은 어려서 정읍井邑 고부에서 살았다. 광해군 때 문과에 급제하여 인조반정후 대사간에 올랐다. 삼전도 굴욕 후 척화파로 청에 잡혀갔다가 돌아오기도 하였다. 학문이 깊어 한문4대가로 불렸으며, 창강 김택영이 '여한9대가'로 추앙하기도 하였다.

  택당에 대해서 매천이 지은 시가 있다. 《역주매천황현시집》 중권 376쪽에 '이 세상에 지기가 있다면야 하늘 끝도 이웃에 있는 것과 같네--'의 〈운해내존지기천애약비린韻海內存知己天涯若比鄰--〉의 제1수에서, '澤堂文中虎(택당문중호) 택당은 글 잘하는 사람 가운데 호랑이'라고 표현하였고, 역시 《역주매천황현시집》 중권 414쪽 〈박호산문호朴壺山文鎬〉에서는, 박문호를 높여서 '峩峩麗澤堂(아아려택당) 높고 높은 고운 택당'이라고 비유하기도 하였다. 모두 1900년의 작품이다.

  위의 시는 1901년 매천의 나이 47세 때 지은 시이며, 같은 해 매천은 '원조에 택당의 운을 뽑음'의 〈원조념택당운元朝拈澤堂韻〉이라는 칠율 1수의 시를 짓기도 하였다. 이 시는 《역주매천황현시집》 중권 445쪽에 번역이 되어 있다.

月出嶺

월출령에서　　　　　　　　　　　　　　　　　　　칠율 2수 422

1수

山深難得辨西東	산이 깊어 동서 방위를 분별하기 어렵더니
谷轉有時微有風	골짜기 돌아 바람이 살살 이따금씩 불어오네
額手望人緣木末	이마에 손대고 나무 끝으로 사람을 바라보며
叫聲趂雉竄花叢	소리를 질러 꽃떨기 속에 숨은 꿩을 쫓네
單袍耐薄春猶早	홑 옷으로 봄이 오히려 빨라 가볍게 견디고
焦飯忘飢日正中	누룽지로 낮의 정오에 굶주림을 잊노라
穿險慣憑雙不借	험한데 다님이 습관 되어 둘이 다니지 않아도
阮狂何必恨途窮	미치광이 완적이 하필이면 갈 길이 막혔는가

목말木末 : 메밀가루. 가지 끝.　袍 핫옷포

조춘春 : 이른 봄. 천춘淺春.

초반焦飯 : 좁쌀을 뜸들인 후에 생기는 누룽지.

도궁途窮 : 길이 막힘.

2수 422

凍泥蹼陷認前冬	언 진흙탕 길에 빠진 지난 겨울을 인식하고
風僵黃茅凡蒜峯	바람이 누런 띠풀 쓰러뜨려 무릇 산봉에 오르네
一兩松稀青歷歷	한두 그루 소나무도 푸르름이 역력하고

高低澗落白重重	높고 낮게 떨어진 산골 물 흰색으로 층층졌네
烟通醝鹵來沿賈	안개 낀 염전을 통해 물 따라 장사치가 오고
雨近清明起峽農	비가 청명절 즈음에 와 산골 농사 일어나네
回首定知家不遠	머리 돌려 정작 집이 멀지 않았음을 알겠더니
鄉人多是路中逢	고향 사람들 여러 명을 길가에서 만나네

산봉蒜峯 : 마늘 봉.   중중重重 : 겹치는 모양. 깊이 생각함.

醝 소금차(진한 소금기)   鹵 소금로(개펄. 염밭.)

稠谷訪金生未遇

조곡에서 김생을 방문했으나 만나지 못함   칠율 1수 422

諸溪遠合綠成江	여러 냇물이 멀리서 합해져 푸른 강물 이루고
細草隨人渡野矼	애기 풀도 사람 따라 들녘의 다리를 건너네
村古新陳華表衆	옛 마을에는 새로 늘어선 망주석이 많고
屋閒開閉板扉雙	한가한 집에 여닫는 외짝 문 한 쌍이 있네
一叢花氣濡春服	한 떨기 꽃 기운이 있어 봄옷을 적시고
數吭書聲碎午窓	자주 글 읽는 소리 내며 한낮의 창문을 부수네
却笑吾行頻到此	문득 내 발길이 자주 여기에 옴을 비웃는데
竹根帖耳臥靑狵	대 뿌리에 귀 늘어뜨린 어린 개 누워있네

세초細草 : 애기 풀.　矼 짐검다리강(성실하다)

화표華表 : 묘 앞에 세우는 문. 망주석望柱石 따위.

판비板扉 : 외짝 문. 두 짝이면 판선板扇이라 함.　吭 목항(좁은 곳. 소리 내다.)

첩이帖耳 : 귀를 드리워 엎드림. 아첨해 가며 동정을 바람.　帖 문서첩(늘어뜨리다)

면수첩이俛首帖耳 : '귀를 드리워 엎드린다'는 뜻으로, 온순하게 맹종함.

還石峴

석현으로 돌아와서

칠율 1수 423

卯酒醺深過午支	해장술 먹고 깊이 취하여 한낮[1]을 지내고
逝絲纈眼一筇遲	실 같은 몽롱한 눈으로 천천히 지팡이 짚고 가네
野水多源新雨後	들녘의 물 수량이 많음은 비 새로 온 후이고
薄寒連日禁烟時	다소 쌀쌀한 날씨에 연일 담배를 끊을 때로다
倦遊次遠期頻爽	놀다 지쳐 다음번 멀리 기약함에 자주 상쾌하고
率意詩成語或奇	뜻에 따라 시 이뤄지고 말은 간혹 기이하네
頭雖未白蒼浪甚	머리가 희어지지 않았어도 쇠한 모습이 심해
擬插花枝便失宜	꽃가지 꺾어 비교하곤 곧 마땅함을 잃어버리네

묘주卯酒 : 아침에 마시는 술. 해장술.

1) 오우午支 : 십이지十二支가 나타내는 시간에서 오전 11시~낮 1시임.

纈 홀치기염색힐(비단무늬. 안화=어른어른 보이는 눈병.)

솔의率意 : 마음대로 하다. 성의를 다하다. 率 거느릴솔(솔직하다. 대강. 갑자기.)
창랑蒼浪 : 머리칼이 쇠한 모습. 푸르고 넓은 모양. 큰 바다의 물결.
실의失宜 : 마땅함을 잃음.

過浦村

포촌을 지나며

칠율 1수 423

格格水禽飛啄魚	물새는 '각각'하고 울며 고기 쪼며 날아가고
南風拍岸千潮初	남풍이 불어 많은 조수 처음으로 언덕을 치네
島山搖碧春帆亂	섬 산은 푸르름 흔들어 봄 돛단배 어지럽고
海日蒸黃土雨疎	바다에 뜬 해 누렇게 쪄 흙비가 드물어라
怪石成人疑玩世	괴석이 사람 되어 세상의 희롱을 의심하고
明沙曳杖悟行書	고은 모래밭에서 지팡이 끌어 행서임을 깨닫네
漁梁鹽竈眞堪隱	물고기 잡고 소금 만들어 진짜 은거할 만하고
擧手區分擬卜居	손을 들어 구분하며 살만한 곳을 가리노라

가가격격架架格格 : 새 우는 소리. 닭 우는 소리. 각각角角. 곡곡穀穀.
해일海日 : 바다 위에 돋는 해. 疎 성길소(트이다. 나누다. 멀어지다.)
행서行書 : 한자 서체의 하나.
어량漁梁 : 물고기를 잡는 장치. 통발 따위를 말함.
복거卜居 : 살만한 곳을 가려 정함.

午發廣湖

낮에 광호를 출발하다   칠율 1수 424

春深無物不驩虞	봄이 깊어가도 풍물 없어 즐겁지 못하더니
萬樹花薰衆鳥呼	모든 나무 꽃향기가 뭇 새들을 부르네
壞閘烟靑村鍤簇	부서진 수문 연기 푸르러 촌 가래 조릿대 있고
板橋柳綠岸帘孤	판교의 초록빛 버들 언덕의 주막 기 외로워라
身添晝倦行和睡	몸은 낮에 권태로움이 더해 길 가면서 잠자고
詩摺山晴寫可圖	시는 개인 산을 베껴 그림 그릴 만 하구나
一一漁舟蘆竹港	낱낱이 고깃배가 노죽[1]이 있는 항구에 있으며
居民淸曠似江湖	사람이 거주하는 맑은 들판이 강 호수 같네

환우驩虞 : 기뻐하고 즐거워함. 閘 물문갑

유록柳綠 : 봄날 버들잎의 빛깔처럼 노란빛을 띤 연한 녹색.

鍤 가래삽(농구의 한 가지. 바늘) 簇 조릿대족(화살촉) 摺 베낄탑

1) 노죽蘆竹 : 습지에 자라나는 갈대는 잎과 줄기가 대나무와 같다. 2월과 8월에
뿌리를 캐 볕에 말려 약으로 쓴다. 수로죽水蘆竹, 화잡죽禾雜竹, 위경葦莖, 포위
蒲葦라 한다. 한편 물 억새의 꽃을 적화荻花라 한다.

일일一一 : 하나하나. 낱낱이. 모조리.

玉谷市津

옥곡의 시장 나루에서

칠율 1수 424

野燒無痕綠漸齊	들녘이 불타 흔적 없더니 접점 일제히 푸르고
淸明寒食更萋萋	청명 한식이 되어 다시 초목이 무성해지네
水田科斗一時動	논에서는 올챙이가 일시에 다 움직이고
洲渚鶂鶄相對啼	물가에서 해오라기 상대하여 울고 있네
市舶阻風春糶賤	저자의 배 바람에 막혀도 춘조[1]로 값 내리고
漁簑擺雨暮蓬低	어부의 도롱이에 비 그쳐 저물녘 봉래아래 있네
路岐厭被韶光惱	갈림길에서 눈부신 밝은 빛이 싫어
又是飛花踏作泥	또다시 꽃잎이 날리는 진흙탕을 밟고 있네

萋 풀우거진모양처

처처萋萋 : 초목이 무성함. 구름이 흘러감. 힘을 다함. 옷 빛깔이 성함.

鶂 해오라기고   鶄 해오라기청

糶 쌀내어팔조   糴 쌀사들일적

1) 춘조春糶 : 봄에 나라에서 백성에게 환곡還穀을 꾸어 주던 일.

소광韶光 : 봄 빛. 춘광春光.   擺 열릴파(벌여놓다. 털어버리다.)

 해설

시 제목에 나오는 옥곡은 광양지역이다. 태종 이후의 조선 8도가 1895년 5월에 23부제로 바뀌지면서 광양현을 광양군이라 하였다. 광영동은 남원부南原府 관할의 광양군 옥곡면玉谷面이 되었다. 그 후 1896년 8월에 다

시 13도제가 실시되었지만, 그대로 광양군 옥곡면이 되었다.(《광양군지》, 1983년, 349쪽.)

酬宋生夏燮

송생 하섭과 수창하다   칠율 1수 424

---

　* 위의 시는 《매천전집》 3권 289쪽에 있으며, 《역주황매천시집》 속집 620쪽에 번역되어 있다.

曦西旅舍喜朴叟見過

희서 여관에서 박 노인이 지나가다 찾아주어 기뻐함   칠율 1수 425

麥凉浮郭送朝寒	찬 보리 성곽에 떠 있고 아침 추위 보내는데
逆旅相尋酒盞寬	여관에서 서로 찾으니 술잔이 크도다
顏蠋生涯眞狡獪	안촉[1]의 생애에는 진짜 교활함이 있었고
侯嬴須髮自闌干	후영[2]의 수염과 머리털은 어지럽게 흩어져 있네
燈前睹局連宵倦	등불 앞 판국을 보아 밤이 연속 권태롭고
花下眠床送日難	꽃 아래 평상에서 잠자 해를 보내기 어렵네
儘覺老人言有味	노인도 취미가 있다는 말 다 깨닫고서

歸家當作畫圖看 집으로 돌아와 마땅히 그림을 그려 보네

맥량麥凉 : 보리나 밀이 익을 무렵의 약간 서늘한 날씨. 叟 늙은이수

여사旅舍 : 여관旅館. 蠋 나비애벌레촉

1) 안촉顔蠋 : 전국시대 제齊나라 은사隱士. 벼슬하지 않고 숨어 살면서 늘 말하기를, "무사하게 지내는 것이 귀貴한 것과 맞먹고, 일찍 자는 것이 부富와 맞먹고, 천천히 걷는 것이 수레와 맞먹으며, 늦게 먹는 것이 고기 먹는 것과 맞먹는다."라 하였다. 수레를 타는 것보다 걷는 것이 낫다는 말은 출세나 명예를 얻는 것보다 죄 없이 청렴하게 사는 것이 더 낫다는 이야기이다. 이로부터 '안보당거安步當車'이라는 말이 생겼다.(《전국책全國策》〈제책齊策〉)

2) 후영侯嬴(?~BC257) : 전국시대 위魏나라의 은사. 집안이 가난해 나이 일흔 살에 위의 수도 대량大梁의 문지기가 되었는데, 위나라 안희왕의 이복 동생인 신릉군信陵君(=무기無忌)이 위인 됨을 알고 상객上客으로 삼았다.

진秦나라가 조趙나라를 포위하자 조나라가 위 왕과 신릉군에게 구원을 청했다. 위나라에서는 장군 진비晉鄙에게 10만의 군대를 주어 조나라를 구원하게 했지만, 진군하지 않았다. 후영이 신릉군에게 계책을 올려 위나라 왕의 총희寵姬 여희如姬를 통해 병부兵符를 입수하게 하였다. 그리고 주해朱亥를 천거해 진비를 죽이게 한 뒤, 직접 군대를 끌고 가서 조나라를 구하도록 했다. 그 때 후영이 신릉군에게 말하기를, "신은 늙어서 종군하지 못합니다. 날짜를 계산하여 공께서 진비의 군중에 이르는 날 북쪽을 향해 스스로 목을 찔러 자결하겠습니다."라고 했는데, 과연 그 날 후영이 자결하였다.

신릉군 무기는 그렇게 하여 진의 침입을 물리칠 수 있었다. 훗날 위나라 안희왕이 상장군으로 삼았지만, 진나라에서는 안희왕과 신릉군을 이간질하여 신릉군이 죽었고, 안희왕도 곧 죽어 진시황은 위를 멸망시켰다.(사마천司馬遷의 《사기열전史記列傳27》〈신릉군信陵君〉)

교쾌狡獪 : 간사하고 꾀가 많음. 狡 교활할교 獪 교활할쾌, 교활할회

睹 볼도

復至文星齋

다시 문성재에 오다　　　　　　　　　　　　　칠율 1수 425

不禁雙鬢日蕭蕭	귀밑털이 날마다 쓸쓸해져 금할 길 없었고
瘵病空齋暮復朝	빈 서재에서 아침저녁으로 체병이 되었네
霧樹低明籠海旭	안개 낀 나무 어슴프레하게 바다 해 농롱하고
井泉微上應晨潮	우물 샘에 새벽의 밀물이 조금 오르네
桃花結子村園靜	도화 꽃이 열매 맺어 마을 동산이 고요하고
麥雨成霖客路遙	보리 비가 장마 져 나그네길 아득하여라
尚是萍鄉饒舊識	오히려 이 타관 땅에서 옛 면식이 많아져
買魚買酒解相招	고기 사고 술을 사 서로 초대하여 회포를 푸네

체병滯病 : 음식이 소화되지 않은 증상.　瘵 나른할체(막히다)

籠 대그릇롱(새장. 전통箭筒 : 대로 만든 화살을 넣는 통. 뒤덮다.)

농롱籠籠 : 숨어 있음. 분명하지 않음.

평향萍鄉 : 조그만 고향. 부평초 같은 고향.

 해설

　위의 시와 같은 제목으로 칠율 1수의 시가 《매천전집》 1권 247쪽에 있으며, 이 시는 《역주매천황현시집》 중권 457쪽에 번역이 되어 있다. 이 시는 결국 위의 시를 합하여 칠율 2수로 된 시이다.

以暮春上旬還家

삼월 상순에 집으로 돌아옴

칠율 1수 426

半生湖海尙餘豪	반평생 호해에서 오히려 호기가 있었지만
笑倚春風撫鬢毛	웃고서 춘풍에 의지하며 귀밑털을 만지네
繞指漸應羞百鍊	손가락 둘러싸 점차 백번 단련[1]한게 부끄럽고
慕榮無復夢三刀	영광을 흠모하여 다시 없이 삼도를 꿈꾸네[2]
浮嵐乍捲江微白	뜬 남기 잠간 걷어가 강가 조금 흰 빛이고
落日盡沈山忽高	지는 해 모두가 침침해져 산이 홀연 높구나
借問雛雉何所戀	묻노니 산비둘기 깃들어 어느 곳을 연연 하는가
黃昏犖确不知勞	황혼녘에 돌길 험해도 수고로움 알지 못하네

모춘暮春 : 늦은 봄. 음력 3월을 말함.　羞 바칠수(드리다)

요지繞指 : 손가락에 두를 수 있음. 부드러워 유약함.

1) 백련百鍊 : 중국의 유명한 칼로 3대 보검의 하나.

2) 삼도지몽三刀之夢 : 출세할 길몽. '칼 세 자루의 꿈'이란 뜻으로 영전榮轉함. 진晉의 왕준王濬이 3개의 칼을 대들보에 걸어두었는데, 익주益州 지방관이 되었다는 고사가 있음.

차문借問 : 남에게 모르는 것을 물음. 상대자 없이 가정하여 물음.

雛 호도애추(산비둘기. 메추라기.)　犖 얼룩소락(명백하다. 밝다.)　确 자갈땅학

낙학犖确 : 험한 돌길.

雨中獨坐

빗속에 홀로 앉아서　　　　　　　　　　　칠율 1수 426

閉門半日雨如麻	문 닫고 반나절 있으려니 비가 삼처럼 오고
忽見江身掠岸斜	홀연히 강변 경사진 언덕으로 스쳐 감을 보네
綠入芭蕉初展葉	파초 잎 푸르러 막 잎이 피기 시작하였고
紅添芍藥半含花	작약은 붉음이 더해져 한창 꽃망을 져 있네
參差鷰影風簾捲	들쭉날쭉한 제비들 있고 바람에 주렴을 걸으며
咫尺鶯聲霧樹遮	지척에 꾀꼬리 소리 나고 안개가 숲을 차단하네
報道前溪高一尺	새 소식은 앞 냇가에서 한척이나 높이 있고
霎時埋却舊痕沙	삽시간에 옛 흔적이 도리어 모래펄에 묻혔네

반일半日 : 한나절.　掠 노략질할략(스쳐지나가다)

초전初展 : 막 잎이 펴지기 시작함.

함화含花 : 추위 때문에 꽃망울이 피지 못하고 떨어짐. 화망花亡.

보도報道 : 알리는 새로운 소식.

삽시간霎時間 : 매우 짧은 시간.

霎 흩어질삽, 번개칠잡, 빛날합, 빗소리읍

訪二山口呼

구호하며 유이산을 찾아가다

칠율 1수 426

老去衫袍尙戀靑	늙어가며 적삼 도포는 오히려 젊음이 그립고
羨君華髮日趨庭	그대의 센 머리털로 날마다 추정[1]함이 부럽네
朱陳嫁娶應添福	주씨 진씨가 시집 장가가 응당 복을 더하고[2]
羣紀兒孫自授經	무리의 기강으로 자손에게 경서를 가르치네
落絮正憐經雨見	떨어진 버들 솜이 가련하게 비 지나는 것 보며
流鶯稍異在春聽	날아가는 꾀꼬리 점점 달라져 봄 소리 듣네
高樓臥起皆山水	높은 누대에서 눕거나 서도 다 산과 물인데
何必宗生畫作屛	하필이면 종생[3]이 그림 병풍을 만들었는가

구호口呼 : 외침. 말로 부름.   衫 적삼삼   袍 핫옷포

화발華髮 : 하얗게 센 머리털. 노인.

1) 추정趨庭 : 아들이 어버이에게 가르침을 받는 것. 공자가 뜨락에 서 있을 때에 아들 백어伯魚가 종종걸음으로 지나가자 공자가 아들을 불러 세우고 시례詩禮를 배워야 한다고 가르쳤던 고사가 있다.(《논어論語》《계씨季氏》)

2) 주진朱陳 : ① 중국 서주徐州 고풍현古豊縣에 주진촌朱陳村이라는 마을이 있었다. 주씨와 진씨가 세거하는 집성촌으로 다른 성씨가 없기 때문에 두 성씨만이 혼인하였으며, 화목하였다. 오래된 집성촌으로 평화롭고 사이좋은 마을을 의미함. 앞서 '선오의 한과에 화운하다'의 〈화선오한과和善五限課〉의 15수 원문 392에 자세히 기록하였다.

3) 종생宗生 : 남조시대 송나라 종각宗愨을 말함. 화가였던 숙부 종병宗柄이 조카인 종각에게 장차 자라서 무엇이 될 것인가를 물었다. 종각이 말하기를, "긴 바람

을 타고 만 리의 물결을 부수는 것입니다.(원승장풍願乘長風, 파만리랑破萬里浪)"
라고 대답하였음.(《송서宋書》〈종각전宗慤傳〉)

次題趙氏覽輝齋

조씨의 '남휘재' 시를 차운하여 짓다   칠율 1수 427

一任旺風村口生   한번 맡긴 왕성한 바람이 마을 입구에 생기고
百年書屋又新成   백년 된 글방을 또다시 새롭게 신축하였네
遂令花樹照人遠   마침내 꽃나무가 사람을 비춰 멀리 있고
常有松燈終夜明   항상 관솔불이 밤새도록 밝혀져 있네
雪水通溪茶竈淨   눈 녹은 물 냇가로 통해 부엌의 찻물이 맑고
茅茨帶月紙砧鳴   띠집 지붕이 달빛을 두르고 다듬잇돌[1] 울리네
故家義塾皆知處   옛 집은 학교가 되어 다 장소를 아는데
洞外何煩問地名   마을 밖에서 어찌 번거롭게 지명을 묻느뇨

서옥書屋 : 글방.
설수雪水 : 눈 녹아 흐르는 물. 눈 섞인 물.
1) 지침紙砧 : 종이를 만들 때 눌러 놓는 다듬잇돌.
의숙義塾 : 의연금義捐金으로 세운 교육 기관.

六月初客昇州之隱城齋, 屬苦河魚, 浹辰宛轉. 塾師許君
東淑强余唱酬. 許家報恩亦客遊經歲

유월 초에 객은 승주의 은성재에 갔는데, 강가의 고기를 애써 부탁
하여 먹고 12일간이나 뒹굴었다. 숙사의 허군 동숙이 억지로 나에
게 수창하게 하였다. 허동숙의 집은 보은으로 역시 객은 해가 지나
도록 유람하였다

칠율 12수 427

* 위의 시와 거의 같은 제목으로《매천전집》1권 253쪽에 칠율 4수 · 오
율 7수시가 있다. 이 시들은《역주매천황현시집》중권 470쪽, 481쪽에 번
역 되어 있다.

1수 427

文丈山靑萬仞臺	문장산은 푸르르고 만길 높은 대 인데
桃花千樹石門開	도화 꽃 천 그루나 피어있고 석문은 열려어라
知應佳處君家住	응당 좋은 곳은 그대 집에 산다는 것 아는데
何事天涯歲暮來	무슨 일로 하늘가에서 세밑에 오는가
禽向豈曾非老境	금상[1]은 어찌 일찍이 늙바탕이 그릇 되었는가
江淮未必長文才	강회[2]는 반드시 문장의 재주 뛰어난 게 아니네
歸歟待我中峯月	돌아가리라, 중봉의 달빛이 나 기다리는 곳으로
甘露泉香乞一盃	감로천의 향기 나는 샘물 한 잔을 구걸하네

屬 무리속, 이을촉

협진浹辰 : 12일간. 협浹은 일주一周를 뜻하며, 진辰은 십이지를 뜻함.

완전宛轉 : 변화하는 일. 구르는 모양. 춤추는 모양.

경세經歲 : 해를 보냄.

노경老境 : 늙어버린 판.

向 향할향(구하다. 접때.), 성상(=姓. 나라이름. 땅이름.)

1) 금상禽向 : 후한의 상장向長이 자녀를 결혼시킨 뒤, 북해의 금경禽慶과 함께 오악의 명산을 돌아다니면서 하고 싶은 대로 살았던 고사.(《후한서後漢書》〈일민전逸民傳〉)

2) 강회江淮 : 당나라 장수 장순張巡이 안록산의 난이 일어났을 때 강회의 수양성을 수비하다가 전사하였음.

2수 428

浮瓜沈李感流年	오이 뜨고 오얏 담그며 흐르는 세월을 느끼고
容易初庚客裏天	쉽게도 초복이 와 길손은 하늘 가운데 있네
炎海望窮杜工部	불타는 바다에서 두공부1)를 끝없이 바라보며
微凉句好柳誠懸	서늘한 기운 속에 유성현2)의 시구가 좋구나
遠風碧樹蟬過水	먼 바람 푸른 나무에 매미는 물가를 지나가고
細草斜陽馬齕烟	가는 풀이 석양에 있고 말은 안개를 먹네
只爲故人靑眼在	다만 옛 사람을 위해 반가운 눈이 있으며
征驢久繫瘴江邊	가던 나귀 강변에 풍토병으로 오래 매어져 있네

초경初庚 : ① 초저녁. 저녁 7시와 9시 사이로 갑야甲夜라고도 함. ② 초복初伏.

1) 두공부杜工部 : 당 시인 두보杜甫(712〜770)를 말함. 자는 자미子美. 호는 소릉少陵. 시성詩聖 두보는 48세 이후 성도成都에 완화초당浣花草堂을 지어 생활했

으며, 이 무렵 절도사 엄무嚴武의 막료幕僚로서 공부원외랑工部員外郎의 관직을
지냈으므로 이로 인해 두공부杜工部라 불렸다.

미량微凉 : 조금 서늘함.

2) 유성현柳誠懸 : 유공권柳公權(778~865)을 말함. 자는 성현誠懸. 당 헌종 때
진사가 되어 비서성교서랑秘書省校書郎이 되었다. 해서에 힘써 안진경과 이름을
나란히 하여 '안근유골顔根柳骨'이라 불렸다. 문종文宗 연간에는 간의대부諫議大
夫를 거쳐 무종武宗 때는 하동군河東郡에 봉해졌으며, 나중에는 태자소사太子小
師까지 지냈다. 간언을 서슴지 않아 사람들로부터 존경을 받았으며, 유하동柳河東
또는 유간의柳諫議, 유소사柳小師라 불렸다.

염해炎海 : 남쪽 열대지방의 바다. 심한 더위.

원풍遠風 : 멀리 불어오는 깨끗한 바람.

세초細草 : 애기 풀.   齕 깨물흘(씹다)

3수 428

匏蔓離離鎖短扉	박 넝쿨 우거지고 작은 사립문이 닫혀 있으며
疎籬側畔掛農衣	성긴 울타리 옆 물가로 농부 옷이 걸려있네
有何期會蜻蜓集	잠자리들 모인 것은 어떤 정기적인 모임 있는가
猶自風光蛺蝶飛	오히려 스스로 풍광 있어 나비가 날아가네
久客病遲還復愈	오랫동안 손님은 병이 지지하다 또 다시 낫고
新交面熟未輕歸	새로 사귄 얼굴들 익어 쉽게 돌아가지 못하네
紫茄玉蜀家家美	자줏빛 가지와 옥 촉규화가 집집마다 아름답고
足把蓴塩愧陸機	풍족히 순채와 소금 있어 육기[1]에게 부끄럽네

이리離離 : 열매 등 가지가 드리워져 있음. 초목이 우거짐.

기회期會 : 정기 모임.

청연蜻蜓 : 잠자리. 蜻 귀뚜라미청   蜓 구부구불할연(그리마)

협접蛺蝶 : 나비. 나비목의 곤충 가운데 낮에 활동하는 무리.

茄 연줄기가(=荷. (식물)가지=가지茄子.)   籛 점대전

1) 육기陸機(261~303) : 중국 서진西晉 문학가. 자는 사형士衡·오군吳郡. 오의 개국공신 육손陸遜의 손자로 오나라가 멸망하고 난 뒤 숨어 살았다. 하지만 290년 에 수도인 낙양洛陽으로 가서 태학太學의 장長이 되었고, 진의 고위 관직에 올라 귀족이 되었으나 후에 황제를 폐하려던 정치 음모에 연루되어 처형되었다. 저서에 《문부文賦》《육사형집陸士衡集》이 있다.

4수와 5수, 428~429

위의 시는 《매천전집》 3권의 290쪽, 291쪽에 '더운 날 비속에 객이 조곡 에서 열흘이상 머물다'의 《서우객조곡겸순暑雨客稠谷兼旬》이라는 제목으로 되어 있다. 《역주황매천》 속집의 623쪽, 624쪽에 각각 번역이 되어 있다.

6수 429

捷屑跳虫度夜難	빠르게 부서지는 벌레 뛰는 밤은 지새기 어려워
多君巧思創成看	그대의 공묘한 생각 많아 처음 이뤄진 것 보네
身輕蓮葉龜毛綠	연잎에 몸이 가볍고 거북이 털 푸르르며
夢穩松稍鶴背寒	소나무 끝에 꿈 편안하고 학 등이 차갑네
仲擧莫勞懸榻敬	중거는 자리를 높이 달아 수고롭게 하지마라[1]
元龍詎是臥床安	원용이는 어찌 침상에 편안히 누워 잤는가[2]
何如共放浮家去	함께 배 타고 떠돌아다니는 생활이 어떠한가[3]
一席烟波遞下竿	한 자리 연파에도 장대를 아래로 놓아두네

창성創成 : 처음으로 이루어짐. 처음으로 이룸.

1) 중거仲擧 : 동한의 대신 진번陳蕃(?~168)의 자. 이응李膺, 왕창王暢과 함께
명망이 높았다. 횡포한 환관 세력에 반대하여 태학太學의 유생들로부터 존경을 받
아 '어떤 권력도 두려워하지 않은 진중거(不畏强禦陳仲擧)'라는 별칭을 얻었다. 후
에 외척 두무竇武와 모의하여 환관들을 주살하려고 했으나 실패하고 자신은 살해
되었다.

  서치徐稚(=서유자徐儒子)는 당시 향리에 은거하며 농사에 힘쓰고 덕행을 쌓아
사람들로부터 존경을 받았다. 예장태수로 부임한 진번이 이 서치를 초청하여 극진
히 대접했는데, 그때마다 진번은 특별히 평상을 만들어 두었다가 앉게 하고, 서치
가 간 다음 세워 벽에 세워 놓았다고 한다.

  어진사람을 극진히 대접할 때 진번이 서치에게 행한 일을 빌어 '진번하탑陳蕃下
榻'이라고 했으며, '서탑徐榻, 서유탑徐儒榻, 진탑陳榻, 진번탑陳蕃榻, 일탑괘벽一
榻掛壁'이란 모두 현인이나 귀한 손님을 맞이할 때 행하는 예의를 표하는 뜻으로
사용되었다.

  초당 4걸 왕발의 〈등왕각서〉에도 진번陳蕃에 대해 다음과 같이 읊었다. "物華天
寶(물화천보) 이곳 물산의 정화는 하늘이 내린 보배이니/ 龍光射牛斗之墟(용광사
우두지허) 용천검의 광채가 견우성과 북두성 사이를 쏘았고// 人傑地靈(인걸지령)
인물은 걸출하고 땅은 영기가 있어/ 徐儒下陳蕃之榻(서유하진번지탑) 서유자徐儒
子는 태수 진번이 내주는 평상에 앉았네"라 하였다.

현탑懸榻 : 손님이 앉던 평상을 매달아 둠.

2) 원룡고와元龍高臥 : 원룡은 진등陳登의 자. '원용이 높은 침상에 누워 있다'는
말로, 손님 대접이 소홀하다는 뜻. 동한 말 혼란기에 허사許汜라는 이름 있는 관
리가 진등에게 몸을 의탁하였다. 진등은 말도 하지 않고 자기는 큰 침상에서 자고,
허사에게는 아래 침상에 잠을 자게 하였다.(久不相與語, 自上大床臥, 使客臥下床)
그 이유는 혼란기에 자신의 안전만을 위해 원용을 찾아왔기 때문이었다. 원룡이의
이와 같은 행동에 대해 깨달음을 얻고, 허사는 훗날 유비를 도와 촉을 세우는데 공
헌하였다고 함.(《삼국지三國志》〈위지진등전魏志陳登傳〉)

3) 부가浮家 : ① 떠도는 집. ② 부가범택浮家泛宅은 배를 집으로 삼고 물결따라
정처 없이 사는 생활. 당나라 장지화張志和가 연파조도煙波釣徒로 자처하면서 부
가범택하는 생활을 즐겼던 고사가 있다.(《신당서新唐書 196권》)

연파烟波 : 자욱하게 낀 연기. 연기 끼어 멀리 희미하게 보이는 수면水面이나 파도.

7수 429

儘是淸風第八難	맑은 바람이 다 제팔 문으로 불어오기 어렵고
高城樹碧入遙看	높은 성의 푸르른 나무 멀리 보여 들어오네
蟢占浮世空花幻	갈거미는 부세함을 점쳐 공화[1]의 환상 있고
蜩化先天一氣寒	매미는 선천으로 태어나 한 기운 쓸쓸함 있네
小圃瓜忙連蒂摘	작은 채소밭의 오이 바빠 꽃받침 잇달아 따고
危籬匏大作窠安	가파른 울밑의 박이 커 보금자리 좋게 만들었네
我來旬日三庚半	내가 온 지 열흘이나 되고 삼복이 반되어
第二番生筍已竿	두 번째 난 죽순이 벌써 장대가 되었네

儘 다할진(조금. 멋대로.) 蟢 갈거미희 蜩 매미조
부세浮世 : 덧없는 세상.
1) 공화空花 : 눈앞에 불꽃같은 것이 어른거려 보임.
선천先天 : 병 등이 날 때부터 몸에 지니고 있음.
蒂 가시체(꽃받침)
삼경三庚 : 삼복三伏. 초복, 중복, 말복.

8수 430

| 暫雨來何急 | 잠깐 오는 비 어찌 급하게 오는가 |
| 餘雷斂却遲 | 천둥 친 나머지 거두어 천천히 멎네 |

386 역주 황매천 시집 후집

人凉似他日	사람이 쓸쓸한 것은 다른 날과 같고
稻長較俄時	벼가 자라나 잠시동안 비교가 되네
澗遠浮蟬殼	산골 물 멀리 매미의 허물이 떠가고
山青照鷺絲	산이 푸르러 백로가 비추이도다
催傾壺裏物	재촉하여 병 속의 물건이 기울고
擬續午前詩	비교하여 오전에 시를 연속 읊노라

타일他日 : 다른 날. 斂 거둘렴

선각蟬殼 : 매미의 허물.

노사鷺絲 : 백로. 鷺 해오라기로

9수 430

羨汝溪山地	그대가 냇가 산 땅에 살아 부러웠더니
全村聚族居	온 마을 친족들이 모여 사는 곳이로다
世平何事隱	세상이 화평한데 무슨 일로 숨어 사는가
農敏不拘書	농민들은 총명하여 책을 꺼리지 않네
柳外時調馬	버드나무 밖에서 때로 말을 조련하고
門前卽釣魚	문 앞에서 곧장 낚시를 하네
祗緣遊賞好	다만 노닐며 구경한다는 좋은 연유로
忘却返吾廬	망각하고 내 오두막집으로 돌아오네

시조時調 : 고려 말부터 발달해 온 우리나라 고유의 정형시의 한 형태. 평시조平時調, 사설시조辭說詩調, 엇시조詩調의 형태가 있음.

조마調馬 : 말을 타고 길들임. 말을 징발함.

유상遊賞 : 노닐며 구경함.

망각忘却 : 잊어버림.

10수 430

酒後雙蓬鬢	술 마신 후 두 귀밑털이 흐트러지고
天涯一草堂	하늘 물가로 한 집 초당이 있네
相逢俱老大	서로 만나 함께 두루 늙어 가고
高嘯足悲凉	높이 휘파람불어 족히 슬프고 쓸쓸하네
洗筆滄江綠	붓을 씻노라니 창강이 초록빛이고
盦棋白日長	바둑 상자에 밝은 해는 길기만 하네
已能了寒暑	이미 추위와 더위가 끝이 났는데
安事葛仙方	어쩐 일로 갈홍[1]의 비방이 있느뇨

비량悲凉 : 슬프고 쓸쓸함. 서글픔.

세필洗筆 : 붓을 깨끗이 씻음.

백일白日 : 밝은 해. 대낮.

한서寒暑 : 추위와 더위. 겨울과 여름.　盦 화장상자렴(궤짝)

1) 갈선옹葛仙翁 : 갈홍葛洪을 말함. 《박포자抱朴子》라는 저서가 있으며, 단약丹藥을 굽는 비밀스러운 방법을 제자 정은鄭隱에게 전해주었음.

11수 430

土鼓匏樽酒	질 장구[1]치며 동이 술을 바가지에 떠먹고
羣羣樹下遊	무리 짓고 떼 지어 나무 아래에서 노니네
農神當晝饗	농신제[2]는 마땅히 낮에 향음주 있는데
軍樂繞村留	군악소리 둘러싸 마을에 머물러 있네
漲落羔林洞	물 불어나 흩어진 양들은 숲속 동굴에 있고
天晴鷰子洲	하늘이 맑고 제비는 물가를 스치네
未歸驚節物	돌아오지 못하고 계절과 사물에 놀랍더니
今日是流頭	오늘이 유월 십오일 유두날[3]이로다

1) 토고土鼓 : 주周나라 시대 타악기의 하나. 흙을 구워 틀을 만들고 면은 가죽으로 하였으며, 풀을 묶어 만든 북채로 침. 부缶 같은 것. 질장구.
농신農神 : 농업을 다스리는 신. 전조田祖.

2) 농신제農神祭 : 용신제龍神祭. 유월 유두날 또는 칠월 칠석에 논가에서 용신에게 비를 내려 풍년이 들게 해 달라고 지내는 고사. 매천은 1895년 41세 때 장단 악부체로 〈제농신사祭農神辭〉를 쓰기도 하였다. 이 시는 《역주매천황현시집》 상권 301~305쪽까지 번역이 되어 있다.
군악軍樂 : 군대가 연주하는 음악. 饗 잔치할향(연회하다. 향음주하다.)

3) 유두流頭 : 음력 6월 15일을 유두날 또는 물맞이라고 함. '동류두목욕東流頭沐浴'이라는 말에서, 흐르는 물에 머리 감고 목욕을 한 뒤 유두 음식을 먹으면 여름에 더위를 타지 않는다고 한다. 이때쯤 햇과일이 나오므로 햇과일을 사당에 올리고 제사를 지내는 것을 '유두천신流頭薦新'이라고 한다. 남부지방에서는 이날 논밭에 나가 농사를 관장하는 '농신제農神祭'를 지내기도 하였다.

12수 430

自笑雲山客	스스로 웃으며 운산[1]의 객이 되었고
江南此倦遊	강남에서 이렇게 게을리 노니노라
屢因河朔飮	자주 하삭음[2]을 마심으로 인해
翻作賈胡留	뒤바뀌어 가호[3]처럼 머물러 있네
暝樹微過岸	어두운 숲에서 희미하게 언덕을 지나가고
孤村遠見洲	외로운 마을에서 멀리 물가를 보네
坐來凉意動	앉아서 쓸쓸히 생동한 뜻을 얻으니
晴月上欄頭	맑은 달이 난간 머리에 떠 있구나

1) 운산雲山 : 전남 광양에 있는 백운산白雲山을 말함. 매천은 광양 태생이었으며, 백운산 자락인 구례 간전면의 만수동에서 17년을 살았다.

屢 창루(광창光窓. 씨 뿌리는 수레.)

2) 하삭음河朔飮 : 후한後漢 말 유송劉松이 원소袁紹의 아들들과 하삭河朔에서 삼복三伏의 더위를 피하기 위하여 술을 마신 일에서, '피서避暑의 술잔치'를 말함.

3) 가호賈胡 : ① 서역상인. 《후한서後漢書》〈마원전馬援傳〉에, "옛날 복파장군伏波將軍이었던 마원이 서역西域의 상인처럼 한 곳에 이르면 문득 머물러 실리를 취했다."는 내용이 있다.

② 행신가호行身賈胡 : 서역의 장사치 가호가 보배 구슬을 감추기 위하여 제 배를 가르고 그 속에 넣었다는 고사.

명수暝樹 : 어두운 나무.

> 重陽訪西堂, 遂成信宿. 西堂倦遊三載, 適自湖西還家.

중양절에 유당을 방문하여 드디어 이틀을 잤다. 유당은 삼 년 동안 권태롭게 놀다가 마침 호서에서 집으로 돌아와 있었다 칠율 1수 431

窮廬風雨此相過	궁벽한 오두막 집 풍우에 이렇게 서로 지내다
白首要當忼慨歌	흰 머리는 마땅히 강개한 노래 필요하였네
幾日靑門怨楊柳	며칠 동안 청문[1]에서 양류를 원망하였고
千秋禿筆慰黃花	천추에 닳은 붓으로 황국화를 위로 하였네
夢中岐路貂裘盡	꿈속에 갈림 길이 있고 담비 옷도 다 닳아
海上光陰鷰影多	해상의 세월 속에 제비의 그림자 많도다
縱未登臨心自遠	비록 오르지 못했어도 마음은 스스로 멀어
高吟木葉洞庭波	크게 읊노라니 나무 잎에 동정호의 물결이네

권유倦遊 : 놀기에 지침.

궁려窮廬 : 허술하게 지은 집. 가난한 집.

1) 청문靑門 : 도성문都城門. 중국 한나라 장안長安의 동쪽 패성문霸城門이 청색이었으므로 청문이라 한 것에서 연유함. '진秦 소평邵平이 동릉후東陵侯로 있다가 진이 망하자 청문 부근에서 오이를 심고 지냈다.'는 고사가 있다. 동릉과東陵瓜 또는 청문과靑門瓜라 하였다.

독필禿筆 : 끝이 닳은 붓. 몽당붓. 자기 문장을 겸손하여 이르는 말.

초구貂裘 : 담비의 모피로 만든 갓옷.

기로岐路 : 여러 갈래로 갈린 길. 갈림길.

광음光陰 : 햇빛과 그늘. 낮과 밤. 시간이나 세월.

등림登臨 : 높은 곳에 오름. 등산임수登山臨水.

十月中過石峴, 夜坐次子行宋生

시월 중순에 석현을 지나가다, 밤에 앉아서 '자행송생'[1]을 차운하다

칠율 1수 431

雁山蒼翠漾寒流	안산은 푸른 비취색 차갑게 흘러가는 모양이고
屈指童年記釣遊	손꼽아 세며 어릴 때 낚시하며 논 걸 기억하네
美俗相誇村有學	좋은 풍속을 서로 자랑하며 마을에 학교 있고
荒年獨熟野無愁	흉년에 홀로 익어 들녘에 근심이 없구나
夜廚人語黃鷄粥	저녁에 부엌에서 누런 닭죽 끓이며 말소리 나고
客枕雨聲紅葉樓	객의 베갯머리 단풍 있는 누대에서 빗소리 듣네
甚矣吾衰行邁倦	나의 쇠함이 심하도다, 가는 길 게으르고
晡天一醉尚扶頭	해질 무렵 한번 취해 오히려 머리를 부축이네

1) 자행송생子行宋生 : 송생宋生은 송하섭宋夏燮을 말함. 매천시에 송생宋生에
대한 몇 편의 시가 있음.

굴지屈指 : 손가락 꼽아 헤아림.

동년童年 : 어린 나이.

조유釣遊 : 낚시질 하며 놂. 고향을 생각함.

황년荒年 : 흉년.

粥 죽죽, 된죽미, 팔육   晡 신시포(오후 4시전 후. 해질 무렵)

臘尾謝鄭淑明惠曆

연말에 정숙명 혜력에게 사례하다   칠절 2수 431

1수

諸老崢嶸彼一時   모두가 쇠해져서 일시에 한 해가 저물어가고
不書虜朔最堪悲   책 없이 초하룻날 잡아 가장 큰 슬픔 감당하네
海外今行光武曆   해외에선 지금 광무력[1]이 행해진다고 하는데
何人爲告放翁祠   어떤 사람이 방옹[2]의 사당에 고할 것인가

납미臘尾 : 년 말.

쟁영崢嶸 : 산이 가파름. 추위가 심함. 재주가 특출남. 세월이 쌓임. 한해가 저물어감.

1) 광무력光武曆 : 《승정원일기》 1895년 9월 9일조에 의하면, "태양력을 사용하여 개국 504년 11월 17일을 505년 1월 1일로 삼는다"라는 조칙을 내렸다. 조선에서는 다음해 1896년에는 건양建陽이라는 독자적인 연호를 사용했다.

그러나 매천은 그의 저서 《매천야록梅泉野錄》 건양 원년조에서, "나라에서 양력을 사용하라고 했지만 수천 년 동안 내려온 습관이 갑자기 변하기는 매우 어려웠다."라고 기록하였으며, 그런 만큼 양력으로 바꾸는 일은 쉽지 않았다.

2) 방옹放翁 : 송나라 시인 육유의 호.

2수 432

崇禎永曆己先人	명의 숭정 영력1)이 이미 선인들에게 있었고
鐵案儒家尚有傳	유가의 변치 않은 법칙이 오히려 전해져 왔네
若使尊周終不變	만약 주를 존중한다면 결국 변하지 않으련만
我家正朔屬誰邊	우리 집의 책력2)은 어느 쪽에 달려있는가

1) 숭정영력崇禎永曆 : 명明 마지막 황제 의종毅宗의 연호와 남명南明의 마지막 황제 소종昭宗의 연호. 1644년 이자성의 반란으로 명이 멸망한 후, 남명南明(1644~1662) 정권이 성립되었다. 주유랑朱由榔은 신종 만력제(1572~1620)의 손자였으며, 명나라 마지막 황제 의종 숭정제(1627~1644)의 사촌 동생이었다. 즉위 전 영명왕永明王의 지위에 있었으며, 남명 제4대 황제이자 마지막 황제였다. 묘호는 소종昭宗, 시호는 계왕桂王, 연호를 영력永曆(1625~1662)으로 하였다. 철안鐵案 : 변하지 않는 단안斷案.　朔 초하루삭(처음. 아침. 달력. 북녘.)

2) 정삭正朔 : 정월正月과 삭일朔日을 의미하는 말이었으나 그것으로 인해 '책력'을 뜻하게 되었음. 고대 중국에서는 창업하면 신력新曆을 반포하였다.

해설

　이 시를 이해하기 위해 우암 송시열을 중심으로 하는 조선 후기 사상을 이해하여야 한다. 송시열의 존주대의론尊周大義論에는 다음과 같은 정책이 있었다. 만동묘萬東廟는 1592년 왜란이 일어났을 때에 조선을 도와준 명明나라의 신종황제와 마지막 황제인 의종을 제사 지내기 위하여 세운 사당祠堂이다. 서인의 영수이며 노론의 대표였던 우암 송시열이 기사환국己巳換局으로 정읍井邑에서 사사된 이후로 그 제자 권상하와 민정중 등이 송시열을 제향하기 위해 1695년 충북 괴산군 청전면 화양리에 화양동 서원을 만들었다.

　또 송시열의 유명遺命으로 숙종 1704년에는 만동묘를 만들었다. 여진족이 세운 청나라에 의해 1644년 한족漢族의 명나라가 멸망이 되었지만, 서인들은 화이론華夷論의 입장에서 문화 민족인 명나라를 멸망하지 않은 것으로 생각하였다. 서인은 왜란 때 조선을 도와준 명나라 신종황제에 대한 의리를 끝까지 지키면서 존주대의론尊周大義論에 입각하여 청나라에 대한 북벌을 주장하였으며, 오히려 1636년 삼전도 굴욕을 당하기도 하였다. 연암 박지원과 박제가 등에 의해서 북학론北學論이 제기될 때까지 조선에서 청은 오랑캐 국가로 간주되었다.

뒤에 홍선 대원군이 집권하자 송시열을 제향하기 위해 만들어진 화양동 서원과 만동묘는 노론의 본거지로 지목되어 철폐되기도 하였다. 만동묘를 혁파하고 나서 명나라 황제의 신위神位는 북원北苑의 대보단大報壇(창덕궁 후원에 설치)으로 옮겨 봉안하였다.(임형택 외, ≪역주매천야록≫, 문학과 지성사, 2006, 상41쪽.)

조선에서는 숭정영력과 유가법칙이 전해져 왔다. 존주대의론이 변하지 않으련만 현실은 태양력을 쓰고 있다. 매천은 서구의 신력新曆을 사용해야 것인가, 말아야 할 것인가를 고민하고 있는 시이다.

黃田山中

황전산중에서 칠절 1수 432

溪流斷續白渦痕	시냇물이 연속 끊겨 흰 물보라의 흔적 있고
溪上枯株乳鵲喧	냇가 고목 그루터기에 어린 까치 조잘 되네
數戶藝麻人盡出	몇 집에서 삼 심으러 사람들이 다 나오고
深山猶是女紅村	깊은 산속은 오히려 길쌈하는 마을이로다

계류溪流 : 산골짜기에서 흐르는 시냇물.

渦 소용돌이와 藝 심을예 麻 삼마(참깨. 베옷. 삼으로 지은 상복喪服. 조칙.)

여홍女紅 : 길쌈. 피륙을 짜내는 모든 수공의 일.

次兒課

아이의 과제를 차운하다

칠율 1수 432

信覺山居險	진실로 산속의 생활 험하다는 걸 알아
家家石作墻	집집마다 돌담장을 만들었네
江鮮晴更美	강이 곱고 맑아 더욱 아름다운데
春服病餘凉	봄철에 입는 옷은 병 끝에 서늘해지네
柳嬾人和醉	늘어진 버드나무에 사람이 취해 있고
花深藥遜香	꽃 우거진 곳에 약이 향기를 따르네
樵歌時獨往	나무꾼이 노래하며 때로 혼자서 가고
溪路不嫌長	시냇가 가는 길이 길어도 싫지 않네

산거山居 : 산 속에서 삶 嬾 게으를란(엎드리다. 눕다.)

춘복春服 : 봄철에 입는 옷. 遜 겸손할손(사양하다. 따르다. 못하다.)

三月十二日作呂島. 行午抵竹淵高氏家

삼월 십이일 여도에서 짓다. 낮에 길을 감에 죽연의 고씨 집에 이르다

칠율 1수 432

竹裏茅茨處處亭	대숲에 띠로 인 집 있고 곳곳에 정자 있으며
澄江如練掛門庭	맑은 강물은 명주처럼 정원 문에 걸려있네
礪墻牛腈身全白	담장에 비벼대는 살찐 소는 몸이 온통 희고
掠水禽輕羽盡靑	물을 후려치는 잽싼 새는 깃털이 다 푸르네
古姓門衰終有守	옛 성씨와 쇠해진 문중을 끝까지 지켜 왔고
同鄕俗駮互爲聽	같은 고향 섞여진 풍속을 서로 들었도다
慇懃留醉今宵月	은근히 오늘 밤 달빛 있어 머물러 취함에
籬下漁舟待我停	울타리 아래 고깃배가 나의 멈춤을 기다리네

抵 막을저(당하다. 이르다. 겨루다.)
모자茅茨 : 지붕을 이는 짚. 모옥茅屋.　澄 맑을징　腈 살찔돌

踰槐唐嶺

괴당령을 넘으며

칠율 1수 433

山似葫蘆口	산은 호리병 같이 갈대 어귀에 있고

重重又作村　겹겹이 또 마을을 이루었네
花深微有路　꽃 깊은 곳에 희미하게 길이 있고
溪淺却無源　시냇물은 얕아 오히려 근원이 없네
暈日晴光小　햇무리 있어 맑은 빛이 작더니
乾風遠勢昏　마른 바람 불어 멀리 형세가 어둡네
松間孤店在　소나무 사이로 외롭게 주점 있어
寂寞爲敲門　적막한 마음으로 문을 두드리노라

葫 마늘호(호리병. 조롱박.)　暈 무리훈
건풍乾風 : 마른 바람. 서북풍.

江村訪趙國明

강촌의 조국명을 찾아가다　　　　　　칠율 1수 433

門前楊柳一行春　문 앞의 양류버들이 한 줄기 있는 봄날에
屋上松光遠更新　집 위로 솔 빛이 비춰 멀리 다시 새롭도다
約畧圖書開小塾　책이 대략 있는 작은 글방이 열려있고
周遭花石映前人　꽃과 돌로 들러싸 예전 사람을 비추네
課勤栽椄欣聞雨　부지런히 접붙여 심고 기뻐 빗소리 들으며
夢斷芬華爲障塵　꿈속에 화려함이 끊겨 속세를 가로 막네

難道世無求志士　세상에 지사를 구할 수 없다고 말하지 말게

如君嘉遯在遐濱　그대가 숨어 산다면 멀리 물가에 있으리라

약략約略 : 대략. 대개.　椄 접붙일접　芬 향기로울분

분화芬華 : 화려하게 단장함.

가둔嘉遯 : 아름답게 물러남. 세상을 피해 숨어 삶.

> ## 出島路中代設謫居近況, 寄慰養泉, 又託轉寄葵園智島謫中
>
> 섬을 나오는 도중에 귀양살이의 근황을 대신 설명하며, 양천을 위로
> 하여 보내고, 또 부탁하여 지도에 귀양중인 규원에게 전송하다
>
> 칠절 1수 434

* 위의 시는《매천전집》 1권 294쪽에 있으며, 이 시는《역주매천황현시
집》 하권 179쪽에 번역이 되어 있다.

> ## 踰毛施峴
>
> 모시현을 넘으며　　　　　　　　　　　　　칠율 1수 434

片石橋南小洞門　조각돌 다리 남쪽으로 작은 마을 문 있고

風光依約入桃源　풍광이 약속에 의해 도원으로 들어가네
團飛蝶引回回路　모인 나비들 날아와 돌고 돌아오는 길로
乍斷鶯啼歷歷村　잠간 꾀꼬리 울음 그쳐 역력히 촌이로다
春樹生津皆藥水　봄 나무들 나루터에 살아나고 다 약수 물인데
落花如雨摠詩魂　떨어진 꽃잎 흩어져 모두가 시 짓는 마음이네
平生不厭山行苦　평생 산행의 고통을 싫어하지 않았으니
到處尋常異境存　가는 곳마다 흔히 별다른 경치가 있네

雨 비우(흩어지는 모양의 비유)

여우如雨 : 비와 같다는 뜻으로, 수효가 많거나 흩어진 모양을 비유함.

회로回路 : 어디를 갔다가 돌아오는 길.

시혼詩魂 : 시를 짓는 마음.

이경異境 : 고향이 아닌 곳. 타향. 타국他國.

清和中旬訪酉堂于鳳泉菴信宿, 唱酬拈劉隧州

사월 중순에 봉천암에 있는 유당을 찾아가서 이틀을 자고, 수창하며
유수주[1]의 시를 뽑아 운하다　　　　　　　　　　칠율 1수 434

老去遊山興已闌　늙어감에 산에 노닐며 흥이 벌써 무르익었고
聞君棲息竭來看　그대 살아가며 보러오는 것 들었노라
寺深紅藥花初發　절간 깊어 붉은 작약 꽃이 처음으로 피어났고

病起黃梅雨乍寒	병석에 일어나니 황매가 비에 얼핏 한기 드네
敎授律嚴童孺苦	교수의 엄한 계율로 어린 아이들 괴롭고
居停事簡主僧安	머무는 집 일이 적어 주지 스님 평안하네
時人莫怪遼東帽	당시 사람들은 요동모[2]를 괴이쩍게 여기지 않았으니
自是淸風不是官	이로부터 맑은 기풍은 관가[3]가 아니었도다

1) 유수주劉隨州 : 당 시인 유장경劉長卿(725~791)을 말함. 자는 문방文房. 수주자사隨州刺史를 지내 유수주라 불렸으며, 오언시에 능해 오언장성五言長城이라 칭하였다.(《당서唐書》〈진계전秦系傳〉)

걸래竭來 : ① 이에. 발어사. 율래聿來. ② 어찌 오지 아니하느냐?

簡 대쪽간(글. 편지. 간략하다. 적다.) 蒻 구리때잎약(부들풀 싹. 꽃 밥.)

자시自是 : 자기의 의견만이 옳게 여김.

2) 요동모遼東帽 : 요동의 삿갓. 관녕管寧은 한나라 말기 학자로 조조의 난을 피해 요동에 살면서 검은 모자를 쓰고 책을 읽었다함. 문천상天祥(1236~1282)의 〈정기가正氣歌〉에, "或爲遼東帽(혹위료동모) 혹은 관녕의 요동모가 되어/ 淸操厲氷雪(청조려빙설) 그 맑은 절조는 얼음이나 눈보다 더하였네"라 하였다.

3) 관가官家 : "오제五帝는 천하를 관官으로 삼고, 삼왕三王은 천하를 가家로 삼았다."고 한데서 온 말로, 왕王을 가리키는 말임.

携西堂至普濟樓, 雨作因宿東寮, 次樓上原韻

유당과 함께 보제루에 갔는데, 비가 와 동료에서 숙박하며, 누대의
원운을 차운하다

칠율 1수 435

人臥人行廣室深	사람이 눕고 다닐 수 있는 넓은 집 깊이 있고
瓦溝飛瀑碎歸心	기와 낙숫물 폭포처럼 날려 돌아가는 맘 부수네
淋灘酒與諸僧醉	흥건히 술에 젖어 여러 승려들과 함께 취했고
拉疊衣成一架陰	걸어 쌓아논 옷 들어 시렁 하나 음지 되었네
無際霖雲尋北路	끝없이 장마 구름이 북쪽 길을 찾는데
不時山水犯前林	산천의 물이 불시에 앞의 숲속을 침범하네
詩如禪定偏宜靜	시는 참선과도 같으며 편벽되이 고요한데
却厭隣寮梵唄音	오히려 범패 소리에 인근 요사[1]가 싫어지네

와구瓦溝 : 기와 고랑의 홈통. 낙숫물 홈통.

淋 물뿌릴림   灘 물스며들이

산수山水 : 산과 물. 경치나 풍경. 산에서 흘러내리는 물. 산수화.

선정禪定 : 참선하여 삼매경에 이름.

1) 요사寮舍 : 중들이 거처하는 집.

 해설

　위의 시와 같은 제목으로 칠율 2수의 시가 《매천전집》 1권 267쪽에 있
으며, 이 시는 《역주매천황현시집》 하권 71~72쪽에 번역이 되어 있다.
이 시는 결국 위의 시를 합하여 칠율 3수로 된 시이다.

中夏山居卽事

중하[1]에 산에 살며 즉시 읊음   칠절 4수 435

1수

墙隙揮鎌斫細藤   담장 사이로 낫 휘둘러 작은 등덩굴 베니

花盆帶缺土沙崩   화분이 깨지고 토사가 무너져 내렸네

桐孫大有天然力   오동나무는 새끼를 쳐 천연의 힘이 있고

抉起西階砌石層   들추어 일어나 서쪽 계단 돌층계에 있네

鎌 낫겸   砌 섬돌체
1) 중하中夏 : 여름 중간. 중화中華(중국 사람이 자기 나라를 높여 부른 말).
즉사卽事 : 바로 당장에 보거나 듣거나 한 일.   抉 도려낼결(들추어내다. 파다.)

2수 435

曖曖茅簷欲暮天   침침한 초옥의 처마에 날 저물어 가고자 하고

匏花迷白逈依然   박꽃이 미혹하여 희게 의연히 빛나네

溯風却怪蚊聲退   맞바람이 불어 괴이하게 모깃소리 멀어지고

一道東隣爇草烟   길 하나 동쪽 이웃에서 풀 연기 사르네

애애曖曖 : 어둠침침함. 뉘엿뉘엿함.   匏 박포
소풍溯風 : 바람의 안고 감. 맞바람.
삭풍朔風 : 북풍. 겨울에 북쪽에서 불어오는 찬 바람.

3수 436

위의 시 칠절 1수는 《매천전집》 3권 206쪽에 있으며, 이 시는 《역주황
매천시집》 속집 376쪽에 번역이 되어 있다.

4수 436

亂石脩藤路不分	흩어진 돌에 마른 등나무 길 나눠지지 않고
十年於此謝塵紛	십 년 동안 이렇게 흙먼지 티끌로 물러났네
雨餘時復欣然笑	비온 끝에 때로 다시 흔연히 미소 지으며
滿屋蓬蓬生白雲	온 집안에 바람이 불고 흰 구름 일어나도다

脩 포수(마르다)　謝 사례할사(물러나다)
봉봉蓬蓬 : 바람이 세게 부는 모양.

六月中旬與小川訪酉堂于虹流洞

유월 중순에 소천과 함께 홍류동으로 유당을 방문하다

칠율 2수 436

1수

松外撝筇聞讀書	솔 밖에서 지팡이 짚으며 책 읽는 소릴 듣고
淸江一路到墳廬	맑은 강가 외길로 언덕의 오두막집에 이르네
主家移塾科條密	집 주인이 서당 옮겨 과제의 조목이 꼼꼼하고

客子能詩骨節踈   나그네는 시가 능해 골격이 거칠어지네
下渚魚鳴天雨後   물가 아래로 비 온 후에 물고기들 날뛰고
脩林螢起夜凉初   마른 숲 맑은 밤에 처음으로 반딧불 일어나네
老無實學慚雕篆   노인은 실학[1]이 없어 점차 전서나 조각[2]하고
空對高田話水車   헛되이 높은 밭을 대하며 물방아 이야기하네

揩 버틸지(괴다)   塾 글방숙(서당)
객자客子 : 나그네.
골절骨節 : 뼈마디.   鳴 울명(소리를 내다. 놀라다.)
踈 트일소(나누다. 드물다. 거칠다.)   脩 포수(마르다. 고기를 저미어 만든 반찬.)
1) 실학實學 : 실제로 소용되는 학문. 부국강병을 위해서 조선 후기에 나타난 사
회 개혁사상의 하나. 유형원, 이익, 정약용으로 이어지는 중농주의 실학(=경세치
용학파)과 유수원, 박지원, 박제가, 홍대용 등의 중상주의 실학(=이용후생학파)으
로 나눠진다.
雕 독수리조(새기다)   篆 전자전(도장)
조충雕蟲 : 세공을 함.
2) 조충전각雕蟲篆刻 : 전서를 조각하듯이 '문장의 자구를 수식함'

2수 436
風簾一角捲江明   바람 부는 주렴 모서리를 밝은 강 감아 말고
虛閣松凉岸幘輕   빈 누각 찬 소나무의 언덕 꼭대기 가벼워라
丙舍堪成河朔飲   묘막에서 하삭[1]에서의 음주가 뛰어났고
庚炎倒作剡溪行   삼복더위에 섬계[2]로 가는 것이 거꾸로 되었네

歲連未熟今應稔	결실이 계속 미숙하다 지금 곡식이 익을 때
雨偶無多不是晴	비가 우연히 많은 것도 없고 개이지도 않네
暑劑慣從鄕藥効	습관으로 피서 약 지어 담방 약의 효과 있고
緣山採掇記新名	산채 나물 채취로 인해 새 이름을 기록하네

병사丙舍 : 묘막墓幕.   幘 건책(머리띠. 꼭대기.)

1) 하삭음河朔飮 : 하삭河朔은 황하 이북의 땅을 말함. 후한 말 유송劉松이 원소袁紹의 아들들과 하삭에서 삼복더위를 피하기 위해 술을 마신 고사에서, '피서避暑의 주연酒宴'을 이르는 말.   경염庚炎 : 불꽃같은 삼복더위.

2) 섬계剡溪 : 중국 절강성浙江城에 있는 조아강曹娥江 상류. 진晉 왕자유王子猷가 설월雪月의 밤에 섬계로 대안도戴安道를 찾아갔는데, 흥이 다해 대안도를 만나지 않고 돌아왔다는 고사.

서제暑劑 : 더위로 생긴 병을 치료하는 데 쓰는 약제.

掇 주울철(따다. 채취하다. 선택하다.)

祥兒課日製五律戲和其作

상아와 날마다 오율을 지어 놀이하며 그 작품에 화답함

오율 5수 437

---

 * 위의 시와 같은 제목으로 《매천전집》 3권 270쪽에 오율 4수의 시가 있으며, 이 시는 《역주황매천시집》 속집 574~576쪽에 번역이 되어 있다. 위의 시 오율 5수 가운데 1수는 576쪽의 제4수로, 3수는 575쪽의 제2수로, 5수는 574의 제1수로 각각 번역이 되어 있다. 따라서 본고는 중복되지 않

은 2수와 4수만 번역하였다.

또 '상아와 날마다 오율을 지으며 놀이하고, 그 작품에 화운하다'의 〈상아과일제오율희화기작祥兒課日製五律戲和其作〉이라는 제목으로 《매천전집》 3권 206쪽에 오율 3수의 시가 있으며, 이 시는 《역주황매천시집》 속집 377~379쪽에 번역이 되어 있다. 하지만 위의 시와는 다르다.

그리고 《매천전집》 1권 288쪽에도 '상아에게 날마다 운자를 불러 주다'의 〈명상아과일호운命祥兒課日呼韻〉이라는 제목으로 칠율 3수의 시가 있으며, 이 시는 《역주매천황현시집》 하권 159~161쪽에 번역이 되어 있다. 결국 상아와 관계되는 매천의 시로는 오언율시는 9수이고, 칠언율시는 3수가 된 셈이다.

2수 437

莫笑山居陋	산에 사는 거처가 누추하다고 비웃지 말라
開窓納遠郊	창을 열어젖히면 멀리 들판이 들어온다네
晚榴重吐夢	철 늦은 석류는 더욱 꽃망울을 토하고
新竹不禁梢	새 죽순은 장대가 되는 것을 꺼리지 않네
夕日流蛛網	석양에 거미가 줄 망으로 돌아다니고
秋風入鷰巢	가을 바람에 제비는 보금자리로 들어가네
坐憑南郭几	남곽의 자기가 얕은 탁자에 기대고 앉아[1]
聊與托神交	더불어 정신적인 사귐을 의탁하노라

---

1) 남곽궤南郭几 : 은자의 안석案席을 말함. 《장자莊子》〈제물론齊物論〉 첫 부분에 다음과 같은 내용이 있다. "남곽자기南郭子綦는 은궤이좌隱几而坐라.(남곽의

자기는 얕은 탁자에 앉았다.) 앙천이허仰天而嘘하니 답언사상기우苔焉似喪其耦라.(하늘을 쳐다보고 한숨을 쉬니 그는 실신한 사람같이 보였다.)"라 하였다.

　이어진 내용을 보면, 그 옆에 섰던 안성자유가 말하기를, "무엇을 생각하기에 그대의 몸은 마른 나무 같고, 그대의 마음은 타다 남은 숯 덩어리 같은가? 지금 얕은 탁자에 기대고 있는 이는 조금 전에 앉았던 그 사람이 아니다."라 하니, 자기가 대답하여, "그대의 묻는 말은 정반대이다. 오늘 나는 내 몸을 잃었다. 알아듣겠는가? 아마 그대는 사람의 음악을 듣되 땅의 음악은 못 듣는 것이요, 설사 땅의 음악을 듣는다 해도 하늘의 음악은 듣지 못한 것이다."라 하였다.(김동성 역, 《장자莊子》, 을유문화사, 1972, 29쪽)
신교神交 : 정신적으로 사귐.　梢 나무끝초(꼬리. 장대. 막대기.)

4수 437

神遊窮八極	정신적인 교유는 팔극[1]을 다하고
難道守虛堂	빈 집만 지킨다고 말하지 마오
供客收溪芼	손님을 접대하며 냇가의 우거진 풀 걷고
談詩慰野芳	시를 담론하며 들꽃 향기 위로하네
經鋤分作課	호미로 작업하는 일을 나누며
蔬果錯成行	채소와 과일 일을 함에 섞어서 하네
未罷松陰夢	소나무 그늘에서 꿈 깨지 않았는데
東峰已夕陽	동쪽 봉우리 벌써 석양이 되었어라

1) 팔극八極 : 여덟 방위의 너른 범위. 온 세상. 팔굉八紘. 팔황八荒.
芼 풀우거질모　供 이바지할공(말하다. 공손하다. 바치다.)

> ## 讀字洞訪許東淑未遇, 用前韻却寄. 時東淑讀書泰安寺.

독자동으로 허동숙을 찾아갔으나 만나지 못하고, 앞 운을 사용하여
오히려 보냈다. 이때 동숙이 태안사[1]에서 독서하였다.

칠율 1수 438

匏葉颼颼巷戶晴	박 잎에 바람소리 나고 문밖의 거리 맑은데
夕江風急下簾輕	저녁 강바람 급히 불어 주렴을 가볍게 내리네
村深夜火低生稻	마을 깊이 밤 등불 벼논에 나지막이 생기고
草冷秋虫又變聲	풀밭의 찬 가을벌레 소리 또 변하였네
何處與君遊碧落	어느 곳에서 그대와 함께 푸른 하늘에 노닐까
偶然爲客宿靑城	우연히 나그네 되어 청성에서 잠자노라
凉天賸有南翔雁	서늘한 날에 남으로 날아가는 기러기 보내니
應使閨人恨不情	응당 규방 사람들은 한스럽게 정이 아니네

1) 태안사泰安寺 : 전남 곡성군 죽곡면 동리산에 있는 절로, 원이름은 대안사大安
寺. 나말여초 구산선문중의 하나인 동리산의 본찰이었음. 신라 흥덕왕 때 혜철 선
사가 창건하였다. 852년에 건립된 혜철선사의 부도 '적인선사조륜청정탑寂忍禪師
照輪淸淨塔'은 보물 제273호임.
야화夜火 : 밤에 태우는 불. 颼 바람소리수
벽락碧落 : 벽공碧空. 푸른 하늘.
청성靑城 : 사천성 성도 관현灌縣 일대. 중국 도교 발상지로 산세가 그윽하며 많
은 도교 문화재가 산재해 있다.
賸 남을승(보내다) 縢 보낼잉(전송하다) 翔 날상(빙빙 돌아날다. 돌아보다.)

鴨綠津

압록진[1]에서   칠율 2수 438

1수

燈江一望綺霞收	강가의 등불 한번 바라보니 비단 노을 그치고
樹樹晴曉露葉流	초목마다 비개인 아침 이슬이 나뭇잎에 흐르네
僻路津船留不涉	후미진 길가 나룻배는 머물러 건너가지 못하고
潦年沙蹟換多洲	장마든 해 사구의 흔적은 많은 모래톱을 바꾸네
西風鬢髮丹藜倦	서풍에 귀밑머리 붉은 명아주 지팡이가 싫고
南道山川白鴈秋	남도의 산천은 흰 기러기가 날아 올 때로다[2]
鼓枻東邊歌漸遠	뱃전 두드리며 동쪽으로 노래해 점점 멀어지고
自涯回首更新愁	절로 물가에서 머리 돌려 더욱 다시 근심스럽네

1) 압록진鴨綠津 : 남원부南原府 유곡楡谷의 경계에 있다. 지리산 서북쪽 골짜기의 물들이 남원을 지나 순자진으로 들어가고, 그 하류 곡성으로 들어가서 압록진鴨綠津이 된다.

사적沙蹟 : 모래 벌.   潦 큰비료(장마)   藜 명아주려

단려丹藜 : 붉은 명아주로 만든 지팡이.

2) 백로白露 : 24절기의 하나로 양력 9월 7일, 8일경임. 이슬이 내리기 시작하며, 기러가 날아오고, 제비가 돌아가는 시기임.

고예鼓枻 : 예枻는 노, 상앗대, 여기서는 뱃전의 뜻.   枻 노예

2수 439

梁笱灘灘水盡收	다리 밑의 통발이 여울에 있고 물 다해 거두고
漁舟一任漾寒流	고깃배 한번 맡겨 흔들려 한데로 흘러가네
清楓樹老諳前渡	맑은 단풍나무 늙어 예전에 물 건넘을 기억하고
白鷺亭頹問故洲	백로는 정자가 무너져 옛날의 모래톱을 묻네
陌上人稀初向午	두렁 위의 사람들 드물어져 처음 한낮을 향하고
峽中天小不多秋	협곡의 하늘이 작아 그다지 가을빛이 많지 않네
時花候鳥元無與	때로는 꽃 피어도 철새는 원래 주는 것이 없고
纔入商量便是愁	겨우 헤아려 생각해 보면 곧 근심스러워지네

笋 죽순순 笱 통발구 漾 출렁거릴양 諳 욀암(기억하다.)
후조候鳥 : 철새.
상량商量 : 헤아려 생각함.

發鶴浦至糖山津

학포를 출발하여 당산진에 이름　　　칠절 4수 439

1수

腿瘢如瓦額沾泥	넓적다리 자국은 방패 같고 이마에 진흙 더해
魋魋相携採絡蹄	비틀거리며 손에 들고 낙지를 캐네
鬼朴一番漁稅過	귀박[1]이가 한번 와 어부의 세금이 넘쳐나고

村烟蕭瑟午鷄啼　　마을의 연기는 으스스하여 낮닭이 울어대네

腿 넓적다리퇴(정강이)　瘢 흉터반　沾 더할첨
絡 헌솜락(명주. 두르다. 묶다. 그물.)　蹄 굽제(짐승의 발굽. 밟다.)
낙제絡蹄 : 문어.　勉 비틀거릴개
1) 귀박鬼朴 : 귀신이 될 재료. 당나라 측천무후則天武后가 혹리酷吏를 임용하여
종실宗室, 귀척貴戚, 대신大臣 들을 많이 죽였다. 매번 관원이 제거될 때마다 관
비官婢들이 몰래 서로 말하기를, '귀박이가 또 왔다'라고 말하였다는 고사.

2수 439

如絲野路豆田隈　　실 같은 들길이 콩 밭 모퉁이에 나있고
次第村筐趁午回　　차례로 촌 광주리 가지고 낮에 돌아오네
日晚草棉花更發　　해 저물어 풀 속에 목화가 다시 피어있고
馬兒風緊送潮來　　마파람이 세게 불어 조수를 보내오네

마아馬兒 : 마파람. 남쪽에서 부는 바람으로 비를 동반함.

3수 439

彤霞散盡雁蕭蕭　　붉은 노을이 다 흩어져 기러기 쓸쓸히 날고
南浦秋聲正落潮　　남포의 가을소리 마침 조수가 떨어질 때로다
泊我扁舟何處月　　내 일엽편주를 정박하노니 어느 곳의 달이런가
千峯黃葉兩江橋　　천 봉우리 누런 잎이 두 강가 다리에 있네

彤 붉을동   泊 배댈박

4수 440

香農居士已黃塵　향농거사[1]는 이미 누런 티끌 속에 있고
話雨巴山白髮新　파산에서 친구들과 담소하니[2] 백발이 새로워라
二十年來重渡海　이십 년 이래로 거듭 바다를 건너가며
天涯知己有何人　하늘 물가에서 알아주는 자 어떤 사람이런가

▌*申香農往癸未謫荏子島.　余嘗訪之,　今入智島,　卽往荏島路
也.　俯仰今昔不勝山河之感

신향농은 계미년에 임자도[3]로 적거하였다. 내가 일찍이 임자도를 찾아
갔는데, 지금 지도에 들어가 본 즉 임자도 가는 길이었다. 금일과 옛날
을 굽어보고 우러러 보아 산하의 감격을 이기지 못하였다.

1) 향농거사香農居士 : 신정희(1833~1895)의 호. 무과에 급제하여 포도대장, 어
영대장을 거쳐 1881년 형조판서를 지냈다. 그해 임오군란이 일어나자 장어대장壯
禦大將직에 있었던 향농도 책임을 지고 전라남도 임자도에 유배되었다. 매천은 이
때 임자도로 찾아가 향농을 위로하였다. 그 후 1883년 고향으로 방축되었다.
　1894년 7월 당시 내무독판 신정희에 의해 노인정회담을 거쳐 갑오개혁이 이루
어졌다.
2) 화우話雨 : 친구들이 모여서 담소談笑함. 당나라 이상은李商隱 의 〈야우기북夜
雨寄北〉시에, '何當共剪西窓燭(하당공전서창촉) 어떻게 하면 서쪽 창가 등불 심지
를 우리 함께 돋우면서/ 却話巴山夜雨時(각화파산야우시) 파산에서 듣던 그 빗소
리 이야기를 해 볼 것인가'라는 내용이 있음.
3) 임자도荏子島 : 전라남도 신안군에 있는 섬.

🖋 해설

  위의 시 〈발학포지당산진發鶴浦至糖山津〉과 같은 제목으로 칠절 7수의 시가 《매천전집》 1권 272쪽에 있으며, 《역주매천황현시집》 하권 91~95쪽에 번역이 되어 있다. 이 시는 결국 위의 시를 합하여 모두 칠율 11수로 된 시이다.

> **重陽明日出島, 雲養餞余至糖津, 旣渡以別路, 雲初起離亭葉正飛, 分韻賦五古十章擬呈**

중양일 다음날 섬을 나오는데, 운양이 당진에 이르러 나에게 환송식을 베풀어 주었다. 이미 다른 길로 물을 건넜고, 이별하는 정자에 구름이 처음으로 일어나고 나뭇잎이 마침 날렸다. 운을 나누어 오언고시 십장을 읊고 비교하며 증정하였다   오율 10수 440

  * 위의 시는 《매천전집》 3권 264~266쪽에 있으며, 《역주황매천시집》 속집의 552~562쪽에 번역이 되어 있다. 운양은 김윤식金允植(1835~1922)을 말한다. 1895년 을미사변으로 명성황후가 시해되자 이를 방관했다는 이유로 탄핵되어 제주로 종신 유배되었는데, 1901년 신축년 6월에 다시 지도로 옮겨졌다. 매천의 나이 47세 때 지도의 적소로 운양을 찾아가 위로하였으며, 이 시는 운양과 헤어질 때 지은 시이다.

  그 뒤로 운양 김윤식은 1907년 일진회의 간청으로 풀려났으며, 한일합병 조약 이후로 중추원 부의장이 되었고, 자작의 작위를 받기도 하였다. 하지만 1919년 3.1운동 이후로 독립청원서를 작성하여 작위를 발탈 당하였다.

光州道中

광주 가는 길에

칠율 1수 442

瑞石山南四望空	서석동 산 남쪽으로 사방을 보아 비어 있고
秋雲鳥沒碧濛濛	가을 구름 속으로 새 숨어 푸르름 흐릿하네
天低江海交流處	하늘이 낮아 강과 바다가 교차되어 흐르는 곳
日永光羅大野中	해가 길게 광주 나주가 큰 벌판 속에 있네
魚稻無邊治世樂	물고기 벼가 끝없이 세상 다스리는 즐거움 있고
琴書成聚昔賢風	거문고 서책이 모여 현인의 옛 풍류가 있네
昇平民物猶凋瘵	승평 백성들의 풍물은 오히려 시들고 지쳐
安得龔黃十數公	어찌 공과 황[1]이 수십 명의 공을 얻었겠는가

사망四望 : 사방을 바라봄. 조망함.

석현昔賢 : 지난날에 살았던 덕행이 뛰어나고 어진 사람.

瘵 앓을채(지치다)

1) 공황龔黃 : 중국 한나라 때 순리循吏인 발해태수 공수龔遂와 영천태수 황패黃霸를 말함. 주희朱熹의 스승이었던 병산屛山 류자휘劉子翬의 시에, "治民漢許龔黃最(치민한허공황최) 백성 다스리기론 한나라 공황이 최고라네"라고 하였다.

冬初過酉堂旅館

초겨울에 유당의 여관을 지나며   칠율 2수 442

1수

籬落昏黃已沒暉　　울타리는 황혼녘에 이미 빛이 없어졌고

村喧不絶市人歸　　마을은 왁자지껄 끊임없이 상인들 돌아오네

農隣耞畢遲炊飯　　이웃 농가 도리깨질 끝나 느지막 밥을 짓고

水北燈生早搗衣　　물 북쪽으로 등불 생겨 일찍 옷 다듬이질하네

連日晝暄霜倍厚　　연일 낮이 따뜻하나 서리 더욱 질게 내리고

今宵星朗樹全稀　　오늘 밤 별이 밝아 나무가 온전히 드물도다

夢魂可使成蝴蝶　　꿈속의 혼백이 호접지몽[1]이 되어

只在菊花深處飛　　다만 국화 피어 깊은 곳에 날리고 있네

이락籬落 : 울타리.　喧 의젓할훤(울음을 그치지 않다)

취반炊飯 : 밥을 지음.

暄 따뜻할훤　朗 밝을랑(환하다)

호접蝴蝶 : 나비목에 딸린 곤충의 무리.

1) 호접몽胡蝶夢 : 나비에 관한 꿈. 인생의 덧없음. 중국의 장자莊子가 꿈에 나비
가 되어 즐겁게 놀았다는 고사에서 유래하며, 호접지몽胡蝶之夢.

2수 443

窓影紛紛短景流　　창가의 그림자 뒤숭숭한데 짧은 햇빛 흐르고

欲行旋止便淹留	돌이켜 감을 그치고자하며 곧 오래 머무르네
小樓堪把長康筆	작은 누대에서 장강필[1]을 감당하여 잡으며
衆具均排魯望舟	여러 도구로 노망[2]이의 배를 고루 갖추네
酒熟魚香諸客倦	술 익고 고기 향이 있어 모든 객들 게으르고
鷄鳴犬吠一村幽	닭 울고 개 짖는 마을 하나 깊이 있구나
鄕園但得長如此	고향 동산에서 단지 이와 같이 오래 있어
不必名山作遠遊	반드시 명산에서 멀리 노닒이 필요치 않네

엄류淹留 : 오래 머무름. 淹 담글엄(적시다)

1) 장강필長康筆 : 동진東晉의 화가 고개지顧愷之(344?~406?)의 붓. 자는 장강長康·호두虎頭. 강남 명문 호족 출신으로 초상화와 옛 인물을 잘 그려 중국회화사상 인물화의 최고봉으로 일컬어진다. 364년 건강建康(=남경南京)에 있는 와관사瓦官寺 벽면에 유마상維摩像을 그렸으며, 작품에 여사잠도女史箴圖가 유명함.

균배均排 : 균등하게 안배함. 고르게 나눔.

2) 노망魯望 : 만당晚唐의 시인 육구몽陸龜蒙(?~881)의 자. 호는 천수자天隨子 또는 보리선생甫里先生. 피일휴皮日休와 서로 주고받은 화답시가 유명하다. 육구몽과 피일휴는 낚시 친구뿐만 아니라 술 친구, 시문 친구, 음다飮茶 친구였다.

   《당서唐書》〈육구몽전陸龜蒙傳〉에 다음과 같은 내용이 있다. "배에 올라 봉창을 설치하고 자리에 묵은 책을 놓고, 차 화로와 붓걸이, 낚시도구를 설치하고 다녔다. 당시에 강호산인江湖散人이라 불렀다.(升舟設篷, 席賫束書, 茶灶筆床, 釣具往來. 時謂江湖散人.)"

走筆分韻. 遙知獨酌罷, 醉臥松下石, 寄李松石憲秀

붓을 휘둘러 분운하였다. 아득히 홀로 술 마시는 것을 끝내고, 취하여 소나무 아래 바위에 누워 있다가 이송석 헌수에게 부치다

5율 10수 443

1수

醉石陶元亮　　도원량이 취해 자는 돌[1]이 있고

醒石李文饒　　이문요[2]가 술 깬 돌 있도다

昔賢多弔詭　　예전의 현인들은 괴이한 얘기 많아

危言聊自豪　　기품 높은 말로 스스로 호걸이었네

愚人按圖經　　어리석은 사람들은 도경[3]을 만지며

夢中尋隍蕉　　꿈속에 골짜기의 초록몽[4]을 찾누나

但當以意會　　단지 마음에 드는 구절이 마땅하니

千載詎云遙　　천년이 어찌 멀다고 말하리오

---

1) 취석醉石 : 여산기에 도연명이 살던 율리 근처에 큰 바위가 있었다. 평소 도연명은 술에 취하면 그 바위에 올라가 잠을 잤다고 한다. 이에 사람들은 그 돌을 '취석'이라고 했다.

　우암 송시열은 병자호란 이후 청에 잡혀 간 청음 김상헌을 생각하여 손자 김수

중에게 '취석醉石'이라는 글씨를 써 주었는데, 그 글씨가 남양주시 와부읍 석실서원石室書院에 새겨져 있다. 광주시 세하동에 있는 조선시대의 누각 만귀정晚歸亭에도 취석醉石이라 새겨진 돌이 있고, 반대편에는 술 깨는 돌 성석醒石이 있다

2) 이문요李文饒 : 문요는 당 무종武宗 때 정승이 되었던 이덕유李德裕(787~849)의 자이다. 그는 꼭 혜산의 샘물을 길어 오도록 하여 당시 수체水遞라는 호칭이 생겼으며, 그가 만든 별장 평천장平泉莊의 기화요초琪花瑤草와 기암괴석奇岩怪石이 유명하였음.

弔 이를적(와서 닿다), 조상할조 詭 속일궤(기만하다)

적궤弔詭 : 괴이한 이야기. 궤변. 남을 속임.

위언危言 : 기품氣稟이 높은 말. 청나라 탕수잠湯壽潛(1856~1917)의 개혁 방안에 관한 저서.

3) 도경圖經 : 산수의 지세를 그리어 설명한 책. 동국여지승람 등.

隍 해자황(성 밖으로 둘러 판 마른 못. 산골짜기.)

4) 초록몽蕉鹿夢 : 인생의 득실이 꿈과 같이 허무하고 덧없음.

의회意會 : 마음에 드는 구절을 만남.

2수 443

忽念全椒客	홀연히 전초[1]의 나그네를 생각하고
絶唱蘇州詩	뛰어난 절창은 소주[2]에 있는 시로다
次者爲東坡	버금가는 자는 소동파[3]가 되었고
尙被藝苑嗤	항상 예원에서 웃음거리 되었네
況乃摘其語	하물며 그 언어에서 요점만을 가렸고
自號松石爲	자호를 송석이라 하였네
臥者有奇趣	누워 있는 자는 기이한 취미 있으니
難道公未知	공이 알지 못한다고 말하지 말게나

椒 산초나무초(향기롭다)

1) 전초全椒 : 중국 안휘성安徽省 전초현全椒縣. 위응물韋應物의 시 가운데 '전초 산중의 도사에게 부치다'라는 〈기전초산중도사寄全椒山中道士〉의 시에 있다. "今朝郡齋冷(금조군재냉) 오늘 아침 관사가 싸늘하니/ 忽念山中客(홀념산중객) 갑자기 산 속의 나그네가 생각나네// 澗底束荊薪(간저속형신) 골짜기 아래에서 땔감을 묶고/ 歸來煮白石(귀래자백석) 돌아와 백석을 굽네// 欲持一瓢酒(욕지일표주) 한 바가지 술이라도 들고/ 遠慰風雨夕(원위풍우석) 멀리 비바람 부는 저녁을 위로하네// 落葉滿空山(낙엽만공산) 온통 낙엽이 빈산에 가득한데/ 何處尋行迹(하처심행적) 어느 곳에 그 행적 찾을 것인가"

2) 소주蘇州 : 중국 강소성江蘇省 태호太湖에 있는 상업도시. "하늘에는 천당이 있고, 땅에는 소주와 항주가 있다.(상유천당上有天堂, 하유소항下有蘇杭)"라는 말이 있어 풍광이 꼽히는 곳이다.

3) 동파東坡 : 소식蘇軾의 호. 당송팔대가의 한사람으로 《동파전집東坡全集》이 있음.

3수 444

旣有名與字	이미 이름과 더불어 자가 있는데
號是爲蛇足	이런 것을 사족[1]이라 부르네
擧世競標榜	온 세상 들어 표방하기를 다투었고
誰能辨碔玉	누가 능히 옥돌을 분별할 것인가
亦有不得辭	역시 말하지 못할 것이 있으니
呼鳳曰鸑鷟	오호라, 봉황을 '악작'[2]이라고 하네
豈無衆所嗜	어찌 중생들이 좋아하는 것 없을 것인가
羊棗子所獨	양조[3]씨를 그대 유독 즐기는 바 이로다

1) 사족蛇足 : 뱀의 발을 그림. 쓸데없는 일을 하다 도리어 실패함. 쓸데없는 일을 함.
표방標榜 : 어떤 명목名目을 붙여 주의主義, 주장主張을 앞에 내세움. 남의 선행을 칭찬하고 기록하여 여러 사람에게 보임.
砥 옥돌무

2) 악작鸑鷟 : 봉황鳳凰. 봉황은 색에 따라 모두 다섯 종류로 구분된다. 붉은 색을 봉鳳, 자주색은 악작鸑鷟, 푸른색을 난鸞, 노란 색을 원추鵷雛, 흰 색을 홍곡鴻鵠이라 함.

3) 양조羊棗 : 대추. ‘고욤’이라고도 하는 설이 있음. 고욤은 작고 검은 둥근 열매임. 《맹자孟子》〈진심장하盡心章句下〉 제35장에 “증석曾皙이 기양조嗜羊棗이러니 이증자而曾子 불인식양조不忍食羊棗하시니라(증석이 양조를 좋아하더니 증자가 차마 양조를 먹지 못하니라)”라는 내용이 있다. 증삼曾參의 아버지 증석曾皙이 생시에 양조를 즐겨 먹었는데, 증석이 죽은 뒤 증삼은 어버이를 생각하여 차마 대추를 먹지 못하였다고 한다.
조자棗子 : 대추씨.

4수 444

人生不滿百	사람이 태어나 백세를 채우지 못하는데
幾何爲歡樂	환락하는 것이 그 얼마나 되리오
羨子長春國	그대의 긴 봄 나라를 부러워하며
卯飲窮月落	십이월 달 쓸쓸하여 해장술을 마시네
左拍荷鍤倫	왼손으로 삽을 메는 순서대로 치고[1]
右把竊瓮卓	오른손으로 조용히 옹기동이를 치네[2]
欲去沈我轄	가고자 해도 나의 비녀장을 빼앗으니
狂矣毋多酌	미쳤구나, 술 많이 마시지 말게나

묘음卯飮 : 묘시 즉 아침에 술을 마심. 해장술을 마심.

궁월窮月 : 끝 달 12월을 말함.

拍　칠박(어루만지다)　挹　뜰읍(당기다. 누르다. 읍하다=揖.)

荷　멜하(연꽃)　鍤　가래삽(바늘)

1) 하삽荷鍤 : 삽을 메다. 술의 덕을 칭송한다는 〈주덕송酒德頌〉을 지은 유령劉伶은 늘 술병을 들고 나가면서 삽을 메고 따라오게 하다가 자기가 죽으면 그 자리에 파묻도록 한 고사가 있음.

2) 좌박우읍左拍右挹 : 왼손으로 치고 오른 손으로 당김. 진晉 곽박郭璞의 시에 "左挹浮邱袖(좌읍부구수) 왼손으로 부구의 소매를 당기고/ 右拍洪厓肩(우박홍애견) 오른 손으로 홍애의 어깨를 치네"라는 내용이 있다. 곽박은 박학하고 높은 재주를 지녀 사부詞賦는 동진의 으뜸이 되었으며, 기험奇險이 많았다. 부구浮邱는 신선 부구공浮邱公의 이름이다.

5수 444

瀏瀏琴橫膝	청명한 날 거문고가 무릎 좌우에 비껴있고
穆穆書盈架	심오한 책들은 서가에 가득 차 있네
鮮裘拂快馬	고운 가죽옷 입고 달려가는 말 스쳐가
州里足雄霸	고을에서는 족히 뛰어난 패자로다
達人眼醒早	달인의 안목으로 술 깨는 것 빨랐고
不待六十化	기다리지 않았어도 육십 나이 되었네
槐花久已黃	홰나무 꽃핀 지 오래되어 벌써 누래지고[1]
逌然午夢罷	유유자적하며 오후에 꿈꾸는 걸 그치네

유유瀏瀏 : 바람이 빠름. 날쌘 모양. 청명함.　瀏　맑을류(바람이 빠른 모양)

목목穆穆 : 심오한 모양. 언어나 용의가 우아함.   穆 화목할목(공경하다)

웅패雄霸 : 뛰어난 패자.

쾌마快馬 : 잘 달리는 말.   拂 떨불(스쳐지다가다), 도울필

1) 괴화황槐花黃 : ① 괴화槐花 : 괴예槐蕊. 회화나무 꽃. 치질 혈변 치료에 쓰임.

② 괴화황槐花黃 : 홰나무 꽃이 누렇게 변할 무렵 가을. 과거에 응시하기 위해 한양에 머물러 있을 때를 말함. 당나라 때 '홰나무 꽃이 노래지지만 수험생들 바빠진다.(괴화황거자망槐花黃擧子忙)'라는 말이 생겨났음.

유연逌然 : 자득하는 모양.   逌 만족할유

6수 444

昨秋叩仙扃	지난 가을에 선인의 집을 찾아가
粗伸忉怛思	조금 근심스러운 울적한 마음 풀었네
携手窮園林	막다른 정원 숲에서 손을 잡으며
指證壁上字	벽 위의 글자를 가리켜 증험하였네
珍重臨歧語	소중히 여기며 뜻 높은 말로 임했고
詩以解其義	시로써 그 뜻을 풀이 하였지
是時頗了了	이때에 자못 깨달음이 있었는데[1]
幸值子未醉	다행히 그대가 술 취하지 않았더라

扃 빗장경(문. 출입문.)   忉 근심할도   怛 슬플달

원림園林 : 정원과 숲.   了 마칠료(밝다. 깨닫다.)   진중珍重 : 소중히 여기다.

임기臨歧 : 갈림길.   岐 갈림길기(날아감. 자라남. 높다. =기歧)

1) 료료了了 : 깨닫다.

소시료료小時了了 : '어릴 때부터 똑똑함'의 뜻이었으나, 나중에 '어릴 때 총명하

다고 해서 반드시 잘되는 것이 아님'의 말로 쓰임.

공문거(=공융孔融)가 열 살 때 아버지를 따라 낙양의 이응李膺을 찾아갔다. 공문거는 그 집 앞에 이르러 문지기에게 말했다. "나는 이부군(=이응)과 친척사이 입니다"라고 말했다. 그렇게 하여 안으로 들어가 자리에 앉자 이응이 물었다. "그대와 나는 어떤 친척관계인가?" 공융이 대답했다. "그 옛날 우리 조상 중니仲尼(=공자孔子)님은 댁의 조상 이백양李伯陽(=노자老子)님을 스승으로 존경하셨습니다. 그런 즉 저와 댁은 대대로 친척인 셈이지요."라고 말하니 경탄하지 않는 사람이 없었다.

진위陳韙가 늦게 와서 이 이야기를 듣고 "어렸을 때 영리하더라도 성장한 연후에 반드시 훌륭하게 되는 것은 아니오.(小時了了, 大未必佳)"라고 말 하였다. 그러자 공문거가 말했다. "어르신께서는 어렸을 때 상당히 영리하셨던가 봅니다.(想君小時必當了了)"라 하였다. (유의경(안길환 역), 《세설신어世說新語(상)》〈언어편言語篇〉, 명문당, 88쪽.)

7수 444

還山未一日	산으로 돌아온 지 하루도 되지 않아
忽驚高軒過	홀연히 높은 마루 지나가며 놀랐었네
飯至和酒啖	밥 먹을 때 되어 술과 함께 먹는데
箸猛盌爲破	술가락이 갑자기 주발을 깨뜨렸네
瞋目索詩急	두 눈을 부릅뜨며 시 찾기에 급하고
喧噱蕩四座	웃고 떠들며 사방으로 방자히 앉아있네
拂袖徑歸去	소매를 떨치고 지름길로 돌아가며
不信雲堪臥	구름에 누울 수 있는 것 믿지 않노라

啖 먹을담 盌 주발완 猛 사나울맹(건장하다. 날래다. 세차다. 갑자기.)

진목瞋目 : 두 눈을 부릅뜸. 噱 크게웃을갹

8수 445

迢迢望行塵	아득히 멀리 티끌 털고 바라다보니
山江重復重	산과 강은 다시 나타나고 다시 펼쳐지네
誠恐諾而負	진실로 두려운 건 승낙하고 짊어지는 것
構思頗橫縱	생각을 얽어 자못 종횡으로 있네
我詩無誑語	나의 시는 속이는 말이 없어서
有似磨驢踪	흡사 마려의 종적1)과도 같구나
奈子不蓄石	어찌하여 그대는 돌을 쌓지 아니하는가
只有庭二松	다만 정원에 두 소나무가 있을 뿐이네

초초迢迢 : 아득히 멀거나 높음. 원한이 질김. 밤이 깊어감.

구사構思 : 구상構想.

誑 속일광 磨 갈마(닳다. 문지르다. 연자방아로 찧다. 맷돌. 고생.)

1) 마려종磨驢踪 : 마려는 '맷돌을 끄는 당나귀'라는 뜻으로 전하여 '변함없이 항
상 제자리에서 맴도는 것'.

　소동파의 〈백부송선인하제귀촉시운운伯父送先人下第歸蜀詩云云〉라는 시에는
"應笑謀生拙(응소모생졸) 생계 영위 졸렬하여 응당 웃으리/ 團團如磨驢(단단여마
려) 돌고 도는 게 마려와 같은 것을"이라 하였다. 또 소동파의〈송지상인送芝上人〉
의 시에 "團團如磨牛(단단여마우) 돌고 도는 게 맷돌 끄는 소와 같아/ 步步踏陳跡
(보보답진적) 걸음마다 묵은 자국만 밟노라" 하였다.

9수 445

無石安足怪	돌이 없는데 어찌 족히 괴이할 것인가
幷加無松也	함께 더하여 소나무도 없을 뿐이네
使有松石意	소나무와 돌[1]은 의미가 있어서
無處不瀟灑	장소가 없는 것은 맑고 깨끗하지 않네
滅沒驪黃外	여황[2]이 밖으로 사라져 없어졌고
乃相天機馬	그리하여 천기[3]의 말이 상응하네
宅邊彼五柳	집 주변에 저 다섯그루 버드나무 있어[4]
倒覺風斯下	도리어 바람이 아래로 붊을 깨닫네[5]

1) 송석松石 : 소나무와 돌. 이헌수李憲秀의 호.

소쇄瀟灑 : 맑고 깨끗함.   驪 가라말려

멸몰滅沒 : 망하여 없어짐. 또는 멸하여 없앰.

2) 여황驪黃 : ① 검정말과 누렁 말.

② 빈모려황牝牡驪黃 : 빈모牝牡는 '牝 암컷빈'자와 '牡 수컷모'자로, '사물을 인식하려면 실질을 파악하여야 함.'의 뜻.

"진나라 목공은 천리마를 구하고 싶어 했다. 이에 말의 상을 잘 보는 백락을 불러 부탁했는데, 백락은 자신의 제자 구방고를 추천했다. 명마를 구하러 떠난 구방고가 돌아와 목공에게 황색의 암컷 말(빈이황牝而黃)을 추천했다. 그러나 관리가 가져온 말은 수놈인데다 검정 색(모이려牡而驪)이었다. 백락이 말하였다.

"구방고는 내면만 보고 외모는 잊어버린 것입니다. 그는 보아야 할 것만 보고, 보지 않아도 될 것은 보지 않은 것입니다.(視其所視, 而遺其所不視.)"라 하였다. 얼마 후 말이 왔는데 과연 천하의 명마였다. 구방고는 말의 상을 보는데, 천기만을 보고 암수 빛깔을 볼 필요가 없기 때문에 그런 것을 잊은 것이다.(《열자列子》〈설부편說符篇〉)

3) 천기天機 : 모든 조화를 꾸미는 하늘의 기밀. 중대한 기밀. 천부의 성질 또는

기지機知.

4) 오류선생전五柳先生傳 : 도연명陶淵明의 글. 앞부분에 다음과 같은 내용이 있다. "先生不知何許人(선생부지하허인) 선생이 어느 곳 사람인지 알 수 없고/ 亦不詳其姓字(역불상기성자) 또한 그 성과 이름도 자세하지 않다/ 宅邊有五柳樹(택변유오류수) 집 가에 다섯 그루 버드나무 있어서/ 因以爲號焉(인이위호언) 그로인해 호를 삼았다./ 閑靜少言(한정소언) 한가롭고 조용하게 지내면서 말수가 적고/ 不慕榮利(불모영리) 영리를 사모하지 않았다./ 好讀書(호독서) 독서를 좋아하지만/ 不求甚解(불구심해) 깊은 풀이를 구하지 아니하였고/ 每有會意(매유회의) 매양 뜻에 맞은 것이 있으면/ 便欣然忘食(변흔연망식) 문득 흔연히 밥 먹는 것도 잊었다.…"

5) 풍사하風斯下 : 《장자莊子》〈소요유逍遙遊〉 앞부분에, "붕새가 남명南冥으로 날아갈 때 9만리 상공에 이르면 바람이 이 아래에 있다.(九萬里則風斯在下)"라 한 것을 말함.

10수 445

子居千畝竹	그대가 거주하는 곳에 천 이랑 대나무 있고
珍産有簟席	진주가 생산되어 대껍질이 자리에 있네
不曾奉權貴	일찍부터 권문귀족을 받들지 아니하였고
蕭蕭待墨客	쓸쓸히 묵객을 기다렸도다
我屋楡柳巷	내 집에는 느릅나무와 버들이 골목에 있어
茵薦不暇擇	거적자리를 한가하게 택하지 못하였네
詩成責瓊報	시가 완성되어 옥을 따져 밝혀보노라니
夙約已證石	일찍이 한 약속이 이미 증험한 돌에 있었네

권귀權貴 : 권문귀족.

묵객墨客 : 글씨를 쓰거나 그림을 그리는 사람.

茵 자리인(수레 안에 까는 자리) 菌 버섯균 薦 천거할천(거적. 자리.)

숙약夙約 : 일찍이 한 약속.

初夏訪西堂. 信宿鳳泉禪房, 小川偕往

초여름에 유당을 방문하다. 이틀을 봉천암 선방에서 잤는데, 소천과
함께 가다   칠율 3수 445

1수

西菴八望暝鐘晴　　　서암에서 팔방을 바라보니 어두운 종소리 맑고

雲樹微薰夏已成　　　운산의 나무[1] 작은 향기에 여름이 벌써 되었어라

初月低分擡笠影　　　초승달은 삿갓 올리는 그림자 낮게 나눠지고

幽禽驚起曳筇聲　　　숨은 새는 지팡이 끄는 소리에 놀라 날아오르네

幾回粥飯叅枯衲　　　몇 번인가 죽 밥을 먹는데 여윈 스님 참여하고

現在江湖尙老生　　　현재의 강호에도 늙은 유생을 숭상하네

漸覺名山遊興懶　　　점차 명산임을 깨달아 흥겹게 놀다 게을러지고

此行任汝唾靑城　　　이런 행위는 그대에게 맡기며 청성에 침 뱉네

1) 운수雲樹 : 구름이 걸릴 만큼 높은 나무.

운수지회雲樹之懷 : 친구를 마음속에 품고 그리워하는 생각.

초월初月 : 초승달.   擡 들대(들어 올리다)
기회幾回 : 몇 번.

2수 446

衆壑南開野望長　　여러 계곡 남쪽으로 열려 들녘을 오랫동안 보고
江光引客出前堂　　강가의 풍광이 객을 끌어 앞 당으로 나왔네
鸎鶯交語翻嫌鬧　　제비와 꾀꼬리 서로 울며 날아 시끄러워 싫고
花藥成陰不辨香　　꽃과 약은 그늘이 져 향기를 판별하지 못하네
缺界無多登眺好　　끝없이 펼친 경계 올라 조망하기 좋고
浮生强半鬂眉凉　　뜬 인생 반 억지로 귀밑털 눈썹이 쓸쓸해지네
遠公賸有東林約　　멀리 있는 공은 동림과 약속이 있어
準擬從今伴漉囊　　법도를 헤아리며 지금부터 녹낭[1]과 짝하리라

賸 남을승(더하다. 보내다.), 남을잉, 남을싱,　漉 거를록
1) 녹낭漉囊 : 물 걸러먹는 물병. 비구가 가지고 다녀야 할 육물六物의 하나. 곧
삼의일발三衣一鉢과 좌구녹낭坐具漉囊. 삼의三衣는 가사 세 종류이고, 일발一鉢
은 바리때 한 벌, 좌구坐具는 좌복, 그리고 녹낭漉囊을 말함.

3수 446

往來蕭寺本無期　　쓸쓸히 절을 왕래함에 본래 기약한 것이 없고
家後名山我有之　　집 후원이 명산이라 나는 이것이 있노라
俛仰讀書童子日　　독서하는 동자는 낮에 굽어보고 우러러보며

留連携酒暮年時	술 가지고 늘그막한 시기에 실컷 노니네
避人幽鳥穿花急	숨은 새는 사람을 피해 급히 꽃 뚫고 가고
擁樹頑雲作雨遲	먹구름은 나무 끌어 앉아 더디 비를 만드네
負手憑欄思正遠	등짐 지고 난간에 기대면 생각이 곧 멀어지고
百回難得稱心詩	백번을 돌아봐도 마음에 맞는 시 얻기 어렵네

면앙俛仰 : 부앙俯仰. 굽어보고 우러러봄.

모년暮年 : 늘그막.

완운頑雲 : 짙은 구름. 먹구름.

칭심稱心 : 일과 마음이 서로 꼭 맞아서 흡족함.

> 季方連生三女年今三十四也. 以九月十七日擧一男, 報
> 至擧家歡慶

계방[1]이 계속하여 세 딸을 낳았는데, 금년에 34세이다. 9월 17일
에 아들을 얻어 온 집안 경사를 기뻐하며 알리다　　칠절 1수 446

五十無聞雪映梳	오십 나이에 소문도 없이 눈에 비친 빗 있고
自憐蒲柳日蕭疎	가엾구나, 강가 버들이 햇빛에 맑게 통했음이
有墅他年容可睹	농막에서 다른 해에 얼굴을 볼 수 있으니
老棋尤劣定輸渠	노인의 장기 수 더욱 낮아 바로 깨졌도다

1) **계방季方**: 매천의 계제季弟 황원黃瑗(1870~1944년)의 자. 호는 석전石田, 강호려인江湖旅人. 이들 형제는 우애가 깊었으며, 시우詩友로서 화답시和答詩가 많다.
睹 볼도 輸 보낼수(짊어지다. 지다. 떨어뜨리다. 깨다. 부수다.)
渠 개천거(우두머리. 갑자기. 느닷없이. 어찌. 그 : 3인칭.)

 **해설**

　《매천전집》 1권 279쪽에, 위의 시와 유사한 제목의 시가 있다. '동생 계방이 딸만 셋 낳은 끝에, 9월 17일 아들을 낳았다는 소식을 듣고 반가워하며 쓴다'는 〈계방연생삼녀지여季方連生三女之餘, 이구월십칠일거일남以九月十七日擧一男, 문보지희聞報志喜〉라는 칠절 4수의 시이다. 세 딸을 낳은 후에 지은 이 시는 《역주매천황현시집》 하권 120~123쪽에 번역이 되어 있다. 결국 매천 황현은 동생 황원의 득남에 위의 시와 더불어 칠절 5수의 시를 쓴 것이다.

　당시에는 남아선호사상이 뚜렷하였다. 매천은 동생 황원이 아들을 얻어 대를 이었다는 기쁨을 표현하였다.

（ 季方以近體四首, 見寄依韻和疊 ）

계방이 근체시 4수를 가지고 찾아와 보여주기에 그 운에 거듭 화운하다
칠절 4수 447

1수 447

村童執冊鎭相隨　마을 아이들은 책잡고 서로 따르도록 하지만

笑許鴉窓弄筆枝　　웃으며 검은 창가에 붓장난을 허락하네

修造不妨通俗忌　　고치고 만듦에 풍속의 꺼림을 방해하지 않고

種蒔猶復問先知　　종자를 모종함에 다시 먼저 아는 자에게 묻네

自然睡少聞鴻夜　　자연히 잠이 적어 기러기 소리 밤에 들으며

最是題難咏雪時　　제일 쓰기 어려운 것은 눈 올 때 읊는 것이네

忘却年荒頻喚酒　　흉년임을 망각하고 자주 불러 술 마시니

山人垂老也增癡　　산 사람 늙어가며 어리석음만 늘어나더라

견기見寄 : 방문을 받다. 찾아오다.

疊 겹쳐질첩(시를 지을 때 거듭하여 앞운을 사용하는 일.)

첩운疊韻 : 같은 운으로 시를 지음. 차운次韻. 화운和韻.

鎭 진압할진(누르다. 진정하다. 둔영. 항상.)　鴉 까마귀아(검다)

수조修造 : 고치거나 만듦.

2수 447

孤村逈絶似靈源　　외딴 마을은 멀리 떨어져 영원동[1]과 흡사하고

時有人聲喜過門　　이때 사람들 소리나 즐겁게 대문을 지나가네

大口魚來驚歲晚　　대구 물고기가 와 한 해 저물어 감에 놀랍고

還生菘活覺冬暄　　다시 살아난 배추 활기차 겨울이 따뜻함을 아네

買田數畝溪南雪　　몇 묘 매입한 밭 냇가 남쪽으로 눈 쌓여있고

築室三楹隴上雲　　세 개 기둥으로 지어진 집 언덕 위에 구름 있네

今夕知應風捲屋　　오늘 밤 응당 바람이 집을 감아 많은 까마귀들

萬鴉盤起野天昏 들녘의 저문 하늘 대에서 날아오름을 아노라

1) 영원암靈源庵 : 금강산 장안사長安寺에 딸린 암자. 장안사는 내금강면 장연리 금강산 장경봉長慶峯 아래에 있는 사찰. 신라 때 영원조사靈源祖師가 창건한 것으로 금강산 일원에서도 가장 맑고 고요한 수도처로 이름이 높다. 부근의 옥초대沃焦臺는 영원조사가 일심으로 수도하던 곳이라는 전설이 있다.
대구大口 : 회갈색의 바닷물고기. 한대성 심해어로 동해 서해바다에서 잡힘.

3수 447

少力難爲州里雄	힘이 적어 고을의 영웅이 되는 것도 어렵고
轉頭惟恨歲華空	머리 돌려 오직 세월이 텅 비었음을 한하노라
倒籬菊凍翻憎雪	넘어진 울밑의 언 국화는 흰 눈이 도리어 밉고
繞屋松稠不厭風	집을 들러싼 조밀한 소나무 바람이 싫지 않네
兒叫墨渾書半白	아이가 먹물이 흐리다고 울어 글씨가 반 희고
客嗔米劣飯多紅	객은 쌀이 거칠다고 성내 밥은 붉은 빛 많네
終年看取農人苦	한해를 마침에 농부의 고생을 모아 보노라니
却悔移家到野中	도리어 집 이사하여 들녘으로 온 것 후회스럽네

세화歲華 : 세월.
간취看取 : 보아서 내용을 알아차림.

4수 448

耕桑僅足齒齊民	농사 짓고 뽕 심어 겨우 엇비슷한 서민들 족하고
學術空疎未護身	학문과 기술은 텅 비어 몸을 보호하지 못하네
擬遊中國今焉老	중국을 유람할 때 비하면 지금은 어찌 늙었는가
統計詩家我不貧	시 짓는 가문을 통계하면 나는 가난하지 않네
歌殘桂樹悲當世	계수나무 노래 없어져 그 당시의 세계가 슬프고
酒熟黃花待故人	황국화 필 때 술 익어 옛사람을 기다리노라
莫怪先生頗凡傲	선생이 자못 거만하게 함을 괴이치 말게나
一生相與不輕親	일생을 서로 더불어 친함을 가벼이 하지 않네

제민齊民 : 일반 백성. 서민.
시가詩家 : 시 짓는 사람.

 ## 해설

  《매천전집》 1권 280쪽에, '계방이 근체시 4수를 지어 보내옴을 보고 이에 화운함'의 〈계방이근체사수견기의운화지季方以近體四首見寄依韻和之〉라는 제목으로 칠율 4수의 시가 있다. 이 시들은 《역주매천황현시집》 하권 124~127쪽에 번역이 되어 있다.

方弟又以十三篇來, 刻燭走和

계방이 또 13편을 지어 와, 각촉[1]하여 빨리 화운하다

칠율 6수 448

1수

羲御催驅不礙山	해가 말을 몰듯이 달려가 산을 가로막지 않았고
又看暝色入松關	또 어둔 빛 보며 소나무 숲 관문으로 들어가네
蜿蜿野火沿流去	굼틀 굼틀 들녘의 불빛이 물 따라 내려가고
縮縮村樵被雪還	읍츠려진 마을의 나무꾼은 눈 속에 돌아오네
何事今年新曆貴	무슨 일로 금년에는 새 달력이 귀한가
近來無邑長官閒	근래에는 고을이 없어 관아 장관이 한가하네
我生終是饒清福	내가 태어나서 마침내 청복이 풍요로워
名在詩筒酒券間	이름은 시통 속에 있고 문서 사이에 술 있네

1) 각촉刻燭 : 시간을 제한하여 촛불이 한 치(=寸) 타는 동안에 시를 지음. 옛날 시를 짓는 사람들이 모여 시를 지을 때 초에 눈금을 그어 그곳까지 탈 동안에 시를 완성하였음.　蜿 꿈틀거릴완(벌레가 구물거리는 모양)
청복清福 : 좋은 복.　礙 거리낄애(방해하다. 가로막다. 한정하다.)

2수 448

塤篪怡若比隣過	형제사이로 화목하게 이웃처럼 살아왔고
老筆雖枯更一波	노련한 붓 비록 말랐어도 다시 한 계파로다

吾無隱爾聞諸古	나는 너에게 숨김없이 다 옛날 이야기 들려주며
倡汝和予爲此歌	너는 나와 함께 선창하며 이런 노래 부르네
今年臘雪占豐足	금년에는 섣달 눈으로 풍년을 점치기에 족하고
東國冬梅爽實多	동국의 겨울 매화는 사실과 다른 것 많지
寄語鼓巖千澗口	고암의 많은 골짝 어귀에서 한마디 보내노니
春來努力種桃花	봄이 와 노력하여 도화 꽃을 심었다네

塤 질나팔훈　篪 저이름지　怳 멍할황(황홀하다)

훈지塤篪 : 질 나팔과 저. 형제 사이를 말함.

상실爽實 : 사실에 어긋남. 사실과 틀림.　爽 시원할상(밝다. 어긋나다.)

기어寄語 : 말을 기별하여 보냄.

천간千澗 : 많은 골짜기.

3수 449

粒在倉箱秸在場	쌀알은 창고에 있고 볏짚은 마당에 있으며
田收滿屋錯成行	밭곡식 수확하여 집에 가득해 섞여 다니네
少康競效衣冠俗	소강[1]이 다투어 의관의 풍속을 본받았고
中熟猶稱米粟鄉	중숙[2]에는 오히려 쌀 벼의 고향이라 하네
達曙燈明書有課	새벽에 등불이 밝아 책속에 과제가 있고
趂晴籬落練生光	비개인 울타리 따라 누인 명주 빛이 나네
猶堪堅臥東岡下	오히려 동강 아래로 휴식할 만 하지만
擬夢青雲定是狂	청운의 꿈과 비교하면 진정 미치광이로다

秸 볏짚갈, 새이름길   稱 일컬을칭(저울)
1) 소강少康: 상相의 유복자로, 후예后羿의 신하였던 한착寒浞을 죽여 아비의 원수를 갚고 하나라를 중흥시킨 인물임.(《춘추좌전春秋左傳》〈양공4년, 애공 원년〉)
2) 중숙中熟: 풍흉에 있어서 보통의 풍작. 상숙上熟은 큰 풍작.

4수 449

長嘯一聲林石下	길게 한번 숲속의 바위 아래로 소리 질러보니
渾如忘却世安危	혼동하여 세상의 안위를 망각하는 것 같네
老年屢溯歐曾集	노년에 자주 구양수 증공1)의 문집 궁구해 찾았고
餘事能臨漢魏碑	남은 일은 한위2)의 비갈에 능히 임하는 것이네
小澗雪封沽酒路	작은 계곡 술파는 길목으로 눈이 쌓여있고
寒松月上待人時	찬 소나무에서 사람 기다리는 때 달이 떠오르네
鳩巢未就羞吾拙	비둘기 둥지 좇지 못해 나의 졸렬함이 부끄럽고
過盡三冬闕墍茨	삼동이 다 지나 허물어진 벽 칠하고 지붕 이네

嘯 휘파람불소(읊조리다. 울부짖다.)   溯 거슬러올라갈소(하소연하다)
소원溯源: 수원水源을 거슬러 올라감. 학문의 본원을 궁구함.
1) 구증歐曾: 구양수歐陽修(1007~1072)와 증공曾鞏(1019~1083). 증공은 당송 팔대가의 한 사람으로 자는 자고子固. 지공거知貢擧 출신인 구양수의 인정을 받았다. 고문가의 구양수를 모범으로 삼았기 때문에 후세 사람들은 구증歐曾이라 하였다. 증공은 신법당인 왕안석과 친하였으며, 사마광 등 구법당 계통인 소식蘇軾, 소철蘇轍과 같은 해 진사시험에 합격하였다. 사관수찬史館修撰, 중서사인中書舍人을 지냈으며, 저서에는 고금의 전각篆刻을 모은 《금석록金石錄》과 시문집 《원풍유고元豊遺藁》가 있다.

2) 한위漢魏 : 중국에 있었던 한나라(BC206~AD220)와 위나라(AD220~265)

삼동三冬 : 겨울 석 달. 세 해 겨울.   闕 대궐궐(축대. 이지러지다.)

墍 맥질할기(벽을 칠하다)   茨 가시나무자(지붕을 이다)

5수 449

襬襬寒月嶺陰層	털옷이 찬 달빛에 있으며 산줄기 응달 깊어
夜靜茅堂似定僧	고요한 밤 모당은 선에 들어간 스님과 같네
一路纔通松下雪	길 하나 소나무 아래로 눈 있어 겨우 통하고
四隣相照竹間燈	사방 이웃이 대숲 사이로 등불이 서로 비추네
治論往代常餘憾	이따금씩 대신 정치를 논함에 항상 한만 남아
記閱名山卽欲登	명산에서 기록을 검열한 즉 오르고 싶어라
聞道江南春色早	강남의 춘색이 빠르다고 하는 말 들으며
梅花許否我爲朋	매화는 내가 친구 되는 것을 바라지 않도다

襬 털이 처음으로 날시(깃이 처음 남. 모우毛羽로 만든 옷)

시시襬襬 : 모우로 만든 옷이 정돈된 모양.

선정定僧 : 선정禪定에 들어간 승려.

한월寒月 : 겨울 달. 차가워 보이는 달.

문도聞道 : 도를 들음. 도를 듣고 깨달음.   許 허락할허(바라다. 곳. 쯤. 이같이.)

6수 450

莽莽川原人盡歸	잡초 우거진 냇가 벌판으로 사람들 다 돌아오고

黃昏自起鎖荊扉	황혼녘에 스스로 일어나 사립문을 닫네
一壺對症沙蔘酒	한 병의 사삼주를 마시며 병 증세에 대하고
十縷便身吉貝衣	열 가닥의 실 목화 옷 입어 몸이 편안하네
急雪欲驅千嶂去	심한 눈이 와 천첩 산으로 달려가고자 하고
飢禽不過數隣飛	굶주린 새는 자주 인근에 날아 지나가지 않네
党家那識陶家趣	당가는 어찌 도가의 취미를 알 것인가[1]
從古人間雅事稀	옛 사람을 따라 아취 있는 일도 드물어라

망망莽莽 : 풀이 우거짐. 거칠음.

형비荊扉 : 가시나무로 만든 문. 허름하게 만든 문.

일호一壺 : 한 개의 병이나 표주박.

사삼주沙蔘酒 : 더덕 주. 더덕을 주원료로 하여 만들 술.

대증對症 : 병의 증상에 대응함.

길패吉貝 : 목화木花.

1) 당가党家와 도가陶家 : 당진党進과 도곡陶穀의 집안. 당가党家는 금으로 장식한 화려한 장막에서 양고주羊羔酒를 마시며 즐기는 일을 말함.

 송나라 학사學士 도곡陶穀의 첩은 원래 태위太衛 당진党進의 집 가기歌妓였다. 어느 날 눈이 내리자 도곡이 그 첩을 시켜 눈 녹인 물로 차를 다리라고 하면서, 당진의 집에서도 그러한 풍류가 있느냐고 물었다. 그 첩이 말하기를, "그들이 어떻게 그러한 풍미를 알겠습니까? 아는 것이라곤 금색으로 장식한 화려한 장막에서 술을 조금씩 부어 마시면서 노래 부르며 좋은 양고주나 마시는 것이지요."라 하였다.

아사雅事 : 아취雅趣 있는 일.   嶂 산봉우리장(높고 험한 산)

 해설

 《매천전집》1권 281쪽에, '계방이 또 시를 보내와서 등촉을 밝히고 화운

함'의 〈계방우기시래각촉주화季方又寄詩來刻燭走和〉라는 제목으로 칠율 6수의 시가 있다. 이 시는 《역주매천황현시집》 하권 128～132쪽에 번역이 되어 있다. 위의 시 제목을 보면 13편을 지어왔다고 했는데, 위의 시 6편과 더불어 모두 12편이 되어 1수가 빠진 시라 할 수 있다.

讀柳下集連次五律寄季方

유하집을 읽고 계속하여 오율을 차운하여 계방에게 보내다

오율 9수 450

---

  *《매천전집》 1권 282쪽에, '유하 홍세태의 운을 차운하여 계방에게 보냄'의 〈차유하운기계방次柳下韻寄季方〉이라는 제목으로 오율 7수가 있다. 1903년 매천의 나이 49세 때 써진 작품이다. 매천은 또 같은 해 '일찍 일어나 유하의 운에 차운함'의 〈조기차류하운早起次柳下韻〉이라는 제목으로 오율 1수의 시를 쓰기도 했다. 이 시들은 《역주매천황현시집》 하권 135～145쪽에 번역이 되어 있다. 다음의 시들과 내용과 다르다.

  또 《매천전집》 3권 210～215쪽에, '유하집을 읽고 오율을 연속하여 차운하여 32수를 얻어 계방에게 보내다'의 〈독류하집讀柳下集, 연차오율連次五律, 득삼십이수기계방得三十二首寄季方〉이라는 제목으로 오율 26수가 있다.

  위의 시 9수 중 제1수에서～제8수까지의 시는 《매천전집》 3권 210～211쪽까지 있으며, 《역주황매천시집》 속집 385～390쪽까지 번역이 되어 있다. 또 제9수는 392쪽 11수에 번역이 되어 있다.

해설

《매천전집》 1권 452~454쪽까지 있는 본고의 《매천후집》시는 《역주매천황현시집》이나 《역주황매천시집》 속집에 이미 번역이 되어 있다. 그러므로 제목을 쓰지 않고 차례로 번역된 책과 페이지만 아래 해설에 덧붙여 정리 설명하였다.

① ‘지정의 글방에서 자다’의 〈숙지정숙宿枳亭塾〉(칠율 1수 452)의 시는 《매천전집》 3권 212쪽에도 있으며, 이 시는 《역주황매천시집》 속집 393쪽 제13수에 번역이 되어 있다.

② ‘순천에 가다’의 〈왕순천往順天〉(칠율 1수 452)의 시는 《매천전집》 3권 213쪽에도 있으며, 이 시는 《역주황매천시집》 속집 395쪽 제16수에 번역이 되어 있다.

③ ‘괴시를 지나며’의 〈과괴시過槐市〉(칠율 1수 452)의 시는 《매천전집》 3권 214쪽에도 있으며, 이 시는 《역주황매천시집》 속집 397쪽 제19수에 번역이 되어 있다.

④ ‘검구로 들어서며’의 〈입검구入黔口〉(칠율 1수 453)의 시는 《매천전집》 3권 214쪽에도 있으며, 〈역주황매천시집〉 속집 398쪽 제20수에 번역이 되어 있다.

⑤ ‘협촌에서 자다’의 〈숙협촌宿峽村〉(칠율 1수 453)의 시는 같은 제목으로 《매천전집》 1권 285쪽에도 있으며, 《역주매천황현시집》 하권 149쪽에 번역이 되어 있다.

⑥ ‘새벽에 길을 가며’의 〈효행曉行〉(칠율 1수 453)의 시는 같은 제목으로 《매천전집》 1권 286쪽에도 있으며, 《역주매천황현시집》 하권 150쪽에 번역이 되어 있다.

⑦ ‘황전 골짜기에서’의 〈황전협중黃田峽中〉(칠율 1수 454)의 시는 《매천전집》 3권 215쪽에도 있으며, 《역주황매천시집》 속집 400쪽 제24수에 번역이 되어 있다.

三月初吉宋小波南一見訪

삼월 초하룻날 송소파 남일이 방문하다 칠율 1수 454

倦步平沙杳	천천히 걸으니 평평한 모래사장 아득하고
歸心落日多	돌아오는 마음은 지는 해에 많아라
寒江僧獨渡	차가운 강가엔 스님이 홀로 건너가고
殘雪馬初過	잔설 속으로 말이 처음으로 지나가네
行卷銷寒帖	행권[1]을 가지고 추위 이겨내며 첩 만들고
浮生對酒歌	덧없는 인생 술을 대하며 노래 부르네
不妨觀者怪	보는 자가 괴이타 방해하지 말고
一任醉冠莪	한번 맡겨 취하니 갓이 높기만 하네

초길初吉 : 음력 매달 초하룻날을 일컬음.

1) 행권行卷 : 과거시험 전에 시행되는 예비적인 글쓰기. 과거 응시자가 사전에 고관을 만나러 갈 때 행권을 가지고 감.

소한銷寒 : 소한消寒. 추위를 모르고 지냄. 추위를 이겨 냄 銷 녹일소

村居暮春

촌에 살며 늦은 봄에 칠절 2수 455

* 위의 시와 같은 제목으로 칠절 2수의 시가 《매천전집》 3권 215쪽에

있다. 이 시들은 《역주황매천시집》 속집 403~404쪽에 번역이 되어 있다.
또 같은 제목으로 《매천전집》 1권 286쪽에 칠절 6수의 시가 더 있다. 이
시들은 《역주매천황현시집 》 하권 152~156쪽에 번역 되어 있다. 매천은
결국 위의 시를 모두 합하여 칠율 8수를 읊은 것이다.

命祥兒課日呼韻, 時榴夏少旱

상아에게 명하여 과제 날에 운을 부르다. 이때 오월[1]에 조금 가뭄이
들다   칠율 3수 455

1수

一雨平郊萬活東	한번 비가 와 평평한 들녘 동쪽에 활기가 넘쳐
秧車早出四隣空	모 실은 수레 일찍 나와 사방 이웃이 비었네
生憎笋籜天成駁	얄밉게도 죽순껍질을 하늘이 얼룩지게 만들었고
可愛嬰桃水漬紅	사랑스런 어린 복숭아 물에 붉게 적셔있네
樹密未晞鶯羽露	빽빽한 숲 마르지 않아 꾀꼬리 깃 젖어있고
溪凉初起鷺絲風	쓸쓸한 냇가에서 처음 일어나 해오리 바람이네
關西戰伐何時定	관서 지방의 전쟁은 어느 때나 진정될 것인가
忽謾驚心邸鈔中	홀연히 부질없이 놀란 마음으로 관보[2]를 보네

---

1) 유하榴夏 : 5월의 이칭. 유월榴月이나 유하榴夏는 석류꽃 피는 5월을 말함.
생증生憎 : 미움. 밉살스러움.

筍 죽순순(대껍질) 籜 대껍질탁(대나무 껍질)
駮 논박할박, 짐승이름박(범을 잡아먹는다는 맹수. 얼룩말. 섞이다.)
전벌戰伐 : 싸워서 정벌함. 漬 담글지(적시다. 물들이다.)
邸 집저(묵다. 다다르다.) 鈔 노략질할초(집어내다. 베끼다.)
2) 저초邸鈔 : 정부의 관보官報. 저보邸報.

2수 456

桑柘陰中半掩扉 산뽕나무 그늘 속에 반 닫힌 사립문이 있고
百回乳鷰弄晴暉 백번 돌며 어린 제비 맑은 햇빛을 농락하네
三盃卯酒野行倦 해장술 석 잔이나 마셔 들길을 감에 피로하고
一枕午窓風力微 오후 창가에 베개 베어 바람의 힘 미미하네
小蝶直侵人面戲 작은 나비는 곧장 사람의 얼굴을 희롱하고
癡蠅偏向筆頭飛 미치광이 파리는 치우쳐 붓 끝으로 날아가네
檢吾夏葛悲今世 내 여름 갈포를 점검하면 금년 세상이 슬픈데
年少何心窄窄衣 소년은 무슨 맘으로 몸에 꽉 낀 옷을 입는가

상자桑柘 : 뽕나무와 산뽕나무.
엄비掩扉 : 사립문을 닫음.
묘주卯酒 : 아침술. 아침에 마시는 술.
면희面戲 : 탈놀이.
필두筆頭 : 붓의 끝. 맨 처음 사람이나 차례. 어떤 단체의 주장이 되는 사람.
葛 칡갈(갈포葛布 : 칡 섬유로 짠 베)
하갈동구夏葛冬裘 : 여름의 서늘한 베옷과 겨울의 따뜻한 갖옷. 격이나 철에 맞음을 비유함.

 감상

　‘窄’자는 ‘좁을 착’자이다. 미구尾句의 ‘착착의窄窄衣’는 ‘좁아 몸에 꽉 낀 옷’을 말한다. 이런 옷들은 여성들이나 어린애들이 멋으로 입기도 하지만 근육이 눌려 건강에는 좋지 않다. 이 시에서 시인은 가난함으로 인해 옷감이 부족하여 어쩔 수 없이 짧은 옷, 꽉 낀 옷을 입는 것이 슬프기만 하다. 하지만 소년들은 그렇지 않다. 매천 당시의 소년들도 몸에 꽉 낀 옷을 입어 멋을 부렸는가 보다.

3수 456

兒啼犬吠對門居	어린 애 울고 개 짖는 문간을 대하며 살아가고
麻縷砅砅轉紡車	삼 실 가닥 물 부딪치는 소리에 물레를 돌리네
風燥三隣齊曬麥	건조한 바람에 세 이웃이 나란히 보리 말리고
溪乾數里競撈魚	마른 냇가에서 몇 리 걸쳐 다투어 고기를 잡네
饜看薄俗神情澹	박한 풍속을 물리도록 보아 정신이 담박해지고
愛讀奇文節目疎	기이한 문장을 사랑하여 읽노라니 절목1)이 적네
賸是病中添一樂	병이 남아 있어 약을 한 번 더 먹어보고
詩成口授小男書	완성된 시가 말로 전해져와 소년이 글로 쓰네

방차紡車 : 물레. 선륜차旋輪車.　砅 물소리빙(물이 바위에 부딪치는 소리)

1) 절목節目 : 조선시대에 정책이나 사업의 시행지침 또는 규칙을 나열한 것.

구수口授 : 말로 전함.　賸 남을승, 남을잉, 남을싱

 해설

《매천전집》 1권 288쪽에 '상아에게 명하여 과제날 운을 불러주다'의 〈명상아과일호운命祥兒課日呼韻〉라는 제목으로 칠율 3수의 시가 있다. 이 시는 《역주매천황현시집》 하권 159~161쪽에 번역이 되어 있다. 위의 시와는 다르다.

中庚日赴歃艾川洞口

중복 날에 애천 동구로 달려가 술을 마심 　　　　칠율 1수 456

庚天不熱及新晴　　경천 일에 덥지 않더니 새로 날이 개이고
石上開筵巧揀平　　돌 위로 대자리 열려 기교를 공평히 가리네
洞口泉香添酒味　　마을 입구의 향기로운 샘물은 술 맛을 더하고
座中人老感蟬聲　　앉아 있는 노인들은 매미소리에도 감격하네
白雲靈境疑仙佛　　흰 구름 신령한 경지로 신선된 부처 의심하고
寶樹君家愛弟兄　　보배 나무 있는 그대 집 형제들 우애하네
水未出山如許淨　　물은 산에서 나오지 않아도 깨끗한 것 같아
莫辭終日洗塵纓　　종일토록 속세에서 갓 씻음을 말하지 말게

신청新晴 : 계속하여 오던 비가 새로 갬.
선성蟬聲 : 매미 우는 소리.
보수寶樹 : 극락정토에 일곱 줄로 벌어 있다고 하는 보물 나무. 곧 금, 은, 유리琉

446 역주 황매천 시집 후집

璃, 산호, 마노, 파리, 거거.

翌午憩鳳泉菴

다음날 낮에 봉천암에서 쉬다   칠율 1수 457

若個殘僧水北菴　　저 늙어 쇠약한 스님은 물 북쪽 암자에 있고

菹苽炊麥午槃甘　　오이 절이고 보리밥 지어 낮에 소반 맛이 좋네

一龕松影長依佛　　감실의 소나무 그림자 부처님께 오래 의지하고

千柄荷花不見潭　　일천 자루 연꽃 송이 연못에 보이지 않네

暇日偶成河朔飮　　한가한 날에는 우연히 하삭음[1]을 마시고

暮年聊與遠公叅　　저문 해 애오라지 원공[2]의 참여와 함께 하네

我詩餖飣君休厭　　내 시에 고어나 늘어놓은 것 싫어하지 말라

溯却江西入劍南　　강서시파[3] 맞서 물리치고 검남[4]시에 들었네

잔승殘僧 : 늙어 쇠약한 중.

菹 채소절임저　苽 오이과, 줄고(돗자리를 만듦. 산수국 : 관상용 낙엽관목)

槃 쟁반반(즐기다=般. 멈추다.)

1) 하삭음河朔飮 : 피서의 술잔치.

2) 원공遠公 : 진晉나라 고승 혜원慧遠. 여산 동림사東林寺에서 백련 결사를 한 뒤 정토수행에 전념하였다.

餖 늘어놓을두　飣 쌓아둘정

두정 餖飣 : 음식을 다 먹을 만큼 늘어놓음. 문사를 짓는데 고자古字와 고어古語를 그대로 답습하여 늘어놓음.

우성偶成 : 우연히 이루어짐. 또는 그런 일.

3) 강서시파江西詩派 : 중국 송나라 소동파의 문하인 산곡山谷 황정견黃庭堅(1045~1105)을 원조로 하는 시파.

4) 검남劍南 : 남송의 시인 육유陸游(1125~1210)의 호. 자는 무관務觀.《검남시고劍南詩稿》가 있다.

隨酉堂暮抵弓湖

유당을 따라서 저물어 궁호에 당도하다   칠율 1수 457

山月隨人直到庭	산에 뜬 달은 사람 따라 곧장 정원에 이르고
歸鞭偶與暮蟬停	채찍 들고 와 우연히 저녁 매미와 함께 쉬네
流星過水痕微白	별똥별은 물가를 지나가며 희미한 흔적 남기고
團露垂花暎紺靑	둥근 이슬 꽃은 드리워져 감청색으로 비추네
貂珥郞官勤買酒	담비 귀걸이 찬 낭관[1]이 부지런히 술사고
螢囊年少慣橫經	형낭[2]을 가진 소년은 습관처럼 경서를 펼치네
野村猶有升平象	들 마을에서는 오히려 태평한 기상이 있고
犬睡松陰戶不扃	개는 솔 그늘에서 졸고 집은 문 닫지 않았네

貂 담비초   暎 비출영(=映 : 덮다.)

1) **낭관郎官** : 조선시대 육조六曹의 5~6품관인 정랑正郎과 좌랑佐郎의 통칭.

2) **형낭螢囊** : 개똥벌레 주머니. 진晉 차윤車胤이 가난하여 기름을 사지 못하였으므로 여름이면 반딧불을 모아 담아 그 빛으로 책을 비춰 읽었다는 고사. 형창螢窓. 형설지공螢雪之功.

횡경橫經 : 경서經書를 펴서 듦.

승평升平 : 나라가 태평함.

謝醉客

취객에게 사례하며   오고 1수 458

01	大野平如掌	넓은 들판은 손바닥처럼 평평한데
	猶作坡壟隔	오히려 둑 언덕 건너편에 만들어졌네
	有如海粘天	바다는 하늘과 맞닿아 있는 것 같고
	風捲濤頭積	바람이 큰 파도를 감아말아 오르네
	村依禾黍畔	마을은 벼 기장 언덕에 의지해 있고
	竹樹低映碧	대 나무 숲 나즉이 푸르게 비추네
	客來不問路	나그네가 옴에 길을 물어보지 않고
	但隨牛羊跡	다만 소나 양 따라간 흔적 있네
09	頎然款柴門	헌칠한 모습으로 사립문을 두드림에
	暮矣借今夕	저물었도다, 오늘 밤을 빌릴 수 밖에
	我釀初云熟	내가 빚은 술 처음으로 익었다고 하니
	菊花亦堪摘	국화도 역시 따봄직 하네
	不速成佳賓	반가운 손님을 초대하지 않았는데
	對之頗酣適	그를 대하며 자못 술 마시며 즐기네

子醉可徑眠　　그대는 취해 곧장 잠을 자지만
我有醒酒石　　나에게는 술 깨는 약1)이 있노라

접천粘天 : 하늘에 붙어 있음. 하늘에 맞닿음.

기연頎然 : 키가 크고 인품이 있음.

감적堪摘 : 잡기 알맞음.

속성速成 : 빨리 이루어지거나 이룸.

가빈佳賓 : 반가운 손님. 진객珍客. 참새.

감적酣適 : 술을 실컷 마시고 즐김.

1) 약석藥石 : 침.

挽金監役膺善

감역1) 김응선의 만사　　　　　　　　칠율 1수 458

我生己是鬢成絲　　내가 태어나 벌써 귀밑털이 실처럼 되었는데
德器如公罕見之　　공과 같은 덕과 재능 드물게 보았도다
聞望何曾隨物化　　듣고 바라보아 어찌 일찍이 물화를 따랐던가
典型猶復使人思　　본받음에 오히려 다시 사람을 생각나게하네
冥司善籍應虛座　　염라대왕2) 선적3)이 응당 헛되이 앉아 있고
藝苑高文不媿碑　　예원의 높은 문장은 비석에 부끄럽지 않네
忽憶前春江上別　　홀연히 지난 봄 강상에서 이별을 생각하며

一筇烟草獨歸遲　　지팡이 짚고 담배 피며 홀로 천천히 왔네

1) 감역監役 : 선공감 9품 벼슬. 역사役事를 감독함. 감역관監役官.

덕기德器 : 덕행德行과 기량器量. 덕과 재능.

전형典型 : 모범이 될 만한 본보기. 조상이나 스승을 본받은 틀.

2) 명사冥司 : 염라대왕.

3) 선적善籍 : ① 좋은 일을 한 문서. 염라대왕이 덕업德業 있는 사람의 선적善籍
과 악적惡籍을 구분한다고 함.

② 선적공選籍公 : 지옥에서 죽을 사람을 가려내는 일을 관장함.

媿 창피줄괴(부끄럽다)

挽吳藻潭

오거담의 만사

오율 1수 458

* 위의 시는 《매천전집》 1권 294쪽에도 있으며, 이 시는 《역주매천황현
시집》 하권 179쪽에 번역이 되어 있다.

次止素亭原韻

지소정의 원운을 차운함

칠율 1수 459

* 위의 시는 《매천전집》 3권 217쪽에 있으며, 이 시는 《역주황매천시집

≫ 속집 408쪽에 번역이 되어 있다.

（ 圓頭歎 ）

깎은 머리를 한탄하며   칠고 1수 459

*是年秋京師有一進會. 皆令薙髮. 入會尹始炳宋秉畯廉仲模等.
爲之魁說支會于十三府各郡. 於是蓴民四合如狂潮捲海力. 抗朝
貴. 譏評時政屢. (×)詔解散而終不聽. 盖挾外援也. 嗟呼. 是豈
獨愚民之罪哉.

이 해 가을에 경사에서 일진회[1]가 있었는데, 모두 머리를 깎도록 명령
하였다. 윤시병, 송병준, 염중모 등이 입회하였다. 이를 위해 수령이 13
부 각 군에서 지회를 설명하였다.

이에 악인들이 성난 조수가 바다에 힘쓴 것과 같이하여 사방으로 합하
고, 조정의 귀족에게 저항하여 시정을 자주 헐뜯어 평가하였다. 임금님
이 해산의 조칙을 하였으나 끝내 듣지 않았다. 대개 밖으로 받아들이는
곳이 좁았으니, 아! 이것이 어찌 홀로 어리석은 백성들의 죄일 것인가.

人生頭圓本象天   사람이 머리가 둥근 것은 본래 하늘 형상[2]인데

問汝歎息胡爲然   그대에게 물건대 탄식함이 어찌 그러한가

嗚呼有頭便有髮   오호라, 머리가 있고 곧 머리카락이 있어

不敢毀傷期歸全   감히 훼손하지 않고[3] 완전히 돌아감을 기약하

였네

東人撮髻齊華嵩　　조선 사람은 화승4)처럼 일제히 상투 높이는데
俯視禹域嗟腥羶　　아래로 우역5)을 보니 아! 비리고 누리도다
豈謂一朝民會出　　어찌 하루 아침에 백성들 모여 나온다고 말하랴
通國雜沓迷風癲　　전국이 섞이고 답답해 혼미한 어루러기 생겼네
自持銛刀如割贅　　스스로 도끼 칼 가지고 혹을 쪼개는 것 같고
脫冠抵地紛爭先　　관 벗어 땅에 버리니 다투어 먼저 어지럽네
君不見　　그대는
乙未義旅扶社稷　　을미년 의병6)이 사직 도운 걸 보지 못했는가
甘將髑髏啗烏鳶　　즐겨 해골 가지고 까마귀 솔개를 먹이려하네
彈指星霜未一紀　　세월 가리키며 아직 열두 해도 되지 않았는데
黔黎嗜好何其遷　　일반백성의 기호가 어찌 그렇게 옮겨질 것인가
纖兒奮拳恣撞破　　베 짜는 아이는 주먹 빼앗아 방자히 깨뜨리고
家居雖好能無顚　　집에 있는 것이 비록 좋다 해도 근본이 없네
乳虎獰獰日擇肉　　젖먹이 호랑이도 모질게 날마다 고기 가려먹고
溝中白骨無人憐　　해자 속의 백골은 가련한 사람 없었도다
民生有身猶自患　　백성이 태어나 몸은 오히려 스스로 근심스럽고
況復顧惜如雲鬌　　하물며 다시 돌아봐 아름다운 구름처럼 가엾네
王郎斫地何激烈　　왕랑이 땅을 쪼개7) 어찌 세차게 격렬 했던가
屈子問天徒纏綿　　굴원8)이 하늘을 물으며 무리들이 목면을 따네
老我髻禿如棗核　　내가 늙어서 대머리가 대추씨 같아
千梳不倦晨燈懸　　천 번을 빗으며 새벽 등불 다는 것도 싫지 않네

454 역주 황매천 시집 후집

원두圓頭 : 원로圓顱. 둥근 머리. 머리털을 박박 깎은 머리.

1) 일진회一進會 : 한말 대표적인 친일단체. 송병준宋秉畯은 1904년 8월 18일 독립협회 회원이었던 윤시병尹始炳, 유학주俞鶴柱, 염중모廉仲模 등과 함께 일본 군부의 절대적 지지와 후원 하에 유신회維新會를 조직하였다. 유신회는 곧 일진회로 개칭하였는데 회장에 윤시병, 부회장에 유학주였다. 초기 송병준의 일진회는 서울에 본부를 둔 명망가 중심의 단체였다. 이 단체는 왕실의 존중과 인민의 생명 및 재산 보호 등을 내세웠지만 단발斷髮과 양복차림으로 부일附日하도록 하였다. 지방세력 동학당東學黨의 친일세력인 이용구李容九의 진보회進步會와 같은 해 12월 26일에 합동하여 13도 총회장에 이용구, 평의원장評議員長에 송병준이 각각 취임하였다.

　1905년 11월 17일 을사조약이나 1910년 8월 22일 한일합병조약 체결에 있어서 여론을 날조하였으며, 한일합병조약 후 같은 해 9월에 해체되었다.

치발薙髮 : 삭발. 머리털을 바싹 깎음. 체발剃髮. 체두剃頭.

莠 강아지풀유(추하다), 고들빼기수

유민莠民 : 악인. 나쁜 사람. 품성이 불량한 자.

기평譏評 : 헐뜯어 평론함.　屢 창루　詔 고할조(알리다)　挟 낄협

차호嗟呼 : '아아' 탄식하는 소리.

2) 상천象天 : 하늘을 본뜸. 하늘을 본받음.

3) 불감훼상不敢毀傷 : 《효경孝經》의 첫 부분 〈개종명의장開宗明義章〉에 "身體髮膚受之父母(신체발부수지부모) 신체는 부모로부터 물려받은 것이니/ 不敢毀傷孝之始也(불감훼손효지시야) 훼손하지 않는 것이 효의 시작이다."라 하였다.

4) 화숭華嵩 : 중국 오악五嶽의 하나인 화산華山과 숭산嵩山. 높은 산의 대명사.

5) 우역禹域 : 우禹 임금이 치수治水한 지역. 중국 영토.

통국通國 : 전국全國.　沓 유창할답(끓다. 합하다.)

잡답雜沓 : 북적북적하고 복잡함. 붐빔. 혼잡. 분답紛沓.

전풍癲風 : 어루러기. 사람의 몸에 생기는 피부병.　癲 미칠전(지랄병)

贅 혹췌　紛 어지러울분(섞이다)

의려義旅 : 의군義軍. 의병義兵.

6) 을미의려乙未義旅 : 을미의병은 1895년 10월 명성황후 시해사건으로 보은 사

람 문석봉을 비롯하여 유인석 등이 왜란 때의 의병정신을 이어받아 일으켰다.

사직社稷 : 토지신과 곡식 신. 국가의 기반. 국가.

촉루髑髏 : 해골.   啗 먹일담(속이다. 머금다. 품다.)

일기一紀 : 열두 해. 목성이 하늘을 한 바퀴 도는 기간임.

검려黔黎 : 관을 쓰지 않은 검은 머리. 일반 백성. 검수黔首.

유호乳虎 : 새끼에게 젖을 먹일 때의 암범.

민생民生 : 백성. 인민의 생활.

纏 얽힐전(묶다)   鬌 아름다울권(머리털을 두 갈래로 땋다)   棗 대추조

7) 왕랑작지王郎斫地 : 두보杜甫의 '단가행을 사직 왕랑에게 준다'는 〈단가행증왕낭사직短歌行贈王郎司直〉이라는 시의 앞부분에 다음과 같은 내용이 있다. "王郎酒酣拔劍作地歌莫哀(왕낭주감발검작지가막애) 왕랑이 술 취해 칼을 뽑아 땅을 치며 막애를 노래하지만/ 我能拔爾抑塞磊落之奇才(아능발이억새뇌락지기재) 나는 그대의 누르고 막는 뇌락한 기이한 재능 뽑을 수 있네"라고 시작되는 시이다.

8) 굴자屈子 : 굴원.

 ## 해설

부제에서 '(×)'로 표시 된 곳은 결자가 아니다. 임금님 말씀을 높이고, 경의를 표하기 위해 한 글자를 띄어 쓴 것이다. 이를 '궐자闕字'라 한다.

을사고 乙巳稿(1905년, 51세)

元朝兼立春又次放翁

설날 겸 입춘에 또 방옹시를 차운함

칠율 1수 460

寒意今朝已覺輕	서풍이 오늘 아침에 불어와 가볍게 느끼고
梅花盡放小窓明	매화가 다 피어 작은 창문에 환희 피어있네
鬢邊歲色辭人拜	귀밑털 주변은 세색으로 사람들 세배 사양하고
曆首天時記日晴	책력 앞의 천기[1]는 날씨의 맑음을 기록하네
春帖口呼兒代寫	입춘첩[2]을 구호하며 아이에게 대신 쓰게 하고
晨燈睡渴盡還成	새벽 등불에 졸며 서둘러 다 다시 완성하네
望雲更切三元祝	구름 보며[3] 다시 간절히 삼원[4]을 축복하노니
莫遣狼烽照漢城	낭분을 태우는 봉화[5]가 한성을 비추지 말라

원조元朝 : 설날. 원단元旦.

한의寒意 : 서풍.

1) 천시天時 : 때의 운행運行. 하늘의 도리. 하늘의 도움 있는 시기. 자연 현상.

2) 춘첩春帖 : 입춘立春날 기둥에 써 붙이던 주련柱聯. 연상첩延祥帖, 춘첩자春帖子, 춘축春祝이라고도 함. 다음과 같은 것이 있다. 龍遊鳳舞, 世樂民喜(용유봉무, 세락민희) 용이 놀고 봉황이 춤추니, 세월이 즐겁고 백성이 기쁘다. 壽如山, 富如海(수여산, 부여해) 산처럼 강건 장수하고, 바다와 같이 넉넉한 부자 되다.

구호口呼 : 외침. 말로 부름.

3) 망운望雲 : ① 구름을 바라봄. ② 망운지정望雲之情 : 타향에서 고향에 계신 부모님을 생각하거나 그리워함.

삼원三元 : ① 삼시三始 : 연年·월月·일日의 처음이란 뜻으로, 정월正月 초하루 아침을 말함. ② 해원解元, 회원會元, 장원壯元. 곧 향시鄕試, 회시會試, 정시庭試의 우등 합격자, 또는 진사進士 시험에 1위·2위·3위의 세 사람. ③ 상원上元, 중원中元, 하원下元 ④ 세상의 시작과 중간과 끝 ⑤ 도가道家에서 세 가지 으뜸인 하늘, 땅, 물을 말함.

4) 삼원축三元祝 : 음력 정월 초하룻날의 축복. 이날은 연年·월月·일日 세 가지 시작에 해당하므로 삼원이라 했으며, 만사형통하고 무병無病하기를 기원하였음.

狼 이리랑(사납다. 어지럽다. 천랑성天狼星 : 시리우스.)

5) 낭봉狼烽 : 낭분狼糞을 태워서 올리는 봉화를 말함.

雨中宿蓮洞書齋, 燒筍佐酒

비속에 연동 서재에서 자며, 죽순을 삶아 술 안주하다 칠율 1수 461

有此茅堂結構新	이렇게 띠로 엮은 집 새로 얽어 만들었더니
十年懶作始來人	십 년 동안 게으르다 비로소 사람 오기 시작하네
農商雜錯也尊士	농업과 상업이 섞어졌어도 선비는 존중되고
山水低殘能出塵	산수는 안으로 해쳐져 능히 속세로 나오네
梅子輕薰終日雨	매실은 종일토록 비가와도 가벼운 향기 있고
菜花深巷過時春	채소 꽃은 봄 지나갈 때 깊은 골목에 있네
瓣香欲下坡翁拜	꽃 잎 향기가 파옹[1]에게 절을 하고자하고

玉版亭亭代澗蘋　옥판이 우뚝 솟아 시내의 마름꽃을 대신하네

모당茅堂 : 모옥茅屋. 띠 집. 초라한 집.
소순燒筍 : 죽순을 삶음.
좌주佐酒 : 술안주 삼음.
저잔低殘 : 저속하고 잔인함.
판향瓣香 : 모양이 꽃 잎 비슷한 향. 사람을 흠앙欽仰함.
1) 파옹坡翁 : 소동파蘇東坡를 말함.
옥판玉版 : 옥판에 새겨서 보존할 만큼 귀중한 학술.
정정亭亭 : 늙은 몸이 꾸정꾸정함. 산이 우뚝 솟아 있음.
蘋 네가래빈, 개구리밥평(쑥. 갈대. 부들.)
간빈澗蘋 : 시내의 마름꽃.

光陽禹順吉孝廬旅, 次臥病謝郡人携酒來問二首

광양 우순길의 효려[1]로 여행함에, '와병사군인휴주래문 2수'[2]에 차운하다

칠율 2수 461

1수

樽前爲說昔年時　술동이 앞에서 옛날 시절을 얘기하다보니
惜與諸君識面遲　가엾게도 제군들과 함께 면식이 늦어지네
謝眺山青堪作客　사조[3]는 청산에서 객이 되었음을 감당하고
袁宏頭白愧吟詩　원굉[4]은 흰머리 되어 부끄럽게 시를 읊네

亭臺向霽風鈴亂	정자 누대가 쾌청함에 풍경소리 혼란스럽고
洲渚迎潮野艇移	물가에서 조수 맞으며 들녘의 배를 옮기네
不可令人無一醉	사람에게 한 번도 취함이 없도록 하여
城南千樹晚鶯枝	성 남쪽 즈믄 나무 가지에 늦꾀꼬리 있네

1) 효려孝廬 : 상제喪制가 거처하는 곳.
상제喪制 : 부모나 조부모의 상중喪中에 있는 사람. 상례喪禮에 관한 복제服制.
여차旅次 : 여행 중에 머물러 있는 곳. 여행하는 사람이 아랫사람에게 보내는 편지에 씀.
2) 臥病謝郡人携酒來問二首(와병사군인휴주래문이수) : 와병에 군사람들이 술을 가지고 와 문병함에 사례하여 두 수를 차운함.
석년昔年 : 옛날. 여러 해 전. 惜 아낄석(가엾다)
3) 사조謝眺(464~499) : 남조의 심약沈約(441~513)과 더불어 한시漢詩에 사성 운율을 완성하였음.
4) 원굉袁宏(328~376) : 동진東晉의 학자로 동양 태수東陽太守를 역임했으며, 시문 300편을 남겼다. 《문선》에 수록된 〈삼국명신서찬三國名臣序贊〉의 위魏 순문약荀文若을 찬양한 글에서 '夫末遇伯樂則(부말우백락즉) 백락을 만나지 못하면/ 千載無一驥(천재무일기) 천 년이 지나도 천리마 한 필을 찾아내지 못한다'라 하였다.
풍령風鈴 : 풍경風磬. 절 처마 끝에 다는 경쇠. 종鍾 안에다 쇳조각으로 붕어를 만들어 달아 바람이 불어 흔들리면 맑은 소리가 남.

2수 461

一區池館盡淸暉	한 구역 연못가의 집은 맑은 빛을 다하고
陣陣輕風柳絮飛	가벼운 바람 간간히 불어 버들 솜이 날리네
滾湯爽回醒後茗	물 끓여 시원히 했다가 술 깬 후 차를 타 마시고

研光嫩起夏初衣	광택이 나는 어린 싹 돋아 초여름 옷을 입네
來牟溢野豐年近	소 우는 소리 들녘에 넘쳐 풍년이 가깝고
花木成村俗客稀	꽃과 나무로 마을 이루어 속객이 드물어라
關塞極天言也怕	변방이 막히고 하늘이 높아 말하기도 두려워
勸君無負白鷗磯	그대에게 권하노니 갈매기 물가를 버리지 말게

진진陣陣 : 끊이지 않음. 토막토막 이어짐.
곤탕滾湯 : 물이 끓다.　研 갈아(갈아 광택을 내다)
아광모研光帽 : 하얀 광택이 있는 베로 만든 모자.　嫩 어린눈(어린 새싹).
극천極天 : 하늘의 가장 높은 곳. 하늘에 닿음.

哭光陽南景烈

광양의 남경렬을 곡함　　　　　　　　　　칠절 1수 462

晝哭聲漸客臭酸	낮에 곡소리 다하여 나그네 괴로운데
燈前如昨把杯歡	등불 앞에서 어제처럼 술잔 잡아 즐기네
城西藁殯蕭蕭白	성곽 서쪽에 고빈[1]하여 쓸쓸히 날 새고
不省今春雨雪寒	금년 봄 차가운 눈비를 살피지 않누나

漸 다할시(없어지다)　臭 냄새취　酸 초산(식초)

藁 나무마를고   殯 염할빈

1) 고빈藁殯 : 시신을 땅 위에 덮어 놓아두었다가 2~3년 뒤 육탈이 된 후 뼈를 씻어 다시 땅에 묻는 세골장洗骨葬. 초빈草殯·출빈出殯·외빈外殯이라고도 한다. 남해와 서해의 섬 지역에서 주로 행해졌으며, 1900년대 초경에는 육지에서도 행해졌으며, 지금도 이렇게 하는 곳이 있음.
설한雪寒 : 눈이 내리거나 내린 후의 추위.

 해설

　위의 시와 같은 제목으로 《매천전집》 1권 296쪽에 칠절 1수가 더 있으며, 이 시는 《역주매천황현시집》 하권 187쪽에 번역이 되어 있다. 같은 제목의 만시輓詩라도 내용은 다르다. 결국 《곡광양남경렬》시는 칠절 2수로 된 시이다.

> 川村諸友仲秋遊華嚴寺. 歸路見枉喜, 次其軸中韻

천촌의 여러 벗들이 중추절에 화엄사로 놀러가다. 돌아오는 길에 미치도록 좋아하는 것을 보고, 그 두루마리의 운을 차운하다

칠율 1수 462

半年愁病廢論文　　반년간 병 근심해 문장을 논하지 않았더니
誰復玄亭訪子雲　　누가 다시 현정의 양자운[1]을 방문할 것인가
古寺記遊已陳跡　　옛 절에서 기록하고 놂은 이미 지난 자취요
諸生來說更新聞　　여러 학생들이 와 다시 신문을 이야기하네

天星盡出霖初捲	하늘의 별들이 장마가 처음 걷혀 다 나오고
溪火微明夜逈分	냇가 불빛 밤에 멀리 나눠져 약간 밝아졌네
縱有芳樽無與共	비록 좋은 술 있다 해도 함께하는 사람 없어
菊花開日擬招君	국화 피는 날 그대를 초대할까 헤아려보네

軸 굴대축(북. 두루마리.)

1) 자운子雲 : 한나라 양웅揚雄(BC53~AD18)의 호. 양웅揚雄이 태현정太玄亭에
서 은거하며 집필하였는데, 가끔 사람들이 술을 싣고 와서 기자奇字를 물었다고
함. 그의 철학은 유교와 도교의 영향을 받았으며, 인간의 본성은 선과 악이 뒤섞여
있다고 보았다. 저서에 《법언法言》《태현경太玄經》이 있다.

미명微明 : 희미하게 밝음.   捲 힘쓸권(분발하다. 주먹.), 말권

和寄始有室

'시유실'[1]을 화운하여 보내다   칠절 3수 462

1수 463

未必今人遜古賢	반드시 금인은 옛 성현에게 겸손할 필요 없고
長公四十早歸田	장공[2]은 사십 나이에 일찍 귀농하였지
椒園破屋吾曾見	초원[3]의 부서진 집을 내 일찍 보았더니만
三世都無葺一椽	삼 세에 다 지붕도 한 서까래도 없었더라

1) 시유실始有室 : 비로소 집에 있음.

2) 장공長公 : 미상이나 전한前漢의 장지張摯를 말하는 것 같음. 장지는 관직이 대부大夫에 이르러 면직된 뒤 강직한 성품을 굽히지 않고 벼슬에 나가지 않았음. 장공長公은 세상에 아부하지 않는 사람의 대명사로 불렸음. 이밖에 소장공蘇長公 소식蘇軾이 있음.

3) 초원椒園 : ① 청나라 학자 심정방沈廷芳의 호임. 《십삼경정자十三經正字》, 《은졸재시문집隱拙齋詩文集》의 저서가 있다. ② 명나라 때에 숭지전 뒤의 꽃밭에 모란 수십 그루가 있어 초원椒園이라 이름 하였다.

茸 기울즙, 지붕일집

2수 463

名論崢嶸宦業低	뛰어난 논리 한껏 높았어도 벼슬은 낮았고
機雲共駐屋東西	육기 육운 형제1)가 동서 집에 함께 거주했네
異宮今日心偏苦	다른 궁에 있어 오늘은 마음이 심히 괴로워
自擇春田下下泥	스스로 봄밭에서 하하2)의 진흙탕을 택했네

쟁영崢嶸 : 형세가 한껏 높음. 깊고 위험함. 세월이 오래됨.

환업宦業 : 벼슬에 관한 사무.

1) 기운機雲 : 진晉나라의 문학가인 육기陸機와 육운陸雲 형제를 말함.

2) 하하下下 : 신분이 낮은 사람들. 아랫 것들. 일반 백성. 하의 하로 9등급 중 최하위.

3수 463

| 洞主名山傲達官 | 주인은 명산에서 오만하여 높은 관직에 있었고 |

蝸廬雖小足鯢桓	달팽이 오두막집 적어도 고래도 헤엄칠 수 있네
縱傳花石嗤遺譏	비록 화석이 전해져도 남겨진 충고라 비웃으니
莫作平泉一例看	평천[1]을 한 예로 보는 것을 만들지 말지어다

달관達官 : 높은 관직.
와려蝸廬 : 달팽이의 껍질처럼 작음. 누추한 집. 자기 집을 겸손하게 이르는 말.
鯢 도롱뇽예(암고래. 잔고기.) 桓 푯말환(굳세다. 위엄이 있다.)
1) 평천平泉 : 당나라 때의 재상 이덕유李德裕의 별장 이름. 온갖 기괴한 화초花草와 나무·돌들을 모아 주위가 10여 리나 되었다고 함.

 해설

위의 시와 같은 제목으로 칠절 4수의 시가 《매천전집》 1권 297쪽에 있으며, 이 시는 《역주매천황현시집》 하권 189~192쪽에 긴 부제와 함께 번역되어 있다. 결국 이 시는 위의 시를 합하여 모두 칠절 7수 된 시이다.

 감상

경재耕齋 이건승李建承은 매천의 지음知音이었던 영재寧齋 이건창李建昌의 친제親弟였다. 강화도에 살고 있는 그 아우 경재가 '비로소 집이 있다'의 〈시유실始有室〉시를 보내왔다. 보내온 이 시에 대하여 매천이 〈화기시유실和寄始有室〉로 화운한 것이다.

매천의 신교神交였던 영재는 조선시대 최연소 문과 합격자로 벼슬이 높았으며, 강화학파의 양명학자로 이름이 있었다. 영재는 고문古文의 대가로 당시의 문단을 주도했으며, 명망도 있었지만 강화에 있었던 집은 초라하였다. 1수에서는 서까래도 없었다고 표현하였다. 매천은 이건창의 지우를 받아 사귀면서 강화도에 있는 이건창의 집을 보고 이렇게 읊은 것이다. 3수에서도

'달팽이 같은 오두막집에 고래도 춤 출수 있다'라고 표현하여 이건창·이건
승 형제들의 청렴했던 삶을 엿볼 수 있는 시이다.

　1898년 영재가 타계하면서 매천은 정신적으로 어려움이 많았다. 하지만
매천은 그의 아우 경재와 이와 같이 시문을 주고받고 있었으며, 영재의 사
촌 동생이었던 이건방과 그리고 다섯 살 연상의 창강 김택영과도 긴밀한
관계를 유지하고 있었다. 매천은 망해가고 있는 나라를 살아가고 있으면서
지식인으로서 고뇌가 컸지만 이렇게 영재의 동생들과 선후배와 관계를 맺
으면서 정신적으로 의지하며 살아갈 수 있었다.

過蟾津

섬진강을 지나며　　　　　　　　　　　　　　　　　　오절 1수 463

天下斷腸處　하늘 아래 애간장 끊어지는 곳

江南黃葉秋　강 남쪽으로 누런 가을 잎을 보네

孤舟人不見　외로운 배 사람은 보이질 않고

日暮白蘋洲　해질녘 하얀 갈대 여울에 있네

蘋 네가래빈(여러해살이 수초. 개구리밥.)

立春

입춘   오절 1수 464

開門對殘雪　　문 열고 녹다 남은 눈을 대하다보니
春氣已催詩　　봄기운이 벌써 시를 재촉하누나
日朗豐將驗　　햇살이 밝고 풍성하여 장차 시험해보니
寒輕醉不知　　추위 약간 있어도 술 취해 알지 못하겠네
野隆梅發處　　들녘의 언덕은 매화가 피어있는 곳이요
江動雁歸時　　강물이 풀려 기러기 돌아갈 때로다
齒缺無全味　　치아가 빠져 아무런 맛 알지 못하고
辛槃下箸遲　　매운 소반 아래론 젓가락 더디 가네

朗 밝을랑　郎 사나이랑　隆 높을륭(크다. 두텁다.)　辛 매울신(독하다)
槃 쟁반반(즐기다=般. 멈추다.)　箸 젓가락저, 붙을착

放紙鳶

종이 연을 날리며　　　　　　　　　　　　　　칠고 1수 464

紙鳶難道非眞鳶	종이 연이 진짜 연이 아니라고 말하지 마라
扶搖直上摩靑天	곧장 위로 잡아 흔들어 푸른 하늘을 만지네
絲泛風滿浩無際	연실이 떠서 바람에 가득 한없이 넓고
白質幻作玄之玄	하얀 바탕이 환상이 되어 현의 현을 만드네
雲霄滅沒遠勢緩	구름 낀 하늘 멀리 기세가 천천히 사라지고
隱隱躍躍絲微牽	은밀히 깡충 깡충 조금씩 실을 당기네
羣兒手倦望眼直	무리지은 애들 손 게을러 곧장 눈을 바라보고
虛戄向空回回旋	헛되이 자새 하늘을 향해 빙글빙글 도네
誰將戲具署斷案	누가 놀이기구 가지고 관공서를 단안할까
今日恰是放鳶恨	오늘은 흡사 연 날리는 한이 있도다
城南凍樹森如茨	성 남쪽의 언 나무는 가시나무 숲과 같고
萬鴉散盡風沙亂	수많은 까마귀들 다 흩어져 모래바람 어지럽네
放汝儘去千萬里	그대를 버려두고 멋대로 천만리 날아가니
上下四方雲爲伴	상하 사방으로 구름은 한가한 모양이로다
靑邱之東海甚狹	청구[1]의 동쪽 바닷가는 매우 협소하여
只恐誤罣蝦夷岸	두려운 건 하이족 언덕에 잘못 걸리는 것이네
神威非復震天雷	신의 위엄이 하늘의 우레를 진동하지 않고
肯使卉服供傳玩	풀옷 옳게 여겨 공손히 노는 것 전하더라

호무제浩無際 : 한없이 넓음.   簍 자새확(작은 얼레)

운소雲霄 : 구름 낀 하늘. 높은 지위.   伴 짝반(따르다. 한가한 모양.)

단안斷案 : 옳고 그름을 판단함. 어떤 안案을 잘라 정함, 또는, 그 안.

1) 청구靑邱 : 중국에서 조선을 칭한 말. 남해南海의 신선이 사는 곳.

하이蝦夷 : 일본 북해도北海道 지방에 살던 인종.   罣 걸괘

훼복卉服 : 풀로 만든 옷. 오랑캐의 옷.

 해설

　1906년 정월에 연 날리고 있는 모습을 읊은 풍속시이다. 매천은 어떤 시인보다 풍속시를 많이 읊었다. 《매천야록梅泉野錄》을 쓰고 있었기에 역사학자답게 사라져가는 그 시대의 생활상을 시로 표현해 놓은 것이다. 하지만 이 시는 단순히 연날리기만의 시는 아니다. 시의 후반부에서 관리들의 비리를 폭로하고 있으며, 친일적親日的인 행위를 경계하였다. 연을 멀리 날려야만 한 해의 액막이를 할 수 있다고 하여 연은 멀리 날아갈수록 좋다고 한다. 하지만 연이 날아가 일본 왜 땅의 하이족 언덕에 걸리는 것이 두렵기만 하다. 우리 대한제국 사람들이 일본인들의 손아귀에서 얌전하게만 놀고 있는 것을 비웃고 있는 일종의 애국시이다.

> 聞淵齋先生殉義之報, 私慟于野

연재[1] 선생의 순의지보를 듣고 홀로 들녘에서 통곡하다

1수

斯文一夜悶黃泉　유학은 하룻밤 새 저승길로 어두워졌지만

正氣千秋返皓天	바른 기풍이 천추에 밝은 하늘로 돌아왔네
老論終能知有國	노론들은 마침내 국가가 있음을 알았고
儒林庶不愧無賢	유림들은 현명함이 없어도 부끄럽지 않았네
都民遙望丹旌泣	도성 백성들 멀리 붉은 정기 바라보며 울고
夷館爭鈔白簡傳	이관[2]에서 백간[3]을 다투어 베끼며 전하네
從古論人觀大節	예로부터 사람을 논할 때 절개를 본다는데
君實合在子雲先	군실[4]이 응당 자운[5]보다 앞서 있었네

1) 연재淵齋 : 송병선宋秉璿(1836~1905)의 호. 연재는 1905년 11월 을사조약 체결로 인해 을사오적을 처형할 것과 을사조약 파기 등을 호소하는 유서를 남기고 자결하였다.

2) 이관夷館 : 외국인이 머물 경우 외국인 거류지역의 관사.　夷 오랑캐이

3) 백간白簡 : 내용 없이 흰 종이만 넣은 편지.

대절大節 : 죽기를 각오한 절개. 절조.

4) 군실君實 : 사마광司馬光(1019~1086)의 자. 호는 우부迂夫, 시호는 문정文正. 죽은 뒤 온국공溫國公으로 봉하여져 사마온공司馬溫公이라 불렸다. 《자치통감資治通鑑》의 저자로 294권으로 된 방대한 이 책은 전국시대부터 오대五代에 이르기까지 1360동안의 역사이다. 사마광은 구법당으로 왕안석의 신법에 반대하였다.

5) 자운子雲 : ① 양웅楊雄(BC53~AD18)의 자. 중국 전한 말기의 사상가이며 문장가. 왕망이 신新나라를 세웠을 때 대부大夫라는 직책에 취임하여 송대宋代 이후에는 절의관節義觀에서 비난을 받았다. ② 한나라 성제成帝 때 곡영谷永의 자.

해설

　위의 시와 같은 제목으로 《매천전집》 1권 317쪽에 칠율 3수의 시가 있다. 1906년 병오고로 매천의 나이 52세 때 지은 시이다. 이 시는 《역주매

천황현시집》 하권 277~281쪽에 번역이 되어 있다. 매천은 위의 시와 더불어 연재 송병선 선생의 순절殉節에 결국 칠율 5수의 조만시弔輓詩를 쓴 것이다.

 감상

1905년 11월 9일 특명전권대사로 한국으로 부임한 이토오 히로부미(=이등박문伊藤博文)는 다음날 10일 '대한제국大韓帝國을 일본의 보호국으로 삼겠다'는 일본 정부의 주장을 외부대신 박제순朴齊純을 통해 대한제국 정부에 전달하였다. 이토오는 고종황제를 3차례 걸쳐 인준하도록 협박하였으나 뜻을 이루지 못하였다. 다시 어전회의를 열었지만 결론을 내리지 못하였고, 황제는 대신과 조처하라는 말로 책임을 대신에게 미루게 되었다. 결국 1905년 11월 17일 이완용을 비롯한 을사오적신이 조약에 서명함으로써 대한제국은 외교권이 없는 국가로 전락되고 말았다.

이 소식을 듣고 매천은 〈문변삼수聞變三首〉와 《팔애시八哀詩》를 써서 통곡하였다.(이 시는 《역주매천황현시집》 하권 193쪽~209쪽과 《역주황매천시집》 속집 416~421쪽에 각각 번역이 되어 있음.)

또한 매천은 을사조약 체결로 인해 연재 송병선 선생의 순절 소식을 듣고 위의 시를 쓴 것이다. 3행에서 노론은 흥선대원군이 몰아내려고 했던 세력들로 나라를 잘못 다스려 주권을 일제에게 빼앗긴 무기력한 집권파들을 말하고 있다. 선생의 죽음으로 인해 조선의 유학과 선비가 살아 있음을 지적하면서 조선왕조 500년 동안 길러낸 선비 정신의 명분이 서게 되었다는 주장이다.

2수 465
弓旌卄載葆東岡 활과 깃발이 이십 년간 동강에 더부룩 있었고[1]

一出風塵立大防	풍진 세상에 한번 나와 큰 제방에 서있네
幷世名儒應妬死	세상과 함께하는 명유는 응당 질투해 죽었고
千秋大老倍先光	천추에 큰 늙은이를 더욱 먼저 비추네
冥司鼓吹迎山長	저승에서 북 치고 불며 산장[2]을 환영하고
宸慟絲綸邁國殤	대궐의 통곡은 조칙의 글로 국상[3]에 힘쓰네
講學家中忠諡始	강학하는 집 가운데 충성스런 시호가 있고
太常幾嗅筆頭香	태상[4]에서 기미를 맡아 붓 향기 있도다

旌 기정(왕명을 받은 신하에게 신임의 표시로 주던 기. 천자가 사기를 고무할 때 쓰던 기.)

입재卄載 : 이십 년.　卄 스물입　葆 풀더부룩할보(채소. 뿌리.)

1) 동강東岡 : 선비가 은거하는 곳.《후한서後漢書》〈주섭열전周燮列傳〉에 주섭이 임금이 불러도 출사하지 않자 그 종족이 말하기를, "덕을 닦고 행실을 쌓는 것은 나라를 위한 것인데, 그대는 홀로 동강의 언덕만을 지키려고 하는가?"라 하였다.

2) 산장山長 : 도덕과 학식이 높은 선비. 은사隱士.

명사冥司 : 저승. 저승의 법정.　宸 집신(처마. 대궐.)

사륜絲綸 : 조칙詔勅의 글.　邁 갈매(떠나다. 초월하다. 힘쓰다.)

3) 국상國殤 : 국가를 위해 죽은 사람.　殤 일찍죽을상

4) 태상太常 : 나라의 제사祭祀와 시호諡號의 일을 맡아보던 관아官衙.

 해설

　나라의 큰 어려움을 당하여 정신적으로 방패막이가 되어준 은사隱士 송연재 선생의 순절을 찬양하였다. 나라에서는 선생에게 시호를 문충文忠이라 하였다.

東咸體次社中諸友

동함체에서 시사[1]의 여러 벗들의 시를 차운함　　　칠율 28수 465

1수

平野微茫不見峰	평야가 조금 아득하여 봉우리 보이지 않고
村痕惟露數株松	마을의 흔적은 오직 몇 그루 솔에 드러나 있네
花經積雨紅仍淡	장맛비 지낸 꽃은 붉음이 그로인해 연해지고
柳帶輕寒翠未濃	가벼운 한기 속 버들은 비취색으로 짙지 않네
折箠閒驅溪口鴨	채찍질해 계곡 입구로 오리 한가히 몰고 가며
懸窠忙接樹頭蜂	매달린 집 나무 끝의 벌들이 분주히 오가네
耕奴曳孿牛如屋	밭 가는 종놈은 집채만 한 소 고삐 끌며
不信吾非上戶農	내가 상류층의 농가가 아닌 것을 믿지 않네

1) 사社 : 토지의 신사(동지나 붕우 등 단체.　사일社日 : 입춘·입추 후 다섯 번
째 무일로 사직신에게 제사 지내는 날.)
상호상호사 : 지배층. 사회지도자.　箠 채찍추, 대이름수

2수 466

村前溪澗勝於江	마을 앞 냇가의 계곡은 강가보다 승경이고
農月分渠疊作雙	농사 달은 크게 나눠져 겹쳐 짝으로 일어나네
滿屋花明羞我老	꽃들이 밝아 집에 가득 나의 늙음이 부끄럽고

過墻酒美喜民厖	술 맛이 좋아 담장 너머 백성들 크게 좋아하네
凉生蒲莞方紋簟	왕골자리 서늘하여 사방으로 삿자리 무늬 있고
爽入琉璃兩眼窓	상쾌히 유리에 들어와 두 눈이 창가에 있네
晝靜書巢讐校穩	고요한 낮 서가에서 조용히 교정하면서
任他籬落有人跫	울타리에 사람 인기척 있음을 개의치 않네

농월農月 : 농사일이 바쁜 달. 厖 두터울방(크다. 섞이다.)
讐 원수수(대답하다. 팔리다. 주다. 쓰다.)
수교讐校 : 글이나 책을 비교하여 교정함. 두 사람이 상대하여 원본을 교정하는
모양이 원수인 것처럼 진지하여 이르는 말.
임타任他 : 남의 행동에 대하여 간섭하지 아니하고 버려 둠.
跫 발자국소리공

3수 466

正是春風欲暮時	마침 봄바람이 불어와 저물어 갈 때인데
何來情恨滾相隨	어느 때 정과 한이 흘러와 서로를 따르리오
落花巧放粘鬚片	떨어진 꽃 공교히 날려 수염에 붙고
軟柳全垂繞指枝	연한 버들잎 다 늘어져 가지 잡고 감고 있네
上巳光陰違禊事	상사일[1] 시기에 계제의 일[2]이 어긋나고
中興消息待公移	중흥하는 소식에 공이[3]를 기다리도다
徵索千村猶未了	마을마다 세금을 요구해 아직 끝나지 않고
鳧茨合續古人詩	부자[4]를 연속 합하니 옛사람의 시에 있네

1) 상사上巳 : 삼진날. 음력 3월 3일.
2) 계사稧事 : 계제사.   稧 벤벼계(볏짚. 푸닥거리. 목욕재계하다.)
3) 공이公移 : 같은 등급의 관아 사이에 주고받던 공문서.
징색徵索 : 세금 따위를 내라고 요구함.
4) 부자鳧茨 : 오우烏芋(올방개 뿌리). 민간에서는 발제荸臍라고 한다. 잎은 화살
촉 같고, 뿌리는 토란과 비슷하며, 삶아 익혀야 먹을 수 있다. 가슴과 위胃에 있는
열을 없애고, 황달을 치료하며, 귀와 눈을 밝게 한다.

4수 466

百花無力午風微	온갖 꽃이 무력해지는 낮에 미풍이 불어오고
負手閒行出水扉	뒷짐 지고 한가히 걸으며 물가 집을 나오네
凡凡藤青過頭杖	평상시 푸른 등나무를 지팡이 짚고 지나가며
仙仙苧白稱身衣	신선이 입는 흰 모시 적삼 내 몸에 맞는다네
滄浪鬢髮餘春少	창랑한 머리와 귀밑털에 남은 청춘이 적고
邋遢心期快事稀	엉망진창 된 마음 속의 기대 상쾌한 일 드무네
愛汝茅簷雙鷰子	그대가 띠집 처마 한 쌍의 제비를 사랑하니
依依終是傍人飛	의의히 마침내 사람 곁으로 날아오도다

장두杖頭 : 지팡이의 손잡이.   扉 사립문비(문짝. 집.)
범범凡凡 : 극히 평범한 모양.
신의身衣 : 몸에 지닌 옷.   친신의襯身衣 : 속옷.
창랑滄浪 : 창파. 큰 바다 푸른 물결.
邋 나부낄랍   遢 갈탑(급히 감. 일을 삼가 하지 않음.)
납탑邋遢 : 구질구질하다. 산뜻하지 않다. 엉망진창이다.

심기心期 : 마음속의 기대, 또는 기약.

依 의지할의(사랑하다. 돕다. 편안하다. 무성하다.)

의의依依 : 마음이 조마조마함. 헤어지기 섭섭함. 나무가 무성함. 희미함.

5수 467

茅堂位置儘麤疎	띠로 엮은 집의 위치는 다 거칠게 성기어있고
代枕支床盡用書	베개 대신 상을 지탱함에 책을 다 이용하네
遲日惱人春夏際	해 길어 사람이 괴롭게 봄여름 사이에 있고
好風如酒睡眠初	좋은 바람은 술과 같아 잠을 처음으로 자 보네
雨膏已見齊腰麥	단비 덕택으로 일제히 보리 밀 등을 보며
水煖方生具軆魚	물이 따뜻해 바야흐로 몸 갖춰진 고기 생겨나네
滿說吾廬庭植艶	우리 집 정원에 심어 곱다는 얘기 많이 하며
一竿蕉葉殿花餘	장대 같은 파초 잎이 꽃핀 끝에 펼쳐지도다

麤 거칠추(소략하다)　腰 허리요(차다. 밑동. 기슭.)

지일遲日 : 해가 늦게 짐. 낮이 긴 날. 봄날.

6수 467

芳艸芊綿酒滿壺	방초에 무성한 면화 있고 술병에 술이 가득
一竿斜日渚禽呼	낚싯대 하나에 해 기울고 물가 새를 부르네
玩世幸於今日在	세상을 희롱함에 다행스럽게 오늘이 있는데
惜春能得幾人無	봄을 아껴도 능히 몇 사람 없구나

百回蝴蝶情多燕　　백번이나 호접이 날아와도 정은 제비에 많고
一丈芭蕉韻勝梧　　한 장 길이 파초 잎의 운치는 오동보다 낫네
三復猶龍知我戒　　세 번을 반복하여 오히려 용은 나의 계을 알고
幽居不願入新圖　　궁벽한 곳에 살면서 새로운 그림 원하지 않네

芊 풀무성할천(초목이 섞임)　芉 풀이름간(율무열매)
芋 토란우(풀 성하다)　綿 이어질면(연속하다)

7수 467
兩岸鵝黃一色齊　　두 언덕의 누런 거위들은 모두가 한 색갈이고
流鶯不限水東西　　날아가는 꾀꼬리 동서 물가를 구분하지 않네
眼明惟喜盃心凸　　밝은 눈은 그저 즐겁지만 잔속이 볼록하고
頭白先驚筆力低　　흰 머리 먼저 놀라 붓의 힘이 약해지네
槐夏川原蒸野馬　　홰나무 있는 여름 천 언덕에 아지랑이 피었고
麥田風日下山鷄　　보리밭은 바람 볕에 있으며 산 아래 닭 있네
主翁送客休嗔傲　　주인옹은 객을 보냄에 성내거나 오만하지 않더니
一病今春不過溪　　한번 병들자 금년 봄에 냇가를 지나가지 않네

천원川原 : 하천의 유역의 벌. 내와 고원高原.
야마野馬 : 아지랑이. 야생말.
풍일風日 : 바람과 볕. 날씨.
嗔 성낼진　傲 거만할오

제8수, 9수, 10수

위의 제8수, 9수, 10수의 시는《매천전집》3권 223쪽에 있으며, 이 시들은《역주황매천시집》속집 426쪽~428쪽에 번역이 되어 있다. 다만 9수 7행의 혹雀은《매천속집》에는 학鶴자로 되어 있다. 혹雀은 학鶴의 속자로 쓰이기도 한다. 10수 2행의 앙앙泱泱(끝없을 앙 : 물이 깊고 넓음)은《매천속집》에는 결결決決(터질 결 : 물이 넘쳐흐름)로 되어 있다.

11수 468

幽艸茸茸路不分	깊숙한 풀 무성하여 길은 나눠지지 않았고
松陰屯作屋頭雲	솔 그늘에 둔전 지으며 용마루에 구름 있네
俗堪警薄通隣乞	풍속은 놀랍게도 좀 남아 이웃에 청해보고
事盡傳訛厭外聞	일마다 다 와전 되어 밖의 소문도 싫어지네
農戶漸忙蚕化殼	농가는 누에가 허물 벗어 점점 바빠지고
溪堂稍潔燕成群	계당에 제비들 무리지어 점차 깨끗해지네
朝朝嚥下名山氣	아침마다 명산의 기운을 마시며
勝似當年宗少文	뛰어난 것은 당년의 종소문[1]과도 같도다

茸 무성할용(흐트러지다. 부들 꽃.)

용용茸茸 : 풀이 우거짐. 소인小人이 떼 지어 있음.

연하嚥下 : 삼켜 버림. 삼킴.   嚥 삼킬연(마시다)

1) 종소문宗少文 : 중국 남조 송나라의 은사隱士 종병宗炳(375~443)을 말함. 종병의 자字는 소문少文으로 세속을 버리고 산야에 숨어 살았던 고사高士였다. 그는 산수를 좋아하여 두루 명산을 구경하고 형산荊山에 집을 짓고 살았다. 병이 들자 강릉으로 돌아와 탄식하기를 '이제 명산을 구경하기 어려울 듯하니, 누워 유람하리

라'하고, 유람했던 산들을 그려놓고 구경했다는 고사가 있음.

12수 469

彎彎墩阜僅藏村	물굽이마다 돈대 있어 겨우 마을을 감추었고
秩秩閭閻靜不喧	질서 지켜 여염에서 고요하고 시끄럽지 않네
一派深泉窮石脉	한 갈래 깊은 샘물은 돌 맥을 다하고
數叢栽竹護籬根	몇 떨기 대나무 심어 울타리 밑을 보호하네
晚花候急全山紫	늦게 핀 꽃들 급히 온 산이 붉어짐을 기다리며
斷雨吹斜半野昏	그친 비 기울어 반쪽 들판이 어둡게 불어오네
煮艾西川曾有約	서쪽 냇가에서 쑥 삶으며 일찍 약속 있었더니
故人書到款柴門	옛 사람의 편지가 사립문을 두드리며 왔네

질질秩秩 : 질서 정연함. 공경하고 삼감. 아름다움. 강물이 흐름.
여염閭閻 : 마을. 촌민.
자애煮艾 : 쑥을 달임.

13수 469

熨貼烟蕪野望寬	찜질하여 황무지 연기 있고 들녘을 넓게 보며
興來時復獨憑欄	흥이 나서 이 때에 다시 홀로 난간에 기대보네
約逢酒伴從無筭	술친구와 약속하여 만나면 산가지가 없고
偶見田翁恕不冠	전옹[1]을 우연히 보곤 갓 쓰지 않음을 용서하네

江雨乍晴漁艇亂　　강가의 비 잠깐 개어 고깃배 서로 다퉈 나가고
午風徐度寺鐘殘　　낮 바람이 서서히 불어 절의 종소리 잔잔하네
委蛇討個方便法　　기분 좋게[2] 낱낱이 손쉬운 방법을 토의하니
不是淵明定幼安　　도연명이 아니고 진정 유안[3]이로다

熨 다름질할울, 눌러덥게할위(고약을 붙이다. 다리미.)
위첩熨貼 : 다미질 해 구김살을 폄(=위첩熨帖). 찜질하고 바르는 외치요법을 뜻함.
欄 난간란(울)　欄 목란란
1) 전옹田翁 : 농사 짓는 늙은이.
2) 위이委蛇 : ① 침착하고 느긋함. 배를 땅에 대고 기어감. 구부러짐.
② 위타委蛇 : 미꾸라지. 꾸불꾸불함.
③ 허여위이虛與委蛇 : 겉으로만 추종함. 또는 짐짓 좋은 체함.
3) 유안幼安 : ① 삼국시대 위魏나라 관녕管寧의 자. 후한의 명사 화흠華歆 등과
동문 수학한 사이로 은둔 생활을 계속하였다. 뜻이 높고 재물에 개결하여 화흠의
탐심을 미워하였음.
② 유안모幼安帽 : 검소함. 유안은 성품이 검소하여 항상 검정 모자를 착용하고
다녔음.

14수 469
科斗聲高夏已還　　올챙이 소리 높아져가 여름이 벌써 돌아왔고
終朝疎雨在南山　　아침이 끝나자 성긴 빗소리가 남산에 있네
重尋禊事鶯花後　　앵화가 핀 이후로 계제사의 일을 깊이 찾으며
更下吟工范陸間　　범육[1]의 사이에서 공교하게 다시 읊네
樵勤竈僕爲歌短　　부엌의 종은 단가를 부르며 부지런히 나무하고

織慣機妻用手閑	베틀 위의 처는 손 한가히 습관으로 베를 짜네
清來滓去無人識	빛 맑아 앙금이 없어지고 사람의 앎도 없어
錯道經春減舊顏	길이 섞여 봄이 지나도록 옛 얼굴이 줄어드네

과두科斗 : 올챙이. 과두문자.

1) 범육范陸 : 남송 4대가였던 범성대와 육유를 말함. 이밖에 양만리楊萬里·우무尤袤가 해당됨.

① 범성대范成大(1126~1193) : 남송4대가의 한 사람으로 자는 치능致能, 호는 석호거사石浩居士. 참지정사에 대학사라는 높은 벼슬을 지냈으며, 석호가에 별장을 짓고 시주詩酒로 자연을 즐기면서 살았다. 소식과 황정견의 시를 따랐으나, 뒤에 청신한 도연명에 가까운 시를 지었으며, 정교하고 치밀하였다.(김학주, 《中中국문학사中國文學史》, 신아사, 2001, 349~351쪽.)

② 육유陸游(1125~1210) : 남송4대가의 한 사람으로 자는 무관務觀 호는 방옹放翁. 강서시풍을 공부하였으나 금에 대한 철저한 항전주의자로 분방한 시들을 썼으며, 만년에는 한담한 시들을 썼다. 滓 찌끼재(앙금. 때.)

15수 470

街童柳管尚春天	거리의 애들은 버들피리 부는 봄날을 바라더니
躑躅紅連一水邊	철쭉나무 붉게 피어 한물가로 이어져 있네
奴款遙穿魚市雨	하인은 비 오는 어시장을 소요하며 뚫고 가고
村香初散藥爐烟	마을 향기는 약 화로 연기에 처음 흩어지네
陰深一徑青梅下	응달 깊은 곳 한 길가 아래로 청매가 있으며
浩蕩千郊白鷺前	호탕한 넓은 성 밖 앞으로 백로가 있네
布穀何來啼不去	뻐꾸기1)는 어디에서 와 울며 날아가지 않는가

園林如海晝如年　　정원 숲은 바다 같으며 낮은 한해같이 길도다

척촉躑躅 : 철쭉나무.
1) 포곡布穀 : 뻐꾸기.

16수 470

楊花蘸水雪痕消　　버들 꽃 물에 적셔 깨끗한 흔적 없어지고
梅子薰人午景驕　　매실은 사람 향기 속에 한낮 경치를 속이네
數陣蟻遷松上岸　　자주 진을 친 개미는 솔 언덕으로 옮겨가고
一行燕坐石邊橋　　한 줄로 제비는 돌다리 부근에 앉아있네
雨徵鼓角官樓近　　비 부르는 고각소리 관청 부근 누대에서 나고
風說兵戈海舶遙　　풍문에 전쟁이 나 바닷가 선박이 소요하네
京國燈竿森在眼　　서울의 높은 등불 눈 속에 삼삼한데
盂蘭佳節記今朝　　우란분[1]의 가절을 오늘 아침에 기억하네

잠수蘸水 : 물에 담금.　蘸 담글잠
매자梅子 : 매실.
풍설風說 : 떠돌아다니는 말. 풍문風聞.
병과兵戈 : 무기. 전쟁.
경국京國 : 서울.
등간燈竿 : 등대. 등불을 단 기둥.
盂 바리우(사발)　盂 소반간(큰주발)
1) ① 우란분盂蘭盆 : 범어에서 기원하며 '고苦'를 구원한다는 뜻. 백중날에 행하

는 불사로 여러 가지 음식을 차려 조상의 영전에 바치며 아귀에 시주하고, 조상의 명복을 빌며 그 받는 고통을 구제하였음.
② 우란분경盂蘭盆經 : 부처님의 제자인 목련존자가 죽은 어머니의 고통을 구했던 사실을 말한 경전임.
　불교의 효도를 강조한 경으로, 매년 7월 13일에서 3일간 선조의 영령을 제사하는 불사를 우란분회, 우분회라 하였다. 또는 정령제精靈祭, 성령제聖靈祭, 환희회歡喜會, 혼제魂祭, 영제靈祭 등으로 부르게 되었다.

17수 470

淋浪夜雨響簷茅	임랑한 밤에 비가 와 띳집 처마 울리는 소리
一望油油麥滿郊	한 번 바라보니 번드르르 한 보리 들녘에 가득
村旺家家桑吐眼	마을이 성해 집집마다 뽕나무가 눈을 토하고
土腴日日笋舒梢	흙이 기름져 날마다 죽순 끝에 드러나네
貧來願足殘年喫	빈한해 늙은 나이에 배불리 먹기를 원하며
佳處詩成一字敲	좋은 곳에서 한 글자 퇴고하여 시 완성하네
今歲知應風不惡	금년에는 바람이 심하지 않다는 것 알고
傍門靈鵲結危巢	문 곁으로 신령스런 까치집 높이 지었네

淋 눈물뿌릴림　油 기름유(구름이 피어나는 모양)
잔년殘年 : 늙어 죽기까지 얼마 남지 않은 나이.　喫 마실끽(먹다. 피우다)
위소危巢 : 높은 곳에 있는 새 집.

18수 471

槐穗吹凉午枕高	괴나무 벼이삭에 맑은 바람 불어 낮 베개 높고
酒痕衫袖老猶豪	술 먹은 흔적 소매 적삼에 노인은 호걸이로다
養蜂細究韜鈴密	양봉을 자세히 연구하여 비결을 꼼꼼히 하고
視燕窮思土木勞	제비 보며 생각을 다해 토목에 힘쓰네
岸絮漫天欺遠雪	언덕의 버들 솜 하늘에 날려 멀리 흰 눈 속이고
園松入夏歛寒濤	정원의 소나무 여름 들어 찬 물결을 바라네
此身判作鸏氊雀	이 몸은 학 털이 흩어짐을 판별하노니
那有鳴聲徹九皐	어찌 우는 소리 깊은 연못에 통할 것인가

穗 이삭수(벼이삭)　穗 나무이름혜　韜 감출도(활집. 칼자루. 병법의 비결.)
鸏 털흩어질동　氊 털흩어질모
구고九皐 : 으슥한 깊은 연못.　徹 통할철(전달되다. 뚫다.)

 해설

　7행의 '두루미학雈'자는 '학鶴'자와 같이 쓰이며, '학鶴'의 속자로 쓰이기
도 한다.

19수 471

孤村一例静時多	외로운 마을은 한 예로 조용한 시간이 많아
樵路遙聞入夜歌	초동 길 멀리서 밤에 부르는 노래 들려오네
百道幽泉渾是雨	백 갈래 길 깊은 샘물은 비로 흐려지고

半規新月不成波　둥글게 반쪽 새론 달에 물결이 이뤄지질 않네
凉星搖野山鐘落　찬별들 들녘에 움직이고 종소리 산에 흩어지며
暝樹衝人店炬過　어둔 숲에 사람 부딪쳐 횃불이 주점 지나가네
又是春田蛙鼓起　또 봄철 밭에 개구리가 두드려 깨어나니
農家占候較如何　농가에서는 점복을 살펴 비교함이 어떠한가

반규半規 : 둥근 형상의 반쪽. 반륜半輪.
候 물을후(점치다. 기다리다. 살피다.)

20수 471
翩翩人影度晴沙　오가는 사람의 그림자 비 개인 모래펄 건너고
袍笠翻風一隊斜　도포 입은 삿갓 바람에 날려 한 무리 비껴있네
甲乙較詩如品石　갑과 을의 시 비교해보는 것은 품석과도 같고
琳琅滿目勝看花　아름다운 시문 눈에 가득 꽃 보는 것보다 좋네
社游有讓兒和弟　시사에서 놀며 아이들과 동생에게 양보하고
廚傳無虧我在家　음식을 공궤함[1]에 내 집에서 부족함이 없네
坐挹名山鸞鳳侶　앉아서 명산을 잡으며 봉새 난새와 짝하니
蓽門今日也光華　사립문에 오늘도 아름다운 빛이 있도다

편편翩翩 : 나부끼는 모양. 풍채가 좋음. 웅장하고 화려함.
번풍翻風 : 바람에 펄럭임.

픔석品石 : 대궐 정전正殿 앞뜰에 관계官階와 품품品品을 새겨 세운 석표石標. 동반은
동쪽, 서반은 서쪽 자리에 정하여 있음.
임랑琳琅 : 아름다운 구슬. 아름다운 시문.
1) 주전廚傳 : 음식을 공궤供饋하는 일. 주廚는 음식, 전傳은 역마를 말하며, 이
를 제공하는 것을 말함.
虧 이지러질휴(부족하다. 깎이다. 줄다.)　挹 뜰읍(물을 푸다. 당기다. 누르다.)
蓽 콩필(사립문=篳)　篳 울타리필(사립문)
필문篳門 : 사립문. 가난한 집. 시문柴門.
광화光華 : 아름다운 빛. 빛나는 기운.

21수 471

春歸如客我懷長	봄은 손님처럼 와 내가 오랫동안 회고해보니
贏得樽前鬢髮蒼	남긴 이득은 술동이 앞에서 머리털만 늙어졌네
志士傷時惟有淚	의로운 선비는 마음이 상해 때로는 눈물 짓고
吉人居室自生光	팔자 좋은 사람은 거실에서 스스로 빛이 나네
閒棊晝永稀聞子	한가히 두는 바둑 낮 길어 간혹 아들 얘기 듣고
佳墨年深不減香	좋은 먹은 오래되어도 향이 줄어들지 않네
一領漁簑幽興動	어부 도롱이의 옷깃에 깊이 흥겹게 움직이며
黃梅疎雨滿江鄕	황매는 성긴 비속 강가 향리에 가득하도다

빈발鬢髮 : 귀밑털과 머리카락.
영득贏得 : 남긴 이득. 영리贏利.
소우疎雨 : 성기게 오는 비.　疎 거칠소(트이다 =疎. =疏.)

22수 472

風簷樹翳半牕明	바람 부는 처마 나무에 가려있고 반 열린 창 밝아
終日春禽喚羽聲	종일토록 봄철의 새 날고 새 부르는 소리있네
菜美知從陰洞採	나물 맛 좋다는 것 알아 그늘진 골짝따라 캐고
溪渾應是上坪畊	흐려진 냇가는 필시 윗들이 경작하기 때문이지
論人常說身當局	사람을 논함에 항상 몸은 당시의 시국을 말하고
應物端宜事近情	사물에는 응당 마땅히 일의 가까운 정이 좋구나
聞道幽燕兵再動	숨은 연병[1]이 다시 활동했다는 이야기 듣고서
鉛刀如雪愧儒生	무딘 칼을 씻는 것 같아 유생에게 부끄러워라

1) 연병燕兵 : 명나라 혜제 건문建文 2년 6월에 성조成祖가 반란군을 이끌고 금천문으로 쳐들어오자 곡왕谷王 혜穗와 이경륭李景隆이 반하여 북방의 연병燕兵을 받아들이니, 도성이 함락되었다. 이 때 건문제는 행방불명이 되었으며, 황후가 불에 타죽은 사건을 '금천문金川門의 변'이라 한다. 건문은 중국 명나라 혜제 때의 연호로 1399~1402년을 말함.
연도鉛刀 : 무딘 칼. 쓸데없는 물건.

23수 472

溪作池塘石作庭	냇가는 지당을 만들고 돌로 정원을 만들어
一連籬落竹林青	한 줄로 이어진 울타리에 대밭 숲이 푸르러라
巨山功利田無旱	큰 산은 공리가 있으며 밭은 가뭄이 없고
長老鄉隣德有星	장로가 고향 인근에 있으며 덕성스런 별 있네
種菊粗成元亮徑	국화 심어 거칠게 도원량의 오솔길에 있으며

畫蘭漫擬右軍亭	난초 그림을 공연히 왕우군 정자와 비교하네
夢魂不出東岡外	꿈속의 혼이 동강 밖으로 나오지 않아
幻境黃粱久已醒	환상의 세계에 황량몽[1]이 깬지 오래 되었네

공리功利 : 공적과 이익. 영달과 이득. 행복과 이익.

환경幻境 : 환상의 세계.

황량黃粱 : 메조. 찰기가 없는 조.

1) 황량몽黃粱夢 : 부귀영화가 덧없음.

24수 472

屋頭山好暮猶登	집 위의 산이 좋아 날 저물어도 올라가 보고
次第炊烟野樹層	차례로 불 땔 연기 들녘의 나무에 층져 있네
蓬笠捲風沙市客	쑥 삿갓이 바람에 걷혀 모래 시장에 객이 있고
茶籠趲雨石橋僧	차 바구니에 비 흩뿌리고 돌다리에 스님 있네
經春洞口花無主	봄이 지나도록 동구에 핀 꽃은 주인이 없고
力穡村前岸不崩	농사에 힘써 마을 앞의 언덕이 무너지지 않았네
老眼頓驚風俗變	늙은 눈은 풍속이 변하여 갑자기 놀랍더니
千家齊爇石油燈	많은 집 석유 등잔불이 일제히 켜져 있더라

봉립蓬笠 : 쑥으로 만든 삿갓.

다롱茶籠 : 차를 넣어두는 대 바구니.

趲 흩어질찬(달아나다)   穡 거둘색(곡식. 농사. 아끼다.)

25수 473

滿說春歸始欲愁	모두 말하기를 봄이 와 처음 근심스럽다는데
朝朝芳草上溪樓	아침마다 꽃다운 풀이 냇가 누대에 있구나
數鄰井遠憐童婢	몇 집 인근의 우물가 멀어 계집종이 가련하고
百畝田荒悶老牛	백이랑 밭이 황폐하여 늙은 소 번민하네
巧坐笋稍雙鷰亞	공교하게 죽순 끝에 앉은 한 쌍의 제비 흉하고
輕吹花片一魚浮	가벼운 바람이 꽃잎에 불어와 물고기 뜨네
蘭亭觴咏蘇門嘯	난정에서 술잔 들고 읊으니 소문산 휘파람소리[1]
自笑淸狂老未休	스스로 청광함[2]을 웃으며 쇠함을 그치지 않네

화편花片 : 꽃 잎.   稍 줄기끝초

1) 난정蘭亭 : 진진 왕희지王羲之(307~365)의 〈난정집서蘭亭集序〉에 나오는 난
정을 말하고, 소문소蘇門嘯는 '소문산의 휘파람소리'를 말함. 진나라 죽림칠현의
한 사람인 완적이 소문산에서 은자 손등孫登을 만나 선술仙術을 물었으나 대답하
지 않고 휘파람만 불고 가벼렸다는 고사가 있음.

상영觴咏 : 술을 마시며 시가를 읊음.   嘯 휘파람불소(읊조리다. 울부짖다.)

2) 청광淸狂 : 마음이 청아한 맛이 있으면서 그 언행이 규범에 어긋남. 지나치게 결백
하여 다른 사람들이 꺼리고 멀리하는 사람.

26수 473

鳴鳩喚雨午園深	비둘기 울고 비 부르며 낮에 정원 깊이 있고
枳殼花明自一林	탱자 꽃 밝게 피어 저절로 숲 하나 이루었네
野牧閒隨如狗馬	들판에 방목한 개나 말처럼 한가하고

溪竿驚起啄魚禽　　냇가의 낚시 고기 쪼는 새 놀라 일어나네
僧論茶價逡巡去　　중은 차 값을 따지며 우물쭈물 가고
客遞詩筒取次尋　　객은 시통을 전하며 차례대로 깊이 꽂네
擧目風塵人血少　　이 풍진 세상에 눈 들어 사람의 피가 적고
一春如鶴費呻吟　　봄에 한번 학처럼 신음하며 애태우네

기각枳殼 : 탱자를 썰어 말린 약재. 위장을 맑게 함.
준순逡巡 : 우물쭈물함. 멈칫멈칫 물러남.　逡 뒷걸음질칠준
遞 갈마들체(번갈아. 교대로. 전하다. 보내다.)
시통詩筒 : 한시를 써넣어 가지고 다니던 조그마한 대나무 통.

27수 473
千頃稻田蕭寺南　　천 이랑 논밭이 쓸쓸히 절 남쪽에 있고
溪渾十里不成潭　　흐려진 냇가 십리에 못을 이루지 못했네
吾鄕海遠商塩淡　　내 고향은 바다가 멀어 소금 장수가 적고
今歲春荒野菜甘　　금년 봄에 보릿고개로 들나물이 달구나
大陸方酣羣鬪蟻　　대륙에는 즐겨 무리지은 개미떼들 싸우고
浮生已老再眠蠶　　뜬구름 인생 벌써 늙어 다시 누에잠 자네
餘齡擬謝塵寰累　　남은 연령 진세를 떠난 것 같은데
深向方壺結草庵　　깊이 방호산을 향해 풀 암자를 지었네

면잠眠蠶 : 잠자는 누에.
춘황春荒 : 보릿고개.
진환塵寰 : 티끌의 세계.   寰 기내환(천자의 영지. 천하. 진세塵世)

28수 474

棲身郊野志嵌巖	들녘에 깃들어 살아도 뜻은 깊은 암혈에 있고
處約猶然恥混凡	이렇게 묶여 있어 오히려 다 혼탁하여 부끄럽네
緩曳東山花底屐	천천히 동산의 꽃 아래로 나막신 신고 가다보니
高張南坨雨中帆	높이 남쪽 언덕으로 빗속에 돛단배 가네
悲歌半夜祈天定	깊은 밤 슬픈 노래는 하늘이 정한 기도이고
私撰千秋羨海函	천추에 사사로이 찬하여 해함[1]이 부러워라
老去童心還自笑	동심으로 늙어감에 도리어 스스로 비웃고
幽軒風日試春衫	바람 별에 숨어 사는 집에 봄 적삼 시험하네

교야郊野 : 교외의 뜰.   嵌 산깊을감
감암嵌巖 : 깊은 골짜기 바위.   암혈巖穴 : 석굴石窟.
처약處約 : 곤궁한 지경에 있음.
화저花底 : 꽃의 밑.   坨 언덕타(비탈지다)
사찬私撰 : 개인의 저작. 개인이 편집함.   函 함함(상자. 편지. 술잔.)
1) 지부해함地負海函 : 대지는 만물을 다 실어주고, 바다는 온갖 냇물을 다 받아들임. 삼라만상을 모두 한데 포괄함을 의미함.
풍일風日 : 풍양風陽. 바람과 볕.
춘삼春衫 : 봄에 입는 홑옷.

次二山回甲壽韻

이산의 회갑 수시를 차운함　　　　　　　　칠율 1수 474

名園瀟灑去人遙　유명한 소쇄원[1]은 사람들과 멀리 떨어져 있고
大藥初成鬢雪消　큰 약이 처음 이뤄 눈 빛 같은 귀밑털 사라지네
抱瑟春風穿好畤　봄바람에 거문고 안고 좋은 재터를 뚫고 가며
掛冠雲月臥中條　구름 달 속에 갓 걸고 오동나무에 누워있네
洞天水活澆花岸　동천의 물이 활기 차 언덕의 꽃에 물대고
壽域山靑放鶴朝　장수하는 땅은 산 푸르러 아침에 학이 날아가네
又有琳瑯詩萬首　또 옥과 같은 시 만 수가 있어
地仙如子勝沖霄　그대는 땅의 신선 같아 하늘 찌르는 승세로다

명원名園 : 이름난 동산, 정원.

소쇄瀟灑 : 산뜻하고 깨끗함.　瀟 강이름소(물 맑고 깊다. 바람이 사납다.)

1) 소쇄원瀟灑園 : '맑고 깨끗한 정원'의 의미로, 전남 담양군 창평면 남면 지곡리
에 있음. 조선 중종 때 학자 양산보梁山甫(1503~1557)가 1519년 스승인 조광조趙
光祖가 기묘사화로 죽게 되자 이곳에 은거하여 1530년 만든 별서別墅 원우園宇임.
畤 재터치(제사지내는 곳. 경계. 우뚝 솟다.)　條 가지조(개오동나무)

동천洞天 : 하늘에 잇닿음. 신선이 사는 곳.

수역壽域 : 장수하는 사람이 많은 고장. 오래 살 만한 나이. 오래 살 수 있는 즐거
운 경지.

欒 나무이름란　雀 오를혹, 뜻높을각(새 높이 날다), 두루미학(=鶴의 속자)

赴歙芝上吟社

지상의 음사로 가서 술 마시다

칠율 1수 474

藍溪曲曲盡名園	쪽빛 냇가 굽이굽이 있고 다 이름난 정원이라
旬日爲期酒百樽	열흘 남짓 기한 되어 백 동이 술과 함께 하네
分外風流推後輩	분수 외로 풍류를 후배들이 추진하였고
老年詩律愧專門	늙도록 시율을 전문으로 한 것이 부끄러웠네
千層麥捲牛鳴岸	천 층 겹겹으로 보리 말리며 소 언덕에서 울고
一朶花搖鷰坐痕	한 떨기 꽃이 흔들려 제비 앉은 흔적이로다
寄語淵明鷄黍局	도연명에게 계서[1]의 술판이 있다고 말 보내노니
茫茫八表奈同昏	망망하도다, 세상이 어찌 온통 어두컴컴한가[2]

전문專門 : 한 가지의 학문이나 사업에만 전심함.

1) 계서鷄黍 : 닭을 잡아 국 끓이고 기장밥을 지음. 남을 잘 대접함.

팔표八表 : 팔방의 구석. 땅 끝.

2) 팔표동혼八表同昏 : 세상이 온통 어두컴컴함. 도연명의 시 〈정운停雲〉의 앞 부분에 나온다. "靄靄停雲(애애정운) 뭉게뭉게 낀 먹구름/ 濛濛時雨(몽몽시우) 쏴 쏴 비가 내리네// 八表同昏(팔표동혼) 세상이 온통 어두컴컴하고/ 平路伊阻(평로 이조) 평탄한 길 막았도다// 靜寄東軒(정기동헌) 조용히 동헌에 기대어/ 春醪獨撫 (춘료독무) 봄에 담은 술 단지 홀로 만지고 있네// 良朋悠邈(양붕유막) 좋은 친구 들은 멀리 있고/ 搔首延佇(소수연저) 머리 긁으며 서성거리네"

柳友瑩模設酌見邀, 携小川過臺村書塾

벗 유영모가 술자리를 마련하여 불렀는데, 소천[1]을 모시고 대촌의
서당을 지나가다

칠율 1수 475

不易浮生一日歡	덧없는 인생 하루 즐거움이 바꿔지 않더니
幾廻靑眼此相看	몇 번이나 반가운 눈으로 이렇게 서로를 보네
山明藉說詩鄕古	산 밝고 시향이 예스럽다 구실삼아 말하고
竹美全忘士戶寒	대나무 아름다워 선비집의 쓸쓸함을 다 잊네
老去風光盃到手	늙어가는 모습은 손에 술잔이나 잡으며
西來消息髮衝冠	서쪽에서 오는 소식은 머리털의 갓을 치도다
有人未究田園趣	사람이 궁구하지 않는 것도 전원의 취미요
沒齒躬畔詎是難	치아 빠지고 몸 어그러져 어찌 어렵기만 한가

1) 소천小川 : 왕사찬王師瓚(1946~1912)의 호. 왕석보의 셋째 아들로 구례 문척
면 토금리에서 후학을 교육하면서 살았다. 매천은 1895년 소천과 문학논쟁을 하
며, 〈화소천논시절구和小川論詩絕句〉을 쓰기도 하였다. 운조루의 유제양에게 갈
때도 함께 갔던 매천의 가장 친한 벗이기도 하였다. 매천은 왕사천을 평하여 남파
성혜영과 석정 이정직을 남방의 3대 시인으로 평가하기도 하였다.
畔 밭두둑반(물가), 배반할반(어그러지다)

聞義兵起

의병이 일어났다는 소문을 듣고   칠율 1수 475

椎枕山堂耳忽明	산 집에서 목침 베고 있는데 귀 홀연히 밝아
三南義鼓一時鳴	삼남지방 의병들의 북소리 일시에 울려오네
要知討賊人皆可	적을 토벌하는 사람들이 다 옳다는 것 알지만
非謂勤王事必成	근왕의 일이 반드시 이루어진다고 말하지 말라
魏勝旌旗懸故國	위승[1]의 정기가 휘날려 고국에 걸려있고
王琳書檄滿邊城	왕의 옥 같은 격문이 변방 성에 가득 찼더라
腐儒頭白嗟無用	썩은 유자의 흰머리 아! 무용지물이로다
手撫鉛刀涕自傾	손으로 무딘 칼을 만지며 스스로 눈물 흘리네

1) 위승魏勝(1120~1164) : 송宋 나라 사람으로 자는 언위彦威. 회수淮水에서 여러 차례 금金나라 군사를 무찔렀다. 그 공으로 충의총독忠義總督이 되었다. 군대의 깃발에 '산동위승山東魏勝'이라고 썼는데, 금나라 사람들이 멀리서 그것을 보기만 해도 도망쳤다고 한다. 하지만 회양淮陽에서 금나라 군대에 맞서 싸우다가 전사하였음.
연도鉛刀 : 날이 무딘 칼. 쓸데없는 물건. 涕 눈물체(눈물 흘리다)

七月初張君乃範自龍城還示以吟社十律，强索和章．既
別數日走筆追謝別數日走筆追謝

칠월 초에 장내범 군이 용성에서 와 음사에서 십율을 보이므로,
애써 찾아 장구에 화운하다. 이미 헤어진 지 수일 이었으므로 빨리
써서 추기하여 사례하다　　　　　　　　　　　칠율 3수 476

1수

白鳳仙花開又開　흰 봉선화는 피고 또 피어있는데

遲遲靑眼喜君來　지지하게 반가운 눈으로 그대 옴이 즐겁구나

鬢寒欲照嵌空石　귀밑털이 얼어 동굴 속의 돌 비추고자 하고

詩老翻成古怪梅　시 짓는 늙은이 옛 괴이한 매화에서 시 고쳐짓네

萬事風塵徒說劒　풍진 세상에 만사는 한갓 칼날이나 설명하고

悲歌壟畝且含杯　언덕이랑에서 슬픈 노래는 또 술잔 속에 있네

十年螢雪渾如夢　십 년 형설의 공이 꿈처럼 흐려있는데

新學于今養別才　지금까지 신학문은 별난 기술을 양성하네

감공嵌空 : 굴. 동굴. 영롱한 모양.　嵌 산깊을감(새겨 넣다. 돌이 중첩한 모양.)
풍진風塵 : 바람과 티끌. 세상의 어지러운 일.
옹묘壟畝 : 밭. 시골.　壟 언덕롱

2수 476

樹樹凉蟬欲斷魂　나무숲이 시원한 매미는 영혼을 끊고자 하고

西風已入水邊村	서풍이 불어와 이미 물가 마을로 들어가네
晴天郡角如家信	갠 하늘에 군의 피리소리는 집의 편지와 같고
大野農旗作陣門	큰 들녘에서 농기 들고 진문1)을 만드네
荒圃秋生苽味澹	거친 밭 가을이 되어 오이 맛은 슴슴하고
崩橋雨過荳花昏	무너진 다리에 비 지나가 콩 꽃이 저물어 가네
閒來欲畵方壺勝	한가히 방호산의 승경을 그리고자 하여
留下山僧更細論	산 아래 스님이 머물러 다시 세세히 논하네

가신家信 : 자기 집에서 온 편지나 소식. 苽 줄고(진고眞苽. 산수국.), 오이과
1) 진문陣門 : 진陣으로 드나드는 문.

3수 476

桐凉吹睡雨聲寬	찬 오동나무에 바람이 잠자 빗소리가 크고
欄角風爐茗火殘	난간 모서리의 풍로에 차 싹 불을 헤치네
暑後光陰千藕老	여름 지나 세월 속에 많은 연꽃들 시들어가고
天涯雲樹一蟬寒	하늘 물가 구름 나무에 쓰르라미 외롭게 우네
奕棋不定驚新報	바둑 장기 정하지 않듯 새 보도에 놀라고
杼柚俱空嚇舊官	베를 북과 수갑이 다 비어 구 관인이 성내네
莫恨看書無妙理	책을 봄에 묘한 이치 없다고 한하지 마오
時時能與古人歡	때때로 옛사람과 더불어 즐거움이 있다네

杻 감탕나무뉴(사철나무), 수갑추(쇠고랑)

구관舊官 : 먼저 번 수령.　嚇 웃음소리하(감탄사), 성낼혁(위협)

묘리妙理 : 묘한 이치.

 해설

　위의 시와 같은 제목으로 칠율 7수가 《매천전집》 3권 225쪽에 있다. 이 시는 《역주황매천시집》 속집 429~434쪽에 7수가 번역이 되어 있다. 시 제목에서 보듯이 십율을 보였으므로 나머지 3수가 된다.

重陽前數日庭前黃菊盛開

중양일 수일 전 뜰 앞에 황국화가 만개함　　　　칠절 2수 477

1수

秋日娟娟滿草堂	가을 날 고은 빛이 초당에 가득 차 있고
吟髭搖落怨風霜	읊는 수염 흔들리며 서릿바람을 원망하네
此回勝似陶元亮	이번에는 마치 도원량처럼 뛰어나
早把東籬一朶香	일찌감치 동쪽 울타리에 한 떨기 향냄새 있네

연연娟娟 : 빛이 산뜻하게 아름답고 고움. 아름답고 어여쁨.

요락搖落 : 흔들어 떨어뜨림. 늦가을에 나뭇잎이 떨어짐.　把 뜰읍

2수 477

荒階秋色日欄干	황량한 섬돌의 가을 색 햇빛 있는 난간에서
一任珠英露未乾	구슬 같은 한 송이 꽃이슬은 마르지 않았네
憐汝人間花癖甚	이웃하는 너희 인간들 꽃 좋아하는 병 심하고
依依數蝶不勝寒	연모하여 몇 마리 나비 쓸쓸함을 이기지 못하네

화벽花癖 : 꽃을 좋아하는 병.
의의依依 : 풀이 푸름. 어렴풋함. 부드럽고 약함. 서운함. 연모함.

東高墉柱

고용주에게 편지 쓰다   칠절 2수 477

1수

海鶴堂堂一世才	해학은 당당한 일세의 재주꾼인데
黃塵烏帽晚裵佪	누런 먼지 검은 모자 쓰고 배회하며 늦네
早年讀罷三千卷	어린 나이에 삼천 권의 책을 독파하고서
快脫人間桎梏來	흔쾌히 인간을 탈속하여 질곡해오네

裵 치렁치렁할배(서성거리다. 배회하다.)   佪 어정거릴회(어두운 모양)
조년早年 : 어린 나이.
질곡桎梏 : 차꼬와 수갑. 속박束縛.

2수 477

蓼橋西望雪漫漫　　요교[1]에서 서쪽을 바라봐 눈이 흩어져 날리고
病鶴呻吟警夜寒　　병든 학은 신음하여 차가운 밤에 놀라네
聞道黃登江上市　　황등[2] 강가의 저자에서 이야기를 듣노라니
胡商爭購石亭蘭　　오랑캐 장사치들 다투어 석정이 그린 난 구매하네

* 此二首宜在滄選第三首下
　이 2수는 마땅히 창강이 선정한 제 삼수 아래에 있어야 한다

1) 요교蓼橋 : 전북 김제시 지명이름.
만만漫漫 : 끝없이 지루함.　　漫 질펀할만(흩어지다. 어지럽다.)
2) 황등黃登 : 전북 익산군 황북면黃北面 황등리黃登里를 말함. 호남선 철도역이
있는 곳으로, 역은 2008년 12월 1일 여객 취급이 중지되었다. 이곳의 산물은 황등
석黃登石이 유명하며, 황등제黃登堤는 미륵산 일대로부터 내려오는 물길을 막아
서 형성된 호수였지만 일제시대에 없어졌다 함.

해설

　'창강이 선정한 시'는 1911년 상해에서 김택영이 발행한 《매천집》의 시
를 말한다. 《매천집》319쪽과 《매천전집》 1권 325쪽에도 〈간고용주柬高墉
柱〉라는 제목으로 칠절 3수의 시가 있으며, 이 시는 《역주매천황현시집》
하권 311~313쪽에 번역이 되어 있다. 매천은 창강이 선정한 3수와 위의
시 2수를 합하여 결국 같은 제목으로 칠절 5수의 시를 읊은 것이다.
　고용주(1865~1930)의 자는 현중玄仲, 호는 봉계鳳溪로 구례 출신이었다.
1903년 성균관 박사였으며, 1906년 전주 양영학교 교무를 지냈다. 매천이
순국한 이후로 1910년 8월 22일 한일합병조약 이후의 《매천야록梅泉野錄》
내용을 추기追記하였다.

柬平叔

평숙[1]에게 편지 쓰다   칠절 1수 478

*平叔長兒方十七歲甚聰妙，　人稱跨竈．　今年余送客乞畵于平
叔．客還誦其兒近作只記一句，曰閒雲上樹欲無山，其才穎已
可想．遂演其一句以賀之．

평숙은 아이가 자라 바야흐로 17세에 매우 총묘하여 사람들이 아궁이를
뛰어 넘었다[2]고 칭찬하였다. 금년에 내가 객을 보냄에 평숙에게 그림
을 청하였다. 객이 돌아와 그 아이의 최근 작품을 외웠는데, 다만 일구
를 기억할 뿐이었다. 말하기를 '날이 한가하여 구름이 나무에 없고자 하
며, 산은 그 재주가 빼어나 이미 상상할 수 있네'라고 하였다. 드디어
그 일구를 널리 펴서 이것을 축하하였다.

閒雲上樹欲無山	한가한 구름은 나무 위의 산을 없애고자하고
點綴沙坪水一灣	사평[3]에서 접철되어 한 굽이 물가에 있네
小米童年已神境	십팔 세의 어린 나이에 이미 신의 경지였고
筆頭烟雨暗江關	붓끝[4]이 안개비 속에 있으며 강관이 어두워지네

1) 평숙平叔 : 송태회宋泰會(1872~1940)의 자. 호는 염재念齋. 전남 회순和順에

서 태어났으며, 1888년 17세 때 진사시에 합격하여 매천과 동문생이었다. 1900년 박사시博士試를 거쳐 성균관에서 수업하였다. 시서화 3절을 이루었으며, 매천에게 십절도시와 관계되는 10폭 병풍 효효병을 그려주었다.

　중국에서 학문을 연구하고 귀국하였으며, 1908～1910년에 대한매일신보 기자로 활동하다 경술국치 이후 낙향하였다. 특히 1918년에는 전북 고창에 오산고보폶山高普를 설립하여 학생들에게 민족사상을 고취시켰다. 이 학교는 후에 고창고보로 개칭이 되었으며, 일제시대 학생운동의 본거지가 되었다.

2) 과조跨竈 : 송나라 호계종胡繼宗의 《서언고사書言故事》 자손자孫에, "연루煙樓는 아궁이 위에 설치한 연통이다. '아궁이를 뛰어넘어 연통을 부수고 나가는 것(跨竈撞破煙樓)'을 가지고 아들이 아비보다 나을 때의 비유로 쓴다."라고 하였다.
　옛말에, 아들이 아비보다 나을 경우에 '과조跨竈' 또는 '당파연루撞破煙樓'라고 하였다.

穎 이삭영(빼어나다)　演 멀리흐를연(통하다. 윤택하다. 스며들다.)

3) 사평沙坪 : 전라남도 화순군 남면 사평리를 말하는 듯함.

소미小米 : 좁쌀. 조의 열매를 찧은 쌀.

동년童年 : 어린 나이.

4) 필두筆頭 : 붓 끝. 이백의 '꿈속에서 붓끝에 꽃이 피어남'의 '몽필두생화夢筆頭生花'의 고사가 있음.

（ 仲夏村居 ）

음력 오월에 촌에 살며　　　　　　　　칠절 3수 478

1수

病中容易過全春　　아픈 가운데 쉽게도 봄이 다 지나가 버렸고

夏五風光轉眼新　　여름 오월의 풍광이 한층 더 눈에 새로워라

安石榴花開已遍　어찌하여 석류꽃은 벌써 두루 다 피어있는가

泥犁齊出水西隣　진흙탕의 소 일제히 나와 물 서쪽 부근에 있네

중하仲夏 : 음력 5월.

촌거村居 : 시골 마을에서 삶.

遍 두루편(널리~하다. 두루 미치다. 모든. 전면적인. 횟수.)

니리泥犁 : 지옥地獄. 泥 얼룩소니 犁 얼룩소리, 쟁기려(밭갈다)

2수 478

分外風薰尙帶霖　분외로 바람이 향기로운데 오히려 장마를 띠고

繅絲聲斷午村深　고치실 켜는 소리 끊겨 한낮 마을 깊이 있네

老桑復放蠶餘葉　시든 뽕잎 다시 버려 누에는 남은 잎을 먹고

恰作童童一盖陰　흡사 무성하게 만들어져 음지쪽 덮은 듯 하네

소사거繅絲車 : 고치로 실을 켜는 물레. 繅 켤소, 옥반침조

淟 흐를돌 恰 흡사할흡(사이가 좋다) 盖 덮을개(어찌합. 숭상하다.)

동동童童 : 덮여 있는 모양. 그늘이 성한 모양.

3수 479

楡柳交陰一逕苔　느릅나무 버들 어우러져 좁은 길에 이끼 있고

柴門半榻倚風開　사립문의 반 자리는 바람에 의지해 열려있네

庭前乳鵲殊無驗　뜰 앞의 어린 까치는 유달리 증험함이 없어

終日査査客不來　　종일토록 까치가 울어대도 손님은 오지 않네

교음交陰 : 무성함.　殊 죽일수(결심하다. 끊어지다.)
사사査査 : 까치 울음소리.

避暑修道菴, 次尙建破山寺詩, 留贈應上人

수도암에서 피서하며, 상건의 '파산사'시를 차운하였다. 머물러 화
답하여 스님에게 증정하다　　오율 1수 479

* 위의 시는 《매천전집》 3권 230쪽에도 있으며, 이 시는 《역주황매천
시집》 속집 442쪽에 번역이 되어있다.

次道長齋韻贈谷城柳老人

도장재의 운을 차운하여 곡성 유노인에게 증정함　　칠율 1수 479

天付烟霞餉一生　　하늘은 안개 노을을 맡기고 일생을 먹이며
故山茅屋又新成　　옛 산에서 초가지붕이 또 새롭게 이루어졌네
携籃洗藥秋泉綠　　바구니 가지고 가을 푸른 샘에서 약을 씻고
曳舫撈魚夜火明　　배를 끌어당겨 밤에 밝은 횃불 속에 고기 잡네

素履能安耕稼業　본분대로 행함[1]에 편안히 경작을 업으로 했고
青氈要盡子孫誠　선대의 유물[2] 다 긴요하여 자손이 성실하네
古來眞隱多如此　예로부터 진실로 은거함이 이와 같이 많아
不必添君講學名　반드시 배우고 익힘에 이름이 필요하지 않네

付 줄부(맡기다. 부탁하다. 의지하다.)　餉 건량향(도시락. 세금.)
舫 배방(뗏목)　氈 모전전(양탄자)
1) 소리素履 : 안분수기安分修己하는 선비의 생활. 본분대로 행함. 《주역》〈이괘
履卦〉에 "본분대로 해가면 허물이 없다.(素履往無咎)"라는 말이 있음.
2) 청전青氈 : 푸른 빛깔의 전. 선대로부터 전해진 귀한 유물.
경가耕稼 : 경작耕作.

金南坡孝燦見寄長律三篇, 因病懶僅和其一

김남파 효찬이 장율 세편을 보내와 보이므로, 그로 인해 병으로 게을
러 겨우 그 하나에 화답하다
　　　　　　　　　　　　　　　　　　　칠율 1수 480

欲將時事問蒼空　시사의 일들 가지고 창공에 물어보고자 해도
望斷神京淚眼紅　신경[1]에서 실패하여 홍안의 눈물만 흘리네
廟筭都歸城社固　조정의 계책은 간신배[2]들이 굳게 붙좇지만
義旗不畏海山窮　의로운 깃발은 바다 산이 다해도 두렵지 않네
尻輪一瞬行天際　꽁무니 바퀴가 한 순간에 하늘 끝으로 다녀

漆室悲歌到夜中　　칠실[3]에서 슬픈 노래 부르다 밤중에 이르렀네
縱有蓴鱸無地往　　비록 순채와 농어가 있다 해도 가야할 땅 없고
江湖謾自起秋風　　강호에는 공연히 가을바람만 저절로 일어나네

1) 신경神京 : 옛 수도 개경, 서경 등 시대에 따른 서울의 미칭. 임금을 가리킴.
망단望斷 : 바라던 일이 실패함. 하기 어려워 주저함.
묘산廟筭 : 조정의 계획이나 계책.
2) 성사城社 : 성사소인城社小人. 임금의 곁에서 농간을 부리는 소인배나 간신奸
臣, 또는 간악한 짓을 하는 자. 사社는 '사당에 사는 쥐'라는 의미의 간신을 나타냄.
천제天際 : 하늘 끝.
3) 칠실漆室 : 캄캄한 어둔 방. 분수에 지나친 근심. 국사를 걱정하는 마음. 춘추
노魯나라의 칠실이란 읍에 과년한 처녀가 자신이 시집가지 못한 것을 걱정하지 않
고, 임금이 늙고 태자 어린 것을 걱정하여 울었다. 이웃집 부인이 이것을 비웃으
며, "이는 노나라 대부나 할 근심이니 그대가 무슨 상관인가?"라는 고사가 있다.

送金聖惟還博川

김성유가 박천[1]으로 돌아감을 환송함　　　　칠절 4수 480

1수
逖矣關西路二千　　멀도다, 관서지방 이천리 길이
圖南奇志弱冠年　　도남[2]의 기이한 뜻 약관의 나이에 있네
香山淸浿平生夢　　묘향산[3]과 청패[4]는 평생의 꿈이었더니

今日憑君益杳然　오늘 그대에게 의지해 더욱 묘연해지네

1) 박천博川 : 평안북도 박천군博川郡.　逖 멀적(멀어지다. 근심하다.)
2) 도남圖南 : '대붕大鵬이 북해에서 남해로 멀리 날아가는 것'을 말하는데, 보통 포부가 원대하여 앞길이 창창함을 비유함. 《장자》〈소요유逍遙遊〉의 첫 부분에 이 내용이 있다.
3) 향산香山 : 영변의 묘향산을 말함. 그밖에 백락천白樂天의 호가 '향산거사香山居士'였음.
4) 청패清浿 : 청천강과 대동강.

2수 480

王儉城南百戰場　왕검성 남쪽으로 백번 싸운 전장 터에
寒烟荒草野茫茫　쓸쓸한 안개 황폐한 풀이 들녘에 망망하네
傷心最是箕田內　마음 상하여라, 제일의 기자 밭[1] 안에서
日日飛車碾海桑　날마다 연차[2] 날고 상전이 벽해 되었음을

망망茫茫 : 넓고 멀어 아득함. 어둡고 아득함.
1) 기전箕田 : 조선시대 실학자 한백겸韓百謙은 기자箕子의 정전법井田法을 밝히기 위해 평양의 외성을 조사하여 《기전고箕田攷》를 남겼다. 그 후로 송시열은 당시 정전론井田論·기전론箕田論에 대해 반대했다. 곧 그는 주자의 '정전제난행설井田制難行說'에 따라 정전제는 토지가 적고 인구가 많은 시기에는 실현할 수 없으며, 병란을 거치고 인구가 감소한 뒤가 아니면 시행할 수 없다고 주장했다.
2) 비차飛車 : 바람을 타고 공중에 날아다니는 수레 또는 비행기. 왜란 때 김제사람 정평구鄭平九가 만들어 진주성 전투에 사용했다는 기록이 있음.
碾 맷돌년(돌절구. 수차水車의 힘으로 갈다.)

연차碾車 : 씨아.

해상海桑 : 창해상전滄海桑田. 산과 강이 뒤바뀌는 것.

3수 480

薩水東流想乙支	살수[1]는 동쪽으로 흘러[2] 을지문덕 생각하니
投戈援筆藝何奇	창 던지고 붓 잡는 기예는 어찌 기이했던가
天文地理渾依舊	천문지리는 예전처럼 흐려만 있어
千載無人續小詩	천년 동안 사람 없이 작은 시 계속해 쓰네

1) 살수薩水 : 청천강.   渾 흐릴혼(어지러이 흐르는 소리)

2) 동류東流 : 동쪽으로 흐름. 강江을 이르는 말.

 해설

　고구려 영양왕 612년에 을지문덕乙支文德장군은 수나라 양제의 113만 대군의 별동부대 30만 대군을 청천강에서 쳐 부셨다. 이 때 을지문덕 장군은 적장 우중문에게 〈여수장우중문시與隨將于仲文詩〉를 써 보냈다. "神策突天文(신책돌천문) 신기한 책략은 하늘의 이치를 다했고/ 妙算窮地理(묘산궁지리) 오묘한 계산은 땅의 이치를 꿰뚫었도다// 戰勝功旣高(전승공기고) 전쟁에 이겨 공이 이미 높으니/ 知足願云止(지족원운지) 만족함을 알거든 그만두기 바란다"라는 시였다.

　하지만 전구의 '혼의구渾依舊'라는 시구처럼 매천이 이 시를 쓴 1907년 당시의 대한제국의 현실은 암담하기만 하였다. '신책神策은 돌천문突天文'이 아니라 천문지리의 기발한 책략도 없이 나라의 주권이 난도질 당하고 있는 현실을 읊었다.

계몽 사학자였던 단재丹齋 신채호申采浩가 1908년 《을지문덕전》을 써서 독립의 의기를 높이려 했던 의지와 같은 의미의 시이다. 단재는 훗날 이승만의 국제연맹 위임 통치론에 불만을 품은 임시정부의 창조파로 활동하다 1923년 김원봉의 요청으로 〈조선혁명선언〉을 썼으며, 무장 투쟁론자였다. 결국 독립운동을 하다 왜놈들에게 잡혀 1936년 여순 감옥에서 옥사하였다.

4수 481

十萬丹兵一笑麾	십만 명의 거란 병을 한번 비웃으며 불러들였고
囊沙奇蹟使人思	모래자루 기이한 행적[1]은 사람을 생각케 하네
山河氣盡姜邯贊	산하의 기운은 모두가 강감찬 장군이라
三復明陵咏史詩	세번이나 반복해 명릉[2]의 영사시를 읽었네

麾 대장기휘(지휘하다. 부르다.)

1) 낭사囊沙 : 한漢나라 한신韓信과 초楚나라 용저龍且가 전쟁할 때의 고사 내용임. 한의 한신이 일만여 개의 모래 자루를 만들어 상류를 막은 다음, 용저의 군사를 강으로 유인하여 막았던 둑을 터 수공으로 승리하였음.

2) 명릉明陵 : 고려 현종顯宗(991~1031) 왕비 원성왕후元成王后의 능. 조선 숙종과 인현왕후의 능으로 경기도 고양군에 있음.

해설

이 시는 매천이 《고려사》나 《고려사절요》를 읽고 지은 시라고 생각된다. 1019년 고려 현종 때 거란 제3차 침입을 물리친 강감찬姜邯贊 장군의 귀주대첩龜州大捷을 읊은 시이다. 강감찬은 흥화진에서 큰 줄로 소가죽을 꿰어 성 동쪽의 큰 내를 막아 수공을 준비하였다. 적장 소배압蕭排押 군대

의 주력이 천의 중심부에 이르자 고려군은 물을 터서 공격하였고, 매복해
두었던 군대로 기습을 가하였다. 귀주대첩을 할 수 있었던 것은 이 시기
강민첨 장군의 승전도 한 몫을 하였다. 고려군은 철군하는 거란군을 귀주
에서 거의 섬멸하여 살아 돌아간 자가 수 천 명에 불과했다고 한다.

무신고 戊申稿(1908년, 54세)

元朝

설날

칠율 1수 481

今朝五十四年春	오늘 아침 오십 사세의 봄을 맞이하지만
白首猶然見在身	백수는 오히려 현재의 이런 몸을 보도다
野老縱無當世志	야로는 마땅히 세상의 뜻이 없다고 해도
國憂終是我曹人	국가를 염려함은 마침내 우리들 인간이라
星槎海外驚夷夏	해외에 파견된 배는 오랑캐를 놀라게 했고[1]
羽檄關東走鬼神	관동 지방의 격문은 귀신처럼 달려갔네[2]
從此中興瞻氣象	이로부터 중흥하는 기상을 우러러 보고
扶桑瑞旭曉天新	부상[3]의 상서로운 햇살 새벽하늘이 새롭네

槎 나무뗏차, 떼사

성사星槎 : 외국에 파견하는 사신이 탄 배. 또는 세계를 돌아다니는 배.

1) ▎*指海牙使節(지해아사절) : 해아사절을 가리킴.

2) ▎*屬閔李諸公(속민이제공) : 민이 제공 무리임.

3) 부상扶桑 : 해가 뜨는 동쪽 바다.

해설

1)의 해아사절은 1907년 이준, 이위종, 이상설을 말한다. 이준은 고종 황제의 명을 받고 블라디보스톡으로 가서 이상설을 만났고, 다시 모스크바에서 이위종과 합세하여 네덜란드 헤이그에 갔다. 6월에 열린 제2차 만국평화회의에 참석코자 함이었다. 1905년 11월 을사조약 당시에 고종 황제는 아예 인준하지 않았으며, 그 부당성을 세계 만방에 알리고 각국으로부터 대한제국에 대한 지원을 받고자 함이었다. 하지만 1905년 8월 제2차 영일동맹을 체결했던 영국 대표의 방해로 이 세 명의 헤이그 특사는 정식 독립국가의 외교관으로 대우를 받지 못하였고, 회의장에 참석조차 하지 못하였다. 이준은 이 때 나라가 망했음을 실감하고, 이를 분하게 여겨 화병으로 죽었다.

2) 민이閔李는 홍성에서 의병장으로 활동했던 민종식閔宗植과 13도 창의군을 결성했던 관동의병장 이인영李麟榮을 말하고 있다. 한양에서 일본군을 몰아내기 위해 이인영은 1907년 12월에 13도 창의군을 결성하여 서울진공작전을 실시하였다.

위의 시는 구례에 살고 있었던 매천이 1908년 새해 설날을 맞이하여 쓴 시이다. 13도 창의군의 서울진공작전 소식을 듣고 고무되어 주권회복에 크게 기대를 걸고 있다.

13도 창의군은 군사장 허위를 중심으로 동대문 밖 30리 까지 진격해 갔지만, 후속부대와의 연락이 두절된 데다 총대장 이인영이 부친상을 당해 낙향해 버리고 말았다. 결국 일본군의 강한 반격으로 아쉽게도 1908년 1월에 실패하고 말았다.

허위는 1908년 6월에 체포되어 10월에 사형 당했으며, 이인영 또한 1909년 6월에 일본 헌병에게 잡혀 9월에 경성 감옥에서 사형 당하고 말았다.

雷雨歎

뇌우[1]를 탄식하며   칠고 1수 481

---

*金允植以中樞議長主罪籍蕩滌之論. 於是列朝以來奸凶載案者
一倂伸雪. 惟适明璉麟佐希亮等不敢幷擧云

김윤식[2]은 중추원[3] 의장으로서 죄적에 있어서 탕척지론[4]을 주장하였
다. 이에 열성조 이래로 간흉들은 책상에서 기재하여 한번 펴서 누명을
벗었다. 오직 괄과 명련[5], 인좌와 희량[6] 등이 감히 함께 하지 못하였다.

重黎骨朽天地老   거듭 검은 뼈 썩어가고 천지도 쇠해지는데

陰曀彌天陽精槀   음침한 구름 하늘에 가득 양의 정기 마르네

沈沈九垓迷南北   침침한 나라 끝이 남북으로 혼미하고

鬼魅嚙人擇肝腦   귀신은 사람을 뜯으며 간과 뇌를 택하였네

東方舊典堂陛嚴   동방의 옛 문헌이 당폐에 엄격히 있어

盖由天秩非人造   대개 하늘의 질서는 사람이 만든 것이 아니네

鋤治亂賊法無貸   호미로 난적을 다스림에 법은 관대함이 없고

關和凜凜究懲討   관화[7]는 늠름하게 적의 징토를 궁구하네

百世不宥錭机餮   백세동안 용서하지 않고 책상을 땜질하며

三族俱湛翦羿昦   삼족은 즐겁게 갖추어 예[8]의 오만함을 자르네

丹書特書烏臺案   단서[9]는 특필히 오대안[10]을 썼고

留作千秋萬歲考   천추에 만세고[11]를 남겨 지었네

豈其樂爲淫刑哉   어찌하여 그 낙은 음탕한 형벌을 만들었는가

要使姦凶跡如掃　　간흉이 행적을 씻어버리는 것처럼 한 것이네
邇來垂拱五百年　　근년에 팔짱낀 채 오백년을 버려두고
鼎缺尚無旁伺盜　　솥이 깨져 오히려 두루 도적을 엿 보는 것 없네
何處罡風渡渤海　　어느 곳에서 북풍이 발해를 건넜는가
一朝吹折搏桑倒　　하루아침에 바람 불어 뽕나무가 넘어졌네
乾綱解紐河決防　　벼리가 풀어지고 기강이 해이해 강둑이 터지고
吞舟跋剌鼓洪潦　　배를 삼키며 밟고 찌르고 두드려 큰 장마 지네
先王有靈對面欺　　선왕이 영혼이 있어 대면하여 속이고
盡將鐵案翻碎搗　　변하지 않는 철안으로 뒤집고 부수며 찧네
九重不知詔書出　　구중궁궐에서 조서 나옴을 알지 못하고
混淪雷雨仁天浩　　천둥소리 비 섞여 잠기고 어진 하늘 넓네
弘瞻造訕一罪無　　넓게 바라보며 말더듬어 만들며 지은 죄 없고
良史何人更洗草　　좋은 사가 어떤 사람이 다시 세초[12]할 것인가
罔兩競呼狐蜮舞　　요괴[13]가 다투어 부르며 여우가 춤추고
頭顱如夢懸之藁　　두정골은 꿈과 같이 마른 나무에 달려 있네
三綱已矣國安有　　삼강이 끝났도다, 국가는 어디에 있는가
掛冠遼東恨不早　　갓을 요동에 걸어두니 한이 이르지 않았더라

1) 뇌우雷雨 : 천둥소리가 나며 내리는 비. 雷 우레(천둥)뢰
2) 김윤식金允植 : 《매천야록》에는 다음과 같은 기록이 있다. "1897년 김윤식과
이승오를 멀리 제주도로 유배 보냈다. 당시의 의론이 김윤식은 을미사변(명성황후
시해사건) 당시 황후를 폐위하는 조칙을 내리는데 관여했으며, 거짓 조서에 서명

하여 왜놈에게 아첨하여 그들을 비호했고, 이승오는 역적에게 아부하여 글을 지었다. 조병세와 조병식 등은 사형을 선고할 것을 청하는 상소를 올렸다.”라는 내용이다.(황현(임형택 외 번역), 《매천야록》(상권), 문학과 지성사, 2006, 540쪽.)

1898년 김윤식은 제주도에 유배되어 있었는데, 갑오년에 제주도에 들어온 방성칠의 민란이 있었다. 이때 유배되어 온 김윤식, 서주보, 정병조 등이 백성들을 모집해서 역적을 토벌하였다. 아전 군교들과 더불어 방성칠을 잡아 죽였으므로 이 사실을 알고 조정에서 김윤식은 1901년 6월 신안 지도로 이배 조처하였다.(황현(임형택 외 번역), 《매천야록》(상권), 문학과 지성사, 2006, 544쪽.)

그 후 1905년 김윤식, 정만조 등을 석방하라는 명이 내렸으며, 1907년 김윤식이 사면을 받아 돌아왔다.

1908년 김윤식이 헌의獻議 하여 개국 이래 옛 죄적罪籍에서 군사를 일으켜 대궐을 침범한 일 외에는 일체 죄명을 씻어 주기를 청하였다. 이에 이징옥, 윤원형, 정인홍, 윤휴, 홍국영 등이 모두 신원되었다. 이진유 등은 이미 신임辛壬의 옥안獄案에 들어 있었다. 당시 사람들은 ‘이괄李适과 한명련韓明璉은 어째서 빠졌는가?’라고 하였다.(황현(임형택 외 번역), 《매천야록》(하권), 문학과 지성사, 2006년, 456쪽.)

죄적罪籍 : 죄인이 죄를 지은 형명부刑名簿 등을 이르는 말. 籍 문서적(명부名簿. 법령.)

열조列朝 : 여러 대 임금의 시대.

중추中樞 : ① 사물의 중심이 되는 부분. ② 한가운데 ③ 신경神經 중추中樞.

3) 중추원中樞院 : 고려와 조선 전기에 왕명출납을 담당한 기관이었는데, 대한제국 때 의정부議政府에 속한 내각의 자문기관이었다. 후에 총독부 자문기관으로 변하였다.

4) 탕척蕩滌 : 죄를 씻어 줌. 더러운 것을 없애고 깨끗하게 함.《사기史記》 萬民咸蕩滌邪穢.

5) 이괄李适과 명련明璉 : 조선 중기의 무신 이괄李适(1587~1624)과 한명련韓明璉을 말함. 1623년 인조반정 때 공을 세운 이괄李适은 논공에서 대우를 받지 못하고 평안 병사兵使로 좌천되었다. 이에 불만을 품고 다음해 1624년에 난을 일으켰으나 실패하여 이괄과 그의 막장 한명련은 참살 당하였다.

그 일부가 후금後金으로 도망하여 조선의 불안한 정세를 알려 주어 이것이 1627

년 정묘호란이 일어나는 원인이 되기도 하였다.

6) **이인좌李麟佐**(?~1728)**의 난과 정희량鄭希亮** : 영조 때 1728년 소론과 남인의 일부가 영조와 노론을 제거하고 밀풍군密豊君 탄坦을 추대하고자 했던 반정. 이인좌는 정희량과 함께 군사를 일으켜 청주를 함락하고 안성에 이르렀으나 도원수 오명항에게 패하여 처형되었다.

병거幷擧 : 병행하다. 동시에 실행하다. 함께 하다.

藜 나라이름려(흉노 북쪽에 있는 나라.) 소채蔬菜의 하나. 명아주(=낙려落藜. 여조黎藋. 회채灰菜.)

미천彌天 : 하늘에 가득함.

양정陽精 : 음양 가운데 양陽의 정기.

구해九垓 : 구천九天의 밖. 나라의 끝.

귀매鬼魅 : 도깨비.

간뇌肝腦 : 간과 뇌. 육체와 정신.

늠름凜凜 : 위풍이 있고 당당함.　**凜** 찰름(꿋꿋하고 의젓하다)

징토懲討 : 적 따위를 응징하여 침.

7) **관화關和** : 올바르고 알맞은 법. 통일되고 균평均平한 정치, 사회적인 제도.《서경》의 〈오자지가五子之歌〉에 나오는 관석화균關石和鈞. 석균石鈞은 무게의 단위이고 관關은 통通, 화和는 평平의 뜻인데, 도량형을 통일하여 고르게 함으로써 백성들의 생활을 안정되게 한다는 의미이다.

錭 땜질할고　**杭** 건널항(나룻배)

삼족三族 : 세 가지 친족. 부모와 형제와 처자.　**湛** 즐길담(빠지다)

8) **예羿** : '사람이름 예' 자로 하나라 때 제후였으며, 궁술의 명인이었음.

9) **단서丹書** : 돌에 쓴 글씨. 붉게 새긴 글씨. 중국 고대 황제皇帝와 전욱顓頊의 도道가 기재되어 있다는 전작赤雀이 물고 온 글.

특서特書 : 특필特筆. 특별히 두드러지게 적은 글.　**冪** 오만할오

10) **오대안烏臺案** : 지은 시가 빌미가 되어 죄를 받는 것을 시안詩案이라 한다. '오대안'은 송나라 원풍 연간에 어사御史인 이정李定 등이 소동파가 지은 시를 가지고 무함하여 옥사 사건을 일으켰다. 어사대御史臺의 별칭이 오대烏臺이므로 이 사건을 오대시안烏臺詩案이라고 한다.

11) 만세萬歲 : 경축하여 외치는 말. 만년.

음형淫刑 : 음란한 형벌.

이래邇來 : 근년. 邇 가까울이 拱 두손맞잡을공(껴안다. 아름.)

수공垂拱 : 옷소매를 늘어뜨리고 팔짱을 낌. 남 하는 대로 버려둠. 旁 두루방

강풍罡風 : 북풍. 摶 뭉칠단(맺다. 엉기다. 꾀꼬리.), 오로지전

건강乾綱 : 하늘이 만물을 주재하는 벼리. 제왕의 방침. 권능.

철안鐵案 : 변하지 않는 단안斷案.

단안斷案 : 옳고 그름을 판단함. 결정된 생각. 결론. 淪 물놀이륜(빠지다)

혼윤混淪 : 태극太極은 혼윤과 같다. 건곤乾坤은 태극이 변한 것이고, 그것을 합하면 태극이 되고, 그것을 갈라지면 건乾과 곤坤으로 된다. 그러므로 건과 곤을 합한 것이다.

양사良史 : 훌륭한 사관史官. 訒 말더듬을인(둔하다. 참다.)

12) 세초洗草 : 조선시대 실록을 편찬한 후 초고 등을 없앴던 일. 조지서造紙署에서 그 사초史草를 물에 씻고 그 종이를 제지 원료로 다시 사용하였음.

罔 그물망(죄인을 잡는 그물. 굴레.)

13) 망양罔兩 : ① 요괴의 이름. 산의 정령精靈을 이름. 일설에 수신水神. ② 의지할 데 없는 모양. ③ 그림자 옆에 생기는 엷은 그늘.

蜮 물여우역(날도랫과 곤충의 애벌레)

두로頭顱 : 골통. 두정골.

이의호已矣乎 : 어쩔 수가 없도다

괘관掛冠 : ‘갓을 벗어 건다’는 뜻으로, 관직을 버리고 사퇴함.

暮春上旬過南原, 爲張二坡鏞一所邀, 信宿錦里齋

삼원 상순에 남원을 지나가다가 장이파 용일의 청요하는 바 되어 금
리재에서 이틀을 자다
칠율 1수 482

　＊ 위의 시와 같은 제목으로《매천전집》3권 232쪽에 칠율 2수의 시가
있으며, 그 가운데 제2수로 되어 있다. 이 시는《역주황매천시집》속집
452쪽에 번역이 되어 있다.

憩山洞院

산동의 원에서 쉬며
칠절 1수 483

山茱萸花黃滿村	산수유 꽃이 노랗게 온 마을에 피어있고
楊柳一行靑掩門	양류버들 한 가지가 푸른 사립문을 가렸구나
何來桃杏巧粧點	언제 와 복사꽃 살구꽃 피는 좋은 집 지을까
添個淡紅微白痕	날날이 담홍빛 더하여 엷고 흰 흔적이 있네

장점粧點 : 좋은 땅을 골라서 집을 지음. 자기가 묻힐 무덤 자리를 정하여 광중壙
中을 만듦.
杏 살구행(은행나무)

代題張德興, 贈淸商摺扇

장덕흥을 대신하여 써서 청나라 상인에게 쥘부채를 줌

칠절 6수 483

❚＊德興以關西客商,　寓居吾鄕已有年.　嘗往來京中與淸商有相識
者.　將擬人贈一扇, 乞詩題. 其面商凡三人, 二居山東, 一居廣東.

덕흥은 관서의 객상으로, 내 고향에 우거한 지 이미 여러 해가 지났다.
일찍이 한양에 왕래하면서 청상인과 함께 서로 알게 되었다. 장차 다른
사람과 비교하여 부채 하나를 증정하며, 시제를 청하였다. 그 대면한
상인이 무릇 세 사람이었으며, 두 사람은 산동에 살고, 한사람은 광동
에 거주하였다.

1수 484

夢裡巖巖見泰山　　꿈속에 가파르고 가파른 태산을 바라보니

蒼然古色未全刪　　고색이 창연하여 모두 다 깎지 않았구나

濟南名士今餘幾　　제남 명사들은 이제 얼마 남지 않았는데

淚灑膠州百里灣　　교주[1] 백리 물굽이에서 눈물만 뿌리네

접선摺扇 : 쥘부채. 접첩선摺疊扇.　攝 베낄탑

탑본榻本 : 금석에 새긴 글씨나 그림을 종이에 박아냄.

유년有年 : 풍년豊年. 숙세熟歲. 여러 해.

여기餘幾 : 얼마 남지 않음.

1) 교주膠州 : 산동성 청도靑島 북서부 40여 킬로미터 지점에 위치. 청도와 제남

의 요역要驛으로 교통 도시임. 독일이 한때 이 교주膠州를 점령하였으며, 청도에 맥주 공장을 만들어 중국 사람들에게 맥주를 판매하여 많은 이득을 취하였음.

2수 484

靑齊東望海黏天	청제[1]에서 동쪽을 봐 바다가 하늘에 붙어있고
隊隊橫行鐵板船	대대가 횡행하며 철판 같은 배가 떠 있네
大界定無乾淨土	큰 세계는 하늘의 정토가 정해진 것 없고
辰韓點墨亦堪憐	진한[2]이 점묵 되어 또한 가련함을 견디노라

1) 청제靑齊 : 산동山東에 있는 청주靑州의 제군齊郡.

대대隊隊 : 옛 군대의 편제 가운데 하나로 100명으로 1대隊를 구성했음.

횡행橫行 : 거리낌 없이 멋대로 행동함. 모로 감.

정토淨土 : 부처가 있는 깨끗한 청정토淸淨土. 넓은 의미의 부처의 세계.

감련堪憐 : 슬픔을 견딤.

2) 진한辰韓 : 삼한의 하나로 기원 전후부터 4세기 중엽까지 낙동강 동쪽 경상도 지역에 있었던 정치 세력. 진한 12국 가운데 하나인 사로斯盧가 커져 신라新羅가 되었음.

3수 484

盈盈一水隔登萊	가득 찬 한줄기 물로 등주 내주 나눠지고[1]
黃海兵塵黯不開	황해의 전쟁 티끌이 어둡게 열리지 않았네
聞道中原非昔日	중원도 옛날이 아니라고 이야기 들었지만
莫敎重上望鄕臺	거듭하여 망향대에 올라가지는 말게나

영영盈盈 : 물이 가득 차서 찰랑찰랑함.
1) 등래登萊 : 중국 산동성에 있던 등주登州와 내주萊州.
문도聞道 : 도를 들음. 도를 듣고 깨달음.
석일昔日 : 옛적. 지난 날.

4수 484

天涯摻手卽相親	하늘 끝에서 손잡은 즉 서로 친하고
再見楊花漢水春	버들 꽃을 다시 보니 한강의 봄이로다
莫敎樽前露肝膽	술동이 앞에서 간담을 드러내지 마라
向來元是一家人	현재까지 원래 한집안 사람이었다네

섬섬摻摻 : 여자의 손이 여리고 가냘픈 모양. 摻 가늘섬, 잡을삼
막교莫敎 : 하여금 ~하지 않도록 하게 함.
향래向來 : 저번 때. 이전부터 현재까지.

5수 484

廣東人物近如何	광동의 인물은 근래에 어떠한가
新會名家一亦多	새로운 모임에는 명가도 역시 많네
不信文章能報國	문장을 믿지 말고 능히 보국하라
瓜分奈此美山河	나눠진[1] 이 아름다운 산하 어찌하리

1) 과분瓜分 : 오이를 나누듯 토지를 신하들에게 나누어 줌.

6수 485

東人故與外洋踈	조선 사람들은 짐짓 넓은 바다와 멀어
秖向中原覓古書	다만 중원을 향하여 고서를 찾았노라
二百年來王會日	이백 년 이래로 왕들이 모이는 날에
如今回顧是華胥	지금까지 돌아보면 화서지국[1]이었네

외양外洋 : 육지에서 멀리 떨어진 넓은 바다.

1) 화서華胥 : ① 태평시대를 뜻함. 옛날 황제皇帝가 낮잠을 자다 꿈속에 화서의 나라에 놀러가 평화로운 이상경理想境을 보았다. 꿈에서 깨어난 황제는 느끼는 바가 있어 덕화德化를 펼쳐 천하가 잘 다스려졌다고 함.(《열자列子》〈황제黃帝〉)
② 화서지국華胥之國 : 잘 다스려진 태평한 나라.
③ 화서지몽華胥之夢 : '화서가 꾸었던 꿈'으로 좋은 꿈.

暑潦旬月杜門. 甚無憀拈眉公集, 次五絕

더운 장마철에 달포쯤 두문불출하였다. 심히 무료하여 미공집[1]에서 뽑아 오절을 차운하였다.

오절 46수 485

1수 485

琴棋閣一邊	거문고 바둑 두는 소리 누각 한쪽에서 나고
亦不事花竹	역시 일하지 않아도 꽃과 대나무 있네
時抽床上書	이따금씩 책상 위의 책을 뽑고
臥閱聊代讀	누워 조사하며 애오라지 독서를 대신하네

1) 미공집眉公集 : 명나라 진계유陳繼儒(1558~1639)의 문집. 미공은 그의 자로
문인 겸 남종 화가였으며, 동기창董其昌과 함께 명성을 날렸다. 곤륜산에 은거하
여 풍류와 문필생활로 일생을 보냈다. 작가 개성을 강조하는 성정론性情論으로 글
을 썼으며, 청담한 풍경을 묘사하였다.

2수 485

月上眼初醒	달이 떠올라 눈이 처음으로 술 깨고
溪聲送曉冷	냇물소리 새벽에 차갑게 보내네
老樹惟陰森	늙은 나무는 오직 응달진 삼림에 있고
了無婆娑影	춤추는 그림자가 전혀 없도다

요무了無 : 전혀 없음.
파사婆娑 : 춤추는 모양. 나뭇잎이 무성함. 거문고 소리가 가냘픔.

3수 485

斷雲低作岸	구름 끊긴 곳 아래로 언덕을 만들고
遠江高於樹	멀리 강가의 나무 높은 곳에 있네
糢糊人帶牛	사람이 소 끌고 가는 것 흐릿하고
輕舸衝雨去	쾌속선이 빗소리 울리며 가도다

경가輕舸 : 가볍고 빨리 달리는 배. 쾌속선.   舸 큰배가

4수 485

今年適雨暘	금년에는 비와 햇볕이 적절히 오고
此福誰歛錫	이런 복 누가 있어 거두리오
謬悠洪範論	현실과 동떨어져 홍범[1]을 논하였고
千載成粗跡	천 년 동안 대강 흔적을 만들었어라

歛 바랄감　錫 주석석(하사하다. 고은 삼베)

류유謬悠 : 텅 비고 멂. 황당무계함.

1) 홍범洪範 : 천지天地의 대법大法.

홍범구주洪範九疇 : 상고시대에 우禹가 요순 이래의 사상을 집대성한 천지의 대법. 정치 도덕의 기본 아홉 가지 법칙.

5수 485

蜘蛛驕作勢	거미는 교만스럽게 세력을 만들었고
蝙蝠閃藏影	박쥐는 그림자 섬광을 감추었네
何意樹頭蟬	무슨 뜻으로 나무 위의 매미는 우는가
獨吟風露冷	홀로 읊노라니 바람 이슬이 차갑네

지주蜘蛛 : 거미.　蜘 거미지　蛛 거미주

편복蝙蝠 : 박쥐.　蝙 박쥐편　蝠 박쥐복

6수 485

四隣篁籜靜	사방 이웃이 대숲과 대꺼풀로 고요한데
一畝柿陰寬	한 묘에 심어진 감나무 그늘이 넓게 있네
怪石晴猶濕	괴석이 비가 그쳐 오히려 축축하고
靈泉夏愈寒	신령스런 샘물은 여름에 더욱 차갑네

畝 이량묘(=무. 면적의 단위로 약 100㎡임.)　柿 감나무시

7수 485

愛此溪居好	이렇게 냇가에 사는 것을 사랑하고
淪漪日映門	잔물결이 일어 해가 대문을 비추네
山深何洞雨	산 깊어 어느 골짜기에 비가 오는가
容有不時渾	혹시 불시에 혼동할 때 있었네

淪 물놀이륜　漪 물놀이의(물결이 일다)

8수 486

農人入野歸	농부들이 들녘에서 일하고 돌아오는데
呼喚暗相接	부르고 외치며 어두워 서로 엇갈리네
地際生微明	땅 사이로 희미하게 밝아 있으며
疎螢綴露葉	성근 반딧불이 날며 이슬 내린 잎 만드네

미명微明 : 희미하게 밝음.

9수 486

石上驚晝眠　돌 위에서 낮잠 자는 데 놀랍게도

一樹松風冷　한그루 소나무에 바람이 차가워라

雨聲遠渡江　빗소리 멀리 강 건너 소리 나더니

已暗金鰲頂　벌써 금오산 정상이 어두워졌네

10수 486

瀑散千絲白　폭포 물 흩어져 천 개의 흰 실과 같고

虹消一線紅　무지개가 사라져 붉은 빛 하나 생겼네

亂山蕭寺路　어지러운 산 쓸쓸히 절가는 길에

鍾斷暮雲中　종소리 끊겨 저녁 구름 속에 있구나

11수 486

結廬名山近　엮은 오두막집이 명산 부근에 있고

空翠晝多陰　높고 푸른 잎 낮에 그늘이 많구나

一院松風下　한 정원 아래로 솔바람이 불어오고

常聞玉寶琴　항시 보옥 같은 거문고 소리 들리네

공취空翠 : 높은 나무의 푸른 잎.

12수 486

落日蒲前山　지는 해 앞산에 부들 꽃 피어있고

忘中烟草綠　잊어버린 가운데 연초가 푸르러라

各騎一白牛　각자 한 마리의 흰 소를 타고

散向東西谷　동서 계곡으로 향해 흩어지누나

13수 486

午風掠地輕　낮 바람이 땅을 가볍게 스쳐가고

微毳生鷄背　미미한 솜털이 닭 등에 생겨났네

呴呴引衆雛　닭이 놀라 울며 많은 병아리 끌고

復向桑深處　다시 뽕나무 깊은 곳으로 향하네

毳 솜털취(모직물)　呴 숨내쉴구
구구呴呴 : 닭이 놀라 우는 소리. 말이 부드러움.

14수 486

愛花待結子　꽃을 좋아하여 열매 맺는 걸 기다리고

愛筍待成竹　죽순을 사랑하여 대나무 됨을 기다리네

觀稼日登高　심고 나서 보니 날로 키가 높이 오르고

松間微路熟　소나무 사이로 희미한 길 익숙해져 있네

15수 486
暑氣雨全收　더운 기운을 비가 전부 걷어가더니
更深露華冷　다시 깊은 이슬 꽃이 차가워지네
月斜叫絶奇　달이 기울어 절로 기이하게 끊어지고
樹作蛟螭影　나무가 교룡의 그림자 만들었도다

고리蛟螭 : 교룡.

16수 486
戰蟻忙移垤　개미들이 전쟁으로 바삐 개밋둑 옮기고
怒蟾徐入門　두꺼비가 성내며 천천히 대문으로 들어가네
水深禾欲爛　물이 깊어 벼가 문드러지려하는데
愁聽老農言　근심스럽게 늙은 농부들 이야기 듣네

蟻 개미의　垤 개밋둑질
의동蟻動 : 나라가 어지러워 개미 떼가 쏘다니는 것처럼 백성들이 소란함.

17수 486
門外千頃田　문 밖으로 천경의 밭이 있고

蛙聲泛茅屋	개구리 소리 모옥에 떠 있네
連旬耕未休	한 열흘 연속 밭 갈며 쉬지 않아
牛瘦如老鹿	야윈 소는 늙은 사슴과 같네

18수 487

童子何處來	동자는 어디에서 오는가
白雲迷洞口	백운 마을 입구가 흐릿하네
山中有故人	산중에 옛 친구들 있어
餉我黃精酒	나에게 황정주[1]를 보냈네

황정黃精 : 죽대 뿌리.
1) 황정주黃精酒 : 황정을 넣어서 빚은 술. 餉 건량향(보내다. 대접하다.)

19수 487

門前白鷺鷥	문 앞에 흰 해오라기
爾非忘機鳥	너는 세속을 잊은 새가 아니었던가
飛去莫頻來	날아가다 자주 오지는 말라
池淸魚漸少	연못이 맑아 고기 점점 적어졌으니

鷺 해오라기로(백로가에 딸린 물새) 鷥 해오라기사
機 틀기(실마리. 기밀. 민첩한. 기민한.)

20수 487

非因牧牛出	소를 기르기 위해 나가는 것 아닌데
自憐烟草綠	스스로 가련한 건 초록색 담배 잎이라
落日如有思	지는 해에 생각하는 것과도 같아
獨立淸溪曲	호올로 맑은 냇물 굽어진 곳에 서 있네

목우牧牛 : 소를 기름.
연초烟草 : 담배 잎.

21수 487

滾滾霖天意	세찬 물 장마 진 건 하늘의 뜻이라서
頑雲撥不開	먹구름 다스려 열려 있지 않았네
生憎門外瀨	밉살스러운 것은 문 밖의 여울이요
長送雨聲來	빗소리를 길게 보내 들려오도다

곤곤滾滾 : 펑펑 솟아 물이 세참.
천의天意 : 하늘의 뜻. 임금의 마음. 천심.　撥 다스릴발(없애다)
완운頑雲 : 잔뜩 낀 구름. 먹구름.
생증生憎 : 미움. 밉살스러움.　瀨 여울뢰

22수 487

| 露坐稍忘暑 | 이슬에 앉아서 점점 더위를 잊노라니 |

晴月逈如秋　　맑게 갠 달빛은 가을처럼 멀리 비추네
今夜風力遠　　오늘 밤은 바람의 힘이 멀어
飛螢散屋頭　　반딧불 날아 집 머리로 흩어지네

23수 487
晤語無加人　　터놓고 얘기하며 더하는 사람 없고
獨居聊自好　　혼자 살아 오로지 스스로가 좋아라
憐彼菊苗荒　　가련하게도 저 국화 싹이 거칠어져
依依在深草　　의의하게 깊은 풀 속에 있네

오어晤語 : 마주 대하여 이야기 함.　晤 밝을오(마음을 터놓다)
의의依依 : 나무가 휘 늘어짐. 헤어지기 섭섭함.

24수 487
一時雨傾盆　　일시에 비가 동이로 퍼붓듯이 와서
水聲無岸谷　　물소리는 언덕 계곡으로 나지 않네
明日定應晴　　내일은 반드시 응당 비가 갤 것이고
大星芒正綠　　큰 별 빛은 찬란히 빛날 것이네

芒 까끄라기망(가시. 비늘. 빛. 빛살.), 황홀할황

25수 487

匣中雙寶刀	작은 상자 속에 두개의 보배로운 칼 있고
斫翻天驕子	자르고 뒤집으니 교만한 오랑캐[1] 있네
白髮遽如許	백발이 갑작스럽게 허락하는 것 같아
何時可辦此	어느 때 이와 같이 힘쓸 수 있을 것인가

1) 천교자天驕子 : 힘이 강해 하늘이 놓아먹이는 자로, 곧 흉노족을 말함. 교만한 북방 오랑캐. 천교지자天驕之子. 《한서漢書》〈흉노전匈奴傳〉에 "호자천지교자야 胡者天之驕子也"라는 말이 있으며, 두보의 시 〈류화문留花門〉에, "花門天驕子(화문천교자) 화문 땅 교만한 흉노족/ 飽肉氣勇決(포육기용결) 고기 먹으며 호기 부리네"라는 구절이 있다.
遽 갑작스러울거(절박하다. 두려워하다.)

26수 487

天意日凌弱	하늘의 뜻은 날로 약한 것을 능멸하고
思與强者伍	생각하는 것은 강자와 더불어 섞여 있네
憫彼草間蛙	가련하게도 저 풀 사이로 개구리 있고
畏蛇應如虎	뱀이 두렵게도 호랑이처럼 있구나

凌 능가할릉(깔보다. 침범하다.)   伍 대오오(섞이다)

27수 487

我燃松肪時	내가 소나무 송진 불을 때을 시기에
畧究處人己	대략 남과 나의 처우를 연구하였네
外暗無由看	밖으로 어둡고 그 이유로 보는 것 없어
將身坐明裏	몸 가지고 밝은 가운데 앉아 있었네

掠 노략질략(스쳐지나가다. 서법書法. 베다. 매질하다.)

28수 488

自是來人稀	이로부터 사람 오는 것이 드물고
非關犬如豹	문 닫지 않아 개가 표범과 같네
底意西隣鷄	어찌 뜻이 서쪽 이웃집의 닭이리오
百回過墻到	백번 돌고 담장 지나 이르렀도다

29수 488

東隣百本桑	동쪽 이웃집에 백본의 뽕나무 있고
西舍千竿竹	서쪽 집은 천개의 죽순과 대나무 있네
中有讀書家	그 가운데 독서하는 집이 있으니
蒼翠能潤屋	푸른 비취색으로 집을 치장하였네

竿 장대간(장대. 대나무. 죽순.)

윤옥潤屋 : 집을 치장함. 재산을 이룩함.

30수 488

放謌千載遙　노래 부르며 오랜 세월 소요하며

偃仰雲松下　누워 한가히 소나무 밑에서 구름을 보네

有時墟落間　때로는 황폐한 마을에 있으면서

怕逢人騎馬　두려운 건 말 타는 사람을 만나는 것이네

遙 멀요(아득하다. 길다. 거닐다.)　언앙偃仰 : 누워 한가하게 쉼.
천재千載 : 천세千歲. 오랜 세월.　허락墟落 : 황폐한 마을.

31수 488

盡月迷殘玦　달빛 다해 혼미하여 이지러져 해쳐지고

朝霞捲疊紗　아침노을이 가는 실을 겹쳐 감아 마네

眼明山店口　밝은 눈은 산골 점방 입구에 있고

頳桐滿樹花　붉은 오동나무 꽃 피어 가득 차 있네

玦 패옥결(한부분이 이지러짐)　紗 깁사(가는 실. 가는 실로 짠 직물.)

32수 488

鋤倦田丁還　호미질로 피곤한 농부는 돌아오고

棋散隣叟去   바둑 두는 이웃 노인들 흩어져 가네
午鷄咿一聲   낮닭이 한번 꼬끼오 울어대고
老桑如雲處   늙은 뽕나무는 구름 이는 곳이로다

서권鋤倦 : 호미질하기 고달픔.
전정田丁 : 논밭을 거느리고 부리는 사람.   咿 부르짖을규(울다. =叫.)

33수 488

烟塵塞天地   연기와 먼지로 천지가 꽉 막혀져 있고
六籍已灰冷   육경은 이미 불기운이 식어 있도다
高笑經生輩   크게 웃노라니 경전을 연구하는 무리들 있고
尚議田畵井   오히려 정전 구획하는 것을 토의하네

육적六籍 : 육경六經을 말함.
회랭灰冷 : 불기가 없어져 재가 식음. 식은 재. 기가 죽음. 울적함.
경생經生 : 유교나 불교 또는 도가 경전을 베끼고 연구하는 사람.

34수 488

一床子雲書   한 상자나 되는 자운[1]의 책이 있고
四壁長卿宅   사방의 벽은 장경[2]의 집이로다
食淡三十年   담박하게 먹고 산지 삼십 년에

鬚眉皆古色   수염과 눈썹 모두가 옛 빛깔이네

1) 자운子雲 : 양자운을 말함.
2) 장경長卿 : ① 사마상여司馬相如의 자. ② 당나라 시인 유장경劉長卿.
③ 조선 후기 《연려실기술》의 저자인 이긍익의 자.

35수 488

相尋不待招   서로 찾으며 초대하여 기다리지 않고

深尊細傾吐   깊이 존경하며 세세히 의견을 발표하네

落日楡柳陰   지는 해에 느릅나무 버들이 응달지고

皓首人三五   흰 머리된 사람들 열 댓 명이 있구나

경토傾吐 : 의견을 발표함.   吐 토할토(털어 놓다. 버리다.)
호수皓首 : 흰머리. 노인.

36수 488

一觴復一歎   술 한잔 마시면서 다시 한번 탄식하노니

我本無酒悲   나는 본래 술 없는 것을 슬퍼하였네

讀罷荊軻傳   사기의 형가전[1]을 다 독파하고 나서

長謌古別離   오랫동안 옛날의 별리를 노래하노라

1) 형가전荊軻傳 : 전국시대戰國時代 연燕나라 태자太子 단丹이 형가荊軻를 시켜 독항督亢의 지도를 진왕秦王에게 바치면서 그 틈을 타서 진왕을 죽이려고 하였으나, 실패하였음.(《사기史記》〈자객형가전刺客荊軻傳〉)

37수 488

鳴鳴日向天	새가 울어대고 해는 하늘을 향하는데
天應聞人語	하늘은 응당 사람들의 이야기를 듣네
莫作杞人憂	쓸데없는 근심1)일랑 만들지 마오
憂死誰憐汝	죽음을 염려하면 누가 그대를 가련해 하리

명명鳴鳴 : 새가 움. 소리를 냄.
1) 기인우杞人憂 : 쓸데없는 걱정. 기우杞憂. 기인지우杞人之憂.(《열자列子》〈천서편天瑞篇〉)

 해설

　기구의 제5자 '天'자와 승구의 첫자 '天'자는 같은 글자이다. 역시 승구의 제5자 '憂'자와 결구의 첫 자 '憂'자는 같은 글자이다. 이와 같이 시의 글자를 행의 끝 자와 다음 행의 첫 자에 같은 글자를 넣어 시를 짓는 시작법을 연쇄법連鎖法이라고 한다. 연쇄법에 대해서는 이병기의 《매천시연구》 371~377쪽에 자세히 기록되어 있다.

38수 489

隻鷄一尊酒	닭 한 마리 잡아1) 동이 술을 마시고

村社釀爲宴　촌의 시사에서 주연을 위해 갹출하네
忽聞下江兵　홀연히 강 아래로 병사들 있다고 들어
敗旗連夜捲　패한 깃발을 밤마다 거두어들이네

1) 척계두주隻鷄斗酒 : 적계서주炙鷄絮酒의 준말로, 변변찮은 음식을 말함.

39수 489
蒼壁甚古怪　푸른 석벽은 심히 고색으로 괴이하고
與人相應呼　사람과 더불어 서로 호응하여 부르네
巖泉不愛寶　가파른 샘물은 보옥을 사랑하지 않지만
飛碎千斛珠　날아가 부수니 천곡의 진주가 되었네

斛 휘곡(열 말. 헤아리다.)

40수 489
我無王陽術　나는 왕양[1]의 술책도 없었고
不解鑄金銀　금은을 녹이는 것도 알지 못하네
但令妻子輩　단지 처자들로 하여금
隨分解忘貧　분수 따라 가난 잊은 걸 알았네

1) 왕양王陽 : 한나라 왕양王陽이 익주 자사益州刺史로 부임할 때 공래산邛郲山

의 구절판九折阪을 넘으면서 산길이 험한 것을 보고, "어버이에게 받은 이 몸인데, 어찌 이 험로를 자주 왕래해야만 하겠는가?"하고 얼마 뒤에 병을 핑계 삼아 사직하여 장안으로 돌아갔다. 뒤에 왕존王尊이 익주 자사로 부임할 때는 구절판에서 마부를 꾸짖으며 말하기를, "말을 힘차게 몰아라. 왕양은 효자지만 왕존은 충신이다."라고 했다.(《한서漢書》〈왕존전王尊傳〉)

41수 489

頭流丁公藤	두류산에는 마가목[1]이 있어
南人爲品杖	남쪽 사람들은 품위 있는 지팡이를 만드네
老去無遠遊	늙어가며 멀리 노니는 것도 없어
終年掛壁上	말년에는 벽 위에 걸어놓을 뿐이네

1) 정공등丁公藤 : 마가목. 장미과의 낙엽 활엽 교목. 열매는 약용하며, 나무는 신경통에 좋다하여 지팡이를 만들었음.

42수 489

已判無勳業	이미 공훈이 없는 것을 판단했더니
皤然鏡裡容	센 머리 거울 속의 모습이어라
誰知賣苽叟	누가 알랴, 외파는 늙은이가
猶是舊時雄	오히려 옛날에는 영웅이었다는 것을

구시舊時 : 옛적. 이미 많은 세월이 지난 오래전.   고고苽 : 외.

43수 489

門內小天下	대문 안으로는 작은 천하가 있지만
且幸無風塵	또 행복은 이 풍진 세상에 없네
課耕復問織	경작하는 과업은 다시 베 짜기를 묻곤
甘作夢中人	기꺼이 꿈속의 사람 달게 되도다

44수 489

天小章亥步	하늘이 작은 듯 장해[1]는 잘도 걸었고
地窄周王轍	땅이 좁은 듯이 주왕[2]은 철환하였네
臥閱金球圖	누워서 금구도[3]를 열람해 보고
彈指弄日月	손가락 튕기며 일월을 농락하노라

1) 장해章亥 : 상고上古 시대에 걸음을 잘 걸었던 사람.
2) 주왕周王 : 팔준마八駿馬를 타고 천하를 유력했던 주목왕周穆王을 말함.
3) 금구도金球圖 : 금색으로 된 지구地球의 지도인 듯함.
탄지彈指 : 손톱이나 손가락 따위를 튕김. 탄지지간彈指之間(=짧은 시간)

45수 489

欲將鐵如意	장차 쇠로 만든 채찍을 가지고
擊碎珊瑚枝	산호 가지를 쳐부수고자 하네
碧雲渺天末	푸른 구름 아득히 하늘 끝에 있고
何處寄相思	어디에서 서로 생각하며 부칠 것인가

철여의鐵如意 : 쇠로 만든 채찍.

46수 489

雨中千柄藕	빗속에 천 자루 연뿌리가 있더니만
綽約整還斜	아리땁게 가지런하다 다시 기울어졌네
秋風吹一夜	가을바람이 하룻밤 새 불어오더니
開遍滿塘花	두루 연못에 꽃 가득 피어 있네

藕 연뿌리우(연꽃)
綽 너그러울작(여유가 있음. 몸이 가냘프고 맵시가 있음)
작약綽約 : 몸이 가냘프고 아리따움.

 해설

 미공 진계유의 5절운을 차운하여 쓴 매천의 시로는 《매천전집》 1권 343쪽에, '무더위 장마 속에 미공의 오절을 차운함'의 〈서료차미공오절운暑潦次眉公五絶韻〉이라는 제목으로 오절 2수가 있다. 이 시는 《역주매천황현시집》 하권 382~383쪽에 번역이 되어 있다.

 또 《매천전집》 3권 234쪽에, 위의 시와 같은 제목으로 오절 53수가 있다. 이 시는 《황매천시집》 속집 454~479쪽에 번역이 되어 있다.

 결국 매천은 미공의 오절시에 대해서 위의 시 46수와 합하여 모두 101수를 차운하였다.

又次眉公七絶

또 미공의 칠절을 차운함

칠절 42수 489

1수 490

趁着新晴客渡溪	새로 비 갠 틈을 타서 객은 냇가를 건너고
溪堂鎭日響枯碁	계당에선 평상시에 바둑 두는 소리 울려오네
近來詩律衰於鬢	근래에 시 운율 있어 살쩍이 쇠해졌더니만
只合農人侑酒詞	다만 농부들이 합하여 술 권하는 말 하네

진착趁着 : 틈을 타다.
계당溪堂 : 산골짝에 면한 집.
진일鎭日 : 평상시.

2수 490

地熱驟生風過時	땅이 더워져 소낙비 바람이 지나갈 때
驚蟬移換最高枝	놀란 매미 제일 높은 가지에 바꿔 옮기네
醒來替叫芭蕉屈	술 깨어나 파초 잎 꺾였다고 소리치고는
葉上縱撗寫拙詩	잎사귀 위에 종횡으로 졸렬한 시 썼네

驟 달릴취(빠르다, 종종.) 驟雨 취우 : 소나기 替 쇄퇴할체(버리다)
叫 부르짖을규(울다. 때의 속자.) 撗 채울광(가득하다)

3수 490

野碓如龍跨堰斜	용과 같은 들녘 방앗간 기울어진 둑방을 넘으며
麥舂捲入水西家	보리를 힘써 찧고서 물가 서쪽 집으로 들어가네
晴陽一道秋光淺	비 개인 해는 외길로 가을빛이 엷게 있고
陣陣紅蜻撲蓼花	계속하여 붉은 고추잠자리 여뀌 꽃을 치고 있네

堰 방죽언   陣 진칠진(무리. 싸움. 전투. 권세가의 논밭. 한바탕.)
진진陣陣 : 이따금. 연속 끊이지 않음.

4수 490

鳳城南畔江可憐	봉성[1] 남쪽 물가로 강이 가련하기만 하고
漁謳晴滿瓜皮船	어부의 맑은 노래 과피선[2]에 가득하네
今年多雨不多水	금년에 비 많다고 하지만 물이 많지 않고
江客不愁江齧田	강가의 길손은 강물에 씻긴 밭을 걱정하지 않네

1) 봉성鳳城 : 구례를 말함.   강반江畔 : 강가. 강변.
2) 과피선瓜皮船 : 배 이름.   齧 깨물설(갉아먹다. 흠점. 다북쑥.)

5수 490

| 籬落冷冷竹露流 | 울밑이 냉랭하여 대나무에 이슬방울 흐르고 |
| 一年消息草虫秋 | 일 년 소식은 풀벌레 소리 나는 가을이로다 |

白頭今夜愁無自　　흰머리는 오늘 밤 근심이 저절로 없어졌지만
月墮河傾獨倚樓　　달 지고 은하수 기울어 누대에 홀로 기대보네

6수 491

瞳瞳日出五峯烟　　동이 터오고 해 나옴에 오봉산 안개 껴있고
津樹蒼凉帶早蟬　　나루터의 나무 쓸쓸히 일찍 매미가 우네
雨洽千村陳米賤　　마을마다 비 넉넉하여 묵은 쌀 가격이 낮고
鼓聲連發下江船　　북소리 연속 나더니 강가 아래로 배 있네

동동瞳瞳 : 해 돋을 때의 해의 모양. 태양처럼 빛나는 모양.　瞳 동틀동
진미陳米 : 묵은 쌀.　賤 천할천(신분이 낮다. 값이 싸다.)

7수 491

淸溪門巷不生塵　　맑은 냇가 대문 거리는 티끌이 생기지 않고
樹樹頳桐別是春　　나무마다 붉은 오동나무 꽃이 봄을 이별하네
籬抄斜陽漁網白　　울타리 끝으로 해 기울어 어망이 흰색인데
西隣初返打魚人　　서쪽 이웃 그물 치는 사람이 비로소 돌아오네

타어打魚 : 그물을 쳐서 고기를 잡음.　抄 끝초

8수 491

騰騰遊蟢蝭空行	높이 오른 갈거미 쓰르라미가 공중에 떠다니고
戛戛林蟲振股聲	숲속의 풀벌레는 다리 떨치는 소리로다
少睡忽驚牎已白	조금 잠자다 홀연히 놀래 깨니 창이 벌써 밝았고
不知是月是長庚	이런 달이 바로 샛별임을 알지 못하더라

부유浮遊 : 떠돌아다님. 공중이나 물위에 떠 다님.

蟢 갈거미희   蝭 쓰르라미제(소쩍새)

알알戛戛 : 사물이 서로 어긋남. 물건이 서로 부딪치는 소리.

진복振服 : 균복袀服을 벗음.   振 떨칠진(떨쳐 일어나다. 떨다.)

균복袀服 : 검은 옷 또는 군복. 갖추어진 의복. 상의와 하의가 같은 옷으로 행군복行軍服을 말함.

장경長庚 : 서쪽 하늘에 보이는 샛별.

9수 491

爭言三古至治杳	삼고[1]를 다투어 말해도 좋은 정치는 묘연하고
一變何曾德盡凉	한번 변하여 어찌 일찍이 도덕이 다 엷어졌는가
記否貞觀全盛日	정관의 치[2] 전성시대를 기억하지 못하여도
行人萬里不齎糧	행인은 만 리길에 양식 가지고 다니지 않았네

1) 삼고三古 : 고대古代를 셋으로 나눈 구분. 곧 상고上古, 중고中古, 하고下古.
지치至治 : 매우 잘 다스려진 정치.
2) 정관貞觀 : 중국 당나라 태종 때의 연호(627~649). 이 시기의 좋은 정치를

‘정관지치貞觀之治’라 하였음. 당태종은 방현령房玄齡, 두여회杜如晦, 위징魏徵의
도움을 받아 당나라의 기초를 다지고 중앙 집권을 강화하였으나, 고구려를 정벌하
러 왔다가 645년 안시성 싸움에서 양만춘에게 패하였다.
재량齎糧 : 양식을 지니고 다님.　齎 가져올재

10수 491

扮陰處處畢耘歌	느릅나무 그늘진 곳곳에 김매는 노래 끝나고
爭把鉏耰洗白波	다투어 호미잡고 맑은 물에 씻노라
半醉撗騎黃犢去	잔뜩 취해 누렁송아지에 비스듬이 타고 가며
生來不識有驢騾	한평생 나귀와 노새가 있음을 알지 못하네

扮 나무이름분(느릅나무의 일종)　鉏 호미서
耰 씨덮을우　撗 채울광　驢 나귀려　騾 노새라

11수 492

健鷄叫盡曙華清	수탉 우는 소리에 날이 다 밝아 새고
隱約西簷晝月撗	은밀히 약속하듯 서쪽 처마에 낮달이 기우네
殘睡更從床下臥	설친 잠 다시 책상 아래 누워있으려니
疎簾半戶覺秋生	성긴 주렴 반 조각 집으로 가을을 느끼네

잔수殘睡 : 남은 잠. 못다 깬 잠.

12수 492

種荳丁寧下種稀   콩을 심었다지만 정녕코 씨 뿌리는 것 드물고
葉深惟有晝蚊飛   잎이 무성하여 오직 낮에 모기만 날아가네
荷鋤我比淵明倦   호미를 걸메도 나는 도연명에 비해 게을러
每向山田趁露晞   매양 산밭을 향해 이슬 마른 땅 밟고 가노라

하서荷鋤 : 호미를 멤.   荷 멜하(짊어지다. 짐. 연꽃.)
趁 좇을진(따라 붙다)   晞 마를희(햇빛에 쐬다)

13수 492

崩雲無際散如絲   구름이 무너질 틈도 없이 실처럼 흐트러지고
正是天風閣雨時   마침 하늘 바람이 불어 누각에 비 올 때로다
忽見東峰低欲缺   홀연히 동쪽 봉우리 아래로 지는 것을 보며
一輪晴月露些兒   둥그런 밝은 달빛에 어린 아이 드러나 있네

월로月露 : 달빛 어린 이슬.   些 적을사(약간), 어조사사

14수 492

靑雲迢遞歎鮎竿   청운 멀리 바뀌어 메기 잡는 낚싯대 한탄하며
無那籠禽鍛羽翰   새장속의 새 날개가 부러져 어찌 할것인가
萬事如今頭欲雪   만사가 오늘처럼 흰 머리 되고자하는데

悔輕索米上長安　　삭계미[1])를 장안에 바친 걸 조금 후회하노라

청운青雲 : 푸른 구름. 출세.　鮎 메기점(＝점어鮎魚)

籠 대그릇롱(삼태기. 새장.)　翰 날개한

쇄우鍛羽 : 새가 날아가지 못하도록 우모羽毛를 잘라 놓음. 날개가 부러져 날지 못함. 뜻을 잃음.

1) 삭미索米 : 삭계미索契米. 새끼나 다른 줄 같은 것을 공물로 바치는 계의 대미.

15수 492

溪身如沸轉炎暉　　냇가에 사는 몸 끓듯 뜨거운 햇빛에 구르고

石面層層曬浣衣　　돌 면으로 층층이 옷 빨아 말리고 있네

禿柳枝間風一縷　　앙상한 버들가지 사이로 한 가닥 바람 불고

使能長續不妨微　　길게 연속하여 조금도 방해하지 않도다

염휘炎暉 : 뜨거운 햇빛.　浣 빨완(씻다)

16수 493

水村籬落滿斜陽　　물가 마을 울타리에 태양이 가득 비껴있고

秋筍參差落粉香　　가을 죽순이 뒤섞여 분가루 향기가 떨어지네

鶴夢驚時人不管　　학은 꿈에 놀라 당시 사람들은 피리 불지 않았고

棋聲長在碧梧傍　　바둑 두는 소리 벽오동나무 곁으로 길게 나네

叅 간여할참(=參의 속자. 섞이다. 빽빽하다. 층나다.)
참차叅差 : 가지런하지 않음. 뒤섞인 모양.(참叅은 세 개가 섞이고, 차差는 두개
가 섞임). 낮거나 높게 보임. 퉁소.
벽오동碧梧桐 : 벽오동과의 낙엽 활엽 교목. 정원수로 심으며, 가구재로 쓰이고
열매는 먹기도 함.

17수 493

蘆荻舍花細磧生	갈대밭의 물 억새꽃 피어 작은 서덜에 생기고
石橋摛影小潭淸	돌다리에 그림자 가득하고 작은 연못 맑아라
自從一夜西風起	저절로 하룻밤 새 하늬바람이 일어나더니
樹樹鳴蜩己變聲	나무마다 울려오는 매미 소리 벌써 변하였네

摛 채울광(가득하다)   荻 물억새적   磧 서덜적(모래섬. 여울.)
서풍西風 : 서쪽에서 부는 바람. 하늬바람.   蜩 매미조

 감상

　이 시는 맑은 햇빛 속에 영글어가는 가을 들판의 정경을 묘사하였다. 물
억새꽃이 피어있는 냇가의 연못이 맑은데, 어느새 서풍이 불어오고 있다.
'하늬바람에 곡식이 모질어진다'는 이야기가 있듯이, 여름이 가고 가을바
람 불어오면 곡식은 풍성하게 여물어 갈 것이다.
　어느새 요란하게 울어대는 매미소리도 약해져 가고 있다.
　매미는 애벌레의 종류에 따라 2~7년을 땅속에 살면서 천적 두더지나
지네 등에 의해 잡혀먹고 실제로 태어나는 매미는 적다. 그리고 세상 밖으
로 나와 울어대는 숫놈도 요란하게 울어보았자 1~2주 밖에 살지 못한다고

한다. 매미의 기구한 운명도 자연의 변화 앞에 그렇게 끝나고 말듯 우리네
인생도 그렇게 늙어만 간다.

18수 493

宿債塵塵未易晴	묵은 빚 티끌 속에 있어 쉽게 개운치 못하고
百年回顧也心驚	백년을 회고해 보아도 마음이 놀라워라
莫因睚眥尋戈戟	그로 인해 흘기는 눈초리 간극을 찾지 마오
鷄鬪猶生殺伐聲	닭들이 싸워 오히려 살벌한 소리 생겨나도다

숙채宿債 : 오래 묵은 빚.
진진塵塵 : 티끌마다의 세계. 삼라만상. 불경佛經에는 많은 세계를 한 티끌 중에
각각 한 세계가 있다고 함.
애자睚眥 : 흘겨보는 눈초리.   睚 눈초리애   眥 흘길자
생살生殺 : 살리고 죽임.

19수 493

儒冠風格去人層	유자의 관이 풍격에 맞아 가는 사람들 층져있고
大帽巍我竹作纓	큰 모자 높고 높아 대나무로 갓끈을 만드네
老去鬚眉增古怪	늙어가며 수염과 눈썹만 늘어 옛날이 괴이하고
不妨他日做高僧	타일을 헤살 놓지 않고 도 깊은 스님 만드네

풍격風格 : 사람됨. 고상한 인품. 시문 따위의 운치.

외아巍莪 : 인격이 뛰어남. 높고 우뚝 솟음. 외외巍巍. 외연巍然.

纓 갓끈영

20수 493

細箋草木考虫魚	초목에 세세히 주해하고 충어[1]를 고증해보며
老境重攻字學書	늙바탕에 더욱 다스려 글자와 책을 배우네
坐此飛車追電日	이렇게 비거[2]에 앉자마자 번개처럼 달려가니
冬官宜廢古輪輿	공조 관청은 의당 옛날의 수레바퀴를 폐하네

箋 찌지전(주해. 글.)

1) 충어蟲魚 : 벌레와 물고기. 미세한 동식물. 한유韓愈의 시 〈독황보식공안원지시서기후讀皇甫湜公安園池詩書其後〉에, "爾雅注蟲魚(이아주충어) 이아에 미세한 것까지 주를 내는 것은/ 定非磊落人(정비뢰락인) 정히 큰 뜻 지닌 사람의 일이 아니네"이라는 표현이 있다. '주충어註虫魚'는 학문을 연구하고 고증하는 것.

노경老境 : 늙어버린 판.

2) 비거飛車 : 바람을 타고 공중을 날아다니는 수레.

電 번개전(빠름)   日 해일(태양. 햇볕. 햇빛. 햇살.)

동관冬官 : 공조.

21수 494

石面苔黃古緞紋	돌 면에 황태가 끼어 옛날의 비단 무늬 있고
漁竿日日到斜曛	어부의 낚싯대는 날마다 석양에 비껴 있네
灑油一滴添香餌	기름 한 방울 뿌려 먹이에 향기를 더하고

看起波心五色雲　　물결 한 가운데 오색구름이 일어나 보노라

滴　물방울적(적은 분량)
파심波心 : 물결 한 가운데. 물결의 중심.

22수 494

幽幽蓬蓽謝芬華　　깊이 숨어사는 내 집[1]에서 아름답게 사례하고
卒歲終無長者車　　한 해를 다 마쳐도 장자의 수레가 없네
但畫名花張壁看　　단지 유명한 그림 속의 꽃을 벽화로만 볼 뿐
不曾種看畫中花　　일찍이 이런 종류 그림 속의 꽃을 보지 못했네

1) 봉필蓬蓽 : 봉호와 사립문. 가난한 사람의 집. 자기 집의 겸칭.
봉필지거蓬蓽之居 : 큰 덕을 가진 뛰어난 학자는 봉필蓬蓽에서 생을 마치면서 문
달聞達하기를 추구하지 아니함.
분화芬華 : 화려함. 아름다움. 화려하게 꾸밈.
졸세卒歲 : 한 해 동안. 한해의 끝. 연말.
명화名花 : 이름 있는 꽃. 기생.

23수 494

歎息江朗老境才　　강랑[1]이 늙바탕의 재주를 탄식하면서
廢吟旬月硯生苔　　달포[2] 가량 읊지 않아 연적에 이끼가 생기네
日長無客家無酒　　해가 길어져도 손님이 없고 집에 술조차 없어

負手松陰獨往來 뒷짐 지고 소나무 그늘로 혼자 왔다갔다 하네

1) 강랑江朗 : '강랑재진江郎才盡'은 강랑의 재주가 다했다는 말로, 학문상에 있어
한 차례 두각을 나타낸 후 퇴보하는 것을 말함.
2) 순월旬月 : 만 한 달. 열 달. 열흘이나 달포가량.

24수 494

短箑翻翻不是風 짧은 부채 계속 부쳐 봐도 바람이 일지 않아

洦回移簟樹西東 얕은 물 도는 곳 나무 동서로 멍석을 옮기네

何由倒作童孩輩 무슨 이유로 어린애들을 거꾸로 만들었는가

倮體浮行溪水中 알몸으로 시냇물 속을 떠돌아다니는 구나

번번翻翻 : 펄펄 나는 모양. 번드치는 모양.

洦 얕은물백 簟 삿자리점(멍석. 대자리.) 倮 알몸라

25수 494

咀史啥經笑語香 역사를 뇌이고 경1)을 말하는 웃는 말씀 향기로워

蕭然巾服詭時粧 쓸쓸히 건복을 입고 시대를 속여 꾸미네

老棋往往無終局 늙어서 두는 장기는 왕왕 끝내 판국이 없고

散子縱橫石上牀 흩어진 알만 이리저리 바위 평상 위에 있네

咀 씹을저(맛을 보다. 저주하다.)

1) 아함阿含 : 산스크리트 아가마의 음사이며, '예로부터 전해온 가르침'의 뜻을 가지고 있으며, 석가모니의 가르침을 전하는 경전을 의미함. 아함경阿含經은 소승불교의 경전으로 대체로 석가모니가 직접 설교한 것으로 불교의 원초적인 모습을 보여주고 있지만 대승불교의 한자문화권에서 중요시 되지 않았다.

詭 속일궤

건복巾服 : 두건을 쓴 복장.

粧 단장할장

26수 495

身上本無圭組輝　몸은 본래 고관대작[1]으로 빛나는 것 없어
如今敢道遂初衣　지금까지 감히 초의[2]를 입었다고 말하네
世間難作貧家婦　세간에서는 빈한한 집 부인이 되는 것도 어려워
至老麻絲日上機　늙도록 마사 일[3]하며 날마다 베틀 위에 있네

圭 홀규(옥으로 만든 홀. 천자가 제후를 봉할 때 내리던 신인信印.)

1) 규조圭組 : 벼슬아치. 고관대작.

2) 초의初衣 : 관직에 오르기 전에 입던 옷.

3) 마사麻絲 : 삼 껍질을 찢어 꼬아 만든 실.

27수 495

匏葉陰陰覆碉扃　박 잎이 우거지고 침침하여 창문을 뒤덮었고
踈簾拂拂數螢青　성긴 주렴에 바람 불고 몇 개 반딧불 푸르러라

夜深一椀松肪下　밤이 깊어 한 개의 주발이 관솔불 아래에 있고
老筆蹣跚補穡經　늙어 필력이 비틀거려 경을 보완하여 거두네

음음陰陰 : 하늘이 흐려 어두움. 나무가 우거져 어둠침침함. 널리 뒤덮음. 고요함.
蹣 비틀거릴반　跚 비틀거릴산　穡 거둘색(농사. 검약.)

28수 495
帝城消息接山居　황제 사는 한양성 소식을 산에 살면서 접하고
日把新聞當異書　날마다 신문 있으며 마땅히 귀한 책 보노라
漢水終南千萬歲　한수의 종남산은 천만 세로 이어져 있지만
漫天荊棘孰能鋤　하늘에 퍼진 고난을 누가 호미로 멜 것인가

제성帝城 : 황성皇城.
만천漫天 : 하늘에 뻗쳐 널리 퍼짐. 몹시 큼.
형극荊棘 : 가시. 고난. 장애. 분규. 나쁜 마음.

29수 495
衆叟頎然眉髮光　많은 늙은이들 길게 눈썹과 머리카락 빛나고
壺觴卜日集溪陽　술병과 술잔이 점치는 날 냇가 양지에 모여있네
髹槃淺映秋江色　옻칠해진 쟁반에 가을 강색이 얕게 비추고
萬縷銀魚一箸香　만 가닥 은어 회는 한 술가락 향기 속에 있네

기연頎然 : 긴 모양.   頎 헌걸찰기(키가 크고 풍채가 장한 모양)

복일卜日 : 점을 쳐서 좋은 날.   髹 옻칠할휴(검붉은 옻)   槃 쟁반반

누회縷膾 : 잘게 친 회膾.   縷 실루(명주)

30수 495

枯株怒石轉槎牙	마른 그루터기에 사나운 돌들 앙상하게 구르고
幽徑層層葛蔓花	깊은 오솔 길에 층층이 칡덩굴 꽃이 피었어라
直自白雲深處出	곧장 저절로 흰 구름 깊이 나오는 곳에
採芝歌斷日西斜	영지 캐는 노래 끊기더니 서쪽 해 기울어있네

사아槎牙 : 앙상함.   槎 나무벨사(그루터기), 떼사(뗏목)

31수 496

床頭有酒泛輕瓢	상머리에 술이 있어 가볍게 바가지에 뜨고
晝雨聲沈睡思饒	낮에 빗소리 심해져 잠자고픈 생각 많아라
兩岸蘆花鷗影外	양 언덕 갈대꽃으로 갈매기 그림자 밖이요
夢隨漁笛度江橋	꿈속에 어부의 피리소리 따라 강다리 건너네

度 법도도(건너다), 헤아릴탁

32수 496

守牝曾聞老氏風	골짝을 지키면서 일찍 노자의 가르침을 듣고
浮湛甘作信天翁	떠돌아다니면서 즐겁게 하늘을 믿네
逢秋葵藿增搖落	가을을 맞이해 해바라기 더욱 흔들려 떨어지고
猶有殘花捧日紅	오히려 지는 꽃이 있어 붉은 해를 받드네

牝 암컷빈(골짜기)　湛 즐길담
부담浮湛 : 떠돌아다님.
신천옹信天翁 : 하늘을 믿음. 신천옹과에 속하는 바닷새.
규곽葵藿 : 해바라기.
요락搖落 : 흔들려 떨어뜨림. 가을에 나뭇잎이 떨어짐.
잔화殘花 : 시들어 가는 꽃.

33수 496

柴門一面掩風塵	싸릿문 한쪽으로 바람과 티끌을 가리고
且幸江湖現在身	또 다행스럽게 강호에 현재의 이 몸 있네
事到眼前須盡力	일이 눈앞에 이르러 오로지 힘을 다하노니
莫將經濟望他人	경제를 가지고 다른 사람을 바라보지 말게나

34수 496

| 天曙祇殘數個星 | 새벽 하늘에 다만 몇 개의 별이 남아 있고 |
| 峰頭落月獨亭亭 | 산봉우리에 지는 달 홀로 외롭게 있네 |

一簑風露漁歸晚　이슬 바람에 도롱이 입은 어부 늦게 돌아오고
蟹火迷離水際靑　게 잡는 불빛이 희미하게 푸른 물가에 있네

殘 해칠잔(쇠하여 약하다. 남아있다.)
정정亭亭 : 높이 솟음. 까마득함. 고독함. 아름다운 모양.
簑 도롱이사, 잎우거질최(잎 시들다)
미리迷離 : 분명하지 못함.

35수 496
愧熬人稱隱者流　사람들이 은자의 부류라 칭하기에 몹시 부끄럽고
有盟端不負沙鷗　맹약의 단서는 모래톱의 갈매기를 버리지 않네
愛看蘆葦花如雪　갈대를 귀엽게 보노라니 꽃은 흰 눈과도 같고
日日獨來溪水頭　날마다 나 홀로 와 냇가의 물머리에 있도다

熬 볶을오(참다. 근심하는 소리.)
사구沙鷗 : 모래톱에 있는 갈매기.

36수 497
傍野依山數戶村　들판 옆으로 산에 의지해 두어 집 마을 있고
村淳能遇寓人尊　촌의 도타운 정은 우연히 사는 사람을 받드네
挾書童子眉如畵　책을 낀 동자의 눈썹은 그림과도 같은데
日導來賓至我門　날마다 오는 손님 인도하여 내 대문에 오네

37수 497

一丈廳簹地碓西	한 장 겨릅대[1] 엮은 처마 디딜방아 서쪽에 있고
午陰不動槿花低	낮 그림자 무궁화 밑으로 움직이지 않네
雛鷄穩被生成力	병아리 닭은 평온하게 살아가는 힘을 입었지만
己自聯翩上屋啼	스스로 잇달아 날아가 지붕 위에서 울고 있네

廳 겨릅대추(삼. 대마.)
1) 겨릅대 : 껍질을 벗긴 삼대.

38수 497

不問行藏不卜居	행장[1]을 묻지 않고 살 곳도 가리지 않아
暮年遊戲至人如	늘그막에 유희하니 덕 높은 사람과도 같네
掃除萬事期無累	만사를 씻고 속세의 번루 없기를 기약하며
猶向兒孫勸讀書	오히려 자손을 향하여 독서를 권장하노라

1) 행장行藏 : 일을 행하는 것과 숨는 일.
복거卜居 : 살만한 곳을 가려서 정함.
모년暮年 : 늘그막.
유희遊戲 : 즐겁게 놀며 장난함. 오락.
지인至人 : 덕이 높은 사람.
소제掃除 : 먼지 따위를 떨고 닦아 깨끗이 함.

39수 497

荊扉半扇倚墻開	가시나무 사립문 반쯤 열어 담장에 기대보고
庭菊離離臥綠苔	정원의 국화 무성하여 이끼 낀 곳에 누웠노라
多種野池魚一石	들녘 연못에 여러 종의 고기 한 섬[1]이나 있고
閒中時引白鷗來	한가한 가운데 시간 끌어 갈매기가 오누나

형비荊扉 : 가시나무로 짜 만든 문짝. 허름한 문짝. 구차한 살림.

이리離離 : 구름 같은 것이 길게 뻗음. 초목이 무성함.

1) 석石 : '돌 석'자로 1石은 1섬으로 10말.

40수 497

蕉葉微颺覺有風	파초 잎이 조금 흔들려 바람 부는 걸 깨닫고
蛛絲欲盡午園空	거미줄 다 거두어 한낮의 정원이 비어 있네
可憐墻角秋光別	가련하게도 담장 끝에 가을빛이 떠나가
一抱黃團老更紅	황단[1]을 한 아름 안아 늙어 더욱 붉구나

欲 바랄감(원하다. 무엇을 달라고 빌다.)　斂 거둘렴(긁어모으다)

團 둥글단(모으다. 굴러가다. 덩어리. 점포. 단체.), 경단단(밤톨만한 떡)

1) 황단령黃團領 : 단령은 조선시대 유생이나 관리가 입었다. 왕이 입는 용무늬가 있는 단령을 곤룡포라 했으며, 사간원사司諫院士는 황단령을 착용하였다.

41수 498

玉薥飀飀敗葉翻	옥수수 바람소리 찢긴 잎이 번쩍이고
毿毿秋菜圃連園	늘어진 가을 남새밭이 정원에 이어져 있네
夜來土壁銀光滑	밤이 와 흙벽이 은광으로 어지럽더니
歷歷蝸牛倒上痕	역력하게 달팽이 거꾸로 간 흔적 있네

옥촉玉薥 : 옥수수.

飀 바람소리수   飀 바람소리류   毿 털길삼

삼삼毿毿 : 털이 가늘고 긴 모양. 버들가지 등이 가늘고 길게 늘어짐.

토벽土壁 : 흙벽.

와우蝸牛 : 달팽이.

42수 498

醉睡沈沈坐欲扶	졸음에 취한 잠 침침히 앉아 부축하고자 하고
簟圓凉滑不論蒲	둥근 대꺼풀 차갑고 미끄러워 창포를 논하지 않네
脫巾露髮松風下	두건을 벗어 머리 드러낸 채 솔바람 밑에 있고
要與先生補舊圖	긴요히 선생과 더불어 옛그림을 보수하네

해설

《매천전집》 1권 344쪽에 '또 미공의 칠절을 차운함'의 〈우차미공칠절운又次眉公七絕韻〉이라는 시가 있다. 칠절 27수로 된 이 시는 《역주매천황현시집》 하권 384~401쪽에 번역되어 있다. 1908년 매천의 나이 54세 때 읊은 시였다.

또 《매천전집》 3권 239쪽에도 위 시와 같은 제목으로 칠절 32수가 있다. 이 시는 《황매천시집》 속집 479~496쪽에 번역되어 있다.

결국 매천이 미공의 칠절을 차운한 시는 위의 시 42수와 합하여 모두 101수나 되고 있다.

恭聞, 大駕還御慶運宮

대가가 경운궁[1]으로 환어 했다는 이야기를 삼가 듣고서

칠율 1수 498

---

*此當在大駕東巡下：

이 시는 마땅히 대가의 동쪽 순행 밑에 있어야 함.

莫謂離宮異正衙	경운궁이 경복궁[2]과 다르다고 하지 마라
我王今日始還家	우리 임금님 오늘 비로소 환가[3]했다오
欣隨野老聞丹詔	흔쾌히 야인 된 늙은이 조칙의 소식을 들었고
黙想都人望翠華	도시 사람들 묵상하며 천자의 깃발을 바라보네
何路愚忠輸犬馬	어느 길로 나는 충성하여 견마지로[4] 다할 것인가
此堂恢業遡龍蛇	이 집의 크신 왕업 왜란 때로 거슬러 올라가네
仁天似解憂勤意	어진 하늘은 근심스런 뜻 부지런히 풀 것 같고
融雪千秋未放花	눈 녹아도 오랜 세월 아직 꽃이 피지 않았네

대가大駕 : 임금이 타는 수레.

1) 경운궁慶運宮 : 덕수궁德壽宮의 옛 이름. 조선 성종成宗 때 지은 옛 대궐로, 정문은 대한문大漢門이며 석조전石造殿이 있음.

환어還御 : 임금이 거동 했다가 돌아옴.

이궁離宮 : 경운궁을 말함.

단조丹詔 : 임금의 조칙詔勅.

2) 정아正衙 : 정전正殿. 경복궁을 말함.

3) 환가還家 : 집으로 돌아옴. 러시아 공사관에서 경운궁으로 돌아옴을 말함.

취화翠華 : 물총새의 깃털로 장식한 천자天子의 기旗.

4) 견마犬馬 : ① 개와 말. 자기를 낮추어서 일컫는 말. 신하가 임금에게 자기의 몸에 대해 일컫는 말.

② 견마지로犬馬之勞 : 개와 말의 하찮은 힘. 임금이나 나라에 충성을 다하는 노력.

우충愚忠 : 자기의 성의誠意.

회업恢業 : 산업을 넓힘. 恢 넓을회(넓히다. 크게 하다. 갖추다. 회복하다.)

융설融雪 : 눈이 녹는 일.

🦋 해설

이 시는 1908년에 지어진 시가 아니고, 1897년 2월 아관파천 때 지어진 시이다. 그러므로 편집상 년대가 달라 앞쪽 정유고丁酉稿에 있어야 한다.

고종임금이 1896년 2월에 아관파천俄館播遷을 했다가 1년 만에 다시 덕수궁으로 환궁했다는 소식을 듣고 지은 시이다.

1895년 10월 을미사변으로 명성황후가 일본 미우라 일당들에게 시해되었다. 그 결과 러시아 공사관으로 몸을 피신한 임금은 러시아 수병들의 보호를 받으며 정치를 하게 되었다. 이렇게 되자 자연히 친러내각이 조직되었으며, 많은 이권이 러시아를 비롯한 외국인으로 손으로 넘어져가는 계기가 되었다. 이 시기에 잇권 침탈을 반대하는 독립협회의 활동이 있었다.

고종임금도 국가의 기강을 확립하기 위해 환궁하였고, 국호를 대한제국大
韓帝國, 연호를 광무라고 고쳐 광무개혁을 추진하였다. 자못 바른 정치가
기대 되는 정치의 실상이다.

次費眼亭吳春溪永漢, 溪榭韻

비안정의 오춘계 영한의 계사 운을 차운함　　　　칠율 1수 498

吾家昔住瀁東西	내 집은 예전에 동서로 물 흐르는 곳에 살아
逐水漁樵共一溪	물 쫓아 어초하며 함께 한 물가에 살았네
霜露至今懷故里	서리 이슬 속에 지금 옛 마을을 회상하면서
風塵羨子保幽捿	풍진세상 그대 부러워하며 깊이 깃들어 지켰네
禊遊相屬流觴客	계모임에 서로 흐르는 술잔을 객에게 권하며
詩境頻招背錦奚	시경[1]은 자주 시 비단 주머니 뒤집어 초대했네
不待重還桑梓日	다시 고향에 돌아오는 날[2]을 기다리지 않고
擬將膏秣手同携	함께 손잡고 살찐 말먹이를 헤아려보노라

계사溪榭 : 시냇가 정자.　**榭** 정자사(사당)

瀁 이슬많은모양양, 물일렁거릴상　**禊** 벤벼계(볏짚. 푸닥거리.)

屬 역을속(붙다. 잇다. 글 짓다.), 부탁할촉

상촉相屬 : 주객主客이 술을 서로 권함.

1) 시경詩境 : 시흥詩興이 절로 나는 아름다운 경지. 시의 경지.

빈초頻招 : 자주 부름.

해낭奚囊 : 시문詩文을 넣어두는 주머니. 奚 어찌해(어느. 여자 종.)

상자桑梓 : 뽕나무와 가래나무. 桑 뽕나무상 梓 가래나무자

2) 상자지향桑梓之鄕 : 뽕나무와 가래나무를 심어 자손에게 양잠과 기구 만들기에 힘쓰게 했다는 뜻에서, 조상의 무덤이 있는 고향.

膏 살찔고 秣 꼴말(말을 먹이다)

梨亭訪小川信宿

이정에서 소천을 방문하고 이틀을 묵다 칠율 1수 499

風捲驚沙滾過堂	놀란 바람 모래를 감아말아 물가 집을 지나고
秋蔬桃盡渚田荒	가을 채소 복숭아 물가 밭이 다 황폐해졌네
漁桴映雪江增綠	고기 잡는 어구 눈에 비치고 강 더욱 푸른데
楮竈騰烟日變黃	닥 삶는 부엌의 연기 올라 해가 황색으로 변했네
中座壺觴悲歲暮	여럿이 앉아 술병과 술잔으로 세모에 슬프지만
上農門戶艶書香	상농[1]의 집 대문에는 책 향기 고와라
旅遊如入淵明室	나그네 유람하여 연명의 집에 들어가는 것 같고
殘菊依依尚倚墻	시든 국화 서운하여 오히려 담장에 기대보네

信 믿을신(진실. 증표. 편지. 이틀 밤을 묵다.)

신숙信宿 : 이틀 밤을 묵음. 이틀 동안의 숙박. 재숙再宿.

滾 물흐를곤(샘솟다. 물이 끓다.)   糝 밋밋할삼(어구漁具)   胦 배부를앙
중좌中座 : 여러 사람이 모인 자리. 모임의 중도. 임금의 자리를 침범하는 일.
호상壺觴 : 술이 들어 있는 술병과 술잔.
1) 상농上農 : 파종한 뒤 대여섯 번씩이나 김을 매는 농민. 서너 번씩 김을 매는
자를 차농次農, 이에 미치지 못하는 자를 타농惰農이라 함.
문호門戶 : 집으로 드나드는 문. 문벌門閥.   艶 고울염(부러워하다)

除夜恭聞大駕東巡

제야에 삼가 대가가 동쪽으로 순행하였다는 이야기를 들음

칠율 1수 499

榑桑風色近如何	해 뜨는 부상1)에서의 풍색은 근래 어떠한가
天子東巡我史初	천자가 동쪽으로 순행해 내 역사상 처음이네
秦逐客卿非異事	진이 객경2)을 쫓아 낸 건 특별한 일 아니었고
漢論封禪是妖書	한나라가 봉선3)을 논함에는 간사한 책 있었네
百神淸道蓬萊館	모든 신들의 맑은 도는 봉래관4)에 있었고
四海寒心霹靂車	세상에서 한심스러운 것은 벽력차5)에 있었네
聞說今年租賜半	듣건대 금년에 조세를 절반으로 풀었다는데
兩南民物盡周餘	두 남쪽 백성의 재물은 다 모든 여민에게 있네

榑 부상부(전설상의 신목神木)

1) **부상榑桑** : 동쪽 바다. 해 뜨는 동쪽 바다에 있다는 상상의 나무. 부상扶桑과 같은 말.

2) **객경客卿** : 다른 나라에서 와서 공경公卿의 지위에 있는 높은 사람.

요서妖書 : 민심을 어지럽히는 요망하고 간사스런 책.

3) **봉선封禪** : 천자가 지내는 천지의 제사. 최초 봉선자는 진시황秦始皇이었다. 진시황은 BC219년 산동성 태산泰山 산정에서 하늘에 제사지내고, 부근의 양부梁父라는 땅에서 제사지냈다. 이 봉선은 한 무제 이후 본격화 되었으며, 중국 역대 72명의 황제가 봉선하였다.

4) **봉래관蓬萊館** : ① 백부柏府 · 괴부槐府 · 자미원紫薇院 · 한림원翰林院 · 봉래관蓬萊館 등을 설치하고 이것들에다 글 잘하는 방정한 선비들을 두었음. ② 동래부에 있는 객사.

한심寒心 : 정도에 지나치거나 모자라서 가엾고 딱함.

벽력霹靂 : 벼락.

5) **벽력차霹靂車** : 옛날 중국에서 돌을 발사하도록 장치해 놓은 전쟁용의 차.

주여周餘 : 여민黎民. 모든 백성.

 **해설**

　1908년 섣달 그믐날 밤에 순종황제가 동쪽으로 순행했다는 이야기를 듣고 이것을 기뻐하면서 쓴 시이다. 진秦나라가 객경客卿을 쫓아내 망하게 되었고, 한漢나라의 봉선에는 요서妖書의 영향이 컸다. 어떤 정치를 하던 간에 국가가 부강하기 위해서는 민을 근본으로 하는 민본정치를 해야 함을 강조하고 있다. 조세를 낮추어 자못 기대가 되는 정치의 실상이다.

題己酉太陽曆

기유년에 태양력에 대하여 쓰다 　　　　　오고 1수 500

＊自丙申以來, 曆面並列陰陽曆, 而猶列太陽于下欄之外. 至是
始以太陽頒朔, 錄陰曆于舊日太陽之位.

병신년 이래로 역면이 음력과 양력이 함께 있었으며, 오히려 신문의 난 아래 밖으로 태양력을 넣었다. 이때에 이르러 태양력을 가지고 천자의 달력[1]을 나누기 시작하였고, 지난날 태양력의 위치에서 음력을 기록하였다.

01	我老尙有眼	내가 늙었지만 아직도 보는 눈이 있어
	又見今年曆	또 다시 금년의 책력을 보네
	今年曆何如	금년의 책력은 어떠한가
	太陽西來遾	태양력은 서쪽 멀리서 왔네
	天以月示象	하늘은 월별로 상을 보이고
	晦朔懸定的	그믐과 초하루 날 정확히 정해졌네
	置閏自堯始	윤달을 둔 것은 요임금 때 비롯되었고
	裁輔致熙績	체재를 도와 빛나는 업적을 이루었네

09 疇人日益巧　책력에 밝은 사람은 날로 교묘함 더했고

推算毫能析　미루어 계산하여 붓을 분석했네

縱有盈虛差　비록 크고 작은 달의 차이가 있다 해도

終以陰爲嫡　끝내는 음력으로 본바탕을 만들었네

何來地球學　어느 곳에서 지구의 학문이 오는가

奇衰蕩無敵　기이하게 뚫어져 호탕하게 맞설 자 없네

高撑測遠鏡　높게 버티어 망원경으로 측량하고

侮古恣培擊　옛 것을 없인 여겨 방자히 헤쳐 부딪치네

17 曆變政隨變　책력이 변하고 정치도 따라 변하여

東西互盪激　동서양이 서로 물결의 흐름을 씻네

篤奧扶桑外　깊은 나라는 부상2) 밖으로 빠르게 날아

遷幽誇舌鵙　깊이 옮겨 올빼미의 혀를 자랑하네

猰貐欺祥麟　알유가 상서로운 기린을 속이고

掩目試躪轢　눈 가리고 짓밟으며 시험하네

强之使從我　억지로 나로 하여금 따르게 하고

次第要歲覯　차례로 한 해 보는 것이 필요하네

25 曆固無陰陽　역법은 진실로 음양이 없나니

年至終自歷　새해 이르러 마침내 저절로 역사가 있네

奈乏拒人力　어찌 고달프게 사람의 힘을 막는가

生縛加握幎　흰 명주 만들어 더욱 쥐며 덮네

野曠豺虎橫　광야에선 시호가 난무하는데

天寒我安適	추운 날씨에 내가 어디로 갈 것인가
王春來不來	첫봄이 오는지 안 오는지
風吹凍淚滴	바람이 불고 언 눈물만 방울져 떨어지네

欄 난간란(칼럼. 신문 잡지의 난.)   頒 나눌반(반포하다.)

1) 朔 : 초하루삭(천자가 제후에게 나누어 주던 달력.)

逖 멀적   懸 매달현(늘어지다. 떨어지다. 헛되다. 헛소리. 멀리.)

堯 요임금요(높다. 멀다.)   疇 밭두둑주

주인疇人 : 책력과 산술에 밝은 사람. 가업을 이어받은 사람. 같은 무리.

嫡 정실적(본처. 맏아들.)   衺 사특할사(사악하다)

원경遠鏡 : 돋보기. 먼 국경.

掊 그러모을부(헤치다. 드러나게 하다.)   竊 그윽할조(깊다.)   奧 속오(나라 안)

2) 부상扶桑 : 동쪽에서 해가 뜨는 곳. 반대로 함지咸池는 해가 지는 곳을 말함.

알유猰貐 : 흉노를 말함.

인력躪轢 : 짓밟음. 유린함. 수레에 갈림.   躪 짓밟은린(치다. 갈다.)

轢 삐걱거릴력(짓밟다. 업신여기다.)

차제次第 : 차례.   覿 볼적(멀리 바라보다)

乏 가난할핍(버리다)   縛 힐전(흰명주), 고운명주천, 명주견

握 쥘악(주먹. 손아귀. 수중.)   幎 덮을멱

왕춘王春 : 음력 정월.   滴 물방울적

南原梅岸村訪柳圭事時東

남원의 매안촌[1]에서 유규사 시동을 방문하다 　　　　칠율 1수 500

晴沙白練素于衣	맑은 백사장은 흰 명주 같아 옷보다 하얗고
田水淙淙綠漾扉	논에 흐르는 물소리 사립문에 푸르게 출렁이네
村際方招童子問	마을 사이 사방으로 동자를 불러 물으며
主翁初秣短驢歸	주옹은 처음으로 꼴 먹여 작은 나귀 타고 오네
機雲硯潔山花映	육기 육운[2]의 벼루가 청결하여 산꽃이 비치고
沮溺犁閒野鷺飛	장저 걸익[3]의 소 한가하여 들녘 해오리 나네
却怪如君淮海氣	오히려 괴이하게 그대처럼 회해[4]의 기운 있고
春風尚守舊漁磯	봄바람에 오히려 옛 낚시터를 지키고 있네

1) 매안촌梅岸村 : 최명희의 소설 《혼불》에 나오는 매안 마을을 말하는 듯함.
종종淙淙 : 냇물이 소리를 내며 흐름.　淙 물소리종
2) 기운機雲 : 진쯥의 저명한 문학가인 육기陸機와 육운陸雲 형제를 말함. 이들
형제가 낙양洛陽에 있던 장화張華를 찾아가자, 장화가 한 번 보고는 기특하게 여
겨 명사名士로 대접하면서 여러 사람들에게 천거하였다는 고사가 있음.(《삼국지三
國志 오서吳書》〈육손전陸遜傳〉)
3) 저익沮溺 : 중국 춘추시대의 은사隱士로 《논어論語》에 나오는 장저長沮와 걸
닉桀溺 《논어》에 다음과 같은 내용이 있다. 장저와 걸익이 밭을 갈고 있었다. 공
자孔子가 그 앞을 지나가다가 자로子路를 시켜 나루터를 묻게 했다. 자로가 돌아
와서 하는 말을 듣고, 공자가 말하였다. "새나 짐승과 같은 무리가 될 수 없다. 내
가 이 세상에 사람들과 함께 지내지 아니한다면 누구와 함께 지낼 것인가? 천하에
정도正道가 없다면 나는 개혁 하려고 하지 않을 것이다."라고 말하였다.

4) 회해淮海 : ① 뜻이 원대하고 호방하여 속인들과 왕래하지 않음.(=강해江海 혹은 호해湖海) ② 회해지사淮海之士 : 매인 곳이 없이 호기豪氣가 있는 인물.(=호해지사湖海之士)

路中望獘廬

길가는 도중에 폐려[1]를 바라보다　　　　　　　　　　칠율 1수 501

童牛聯巒戲松根	송아지 고삐 잇달아 잡고 솔뿌리에서 놀아
一帽山低認我村	일모산 아래가 나의 마을이었음을 알겠노라
十日光陰驚宿麥	열흘 광음으로 보리가 놀라 패어있고
全家誼笑想諸孫	온 집안 떠들고 웃으며 여러 자손들 생각하네
幽花連洞春猶永	숨은 꽃이 마을에 이어져 봄은 오히려 길고
高柳籠溪晝欲昏	높은 버들 냇가에 둘러있어 낮에 어둑해지네
垂老但知鄉里好	늙어가며 단지 향리가 좋다는 걸 알고서
桑蓬初志可重論	어릴 때 가진 처음 큰 뜻[2] 다시 논의해보네

1) 폐려獘廬 : 자기 집.　獘 넘어질폐　동우童牛 : 어린 소. 송아지.
광음光陰 : 햇빛과 그늘. 낮과 밤. 시간이나 세월.
숙맥宿麥 : 보리. 보리는 가을에 심어 이듬해에 익기 때문에 '숙宿' 자를 붙임.
誼 잇을훤(떠들썩하다)　籠 대바구니롱(새장. 싸이다.)
수노垂老 : 늘그막.

2) 상봉지지桑蓬之志 : 남자가 세상을 위하여 공을 세우고자 하는 큰 뜻.

汽車

기차   칠절 1수 501

終日惟聞霹靂聲   종일토록 벽력같은 소리만 들려오더니
長鯨出海不論程   긴 고래 바다에서 나와 여정을 논하지 않네
無心話及車輪外   무심코 이야기하다 차륜 밖으로 미치고
只有靑山管送迎   다만 청산에서 보내고 맞는 일 다스리네

程 한도정(길. 단위. 법칙.)   管 대롱관(주관할관. 피리. 붓자루.)
관송管送 : 호송護送.
송영送迎 : 사람을 보내고 맞는 일. 해를 보내고 새해를 맞음.

素沙淸亡坪

소사의 청망평[1]에서   오율 1수 502

▌* 甲午淸人戰敗處. 坪舊名, 淸亡巧成寄識.
　갑오년 청나라 사람들의 패전지이다. 평은 옛 지명으로, 청나라가 망함

에 공교하게 지어 붙이게 되었다.

欲停車不駐　　수레를 정지하고 싶어도 멈추지 않아
滴淚向荒原　　눈물방울 적시며 황폐한 벌판으로 향하네
竟爲三韓死　　마침내 삼한이 죽게 되었으니
誰招萬里魂　　누가 만 리의 혼을 부르겠는가
雨連秋草白　　비가 계속 와 가을 풀은 흰색인데
風捲野潮渾　　바람이 걷혀 들녘의 조수 혼탁하네
義在無成敗　　의리가 있고 성패가 없었지만
明人詎獨恩　　명나라 사람 어찌 홀로 은혜가 있었는가

소사素沙 : 흰 모래.

1) 청망평 : 평택시 큰 들판 청망잇들을 말함. 1894년 6월 청일전쟁 때 청국의 섭지초葉志超가 월봉산에 진을 치고 새벽밥을 먹다가 일본군의 기습을 받아 이곳에서 크게 패하였다. 청군이 망한 곳이라고 해서 '청망淸亡이 들'이라고 함.

소사素沙 싸움 : 정유재란 때 명明나라 군사가 왜병과 싸워 대승한 전투. 1597년에 전라도 전주에서 합류한 왜병倭兵 가운데 구로다 나가마사(흑전장정黑田長政)의 군대는 직산稷山까지 북상하였다. 이때 명나라 양호楊鎬는 부총병 해생解生 등을 남진하게 하였다. 9월 5일에 직산 북쪽 소사평素沙坪에서 구로다의 왜병과 격전을 벌렸다. 왜군은 하루 6번의 회전會戰에서 매번 패하였고, 6일 새벽에 다시 패하여 도주하였다. 왜군은 이로써 북진의 계획이 어긋났으며, 전투 의욕을 상실하였다.

　이로 말미암아 전쟁은 조선의 승리로 끝나는 계기가 되기도 하였다. 하지만 300여년이 지난 청일전쟁의 청망평 싸움 등에서 일제는 청나라 군대를 물리치고 조선 침략의 발판을 마련할 수 있었다.

哈報

하얼빈의 보도[1]　　　　　　　　　　　　　　　　　　칠율 1수 502

西來一電聳三韓	서쪽으로 와 한번 번개를 쳐 삼한이 들썩이고
萬里霜風落鐵丸	만 리길 서릿바람에 철환이 떨어졌네
鬼火自焚天眼炯	혼 불을 스스로 살라 임금님의 눈[2] 밝아졌고
蛟腥忽漲海波丹	교룡의 피비린내 문득 넘쳐 바다 물결이 붉구나
流民有此捐生勇	떠도는 유민이 이렇게 용기 있게 목숨을 버렸고
殘局其如善後難	남긴 흔적은 그와 같이 선행한 후 어렵겠네
夜上星臺瞻北極	밤에 첨성대에 올라 북극성을 바라보노니
白頭秀氣尚雄蟠	백두에 빼어난 기질 웅건하게 서려 있도다

哈 물고기많은모양합

1) 합이빈哈爾濱 : 하얼빈. 안중근 의사가 1909년 10월 26일 하얼빈역에서 초대 통감이며 조선 침략의 원흉인 일본의 이토오 히로부미를 사살한 곳임.

　현재는 중국의 10번째 큰 도시이며, 흑룡강성의 성도로 인구는 약 일천 만 명이다. 겨울 빙등 축제로 유명하며, 러시아와의 무역 관문임.

聳 솟을용(두려워하다. 공경하다.)

철환鐵丸 : 엽총 따위에 쓰는, 잘게 만든 총알. 철탄, 철탄환,

상풍霜楓 : 서리 맞은 단풍잎. 또는 시든 단풍.　漲 불을창(막다. 가리다.)

해파海波 : 바다의 파도.

귀화鬼火 : 도깨비 불. 혼 불.

2) 천안天眼 : 신통한 마음의 눈. 주야晝夜를 볼 수 있는 눈. 임금의 눈.

연생捐生 : 연명捐命. 목숨을 버림.

수기秀氣 : 맑고 빼어난 기질. 빼어난 경치   蟠 서릴반(엎드려 있다. 두르다.)

 감상

　이토오 히로부미(=이등박문伊藤博文 : 1841~1909)는 일찍이 런던대학 화공과를 졸업하고, 미국 예일대학에서 명예박사학위까지 받았다. 1868년 일본 메이지유신에 참여한 이래 4번이나 일본 총리대신을 지냈던 인물이었다. 대한제국에 와서 고종황제와 8명의 대신을 을러메어 을사조약 체결을 강요하였다. 1905년 11월 17일 을사조약은 체결되었고, 곧 이어 다음해 초대 통감으로 부임하여 대한제국의 주권 침탈에 온갖 횡포를 다했던 조선 침략의 원흉이었다. 1909년 9월에는 간도협약을 체결하여 간도 땅을 청의 영토로 넘겨준 장본인이기도 하였다. 그래서 두만강 건너 이범윤과 함께 항일전을 전개하고 있었던 대한의군참모중장 안중근은 동양평화론을 주장하며 이해 10월 26일 그를 하얼빈에서 사살하였던 것이다. 매천은 구례에 칩거하여 살면서 이와 같은 좋은 소식을 듣고 위의 시를 썼던 것이다.

　한편 매천의 신교神交 창강 김택영金澤榮도 안중근이 하얼빈에서 이토오 히로부미를 사살했다는 이야기를 듣고서, 중국 상해에서 〈문안중근보국수사聞安重根報國讐事〉라는 시를 썼다. 이 시는 창강의 《소호당시집韶濩堂詩集》 제4권에 있는 시로, 매천이 쓴 위의 시와 비교되기에 그 중 잘 알려진 제2수를 옮겨보았다.

　"平安壯士雙目張(평안장사쌍목장) 평안도의 장사 두 눈을 부릅뜨고/ 快殺邦讐似殺羊(쾌살방수사살양) 양 죽이듯 나라의 원수를 통쾌히 죽였네// 未死得聞消息好(미사득문소식호) 죽기 전에 이와 같은 좋은 소식 듣게 되니/ 狂歌亂舞菊花傍(광가난무국화방) 국화 옆에서 미친 듯 춤추고 노래하네// 海蔘港裏鶻摩空(해삼항리골마공) 해삼항의 송골매는 공중높이 날아오르고/ 哈爾濱頭霹火紅(합이빈두벽화홍) 합이빈의 역두는 천둥벼락으로 붉게 변했네// 多小六州豪健客(다소육주호건객) 다소 육대주의 건장한 호걸들이/ 一時匙箸

落秋風(일시시저락추풍) 일시에 추풍낙엽 지듯 수저를 떨어뜨렸네"

哭海鶴

해학을 통곡함 칠율 1수 502

* 위 시와 같은 제목으로 《매천전집》 1권 354쪽에 칠율 5수의 시가 있다. 그 가운데 제3수의 시로, 이 시는 《역주매천황현시집》 하권 431쪽에 번역이 되어 있다.

哀韓砲手

한포수[1]를 애도함 오고 1수 503

01	鬱鬱白雲北	울창하고 울창한 백운산 북쪽에
	派派炊烟靑	갈래 갈래 밥 짓는 푸른 연기 피어나네
	濱江一聚落	강가에 모여 사는 온 부락이
	村小名大坪	마을은 작아도 대평이라 이름했네
	居民韓姓純	사는 주민들은 온통 한씨 성이라
	名隱以字行	이름은 은자 항렬로 썼네
	小少攙獵戶	작고 젊은 때부터 사냥꾼을 도우며

遂有砲手稱	드디어 포수로 이름이 있었네

09	夙與黃士中	일찍이 황사중2)과 더불어
	結稧聯弟兄	계를 맺어 의형제를 맺었네
	士中居光陽	황사중은 광양에 거주하였고
	相距一日程	서로 거리가 하루 일정거리였네
	緣山互來往	산에 인연하여 서로 내왕하였고
	視虎如蛟蟲	호랑이 보기를 기껏 교룡과 등에 같이 여겼네
	黃本鄕豪兒	황사중은 본향에서 호걸스런 남아였고
	輕俠頗任情	날샌 협객으로 마음대로 했네
17	翩翩策白馬	훌쩍 날아 백마를 채찍질하며
	走狗兼飛鷹	개를 몰고 송골매를 날렸네
	賣田買良砲	밭을 팔아 좋은 총을 샀고
	鹿血如飮羹	사슴피를 국 마시는 것처럼 하였네
	堂上養健兒	집에서는 건강한 아이를 기르면서
	火酒飛千觥	소주에 천개의 뿔잔을 날렸네
	意氣呑閭里	그 의기는 온 고을을 삼켰고
	獵獵風飄纓	영리하고 날렵해 갓끈이 바람에 날렸네

25	是時天地晦	이때에 천지가 깜깜해졌고
	環海多義兵	사해가 온통 의병이 많아졌네

	前踖後又起	앞으로 넘어지고 뒤로 다시 일어나
	卵石勢無成	바위에 계란 치듯 형세가 이뤄진 것 없었네
	徒添猿鶴慘	한갓 더해 원숭이와 학이 참혹하였고
	愈使豺虎橫	더욱더 저 시랑이 호랑이가 횡포해졌네
	士中愚膽麤	황사중은 우둔하면서 담력 있고 과격했으며
	聞義悅其名	의로움이 알려져 그 이름을 좋아 했네
33	一朝杖劍出	하루 아침에 칼 짚고 나와
	嚇死驅山氓	죽도록 성내며 산중의 백성들을 몰아냈네
	自牽耕牛殺	스스로 끌어다가 경작하는 소를 죽여
	歃血招同盟	피를 마시며 동맹자를 초청하였네
	有銃汝指銃	총이 있으면 너희들에게 총 쏘는 법을 지도했고
	有鎗汝持鎗	창이 있으면 너희들에게 창을 잡게 했네
	零星作一隊	엉성하게 대오를 하나 만들었고
	跳盪行爲營	뛰고 씻으며 행동으로 병영을 만들었네
41	卜夜襲零賊	밤에 점치며 남은 적들을 기습하였고
	割級紛相爭	목을 베며 어지럽게 서로를 다투었네
	散漫無部伍	산만하여 부오가 없었지만
	凱旋疊鼓鐺	개선하여 여러 번 북과 종고를 쳤더라
	那知未旬日	어찌 채 열흘이 못 되어
	敵人潛來乘	왜놈들이 몰래 기습해올 줄 알았으라

毒丸如飛雹　　독 탄환이 우박 날아가는 것과 같았고

鬼也遇亦驚　　귀신도 때를 만나 역시 놀라웠네

49　烏合卽獸竄　　오합지졸이 쥐구멍을 찾듯 흩어졌고

箇箇飛鼯鼪　　낱낱이 날다람쥐처럼 날아갔네

敵來搜黃村　　적이 와서 황사중의 마을을 수색하는데

夜叉何猙獰　　야차[3]같이 얼마나 사납고 흉악하였던가

汝輩欲遺種　　너희들이 핏줄을 남기려거든

指日縛魁呈　　해를 가리키며 수령을 묶어 바쳐라

有如容逋逃　　만일에 포로가 달아나는 것을 용납한다면

可能辭屠坑　　가능한 잡아 구덩이에 묻는다고 하였네

57　日午天雨霜　　대낮에 하늘에서 서리 비가 오고

鷄犬寂無聲　　닭과 개들도 소리 없이 정적 속에 있었네

士中聞之歎　　황사중이 그 소식을 듣고서 탄식하였고

八表張罟罾　　팔방 구석에서 그물과 어망이 벌려있었더라

苟被湛宗酷　　진실로 담종[4]의 화가 잔혹하게 미쳐

孰與捐軀輕　　누구와 함께 몸을 가볍게 버릴 것인가

吾戴吾頭去　　내가 내 머리를 이고 가며

任敵恣裂烹　　적에게 맡겨 방자히 찢겨 삶았도다

65　揮手謝伴侶　　손을 휘둘러 함께한 무리들에게 사죄하며

判不累諸卿　　판단하여 여러 사람들을 묶지 않았네

	嶽嶽韓砲手	크고 큰 한 포수는
	奮臂突雙睛	팔을 흔들며 갑자기 두 눈동자를 굴렸네
	期期指息壤	기약하고 기약하여 기름진 땅 가리키며
	爾我同死生	너와 내가 함께 죽고 살리라
	忍令天日下	차마 하늘과 태양 아래
	此禍子獨嬰	이런 화를 당함에 외아들은 어린 아이였네
73	騰騰雙草屨	한 쌍의 짚신을 신고 오르고 오르며
	流流秋露晴	흐르고 흘러 가을 이슬이 맑기만 하였네
	侵晨叩敵壘	새벽에 습격하여 적의 성채를 두드렸고
	大呼來投誠	크게 호통을 치니 진실로 투항해 오더라
	餓虎逢軟肉	굶주린 호랑이는 연한 고기를 만났지만
	舌香無生腥	혀 속의 향기는 비린 것이 생겼다 없어졌네
	猶然分首從	그렇게 하여 수범자와 종범자 구분하여
	捽黃縛前楹	황사중을 잡아 앞 기둥에 묶었네
81	匜匜靑琅璫	돌고 돌아 푸른 옥이 있어
	蜿蜿毒蛇縈	꿈틀거리는 독사가 얽혔더라
	朝晡絶飯飧	아침부터 해질녘까지 밥 먹는 것도 끊어버리고
	將絶如凍蠅	장차 죽는 것은 얼어붙은 파리와 같았네
	韓乃含水飮	한 포수는 이에 물을 입에 머금으며 마셨고

又爲哺飴餳　　또 그렇게 하기 위해 엿을 먹더라
凡凡守其側　　범범하게 그 곁을 지키면서
脉脉雙淚零　　서로를 보며 쌍쌍이 눈물을 흘렸네
89 殺活仰敵息　　죽이고 살림에 우러러 적을 탄식하였고
卒乃處砲刑　　마침내 이에 총살형에 처해 졌네
韓便抱黃背　　한 포수는 곧 황사중의 등을 안고서
團作駏蛩形　　둥글게 거공5) 모양을 만들었네
皇天老無眼　　하느님은 늙고 눈이 없어서
一丸二死並　　탄환 하나로 둘을 함께 죽였구나
大驚光陽市　　크게 광양시가 놀랐고
萬目齊爲瞠　　만인의 눈들이 일제히 쳐다보았네

97 黃固自送死　　황사중은 진실로 스스로 죽음을 보냈지만
孱劣不足評　　잔약하고 용렬하여 평가가 부족하였네
若輩韓砲手　　너희들이 한포수와 같았다면
寧非義烈貞　　어찌 의열과 정조가 아니겠는가
世降友道裂　　세상이 말세라6) 우정의 도가 찢겨졌고
籩豆情變更　　대그릇 밥과 제기 국7)이 새롭게 변하였네
誰將此頭顱　　누가 장차 이렇게 머리뼈 가지고
千金擲枯莖　　천금의 마른 가지를 던질 것인가
105 大節嗟小用　　저 큰 절개 가지고 작게 씀을 탄식하노니

灰滅將無徵	불에 타 소멸되어 장차 징조가 없어졌네
我欲招毅魂	나는 씩씩하게 혼을 불러서
酹酒向青冥	푸른 하늘 향해 술을 땅에 부어 강신을 비오니
惟有白雲山	오직 백운산은
千秋長崢嶸	천추에 길이길이 높고 푸르기만 하더라

파파派派 : 갈라진 여러 갈래.

엽호獵戶 : 사냥꾼의 집. 사냥꾼.   攙 찌를참(돕다)

1) 한포수韓砲手 : 한규순韓圭順(1876~1908)을 말함. 한규순은 구례求禮 간전艮田 출신으로 고광순高光洵이 거병하자 그 휘하에 들어가 활동하였다. 1907년 9월 11일 구례 연곡사燕谷寺 전투에서 어깨에 부상을 입고, 구례 간전의 자택으로 돌아와 잠시 요양하였다. 그 뒤 1908년 7월 의형제를 맺은 황사중黃士重(=황순모黃珣模)과 그의 당질 황병학黃炳學이 광양光陽에서 거병하자 여기에 참가하여 광양을 중심으로 활동하던 중 일군에게 패하여 민가에 은신하였다. 그러나 1909년 10월 11일 함께 은신 중이던 황사중이 일군에게 잡혀 피살될 때 함께 순국하였다.

황사중이 죽게 되었을 때 한규순은 읍안에 숨어 있다가 이 소식을 듣고 탄식하기를 "내가 그와 사생을 같이하기로 맹세했는데, 나만 산다는 것은 수치스러운 일이다."라고 말하며 잡혔다. 자기 몸으로 황사중의 시체를 가리다가 총탄을 맞고 죽었다. 이것을 본 사람들은 모두 눈물을 흘렸고, 매천梅泉 황현黃玹 또한 말하기를 "이야말로 죽음을 같이하는 친구로다."하였다.(보훈처 기록 참조)

2) 황사중黃士中 : 황순모黃珣模(1877~1908)를 말함. 자는 사중士重. 광양 출신의 한말 의병장. 1905년 을사조약이 강제로 체결되자, 1906년 당질堂姪인 병학炳學과 함께 100여 명의 포수를 모아 의병부대를 조직하여 광양의 백운산白雲山을 중심으로 활약하였다. 1908년 7월 광양군 망덕만에 정박하여 있는 일본인 배를 습격하여 격침하였고, 무기를 노획하기도 하였다.

왜놈들이 말하기를 "우리에게 귀화하지 않으면 장차 그 부모와 종족을 몰살 시키겠다"하고 날마다 위협했다. 이에 황사중이 탄식하며 말하기를 "뜻도 이루지 못했는데 부모님께 화액만 미치게 한다면 내가 살아서 무엇하겠는가?"하고 즉시 관아로 가서 큰 소리로 부르짖기를 "내가 황순모다!"라고 했다. 이리하여 그해 10월 11일에 적의 총탄을 맞고 순국했으니 그때 나이 36세였다. 이것을 보고 성안에 있던 선비와 여자들까지도 모두 슬퍼하며 애석히 여기지 않는 자가 없었다.(보훈처 기록 참조)

황병학黃炳學(1876~1931) : 전라남도 광양 비촌飛村출생. 자는 영문英文. 1905년 11월에 을사조약이 체결되어 국운이 기울어져 감을 통분하고, 황사중黃士中·한성순韓性純·고견高堅 등과 협의하여 의병을 일으킬 것을 결심하였다. 1908년 포수 100여 명을 규합, 백운산에서 기병하고 수백 명의 의병부대를 편성하였다. 광양군 진월면 망덕만에 있는 일본 선박 수십 척을 야밤에 기습하여 침몰시키고 무기 다수를 노획하였다. 그 뒤 옥곡면을 근거로 항일유격전을 전개하였다.

1908년 7월 26일 종숙從叔 황순모黃珣模와 백학선白學善·한규순韓圭順·고견高堅 등 뜻을 같이하는 동지들을 모아 의병부대를 조직하였다. 1908년 9월 1일 망덕 포구에 내습 일인 어부 등과 일본 어선을 불살랐다. 일제 군경은 황병학의 의병부대의 추적에 나섰다. 의병에 대한 회유작전도 병행했다. 황씨 집성촌 비촌 마을 주민들에게 온갖 협박과 폭력을 휘둘렀다. 마을 전체를 불태우기도 했다.

황병학은 일단 여수 묘도猫島로 잠적했다가 재기를 도모할 계획이었다. 그의 종숙 황순모와 한규순 등 의병들은 가족들의 후환을 걱정한 나머지 귀순했다가 잔혹하게 살해당했다. 묘도에 잠적 중이던 황병학 의병 부대도 일제 군경에 발각되어 치열한 전투 끝에 백학선 등 상당수가 희생된 후 1909년 후반에 해산했다.

1909년 9월 1일부터 10월 31일까지 일제의 소위 '남한대토벌작전'이 전개됨에 따라 해산되었다.

1919년 군자금 모금활동을 하다 만주로 망명하였으며, 황병학은 압록강을 건너 대한민국임시정부에서 독립운동을 전개하였다. 1923년 군자금을 모금하기 위해 국내 입국 중 피체 징역 3년을 살았다.(보훈처 기록 참조) (홍영기, 《한국독립운동의 역사 11, 한말 후기의 의병》, 경인문화사, 2009, 240~242쪽.)

의기意氣 : 득의得意한 마음. 장한 마음. 기상氣像. 鮓 뿔잔굉

엽렵獵獵 : 바람소리. 매우 영리하고 날렵하다. 분별 있고 의젓하다.

麤 거칠추(성격이 과격하다) 嚇 노할혁(꾸짖다), 웃음소리하

풍표風飄 : 바람이 불다. 踣 넘어질북, 넘어질복, 넘어질부

歃 마실삽 級 등급급(층계. 수급首級 : 전장에서 벤 적의 머리.)

할급割級 : 목을 벰. 盪 씻을탕

부오部伍 : 군대의 단위.

첩고疊鼓 : 북을 빠르게 침.

오생鼯鼪 : 날다람뒤.

3) 야차夜叉 : 염라인閻羅人. 염마졸閻魔卒(염마청에서 염라대왕의 명을 받아 죄인을 벌하는 옥졸). 두억시니(모질고 사나운 귀신).

금강야차金剛夜叉 : 불교에서 오대존 명왕의 하나. 북방을 지키며 모든 악귀를 항복시키는 명왕. 얼굴이 셋이고 팔이 여섯으로 손에 여러 가지 무기를 가지고 있음. 금강야차명왕.

猙 짐승이름쟁(상상의 짐승으로 뿔 하나와 꼬리가 5개 있다함.) 獰 모질녕

쟁녕猙獰 : 몹시 거칠고 밉살스러움. 사나운 용모.

팔표八表 : 팔방의 구석. 땅 끝.

罟 그물고 罾 어망증 湛 즐길담(빠지다)

4) 담종湛宗 : 풍수설에 따라 집터나 묏자리를 잡는 지사地師(=지관地官)였음. 이의신李義信, 담종湛宗 등은 일점의 혈육이 없는 등 풍수사들은 박복하였음.

식양息壤 : 식토息土. 기름진 땅. 壤 흙양 壞 무너질괴

천일天日 : 하늘과 해. 捽 잡을졸(머리채를 잡다)

수종首從 : 앞에서 먼저 하는 사람과 뒤따라 하는 사람. 수범자首犯者와 종범자從犯者.

이당飴餳 : 엿. 哺 먹을포(먹이다. 음식물.)

범범凡凡 : 극히 평범한 모양.

살활殺活 : 죽이고 살림. 사람을 마음대로 다룸.

포형砲刑 : 총살형.

駏 버새거(수말과 암나귀 사이에서 난 트기) 蛩 메뚜기공(매미 허물. 귀뚜라미.)

5) 거공駏蛩 : 거허駏驢와 공공蛩蛩이라는 두 짐승으로 서로 의지하는 것을 비유함. 평소 궐蹶이라는 짐승의 부양을 받고 살지만 궐이 잘 달리지 못해 위험해지면 궐을 업고 달아난다고 함.

황천皇天 : 크고 넓은 하늘. 하느님.

잔열屛劣 : 잔약屛弱하고 용렬庸劣함.　顱 머리뼈로

대절大節 : 지켜야 할 중요한 일. 직분상의 큰 책임. 나라의 큰 사변. 사생존망死生存亡에 관한 큰 사건. 요령만 딴 줄거리. 손발 마디의 굵음.

회멸灰滅 : 불에 타 없어짐.

청명靑冥 : 푸른 하늘.

쟁영崝嶸 : 산의 형세가 가파르고 높음.

6) 세강속말世降俗末 : 세상이 그릇되어 풍속이 어지러움.

7) 단두簞豆 : 대소쿠리와 제기祭器. 대그릇에 담은 밥과 제기에 담은 국. 《맹자孟子》〈진심장구盡心章句〉(하)에 "부귀를 가볍게 여기는 사람이 아니면 대그릇에 담은 밥과 제기祭器에 담은 국을 가지고도 얼굴에 드러낸다"라는 내용이 있다.

뇌주酹酒 : 술을 땅에 부어 강신降神을 비는 일.　酹 부을뢰, 제주랄

해설

　1909년 7월에 기유각서己酉覺書가 체결되어 일제에게 감옥사무 등 사법권이 넘어져갔고, 1909년 9월에서 10월 사이에 남한대토벌작전이 있어 주로 호남지방의 의병들이 초토화되었다. 매천은 이 시기 광양에서 활동했던 의병장 한규순韓圭順(1876~1908)의 죽음에 대해 《애한포수哀韓砲手》라는 제목으로 오언고시 110행을 써서 매천시 전체 2000여수 가운데 가장 긴 시행詩行으로 그 애절함을 드러내었다.

寄鄭小翠卿錫

소취 정경석에게 보냄　　　　　　　　　　칠절 2수 507

1수

龍臺東下綠波肥	용대 동쪽 아래로 푸른 파도가 두텁게 오고
千尺漁梁落霽暉	천 자나 되는 어량이 맑고 밝게 떨어졌네
如此銀魚看勝啖	이 은어처럼 맛이 뛰어난 것을 보고
登盤潑剌欲還飛	반석에 올라 발랄하게 다시 날아가고자 하네

肥 살찔비(두텁게 하다)

어량漁梁 : 어살 또는 어전漁箭. 물고기를 잡는 장치　啖 씹을담(먹다)

발랄潑剌 : 물고기가 뛰는 모양. 활발하게 약동함.　潑 뿌릴발

2수 507

梧桐零落鳳凰飢	오동나무 영락하여 봉황이 굶주리고 있어
四海論文亦可悲	온 천하가 문장 논하는 것도 슬프기만 하여라
今日羨君眞有力	오늘 그대가 진짜로 힘 있는 것 부러워하노니
名山授館致吾師	명산의 관사에서 전하며 우리 스님께 보내네

致 보낼치

 해설

　《매천전집》 1권 56쪽에 위의 시와 같은 제목으로 칠절 1수의 시가 있으며, 이 시는 1886년의 작품으로 《역주매천황현시집》 상권 150쪽에 번역이 되어 있다.

　정경석의 자는 선보善步, 호는 소취小翠 또는 성재惺齋로 전남 구례 출신이었다. 매천은 정경석과 일찍부터 관계를 맺고 있었다. 1901년 구례 석주관칠의사를 추모하는 칠의각을 건축하는 과정에서 매천은 칠의각 상량문과 주련을 썼으며, 칠의사에 대한 추모시를 썼다. 이 때 성재 정경석도 칠의사에 대한 추모시를 썼으며, 정경석이 쓴 시도 칠의각 시판에 새겨져 있다. 성재는 매천이 1910년 9월 10일 순국한 이후로 1911년 창강 김택영이 상해上海에서 《매천집》을 발간하였을 때 연조자捐助者로 활동하였다.

매천 선생의 〈절명시絶命詩〉에 대한 이해

매천 선생의 절명시는 창강 김택영이 1911년 중국 상해에서 간행한 《매천집梅泉集》 352쪽에 있으며, 또 《매천전집》 1권 359쪽에도 있다. 이 절명시는 《매천집》의 번역서 《역주매천황현시집》 하권 451~454쪽에 번역이 되어 있다. 매천 선생의 절명시는 본 《매천후집》에는 없는 시이지만, 선생의 시 가운데 가장 널리 알려진 시이므로 이곳에 다시 정리하였다.

〈절명시〉를 쓰게 되는 시대 배경

1910년 8월 당시 매국내각賣國內閣의 대신大臣을 보면 총리대신 이완용李完用, 내부대신 박제순朴齊純, 탁지부대신 고영희高永喜, 농상공부대신 조중응趙重應, 궁내부대신 민병석閔丙奭, 학부대신 이용직李容稙(합병조약에 반대하였음) 등이었다. 일본은 1910년 8월 16일 대한제국大韓帝國 총리대신 이완용을 만나 조약 안을 제시하여 합의를 본 후, 8월 22일 순진하고도 무능한 순종황제純宗皇帝 앞에서 형식만의 어전회의라는 것을 치르고, 이완용과 데라우찌(=사내정의寺內正毅)는 오후 5시에 〈한일합병조약韓日倂合條約〉의 조인을 끝냈다. 이완용은 시종원경 윤덕영尹德榮을 시켜 어새를 날인케 하니 조선왕조는 27대 519년 만에 멸망하고 말았다. 이 날 체결된 〈한일병합조약〉은 일주일 동안 비밀에 붙였다가 소위 칙유勅諭와 함께 이를 반포한 것은 융희 4년 1910년 양력 8월 29일이었다.

〈한일병합조약〉은 총 8조로 되어 있으며, 그 가운데 제일 중요한 제1조와 제2조를 옮겨보면 다음과 같다. "제1조 : 한국 황제폐하는 한국 전부에 관한 일체의 통치권을 완전 또 영구히 일본국 황제 폐하에게 양여한다.(韓國皇帝陛下, 完全且永久, 讓與韓國全部所關一切統治權於日本帝國皇帝陛下.) 제2조 : 일본국 황제폐하는 전조에 게재한 양여를 수락하고 또 전연 한국을 일본제국에

병합함을 승낙한다.(日本國皇帝陛下, 受諾其前條揭載之讓與者, 且承諾其併合全然韓國於日本帝國者.)"는 내용이었다. 참으로 말로는 표현하지 못할 있을 수 없는 한심한 조약이었다. 매천 선생은 구례로 내려온 이 조약의 1조를 보고 더 이상 황제의 조칙詔勅이 내려오지 않는다는 것을 알고, 3차례에 걸쳐 다량의 아편을 먹고 9월 10일(음력 8월 7일) 운명하였다. 선생이 남긴 〈유자제서遺子弟書〉와 칠언절구 4수 1편의 〈절명시絶命詩〉에서 그의 충절忠節은 최고를 이루었다. 선생이 최후로 남긴 이 〈절명시〉는 완벽한 칠언절구로 되어 있으며, 내용은 다음과 같다.

1수

亂離滾到白頭年　　난리 속에 그럭저럭 하얗게 센머리

幾合捐生却未然　　몇 번이나 삶을 버리려다 뜻을 이루지 못했네

今日眞成無可奈　　나라 망한 오늘은 참으로 어찌 할 수 없으니

輝輝風燭照蒼天　　가물거리는 촛불만 푸른 하늘을 비추네

 감상

망해 가는 나라에서 목숨 지탱하기가 어려웠음을 실토하였다. 망국민의 고뇌를 토로하며 슬픔을 주체하지 못해 더 이상 살아갈 수 없는 분연한 자결에의 의지를 통절痛切하게 읊었다.

2수

妖氣晻翳帝星移　　요망한 기운 가려 황제별자리 옮기고

九闕沈沈晝漏遲　　구중궁궐 침침해 낮 시간도 더디가네

詔敕從今無復有   임금님 조칙도 이제부터 다시 없으려니
琳瑯一紙淚千絲   구슬 같은 조서에 눈물만 가득 흐르네

 감상

간신배들과 일제의 침략으로 황제의 총명이 흐려지고 별자리가 옮겨졌다. 궁궐은 침침하여 침묵 속에 시간도 더디 가고, 〈한일합병조약〉으로 이제 조칙詔勅도 없는, 나라가 없는 국민이 되고 말았다. 하염없는 눈물만 한 장의 조서에 주룩주룩 흘러내린다고 읊었다. 망국의 한을 나타냈다.

3수

鳥獸哀鳴海嶽嚬   새 짐승 슬피 울고 바다 산도 찡그리며
槿花世界已沈淪   무궁화 이 나라 침몰되어 없어지고 말았네
秋燈掩卷懷千古   가을 등불아래 책 덮고 오랜 역사 새기니
難作人間識字人   글 아는 선비답게 행세하기 어렵도다

 감상

계속하여 이 3수에서 나라가 망해 버리고 말았음을 다시 실감하며 반성해보는 식자인識字人의 자세를 읊었다. '아! 나라 망함에 새 짐승도 슬피 울고, 강산도 찡그리고, 모두가 울부짖었다.' '금수강산 이 나라 이 세계는 없어지고 말았구나'라고 표현하며, 망국의 현실을 받아들였다.

4수

曾無支廈半椽功   일찍이 나라 위한 작은 공은 없었으니

只是成仁不是忠　　이 죽음은 인일망정 충은 아니로다
止竟僅能追尹穀　　끝맺음이 겨우 윤곡[1]을 따를 뿐
當時愧不躡陳東　　당시의 진동[2]을 좇지 못해 부끄럽구나

감상

마지막 4수에서 투쟁하지 못한 자기 신명에 대하여 양심을 따랐다. '시인인품詩人人品'이란 말이 있듯이, 스스로의 죽음은 송나라 윤곡尹穀을 따를 뿐이지 적극적인 진동陳東의 행적에 미치지 못했음을 부끄러워하며, 목숨을 끊는다고 결론지었다.

1) 윤곡尹穀 : 송宋나라 사람으로 몽고군의 침입에 대해 항전하였다. 함락의 위기에 빠지자 그의 전 가족을 모아 놓고 스스로 불을 질러서 불타죽었다.
2) 진동陳東 : 송宋나라 사람으로 흠종欽宗이 즉위한 후 여진족이 세운 금金나라와 내통한 간신 6인을 주살하라고 상소하다가 저자 거리에서 목 베어 죽임을 당하였다.

매천의 〈절명시〉 의의

황매천黃梅泉 선생의 죽음은 우리에게 무엇을 시사하며, 그 의의는 무엇인가? 다음과 같은 중요한 세 가지 의의가 있다고 본다.

첫째로, 매천 선생의 이 임절시臨絶詩 한 편은 500년 조선 왕조의 마지막 남은 선비정신의 표현이었다. 망국지민亡國之民으로서 아무도 통곡慟哭하는 사람도, 우국憂國의 마음을 밖으로 표출한 사람도 없는 침묵의 상태에서 일제에 대한 마지막 자존심을 세웠다. 조선의 지식인으로서 왜인들에게는 소나 양처럼 순진한 조선인이 아니라는 것을 경계하였다.

둘째로, 망국에 이르러 도의적道義的으로 책임責任 질 사람이 없는 상태에서 정치를 담당하는 위정자爲政者들과 매국노賣國奴들에게 책임 의식을

분명하게 하기 위함이었다. 오늘날에도 국가의 중요 관직을 맡고 있는 사람일수록 책임감과 도덕성이 중요하다는 것은 말할 필요도 없다. 그 이유는 그들의 판단과 행위 하나 하나가 다수 또는 국민 전체의 행幸·불행不幸에 직접적인 영향을 주기 때문이다. 당시의 고위 관료들은 국가의 녹을 먹으면서 소신 있는 정치를 하지 못하고 자리나 지키면서 일제에 아부하고 있는 정치 담당자들이 주를 이루고 있었다. 선생은 죽음으로써 그들에게 경종을 울려주었다.

셋째로, 일본 제국주의의 식민정책에 대항하는 대한인大韓人의 자세와 향후 독립의 방향을 제시해 주었다는 점에서 중요한 의의가 있었다.

박은식朴殷植이 쓴 《한국독립운동지혈사韓國獨立運動之血史》에 의하면, 경술국치庚戌國恥 이후로 금산군수 홍범식洪範植(1871~1910)의 자결을 필두로 국가와 민족을 위해 순절했던 인물은 28명이나 되었다. 자기의 목숨이 아깝지 않은 사람이 누가 있으랴만, 그래서 순국했던 선열들의 우국憂國하는 마음의 우열을 따질 수 없겠지만, 국가를 사랑하는 글의 표현으로는 매천 선생이 최고였다. 더구나 선생은 관직에 나간 일이 없었던 야인으로 충효사상을 철저히 갖고, 모범적인 삶을 살아갔다는 측면에서도 단연 돋보인 인물이었다. 선생이 순국했을 때 156명이나 되는 당대의 많은 지식인들이 매천에게 애사哀辭를 썼고, 39명이 제문祭文을 지어 문상問喪하고 애도했다는 사실은 그것을 증명해 주고도 남는다. 이 때 조문한 사람으로 친제親弟였던 황원黃瑗은 물론 창강 김택영金澤榮과 영재 이건창의 아우이며 강화학파였던 이건승李建昇, 최익현의 제자이며 위정척사파였던 순창 의병장 출신 임병찬林炳瓚 등이 애사哀辭와 제문祭文을 썼고, 간제艮齋 전우田愚도 애사哀辭를 지었다.

매천 선생의 절명시는 진주 경남일보의 사장으로 있던 장지연張志淵이 경남일보 제147호 사조란詞藻欄에 최초로 발표하여 이 세상에 널리 알려지게 되었다. 이렇게 하여 나라는 망했지만 일본은 한국을 영구히 지배하지는 못하였다. 결국 35년간의 일제시대를 거쳐 조국은 독립 되었고, 매천 황현선생은 1955년 구례 매천사梅泉祠에 모셔져 오늘날까지도 추앙 받고 있는 인물이 되고 있다.(김영붕, 〈황현시연구黃玹詩研究〉, 전북대학교 석사학위 논문, 33~37쪽. 2003.)

만해萬海 한용운韓龍雲의 추도시追悼詩

매천 황현의 죽음을 통곡하며 칠절 1수

就義從容永報國	의로써 조용히 충성을 다 하였는데
一暝萬古劫火新	죽고 나니 만고에 겁화만 새로워라
莫留不盡泉抬恨	못 다한 황천의 한 남기지 마소
大慰苦忠自有人	괴로웠던 충절 사람들로부터 크게 위로 받으리

해설

광주문화방송 최승효 사장이 '황매천 관련인사 《문묵췌편文墨萃編》'이라는 이름으로 원문 1권과 번역문 상·하권 총 3권을 1985년 미래문화사에서 출판하였다. 이 책 상권 123쪽에 있는 시이다. 만해 선생이 31세 때 썼던 시이다.

매천 선생은 식자인의 삶을 살아가면서 전라도 지리산 자락 구례에 묻혀 《매천야록梅泉野錄》이라는 당대의 역사책을 쓰고 있었기에, 선생은 누구보다도 망해가는 조국의 현실을 잘 알고 있었다. 선생의 말대로 난세亂世에 귀국광인鬼國狂人들과 어울릴 수 없었기에 망국의 한이 슬퍼 순국하였던 '그 충성, 사람들로부터 크게 위로 받으리'라고 읊었다.

만해 한용운 선생은 위의 시보다 더 훗날 썼을 것으로 생각되어지는 '선

암사에 머물면서 매천시를 차운함'의 〈유선암사차매천운留仙岩寺次梅泉韻〉
이라는 다음과 같은 시를 쓰기도 했다.

留仙岩寺次梅泉韻

선암사에 머물면서 매천시를 차운함   칠절 1수

半歲蕭蕭不滿心　　반년동안 쓸쓸히 마음을 채울 수 없어

天涯零落獨相尋　　천애에 영락하여 홀로 찾아왔네

病餘華髮秋將薄　　병든 후에 흰머리 다 빠지고

亂後黃花艸復深　　난리 뒤 국화 밭엔 풀만 우거져 있네

講劫雲空聞逝水　　겁을 강할 때 구름 걷히고 흐르는 물소리 들릴 제

聽經人去下仙禽　　경 듣던 사람은 가버리고 학만 남았네

乾坤正當風塵節　　천지가 바야흐로 난리를 당하니

肯數西川杜甫唫　　서천서 난리를 읊던 두보시를 헤아리겠나

창강 김택영의 만사輓詞

挽梅泉四節

매천 만사 사절   칠절 4수

1수

麥秀歌終引鴆厄	맥수가 노래 마치고 독약을 마시니
五更風雨泣山魈	첫새벽 비바람에 산도깨비 운다
誰知所定胸中意	누가 알았으랴, 마음속에 정한 뜻
已在嘐嘐十詠詩	뜻이 큰 십절도시[1] 지을 때 있을 줄

1) 십영시十詠詩 : 매천 선생이 1906년 52세 때 지은 시 '병풍 속의 그림 십 수' (칠절 10수)의 〈제병화십절題屏畵十絕〉을 말함.

해설

〈제병화십절題屏畵十絕〉에서 중국의 매복梅福·관녕管寧·장한張翰·도잠陶潛·사공도司空圖·양진梁震·가현옹家鉉翁·사고謝翱·고염무顧炎武·위희魏禧 등 10명의 충절忠節을 추앙하였다. 선생은 난세亂世에 처한 이들 중국中國 은사隱士들을 염재念齋 송태회宋泰會에게 부탁하여 10폭 병풍 효효병嘐嘐屏을 만들고 각각 시 한 수씩 써 넣어 이를 둘러치고 보았다. 이들을 그리워하면서 깨끗하게 삶을 마치려고 한 선생의 의지를 나타내었다.

　융희隆熙 기원紀元 오년五年 신해년辛亥年(1911년) 3월 5일에 창강 김택영이 쓴 〈성균생원황현전成均生員黃玹傳〉의 내용에도 〈제병화십절題屛畫十絕〉에 대해서 다음과 같이 묘사하였다. "황현의 시는 조선조 오백 년에 있어서 몇 손가락 안에 꼽힌다. 그 십절도시十絕圖詩는 더욱더 아름다우니 피맺힌 충성심에서 흘러나온 것이기에 기교를 부지지 않아도 자연히 잘된 것이리라. 비단옷 위에 양가죽 옷을 더한 것과 같으므로 비록 어린아이라도 그 아름다움을 알 것이다. 황현은 뛰어난 문장에 높은 절개를 더하니, 그 빛이 백세에 드리울 것을 어찌 의심하겠는가!(玹之詩, 在本朝五百年, 指不幾屈, 而其十節圖詩, 尤爲美焉, 豈忠義血性之所流出, 不求工而自工者歟, 加羔裘於錦衣之上, 雖孩提之童, 無不知其美也, 以玹之文章, 而可之以姱節, 其光垂百世, 奚疑焉.)"
(《역주매천황현시집》 하권 260쪽.)

2수

詞壇誰復是眞才	문단에 누가 다시 이 같은 참 재주 있으랴
璧月無光斗柄催	옥 같은 달빛 없고 북두자루 꺾였네
知否賞音人獨在	아는가 모르는가, 지음하던 이내 몸 홀로 남아
靑楓江上望魂來	푸른 단풍 강가에서 혼이 오나 바라보는 것을

3수

茅家處士鼠年哀	모가처사[1]의 자년의 슬픔을
曾乞荊川染筆來	일찍 당형천[2]에게 글 지어 주기를 빌었지
今日文成君不見	오늘 글은 지었지만 그대는 보이지 않고

秋風吹死硯山苔   가을바람이 연산 이끼를 불어 죽게 하였네

1) 모가처사茅家處士 : 명明나라 모서징茅瑞徵. 자 백부伯符. 관은 남경광록사경
南京光祿寺卿.
2) 형천荊川 : 명明나라 학자 당순지唐順之의 호. 자는 응덕應德. 시호는 양문襄
文. 관은 우첨도어사右僉都御史. 고문古文에 능하여 석학의 명성이 높았고, 명나
라 중엽에 한 대종大宗을 이루었다.

4수
問路頻煩折簡中   편지마다 노정을 자주 묻기에
扁舟早晚到吳淞   조각배로 오송강에 조만간 오리라 했는데
可憐從我淮南意   가련타, 나를 찾아 회남에 오려던 뜻
却向西山二子從   문득 서산을 향해 백이숙제 따라갔네

▌*淮南逋友, 金澤榮, 拜挽(회남포우, 김택영, 배만)
  회남에 망명한 벗 김택영 배만.

🖌 해설

《문묵췌편文墨萃編》 상권 126쪽에 있는 내용을 옮겨 수정하였다. 《소호
당집韶濩堂集》 제5권의 무인고庚戌稿에는 〈문황매천순신작聞黃梅泉殉信作〉이
라는 제목으로 되어 있다. 1수의 전구에서 소所는 소素자로, 의意자는 의義
자로 되어 있으며, 2수의 결구에서 강상江上은 강반江畔으로 되어 있다.

  이 시는 매천의 신교神交 창강 김택영이 중국 상해에서 매천의 부고訃告
를 받아보고, 매천의 친제親弟 계방季方 황원黃瑗에게 〈기황원계방처사서寄

黃瑗李方處士書〉를 보내면서 읊은 시이다. 이 글에서, "매천의 몸은 죽었지만 순국한 큰 절개는 천추에 남아 있고, 그 문장도 마땅히 같이 보존 되어야 할 것입니다. 통곡한 나머지 노래라도 계속 부르고 싶습니다.…우리나라에서 매천집梅泉集을 교정할 만한 사람은 오직 호산壺山 박문호朴文鎬 한 사람뿐인데, 호산이 굳이 교정을 사양한다면 매천의 자제를 시켜 따로 한 통을 베껴서 상해로 보내십시오."라고 썼다.

　이 편지의 내용으로 보아 그만큼 매천의 시문詩文은 깊이가 있었고, 난해하다는 뜻일 것이다. 결국 창강은 죽은 친구 매천을 위해 여러 가지 여건이 어려웠음에도 불구하고 1911년과 1913년에 각각 《매천집梅泉集》과 《매천속집梅泉續集》의 문집文集을 간행해 주었던 것이다.

감상

　매천과 신교관계神交關係를 맺었던 창강이 다섯 살 연하였던 매천의 죽음에 대해 통절한 심정을 표현한 조만시弔挽詩이다. 번역 그대로 만사로서의 창강의 괴로운 심정을 통째로 잘 드러내었다. 1수에서 '맥수가'는 기자箕子가 멸망한 그의 조국 은殷나라의 도읍지를 지나면서 탄식하며 읊었다는 노래이다. 이 '맥수가'를 읊고 지음知音 매천이 독약을 마시고 죽었다고 표현하였다. 이미 1905년 11월 을사조약 체결로 인해, 다음 해 십절도시를 지을 때 죽기로 작정했다고 하였다. 2수에서 매천의 시적 재능을 높이 평가하면서 '친구의 죽음에 달빛도 숨죽이고, 놀라 북두성 자루가 부러졌다'라고 표현하며 초혼招魂하는 창강의 착잡한 심정을 곡진하게 읊었다. 그리고 3수에서는 글을 썼다고 해도 지음 매천이 죽어 받을 사람이 없다고 한탄하였다. 마지막 4수에서 '매천이 백이숙제 따라 가버렸네'라고 표현했지만, 매천의 두 아들만이 쓸쓸히 상여를 따랐다고 읊은 것이다.

　이 매천의 만사輓詞를 쓴 창강 자신도 눈뜨고 살아있다고 하지만, 생각해보면 이미 5년 전에 망해가는 나라를 차마 볼 수 없어 중국 상해로 망명

해 가버린 처지였다. 이제 친구 매천이 천명을 다하지 못하고 저 세상으로
가버린 비애와 영영 침몰되어 없어져 버린 망국亡國의 한을 매천의 만시輓
詩에 이입하여 자신의 감정을 표현하였던 것이다.

매천거사梅泉居士 55세 소영小影(독사진) 문장 해설

선생이 사진 액자 왼쪽에 써넣은 문장의 내용은 다음과 같다. "不曾和光混塵(부증화광혼진) 일찍이 마음의 광명을 펴 속진 세상에 섞여 살지 않았고/ 亦非悲歌慷慨(역비비가강개) 또한 슬픈 노래 부르며 비분강개하지 않았네// 嗜讀書而不能齒文苑(기독서이불능치문원) 책 읽기를 좋아했어도 문원에는 끼지 못했고/ 嗜遠游而不能涉渤海(기원유이불능섭발해) 멀리 여행하기를 좋아했어도 발해를 건너가지 못했네// 但嘐嘐然古之人古之人(단효효연고지인고지인) 다만 뜻이 커서 '옛 사람, 옛 사람'하며 찾았도다/ 問汝一生胸中有何磈礧?(문여일생흉중유하외뢰) 묻노니 그대 한평생 가슴 속에 무슨 불평 가지고 있었는가"

윗글의 첫 부분에 나오는 '화광和光'은 세속을 따른다는 말로, 부처나 보살이 중생을 제도하기 위해 속인과 섞여 산다는 '화광동진和光同塵'과 같은 의미이다. 보통 '화광동진'하여 살아가는 것이 일반 현상이지만 그렇지 못한 삶으로 표현하였다. '고지인古之人'에 대해서는《맹자孟子》〈등문공장구하滕文公章句下〉에, "공명의가 말하기를, 옛사람은 석 달이나 임금을 섬기지 못하면 위로해 주었다(公明儀曰古之人三月無君則弔)"라 했으며, 《맹자》〈진심장구상盡心章句上〉에도 다음과 같은 문구가 있다. "옛사람들은 뜻을 얻으면 은택이 백성에게 더해지고(古之人得志澤加於民), 뜻을 얻지 못하면 몸을 닦아 세상에 드러나게 한다(不得志修身見於世). 궁하면 그 몸을 홀로 선하게 하고(窮則獨善其身), 영달하면 천하를 겸하여 선하게 한다(達則兼善天下)"라는 내용이다.

선생의 사상과 일생의 삶을 잘 대변해 주고 있는 글이다. 선생은 귀국광인鬼國狂人의 나라에서 홍곡鴻鵠의 뜻을 펴지 못하고 후학을 가르치며 재야

학자로서 충효忠孝를 다하다 일생을 마쳤다.

　한편《매천집》495쪽에는 염생恬生 송태회宋泰會가 쓴 〈梅泉先生眞贊〉의 글이 있다. 그리고 유당산인酉堂散人 해남海南 윤종균尹鍾均도 선생의 사진을 보고 〈매천선생사진찬梅泉先生寫眞贊〉이라는 다음과 같은 글을 남겼다. "약관으로 서울 나들이 하니, 문장文章은 진晉나라 문장가 육사룡陸士龍보다 웅장했고(弱冠入洛, 文詞雄於士龍)/ 세상 어지러워 집으로 돌아오니, 기미는 당나라 사공도司空圖와 같네.(叔世還山, 氣味同於表聖.)/ 아! 삼천리 강토를 둘러보니, 긴긴 밤 아득하네.(環顧三千里疆域, 長夜漫漫)/ 60년 거문고와 책을 신 벗어버리듯 하니, 외로운 등불만 반짝이네.(屣脫六十年琴書, 孤燈耿耿)/ 맑게 하려해도 맑게 할 수 없고 흐리게 하려 해도 흐리게 할 수 없으니, 천 이랑의 물결 같은 도량이오(澄不淸撓不濁, 波千頃之範圍)/ 게으른 사람 뜻을 세우고 욕심 많은 사람 청렴해지니, 백세 청풍의 이름난 행동이로다.(懦夫立頑夫廉, 風百世之名行)"(《梅泉集》〈매천선생사진찬梅泉先生寫眞贊〉, 496쪽.) 이어《문묵췌편》에는 다음 문장이 윗글의 끝부분에 더 추가되어 있다. "고국이 망해가니 의리는 웅어를 판단하고, 신령스런 상 엄숙하고 맑으니 기운은 효경(=악인)을 삼킬 듯하네(故國殄瘁, 義判熊魚, 神像肅淸, 氣呑梟獍)"라 표현하였다.

매천 선생의 저서와 번역서·연구서 및 기타, 논문

(1) 저서 및 연구 기본서

○ 《梅泉集》, 상해 한묵림서국, 1911.
○ 《梅泉續集》, 상해 한묵림서국, 1913.
  상해에서 김택영이 2권 1책을 추가 간행하다.
○ 《梅泉詩集》(상·하), 朴炯得, 벌교인쇄소, 1932.
○ 《梅泉詩集》1책, 金奉文, 井邑.
○ 《梅泉野錄》, 국사편찬위원회, 민중서관, 1955.
○ 《箋註梅泉詩集》, 고창고등학교 교사 金振明, 澹齋書院, 1957.
○ 《黃玹全集》(상권 : 매천집·매천속집, 하권 : 매천시집·매천야록), 亞細亞文化
  社, 1978.
○ 《梅泉集》, 編輯主幹 權明洙, 青丘文化社, 1979.
○ 《梅泉全集(전5권)》, 全州大學校 湖南學研究所, 1984.
○ 《文墨萃編》, 崔昇孝編著, 3卷, 미래문화사, 1985.
○ 《梧下記聞》(首筆, 二筆, 三筆) : 임술~1895.3), 《東學農民戰爭史料大系》Ⅰ,
  여강출판사, 1994.

(2) 번역서

○ 《梅泉野錄》, 李章熙譯, 大洋書籍, 1973.
○ 《全譯梅泉野錄》 卷之一, 林秉周譯, 공화출판사, 1975.
○ 《東匪紀略草藁》, 李民樹譯, 을유문화사, 1985.
○ 《梧下記聞》, 김종익 옮김, 역사와비평사, 1994.
○ 《完譯梅泉野錄》, 金濬 譯, 敎文社, 1994.
○ 《譯註梅泉野錄》상·하·원문 교주본 3책, 임형택 외, 문학과지성사, 2005.
○ 《譯註梅泉黃玹詩集》(상·중·하), 이병기·김영붕 역, 보고사, 2007.

○ 《譯註黃梅泉詩集(續集)》, 김영붕 역, 보고사, 2010.
○ 《譯註黃梅泉詩集(後集)》, 김영붕 역, 보고사, 2010.

(3) 연구서 및 기타

朴金圭, 《黃梅泉 詩選》, 서울 圖書出版 士林院, 1979. 12.
朴金圭, 《黃梅泉詩研究》: 〈讀國朝諸家詩를 中心으로〉, 서울 정화출판문화사, 1980. 1.
金鍾均, 《梅泉・萬海・芝薰의 詩人意識》, 博英社, 1982.
허경진, 《梅泉黃玹詩選》, 평민사, 1992
李炳基, 《梅泉詩 研究》, 보고사, 1994.
朴忠祿, 《朝鮮後期 三大詩人 研究》, 이회출판사, 1994.
李炳基, 《梅泉 黃玹 散文研究》, 보고사, 1995.
허경진 역, 《梅泉野錄》, 한양출판, 1995.
朴金奎, 《黃梅泉 詩論 研究》, 圓光大學校 出版局, 1996.
奇泰完, 《黃梅泉 詩 研究》, 보고사, 1999.
정동호 역, 《한글로 풀어 쓴 매천야록》, 꿈이있는집, 2005.
허경진 옮김, 《매천야록 : 지식인의 눈으로 바라본 개화와 망국의 역사》, 서해문집, 2006.
조준호 옮김, 《매천야록(문고본)》, 지식을만드는지식, 2008.
김정환, 《梅泉詩派研究》, 경인문화사, 2007.
한승연, 《매천야록》(소설), 한누리미디어, 2009.
심병탁, 《梅泉詩續集》, 매천황현선생기념사업회, 2010.

(4) 論文

① 碩士學位 論文

朴金奎, 〈黃梅泉詩研究〉, 東國大 教育大學院 碩士學位論文, 1976.
오택원, 〈황현의 시문학론〉, 동국대학교 대학원 석사학위논문, 1979.
조규호, 〈황현의 사상 연구〉, 경남대학교 교육대학원 석사학위논문, 1982.
文守弘, 〈梅泉 黃玹의 愛國詩攷〉, 東國大 教育大學院 碩士學位論文 1986.

鄭在琥, 〈梅泉詩研究〉, 啓明大, 敎育大學院 碩士學位論文, 1986.

白英玉, 〈梅泉 憂國詩에 대한 考察〉, 한양대학교 교육대학원 석사학위논문, 1986.

이소영, 〈梅泉의 文學과 生涯 硏究〉, 서울여대 대학원 석사학위논문, 1986.

孔炳盛, 〈黃梅泉詩研究〉, 高麗大 敎育大學院 碩士學位論文, 1988.

宋京玉, 〈梅泉野錄에 나타난 黃玹의 現實認識 : 1864~1893년을 중심으로〉, 誠信
    女大 大學院 석사학위논문, 1989.

李成日, 〈黃梅泉 詩에 나타난 現實認識과 詩觀〉, 경북대 교육대학원 석사논문,
    1990.

임경숙, 〈매천 황현의 동학농민운동에 대한 인식〉, 순천대 교육대학원 석사논문,
    2001.

李惠貞, 〈梅泉 黃玹의 歷史認識〉, 釜山大 敎育大學院 역사교육 碩士論文, 1992.

金東敦, 〈黃玹研究〉, 공주대 교육대학원 석사학위논문, 1994.

吉恩植, 〈梅泉 黃玹의 開化人識 研究〉, 韓國敎員大 碩士學位論文, 1997.

문수현, 〈황현시연구〉, 원광대학교 한문학과 석사학위논문, 1998.

이희승, 〈황현의 현실인식에 대한 일고찰 : 동학농민운동과 갑오개혁을 중심으로〉,
    세종대 대학원 석사학위논문, 1997.

嚴基一, 〈梅泉思想 研究〉, 公州大 敎育大學院 碩士學位論文, 1997.

鄭燦雄, 〈梅泉詩 研究〉, 仁荷大 敎育大學院 碩士學位論文, 2000.

김수옥, 〈매천 황현의 시대 인식연구〉, 이화여대 대학원 석사논문, 2001.

임경숙, 〈매천 황현의 동학농민운동에 대한 인식〉, 순천대 교육대학원 석사논문,
    2002.

黃秀貞, 〈梅泉黃玹의 傳記研究〉, 순천대 석사학위논문, 2002.

김영붕, 〈黃玹 詩 研究〉, 全北大學校 碩士學位 論文, 2003.

우명호, 〈한국 근·현대사(7차 고등학교 교과서)의 의병 기술 분석과 '매천야록'을
    활용한 심화학습 모형 안 : 을미의병을 중심으로〉, 한신대 교육대학원, 2004.

유지연, 〈황현(1855~1910)의 동학에 대한 인식과 비판 : 오하기문을 중심으로〉, 이화
    여대 대학원, 2004.

민소은, 〈황현의 여성의식 : 매천야록을 중심으로〉, 숙명여대 교육대학원 석사학위논
    문, 2005.

김우경, 〈매천황현의 우국시연구 : 현실인식을 중심으로〉, 고려대 교육대학원 석사학
    위논문, 2008.

② 博士學位 論文

金鍾均, 〈韓國近代詩人 意識研究 : 梅泉・萬海・芝薰을 中心으로〉, 고려대 대학원 박사학위논문, 1980.

李炳基, 〈黃梅泉 詩 研究〉, 全南大 大學院 博士學位 論文, 1983년.
　　　이 논문에서 黃玹詩의 形成 背景, 編曆, 黃玹 詩의 韓國 文學上의 位置를 論하였다. 특히 黃玹詩를 素材別로 憂國詩, 風俗詩, 紀行詩, 植物詩로 분류하여 연구하였고, 技法上으로 踏落法, 連鎖法, 二句法, 嫌韻法으로 나누어 黃玹 詩의 특징을 살폈다.

尹景喜, 〈黃玹 詩文學 研究〉, 高麗大 博士學位 論文, 1990년.
　　　황현의 생애와 교유관계, 儒者的 世界觀과 歷史意識, 文學論, 詩 世界를 論하였다.

朴金圭, 〈梅泉 黃玹의 論詩絕句 研究〉, 又石大 국어국문학과 博士學位 論文, 1995.
論詩絕句考를 中國詩溯考에서는 〈和小川論詩六絕〉과 〈丁掾日宅寄七絕十四首〉를 살피고 韓國論詩溯考에서는 〈讀國朝諸家詩十四首〉를 살폈다.

奇泰完, 〈梅泉詩 研究 : 詩의 修鍊과 影響關係 및 그 風格을 중심으로〉 성균관대 국문학과, 博士學位 論文, 1999.

황수정, 〈梅泉 黃玹의 詩文學 研究〉, 조선대 국어국문학과 박사학위논문, 2006.

김소영, 〈매천 황현의 산문에 관한 연구〉, 성균관대 대학원 박사학위논문, 2007.

金正煥, 〈梅泉詩派研究〉, 전남대 국어국문학과 박사학위논문, 2006.

* 본란은 매천 선생 사후 100주년을 맞이하여 선생의 운문을 거의 마무리 번역하면서 최종 정리하는 의미로 편집되었다. 매천 선생에 대한 연구는 크게 역사학과 문학으로 구분할 수 있지만, 본서에서는 이를 따지지 않고 연구되었던 연대순으로 편집했으며, 그동안 연구 발표되었던 책이나 논문 가운데 본서에 누락될 수도 있음을 부기함.

매천 선생梅泉先生 사후死後의 사적事跡

1911년	중국 상해의 한묵림서국翰墨林書局에서 망명한 창강 김택영이 《매천집梅泉集》 7권 3책을 처음으로 간행하다. 친제親弟 석전石田 황원黃瑗과 운초雲樵 왕수환王粹煥 등 지방 유림의 성금으로 일제의 눈을 피해 출판되다.
1913년	상해에서 김택영이 《매천속집梅泉續集》 2권 1책을 추가 간행하다.
1932년	전남 고흥의 박형득朴炯得이 상해본의 시문을 추려 《매천시문선집梅泉詩文選集》(상·하)를 간행하다. 구례 천은사에서 황원黃瑗과 난곡蘭谷 이건방李建芳이 《매천집》과 《매천속집》을 보완하여 매천시집을 간행하려 하다. 이때 일제日帝의 검열에 의해 영해寧海 박문호朴文鎬가 쓴 〈매천황공묘표梅泉黃公墓表〉를 비롯하여 우국시憂國詩 등에 85군데나 '삭제削除'라는 도장이 찍혀 간행하지 못하다.
1942년	선생의 묘를 후손들이 전남 광양군 석사리 서석마을 뒷산으로 이장하다.
1944년	일제에 항거하며 생활했던 선생의 친제親弟 석전石田 황원黃瑗이 칠언율시 유시遺詩를 써 놓고 월곡저수지에 자침하여 순국하다.
1955년	3월 국사편찬위원회에서 《매천야록梅泉野錄》을 《한국사료총서》 제1집으로 간행하다. 김택영이 그의 저서 《한사경》에 《매천야록》을 인용하여 이 책의 존재가 알려지게 되었던 바, 자손들이 심장深藏 하였다가 비로소 간행되어진 것이다. 선생이 생전에 살았던 구례군 광의면 월곡마을 구택舊宅에 선생의 후손과 제자와 지방 유림들이 매천사梅泉祠를 건립하다.
1957년	고창고등학교 교사 김진명金振明이 담재서원澹齋書院에서 상해본의 시를 간추려 약간의 주를 붙여 《전주매천시집箋註梅泉詩集》을 펴내다.

1962년	선생에게 건국훈장 독립장이 추서되다.
1973년	대양서적에서 발간한 '한국명저대전집'의 하나로 이장희李章熙 교수에 의해 《매천야록》이 최초 국역, 간행하다.
1978년	아세아문화사에서 《황현전집黃玹全集》(상·하)를 간행하다. 상해본(원집과 속집의 9권 4책)과 《매천야록》을 영인한 것이다.
1979년	매천의 문하생이며 성균관 전의典儀 권명수權明洙가 청구문화사에서 《매천집》과 《매천속집》을 합하여 《매천집》을 간행하다.
1984년	매천사梅泉祠가 전라남도 문화재자료 제37호로 지정되다. 2월 전주대학교全州大學校 호남학연구소에서 총독부 검열본을 토대로 《매천전집梅泉全集》 5권을 간행하다. 1권은 1932년 간행하지 못한 총독부 검열본으로, 상해본을 증보한 것이다. 2권은 선생의 문文을 모아 놓았고, 3권은 선생의 시詩와 사서詞書 등을 묶어 놓았다. 4권은 선생의 문文과 여러 인사들의 선생에 대한 애사哀辭와 제문祭文을 모아 놓았다. 5권은 《오하기문梧下紀聞》이다.
1985년	7월 광주문화방송 사장 최승효崔昇孝가 선생과 관련된 인사들의 글과 《매천집》, 《매천속집》의 간행기 등 일체를 모아 번역본 2권, 원본 1권의 3권으로 《문묵췌편文墨萃編》을 간행하다. 《오하기문》의 수필首筆, 이필二筆, 삼필三筆 부분인 《동비기략초고東匪紀略草藁》를 이민수李民樹가 번역하여 을유문화사에서 《동학란東學亂》으로 간행하다.
1994년	《오하기문梧下記聞》(수필首筆, 이필二筆, 삼필三筆) : 임술~1895. 3, 《동학농민전쟁사료대계東學農民戰爭史料大系》Ⅰ, 여강출판사, 1994
1999년	문화관광부에서 선생을 8월의 문화인물로 선정하다.
2005년	11월 국가보훈처에서 선생을 이 달의 독립운동가로 선정하다.
2006년	12월 문화재청에서 선생의 초상화 1점, 사진 2점이 보물 제1494호로 지정되다.

황매천후집번역시집발黃梅泉後集飜譯詩集跋

대학大學에서 역사학歷史學을 공부하면서 《매천야록梅泉野錄》을 읽었습니다. 그리고 〈절명시絕命詩〉를 알게 되면서 선생의 고결高潔했던 삶을 경모敬慕해 왔었습니다. 그런 관심 속에서 이병기李炳基 교수님의 지도에 따라 〈황현시연구黃玹詩研究〉라는 제목으로 석사논문을 쓰게 되었고, 매천시梅泉詩 번역 작업까지 임하게 되었습니다. 이병기교수님께서는 저에게 번역을 할 수 있도록 용기를 주셨을 뿐만 아니라 대학원 박사과정으로의 진학을 늘 권고하면서 또 이것을 염두에 두고 저를 지도해 주셨습니다. 하지만 불행스럽게도 제9시문집인 《모악산》의 발간을 보지 못한 채 타계하셨습니다. 그 후로 전북의 문인들이 중심이 되어 고향인 김제시 체육공원에 교수님의 시비詩碑가 건립되어 다소 마음의 위안이 되기도 합니다.

그동안 3차례 매천시 번역 작업을 하면서 매천시의 작품을 보는 비평적批評的 시점視點은 주제主題와 언어言語와 형식形式의 세 가지 측면에 주안점主眼點을 두었습니다. 현대적 감각을 되살려 보려는 안목을 늘 바닥에 깔고 소홀함이 없도록 노력하였습니다. 이는 문예학적文藝學的 의미意味를 간파했던 송욱宋稶의 《시학평전詩學評傳》의 교시敎示를 배우고자 함이었습니다.

선생의 시문詩文을 번역하면서 몇 가지 느낀 점도 있었습니다. '황현黃玹의 시詩는 피맺힌 충성심忠誠心에서 흘러나온 것이기에 기교를 부리지 않아도 자연히 잘된 것이다'라는 창강滄江 김택영金澤榮의 말은 절찬絕讚의 명언名言 그대로였습니다. 십절도시十節圖詩의 근간은 어느 작품에서도 주제성主題性이 될 수밖에 없는 필수요건이었습니다. 그리고 시는 이치理致와 기력氣力과 성향聲響의 세 가지를 갖춘 뒤에 바야흐로 명가名家가 된다고 했습니다. 평측平仄·점법粘法·각운脚韻의 총화總和는 물론 고체古體면 고체古體대로 장단구長短句나 악장樂章의 리듬까지를 포함해서 감상하게 하였습니다. 선생은 연암燕巖 박지원朴趾源을 생명력 있는 창조적 문학가로 추앙한 바 있습니다. 선생의 법고창신法古創新의 의지도 찾아 볼 수 있었습니다. 부조리不條理한 당대의 현실 문제를 고민하고 해결하려고 했던 선생의 흔적을 보면서 참 스승의 혜안慧眼을 지켜보는 마음의 연속이었습니다.

잘 써진 한편의 시가詩歌는 이따금 천지신명天地神明을 감동시킨다는 말이 있습니다. 천고千古에 전할 만한 선생의 우국충정을 보면서 눈물을 흘렸고, 가슴 울리는 시문들을 보면서 작가의 심정을 표현하지 못하는 번역의 한계를 실감해 보기도 했습니다. 매천시에는 조선朝鮮 말기末期 최고 지성인知性人의 사상 고뇌苦惱가 스며들어 있는 데다 유독 전고典故 사용이 많아 번역의 어려움을 더해 주었습니다. 오역誤譯이 있다면 함께 공부하는 아량으로 질정叱正해 주시기 바라며, 독자 여러분의 밝은 해설 기대해 봅니다.

오늘날 지구촌이 점점 좁아지고 있지만 국가 간의 이해와 갈등은 더욱더 커져가고 있습니다. 그런 만큼 국가의 정체성正體性 확립도 중요해지고 있으며, 그럴수록 매천시도 우뚝 솟아 더욱 빛을 발하고 있습니다. 이 책의 번역으로 선생이 남긴 글 가운데 산문을 제외한 운문의 번역이 끝나게 됩니다. 역자가 매천시 번역을 위해 각고의 노력을 했던 이유는 선생이 남긴 운문의 번역이라도 선생 사후死後 100주년을 넘기지 않으려는 의지의 반영이었습니다. 시문을 다듬지 못하고 서둘러 이 책을 발간하는 이유도 여기에 있습니다. 이제 이 시집의 발간으로 선생의 뜻에 부응하고, 선생의 충순忠純했던 삶을 일반 대중에게 널리 알려질 수 있는 계기가 되기를 바라는 마음 간절합니다.

2010년 12월 12일 역자 김영붕 씀

(위 글은 《역주매천황현시집》의 발문을 추가한 것임.)

▣ 시 제목

ㄱ

■ **김영붕(金榮鵬)**

全北 井邑出生, 호남고등학교 졸업
全北大學校 史學科와 同大學院 漢文敎育科 卒業
全北大學校 語文敎育學科 博士科程
현 전주 완산고등학교 교사
飜譯書　2007년 《역주매천황현시집》(공역, 상·중·하권)
　　　　2010년 《역주황매천시집》(속집)
　　　　2010년 《역주황매천시집》(후집)
論文　　〈黃玹 詩 硏究〉(석사학위 논문)
　　　　〈梅泉의 排律에 대하여〉 외 다수
韓國古詩歌文學會員
全北史學會員
參與自治 全北市民聯隊 指導委員

역주 황매천 시집 후집

2010년 12월 30일 초판 1쇄 펴냄

역　자 김영붕
펴낸이 김흥국
펴낸곳 도서출판 보고사

책임편집 김신혜
표지디자인 윤인희

등록 1990년 12월 13일 제6-0429호
주소 서울특별시 성북구 보문동7가 11번지 2층
전화 922-5120~1(편집), 922-2246(영업)
팩스 922-6990
메일 kanapub3@chol.com
http://www.bogosabooks.co.kr

ISBN 978-89-8433-833-3 93810
ⓒ 김영붕, 2010

정가 36,000원